타워

배명훈 연작소설집

타워

초판 1쇄 발행 2020년 2월 20일
초판 7쇄 발행 2024년 3월 11일

지은이   배명훈
펴낸이   이광호
주간   이근혜
편집   최지인 이민희 조은혜 박선우
펴낸곳   ㈜**문학과지성사**
등록번호   제1993-000098호
주소   04034 서울 마포구 잔다리로7길 18(서교동 377-20)
전화   02) 338-7224
팩스   02) 323-4180(편집) / 02) 338-7221(영업)
전자우편   moonji@moonji.com
홈페이지   www.moonji.com

ⓒ배명훈, 2020. Printed in Seoul, Korea

ISBN 978-89-320-3601-4 03810

• 이 도서의 국립중앙도서관 출판예정도서목록(CIP)은 서지정보유통지원시스템 홈페이지
 (http://seoji.nl.go.kr)와 국가자료공동목록시스템(http://www.nl.go.kr/kolisnet)에서
 이용하실 수 있습니다. (CIP제어번호: CIP2020006210)

타이거

배명훈 연작소설집

문학과지성사

차례

동원

박사

세 사람

–

개를 포함한 경우

어떤 술은 화폐로 통한다. 사람이 살다 보면, 대가를 돌려받을 것이 확실치 않더라도 누군가에게 뭔가를 줘야 할 때가 있다. 뇌물, 상납, 청탁, 촌지와는 다르다. 이 경우에는 받는 사람이 무슨 일을 해주어야 하는지가 분명하고 주는 사람이 무엇을 제공해야 할지도 비교적 확실하다. 하지만 '감사의 선물', 혹은 '작은 정성'처럼 훨씬 더 섬세하고 민감한 형태의 지불-용역 교환 관계에서는 도대체 무엇을 선물해야 할지, 또 선물을 받은 대가로 무엇을 해주어야 할지가 교환 관계의 액면에 구체적으로 명시되지 않는다. 그래야 나중에 발뺌할 수가 있기 때문인데, 비상시가 아니면 권력은 보통 그렇게 움직인다.

빈스토크Beanstalk 미세권력연구소의 정 교수는 일찍이 이런 섬세한 교환 관계에서 선물을 제공하는 측이 받는 사람 마음에 쏙 드는 선물을 고르기가 얼마나 어려운가를 몸으로 체득하고, 사람들이 과연 어떤 방식으로 이 문제를 해결해나가는지에 주목했다.

"재단 감사 그 새끼, 도대체 뭘 먹여야 되는지 알 수가 없어. 지가 청백리야 뭐야? 수교연(수직교통연구소)은 뭐 먹였대? 차 같은 거 주면 되나? 홍삼 같은 거 어때? 에이 씨, 그냥 돈으로 발라?"

물론 안 될 말이다. 화폐에 해당하는 보편적인 교환 수단이 아무리 절실하게 요구되더라도 현금을 그대로 쓸 수는 없다. 동서고금을 막론하고 이런 섬세한 관계에서 현금을 사용하는 행위는 언제나 부정한 것으로 여겨졌다. 발각되는 경우, 현금처럼 불리한 증거도 없다. 그렇다면 사람들은 이 문제를 과연 어떻게 해결하고 있었을까?

정 교수는 고민에 고민을 거듭했다. 그리고 이런 상황에서 기가 막히게 활용되는 새 화폐들을 찾아 헤맸다. 그 결과 여러 종류의 물품 화폐가 발견되었는데, 그중 하나가 바로 술이었다.

술이 화폐로 통한다는 말은, 취향에 관계없이 누구에게 주더라도 선물의 가치가 일정한 선 이하로 떨어지지는 않는다는 의미이다. 똑같은 것을 이미 갖고 있더라도 받는 사람이 별로 섭섭해하지 않고, 종교적인 이유나 다른 윤리적인 이유로 예의에 어긋나는 선물이 될 위험도 적으며, 심지어 술을 전혀 입에 대지 않는 사람에게도 언제나 일정 정도 이상의 가치가 있는 보편적 교환 수단. 화폐의 자격을 얻은 술은 바로 그런 기능을 하게 된다.

물론 아무 술이나 화폐가 되는 것은 아니다. 정 교수는 자신이 직접 20여 년간에 걸쳐 구축해온 정치적 이해관계를 바탕으로 어떤 술이 최종적으로 화폐의 지위를 획득하게 되는지를 깊이 있게 고찰했다.

"일단 다들 좋다고는 하는데 솔직히 왜 좋은지는 알 수 없는 술이어야 돼. 20년 묵은 술인지 30년 묵은 술인지 맛만 보고 구별할 수 있는 사람이 얼마나 되겠어? 그냥 오래 묵힌 게 더 비싸니까 그게 제일 좋다고 생각하는 거지."

"그런 술이 좋아요?"

"그럼, 자기 혼자 집에서 마시려고 그런 술을 사지는 않는단 말이야. 어디 가서 과시할 때나 자기 돈 주고 사는 거지. 별거 아닌 것 같은데 막상 돈 주고 사려면 이런 술들이 또 무지하게 비싸요. 그래서 선물로 들어오는 게 아니면 내 집에 있을 일이 없어. 그리고 선물로 들어와도 잘 안 마셔. 다른 사람한테 선물하려고 놔두지. 언제든 남의 집을 방문할 일은 생기기 마련인데, 갑자기 초대받았다고 빈손으로 갈 수는 없는 노릇이니까."

"돌고 도는 거군요. 그러다 보면 자기가 보낸 게 자기한테 돌아오기도 하겠네요."

"그렇지."

이 박사는 미세권력연구소에 들어간 지가 벌써 3년째였다. 그는 정 교수가 하는 이야기를 들을 때마다 도대체 이 인간이 천재인지 협잡꾼인지 구분이 안 됐다. 하지만 어느 날 정 교수가 연구 기자재 구입비로 양주 세 박스를 들여놓겠다고 했을 때, 이 박사는 드디어 이 인간이 어떤 인간인지 대충 알 것 같다는 생각이 들었다. 그냥 미친놈이었다.

그러나 그 술을 어디에 쓸지를 듣고 나서는 또다시 확신이 사라졌다. 정 교수는 그 술이 보통 술이 아니라 최근에 빈스토크 타워 안에서 가장 확실한 선물용 화폐의 지위를 획득한 술이라는 점을 역설한 다음, 술병 하나하나에 전자 태그를 달아 빈스토크 상류 사회에 유통시킨 후 그 이동 경로를 정밀 추적하면 건물 내 미세권력 분포 지도가 자연스럽게 그려질 것이라는 그럴듯한 가설을 내놓았다. 그 말에 결국 연구 의뢰인 측에서도 35년 묵은 술 세 박스를 연구비로 구입하는 말도 안 되는 일을 승인하기에 이르렀던 것이다.

술이 손에 들어오자 그는 일단 '검수 목적'으로 한 병을 열어서 대낮부터 다른 박사들에게 한 잔씩 돌린 다음, 시뻘게진 얼굴로 그 연구에서 가장 섬세하게 처리해야 할 부분이 어디인지를 장황하게 설명했다.

"어차피 돌고 도는 거긴 한데 맨 처음 어떤 경로로 술을 유통시키느냐에 따라서 완전히 다른 결과가 나올 거란 말이지. 그러니까 초기 배포 단계가 제일 중요하지 않겠어?"

그 말에 모두가 고개를 끄덕였다. 그래서 그 일은 정 교수 본인이 직접 맡기로 했다.

"또 한 가지 주의할 점은, 실험자의 실험 행위가 실험 대상에 영향을 미쳐서는 안 된다는 거야. 기본적인 상식이지만, 빈스토크 타워의 권력 구조를 현재 상태 그대로 보존한 채로 연구를 진행해야 한단 말이지. 아주 사소한 부분까지도 말이야. 동의하지?"

또다시 모두가 고개를 끄덕였다. 그래서 결국 정 교수는 그 술을 모두 자기 집으로 가져가서 명절 때 본인이 정성을 표시해야 할 사람들에게 자연스럽게 배포하기로 했다. 평소에 하던 것처럼 자연스럽게. 그러고는 전자 태그 스티커 제작을 의뢰했다.

"스티커에 뭐라고 쓸지도 벌써 다 정해놨어. '군납용' 어때? 그것만 붙이면 가치가 1.5배 뛰거든."

그렇게 연구가 시작되었다. 대략 1년 반 동안 진행되는 연구였다. 명절 15일 전에 1차로 술이 배포된 후, 연구팀은 하루에 한 번씩 건물 전체를 3차원으로 스캔해서 어느 술병이 어디에 가 있는지를 추적했다. 정 교수는 높이 674층에 인구가 무려 50만 명이나 되는 빈스토크 타워의 권력 구조를 겨우 술 세 박스로 추적하는 것이 말이 되느냐며, 다섯 박스를 더 주문했다. 빈스토크가 아무리 작아 보여도, 대외적으로 승인된 주권을 갖춘 엄연한 독립국가인 만큼 권력 구조가 그렇게 허술하지는 않다는 설명도 뒤따랐다.

그러고는, 왜 술을 한 번에 대량 배포하지 않고 매일매일 조금씩 몇 달에 걸쳐 선물하느냐는 연구 의뢰인 측 감사팀의 지적에, 버럭 화를 내며 이렇게 따졌다.

"아, 제가 분명히 말씀드리지 않았습니까? 이건 화폐라고요. 화폐를 갑자기 너무 많이 발행하면 어떻게 돼요? 인플레이션 생기죠? 선물용 화폐가 이것만 있는 것도 아니고 다섯 종류가 더 있는데 이것만 인플레이션이 생기면 다른 품목이랑 환율이 안 맞잖아요. 그러면 이 연구 처음부터 다시 해야 될지도 몰라요. 연구비를 그런 식으로 낭비하는 게 말이 됩니까?"

옆에서 그 장면을 지켜보던 이 박사는 그저 묵묵부답, 말문이 막힐 따름이었다.

정 교수는 새로 입수한 술을 배포하느라 날마다 외근이었다. 점심때쯤 출근했다가 저녁 무렵에 퇴근하면서 꼬박꼬박 시간외 근무를 한 것으로 처리했다. 연구진 사이에서도 불만이 없지 않았지만, 도대체 어떻게 줄이 닿았는지 핵심 권력 근처 광범위한 영역에 '조그만 정성'을 뿌려대는 정 교수의 능력만큼은 누구든 인정하지 않을 수 없었다. 정 교수 말대로 초기에 술을 제대로 배포하지 못하면 결국 엉뚱한 결과가 나올 수밖에 없는 연구였기 때문에, 연구팀은 그저 그를 믿고 맡기는 수밖에 없었다.

연구는 빈스토크 시장 선거가 있는 3월 전까지 보고서 발간을 끝내야 하는 바쁜 일정으로 진행되었다. 집필 기간을 고려하면 늦어도 1월 말까지는 연구 결과가 나와야 했다. 술 말고도 추적할 품목이 다섯 가지가 더 있었는데, 그렇게 총 여섯 가지 물품의 흐름을 통해 현 시장 체제의 권력 구조를 파악한 다음 선거전 막바지에 그 결과를 적극 활용한다는 것이 연구 의뢰자인 야당 선거사무소 측의 계획이었다. 눈치를 보아하니 핵심적인 전략은 이미 수립이 끝난 상태지만, 좀더 확실한 증거를 확보하기 위해 연구를 의뢰한 모양이었다. 이 박사는 그 점이 부담스러웠다. 말하자면 얼마나 잘하는지 한번 두고 보자는 식의 의뢰였으므로, 이 박사로서는 어느 것 하나 소홀히 할 수가 없는 입장이었다.

미세권력연구소에 주어진 또 다른 임무는, 야당 선거사무소에서 활용할 화려한 모양의 3차원 권력 분포 영상을 1월 초까지 완성해 제공하는 일이었다. 어쩌면 보고서 자체보다 이 일이 더 중요한지도 몰랐다. 연구 결과보다 인용할 그림이 더 중요한 세상이었기 때문이다. 그 말은 사실상 연구를 12월 말까지는 마무리해야 한다는 뜻이었다. 최종 결과는 아니더라도 최종 결과와 크게 다르지 않은 결론 정도는 필요했다.

12월이 되자 정 교수를 제외한 모든 연구진이 일찍 출근하고 늦게 퇴근하는 생활에 돌입했다. 하지만 정 교수는 갓 서른밖에 안 된 젊은 외부 박사 세 사람을 연구소에 불러다 놓은 다음, 정작 자신은 하고 있던 일에 계속 몰두했다. 놀았다는 뜻이다.

"정 교수가 알바비는 챙겨준대요?"

"네? 알바비라니요? 무보수인가요?"

이 박사는 한숨을 내쉬며 세 사람의 신상명세서를 들여다보았다.

"송연주 박사는 권력장 분석 전공이고, 남성호 박사는 초고층 건물 생태학이고, 황연진 박사님은, 이게 뭐야, 1차 대전 전공이시네."

"네."

"특이한 거 하셨네요. 여자분이 전쟁을 전공하셨다고 뭐라 그러는 게 아니라, 그거 전공하신 분이 여기는 왜 오셨을까 해서요."

"그러게요. 저는 왜 오라고 하셨을까요?"

바쁘기는 했지만 일정에 맞추는 데는 큰 어려움이 없었으므로, 이 박사는 동원된 세 사람에게 특별히 어려운 일을 맡길 생각이 없었다. 별다른 문제가 생길 것 같지도 않았기 때문에 예비 인력이 필요하지도 않았다.

그러나 막상 12월 초가 되자 예상치 못한 문제가 발생하고 말았다.

"487층 A57이 누구 집이지?"

권력 구조를 따라 술이 원활하게 흐르지 못하는 구역이 발견된 것이다. 487층 A57 구역에 사는 누군가가 중간에서 흐름을 막는 모양이었다. 열흘간 다섯 병이나 흘러간 것으로 보아 꽤 중요한 인물임이 분명했는데, 다섯 병 모두 흘러 들어가기만 하고 밖으로 나오지는 않는 것을 보면, 권력의 정점에 있는 사람이거나 술꾼, 둘 중 하나가 틀림없었다.

물론 화폐 기능을 획득한 술이라고 해서, 중간에서 소비되지 않고 계속 어딘가로 흘러간다고 단언할 수는 없었다. 하지만 단기간에 그렇게 많은 수량이 한 지점에 모인 다음 단 한 단계도 움직이지 않은 것은 분명 문제가 있었다. 당사자가 장기간 집을 비웠을 수도 있고, 그 외에도 다른 여러 가지 설명이 가능했다. 이유야 어쨌든 일단은 상황을 확인하고 막힌 곳을 뚫는 것이 급선무였다.

신원을 확인하기 위해, 예전에 정 교수가 경비실 고위 직원을 매수해서 얻은 입주자 주소록을 찾았다. '영화배우 P'라고만 나와 있었다. 직접 가서 해결하는 편이 빠르겠다는 생각에 이 박사는 엘리베이터를 잡아타고 487층으로 올라갔다. 27층에서 487층까지는 엘리베이터를 여섯 번이나 갈아타야 하는 먼 길이었다.

직접 가서 확인해보니 하필 그 위치에서 술이 흐름을 멈춘 것이 너무나 당연해 보였다. 영화배우 P는 사람이 아니었다. 개였다.

이 박사는 그만 어이가 없어졌다. 개가 35년 묵은 술을 마실 리가 없었다. 도대체 무슨 이유로 사람들이 개에게 술을 보냈는지 알 수가 없었다. 그것도 다섯 병씩이나.

그는 곧장 연구소로 돌아가서 정 교수를 찾았다. 예상대로 정 교수는 일찍 퇴근하고 없었다. 이 박사는 정 교수에게 전화를 걸어 내막을 자세히 설명한 다음, 권력 네트워크 분석에 개를 포함시켜야 할지 말아야 할지를 물었다. 그러자 정 교수는 일단 이 박사를 점잖게 타일렀다.

"아니, 사람이 술에 취하면 이상한 짓 좀 할 수도 있지. 그걸 대뜸 개라고 표현하면 어떡하나? 배운 사람이 말이야."

이 박사는, 그런 의미가 아니라 사람들이 진짜 네발로 걷는 개에게 술을 보내더라고 이야기했다. 그러자 정 교수는 별문제도 아니라는 듯 오히려 버럭 화를 냈다.

"당연히 빼야지. 우리가 무슨 생태계 분석하자는 게 아니잖아. 이건 권력장 분석이라고."

바로 그 권력장(權力場)이 문제였다. 단순히 건물 내 권력자가 누구인지 밝혀내는 일이었다면 개 한 마리쯤은 빼도 상관없었다. 하지만 권력장은 좀 다른 문제였다. 그것은 마치 우주 공간이 천체의 질량 때문에 중력장이라는 형태로 일그러지는 것과 비슷한 일이었다. 그렇게 일그러진 공간을 지날 때면 질량이 없는 빛 입자도 직선으로 날아가지 못하고 공간을 따라 굴절될 수밖에 없었다. 권력장도 마찬가지였다. 공간 자체가 권력장의 형태로 일그러지고 나면, 권력에 전혀 민감하지 않은 사람도 마치 본인 스스로 권력의 눈치를 보기라도 한 것처럼 자발적으로 권력을 수용하는 행동을 하기 마련이었다. 외부에서 관찰해보면, 권력을 수용할 의도가 있었던 사람과 그렇지 않은 사람의 행동에는 별 차이가 없었다. 그러므로 권력장 이론에 따르면 개도 충분히 권력 중심에 들어갈 수 있었다.

이 박사는 영화배우 P를 뺐을 때 어떤 연구 결과가 나올지를 대충 가늠해보았다. 그때까지 입수된 자료로 시뮬레이션을 해본 결과, 명절이 다섯 번 반복될 경우, 개를 넣었을 때와 뺐을 때 빈스토크의 권력 구조는 전혀 다른 형태로 진화하는 것으로 전망됐다. 개를 제외한 경우, 기존 권력 중심에 더해, 건물 중심부와 부촌인 건물 최고층 사이에 권력이 집중되는 지점 몇 개가 산발적으로 나타났다 사라지곤 했다. 반면 개를 포함한 경우에는, 건물 중심부 시청사 구역을 핵으로 하는 구형(球形)의 깔끔한 권력 중심부가 만들어졌다. 현실과 일치하는 결과였다.

다음 날 오후에 이 박사는 정 교수를 찾아가 진지하게 그 이야기를 꺼냈다. 그러나 정 교수는 요지부동이었다.

"그렇다고 그렇게 쓸 수는 없잖아. 의뢰인한테 가서 빈스토크 권력 네트워크에 개가 포함되어 있는데 개를 빼고는 도저히 연구가 안 된다고 말할 거야?"

"왜 안 돼요? 신문에 내는 것도 아니고 그냥 그렇다고 말해주는 것뿐인데."

"우리야 신문에 안 내지. 근데 그 사람들이 안 그런다고 어떻게 장담해? 현 시장의 권력 핵심에 개가 있다! 딱 공격하기 좋잖아. 그랬다가 지금 시장이 한 번 더 당선되기라도 하면 연구소 문 닫을 거야?"

"하지만 그냥 빼서 될 문제가 아니잖아요. 이유는 알 수 없지만 일단 그 방향으로 권력장이 굴절됐다는 건 틀림이 없고, 그걸 빼고는 설명이 안 되는 게 한두 개가 아닌데요."

"그럼 그냥 사람이라 그래. 꼭 개라는 걸 밝혀야 돼?"

"사람이면 술병이 들어가기만 하고 다음 단계로 나가지를 않는 걸 설명할 수가 없거든요. 그 정도면 고위 권력자급인데, 신원을 안 밝히는 게 더 수상해 보이잖아요. 박사님이 야당 선거사무소 사람이라면 그런 걸 보고도 그냥 지나치겠어요? 뒷조사 들어가지."

"몰라. 무조건 빼."

"못 빼요. 정 그렇게 나오시면 저 이거 안 해요."

결국 정 교수는 이 박사를 연구진에서 제외시켰다. 그러자 연구 일정에 심각한 차질이 생겼다. 동원된 세 사람도 본격적으로 일을 거들지 않을 수 없었다.

"별로 어려운 건 없어. 그냥 정리만 하면 돼. 1년 동안 축적된 데이터라서 양은 꽤 되겠지만. 이상한 거 있으면 전화하고."

이 박사가 말했다. 홀가분한 말투였다. 그러나 일이 어렵지 않을 리 만무했다. 이 박사 혼자 하던 일을 셋이서 나눴는데도 세 사람은 도무지 일의 갈피를 잡을 수가 없었다.

그들에게는 사실 빈스토크라는 환경 자체가 난생처음 보는 말도 안 되는 공간이었다. 674라는 숫자부터가 문제였다. 한 층 한 층 구분된 질서 있는 공간 674개가 차곡차곡 쌓여 있는 게 아니라, 테트리스 블록처럼 제멋대로 생겨먹은 공간들이 674층 높이로 쌓여 있는 것뿐이어서 정확히 몇 층짜리 건물인 지 확정할 수도 없었다. 어디에서 세느냐에 따라 층수도 달라 지기 때문이었다.

생소하기는 전공자도 마찬가지였다. 남 박사가 말했다.

"나라고 별수 있나. 초고층 건물 생태학에도 이런 건물은 안 나와. 아무리 초고층이라도 보통은 사람들이 출퇴근을 해야 정 상이거든. 건물 자체도 어느 정도 용도가 정해져 있어서, 주로 그 일을 하는 사람들이 인구의 대다수를 차지하고 나머지는 서 비스업, 이런 식으로 구분이 돼야 하는데 여기 사람들은 밖으 로 나가지도 않고 그냥 눌러살잖아. 그보다 송 박사는 권력장 분석 전공이니까 이런 일 익숙하지 않나."

"전공이기는 한데 이런 걸 해봤어야 말이지. 여기 권력장은 3차원으로 그려야 되잖아. 도시 중심지 구조도 3차원으로 나오 고. 솔직히 3차원 공간에서 권력장이 권력 중심을 향해 휘어진 다는 게 무슨 그림인지 이해가 안 가. 2차원 공간에서는 쭉 펼 쳐진 평면을 떠올린 다음, 권력이 집중된 곳에 무거운 물체를 놓는다고 생각하면 되거든. 그러면 그 지점이 밑으로 쑥 내려가잖아. 그러면서 주변에 내리막이 생겨요. 근처에 있는 것들이 자연스럽게 그쪽으로 빨려 들어가는 모양이 되는 거지. 그래야 직관적으로 이해가 되는데, 이걸 3차원 공간으로 옮긴다는 게 도대체 무슨 의미인지 모르겠어."

황 박사가 끼어들었다.

"그러니 저는 어떻겠어요. 전쟁사 전공인데 도대체 왜 여기 데려다 놨는지 모르겠어요. 게다가 연말에."

"아버님이 정 교수 친구분이라면서요."

"그래도."

되든 안 되든 하는 수밖에 없었다. 그것도 꽤 잘해야 했다.

그렇게 시간이 흘렀다. 연말이 되자 건물 외벽에도 화려한 장식이 걸렸다. 빈스토크 타워는 가늘고 높기만 한 건물이 아니라 가로세로의 길이도 꽤 긴 건물이었다. 그래서 건물 바깥에 광고를 걸면 온 나라 사람들이 다 볼 수 있을 지경이었다. 물론 빈스토크 사람들에게는 보이지 않고, 주변국 수도 사람들에게만 해당되는 이야기였다. 어찌나 높고 거대한지 보지 않으려고 해도 그럴 수가 없는 광고였다. 물론 광고를 걸면 일조량이 그만큼 줄어서 건물 내부 온도가 다소 낮아지기는 했지만, 어마어마한 광고 수입을 생각하면 충분히 감수할 만한 희생이었다. 미세권력연구소가 있는 27층의 사정도 마찬가지였다. 송연주 박사는 손에 입김을 불어가며 멍하니 모니터를 들여다보다가 문득 다른 두 사람을 돌아보았다.

"안 가봐도 될까?"

"거길 왜 가? 친한 사람도 아닌데."

"정 교수님이 그랬잖아. 사모님이 우리도 꼭 오라 그랬다고."

"사모님이 우리를 어떻게 알고 오라 그랬겠어? 말이 그렇다는 거지."

"전에 연구소에 놀러 왔었어. 당신 없을 때. 황 박사님이랑 나랑 인사했어. 자기랑 비슷한 또래라면서 좋아하던데, 그래서 오라 그런 것 같아. 그러니까 가야 되지 않을까?"

"한가하면 가봐도 되지만, 일이 끝나야 말이지."

"그래도."

남 박사의 말처럼 일은 도무지 끝날 줄을 몰랐다. 원래는 좀 더 일찍 마무리할 생각이었지만 계획대로 연구가 진행될 리 없었다. 연말이 다가오자 '마음의 선물'들이 평소보다 훨씬 더 활발하게 움직이는 바람에 새로 추적해야 할 자료가 폭발적으로 늘었다. 송 박사는 초조한 표정으로 시계를 올려다보았다.

"그래도 다른 사람들은 다 가는데 우리만 안 가면 이상하지 않을까?"

"아, 거참, 원래 애 낳고 삼칠일 동안은 찾아가는 거 아니잖아."

"근데 여기서는 찾아가는 거라면서. 실제로 산모나 아기를 구경하는 것도 아니고, 그냥 선물이나 주고 눈도장만 찍고 오면 된다며. 다른 사람들은 다 간다던데."

"다른 사람들은 우리보다 진도가 빠르잖아. 내일도 출근할래?"

"하긴, 돈도 안 주는데 크리스마스까지 출근할 수는 없지. 나도 모르겠다."

정 교수는 보수에 관한 이야기를 전혀 하지 않았다. 그래도 일은 제대로 해야 했다. 억울한 노릇이었지만 정 교수 눈 밖에 나지 않으려면 어쩔 수가 없었다. 그랬다가는 학계에서 도저히 살아남을 수가 없었다. 싫은 내색을 해서도 안 되고, 일을 대충 해서도 안 된다. 누가 물으면 그저 배울 게 많은 연구라고만 말해야 했다. 성공하는 데 별 도움은 안 될지 몰라도, 정 교수는 최소한 남의 출셋길을 막을 정도의 능력은 있는 사람이었다. 혹시 나중에 빈스토크 대학 정치학과 교수 자리라도 노려보려면 군소리 없이 일하는 수밖에 없었다.

"난방이나 좀 해주지."

송 박사는 누군가가 비행기에서 훔쳐 온 보라색 담요를 어깨에 두르고 멍하게 모니터를 바라보았다. 정 교수가 해야 할 일이었다. 일 안 하기로 유명한 정 교수였지만 그래도 매일 조금씩이나마 일을 하기는 했는데, 그날은 아침부터 아예 병원으로 출근했다. 열일곱 살이나 어린 두번째 아내가 진통이 시작됐다며, 그 바쁜 와중에 3일이나 휴가를 냈다. 그것도 모자라서 아기를 보러 오라고 병원으로 사람들을 부르기까지 했다. 이상한 풍습이었다. 휴가야 당연히 낼 수 있지만 다른 사람들까지 부르는 건 이해가 안 됐다.

"그래도 가봐야 되지 않을까?"

다시 송 박사가 물었다. 그러자 남 박사가 답답하다는 표정으로 대꾸했다.

"뭘 거기를 가냐? 그 나이에 젊은 여자랑 바람난 것도 쉬쉬할 일인데, 내연녀가 임신했다고 조강지처 버리고 새살림까지 차려가지고 말이야. 자식이 셋이나 있는 양반이 무슨 첫 애 보는 스무 살 아빠처럼 들떠가지고. 내가 다 민망하더라."

"그러니까 여자 쪽에서 더 적극적으로 사람 초대하고 그러는 거 아냐? 너처럼 뒤에서 손가락질할까 봐. 그게 다 살생부잖아. 아무래도 눈도장 찍을 타이밍인데."

"너 그거 오늘까지 다 끝내면 내가 같이 가준다."

송 박사는 다시 고개를 돌렸다. 송 박사도 물론 남의 배우자 애 낳는 데 가려고 크리스마스 전날까지 허둥대고 싶지는 않았다. 서두른다고 안 되던 일이 갑자기 술술 풀리는 것도 아니었다.

다시 모니터로 눈을 돌렸다. 뭔가가 자꾸 눈에 거슬렸다. 100층 근처를 유심히 들여다보았다. 아무래도 이상했다. 뭐가 잘못됐는지 딱히 짚이는 데도 없었다.

상식적으로 빈스토크의 권력 중심은 분명히 250층에서 350층 사이 구형으로 자리 잡은 시 업무 구역에 있어야 했다. 몇 군데 예외가 있었지만 모두 납득할 만한 이유가 있었다. 그런데 한 군데가 눈에 거슬렸다. 90층에서 130층 사이 구역 북동쪽 변두리에 밀도가 꽤 높은 권력 중심이 형성되었는데, 도대체 왜 거기에 권력 중심이 있어야 하는지 도무지 이해가 안 갔다.

송 박사는 곰곰이 생각에 잠겼다. 1차 자료들을 다시 한번 훑어봤지만 거기에 권력이 집중될 이유는 전혀 없었다. 조직폭력배라거나 아니면 지역 유지처럼, 남들은 다 아는데 외지 출신들만 모르는 뭔가가 있지 않을까 추측만 해볼 따름이었다.

"남 박사야, 여기 이 구역 있잖아. 100층 근처 이쪽 변두리에 뭔가 밀도가 높은 게 하나 있는데, 이게 도대체 뭔지 모르겠네."

남 박사는 잠시 모니터를 들여다보더니 이것저것 자료를 뒤적이며 원인을 찾아 헤맸다. 그러나 만족스러운 설명은 발견해낼 수가 없었다.

"글쎄, 시장 애인 집인가. 현지인한테 물어봐야 하지 않을까? 그런 야사는 정 교수가 제일 잘 알 텐데."

"전화해볼까?"

물론 정 교수는 통화가 안 됐다. 송 박사는 그 일을 어떻게 처리해야 할지 한참을 고민하다가 결국 이 박사에게 전화를 걸었다. 다행히 연결이 됐다. 이 박사는 귀찮지도 않고 그렇다고 반갑지도 않은 목소리로 487층에 사는 개 이야기를 들려주었다.

"몰라, 어쩌려고 그러는지. 그 개 빼고 시뮬레이션 돌리면 자꾸 엉뚱한 데에 권력 중심이 생기지? 내가 할 때는 고층이었는데, 입력 데이터가 달라지니까 아마 할 때마다 다르게 나오겠지. 그거 결국 정 교수가 처리해야 돼. 자기 이름으로 발표할 건데 자기가 해야지. 나중에 곤란한 일이라도 터지면 당신들이 책임질 수 있는 게 아니거든."

"정 교수님 지금 안 계세요. 아침부터 병원에 갔어요."

"아, 그 여자 애 낳는다 그랬지? 가수였던가, 배우였던가, 뜨지는 못한 연예인 출신이랬는데, 조용히 안 지나가네. 아무튼 그 일은 나도 어떻게 처리하라고 말해줄 수가 없어요. 괜히 내 말대로 했다가 나중에 문제라도 생겨봐. 내가 시켜서 그랬다 그러면 나만 황당해지잖아. 무조건 정 교수 확답을 들어. 아니면 자기가 직접 할 때까지 손 놓고 있든지."

송 박사는 전화를 끊고 다시 모니터를 멍하게 바라보았다. 다른 두 사람에게 이 박사와 상의한 내용을 전달했지만, 권력장 분석 프로그램에 관련된 기술 용어가 너무 많아서 두 사람은 무슨 말인지 거의 알아들을 수가 없었다.

"나는 학문을 기계화하는 거 반대야. 뭔 소린지 하나도 모르겠다. 송 박사가 알아서 해야겠는데."

송 박사는 물론 기계화된 학문이나 공부하는 기계에 대한 거부감이 없었다. 오히려 신뢰하는 편이었다. 다른 두 사람에게는 차마 이야기하지 못했지만, 보통 2차원 도시 구조에 적용되는 권력장 분석 프로그램을 빈스토크 같은 3차원 공간에 맞게 개량한 것은 결코 무시할 수 없는 정 교수의 업적이라는 생각마저 들었다.

"두 가지 버전으로 만들어야겠어. 개가 들어간 버전, 안 들어간 버전."

무모한 결심이었다. 안 그래도 할 일이 적지 않은데 그 일을 배로 늘리겠다는 이야기였다. 다른 두 박사가 극구 반대했으나 송 박사는 결심을 굳히고 서둘러 일에 착수했다.

"무슨 일이 있어도 오늘 안에 끝내야 해."

학문이 기계화된다고 해서 자료만 넣으면 저절로 결과가 튀어나오는 것은 아니었다. 기계화된 학문도 사실은 사람이 계속 지켜보면서 고치고 다듬어야 하는 도구에 불과했다. 잘 쓰면 꽤 좋은 도구인데, 다만 너무 복잡하다는 게 문제였다. 송 박사는 우선 입력할 자료에 487층 A57로 유입된 술의 궤적을 포함시킨 다음, 공연 티켓 교환권, 홍삼 세트, 사무용 수성펜 같은 다양한 수준의 물품 화폐를 추적해서 얻은 다섯 개의 예측 모델을 참조 모델로 설정하고, 각각의 참조 순서와 신뢰 수준을 직접 입력했다. 기계가 알아서 하는 것이 아니라 순전히 송 박사 개인의 판단에 따라야 하는 과정이었다.

그러는 사이 송 박사는 두 가지 버전을 다 만들겠다는 자신의 결정이 과연 현명한 판단이었는지 회의가 생겼다. 하지만 되돌리기에는 진도가 너무 많이 나간 뒤였다. 처음에는 챙길

변수가 무엇인지 잊지 않고 일일이 확인할 수 있었지만 관리해야 할 변수들이 점점 늘어나자 놓치는 부분도 자연히 많아졌다. 그러자 오류가 눈덩이처럼 불어났다. 송 박사는 어깨 위에 거대한 오류 덩이를 짊어지고 한참을 낑낑거렸다. 하나를 해결하면 다른 오류가 생겨났다. 그래도 시간이 지나자 문제를 해결하는 속도가 새로운 문제 발생 속도를 앞질렀다. 물론 그렇게 많이 앞지르지는 못했다. 결국 시간이 문제였다.

세 시간이 지나자 드디어 쓸 만한 모델이 도출되었다. 벌써 다른 사람들은 모두 퇴근하고 연구소에는 딱 세 사람밖에 남지 않은 시간이었다.

"거의 다 됐다!"

남 박사와 황 박사가 송 박사 쪽으로 다가가 모니터를 들여다보았다. 남 박사가 물었다.

"그럼 집에 갈 수 있는 거야?"

"아니, 지금 한 것만큼 한 번 더 해야 돼."

송 박사는 마음이 무거워졌다. 차라리 487층 A57을 뺀 버전을 먼저 만들었더라면 좋았을걸 하는 생각이 들었다. 그랬으면 그냥 대충 마무리하고 퇴근했을 텐데. 그래도 뭔가를 완성한 다음이라 기분은 좋았다. 게다가 이쪽이 더 진실에 가까웠다. 개가 포함된 권력.

세 사람은 모니터 앞에 머리를 맞대고 빈스토크 타워 빌딩의 진짜 권력 구조를 들여다보았다. 중심부와 주변 지역의 구분이 뚜렷한 게, 지금까지 붙들고 있던 모델보다 훨씬 깔끔했다. 진짜 권력이란 그래야 했다. 복잡하게 분산된 채 서로 견제하고 견제받느라 골머리 썩는 권력은 어쩐지 진짜 권력이 아닌 것 같았다. 물론 세 사람이 딱히 권위주의자는 아니었지만 학자들의 눈에는 단순한 것이 더 아름다워 보이는 순간이 분명히 있기 마련이었다.

"일단 근사하긴 한데요, 근데 이거 어떻게 보는 거예요?"

황 박사가 물었다. 그러자 송 박사가 대답했다.

"글쎄요. 솔직히 저도 잘."

침묵이 흘렀다. 세 사람은 5분 동안이나 아무 말도 하지 않았다. 그러다 황 박사가 먼저 말을 꺼냈다.

"밝은색으로 표시된 데가 밀도가 높은 데죠?"

"네, 그렇죠. 진짜로 물질이나 인구의 밀도가 높다는 건 아니고 이론상. 그쪽으로 물건들이 굴절돼 들어가는 모습을 보고 밀도가 높은 뭔가가 있을 거라고 역추적한 개념이거든요."

"여기 이 선은 권력 공간이 어떤 식으로 휘어졌는지를 나타내는 건가요?"

"그렇죠. 가상선이죠. 이건 실측 데이터가 있으니까, 진실에 가깝죠."

"저 솔직히 이런 거 잘 볼 줄 모르는데요. 근데 여기 이 부분, 밝은 데 있잖아요. 여기 약간 삐져나온 데. 이거 정 교수님 댁 근처 아닌가요? 아닌가? 그런 것 같은데."

그 말을 듣고 송 박사는 건물 입주자 명단을 한참이나 뒤적였다. 그런 것 같았다. 술이 배포되기 전에 맨 처음 집결한 장소도 거기였다. 주소를 확인해보니 그 지점이 맞았다. 권력 중심으로부터 190층 어딘가를 향해 가느다란 선 하나가 뻗어 있었다. 그리고 정 교수의 집 주소는 193층 M225, 바로 그 지점이었다.

"이상한데요."

황 박사가 말했다. 진짜로 그랬다. 그 부분을 확대했다. 물론 송 박사도 정 교수가 학계에서 행사하는 영향력을 모르는 바는 아니었다. 하지만 정 교수는 모니터에 나타난 정도의 가파른 굴절을 만들어낼 만큼 거물은 아니었다. 게다가 굴절된 모양이 한 방향으로 길쭉한 게 일반적인 권력의 패턴도 아니었다.

송 박사는 자료를 다시 검토했다. 정 교수 본인이 술을 최초로 배포한 사람이라는 점을 고려하지 않은 것도 아니었다. 이미 제거한 변수였다. 다시 말해서, 처음 배포한 시점이 아니라 어느 정도 시간이 흐른 다음에 무언가가 다시 그쪽으로 흘러 들어갔다는 소리였다.

그런데 이동 경로가 이상했다. 확대한 그림을 보니 339.7층 A1에서 193층 M225 사이에 통로 같은 것이 형성되어 있었다. 표준 층수 339.7층 A1은 이론상 빈스토크 권력 구조 전체의 구심점에 해당하는 지점이었는데, 193층 M225는 희한하게도 거기에서부터 직접 물질을 빨아들이고 있었다. 최고 권력이 집중된 곳으로부터 물자를 빼앗아 갔기 때문에, 물량 자체는 많지 않아도 물품 하나하나에 적용되는 가중치가 어마어마했다.

"이게 도대체 무슨 의미일까? 남 박사, 있잖아. 정 교수가 시장이랑 친해?"

"설마, 그 정도는 아닐걸. 정 교수 명절 선물 돌린 기록을 보면 시장은 없던데. 직접 안면은 없다는 소리고."

"그렇지? 근데 이 정도면 거의 뭐랑 비슷하냐면, 블랙홀에 손을 쓱 집어넣어서 그 안에 빨려 들어간 별을 다시 끄집어내간 거랑 비슷하거든. 사람으로 치면 절도? 아니면 숨겨놓은 애인?"

송 박사의 말이 끝나기가 무섭게 침묵이 엄습했다. 숨겨놓은 애인! 안 될 것도 없었다.

"그럼 정 교수님이 시장이랑?"

황 박사가 물었다. 그러자 송 박사와 남 박사가 허탈한 표정으로 그쪽을 돌아보았다.

"아니, 그런 말이 아니고."

그때서야 황 박사도 무슨 말인지 이해했다는 듯 책상을 탁쳤다.

"설마 교수님 사모님? 한 분야에서 크게 뜨지는 못했어도 이것저것 재주 많은 분이랬는데. 가십 기사에 종종 나오다가 어느 날 갑자기 사라졌었죠?"

다시 침묵이 흘렀다. 세 사람은 부지런히 머리를 굴렸다. 일단 뭔가 발견한 것은 맞는데 그 발견이 자신들에게 무엇을 의미하는지를 깨닫기까지는 좀더 시간이 필요했다.

"정 교수님이 아시면 난리가 나겠네요."

황 박사가 말했다. 송 박사는 정 교수에게 전화를 걸려다가 문득 무슨 생각이 들었는지 다시 수화기를 내려놓았다. 사실 따지고 보면 정 교수가 문제가 아니었다. 진짜 중요한 상대는 시장이었다. 반드시 재선된다는 보장은 없었지만 지금도 지지율은 꽤 높은 정치인이었다.

정 교수 부인이 그들에게 어떤 도움을 줄 수 있을지 생각해보았다. 구체적으로 떠오르는 것은 별로 없었다. 하지만 권력장이란 게 원래 그랬다. 구체적으로 어떤 일을 처리해주기를 바라면서 그 대가로 무엇인가를 지불하는 명시적 계약관계가 아니라, 그저 성의를 표하고 얼굴을 한 번 더 알렸을 뿐이지만 언젠가는 그 일이 계기가 되어 뜻밖의 좋은 일을 겪게 될지도 모르는, 섬세하고도 오묘한 함수. 그 함수를 풀어내기 위해서는 정교하고 정확한 계산보다 눈치와 타이밍이 더 중요했다.

"근데 아까, 사모님이 우리도 꼭 오라고 그랬다면서요."

황 박사가 말했다. 어느 줄에 가서 설지 정해야 했다. 정 교수에게 그 사실을 알려야 할까, 아니면 그냥 없던 걸로 하고 침묵해야 할까. 결정을 내리기까지는 그리 긴 시간이 필요하지 않았다. 어느 줄이든 줄의 끝에서 만나게 되는 사람은 정 교수가 아니라 정 교수 부인이었다.

"아무래도 우리, 병원에 가봐야 하지 않을까?"

송 박사가 말했다. 그러자 다른 두 사람도 고개를 끄덕였다.

"그럼 이건 일단 비밀로 묻어두자. 이거 공개되면 선거고 뭐고 없다."

송 박사가 모니터를 가리키면서 말했다. 그러고는 얼른 자료를 백업했다. 협박 같은 것을 할 생각은 전혀 없었다. 다만 시간이 지난 뒤에 자신들이 시장을 위해서 어떤 일을 했는지를 입증할 증거 자료 정도는 남겨두고 싶었다.

"보고서에 쓸 건 내일 또 출근해서 새로 만들어야 되는데 괜찮지? 괜찮죠?"

"당연하지."

병원은 647층, 부촌 근처였다. 빈스토크라는 이름은 물론 「잭과 콩나무」 이야기에 나오는 거대한 콩 줄기에서 따온 이름인데, 그해 12월 빈스토크 타워 옥상 위에는 거인 모양의 구조물이 만들어지기 시작했다. 사람들은 그 거인을 보고 잭과 콩나무에 나오는 거인이 아닌 킹콩을 떠올렸지만 색칠을 하고 보니 산타클로스였다. 세 사람은 그 거대한 산타클로스가 매달린 곳 근처까지 올라가야 했다.

미세권력연구소는 27층, 비자 면제 구역을 갓 벗어난 지역에 있었다. 지하는 처음부터 빈스토크 영토가 아니었고, 1층부터 12층까지는 층 구분이 없는 커다란 정원이었다. 그 위로는 백화점이나 쇼핑몰, 영화관 같은 상업 시설이 21층까지 이어졌는데, 거기까지는 외국인도 누구나 출입할 수 있는 중간 지대이면서 또한 비무장지대이기도 했다. 그리고 22층에서 25층까지가 경비실 구역이었는데, 말하자면 빈스토크 육군 2천 2백명 중 2천여 명이 주둔한 국경 지대인 동시에 여섯 개의 국경 검문소가 위치한 곳이기도 했다. 그러니까 연구소는 국경 바로 위에 자리 잡은 셈이었다.

국경이 네 층이나 된다는 것은 그만큼 빈스토크를 노리는 적들이 많다는 뜻이기도 했다. 두 차례의 폭탄 테러 미수 사건을 겪으면서 원래는 22층만 사용하던 국경 면이 네 층으로 확대됐다. 코스모마피아와의 적대 관계가 계속 유지된다면 미세권력 연구소 역시 머지않아 국경에 포함될지도 모를 일이었다.

짐을 챙기자마자 세 사람은 우선 제일 가까운 쇼핑몰로 갔다. 국경 위쪽은 물가가 너무 비싸서 병원에 가지고 갈 선물을 고를 엄두가 나지 않았다. 그래서 세 사람은 국경을 지나 엘리베이터를 타고 쇼핑몰이 있는 19층까지 내려갔다.

"30분 뒤에 여기서 만나요. 나는 금반지 살 거야. 그거 알지? 여기는 돌반지를 1년 일찍 주는 게 풍습이더라고. 그러니까 반지는 사지 마. 선물 잘 고르고, 30분 뒤에 봐."

송 박사가 먼저 그렇게 말하면서 쇼핑몰로 사라졌다.

"치사하게. 고민하기 싫으니까 자기가 반지 산대."

남 박사는 뭘 사야 좋을지 몰라서 두리번거리다가 마침 근처

향수 매장에서 파는 조그만 술병 모양의 향수병을 보고는 별 고민 없이 하나를 집어 들었다.

"이걸로 하죠 뭐. 마침 우리 술병 모양하고도 비슷하고."

황 박사는 선뜻 선물을 고르지 못하고 이 가게 저 가게를 기웃거리다가 송 박사가 돌아올 때가 다 돼서야 뭐가 있나 한 바퀴 둘러보고 오겠다며 자리를 떠났다. 얼마 지나지 않아서 송 박사가 나타나더니, 고민 안 하고 산 건 좋은데 금값이 너무 올라서 결국 자기가 제일 손해 본 것 같다고 투덜댔다. 그리고 잠시 후에 황 박사가 손에 뭔가를 들고 돌아왔다.

"샀어요?"

"샀어요."

"뭐 샀어요?"

"글쎄 한약방에서 이런 걸 파네요."

"뭔데요?"

황 박사가 손에 든 것을 내밀자 남 박사는 웅얼거리는 소리로 선물 겉표지에 적힌 설명을 읽었다.

"경락의 기가 원활히 흐르게 하여 혈액순환을 도와 어혈로 인한 통증을 근본적으로 치료하며……"

"어혈을 풀어줘서 산후복통 같은 데 좋대요."

송 박사는 남 박사 손에 들려 있던 물건을 집어 들고 한참을 들여다보더니, 잠시 후에 황 박사를 바라보며 이렇게 말했다.

"아 진짜, 황 박사님. 그렇다고 이런 걸 사 오시면 우리 꼴이 우스워지잖아요. 몰약(沒藥)은 좀. 이거 때문에 우리 선물까지 이상해지잖아요. 하필 크리스마스이브에 금반지랑 향수랑 몰약이 뭐예요. 게다가 박사가 세 명이야."

"그래도 남 박사님 건 유향(乳香)은 아니잖아요, 향수지. 둘이 완전 다른 거예요."

"예, 뭐. 어쨌거나 괜히 연상이 되기는 하죠, 선물 목록에 몰약이 끼어 있으면."

어떤 사람은 스스로 물품 화폐가 된다. 권력장이 그런 식으로 일그러져 있다면 그쪽으로 빨려 들어가지 않을 도리가 없다. 세 사람은 스스로 동방 박사 3종 세트가 되어 서둘러 647층으로 올라갔다.

세 사람 모두 30층 위로는 올라가본 적이 없었다. 주변국 수도와 빈스토크를 오가며 매일 출퇴근을 했지만 그 위쪽은 처음이었다. 가이드북에 나와 있는 대로 먼저 연구소 옆 계단을 따라 30층까지 올라간 다음 가까운 엘리베이터 정류장으로 갔다. 정기권이 없어서 당일 정액권을 끊어야 했는데 연말이라 티켓값이 비쌌다. 3인용 크리스마스 패키지 이용권을 사면 거의 두 사람 가격에 왕복이 가능했는데, 대신에 가고 오는 동안 꼭 붙어 다녀야 했다.

빈스토크 타워에서는 엘리베이터가 1층부터 꼭대기까지 한 번에 쭉 이어질 수가 없었다. 그랬다가는 층마다 문이 열리는 통에 꼭대기까지 올라가는 데 하루가 꼬박 소요될지도 몰랐다. 그래서 엘리베이터 라인 하나가 대략 20층에서 30층 정도를 오갔는데, 100층 이상을 운행하는 장거리 엘리베이터를 타려면 별도의 터미널을 찾아가야 했다. 마침 30층 터미널에는 500층까지 직행으로 올라가는 장거리 엘리베이터 노선이 있었지만, 크리스마스 전이라 줄이 어찌나 길었던지 예상 대기 시간이 한 시간 반에 달했다. 세 사람은 번호표를 구겨버리고 일단 60층으로 가는 엘리베이터를 잡아탔다. 그다음부터는 가이드북에 나오는 엘리베이터 노선도를 따라가기로 했다.

60층에 도착하자 통로마다 인파가 넘쳐났다. 인파에 밀려 서로 놓치는 일이 없도록 남 박사가 머리 위로 엘리베이터 정액권 티켓을 들고 앞장섰다. 티켓에는 커다란 은색 별이 찍혀 있었는데, 주위의 화려한 불빛을 받아 이따금 반짝반짝 빛을 냈다.

60층 광장을 지나 B77번 노선을 타고 84층으로 올라갔다. 거기에서 에스컬레이터로 두 층을 올라간 다음에 건물 중앙 쪽으로 다섯 블록을 걸어가서는 백화점 내부 엘리베이터로 한 층을 벌었다. 그런데 백화점 출구를 나서 보니 표준 층수로는 98층이 맞는데 G15번 엘리베이터까지 바로 이어지는 길이 없어서, 일단 한 층 위로 올라갔다가 동쪽으로 우회해서 다시 아래로 내려가야 했다. 거기에서 G15를 타고 129층에서 내린 다음, 운 좋게도 장거리 터미널에서 212층 터미널로 이어지는 직행편을 잡아탔다. 하지만 거기에서 320층까지가 문제였다.

"북쪽 L42번 라인에서 L57번으로 갈아타고……"

남 박사는 노선 안내도를 보면서 모퉁이를 돌다가 문득 뒤를 돌아보았다. 일행 두 사람의 모습이 보이지 않았다. 되돌아가야 할지 그 자리에 서 있어야 할지 망설이던 차에 반갑게도 전화벨이 울렸다. 송 박사였다.

"뭐 하니? 안 따라오고?"

남 박사가 물었다.

"따라가고 있었는데, 가까이 가서 보니까 당신 아니던데. 관광객처럼 생긴 사람들은 다 머리 위로 티켓 들고 가는 것 같아."

일행을 수습해서 엘리베이터를 세 번이나 갈아타고 320층 터미널까지 간 다음 이동 중에 미리 예약한 장거리 엘리베이터로 427층까지 갔다. 10시가 가까운 시각이었지만 인파는 더 늘기만 했다. 빈스토크 인구의 절반 정도가 각자에게 할당된 공간이 아닌 통로로 쏟아져 나온 듯했다. 매년 크리스마스 때마다 열 명씩은 길에서 죽어 나간다는 말을 들은 것도 같았다.

건물 중심 쪽으로 걸어 들어가서 엘리베이터를 두 번 더 갈아탄 다음 489층에서 간신히 내렸다. 세 사람 모두 얼굴이 하얘졌다.

"489층이네. 487층 A57에 개 사는데. 권력자 영화배우 P. 그 개도 길에 나와 있겠지? 여기까지 왔는데 보러 갈까? 직접 보고 싶지 않아요?"

송 박사가 창백한 얼굴로 말했다. 세 사람은 그쪽으로 발길을 돌렸다. 계단을 찾아서 두 층 아래로 내려간 다음 A57을 찾아가는 데만도 10분이 걸렸다. 권력 밀도는 높지만 인구 밀도는 높지 않은 곳이었다.

예상대로 영화배우 P씨는 집 근처 광장을 거닐며 크리스마스를 즐기고 있었다. 뒤로 넘어갈 듯 고개를 빳빳하게 세우고 오만하게 걷는 모습이 영락없는 권력자의 풍모였다. 짖는 소리도 우렁찼다. 개 주인이라기보다는 경호원이나 비서처럼 생긴 사람들이 그 주위를 에워쌌는데, 개가 한번 짖을 때마다 쩔쩔매는 모습이 안쓰러웠다.

황 박사가 말했다.

"방금 '국민'이라고 짖는 거 들었어요?"

"설마요. 농담은."

"분명히 그렇게 들렸는데."

권력이 순전히 영화배우 P 자신으로부터 나왔으리라고는 생각할 수 없었다. 문제는 숭배자들이 권력자를, 그리고 제3자들을 대하는 태도였다. 그런 의미에서 487층 A57은 실존하는 권력이 분명했다. 권력이 공간을 왜곡하자 지나가는 사람들이 멀쩡한 길을 놔두고 옆으로 슬슬 피해서 걷는 모습이 보였다.

487층 A57이 진짜라면 193층 M225도 진짜였다. 확신이 서자 힘이 났다. 두 층 아래로 내려가서 E50 라인을 타고 537층까지 올라갔다. 위로 올라갈수록 부유층 거주 구역에 가까워지면서 통로는 넓어지고 인파는 줄었다. 곳곳에 사설 엘리베이터가 눈에 띄었지만 '프리미엄' '플래티넘' '노블레스'투성이라서 3인용 크리스마스 패키지로는 탈 수가 없었다. 일반 대중교통편을 찾으려면 한참을 걸어야 했다. 부촌이라고 해서 볼만한 게 그다지 많은 편도 아니었는데, 다만 한 층이 표준 층수로 거의 4층 높이여서, 담이 높아 보였고 천장 곳곳에 카메라가 설치돼 있다는 점이 특이했다. 그뿐이었다. 가끔 대문이 열려 있는 집이 있었는데 문틈으로 널찍한 개인 정원이 보였다. 마치 햇볕을 받는 듯 인공 태양이 환하게 내리쬐는 정원이었다.

한 층 한 층이 위아래로 길쭉한 구역이다 보니, 단거리 엘리베이터가 거의 50층씩을 오르내렸다. 물론 표준 층수로 잰 숫자일 뿐, 실제로는 20층 정도를 지나는 듯했다. 엘리베이터를 두 번 더 갈아타고 632층에 이르자 세 사람은 어쩐지 숨쉬기가 힘들었다.

"해발고도가 얼마지?"

"글쎄, 한 2킬로미터쯤?"

동쪽 끄트머리에서 계단으로 두 층을 걸어 올라갔다. 인구 유입을 막기 위해 개발을 제한한 지역이어서, 창가를 따라 기다란 공짜 에스컬레이터가 마치 움직이는 전망대처럼 쭉 뻗어 있었다. 세 사람은 에스컬레이터에 올라탔다. 그리고 창밖에 펼쳐진 야경을 내려다보았다. 얼굴이 노랬다. 벌써 10시 40분이었다.

　마침내 병원 문으로 들어서자 곧바로 정원이 나타났다. 꽤 굵은 나무 한 그루가 심겨 있었는데, 도대체 어떻게 거기까지 실어 날랐는지는 모르지만, 운반비에 땅값만 해도 어마어마하게 비싼 나무가 틀림없었다. 그런 생각을 하고 있는데 병원 직원 한 사람이 황 박사를 빤히 쳐다보더니 걱정스러운 목소리로 물었다.

　"어디가 불편하세요?"

　"아, 제가 아니고요."

　대답하면서 생각해보니 이상한 구성이었다. 밤 11시가 다 돼서 산부인과를 찾아온 비슷한 나이 또래의 남자 하나와 여자 둘.

　　고요한 밤

　　거룩한 밤

　　어둠에 묻힌 밤

　아래에서는 모두가 구세주 산타클로스의 탄생을 축하하느라 한껏 들떠 있었다. 그에 비하면 649층에 있는 병원 3층 회복실은 경건하다고 해도 좋을 만큼 너무나 고요했다.

　"아들이에요, 딸이에요?"

"아들이에요."

천사 대신 간호사가 아기의 탄생을 알렸다. 세 박사는 금반지와 유향은 아닌 향수, 그리고 몰약을 들고 간호사가 안내해준 회복실을 찾아갔다. 다른 방은 불이 전부 꺼져 있어서 자칫아무도 찾지 않는 초라한 마구간을 찾은 듯한 서글픈 착각을불러일으키기에 딱 좋았다. 하지만 그들이 찾아간 곳은 다녀갈사람은 이미 다 다녀간 초호화 회복실에 딸린 응접실이었다.

송 박사가 조심스럽게 병실 문을 두드렸다. 대답이 없었다.

"정 선생님, 사모님, 주무세요?"

몇 번을 불러봤지만 아무 소리도 들려오지 않았다. 송 박사가 조심스럽게 문을 열었다. 이미 범행이 모두 끝난 뒤였다.

고요한 밤

거룩한 밤

649층이 피로 물든 밤

궁지에 몰린 인간은 궁지를 물기 마련이었다. 세 사람은 정교수가 어떤 궁지에 몰려 있었는지를 곧바로 알아챘다. 그것은문명 세계의 권력이자 보이지 않는 권력이 만들어낸 궁지였다.권력자가 일일이 협박하거나 지시하지 않아도 사람들이 알아서 약탈당할 물건을 내놓게 하는 힘. 위에서 일일이 지목하지않아도 누군가가 알아서 정적을 제거해주고 비판자의 입을 틀어막아주는 마법. 통치자가 머리를 비우고 아무 말이나 지껄여도 통치 기구가 알아서 합리화하고 정당화해주는 신묘한 권위. 보이지 않기 때문에 아무리 비열한 짓을 저지르더라도 절대 추궁당하지 않는 권력.

권력장은 자객을 보내 적을 암살하지 않는다. 자기 손에 피를 묻히는 법도 없다. 대신 적이 칼을 꺼내 들어 스스로 자신의 정치적, 사회적 생명에 타격을 입히게 한다.

사람은 문명과 야만이 적당히 공존하는 사회에 살고 있지, 어느 사회든 야만이 없는 사회란 있을 수 없다. 문명 세계의 권력이 개인을 그렇게까지 절망적인 상황으로 몰아갈 때, 개인이 야만 세계의 폭력을 사용해서 거기에 저항하는 일은 생각보다 흔하다. 그래도 된다는 착각에 빠진 탓이다. 정 교수도 아마 그랬을 것이다. 그러나 폭력 말고는 저항의 수단이 없다는 사실을 이미 알고 있기에, 문명 세계의 권력은 보통 사람들이 생각하는 것보다 훨씬 더 극단적으로 폭력을 혐오한다. 그리고 응징한다. 그런데 정 교수가 과연 그 사실을 몰랐을까. 아마 알았다 해도 아무 소용이 없었을 것이다.

밝고 포근한 조명 아래, 하얀 도화지처럼 깨끗해야 할 침대 위에는 액션페인팅이라도 한 듯 피가 뿌려져 있었다. 한 번 찔러서는 성에 안 찼는지 피가 튄 방향이 한두 갈래가 아니었다. 산모의 혈액순환이 그보다 원활할 수는 없었으므로 몰약은 더 이상 필요가 없을 것 같았다.

세 사람은 문을 활짝 열어 보지도 못하고 그 자리에 우뚝 멈춰 섰다. 아무것도 모르는 줄 알았던 정 교수가 사실은 개를 포함한 빈스토크의 권력 구조를 네 번이나 혼자서 그려보았을 줄은, 세 사람은 정말 꿈에도 생각지 못했다.

정 교수는 온몸을 피로 물들인 채 멍한 눈으로 문 쪽을 돌아보았다. 손에는 아직도 칼이 들려 있었다.

"이 시간에 여기는 어쩐 일이야?"

아무렇지도 않은 목소리였다. 세 사람에게는 그 말이, 뭔가 알고 온 게 아니냐는 추궁으로 들렸다.

게임 끝이었다. 그는 이제 더 이상 인간이 아니었다.

고요한 밤 거룩한 밤에, 649층에서 비명 소리가 들렸다. 언제 비명 소리가 들려도 이상하지는 않은 곳이라 소리만으로는 별다른 감흥이 없었다. 그러나 사람들이 뛰기 시작하자 그때부터 비로소 실감이 났다. 보지 말았어야 할 광경을 보고 만 것이었다. 오지 말았어야 할 곳에 발을 디딘 것이었다.

세 명의 박사는 호흡을 가다듬고 침착하게 병원 현관을 빠져나갔다. 정원을 지나 아무 일도 없었던 것처럼 천천히 병원 정문까지 걸어 나간 다음, 얼굴이 파래진 채로 아래층을 향해 달리고 또 달렸다. 야경이 펼쳐진 에스컬레이터를 지나 엘리베이터를 갈아타고 왔던 길을 따라 아래로 아래로.

정 교수는 그들을 뒤쫓지 않았다. 그 자리에서 그대로 경찰을 기다렸다. 빈스토크식으로 말하자면 경비원들을 기다렸다. 그러나 세 명의 박사는 달리고 또 달렸다. 엘리베이터 안에서도 제자리걸음을 쳤다. 천장이 높은 부촌 근처를 지나는데, 언뜻언뜻 보이는 키 큰 그림자가 보물을 빼앗긴 거인의 환영처럼 보였다. 개를 포함한 권력장에서 발생한 거인의 환영이 세 사람을 쫓아 내려오는 것 같았다.

망상이 아니었다. 서둘러야 했다. 최대한 빨리 국경을 넘어야 했다. 그렇지 않으면 숨겨진 권력 핵심인 193층 M225 점유자 살인 사건의 주요 참고인으로 사건에 연루될지도 모르는 일이었다.

뛰면서 생각해보니 339.7층 A1은 사건을 조용히 덮어버릴지도 몰랐다. 선거 때문이었다. 하지만 사건을 덮는 것과 조사를 중단하는 것은 전혀 다른 차원의 이야기였다. 공식적으로 보도가 되든 안 되든 권력이 작동되는 과정은 마찬가지였다. 그들이 아는 한, 그런 경우 권력의 작동 방식은 단순하고 명료했다. 193층 M225의 존재를 아는 사람을 모두 제거할 것! 물론 권력자의 손에 피를 묻히지 않고!

'정 교수님, 알 만한 양반이 왜 그러셨어요!'

하지만 그런 식의 권력은 국경을 넘어서까지 작동하지는 못한다. 세 박사는 장거리 엘리베이터 세 번에 단거리 엘리베이터 아홉 번, 무려 열두 번을 갈아타고 아래로 내려갔다. 간호사들이 발견하든 정 교수가 자수하든, 경비원들이 현장에 도착하고 조사가 시작되면서 그 이야기가 권력 핵심부에 들어가는 순간, 빈스토크 권력장 전체가 일그러지면서 22층 국경이 차단될 게 분명했다.

시간이 얼마나 걸릴지는 알 수 없었다. 정 교수가 언제 입을 여느냐에 달린 문제였다. 10분이 걸릴 수도 있고 하루가 걸릴 수도 있었다. 잠들어 있던 권력장이 일단 깨어나면 피하거나 막을 방법이 없었다. 적당한 먹이를 집어삼키거나 더 큰 권력장을 만나지 않는 한, 사람의 힘으로는 도저히 멈출 수가 없었다.

마침내 경비실 구역에 다다랐다. 다행히 아직은 권력장이 일그러지지 않은 모양이었다. 세 사람은 얼굴이 벌게져서 출국장을 통과했다. 쇼핑몰이 있는 21층 비무장지대로 들어서는데 뒤에서 갑자기 권력장이 일그러지면서 경비원들이 분주하게 오가는 모습이 보였다. 그러더니 출국장이 순식간에 폐쇄되고 입국 심사마저도 일시 중단됐다. 권력장이 입을 쩍 벌려 날카로운 송곳니를 드러내는 순간이었다. 세 사람은 순간 바짝 긴장했다.

"어이, 거기 세 사람!"

뒤에서 누군가가 부르는 소리가 들렸다. 뒤를 돌아보았다. 경비원 한 사람이 자기 부하를 부르는 소리였다. 세 명의 박사는 그때서야 비로소 자신들이 이미 출국장을 빠져나왔다는 사실을 실감했다. 그러고는 안도의 한숨을 내쉬었다.

지금부터는 뛰지 않는 편이 나았다. 빈스토크 경비원들은 그들의 얼굴을 몰랐다. 경비원들은 193층 M225의 정체를 아는 사람을 찾으려는 것이 아니라, 그저 살인 사건의 용의자일지도 모르는 주요 참고인 세 사람이 건물을 빠져나가지 못하도록 막으려는 것뿐이었다. 그러니까 수상한 짓만 하지 않으면 경비원들이 이미 출국한 사람을 불러 세울 이유는 없었다.

물론 아직은 빈스토크의 영향력이 미치는 땅이었다. 세 사람은 3인조로 보이지 않기 위해 한 명씩 따로 계단을 내려갔다. 그리고 12층 높이의 거대한 정원을 아무 일 없이 빠져나갔다.

송 박사가 제일 먼저 1층을 벗어나 건물 바로 앞 큰길에서 택시를 기다렸지만 태워주겠다는 차가 하나도 없었다. 할 수 없이 걸어서 빈스토크 타워로부터 멀어져갔다. 뒤를 돌아보니 한눈에 들어오지도 않을 만큼 거대한 구조물이 위압적인 모습으로 사람들을 내려다보고 있었다. 상식을 벗어난 압도적인 크기 때문에 잠시 올려다보는 것만으로도 현기증이 났다. 곧이어 황 박사가 건물을 빠져나왔지만 두 사람은 서로 알은체를 하지 않았다.

긴장이 풀리자 발이 아팠다. 그제야 송 박사는 병원에서 본 끔찍한 광경을 떠올렸다. 부디 정 교수에게 천벌이 내리기를!

입구에서 충분히 멀어진 다음 벌벌 떨리는 몸을 돌려 다시 위를 올려다보았다. 온몸이 피로 물든 거인이 건물 꼭대기에서 그들을 내려다보고 있었다. 자세히 보니 그냥 산타클로스였다.

자연
예찬

재선이 확정되자마자 시장은 시 외곽 지역 수직운송 체계 재정비 사업에 대한 타당성 검토에 들어갔다. 물론 처음 나온 이야기는 아니었다. 빈스토크 타워 빌딩처럼 상주 인구가 50만이나 되는 건물에서는 어느 때고 엘리베이터 확충에 대한 논의가 끊이지 않는 법이었다. 운송 수단이 늘어나는 만큼 이용하는 사람도 늘어나기 마련이어서 엘리베이터를 아무리 늘려봐야 674층을 오르내리는 일은 언제나 불편했고 사람들은 늘 불만에 가득 차 있었다. 누군가 진짜로 그 문제를 해결해준다면 그 사람은 다른 업적 없이도 죽을 때까지 시장 자리를 지킬 수 있을 게 분명했다. 그러니 시장 선거에 출마하는 사람은 누구든 한 번쯤은 그 카드를 만지작거려보는 게 당연했다.

이번에 그 사업이 다시 문제가 된 것은 수직운송 업체들과 정치권 사이의 유착 관계 때문이었다. 유착에 관한 결정적인 단서들이 드러나자, 원래 비판을 하게 되어 있는 사람들이 먼저 비판을 시작했다. 그러자 시 정부에서는 비판하는 사람들을 불러다가 먼지를 털었다. 표현의 자유를 제한한 게 아니라 다른 규칙들을 엄격하게 적용한 것이다.

K는 털면 먼지가 나는 사람이었다. 다른 사람들보다 더 심하지는 않겠지만, 그렇다고 남들보다 덜할 거라는 자신도 없었다. 본인이 직접 붙들려서 먼지가 털린 적은 없었다. 다만 다른 사람들이 그렇게 되는 모습을 지켜본 것뿐이었다. 조용히 들어앉아서 가만히 살펴보니 누구를 털어도 결국은 먼지가 나오는 모양이었다. 업무 추진비를 잘못 집행했다거나, 특정 학생의 학부모와 자주 식사를 같이했다거나, 등록된 주소지와 실제 거주지가 달랐다거나 하는 일들이, 잘못이 아니라고는 결코 말할 수 없는 사소한 과오가 한두 건씩 어김없이 발견되는 것이었다. 염라대왕 앞에 불려가서 평생 동안 저지른 잘못을 모두 떠올리기 전에는 절대 떠오를 것 같지 않던 온갖 못된 짓들이 여론의 심판대에 횟감처럼 올려지는 것, 그 가능성만으로도 그는 충분히 두려웠다.

맨 먼저 정부를 비판하게 되어 있는 사람들이 비판을 그만두자, 비판하지 않아도 되는 사람들이 비판을 시작했다. 그러자 경비대가 나서서 먼지를 털었다. 물론 이번에도 표현의 자유나 집회의 자유를 억압한 적은 단 한 번도 없었다. 다만 다른 규칙이 다소 엄격하게 적용되었을 뿐이었다. 321층 광장에서 대규모 집회가 열린 다음 날, 광장 사용 신청서를 제출한 사람들이 층간소음법 위반으로 경비대에 연행되어 조사를 받았다. 수직 운송 업체와 정부의 관계를 조롱하는 연설을 한 작가 몇 사람은 음란물 시비에 걸려 지면이 끊겼다. 시 정부에서 지시한 일이 아니었다. 딱 그 정도의 일을 할 권한이 있는 누군가가, 누가 시키기도 전에 알아서 한 일이었다.

그러자 빈통작가조합(현지인들은 빈스토크라고 쓰고 빈통이라고 읽기도 한다)은 파업에 들어갔다. 어떤 작가들은 다음 선거까지 절필을 선언했다. 그래도 K는 계속해서 글을 썼다. 그때부터 그는 자연주의 작가가 되고 말았다.

"대자연의 아름다움을 노래하기 시작하더라고."

"그렇군요. 그래서 그렇게 작품이 확 바뀐 거군요."

"그렇지. 문제는 말이야, 그 양반 저소공포증이라는 거야."

"저소공포증이요?"

"한 25년 됐나. 어렸을 때 외국 어디에 갔다가 폭탄 테러 나는 걸 가까이에서 목격했나 봐. 그것 때문에 그렇게 골수 사실주의 작가가 되었던 것 같은데, 그때 저소공포증이 생겼대요. 그래서 1층에를 못 가. 그때부터 내내 고층 건물만 전전하면서 살다가 여기로 왔지 뭐. 벌이는 시원치 않고 집값은 비싸고 그래서 고생 좀 했나 보더라고. 저소공포증이 장애로 인정이 돼서 시에서 보조금이 나왔거든. 그거 끊길까 봐 그렇게 자연주의로 돌아선 게 아닌가 의심하는 사람도 있는데, 내가 보기에 그건 아닐 거야. 요새는 벌이가 좋으니까."

"아무래도 영향력은 무시 못 하겠죠?"

"그럼, 당연하지. 빈통에서만 한 10만 부 팔잖아. 저번 선거에서 시장이 10만 표를 못 얻었으니까 그 정도면 시장보다 낫지."

"그러게요. 그런데 그분이 저소공포증인 게 이상한 건가요? 질병이라서요?"

"아니, 10년 넘도록 건물 밖으로 한 번도 안 나가본 사람이 자연 예찬이나 하고 앉았으니까 하는 말이지."

그 말에 D는 최근에 읽은 K의 글을 떠올렸다. 이상하다는 생각이 든 적은 별로 없었다. 지구 온난화로 점점 얇아져가는 얼음 위에서 먹이를 찾아 헤매던 북극곰 한 마리의 이야기였다. 자신과 먹이 사이에 놓인 끈질긴 인연의 고리를 발견하고는 사흘 밤낮을 고뇌하다가 결국 세상 만물의 이치를 깨닫고 마침내 열반에 이르는 결말은 감동적이기까지 했다.

"건물 밖에 안 나가본 사람이 자연 예찬한다고 꼭 문제가 되나요?"

D가 물었다. 그러자 편집장이 대답했다.

"일단 진실하지가 않잖아. 결국 어디서 본 걸 옮겨 적는다는 건데. 그래서 그런지 뭔가 강렬한 맛이 없어. 당신이 보기에는 안 그래?"

그래서 D는 편집장의 지시에 따라, K에게 다시 한번 예전처럼 사실적인 글을 쓰도록 권유하는 일을 맡았다.

K는 410층 남쪽에 위치한 창가 휴양지에서 일광욕을 즐기고 있었다. D가 일상적인 안부 인사를 건넨 다음 찾아온 목적에 관해 이야기를 꺼내놓자, K는 그 말이 채 끝나기도 전에 자리에서 일어나 수영장 물속으로 들어가버렸다.

'다른 사람도 많은데 왜 하필 나한테 그러는 거야?'

그는 물 위에 둥둥 뜬 채 천장을 바라보며 생각에 잠겼다.

'아무튼 그럴 수는 없지. 그럴 수는 없어.'

그는 그 자세 그대로 고개를 저었다. 프리힐리아나Frigiliana 에 있는 별장 때문이었다.

별장이라고는 하지만 그렇게 큰 집은 아니었다. 프리힐리아 나는 스페인 남부 해안 근처에 있는 작은 산골 마을이었다. 흔히 '하얀 마을'이라고 불리는 지중해식 마을이었는데, 좁고 비탈진 골목을 따라 언덕을 올라가면, 모두 흰색이라는 것만 빼면 똑같이 생긴 게 하나도 없는 집들이 꽤 높은 곳까지 쭉 이어져 있었다. 집집마다 파란색 대문이나 파란색 나무 창틀, 벽에 걸린 화분 같은 아기자기한 장식이 있었고, 심지어 바닥에 깔린 돌 장식마저 시선을 사로잡았다. 하지만 무엇보다 인상적인 것은 날씨였다. 언덕에 올라 남쪽을 바라보면 저 멀리에 지중해가 펼쳐져 있는데, 수평선 위에서 시작된 파란 하늘이 머리 위를 지나 온 마을을 다 덮는 모습이 그렇게 아름다울 수가 없었다. 그 선명한 파란색 때문에 하얀 집들이 한층 하얗게 보였다. 즉, 그곳에서는 큰 집이 아니라 예쁜 집을 짓는 게 관건이었다.

물론 직접 가본 것은 아니었다. 거기에 가려면 1층으로 내려가서 비행기를 타고 마드리드까지 날아간 다음 다시 기차를 타고 말라가로, 말라가에서 다시 버스를 타고 네르하로 이동해야 했다. 거기에서 또 버스를 타고 산길을 올라가면 산 중턱에 만년설처럼 흩뿌려진 하얀 집들이 나온다. 그렇다고 했다. 전에 살던 사람이 그렇게 말해주었다.

듣기만 해도 끔찍한 여정이었다. 기차를 타고 버스를 타다니. 게다가 1층으로 내려가야 한다니. 헬리콥터에서 헬리콥터로 이어지는 길이 아니면 그는 거의 아무 데도 갈 수가 없었다. 그마저도 코스모마피아가 민간 항공기를 요격한 사건이 일어난 다음부터는 전혀 안전해 보이지가 않았다. 이제 더 이상 순수한 교통수단이란 것은 남아 있지 않았다. 그렇다고 1층 바닥을 밟을 수도 없었다. 50층 밑, 지평선이 시야를 꽤 높은 곳까지 잠식해 들어오는 높이까지 내려가면 그는 슬슬 알 수 없는 두려움에 호흡이 가빠지곤 했다. 30층 아래로 내려가면 스스로도 납득할 수 없는 말도 안 되는 망상이 어느덧 이성을 마비시키고 말았다. 무수히 많은 시체들이 땅바닥을 뚫고 일어나 그를 향해 일제히 고개를 돌리는 상상이었다. 절대로 일어날 수 없는 일이라고 몇 번이나 마음을 다잡아봐도 아무 소용이 없었다. 결국은 공황 상태에 빠져서 누군가의 도움을 받지 않으면 안 되는 지경에 이르기 일쑤였다. 그래도 그는 꾸준히 정신과를 찾았다. 프리힐리아나에 가보기 위해서였다. 그러나 어떤 방법을 써도 저소공포증은 좀처럼 극복할 수가 없었다. 그래서 그는 화가 났다.

그 집은 이름을 밝힐 수 없는 누군가가 준 마음의 선물이었다. 물론 공짜는 아니었다. 청탁의 의미가 분명했고, 뭘 어떻게 해달라는 건지 메시지도 명확했다. 처음 그 집을 소개받았을 때 그는 이 인간이 누구를 놀리려는 게 아닌가 싶었다. 스페인 남부 해안이라니, 그야말로 그림의 떡이었다. 그러나 집에 딸린 옵션을 보고는 생각이 달라졌다.

옵션이란 다름 아닌 로봇이었다. 그다지 정교하거나 성능 좋은 로봇은 아니었다. 기능도 별로 없었다. 그저 조종하는 대로 집 안을 돌아다니고, 조잡한 팔로 물건을 집을 수 있을 뿐이었다. 집 밖으로는 나가지도 못했다. 로봇처럼 생겼다뿐이지 그냥 기계라고 불러도 무방한 물건이었다. 하지만 그것만으로도 충분했다.

정확히 말하면, 그의 마음을 사로잡은 것은 로봇 자체가 아니라 로봇의 성능 좋은 카메라에 비친 바깥 풍경이었다. 로봇을 통해 그는 마치 자신이 그 집에 사는 것처럼 집 안을 돌아다니거나 바깥을 내다볼 수 있었다. 로봇의 눈에 비친 창밖 풍경을 시험 삼아 한번 내다보는 순간, 그는 그만 지중해 근처 산골 마을의 그림 같은 모습에 완전히 푹 빠져들고 말았다.

그는 선물을 덥석 받아들였다. 너무 흔쾌히 받아들이는 바람에 주는 쪽이 오히려 당황할 정도였다. 그게 그의 먼지 중 가장 큰 먼지였다. 돌려줄 수도 없고 돌려주고 싶지도 않은 먼지였다. 엄밀히 말하면 프리힐리아나에 있는 집은 그의 소유가 아니었다. 로봇만 그의 소유였다. 심지어 서류상으로는 그가 집주인에게 로봇을 임대한 것으로 되어 있었다. 하지만 그다지 완벽한 속임수는 아니었다. 누구든 마음만 먹으면 쉽게 찾아낼 수 있는 속임수였다.

그리고 그 집에는 누구든지 마음만 먹으면 한순간에 그를 천하의 파렴치한으로 몰고 갈 수 있을 만한 미끼가 하나 더 있었다. 가끔 와서 로봇을 정비해주고 집 청소도 해주는 아이, 바로 로사였다.

로사가 그의 집을 찾은 것은 집을 선물받고 한 달이나 지난 다음이었다. 그러니까 처음부터 오던 건 아니었다는 뜻이다. 로사는 그 일을 하는 대가로 꽤 괜찮은 보수를 받았다. 한 달에 두 번 들르는 것치고는 지나치게 큰 보상이었다. K는 나중에 그 사실을 알고는 깜짝 놀랐다. 그래서 집주인에게 그 아이의 보수는 자기가 직접 부담하는 게 낫겠다고 말했지만, 집주인은 유망한 로봇공학도에게 장학금 삼아 지불하는 돈이니 신경 쓰지 말라며 극구 사양했다. 좋은 뜻으로 하는 일인 만큼 그도 굳이 고집을 부리지는 않았다.

그런데 나중에 생각해보니 그게 다 집주인의 계략이었다. 물론 로사는 진짜로 로봇 정비와 집 청소만 했을 뿐 다른 일은 전혀 하지 않았다. 그런데 그 대가로 지나치게 큰돈을 챙겨갔다. 그리고 지나치게 미인이었다. 누군가 그 아이의 존재를 알아낸다면, 그리고 그 사람이 나쁜 마음을 먹는다면, 이상한 소문을 퍼뜨릴 여지가 충분했다. "도대체 무슨 짓을 하기에 한 달에 두 번 일하는 대가가 말단 공무원 월급보다 많단 말인가!" 그 말 한마디면 충분했다.

그 생각을 하면 K는 어쩐지 억울했다. 하지만 그는 로사가 좋았다. 로사는 착하고 성실한 젊은이였다. 약속을 어긴 적이 단 한 번도 없었고, 지각을 하거나 정해진 시간보다 일찍 집으로 돌아가는 일도 없었다. 친구를 데려와서 파티를 여는 일은 고사하고, 자기 물건을 함부로 갖다 놓는 일도 없었다. 집 안은 항상 청결했고 로봇도 늘 최상의 상태를 유지했다. 로사는 그런 아이였다. 어떤 식으로든 세상을 좀더 살기 좋은 곳으로 만들 사람. 그는 로사에게 가는 '장학금'을 막고 싶지 않았다.

D가 수영복으로 갈아입고 물속으로 뛰어들자 K는 느릿느릿 팔다리를 움직여 물 밖으로 헤엄쳐 나갔다. 대답하기가 귀찮았다. 사실은 생각하기도 귀찮았다.

"선생님, 선생님 정도면 그렇게 흔들리실 필요는 없지 않을까요. 선생님 영향력이라는 게 국내에만 한정된 게 아니니까요. 왜 그렇게 주저하시는지 모르겠네요. 혹시 마음에 걸리는 거라도 있으세요?"

D가 물었다. 그렇게 간단한 문제가 아니었다. 설명하기에는 너무나 복잡한데, 오해를 사기는 너무나 쉬웠다. 차라리 아무 말도 하지 않는 편이 나았다. 순수한 마음이나 선의 같은 것은 말로는 도저히 설명할 수가 없는 법이다. 오히려 말로 하면 할수록 어쩐지 사기를 치는 것 같은 인상을 준다. 그는 아무 대답도 하지 않았다. D는 집요하게 K를 따라다니며 똑같은 이야기를 반복했다.

"어디까지 따라올 거야?"

"끝까지요."

"여기 남자 탈의실."

"기다릴게요."

"기다리면 내가 여기로 나오나? 바깥쪽 출구로 나갈 텐데. 그리고 당신은 옷 안 갈아입어?"

맞는 말이었다. 낭패였다.

"그럼 얼른 갈아입고 바깥쪽 출구에서 기다릴게요. 먼저 가버리시면 안 돼요."

D가 사라지자 K는 도로 물속으로 들어갔다. 아무리 기다려도 K가 나오지 않자 D는 아무래도 자기가 한 발 늦은 것 같다며 원통해했다. 그러고는 집으로 돌아갔다.

D는 다음 날 출근하자마자 편집장에게 그 이야기를 했다. 그랬더니 편집장이 "너 바보지?" 하고 핀잔을 주었다. 그때서야 D는 K에게 깜빡 속은 것을 깨닫고 분통을 터뜨렸다. 그러고는 다짜고짜 K에게 전화를 걸었다. D가 잔뜩 흥분한 목소리로 어떻게 그럴 수 있느냐고 따지자 K는 능청스러운 말투로 이렇게 대꾸했다.

"그냥 간 거 아닌데. 나가서 한참이나 기다렸는데 당신이 안 나오더라고. 그래서 먼저 갔나 보다 하고 갔지 뭐. 당신이 먼저 간 거 아니야?"

물론 거짓말이었다.

하지만 D는 K가 싫지 않았다. 함부로 대해도 되는 사람이라거나, 속물이라는 생각도 전혀 들지 않았다. 털어서 먼지가 좀 날지언정, K는 바르고 곧은 사람이었다. 욕을 해야 할 때는 시원하게 욕을 퍼부을 줄 알았고, 혹시 욕할 마음이 없던 사람에게 본의 아니게 욕을 하는 경우가 생기지 않을까 스스로를 돌아볼 줄도 아는 사람이었다.

다그치고 싶지는 않았다. 그저 답답할 뿐이었다. 뭔가 사연이 있어서 꾹 참고 있겠거니 하고 짐작할 뿐, K가 평생 그렇게 침묵으로 일관할 거라고는 생각하지 않았다. D는 그 생각을 K에게 이야기했다. 그러자 K가 말했다.

"그래서, 내가 욕쟁이라는 거야 지금? 욕할 사람 찾는 거야?"

"아니, 그 소리가 아니잖아요."

D는 다시 한번 정중하게 부탁했다.

"선생님밖에 없어요."

"나밖에 없기는. 다른 사람 많은데 왜 하필 나야?"

말은 그렇게 했지만, D의 집요한 설득에 K도 결국 마음이 약해졌다.

"뭐든 써서 보내주기는 할 거니까 쓸 만하면 쓰고 아니면 버려. 그리고 다시는 그런 소리 하지 마."

그로부터 두 달 뒤에, 약속대로 K가 원고를 보내왔다. D는 두근거리는 마음으로 조용히 원고를 읽어 내려갔다. 하지만 몇 줄 넘어가지도 못하고 이내 표정이 일그러지고 말았다. 그 모습을 보고 편집장이 물었다.

"왜? 별로야?"

"아니, 아직 열 줄밖에 못 읽어서 잘 모르겠는데요."

"왜, 처음부터 이상해?"

"또 대자연의 아름다움이네요."

"또?"

네모난 세상에 갇혀 사는 사람이 둥근 세상에 관해 이야기한다고 해서 그게 꼭 잘못이라고 할 수는 없었다. 뜨끔할 만큼 날카롭고 생생한 언어로 사회의 어두운 면을 포착해내던 사람이 어느 날 갑자기 낚시꾼 같은 말투로 자연의 아름다움을 노래하기 시작했다고 그 사람이 꼭 변절자가 되는 것도 아니다. 세상 어딘가에서 참혹한 전쟁이 벌어지는 순간에도 누군가는 계속해서 기후 변화 추이를 지켜봐야 하고, 또 누군가는 밤새 지진계를 들여다보기도 해야 한다. 그런 게 세상이다. 하지만 아무리 생각해봐도 그 누군가가 하필 K일 필요는 없었다.

"어쩔까요, 편집장님?"

"글쎄, 아무튼 읽어는 봐야겠지. 읽어봐서 좋으면 그건 그것대로 살려봐야지. 그게 다 니 업이다."

D는 자리를 잡고 앉아서, 기대도 없고 편견도 없이 차분한 마음으로 원고를 읽기 시작했다. 그리고 두 장을 채 넘기기도 전에 K에게 전화를 걸었다.

"이거 선생님이 쓰신 거 맞아요?"

"왜 또? 왜 소리를 지르고 그래?"

"죄송해요. 근데 이상한 문장도 많고."

"급하게 써서 그래. 초고잖아."

다섯 장을 더 읽고 나서 D는 다시 K에게 전화를 걸었다.

"선생님, 무슨 약점 잡힌 거 있으세요?"

"왜 또?"

"이렇게 기승전결 없이 밋밋한 글 안 좋아하시잖아요."

"나이 먹어서 그래. 요새는 평탄한 게 좋아."

전화를 끊고 나서 K는 멍한 얼굴로 한참 동안 모니터를 들여다보았다.

'내 글이 밋밋해?'

충격이었다. 15년 만에 처음 듣는 소리였다. 물론 그동안에도 재미없고 밋밋한 글이 없었던 것은 아니다. 단지 그런 원고가 다른 사람들에게 공개되지 않았을 뿐이다. 글이 밋밋해진 게 문제가 아니었다. 그런 글을 걸러내는 눈이 무뎌지지만 않는다면 그런 글이 나왔다고 긴장할 필요는 없었다. 폐기하면 그만이니까. 하지만 눈이 낮아진 거라면, 그길로 끝장이었다.

그 생각을 하자 문득 화가 났다. 프리힐리아나 때문이었다. 그리고 로사 때문이었다. 별로 쓰고 싶지도 않을 글을 억지로 써내느라 창작의 고통과 작품의 질을 혼동한 탓이었다. 내가 그만큼이나 괴로워했으니 좋은 글이 나올 게 틀림없다고 착각한 게 분명했다. 그러는 동안 서서히 눈이 낮아진 것이다. 하지만 마음을 가라앉히고 생각해보니, 반드시 프리힐리아나나 로사 때문은 아니었다. 분명 그가 스스로 선택한 일이었다. 다른 수많은 이유들 때문이었다. 로사가 없어도 똑같이 했을 일을, 로사 때문이라고 핑계를 대는 것에 불과했다.

모니터 너머로 프리힐리아나에 있는 집이 보였다. 세번째 토요일, 로사가 오는 날이었다. 아직 이른 아침이어서 로사를 보려면 한참을 더 기다려야 했다. 하늘은 아침부터 맑고 푸르렀다. 집에는 먼지가 약간 쌓여 있었지만 그래도 역시 아늑하기만 했다. 그러나 그의 눈에는 아무것도 들어오지 않았다.

그는 D에게 전화를 걸었다. 그러고는 담담한 목소리로 이렇게 말했다.

"다시 써서 보낼 거니까 지금 손에 들고 있는 거 책임지고 폐기해줬으면 좋겠어. 따로 확인 안 해도 되겠지?"

"옙!"

D는 그렇게 대답하고는 K가 수화기를 내려놓기도 전에 읽고 있던 원고를 갈기갈기 찢어버렸다. 그러자 K가 소리를 질렀다. "그래도 그건 좀 심하잖아!"

필생의 역작을 쓰리라 다짐하고 자리에 앉았다. 그러나 아무 것도 떠오르는 게 없었다. 혹시 참고할 만한 게 있을까 하고 책장을 돌아보았다. 뭔가가 눈에 거슬렸다. 그는 책장에 꽂힌 책들을 모조리 뽑아서 색깔별, 크기별로 다시 분류했다. 다 해놓고 보니 이 무슨 미친 짓인가 싶었다. 다시 주제별, 작가별로 책장을 정리하고 나니 이미 오래전에 해가 서산으로 넘어간 뒤였다.

머릿속에 들어 있는 소재들을 하나하나 끄집어냈다. 각각의 소재마다 이야기들이 붙어 있었다. 어떤 소재에는 꽤 긴 이야기가 붙어 있었고, 어떤 소재에는 바로 앞에 일어난 일과 바로 다음에 일어날 일 정도밖에 붙어 있지 않았다. 완결된 이야기 한 편이 통째로 붙어 있는 소재는 없었다. 그런 게 있다면 작가는 존재할 필요가 없다.

그 짤막한 이야기들은 따로 떨어져 있던 소재들을 서로 이어 붙이는 연결 고리 역할을 하곤 했다. 그래서 시간이 지나면 따로 노력하지 않아도 머릿속에 꽤 큰 이야기 덩어리가 만들어지기도 했다. 그는 머릿속을 들여다보았다. 이만하면 바로 쓸 수 있겠다 싶은 큰 덩어리가 세 개나 떠다녔다. 그중 하나는 자판에 손만 대면 글이 저절로 와르르 쏟아져 나올 것처럼 거의 완전한 형태를 갖춘 이야기였다.

시장과 엘리베이터! 심지어 제목까지 정해져 있었지만 아직은 그 이야기를 끄집어낼 타이밍이 아니었다. 정권이 바뀌고 당사자들이 모두 자리에서 물러날 때까지 일단 조용히 기다려야 했다. 그때가 되면 회고하듯 담담한 어조로, 한 시대를 지배했던 부조리에 대해 반성의 목소리를 높여볼 수 있을 것이다.

'젠장! 오래도 살아야겠네!'

차라리 "개와 엘리베이터"라는 제목으로 487층 개 이야기나 쓸까 하는 생각도 들었다.

'개는 명이나 짧지.'

모니터를 들여다보았다. 곧 로사가 나타날 시간이었다. 로사는 약속 시간보다 15분 일찍 도착했다. 마을을 오가는 버스 간격이 늘 일정했기 때문에 15분 일찍 나타나는 게 반드시 로사가 성실하다는 증거는 아니었다. 그래도 매번 15분씩 지각하는 것보다는 나았다. 아니, 큰 차이가 났다. 그는 마우스로 로봇을 움직였다. 로봇이 손을 흔들었다. 2초 정도 시차가 있었다. 그러자 로사가 카메라를 향해 미소 지었다. 그뿐이었다.

그는 로봇을 몰고 창가로 갔다. 집주인 말로는 프리힐리아나에서 전망이 제일 좋은 창이라고 했다. 창가에 달라붙어 파란

하늘을 올려다보는데 로사가 다가와 유리창을 닦아주었다. 하늘이 좀더 말끔해졌다. 도저히 잘되기를 바라지 않을 수 없는 사람이었다. 정의가 살아 있다고 말할 수 있으려면 바로 로사 같은 아이가 행복해야 했다.

다시 하늘을 바라보았다. 마음이 맑아지는 기분이었다. 그렇게 맑고 담백하고 깨끗한 것들이 냄새나고 지저분하고 치사한 것으로 비치지 않기를 바랐다. 한참 뒤에 로사가 청소를 마치고 집으로 돌아갔다. 그는 그 모습을 가만히 지켜보았다. 걷는 모습까지 올바른 젊은이였다. 그러니까 역시 정답은 자연이었다.

'그래, 자연이 어때서. 원래 자연이 제일 좋은 거잖아! 어차피 인간은 자연을 떠나서는 살 수도 없고.'

다시 자판에 손을 뻗었다. 몇 차례 썼다 지웠다를 반복한 다음 드디어 뭔가를 써 내려가기 시작했다. 꽤 늦은 시간까지 그는 한 번도 쉬지 않고 계속해서 자판을 두드렸다. 느낌이 좋았다.

하지만 쓰던 것을 덮어두고 잠자리에 들 때쯤 다시 한번 마음에 갈등이 일었다. 시장이 재선된 날로부터 5개월간 마음 한 구석에 고이고이 묻어둔 이야기들이 머릿속을 가득 채웠다. 그는 이불을 코 바로 아래까지 덮어쓰고 마음속으로 '시장과 엘리베이터'를 떠올렸다. 강렬한 소재였다. 소소한 소재들이 인위적이지 않은 이야기들로 탄탄하게 연결되어 있어서 첫 문장만 잘 쓰면 나머지는 저절로 주르르 딸려 나올 것 같았다. 인물도, 문체도, 주제도, 손댈 것 하나 없이 그냥 그대로 갖다 쓰기만 하면 될 정도로 완벽한 구성이었다. '구상'이 아니라 '구성'이었다. 그렇게 완전한 이야기는 좀처럼 만나기 힘들었다.

그는 누운 자리에서 머릿속으로 소설 한 편을 다 썼다. 만족스러웠다. 그리고 자리에서 벌떡 일어났다. 하지만 다시 그대로 자리에 드러누웠다. 눈을 멀뚱멀뚱 뜨고 천장을 올려다보았다. 역시 정답은 자연이었다. 아무리 생각해도 누군가를 비난할 때가 아니었다. 졸음이 밀려왔다.

한 달 뒤에 D는 K가 보낸 원고를 받았다. 반쯤 끝낸 원고였는데, 또 자연에 관한 이야기였다.

태초에 나무가 서 있었다. 인류가 출현하기 훨씬 전이었으므로 신이라는 관념 또한 존재하지 않았다. 오로지 하늘과 땅과 바다와 풀, 그리고 나무밖에 없었다. 나무들의 신은 나무였다. 세상에서 제일 큰 나무였다. 5천 5백 년을 한곳에 뿌리박고 살아온 나무. 잎은 더없이 무성하고 푸르렀을 것이다. 사방을 둘러보아도 자기보다 더 높은 곳까지 잎을 실어 나른 나무는 보지 못했으니 자랑스럽고 뿌듯하고 뭉클했을 것이다. 하지만 그 나무가 수억 년의 잠을 깨고 다시 세상에 모습을 드러냈을 때 그 무성하던 잎은 단 하나도 남아 있지 않았다. 거대한 줄기만이 조직을 광물로 대체한 채 살아 있었을 때 모습 그대로 땅속 깊은 곳에 잠들어 있었다.

그것은 인류가 발견한 생명체 가운데 가장 거대한 것이었다. 세상에서 가장 거대한 생명체는 고래나 공룡이나 코끼리나 대왕오징어처럼 뼈와 살을 가진 움직이는 생명체가 아니었다. 다른 존재들과의 비교를 통해 자신이 얼마나 거대한지를 날마다 확인해가며 거만을 떨었을 움직이는 존재들은, 마침내 모습을 드러낸 거대한 태초의 신 앞에 한낱 자잘한 미물로 전락했다.

279미터. 발굴팀은 경악을 금치 못했다. 파고 파고 또 파도 좀처럼 끝을 드러내지 않는 거대한 나무. 누운 채로 땅에 묻혔으니 언젠가 한 번 쓰러지기는 했을 것이다. 그러나 한자리에서 무려 5천 5백 년의 세월을 그 누구에게도 의지하지 않고 꼿꼿하게 선 채로 버텨낸 위대한 생명체의 주검을 보는 순간, 발굴팀은 그들의 유전자 깊숙한 곳에 오래오래 간직해온 '생명의 생명에 대한 예의'가 저절로 발동되는 것을 느꼈다. 눈물이 났다.
[……]

실망스러웠다. 이런 시국에 현실도피라니. 그것도 다른 사람도 아닌 K가. D는 아무래도 K를 한번 만나보는 게 좋겠다고 생각했다. 전화를 걸어 시간을 내줄 것을 부탁하자 K는 D를 집으로 초대했다. 이례적인 일이었다. D가 집으로 찾아가자 K는 D를 작업실로 부르더니 진지한 목소리로 말문을 열었다.

"프리힐리아나라고 있어. 스페인 남쪽에."

"알아요. 그 동네. 선생님은 어떻게 아세요?"

"당신도 가봤어?"

"그럼요. 네르하 근처에, 원래 토로스 해변에 아빠 별장이 있었는데요, 거기가 영국이나 독일 사람들이 많이 찾는 데거든요. 북쪽에서 온 사람들이라 한겨울에도 반팔에 반바지 입고 돌아다니고, 그러다 은퇴하고 나서는 그쪽에 집 사서 눌러앉고. 많이들 그랬어요. 아빠가 그쪽에서 영국 사람들 상대로 부동산 중개를 했는데, 근데 선생님은 어떻게 아세요? 가본 적도 없으실 텐데."

K는 고개를 끄덕이더니 지난 몇 달 동안 그를 괴롭혀온 것들을 속 시원히 털어놓았다. 별장, 로봇, 그리고 로사까지. 그 이야기를 듣고 D는 깜짝 놀랐다. 겉으로 표현은 못했지만 솔직히 실망스러운 생각을 금할 수가 없었다. D는 그런 속내를 조심스럽게 감추고 K에게 이렇게 말했다.

"마음은 이해합니다. 곤란하시겠어요."

K는 아무 대답도 하지 않았다. 그러자 D가 다시 물었다.

"그런데요, 그 대가로 뭘 해달라던가요? 그렇게 값나가는 걸 줬으면 뭔가 바라는 게 있었을 텐데요."

공격적인 말투였다.

"글쎄, 그게 말이야, 별게 아니었어. 누구를 출판사에 소개해달라는 거였는데."

그 말에 D는 깜짝 놀랐다. 뜨끔한 이야기였다. 빈스토크는 임금이 높은 대신 일자리가 적어서 외국인이 취직하기가 하늘에서 별 따기였다. 그가 빈스토크에 있는 출판사에 취직한다고 했을 때, 친구들이 도대체 누구 빽으로 들어간 거냐고 놀리던 일이 생각났다. 당연히 아빠 덕이었다. D는 그것도 모를 만큼 순진한 사람은 아니었다. 아빠는 꽤 잘나가는 부동산 업자였다. 빈스토크 시의회 쪽에도 고객이 있고, 시청 쪽에도 마찬가지였다. 출판계라고 인맥이 없을 리 없었다. 가만, 지금 그 이야기는?

"저, 선생님, 혹시……"

"그래, 그 양반. 자네 부친. 이제 뭔 말인지 알겠지? 그렇게 엮이기 시작했는데, 이제 와서 돌려줘봐야 없던 일이 되는 것도 아니고, 아무튼 모양이 참 안 좋게 됐어."

비로소 D는 편집장이 신참에 불과한 자신에게 K처럼 중요한 작가를 맡긴 이유를 깨달았다. 편집장은 K에게 단단히 화가 난 모양이었다. 어쩌면 D에게도 똑같은 생각을 갖고 있을지도 몰랐다. 이때 이후로 D는 K를 대하기가 영 곤란해졌다. 편집장을 대할 때도 마찬가지였다.

회사로 돌아가서 D는 K의 원고를 다시 한번 찬찬히 읽어 내려갔다. 그러고는 이렇게 마음을 고쳐먹었다.

'맞아, 자연이 뭐 어때서! 글만 좋으면 됐지. 나머지 반은 언제쯤 완성하시려나.'

〔……〕 원래는 리조트를 만들 생각이었다. 그것도 세상에서 제일 큰 리조트를 만들 계획이었다. 그러나 거대한 지하 공간을 만들기 위해 땅을 파 들어가는 와중에 생각지도 못한 장애물이 나타났다. 둥글고 긴 바위였다. 바위를 깨뜨리지 않고는 도저히 아래로 파 들어갈 수가 없었다. 그런데 아무리 생각해도 이상했다. 그렇게 길고 둥근 바위는 본 적이 없었다. 그런 게 있다는 이야기를 들은 적도 없었다. 바위를 깨뜨리기 전에 땅 밑에 들어 있는 게 도대체 뭔지부터 확인해야 했다.

근처를 파고 들어갔다. 긴 기둥 모양의 바위가 나왔다. 좀더 깊이 파고 들어가자 기둥 모양이 확연히 드러났다. 누가 그런 것을 묻어놨을까? 알 방법이 전혀 없었다. 알든 모르든 일단은 그 기둥이 어디까지 뻗어 있는지 확인해야 했다. 30미터 떨어진 곳에 철심을 찔러 넣었다. 바위가 나왔다. 다시 50미터 떨어진 곳에 철심을 찔러 넣었다. 역시 바위가 나왔다. 70미터 떨어진 곳에, 90미터 떨어진 곳에, 그리고 108미터 떨어진 곳에 철심을 찔러 넣었을 때 비로소 바위가 끝나는 지점이 나왔다. 생각보다 긴 바위였다. 게다가 반대쪽은 훨씬 더 길었다.

도대체 이게 뭐지?

아는 사람이 아무도 없었다. 마침내 지질조사팀이 파견되었다. 암석 사이에 훨씬 더 단단한 암석 기둥이 박혀 있다는 결론이 내려졌다.

그런 일도 있습니까? 도대체 누가 그런 일을 할 수 있을까요?

잘 모르겠습니다. 더 신기한 것은 그 일이 최소한 8억 년 전에 일어났다는 사실입니다. 8억 년이요? 8억 년 전에 도대체 누가 이런 둥근 돌기둥을 만들었단 말입니까?

땅에서 뭔가를 파내는 일을 전문으로 하는 온갖 종류의 사람들이 암석에 관해 의견을 냈다. 그리고 곧 암석의 정체가 밝혀졌다. 그것은 나무였다. 조직을 이루는 물질이 조금씩 조금씩 광물로 대체되면서 결국은 살아 있었을 때의 모습 그대로 화석이 되어버린 거대한 나무. 그들이 판 곳은 바로 신의 무덤이었다.

[……]

나무는 생각에 잠겼다. 길고 길었던 찬란한 여름이 떠올랐다. 자주 비가 내리고 습한 바람이 불면 뿌리 가득 대지를 힘껏 움켜쥐어 물과 생명의 온기를 동시에 빨아들였다. 그렇게 빨아들인 생명의 온기는 거대한 줄기를 지나 온몸 구석구석 뻗은 혈관을 타고 가장 높은 가지까지 막힘없이 한 번에 쭉 올라갔다.

햇살이 따가운 날에는 키가 자랐고 폭풍이 치는 날에는 줄기가 단단해졌다. 2천 2백 살 때부터 생각이라는 것을 했다. 3천 살 무렵에 철이 들었고, 3천 2백 살을 넘기고부터는 소리를 들었다. 대지가 거대한 심장을 울리는 소리가 뿌리를 타고 어렴풋이 전해져왔다. 나무는 심장이 없었다. 그래서 그 소리를 듣기 위해 좀더 바짝 귀를 기울였다. 좀더 힘껏 대지를 움켜쥐었다.

4천 2백 살에 신이 되었고, 4천 9백 살이 되자 다른 나무들이 말하는 소리가 들렸다. 5천 2백50살에는 뿌리를 떨어 말하는 법을 배웠다. 대화가 시작되고 세상이 열렸다. 나무들이 말하는 소리가 대지에 가득했다. 나무는 소리들을 움켜쥐었다.

들었어? 뭘? 좀 전에? 울리는 소리. 들었어. 대지가 화가 났나? 대지는 온화해. 늘 그렇지는 않아. 지금은 온화해. 나야. 뭐가? 내가 있는 곳. 거기가 왜? 소리가 난 곳. 그래? 그래? 거기야? 대지가 화났어? 아니. 그럼 왜? 대지는 온화해. 무슨 소린데? 울리는 소리. 뭐가 울려? 커다란 것이. 대지가 폭발했어? 대지는 온화했어. 그럼 뭐가 울려? 부딪쳤어. 뭐가? 다른 대지가. 다른 대지? 우리 대지 말고. 다른 대지가 있어? 날아왔어. 어디에서? 몰라. 폭발했어? 아니, 부딪쳤어. 우리 대지랑? 그래. 커? 작아. 우리 대지보다? 훨씬 작아. 하지만 시끄러운데? 심장이 안 뛰어. 날아온 대지가? 응, 죽었나 봐. 죽는 게 뭐야?

들었어? 뭘? 울리는 소리. 누가 들었어? 나야. 전에 너? 아니. 다른 나. 소리 난 곳이야? 그래. 그래? 그래? 또 부딪쳤어? 응. 다른 대지가? 응. 심장이 안 뛰는 대지? 응. 죽었나? 죽었나봐. 죽은 대지가 왜? 왜 날아오냐고? 응. 몰라. 누가 알아? 몰라. 몰라. 몰라. 나도. 아무도 몰라. 모른데. 우리는 얼마나 떨어져 있어? 나는 가까워. 나는 아니야. 나도. 나는 몰라. 대지는 얼마나 커? 몰라. 나도. 나도. 〔……〕

197층 북쪽 창문에서 사람이 떨어져 죽었다. 수직운송 체계 재정비와 직접 관련이 있는 재개발 구역에서 벌어진 일이었다.

죽은 사람은 열흘째 그 구역을 점거하고 농성 중인 무리들 중 하나였다. 그날 저녁에 경비대가 진압을 강행했는데 그 와중에 사고가 발생한 모양이었다.

뭐가 어찌 됐든 진압하러 들어갔는데 사람이 죽어버렸으면 실패한 작전이 아닌가 싶었다. 변명의 여지는 전혀 없어 보였다. 그런데 시 정부에서는 잘못했다는 사람이 아무도 없었다.

비통한 일이었다. K는 컴퓨터 화면을 통해 로봇의 눈에 비친 프리힐리아나를 바라보다가, 창을 닫고 로봇 관리자 인증 프로그램과 조종 관련 프로그램, 그리고 영상 수신 프로그램을 모두 삭제해버렸다. 그리고 남은 원고를 마무리해서 D에게 보냈다.

〔……〕 어딘가에서 죽은 대지가 계속 날아들었다. 나무들은 자신들이 움켜쥔 대지가 얼마나 거대한지를 잘 알고 있었다. 그래서 그 대지야말로 세상의 전부라고 생각했다. 그런데 대지 밖에서 죽은 대지가 날아오자 생각이 바뀌었다. 세상 밖에는 또 다른 세상이 있었다. 심장이 뛰지 않는 작은 대지들의 세상이 있었다.

땅이 점점 자주 울렸다. 충돌이 점점 더 잦아졌다. 나무들은 대지를 부지런히 움켜쥐었다. 땅속 깊은 곳까지 웅성거리는 소리가 끊이지 않았다.

이러다 쪼개지겠어. 우리 대지가? 응. 또 부딪쳤어. 죽은 대지가? 맞아. 두근거리지 않아. 작은 대지. 맞아. 계속 날아와.

그리고 겨울이 왔다. 찬란했던 여름만큼이나 기나긴 겨울이었다. 소행성들이 부지런히 지구를 두드렸다. 그러자 먼저 대기가 흐려지더니 마침내 태양을 완전히 가리고 말았다. 잎이 하나씩 떨어지기 시작했다. 나무는 깜짝 놀랐다. 단 며칠 사이에 그렇게 후두두 떨어지다니. 잎들이 뿌리 위에 수북하게 쌓였다. 떨어지지 마. 가지 끝에 대롱대롱 매달린 잎들이 더는 못 버티고 2백 미터 아래 얼어붙은 대지를 향해 추락하는 순간마다 나무는 뿌리를 꽉 움켜쥐었다. 굵직한 비명 소리가 대지를 뒤흔들었다.

미안해. 내가 잘못했어.

하지만 겨울이 오는 것은 나무의 책임이 아니었다. 나뭇잎이 죽는 것도 그의 책임이 아니었다. 죽는다는 게 뭐지? 이미 천 년 전에 신이 되어버린 나무가 뿌리를 느슨하게 풀어놓고 깊은 생각에 잠겼다. 〔……〕

그날도 로사는 늘 하던 대로 토요일 오후 3시 45분에 집에 도착했다. 로봇은 움직이지 않았다. 별로 이상한 일은 아니었다. 로봇 주인이 지구 반대편에 사는 사람이라 로봇도 늘 밤낮이 반대였다. 로사는 로봇을 점검하고 집 청소를 끝낸 다음 로봇 충전 상태를 확인한 후에 집으로 돌아갔다.

2주 뒤 똑같은 시간에 로봇을 방문했다. 그때도 로봇은 전혀 움직이지 않았다. 꼼꼼하게 로봇을 점검했으나 잘못된 곳은 아무 데도 없었다. 청소를 끝내고 한 번 더 배터리를 확인한 다음 집으로 돌아갔다. 다음 날 이상한 생각에 다시 로봇을 찾았으나 로봇은 조금도 움직이지 않고 멈춰 선 모습 그대로 멍하니 하늘을 바라볼 뿐이었다.

이틀 뒤에 로사는 담요와 옷을 챙겨 들고 나타나 로봇 곁에서 하룻밤을 묵었다. 밤이 다 가도록 로봇은 아무 소리도 내지 않았다. 모터 하나, 렌즈 하나도 움직이지 않았다.

'죽은 건가?'

로사는 모든 지식을 동원해서 로봇을 점검했다. 그러나 로봇은 정상이었다.

'영혼이 떠난 건가?'

물론 로봇은 영혼이 없었다. 로사는 지구 반대편에 산다는 로봇 주인을 떠올렸다. 한 번도 본 적 없는 사람이었다. 이야기를 나눠본 적도 없었다. 이름도 모르고 나이도 몰랐다. 남자인지 여자인지 어떤 인종인지도 몰랐다. 그저 문을 열고 집 안으로 들어섰을 때 로봇 팔을 흔들어 인사해주는 사람, 일을 마치고 언덕을 내려가다가 뒤돌아보면 창문으로 로봇의 고개를 내밀어 지켜봐주던 사람. 그가 바로 로봇의 영혼이었다.

'진짜로 죽은 건가?'

[……] 겨울이 왔다. 잎이 다 져버린 가지 위에 눈꽃이 수북

이 올라앉았다. 나무는 난생처음 느끼는 차가운 감촉에 뿌리가 그만 오그라들었다. 말을 하려던 게 아니었는데, 본의 아니게 대지를 움켜쥐고 말았다. 그러자 다른 나무들이 그의 목소리를 알아들었다.

침묵하던 나무다. 살아 있었어. 살아 있었군. 내가 뭐랬어. 죽지 않잖아. 곧 죽을 거야. 우리 다 죽어. 잎이 없잖아. 가지가 부러졌어. 무거운 게 쌓였어. 가지가 무거워. 몸이 무거워. 우리 곧 죽을 거야. 그런데 죽는 게 뭐지?

나무는 다른 나무들이 하는 말을 잠자코 듣고만 있었다. 아무 말도 하지 않고 뿌리를 느슨하게 해두어야 다른 나무들이 하는 말이 더 잘 들렸다. 그렇게 20년 동안 나무는 한마디도 하지 않고 다른 나무들이 하는 이야기를 가만히 듣기만 했다. 그러던 어느 날 나무는 드디어 대지를 힘껏 움켜쥐었다.

여름이 오게 하려면 어떻게 해야 하지?

긴 문장이었다. 묵직한 울림이 대지를 파고들었다. 나무가 던진 물음이 지각 아래 맨틀을 타고 온 세상 나무들에게 퍼져나갔다. 대답하는 나무는 하나도 없었다.

심장 없는 대지가 우리 대지에 떨어지는 걸 막을 수 있을까?

다시 한번 긴 문장이 대지를 울렸다. 나무들은 그 길고 아름다운 울림을 듣고 전율을 느꼈다. 심장 없는 나무들이 두근두근 가슴을 울렸다.

우리는 충분히 많나? 그래? 소리를 낼 수 있는 나무들은 모두

소리를 내봐.

그러자 세상의 모든 깨달은 나무들이 뿌리를 바짝 조여 대지를 움켜쥐었다. 나무는 그 소리를 들었다. 많았다. 수없이 많았다. 나무는 세상에 나무가 그렇게 많은지 몰랐다. 가까운 곳에서만 해도 수없이 많은 나무들이 그의 물음에 대답해왔다. 나무들이 규칙적으로 대지를 움켜쥐는 소리가 마치 심장 뛰는 것처럼 요란하게 울려 퍼졌다. 대지가 또 하나의 심장을 얻은 것만 같았다.

소리를 낼 줄 아는 나무가 그 정도라면 들을 줄만 아는 나무는 훨씬 더 많을 것이다. 또한 들을 줄 모르는 나무는 그 몇 배에 달할 것이 분명했다. 철이 들지 않은 나무, 생각하지 못하는 나무까지 합치면 그 규모는 나무가 상상할 수 있는 범위를 훌쩍 뛰어넘을 것이 틀림없었다.

우리는 벌써 세상을 가득 채우고 있구나. 우리는 혼자가 아니라 숲이었구나.

그 말에 대지의 두번째 심장이 격하게 요동쳤다.

이봐, 나무들! 우리가 세상을 가득 메우고 있으니 심장 없는 대지들이 우리 대지에 닿기 전에 저 위에서 모두 받아낼 수 있지 않을까? 저쪽 세계가 얼마나 높은 곳에 있는지 모르겠지만 우리가 좀더 자라면 저 위까지 빽빽하게 채울 수 있지 않을까? 심장 없는 대지들이 우리 대지를 두드려대지 않으면 다시 여름이 찾아오지 않을까?

노래처럼 이어지는 긴 문장에 심장이 두근거렸다. 대지가 생명의 온기를 새로 얻은 심장 쪽으로 올려 보냈다. 그러자 나무들은 그 온기를 받아 위로 위로 솟구쳐 올랐다. 눈이 쌓이고 얼음이 얼어 새하얀 눈보라밖에 남지 않은 땅에서 숲이 꿈틀꿈틀 하늘을 향해 솟구쳤다. 눈 덮인 2백 년. 신이 되어버린 나무들이 이파리 하나 없이 계속해서 자라 올랐다. 하늘을 찌르는 것이 그들의 목표였다. 하늘을 본 적은 없었다. 얼마나 높은지도 알지 못했다. 그러나 언젠가 태양에 닿기를, 여름이 머리 위에 찬란하게 쏟아지기를. 274억 그루의 거대한 나무들이 대지를 감싸 쥐고 노래를 불렀다. 두근거리는 심장을 닮은 굵고 단조로운 노래가 하루도 쉬지 않고 울려 퍼졌다.

　그러나 겨울은 길었다. 가지 위에 덮인 눈꽃의 무게가 감당할 수 없을 만큼 힘겨워졌다. 나무들이 한 그루씩 목숨을 잃었다. 죽어갔다. 두번째 심장이 힘을 잃어갔다. 마침내 모두의 생명이 끊어지던 날. 대지에는 다시 심장이 하나밖에 남지 않았다.

　이쯤에서 나는 쓰던 것을 멈추고 내가 지금 도대체 무슨 짓을 하고 있는지 생각해보았다. 나무 타령이나 할 때가 아니었다. 사람이란 매 순간 태어나고 죽기 마련이지만, 그렇다고 죽음의 무게가 가벼워질 수는 없다. 공권력이 불러온 냉혹한 겨울은, 겨우 목숨 하나 진실 하나 짓이긴 것에 불과하다고 해서 결코 차갑지 않은 것이 아니다.

　시 검찰은 경비대에 아무 책임이 없다고 했다. 그러나 새 증거가 나올 때마다 새로 수사에 들어갔다. 새 증거를 사건 전체에서 분리해낸 다음 그 부분에 대해서만 추가 조사를 했다. 빈스토크를 아름답게 만들어야 할 책임이 있는 사람들은, 죽은 사람에 대해서는 대단히 애석하게 생각하지만, 세상을 아름답게 해야 할 책임이 있는 사람들 중에 잘못한 사람은 아무도 없는 것 같다고 말했다. 그런 개소리를 듣자고 뉴스를 기다린 게 아니었다.

죽은 사람이 죽기 전에 본 세상이 절망과 증오와 분노와 슬픔이었다면 그것은 책임 있는 사람 모두의 잘못이다. 세상을 아름답게 해야 할 책임이 자연에 있던 시절이 있었다. 대자연이 아름다우면 인간 세상의 온갖 먼지가 다 가려지던 세상이 있었다. 돌아앉아서 이렇게 말하면 되는 시대가 있었다.

'이 몸이 나무 타령이나 하면서 한가하움도 역군은(亦君恩)이샷다.'

왜 아니겠는가! 이 또한 훌륭하신 시장 각하 덕분이다. 하지만 사람 목숨이 197층에 매달리고, 진실은 검은 베일 뒤에 숨어서 보일 듯 말 듯 아찔한 자태나 뽐내고 있으니 이건 또 도대체 어느 놈의 덕이란 말인가. 누군가가 잘못한 게 분명한데 아무도 잘못한 사람이 없다니 이상한 노릇이다. 그렇다면 결국 내가 잘못한 게 아닐까. 그런 것 같았다. 알고 보니 전부 내 탓이었던 것이다.

스물여덟 살에 쓴 글을 꺼내 보았다. 나는 불만에 가득 찬 젊은이였다. 마음에 드는 게 하나도 없었다. 모두 다 기성세대의 잘못이었다. 나는 기성세대를 욕하고 비난했다. 열정을 가지고 부딪치고 도전하라는 말에, 열정을 바쳐 일한 만큼 돌려줄 수 있는 세상을 만들어두었냐고 반문했다. 또박또박 따져 물었다.

그런데 이제는 내가 바로 그 세대가 되었다. 그렇게 20년이나 지났는데도 여전히 세상이 아름답지가 않다면 이제는 다른 누구를 비난할 처지가 아니었다. 내 잘못이었다. 내가 잘못했다. 세상이 아름답지 않은 것은 바로 내 책임이었다. 나는 나를 즐겁게 하는 수많은 것들을 접어두고 이런 말들을 하기로 마음먹었다.

그다음은 말이 아니었다. 욕이었다. 불행인지 다행인지, 정신 나간 출판사가 그 글을 그대로 출간해버렸다.

"당신들 미친 것 같아."

"감사합니다."

"허허, 나 참."

물론 아무도 예술과 표현의 자유를 억압하지 않았다. 다만 K를 털었더니 먼지가 났다. 프리힐리아나, 로사, 상식에 어긋난 청탁, 그리고 그 밖의 수많은 먼지들. 먼지는 생각보다 많이 났다. 주변 사람들뿐만 아니라 K 스스로도 깜짝 놀랄 정도였다.

"그러게 안 한다 그랬잖아."

"아니, 저도 그 정도로 심할 줄은 몰랐죠. 올곧은 분이라고 생각했는데, 충격이었어요."

D가 말했다. 그리고 고달픈 나날이 시작되었다. D에게도 K에게도 마찬가지였다. 세상은 좀처럼 아름다워지지 않았다.

K는 가끔 로사를 떠올렸다. 로사에게 가던 장학금은 모두 끊기고 말았다. 어디서 뭘 하든 잘 살고 있겠지 싶었다. 그러나 가끔은, 혹시 그렇지 않으면 어쩌나 하는 걱정도 들었다. 17년이 지난 어느 날, K는 문득 프리힐리아나가 보고 싶었다. 그새 마을이 혹시 싸구려 관광지가 되어버린 것은 아닌지 궁금하기도 하고 걱정스럽기도 했다. 저소공포증은 전혀 나아지지 않았다. 잘하면 광장공포증까지 생길 판이었다. 언젠가 한번 직접 찾아가보고야 말겠다는 꿈은 어쩌면 영원히 이루어지지 않을지도 몰랐다.

사진이나 볼까 하고 인터넷을 검색했다. 다행히 아직 싸구려 관광지가 된 것 같지는 않았다. 인터넷에는 예전에 그의 로봇이 살던 집을 찍은 사진도 있었다. 은퇴한 영국인 부부가 한 해의 반 정도를 머문다고 들었는데, 그게 벌써 12년 전이었으니 지금은 어떻게 됐을지 전혀 알 수가 없었다. 다만 겉모습만은 17년 전과 비교해도 크게 달라진 것이 없었다.

그런데 한창 인터넷을 검색하던 중에 이상한 글이 눈에 띄었다.

프리힐리아나 뇌사 로봇. 잃어버린 영혼을 찾습니다.

광고인 줄 알았는데 자세히 읽어보니 광고가 아니었다. 로사가 쓴 글이었다. 링크된 곳을 찾아가니 영혼에 다시 접속하는 방법이 영어, 중국어, 스페인어로 자세히 안내되어 있었다. 거기에 쓰여 있는 대로 프로그램을 내려 받았다. 예전 인증 암호를 떠올리느라 한참 애를 먹었지만, 마침내 로봇에 다시 접속하는 데 성공했다. 꼬박 하루 만이었다.

로봇이 눈을 떴다. 카메라에 잡힌 풍경이 그의 컴퓨터 모니터에 그대로 전해졌다. 낯익은 곳이었다. 그가 마지막으로 본 프리힐리아나의 바깥 풍경 그대로였다. 그는 기억을 더듬어 로봇을 조종했다. 바퀴도, 카메라도 그때 그대로였다. 언제나 그랬듯이 로봇은 최상의 상태였다. 17년이나 지났는데도 마찬가지였다. 집 안을 둘러보았다. 아무도 없었다. 하지만 먼지 하나 없이 깨끗한 집이었다.

토요일 밤이었다. 프리힐리아나 시간으로 토요일 오후였다. 3시 45분이 되자 언제나 그랬듯 로사가 문을 열고 집 안으로 들어왔다. 로사는 로봇이 스스로 위치를 옮긴 것을 보고는 깜짝 놀라 카메라를 들여다보았다.

K는 화면 가득 비친 로사의 얼굴을 바라보았다. 그리고 마우스를 움직여 로봇을 조종했다. 로봇이 손을 흔들었다. 2초 정도 시차가 있었다. 17년 전과 똑같았다. 그러자 로사가 로봇을 향해 미소 지었다.

생명이 생명에게. 살아 있는 영혼이 살아 있는 영혼에게.

네가 어떤 존재였는지는 중요하지 않아. 죽지 않고 이렇게 살아만 있다면.

'안녕! 잘 지냈어?'

그런 의미였다. 그뿐이었다.

K는 기억을 더듬었다. 확실했다. 그가 기억하기로, 살면서 그렇게 환한 미소를 본 적은 단 한 번도 없었다.

타클라마칸
배달 사고

그 말에 은수는 민소를 떠올렸다. 스물다섯 살 동갑내기 첫사랑 민소. 그런 아이가 있었다. 착하고 똑똑한 아이였다. 5년 전이었다. 빈스토크로 옮기면서 자연스럽게 연락이 끊어졌는데, 지금 돌이켜봐도 미소부터 떠오르는 아이였다. 하지만 찾으려고 애쓴 적은 없었다.

첫사랑이란 원래 그냥 묻어두는 법이다. 애써 다시 만나봐야 실망만 할 테니까. 그때는 은수도 세상 물정 모르는 어린아이에 불과했고, 아마 민소도 마찬가지였을 것이다. 잠깐 옛날 사진만 뒤져봐도 금방 알 수 있었다. 어쩌면 보지 않고도 알 수 있는 일이었다. 보나 마나 사진 속의 민소는 은수가 기억하는 것과는 달리 촌스러운 머리에 촌스러운 옷차림을 하고 순박한 웃음을 짓고 있을 것이다. 순박한 웃음. 그 순간 은수는 그 순박한 웃음이 그리웠다.

"민소를 어떻게 아세요?"

은수가 물었다. 그러자 병수는 은수를 바라보며 자신 없는 목소리로 말을 이었다.

"안다고 해야 되나, 모른다고 해야 되나. 이야기가 길어요. 혹시 시간 되시면 잠깐?"

"얼마나요?"

"글쎄요. 5분? 10분?"

은수는 잠깐 머뭇거리는 듯하더니 일단은 병수를 휴게실로 안내했다.

"잠깐만 기다리세요. 하던 거 정리해놓고 나올게요."

은수는 가슴이 두근거렸다. 어떻게 민소를 잊을 수가 있었을까. 자연스럽게 연락이 끊어졌다고는 하지만 어떻게 그 아이를 잊고 살았을까.

5년 전 빈스토크 타워로 이사 오던 날이 떠올랐다. 봄이 한창 무르익어가는 5월의 어느 날이었다. 빈스토크 599층에 인턴 자리를 얻어서 처음으로 빈스토크 국경을 넘던 날이었다. 민소가 가방을 끌고 은수를 뒤따랐다. 두 사람은 횡단보도 앞에 멈춰 섰다.

"들어가."

"국경까지 바래다줄게."

"그럴래?"

민소는 은수를 바라보았다. 은수는 그 눈을 마주 볼 수가 없어서 말없이 발끝만 내려다보았다. 민소가 말했다. 이대로 헤어지면 끝일 것만 같다고.

"그럴 리가 없잖아."

은수가 말했다. 차들이 멈춰 섰다. 횡단보도를 아직 절반도 못 건넜는데, 초록색 불이 깜빡깜빡 발걸음을 재촉했다. 민소는 느릿느릿 은수를 뒤따랐다.

"어서 와! 위험해!"

민소를 재촉했다.

"응."

힘없이 길을 건너는 민소를 보면서 은수는 마음이 답답해졌다.

"멀리 가는 것도 아니고 바로 여긴데 뭐. 너네 집에서 겨우 20분이잖아."

"그렇다고 네가 자주 나올 것도 아니잖아."

"이왕 들어갔는데 열심히 해야지."

"연락도 못 한다며."

"보안 때문에 그런 거라고 몇 번이나 말했잖아."

"무슨 놈의 보안이 인턴한테 휴대전화에 이메일도 금지시키냐."

"민소야, 이쪽이 원래 그래. 다들 그렇게 일해. 보안이 까다로우니까 인턴한테도 일을 가르쳐주는 거야. 안 그러면 나한테 누가 일을 가르치겠냐. 나도 너하고 노는 게 더 좋지만 내 나이가 몇이니. 하고 싶은 거 다 하고 살면 자리는 언제 잡아."

"그래도 1년은 너무 길잖아."

"너는 2년이나 군대 갔다 왔잖아."

"가고 싶어서 갔냐."

"나는 가고 싶어서 가는 것 같아?"

가고 싶었다. 사실은 가고 싶어 죽을 지경이었다. 이앤케이는 세계 최고의 위성 디자인 회사였다. 은수 같은 햇병아리 디자이너들에게는 그야말로 꿈의 회사가 아닐 수 없었다.

"그럼 가지 마."

민소가 말했다.

"민소야, 내가 말했잖아. 이 바닥에서는 이력서에 이앤케이라는 말만 써 넣으면, 실수로 이름 적는 칸에 자기 이름 쓰는 걸 빼 먹어도 취직이 된다고."

"이앤케이에서 복사만 하는데도?"

"당연하지! 이앤케이 스타일로 커피만 타도 그래."

은수는 그런 기억들을 떠올리면서, 벌여놓은 일들을 대충 마무리했다. 그러고는 서둘러 휴게실로 갔다. 병수를 보자마자 은수는 아무렇지도 않은 듯 제일 궁금했던 것을 물었다.

"그래서 민소는 지금 어쩌고 있어요?"

병수는 갑자기 표정이 어두워지더니 미리 준비한 듯한 말투로 이렇게 말했다.

"실종됐습니다. 타클라마칸 사막에서 여덟 시간 전에."

"네? 거긴 왜."

"격추됐습니다. 군에서 지금 위치 추적 중입니다."

잠이 든 건지 정신을 잃은 건지, 자꾸만 꿈이 현실에 섞였다. 분명 아무것도 없는 사막일 뿐인데, 언뜻 눈을 떠보니 커다란 그늘이 보였다. 그늘을 따라가자 빈스토크가 눈에 들어왔다. 빈스토크가 침식되면서 모래바람이 불었다. 그럴 리가 없는데. 현실이 아니구나.

민소가 보기에 빈스토크는 영락없는 바벨탑이었다. 그는 은수가 빈스토크에 취직하는 것이 싫었다. 정규직도 아니고 인턴일 뿐이었는데, 은수는 빈스토크에만 가면 모든 꿈이 다 이루어지기라도 할 것처럼 말했다.

그럴 리가 없었다. 은수처럼 어중간한 외국인 노동자에게 빈스토크는 그다지 관대하지 않았다. 건물 전체가 주변국 영토에 얹혀 있는 주제에 바로 그 주변국 사람들에게조차 비자 면제 혜택을 주지 않을 정도였다.

민소는 5년 전 그날을 떠올렸다. 은수를 마지막으로 본 날이었다. 지하철을 나와서 한 블록을 더 가자 빈스토크 사거리 앞 횡단보도가 나타났다. 차들이 멈춰 서고 신호가 바뀌었다. 횡단보도를 아직 절반도 못 건넜는데, 초록색 불이 깜빡깜빡 발걸음을 재촉했다. 민소는 가슴이 답답했다. 재촉하지 않아도 은수는 곧 떠날 텐데. 망설임 없이 그 속도 그대로 국경을 넘고 말 텐데. 은수는 그런 아이였다. 마음먹으면 마음먹은 대로 해 버려야 하는 아이.

'너만 그런가? 나도 그래.'

민소는 문득 화가 났다. 그는 은수의 최후통첩이 억울하기만 했다. 선택의 여지는 전혀 없었다. 결론은 어차피 이별이었다.

"반대하면 이만 헤어지는 수밖에 없어."

하지만 반대하지 않아도 이별이었다. 웃으며 은수를 보내주 는 것도, 민소에게는 어차피 이별이었다.

민소는 은수가 닳아 없어질 것만 같았다. 저런 악마의 소굴 에 은수를 들여보내다니! 고개를 들어 위를 올려다보았다. 시 야 가득 빈스토크 타워가 들어왔다. 한눈에 다 담을 수도 없을 만큼 거대한 탑이었다. 민소도 물론 빈스토크가 꼭 나쁜 곳만 은 아니라는 점을 잘 알고 있었다. 그러나 민소는 어쩐지 빈스 토크가 싫었다. 영토라고 해봐야 건물 한 채가 전부인 주제에 대외적으로 승인된 주권을 가진 곳. 집에서 버스로 겨우 20분 거리에 있을 뿐이지만 그가 사는 곳과는 국경선으로 완전히 분 리된 674층 건물. 그러면서도 바벨탑이라는 별명은 죽어도 싫 다는 곳.

"진짜 재수 없지 않냐?"

민소의 말에 은수는 멋쩍은 표정으로 고개를 끄덕였다.

민소는 그런 생각들을 떠올리며 하늘을 올려다보았다. 어느

덧 해가 중천에 떠 있었다. 아무래도 다리가 부러진 모양이었다. 목이 부러진 건가. 몸이 전혀 움직이지 않았다. 쉴 만한 그늘을 찾을 수가 없었다.

그는 그 재수 없는 나라의 전투 조종사였고, 폭격 임무를 마치고 귀환하던 중 대공 미사일에 요격됐다. 적에게 먼저 발견되면 큰일이었다. 하지만 빈스토크 방위대에 먼저 발견될 가능성은 거의 없어 보였다. 그가 추락한 지점은 아무래도 아군보다는 적에게 더 가까운 곳이었다. 빈스토크 방위대 주력 병력은 죄다 빈스토크 타워 24층에 주둔해 있기 때문이었다.

'재수도 더럽게 없구나.'

6개월만 있으면 전역이었다. 그중 2개월은 휴가로 채울 예정이었다. 그렇게 반년만 버티면 빈스토크 시민권을 얻을 텐데. 3년 반을 버텼는데 겨우 6개월 치 운이 모자라 이 꼴이라니.

"은수, 이앤케이에 정직원으로 취직했다던데. 그냥 빈스토크에 눌러살기로 했대. 너한테 상의 안 해?"

5년 전, 누군가가 그에게 물었다. 그는 물론 그 사실을 전혀 모르고 있었다. 연락이 끊어진 지가 벌써 석 달째였다. 내막이야 어떻든 표면적으로는 그저 사소한 싸움일 뿐이었는데, 그 싸움을 끝으로 연락이 완전히 끊겼다. 예상대로 결국 은수가 닳아 없어졌다. 은수가 침식돼서 만들어진 모래가 건조한 바람에 섞여 그에게로 날아왔다.

뜨거운 모래바람에 문득 정신이 들었다. 자꾸 정신을 잃는 것을 보니 출혈이 생각보다 심한 모양이었다. 그런데도 아무 통증이 없다니 아무래도 척추나 목을 다친 듯했다.

적에게 먼저 발견되면 큰일이었다. 하지만 아무에게도 발각되지 않는 게 더 큰일이라는 생각이 들었다. 아무래도 그렇게 될 것만 같았다.

"이야기가 깁니다."

은수는 병수의 말에 조용히 귀를 기울였다. 병수가 말을 이었다.

"김민소 씨를 개인적으로 아는 건 아닙니다. 처음 김민소라는 이름을 알게 된 건 4년 전입니다. 그때 저는……"

4년 전이었다. 병수는 빈스토크 시 운영위원회 행정관으로, 서른다섯 살의 평범한 직장인이었다. 그는 빈스토크 토박이였다. 그리고 빈스토크를 진심으로 사랑했다. 그래서 그는 빈스토크가 바벨탑에 비유되는 것에 심한 거부감을 느꼈다. 영토 내 모든 시공간이 빈틈없이 상품화된 현대 자본주의의 상징 같은 곳이기는 했지만, 그렇다고 빈스토크가 꼭 악마의 소굴은 아니었다.

"안 살아본 사람들이 알 리가 없지."

주변국 사람들은 빈스토크를 암세포로 생각했다. 주변국 수도는 언어나 민족 구성이 빈스토크와 거의 동일했기 때문에, 빈스토크와는 국경선이 그어져 있을 뿐 사실은 서로 분리될 수 없는 단일한 사회를 이루고 있었다. 그중 특히 비인간적이고 무분별하게 상업화된 부분이 죄다 빈스토크에 몰려 있다는 것, 그것이 바로 주변국 사람들이 빈스토크를 바라보는 시각이었다.

물론 병수는 그 말을 믿지 않았다. 도시화가 백 퍼센트 진행된 나라라고 해서 그 안에 깃든 삶이 모두 인간미 없고 각박하기만 한 것은 아니었다. 익명 사회에서는 익명의 사람들끼리만 통하는 나름의 신뢰가 형성되기 마련이었고, 그런 의미에서 빈스토크는 타인에 대한 신뢰가 상당한 수준에 이른 도시였다. 그 사실을 입증하기 위해 빈스토크 토박이들은 종종 엘리베이터 승강장 근처에 놓여 있는 파란 우편함을 근거로 내세우곤 했다.

병수도 마찬가지였다. 병수는 빈스토크 시 홍보 담당관이었다. 그런 만큼 그는 국경을 지나 주변국으로 출장을 가는 일이 잦았고, 빈스토크가 암세포라고 주장하는 사람들을 설득해야 하는 경우도 많았다. 그때마다 그는 늘 파란 우편함 이야기를 꺼냈다.

"빈스토크에서는 우편물이 공짜로 배달되거든요. 엘리베이터 한 칸에도 이용 요금이 붙는 곳에서 그게 말이 되냐고 하시는 분들도 있겠지만, 정말 신기하게도 우편물만큼은 공짜로 보낼 수가 있어요. 물론 시에서 운영하는 공식 우편 체계가 있기는 있는데요. 중요한 서류를 보내는 경우가 아니면 굳이 이용할 필요가 없어요. 유료니까요. 일상적인 편지라면 봉투에 받는 사람 주소를 잘 보이게 쓴 다음 근처 엘리베이터로 가서 파란 우편함에 넣으면 그만이거든요. 파란 우편함은, 동네마다 다르지만, 한 50칸 정도 칸이 나뉘어 있는 책장처럼 생겼는데요. 칸마다 몇 층에서 몇 층까지 층수가 적혀 있어요. 해당되는 층수에 우편물을 갖다 놓는 거죠. 그러면 우편물이 저절로 목적지를 찾아가요."

"귀신 이야기인가요?"

"아니죠. 엘리베이터 이용자들이 알아서 갖다 놓는다는 의미죠. 엘리베이터를 타기 전에 파란 우편함을 먼저 확인해보고 자기가 가려는 층에 해당하는 우편물이 있으면 그냥 들고 타는 거예요. 그러고는 목적지 엘리베이터 옆 수신함에 우편물을 꽂아두고 가요. 그러면 그 층에 사는 사람들이 자기한테 온 우편물이 있나 확인하러 왔다가, 수신함에 있는 우편물들을 더 자세히 분류해놓고 가요. 누군가 그쪽으로 가는 사람이 다시 배달할 수 있게요. 모두가 그러는 건 아니지만 아무튼 누군가는 그 일을 하기 때문에 저절로 편지가 가는 거예요."

"그럼 배달 사고가 많을 텐데."

"그게 의외로 배달 사고가 안 나요. 빈스토크 미세권력연구소에서 실험한 게 있는데, 구역에 따라 다르긴 하지만 평균 93.57퍼센트가 이틀 안에 정확하게 배달된다더군요. 심지어 국경을 넘어 들어오는 편지도 94.74퍼센트 정확하게 배달되고요."

"하지만 아주 중요한 내용은 그걸로는 못 전하겠는데요."

"물론 아주 중요한 편지는 유료 우편으로 보내야죠. 그렇다고 파란 우편함이 의미가 없는 건 아니에요. 보통은 업무용으로 쓰는 게 아니라 다른 용도로 쓰니까요."

"무슨 용도로 쓰는데요?"

"대화하는 용도로. 안부를 묻고, 소식을 전하고, 마음을 표현하는 데 써요. 돈이나 소송 이야기가 아니라 사람 사는 이야기죠. 그게 매일 수만 통씩 빈스토크를 돌아다녀요. 그러니까 빈스토크는 바벨탑이 될 수 없겠죠. 언어가 갈라지지 않았으니까요."

"아무리 그래도 그렇지, 사적인 이야기를 그런 걸로 어떻게 보내요?"

"서로 신뢰하니까요. 도시화율 백 퍼센트인 나라에서만 가능한 절대적인 믿음이죠. 빈스토크는 개인을 신뢰하거든요."

그러면 상대는 말문이 막히기 마련이었다. 그럴 때마다 병수는 어깨에 잔뜩 힘이 들어갔다.

그러던 어느 날 저녁이었다. 피곤한 몸을 이끌고 599층에 있는 집으로 퇴근한 병수는 주변국 출장 중에 사용한 회의비 영수증을 찾기 위해 평소에는 잘 안 쓰던 출장용 서류 가방을 뒤지다가 정체를 알 수 없는 종이 뭉치를 발견했다.

'이게 뭐지?'

편지였다. 파란 우편함에서 가져온 편지 뭉치가 분명했다.

가방에 넣어두었다가 깜빡 잊고 그대로 집으로 가져온 모양이었다.

아차 싶었다. 배달 사고였다. 마지막 출장이 언제였더라. 따져보니 벌써 4개월이 넘었다. 물론 중요한 편지는 들어 있지 않겠지만 그래도 어쩐지 마음에 걸렸다. 그는 편지들을 자세히 들여다보았다. 엽서가 있었다. 김민소라는 주변국 남자가 이앤케이 디자인실 조은수에게 보낸 엽서였다.

미안해. 사과할게. 네 말 듣고 열흘 동안 곰곰이 생각해봤는데, 아무래도 내가 너무 조급했던 것 같아. 그래. 네 말대로 다시 한번 잘해보자. 사랑해.

큰일이었다. 병수는 얼굴이 화끈 달아올랐다.

그렇게 중요한 이야기를 파란 우편함에 실어 보내다니! 왜 직접 만나서 이야기하지 않았을까. 전화로라도 이야기했으면 좋았을 것을.

'내 책임이 아니야.'

그러나 명백히 그의 책임이었다. 물론 보낸 사람의 책임이기도 했다. 파란 우편함이 비치된 곳에는 활용 방법과 주의 사항이 빠짐없이 붙어 있었다. 거기에는 "평균 6퍼센트 이상의 분실 가능성이 있으며 법적인 책임은 모두 발신자의 몫이므로, 각종 서류나 재생산이 불가능한 원본 문서 또는 사적인 내용이 담긴 중요한 편지를 보낼 때에는 반드시 유료 우편 체계를 활용"하라는 내용이 포함되어 있었다.

'아니, 배달 사고 가능성이 무려 6퍼센트나 되는데 이 자식은 무슨 생각으로 이렇게 중요한 걸 낯선 사람들 손에다 맡겨 놓은 거야?'

엽서를 도로 가방에 집어넣고 거실로 나왔다. 그러고는 소파에 앉아 생각에 잠겼다. 별일 아닐 거라는 생각이 들었다. 머리를 비우기 위해 텔레비전을 켰다. 무슨 영화제 시상식이 중계되고 있었다. 특별상을 받은 개가 단상으로 뛰어 올라가는 모습이 보였다.

"수상 소감 발표하시려고요?"

사회자의 농담에 폭소가 터져 나왔다. 병수는 멍하게 그 장면을 지켜보았다. 눈으로는 열심히 텔레비전을 보고 있는데, 소리가 하나도 귀에 들어오지 않았다. 결국 다시 방으로 가서 서류 가방을 뒤졌다.

이앤케이 디자인실 조은수 귀하

그는 자리에서 벌떡 일어나 집을 나섰다. 그러고는 이앤케이 사무실이 있는 동쪽 구역으로 갔다. 한참이나 늦었지만 지금이라도 엽서를 전해야 할 것 같았다.

'그런데 만나서 뭐라고 이야기하지? 그냥 우편함에 넣고 도

망칠까? 그러면 문제가 더 꼬일 수도 있는데. 지금은 그때와 상황이 다를 테니.'

5분쯤 걷다 생각해보니 괜한 짓인 것 같았다. 4개월이나 지났으니 이미 모든 문제가 해결됐을지도 모른다. 꼭 파란 우편함이 아니더라도 연락할 수단은 얼마든지 있다. 그런 편지를 보냈는데도 아무 대답이 없었다면 다른 방법으로 연락을 시도했을 것이다. 바보가 아닌 이상 어떻게든 연락을 취했을 것이다. 바보가 아닌 이상 반드시 그랬을 것이다.

그는 다시 집으로 발걸음을 돌렸다. 그런데 집 앞에 다다르자 문득 그런 생각이 들었다.

'바보였으면 어쩌지?'

집으로 돌아가서 잠이 들었다. 그리고 아침에 일어나 출근을 했다. 별생각 없이 하루를 보내다가 퇴근 시간이 다 돼서 다시 그 생각이 났다.

병수는 6시가 되자마자 가방을 챙겼다. 그러고는 엘리베이터로 달려가 파란 우편함을 뒤졌다. 수신함에 편지들이 쌓여 있었다. 주소별로 하나씩 편지를 분류하는데, 사람들이 그 모습을 보고 흐뭇한 미소를 지었다. 관광객인 것 같았다. 그러나 병수는 웃지 않았다. 김민소에게서 온 편지는 하나도 없었다. 국경을 넘어온 편지들이 눈에 띄는 걸 보면 그쪽 우편함에 있던 편지가 아직 수거되지 않은 것도 아니었다.

다음 날도 마찬가지였다. 병수는 퇴근하자마자 599층 우편함으로 달려갔다. 다른 사람들보다 먼저 우편함을 확인하기 위해서였다. 다행히 우편함은 아직 정리가 안 돼 있었다. 병수는 전날과 마찬가지로 편지를 분류해서 세부 주소별 수신함에 차곡차곡 정리했다. 하지만 이번에도 역시 조은수에게 가는 편지는 하나도 없었다.

별로 놀라운 일은 아니었다. 편지 왕래가 없다는 사실만으로 두 사람이 정말로 헤어졌다고 간주할 수는 없었다. 조은수가 직장을 옮겼거나 출장 중일 수도 있고, 오전에 이미 편지가 배달되었을 수도 있었다. 무엇보다 단순히 이틀쯤 편지를 거른 것만으로는 두 사람의 관계를 단정 지을 수가 없었다.

그러나 일주일이 지나고 보름이 지나도록 김민소가 보낸 편지는 전혀 발견되지 않았다.

"양현미 씨, 그 파란 우편함 말이야. 젊은 사람들은 어때? 연애한다고 다 그걸로 편지 같은 거 보내는 건 아니지?"

"다 그걸로 편지 보내요."

"왜? 이메일도 있고, 전화도 있는데."

"무슨 말씀이세요? 시 홍보 담당관께서. 그거 안 쓰면 요새는 완전 왕따되는데. 애인한테 안 보내면 누구한테 보내요?"

"아니, 내 말은, 그래도 예외는 있지 않냐는 거지. 열 명에 한 명쯤."

"서른 명에 한 명쯤 될 걸요."

"그래?"

설마설마했는데 역시 그런 모양이었다. 사태가 생각보다 심각하다는 뜻이었다.

그날 저녁에 병수는 이경환을 찾아갔다. 이경환은 예전에 병수가 아내의 뒤를 캐기 위해 고용한 적이 있는 사설탐정이었다.

"어쩐 일이십니까? 또 사모님이 무슨……"

"아니, 그건 아니고, 이 두 사람."

병수는 김민소의 엽서를 내밀었다. 탐정은 말없이 엽서를 훑어보았다. 그러고는 음흉한 미소를 지으며 이렇게 말했다.

"사장님도 참 속이 타시겠습니다. 큰 사모님도 그러시더니 이제는 작은 사모님까지……"

"작은 사모님이라니, 그건 또 뭔 소리요?"

다시 2주가 흘렀다. 비자금을 탈탈 털어 중도금을 지불하면서, 병수는 문득 회의가 들었다. 연인이란 원래 헤어지는 법이다. 특히 요즘 젊은 사람들은 헤어지기 위해 만나는 것이나 다름이 없다. 물론 순수한 사랑이 완전히 멸종됐다고 단정 지을 수는 없었다. 문제는 확률이었다. 하필 민소와 은수가 순수한 사랑을 간직한 운명적인 커플이었을 확률은 30분의 1도 채 안 돼 보였다.

그 생각을 하면 병수는 속이 쓰렸다. 뭐 하려고 그 돈을 쓰나 하는 생각이 들었다. 금액 자체는 사실 큰 문제가 아니었다. 문제는 그 돈이 세탁된 자금이라는 사실이었다.

'이 돈 다시 만들려면 적어도 5년은 걸릴 텐데. 이 짓을 꼭 해야 하나. 오해가 풀린다고 백년해로할 것도 아닌데.'

그는 아내와의 결혼 생활을 떠올렸다. 별로였다. 하지만 그가 저지른 배달 사고를 생각하면 아직도 얼굴이 화끈거렸다. 어쩔 수가 없었다. 두 사람이 잘되든 아니든 어쨌든 수습은 해야 할 것 같았다.

다시 한 주가 지났다. 사무실로 이경환을 찾아갔더니, 기분 나쁜 웃음을 흘리며 그가 말했다.

"작은 사모님은 과연 미인이시더군요."

서류를 받아 들고 집으로 돌아왔다. 직업상 화목한 가정이 필요했지만, 아내는 필요할 때가 아니면 늘 집을 비웠다. 그러다가도 꼭 필요한 순간이 되면 집으로 돌아와 현모양처 역할을 했다. 대충대충이 아니라 아주 잘했다. 놀랍고 당황스러운 적이 한두 번이 아니었다.

"원하는 게 뭐야?"

하지만 아내는 아무 대답도 하지 않았다. 그저 조용히 집을 비울 뿐.

결국 집을 나간 날도 마찬가지였다. 집 안으로 들어서는데 전혀 온기가 느껴지지 않았다. 이래서 빈스토크가 바벨탑인가 싶었다.

병수는 그런 기억을 떠올리며, 이경환에게서 받은 서류 봉투를 열었다. 삶에 찌든 은수를 찍은 사진이 맨 위에 놓여 있었다. 곧 세상을 등질 것만 같은 민소의 사진도 함께였다.

깨끗합니다. 전혀 접촉이 없습니다.

이경환의 결론이었다. 병수는 김민소의 최근 동향이 더욱 눈에 거슬렸다.

최근에 빈스토크 해군 용역 업체에 지원했습니다. 4년 연장 복무에 해외 파병 지원을 했는데, 이미 주변국에서 병역을 마친 상태여서 가산점이 붙을 것 같습니다. 잘 아시겠지만 4년간 해외에서 근무를 마치고 나면 빈스토크 시민권 획득 심사에서 27퍼센트 가산점이 붙는데, 김민소는 이걸 노리고 있는 것으로 보입니다.

완전 바보짓이었다. 해군이라니. 더구나 군대도 한 번 갔다 온 사람이.

그는 어떻게든 빈스토크에 들어올 생각이었다. 어리석은 생각이었다. 4년 뒤에도 그 마음 그대로 어리석을 수 있을까. 조은수는 4년 뒤에도 빈스토크에 남아 있을까.

그럴 리가 없었다. 똑같을 리가 없었다. 스물다섯 그대로 스물아홉이 될 수는 없었다. 미처 4년을 다 채우기도 전에 스물다섯은 완전히 닳아 없어질 것이다. 그래야 빈스토크가 시민권을 줄 테니. 그래서 빈스토크가 바벨탑이 아닌가.

서류를 내려놓고 아내의 방으로 갔다. 인기척 대신 먼지가 쌓여 있었다. 아내가 풍화된 흔적이었다. 아내의 빈방에 혼자 앉아서 한참 동안 멍하니 생각에 잠겼다. 어떤 식으로든 중간에 오해가 생기지 않고 서로의 마음을 그때그때 전달할 수 있었다면, 그래도 아내의 방이 비어 있었을까.

'에이, 바보 같은 놈 때문에 이게 무슨 짓이야.'

그는 해군에 있는 동기에게 전화를 걸어 용역 직원 선발에 관해 몇 마디 '조언'을 건넸다.

"김민소? 뽑는 건 어렵지 않은데 웬일이야, 이런 부탁을 다 하고? 아는 사람이야?"

"아는 사람은 무슨. 그냥 그렇게 해줘."

그가 해줄 수 있는 일이라고는 그것밖에 없었다.

하지만 그게 과연 잘한 짓이었을까. 병수는 자꾸만 그런 생각이 들었다. 그게 벌써 4년 전이었다.

'조종사 선발 때는 그냥 안 도와줄 걸 그랬군. 비행기를 타는 편이 훨씬 안전하댔는데. 재수도 지지리도 없는 인간 같으니라고.'

혼자 잠깐 생각에 잠겨 있는데, 은수가 끼어들었다.

"타클라마칸 어디서 실종됐는데요?"

"정확한 지점은 아직 파악 중입니다."

"아직 모르는 거군요. 그런데 격추됐다는 건 이미 죽었을지
도 모른다는 이야기인가요?"

병수는 대답 대신 고개를 끄덕였다.

"생존 가능성도 충분히 있습니다. 구조 작업이 빨라지면 그
만큼 생환 가능성도 높아지겠죠. 문제는 구조 작업이 시작될
기미가 전혀 안 보인다는 겁니다."

"왜요? 비행기가 격추됐는데."

"빈스토크 방위대가 있어서는 안 되는 곳이니까요. 방위대가
움직이면 빈스토크가 그곳 미사일 기지에 선제 공격을 가하려
고 했다는 사실을 자인하는 꼴이 되기 때문입니다."

"하지만 자기 나라 군인이 사막 한가운데 떨어졌는데 어떻게
아무것도 안 할 수가 있어요?"

"그게 말입니다, 엄밀히 말해서 김민소 씨는 빈스토크군이
아니거든요. 빈스토크 해군에서 고용한 방위 업체 직원이지 해
군 소속 조종사는 아니기 때문에……"

은수는 무슨 말인가 하려다 말고 가만히 찻잔을 만지작거
렸다.

"그래서 제가 지금 뭘 해드리면 될까요?"

은수가 물었다.

"우선 이걸 전해드리려고요."

병수는 은수에게 4년 전에 민소가 쓴 엽서를 내밀었다.

"이게 그겁니다. 이미 많이 늦었지만, 더 늦기 전에 전해드려

야 할 것 같아서 여기까지 왔나 봅니다."

병수는 민소를 해군 조종사로 만든 게 자신이었다는 이야기를 차마 하지 못했다. 그 이야기를 하려고 은수를 찾아왔지만, 눈치를 보아하니 은수는 그런 이야기가 별로 듣고 싶지 않은 것 같았다.

은수는 엽서를 들여다보았다. 민소의 필체가 분명했다. 옛 기억이 떠올랐다.

"은수야. 나는 네가 닳아 없어질 것 같아."

"또 그 소리다. 그런 말은 자꾸 왜 해? 내가 언제 너한테 헤어지자고 그랬니?"

"아니, 그냥 너 거기 가면 왠지 그렇게 될 것 같다고."

그때는 그 말을 듣는 게 너무나 짜증스러웠다. 그 말을 하는 민소의 표정도, 짐짓 힘없게 들리던 목소리도. 미안하다는 말이 왜 미안하다는 말로 들리지 않았을까. 그때는 그 말이 다 거짓말로 들렸다.

"김민소, 그만 좀 해! 나 부담스러우라고 일부러 괴로운 척 하는 거잖아."

은수는 자기가 민소에게 그런 말을 했다는 사실을 떠올렸다. 도대체 무슨 생각으로 그랬을까. 나는 도대체 무슨 말을 듣고 싶었던 걸까. 지금도 민소는 엽서 속에 갇혀서 미안하다는 말만 끝없이 되풀이하고 있었다.

은수가 말했다.

"너무 마음 쓰지 마세요. 이 엽서가 제대로 전달됐어도 보나 마나 우리는 또 싸웠을 거예요. 그때는 싸울 이유가 수도 없이 많았으니까요. 이것 때문에 우리가 헤어진 건 아니었어요. 그냥 서서히 멀어진 줄로만 알았지, 그런 계기가 있었다는 건 지금 하시는 말씀 듣고 처음 알았어요. 그리고 저는 지금은 결혼할 사람도 있고, 그때 일을 뼈저리게 아쉬워할 만큼 불행하지도 않으니까요."

진심이었다. 은수는 이제 이앤케이의 정식 위성 디자이너였다. 꿈에 그리던 직장을 얻고 좋은 사람들도 만났다. 빈스토크는 은수를 실망시키지 않았다. 엽서 한 장 잘못 배달됐다고 크게 달라질 것은 없었다.

"민소 일은 도와드릴 게 없어서 안타깝네요."

"네."

은수와 잠깐 이런저런 이야기를 나누다가, 병수는 씁쓸한 기분으로 자리에서 일어났다. 만나지 말걸 그랬다는 생각이 들었다.

'원래 뭐 하러 온 거였지? 뭔가 전하러 온 건데, 그게 뭐였지? 엽서 때문에 온 건 분명히 아닌데. 시신이 발견되기 전에 뭔가 전해주려고 했는데.'

병수는 사무실로 돌아왔다. 민소가 격추된 위치는 아직도 밝혀지지 않은 모양이었다. 해군 추적 장비가 장착되지 않은 비행기를 타고 나갔기 때문이었다. 당장 대규모 수색대를 파견한

다 해도 늦기 전에 조종사를 발견할 확률은 그다지 높지가 않았다.

해군은 민소를 버릴 생각이었다. 아니, 이미 포기한 것이나 다름없었다. 방위대는 병력을 움직일 생각이 없었다. 대신 빈스토크군 표시가 없는 민간 구조 헬기를 인근 지역에 수소문해서 구해놓은 모양이었다. 그렇게 마련된 장비가 겨우 여섯 대였다. 하루나 이틀 안에 타클라마칸 사막 전체를 탐색하기에는 역부족이었다.

차라리 적에게 더 유리한 상황이었다. 코스모마피아가 이미 해당 지역 접근로를 확보했다는 첩보가 들어왔다. 코스모마피아는 위성 요격 미사일 기술을 보유한 구소련 계통의 무장 세력이었는데, 최근에는 군사 위성뿐만 아니라 민간 위성까지 공격 대상에 포함시키면서, 빈스토크의 주력 산업이기도 한 글로벌 위성 서비스 산업의 가장 큰 위협으로 떠오른 조직이었다.

코스모마피아에 대한 빈스토크 방위군의 공식 입장은 무조건 선제공격이었다. 그러나 선제공격을 지지하지 않는 국가의 영토에서 코스모마피아의 위성 요격 미사일 기지가 발견된 경우에는, 빈스토크 또한 전투기를 직접 보내기가 어려웠다.

그 경우에 해군은 민간 방위 업체를 고용하는 형식으로 문제를 해결했다. 빈스토크를 위해 일하지만 절대로 빈스토크군이 될 수는 없는 용병 조종사들을 파견 근로 형식으로 고용한 다음 그들을 활용해 폭격을 감행했다. 문제가 생겨도 책임지지 않겠다는 뜻이었다. 다시 말해서 해군은 처음부터 민소를 구할 생각이 없었다. 그들은 민소를 버릴 생각이었다. 이미 7년 전에 세워놓은 원칙에 따라.

"죽었는지 살았는지도 모르는데 위험을 감수할 수는 없잖아."

"죽었는지 살았는지도 모르는데 포기할 수는 없다고 해야 되는 것 아닙니까?"

"우리 시민도 아닌데 뭘."

빈스토크 헌법은 방위대의 임무를 빈스토크 시민권자의 생명과 재산을 보호하는 것으로 제한하지 않았다. 왜냐하면 빈스토크는 원래 국가가 아니었기 때문이다. 빈스토크는 그저 건물일 뿐이었다. 방위대의 원래 임무는 국적을 가르는 것이 아니라 입주자와 방문자 모두를 안전하게 보호하는 것이었다. 그런 게 진짜 빈스토크 스타일이었다. 그래서 빈스토크는 바벨탑이 아니었다.

그런데 이제는 그렇지 않은 모양이었다. 그가 아는 빈스토크는 그저 홍보를 위한 수사에 불과했다.

빈스토크를 원래대로 되돌릴 방법은 없었다. 그가 아무리 수완 좋은 공무원이라 해도, 외국에서 격추된 조종사를 구출할 만큼 어마어마한 장비를 갑자기 마련할 수는 없었다. 고작해야 산불 진화용 헬리콥터 두 대를 이틀간 추가로 임대한 것이 다였다.

'위성으로라도 찾았으면 좋겠는데.'

그러나 해군에서 군사용 위성 사진을 내놓을 리 만무했다. 이 사태에 대한 해군의 공식 입장은 '그런 일이 일어났다는 사실 자체를 모른다'라는 것이었다. 더구나 사진을 입수한다 한들, 전문 분석 요원의 지원을 받지 않고 타클라마칸 사막 전체를 찍은 사진을 샅샅이 검토한다는 것은, 시도해볼 필요조차 없을 만큼 무모한 일이었다.

"어떻게든 군을 움직여야겠군."

"무슨 수로?"

"몰라."

국방위원회 소속 의원 보좌관에게 전화를 걸고, 언론사에서 일하는 지인이나 평소 안면이 있던 민간 기구 활동가들에게 사정을 설명했지만 돌아오는 반응은 한결같았다. 그들도 역시 별수가 없었다. 국가가 나서지 않으면 절대 해결할 수 없는 문제였다.

"1차 대전 때 말이야, 독일 함대는 북해로 한번 나가보지도 못했거든. 그런데도 상대방인 영국 해군 내부 문서를 보면 정말로 진지하게 패전 이야기가 오갔어요. 본토는 공격을 안 당했지만 독일의 무제한 잠수함 작전 때문에 무역로가 끊길 뻔했으니까. 그런데 말이 무제한이지 대서양에 나가 있는 독일 잠수함은 겨우 서른몇 대밖에 안 됐대. 빈스토크도 똑같아. 배가 비싸냐, 인공위성이 비싸냐? 빈스토크 타워가 무사하더라도 인공위성이 위협받으면 빈스토크도 결국 무사하지 못할 거라고. 그러니까 빈스토크는 현재 입장을 고수할 거고, 절대 구조대를 안 보낼 거야."

의원 보좌관을 하는 대학 동기가 그렇게 말했다. 병수는 주먹을 불끈 쥐었다.

은수는 주먹을 불끈 쥐고 가만히 테이블 위를 노려보았다.

"조은수. 안 먹어? 샐러드가 너한테 뭐라 그래?"

"응? 아, 미안. 잠깐 딴생각하느라."

"오늘이 바로 그날이냐? 분기에 한 번 찾아온다는, 조은수 생각하는 날."

"웃겨."

그러고는 다시 생각에 잠겼다. 약혼자인 진수도 더 이상 말을 걸지 않았다.

민소는 지금쯤 어쩌고 있을까. 살아 있을까? 사막 한가운데 떨어졌으니 살아 있는 편이 더 괴로운 건 아닐까.

좋아하지도 않는 군대는 왜 또 간 거야. 의무 복무 할 때도 거의 탈영할 뻔했으면서. 비행기 조종하는 건 또 언제 배우고. 그거 배워서 기껏 한다는 짓이 그 짓이라니. 이상해, 전혀 민소답지가 않아. 왜지? 진짜로 그 엽서 때문인가? 그럼 결국 나 때문인데. 에이 설마, 걔가 바보도 아니고. 아니다. 걔 바보 맞는데.

"진수 씨."

"응?"

"위성 하나만 임대해줘봐."

"위성? 왜? 얼마나?"

"글쎄. 한 20초?"

"뭐 하게?"

"사진 찍게. 타클라마칸 사막이 다 나와야 돼. 해상도 좋은 걸로."

"그래? 내일 알아봐줄게."

"지금 해줘."

"지금?"

"빠르면 빠를수록 좋은데……"

"지금 당장? 20초라. 개인적으로 쓸 거야? 회사 일 아니지?"

"응, 비싸?"

"비싼 것도 있고 덜 비싼 것도 있겠지. 음, 시간표가 어떻게 되나. 관광 사진용 위성 정도 해상도면 되나? 얼굴까지는 자세히 안 나올 텐데. 그건 임대할 만할 거야. 어차피 그쪽 지나가는 건 그 시간에 예약도 안 차 있을 거고."

"좋아. 그럼 진수 씨 직원 할인가로 임대할 수 있어?"

"이그, 인간아. 물에 빠진 사람 건져줬더니 보따리 내놓으라는 거 보니까 또 뭔가 음모를 꾸미는 모양이구나. 타클라마칸이라. 도대체 뭐지? 도망간 애인 스토킹이라도 하는 건가?"

은수가 고개를 끄덕이자 진수가 킥킥거리며 웃었다.

은수는 병수에게 전화를 걸었다. 그리고 위성 사진 이야기를 꺼냈다. 병수는 한동안 가만히 듣고만 있다가 중간에 말을 자르고 끼어들었다.

"위성 사진 구하는 건 이쪽에서도 할 수 있어요. 하지만 컴퓨터로 돌리려면 훨씬 해상도가 높은 사진이 필요하거든요. 그냥 온전한 비행기도 바닥에 놓여 있는 상태에 따라 형태 구분이 거의 불가능할 수도 있는데, 박살 난 파편만 갖고 찾으려면 더 그렇지 않겠어요? 모자이크 화면 수준의 해상도로는 더 어렵죠."

"기계로 판독하는 건 불가능한 건가요? 그럼 방법이 없나요? 사람이 찾으면요?"

"되죠. 되는데, 백 명이 달라붙어서 한 5년쯤 찾아야 찾을 수 있겠죠. 정확한 숫자는 아니고 말이 그렇다는 겁니다. 언젠가 찾기는 찾겠지만 그게 언제가 될지는 아무도 몰라요."

"그럼 해상도 높은 사진을 구하면 되죠."

"안 그래도 그걸 구하려고 하는데, 안 주더군요, 해군에서."

은수는 전화를 끊고, 진수에게 병수의 설명이 사실인지 물었다.

"그럼. 맞는 말이야. 고해상도 사진이 있어도 분석 프로그램이 없으면 소용없지. 군사 기술이라 어떻게 해볼 수도 없고. 근데 너 진짜, 뭔가 일을 꾸미고 있구나."

"응."

은수는 어깨를 축 늘어뜨렸다.

"어떤 바보 때문에."

"그렇군. 바보 때문이군. 분위기 보니 어떤 바보인지는 물어보면 안 되겠군. 아무튼 관광 사진용 위성은 임대 안 해도 되겠지?"

은수가 대답했다.

"아니, 해줘."

"왜?"

"그냥."

"바보."

이른 저녁이었다. 은수는 집으로 돌아와 컴퓨터를 켰다. 그러고는 위성 사진 뷰어로 타클라마칸 사막이 찍힌 사진을 열었다. 일부분을 확대하자 더 자세한 영상이 보였다. 자세히, 더 자세히. 최대 한계까지 사진을 확대했다. 파일 전체에서 화면에 보이는 부분이 차지하는 면적이 점점 조그맣게 줄어들더니 결국 작은 점이 되었다.

아무것도 없었다. 타클라마칸 사막은 모래사막이었다. 어딘가에는 유서 깊은 오아시스 도시가 있고 어딘가에는 실크로드가 펼쳐져 있겠지만, 그 어딘가가 도대체 어딘지는 사진만 봐서는 알 수가 없었다. 보이는 것이라고는 그저 모래언덕뿐이었다.

은수는 사막 전체가 화면에 들어올 때까지 사진을 축소했다. 민소를 찍은 사진이었다. 도대체 어디에 있는지는 알 수 없지만, 아무튼 어딘가에 민소가 들어 있는 사진이라는 점만은 분명했다.

'거기서 뭐 하니 바보야.'

그때 갑자기 전화벨이 울렸다. 나쁜 예감이 들었다.

"나야 나. 무슨 일 있어? 목소리가 왜 그래?"

친구였다. 어쩐지 맥이 풀리는 듯했다.

"뭘 그렇게 놀라? 나쁜 짓 하고 있었어?"

"나쁜 짓은 아니고, 옛날 애인 사진 보고 있었어."

"어쭈, 결혼 전이라고."

"그러게. 이게 뭐 하는 짓인지 모르겠다."

"잘생겼어? 옛날 애인 아닌 척하고 어디 인터넷에 한번 올려봐. 나도 좀 보게."

"그럴래? 근데 알아볼 수 있을까?"

전화를 끊었다. 문득 불길한 생각이 머릿속을 스쳐 지나갔다. 은수는 병수에게 다시 전화를 걸었다.

"저라도 찾아볼게요. 추락 지점은 몰라도 대충 예상 지점은 있을 거 아니에요? 그거라도 어떻게 알아봐주실 수 없을까요?"

"혼자서 할 수 있는 일이 아니라니까요. 구조 헬기들이 수색을 나갔으니까 기다려봅시다."

"이대로 있기가 영 불안해서요. 구조 헬기가 어느 쪽으로 날아갔는지 대강 위치라도 알려주세요. 그럼 해군에서 예측 지점을 어디로 생각하는지 알 수 있잖아요."

"꼭 그렇지도 않아요. 해군에서도 영 감을 못 잡는 모양이니까."

"그럼 구조 헬기가 안 찾아본 데라도 찾아볼게요. 어차피 다른 방법도 없다면서요. 그렇게라도 하면 적어도 헬기 한 대 몫은 할 수 있을 거 아니에요. 이거라도 해봐야죠. 못 찾으면 어쩔 수 없고."

헬기 한 대 몫이라.

"그렇군요. 알았어요. 잠시만요."

일단 전화를 끊은 다음, 병수는 빈스토크 대외홍보국으로부터 자금 지원을 받는 주변국 민간 환경 감시 기구에 전화를 걸었다.

"아, 지시가 아니고 부탁이라니까. 웹사이트 하나만 만들어줘. 이쪽 사정이 좀 그래. 우리도 서버 있지. 있는데, 지금 사정이 좀 그래요. 여기다 만들 사정이 안 돼. 우리 정부 쪽에서 손을 쓰면 안 될 사정이 있어서. 한 이틀 정도만 쓰고 없앨 거니까. 응, 그래. 응, 당연하지. 당신들한테 불이익 갈 거면 내가 이렇게 부탁하겠어? 나 알잖아. 응, 아, 내가 위성 사진 한 장 보내줄 테니까, 그것만 올라가면 돼. 아, 그리고 한 가지만 더……"

병수는 은수에게서 사진을 넘겨받았다. 해상도가 더 높은 사진을 구해보려고 했지만 그 위치를 지나는 적당한 위성이 없었다. 사진을 받자마자 기술 지원팀으로 달려가 사진에 분할선을 그어달라고 부탁했다.

일반인이 비행기 잔해만 보고 사고 현장을 식별할 수 있으려면 구획 하나의 크기가 꽤 작아야 했다. 구획이 작을수록 모니터에는 더 높은 배율의 사진을 띄울 수 있기 때문이었다.

"몇 칸이나 나와?"

"대략, 20만 개요."

한 명이 한 칸을 30분쯤 들여다본다고 가정하면 백 명이 천 시간 동안 작업해야 하는 양이었다.

'홍보국 직원을 열댓 명쯤 동원하고 헬기 숫자까지 합하면……'

그래도 대략 1년은 걸릴 만한 작업량이었다. 우선 탐색 지역을 반으로 좁힌다 해도 최소한 반년. 하나 마나 한 작업이 틀림없었다. 하지만 헬기 한 대 몫이라는데 손을 놓고 있을 수는 없었다. 병수는 구획이 나뉜 사진을 주변국 환경 감시 기구에 전달한 다음 은수에게 전화를 걸어 이렇게 말했다.

"조은수 씨, 지금 그거 하지 말고 다른 거 해주세요. 사진은 다른 서버에 올렸어요. 주소 불러드릴 테니까 한 시간 뒤에 들어가보세요. 그보다 먼저 해줄 일이 있어요. 제가 행정력을 동원할 형편이 못 돼서 그러는데요……"

국가가 움직임을 완전히 멈춘 동안 개인들이 부지런히 빈스토크를 뛰어다녔다. 은수는 지인들에게 편지를 썼다.

사랑하는 동료 경희 씨, 저는 5년 전에 빈스토크로 이사를 왔어요. 빈스토크에 와서 꿈을 이루었고, 누구보다 행복하게 살고 있습니다. 하지만 이사 올 때 국경 너머에 두고 온 게 있어요. 그 사람은, 똑똑하고 착한 사람이었는데요. 어떻게 그동안 그 사람을 잊고 지냈는지. 하지만 오늘 그 사람을 다시 찾았답니다.

그런데 지금 그 사람, 사막에 혼자 있어요. 빈스토크 해군에 고용된 용병 조종사래요. 시민권 얻으려고 연장 복무에 해외 파견까지 지원했대요. 저 때문에 그런 건 아니라고 믿고 싶지만, 그 사람 워낙 바보여서 확신은 없어요. 타클라마칸 사막에서 미사일에 맞았는데 빈스토크 해군은 손을 놓고 있어요. 자신들이 한 일이 아니라고 시치미를 떼면서요.

사랑하는 동료 경희 씨, 사랑하는 빈스토크 시민 여러분, 여러분의 국가가 손을 뗐어요. 그 사람은 빈스토크 시민이 아니라면서요. 하지만 여러분은 그러지 않을 거라 믿어요. 빈스토크 22층에는 네모난 국경면이 펼쳐져 있지만 여러분의 마음은 직육면체 상자에 갇혀 있지 않으니까요.

위성 사진을 구해서 그 사람을 찾고 있어요. 비행기가 격추당한 잔해를요. 그 사람은 사막에 혼자 버려져 있고, 저는 그 사람을 찾아 사막을 혼자 헤매요. 그 사람은 대단히 위독한 상태일 수도 있고 이미 목숨을 잃었을 수도 있어요. 오늘이 지나면

그럴 가능성이 더 커진대요. 모래사막에 바람이 불면 비행기 잔
해가 묻혀버릴 수도 있고요.

　　이 주소로 들어가서서 저를 도와주세요. 사진에 구역을 나
눠놨어요. 제가 이미 확인한 칸은 푸른색으로 표시가 돼요. 확
인 중인 칸은 녹색일 거예요. 아무 표시도 없는 칸을 골라서 비
행기 잔해를 찾아주세요. 많으면 많을수록 좋지만, 한두 칸만이
라도, 딱 한 칸만이라도.

한 장 한 장 일일이 새로 쓰지는 못했다. 하지만 한 자 한 자
정성을 다했다. 은수는 그 편지를 프린트해서 받는 사람 이름
을 하나하나 새로 쓴 다음 주소를 써서 파란 우편함에 넣었다.
그중 일부는 홍보국 직원들에게로 가는 편지였다. 그리고 집으
로 돌아가 위성 사진을 펼쳤다.

　　병수는 홍보국 직원들을 모두 퇴근시켰다.

"지금 비상 대기 중인데요."

"무조건 가. 599층 엘리베이터 옆 파란 우편함에 가서 발송
함에 있는 것들 다 배달하고 가. 그중에 당신들한테 가는 편지
도 있을 거야. 그거 보고 무조건 시키는 대로 해. 복사해서 열
장씩 아는 사람한테 보내. 그리고 당신들은 야근이다 생각하고
2시까지 해. 아니, 4시까지 하고 오전에 출근하지 마. 알았어?"

　　그러고는 자리로 돌아가 위성 사진을 펼쳤다. 벌써 세 칸이
파랗게 변해 있었다. 은수의 지인들부터로 직원 가족, 친구들

까지 150명 정도를 동원하는 게 목표였다. 피라미드 방식이지만 어쩔 수 없었다. 한번 해보고, 안 되면 말고.

그는 한 칸을 골라 배율을 높였다. 모래사막은 아니었다. 푸른색이 간간이 눈에 띄었다. 그래도 건조하고 막막해 보이기는 마찬가지였다.

아무것도 없었다. 우주를 들여다본 것도 아니고 지표면의 작은 조각을 들여다봤을 뿐인데도, 자연은 너무나 크고 막막해서 그 위에 놓인 것들 대부분이 아무 의미도 없어 보였다. 그래도 꼼꼼히 살펴야 했다. 아무것도 없다고 섣불리 결론을 내릴 수는 없었다.

제대로 봤을까. 자기 눈을 의심하게 되는 작업이었다. 순간적으로 지겨운 마음이 들어서 대충 지나간 곳은 없을까. 본 곳을 다시 봐가며 한 칸을 마무리했다. 40분이 걸렸다. 아무것도 없었다. 지도에 확인을 끝냈다는 표시를 했다.

전체 화면을 보니 확인된 칸이 일곱 개, 확인 중인 칸이 다섯 개였다. 그를 빼고도 다섯 명이 작업 중이라는 뜻이었다.

다시 사막으로 돌아갔다.

파란 우편함의 원형은 원래 위성 임대업체 새트리스의 내부 문서 전달망이었다. 설립 당시 새트리스사는 빈스토크 남쪽 구역 394층부터 472층까지 좁고 긴 공간을 자치하고 있었다. 그만큼 수직 방향 문서 유통이 어려웠고, 비용 절감을 위해 실험적으로 파란 우편함을 꼭 닮은 문서 수발함을 설치했다.

실험은 실패였다. 당일 문서 전달 성공률이 겨우 90퍼센트에 불과했다. 그러나 사내 연애는 다섯 배로 늘었다. 새트리스는 내부 문서 수발함을 폐지했고, 빈스토크는 파란 우편함을 만들었다. 실용성 때문이 아니라 정 때문이었다.

편지가 돌기 시작했다. 은수가 보낸 편지는 599층을 출발해서 주로 450층에서 600층 사이 구간으로 재빨리 흩어져 갔다. 대외홍보국 직원들이 직접 배달했기 때문이다. 30분 뒤에는 홍보국 직원들이 은수의 편지를 복사해서 빈스토크 전 구역으로 보냈다. 3백 통이 조금 넘는 편지였지만 너무 늦은 시각이라 확산 속도는 빠르지 않았다. 그러나 외국인 관광객들이 늘 당황스러워하는 것처럼 빈스토크에는 밤낮을 바꿔서 생활하는 사람들이 많았기 때문에, 전달 속도가 완전히 0이 되지는 않았다.

그로부터 두 시간 뒤에 새 편지들이 발송되었다. 은수가 보낸 것도, 홍보국 직원이 보낸 것도 아니었다. 병수가 전혀 생각하지 못한 곳에서부터 새 편지 몇 통이 발송되었다. 비슷한 시각에 다른 곳에서도 똑같은 현상이 일어나기 시작했다. 편지가 편지를 낳고, 그 편지는 또 다른 편지를 낳았다.

은수는 몇 시간이나 사막을 헤매다가 휴식을 위해 잠시 인공위성 궤도까지 빠져나왔다. 그보다 한 칸 더 눈높이를 높이자 비로소 모니터 밖 현실 세계가 눈에 들어왔다.

눈이 아팠다. 계속 사막을 들여다봤더니 괜히 안구가 건조해진 느낌이었다. 사막으로 변한 눈에 안약 몇 방울을 떨어뜨린 다음 다시 지도를 펼쳤다. 그러자 눈앞에 이상한 광경이 펼쳐졌다. 은수는 병수에게 전화를 걸었다.

"웹사이트에 뭔가 오류가 생긴 것 같은데요."

병수는 사막에서 빠져나와 전체 지도를 펼쳤다. 지도 북동쪽이 온통 파란색이었다.

"그러네요. 지금 몇 시죠? 전화하면 받으려나. 무슨 일인지 알아보고 다시 전화드릴게요."

웹 사이트를 만든 환경 감시 기구에 전화를 걸었다. 바로 연결이 됐다.

"이 시간에 뭐해?"

"네? 이거 하고 있는데요. 아까 행정관님이 준 거."

"뭐? 웹사이트 만드는 거? 아까 다 했잖아."

"했죠. 저도 지금 다섯 칸째 뒤지고 있어요."

"당신이 왜?"

"사람 찾으려고."

"사람? 그걸 어떻게 알았어?"

"어떻게 알긴요, 지금 난린데. 다들 이거 하느라 잠도 안 자고 고생인데 시작한 사람이 딴소리하면 안 되죠."

"무슨 소리야?"

"접속자가 지금 27,470명이라구요."

"무슨 접속자?"

"뭐긴요? 아까 제가 만들어드린 거요. 타클라마칸 사막에 추락한 비행기 찾는 거."

병수는 잠이 확 달아났다.

"왜? 지금 이 시간에 2만 7천 명이 어딨어? 그것도 한밤중에."

"아, 어디 보자. 빈스토크에서 6천 명 조금 넘고, 우리나라에서 5천 명쯤 되고, 나머지는 다른 나라에서 접속했어요."

"왜?"

"왜는 무슨 왜요? 그냥 찾는 거지."

"그러니까 그 사람들이 왜? 뭔가 오류 생긴 거 아니야?"

"오류 같은 거 없어요. 뭐가 있어야 오류가 나죠, 사진 하나 달랑인데. 조은수 씨가 빈스토크에 돌린 편지가 번역이 돼서 외국으로 갔어요. 그래서 그냥 찾는 거예요, 그냥. 이유가 필요한가? 원래 인터넷에서 하는 일이 그렇잖아요. 그냥 해요, 그냥."

그리고 한 시간이 지나자 접속자 숫자가 4만 명을 넘어섰다. 그로부터 한 시간 뒤에는 7만5천 명을 돌파했다. 파란색 칸이 점점 늘어만 갔다. 그 주위로 녹색 선이 불길처럼 번져갔다. 병수는 손을 놓고 전체 화면을 지켜보았다. 그는 그 광경이 이해가 안 갔다.

은수도 마찬가지였다. 오류가 아니라는 말에 은수는 깜짝 놀랐다.

"그럼 뭔데요, 이게?"

"글쎄요."

동틀 무렵이 되자 22만 명이나 되는 사람들이 이미 파란색으로 표시된 구역을 다시 한번 검토하기에 이르렀다. 지도 전체가 파란색으로 변했는데도 아직까지 민소가 나타나지 않은 것을 보면, 누군가 보고도 놓친 게 분명했다.

그러자 잠시 후에 새 웹 사이트가 생겨났다. 병수가 전화로 그 사실을 알려주었다. 독일에서 만든 웹사이트였는데, 이미 확인한 구역인지 아닌지만 표시하는 게 아니라, 확인을 많이 하면 할수록 그 구역의 색깔이 점점 짙어지는 방식이었다.

다시 34만 명이 작업을 시작했다. 30분 뒤에는 접속자가 거의 50만 명에 이르렀다. 지도 색깔이 순식간에 짙은 색으로 변했다. 등고선이 촘촘해지고 땅이 솟아오르는 듯한 착각이 들었다.

은수는 지도를 바라보았다. 서서히 색깔이 짙어지는 모습이 마치 타클라마칸 사막 전체가 서서히 하늘로 들려 올라가는 것 같았다. 사람들은 타클라마칸 사막과 실종된 용병 조종사를 통째로 하늘에 바칠 기세였다.

그리고 빈스토크 시간으로 아침 7시 5분에, 빨간색 점 하나가 지도 위에 나타났다. 전화가 걸려왔다. 병수였다.

"찾았답니다."

그 순간, 접속자 숫자가 눈앞에 어른거렸다.

2,774,867명.

빨간색으로 점멸하는 지점을 확대하자 정신을 잃고 쓰러진 민소가 보였다. 눈물이 났다.

"탈출을 하긴 했지만 치명상을 입은 모양입니다."

"구조대는 언제쯤……?"

은수는 말을 제대로 끝맺지 못했다.

"위치는 알렸습니다. 지금쯤 날아가고 있을 겁니다."

민소는 문득 정신이 들었다. 누군가 자기를 쳐다보는 느낌이었다. 그러나 주위에는 아무도 없었다. 가끔씩 정신이 들 때마다 그는 죽음의 문턱이 참 높다는 생각이 들었다.

'아직도 살아 있네. 원래 이렇게 죽기가 힘든 건가?'

세상이 너무나 고요했다. 사막 한가운데 떨어진 게 아니었다고 해도 그의 몸이 스스로 외부 세계와 연결되는 통로를 차단해버린 지금, 그가 있는 곳은 어디가 됐든 사막이나 다름없었다.

어쩌면 원래부터 그랬을지도 모른다. 팔다리가 멀쩡하고 감각이 제대로 작동했을 때에도 세상은 원래 그렇게 무의미한 곳이었을지도 모른다. 사랑이나 슬픔, 후회 같은 것도 사실은 무의미한 감각이 만들어낸 허상이었을 뿐.

'내가 지금 뭐하는 거지? 이러다 깨닫고 부처 되는 거 아냐?'

이상하게 열반(涅槃)이 하고 싶었다. 20년간이나 유일신을 믿어왔는데, 막상 극한의 상황에 다다르자 구원에 이르는 길보다는 해탈이 더 가까워 보였다.

'이 상황에서 이런 황당한 생각이 들다니. 아직 죽을 때가 아닌가 보다.'

다시 정신을 잃었다.

잠시 후에 다시 정신이 들었다. 누군가의 시선이 또 한 번 느껴졌다. 위에서부터 누군가가 내려다보는 듯한 기분이었다. 너무나 강렬한 느낌이어서 그는 드디어 때가 왔다는 생각이 들었다.

하느님이 분명했다. 영혼을 가득 채우는 이 뜨거운 시선. 하늘 문이 열린 게 틀림없었다.

멀리서 하느님의 사자가 날아오는 소리가 들렸다. 신의 사자가 내는 요란한 소리가 그의 귀에는 어쩐지 HH-60G의 엔진 소리처럼 들렸다.

'이상하다. 이게 아닌데.'

신이 보낸 헬리콥터가 머리 위를 맴돌았다. 헷갈렸다. 장르가 이상했다. 궁금해서 도저히 열반에 들 수가 없었다.

엘리베이터 기동 연습

엄밀히 말하면 나는 수직주의자가 아니야. 그냥 교통 공무원이지. 내가 만날 엘리베이터 노선도만 붙들고 있다고 수직주의자라고 오해하는 사람이 있는데, 조금만 생각해봐. 이 일이 수직 이동만 따져서 될 일인지 아닌지.

자꾸 수직주의자, 수평주의자 구분하면서 사람을 어느 한쪽으로 몰아가려는 사람들이 있는데, 그 사람들이 직파(直派)가 뭐고 평파(平派)가 뭔지 제대로 알기나 하는지 모르겠어.

그게 원래 "수직운송조합"이랑 "수평운송노조"에서 나온 개념이거든. 고층 건물이니까 엘리베이터밖에 운송 수단이 없는 줄 아는 사람이 많지만, 빈스토크라는 데가 위아래로만 길쭉한 게 아니잖아. 수평 방향으로 잰 거리가 꽤 길다고. 그래서 수평운송업 종사자가 꽤 되거든. 빈스토크 건설할 때부터 그랬는데 뭐. 크레인으로 무조건 높이 실어 나른다고 끝나는 게 아니라 그렇게 실어 올린 건축 자재를 수평 방향으로 실어 나르는 게 만만찮게 큰일이에요. 그런데 그게 결국 사람 손으로 해야 되는 일이잖아. 무빙워크 같은 게 깔려 있는 데도 있지만 그것도 화물용으로 만든 건 아니니까.

사실 잡일이지 뭐. 직접 근육을 써서 해야 하는 일이고, 특별한 지식이나 자본이 없어도 할 수 있는 일이기도 하고. 그에 비하면 수직운송조합은 완전히 분위기가 달라. 그쪽은 하역 작업하는 사람들도 노조라는 말 잘 안 쓰고 조합이라 그러거든. 노동 빼고. 엘리베이터로 실어 올리는 거니까 이쪽은 인력이 아니라 설비가 중요해. 그래서 이쪽이 더 자본가 분위기가 나는 거야. 그에 비하면 수평노조는 말 그대로 노조 분위기고.

그런 것도 잘 모르면서 요즘 애들은 수직주의는 무조건 부자들 이념이고 수평주의는 또 무조건 가난한 사람들 이념인 줄 알아요. 그런데 그게 그렇게 단순한 게 아니거든. 사람 사는 게 어디 수직이나 수평 하나만 가지고 해결이 되냔 말이야. 한쪽에서 엘리베이터로 실어 올리면 누가 가서 그걸 목적지까지 옮겨줘야 제대로 배달이 되지.

내 일이 딱 그래. 비상시에 육군 병력 재배치하는 계획 하나만 봐도 말이야. 편의상 엘리베이터 기동 연습이라고 부르기는 해도 그게 어디 엘리베이터만 가지고 될 일이냔 말이지. 22층 국경에 집중되어 있는 병력을 670층까지 실어 올리는 동시에 그 병력을 전투 상황에 맞게 배치하려면 수직 이동 속도 못지 않게 수평 행군 속도도 중요하거든. 그 둘을 적절히 배합해야 병력 배치가 완성되는 거야.

좀 거창하게 말하면, 인생이란 게 원래 그렇지 않냔 말이지. 인생이란 게 얼마나 복잡한 건데 어떻게 그걸 직파, 평파로 딱딱 가를 수가 있어? 나만 해도 그래. 우리 집이 원래 어마어마한 부자였어요. 77층에 있는 농구장 알지? 그게 원래 우리 부친 거였잖아. 홈 팀 성적이 영 시원찮아서 관객 수입은 그다지 좋은 편이 아니었지만, 어차피 성적은 별로 중요하지도 않았어. 부동산 가격이 계속 뛰었으니까.

저 위에 말이야, 아직도 돌고 있나 모르겠는데, 구식 기상 관측 위성이 하나 있어요. 오래돼서 별로 쓸 데도 없는 놈이었는데, 어느 날 우리 아버지가 어디서 무슨 소리를 들었는지 그걸 그냥 덜컥 사버린 거야. 혼자 산 건 아니고 무슨 투자조합에 들어갔는데, 거기 들어가려고 농구장이고 뭐고 있는 재산을 전부 담보로 내놨거든. 빚이 진짜 어마어마했지. 그걸 사서 도대체 어디에다 쓰려고 저러시나 싶더라고. 고철값도 안 나올 텐데, 그게 왜 그렇게 비싼가 싶기도 하고 말이야.

나중에 알고 보니까 재개발 소문이 돌았던 모양이야. 기상 관측 위성이 필요했던 게 아니라 궤도가 필요했던 거지. 그게 정지 위성이었거든. 지구 자전 속도하고 똑같은 속도로 궤도를 돌기 때문에 지구에서 보면 늘 같은 위치에 있는 것처럼 보이기는 하지만, 사실은 정지 위성도 궤도를 돌기는 돌아요. 그 궤도에 우주정거장을 건설한다는 소문이 돌았다나 뭐라나. 그래서 우리 부친이 거기에 전 재산을 쏟아부은 거야. 일생일대의 기회랍시고.

그랬는데, 그때 세계 금융시장이 또 한 번 파탄나면서 우주정거장이고 뭐고 재개발 이야기가 아예 백지가 돼버렸다나. 그때부터 가세가 기울었지. 기울었다기보다는 망했지. 그것도 아주 시원하게.

안 그래도 거의 다 망해가는데 우리 모친이 또 한몫 거들었대. 남은 재산을 아주 싹싹 긁어서 웬 놈이랑 둘이서 도망을 가셨다고. 재산을 어떻게 빼돌렸는지는 나도 몰라. 그게 벌써 수십 년 전 기법인데도 나 같은 사람은 아직도 이해를 못 해. 아마 10년을 공부해도 마찬가지일 거야.

모친이 외국으로 가버리고, 2년 뒤에 부친이 돌아가셨어. 부친은 그런 양반이었지. 워낙 사회적인 양반이라, 사회적으로 사망 선고를 받으니까 결국은 생물학적으로도 사망해버리더라고.

나한테는 달랑 방 한 칸이 남았어. 520층에 고시원이라고 불리던 쪼끄만 집들이 몰려 있었거든. 거기에 욕실 딸린 방이 한 칸 있었는데, 모친이 외국으로 튀면서, 그래도 자식이라고 내 앞으로 해놓은 유일한 재산이 그거였지.

매정하다고? 글쎄 그게. 빈스토크 고시원 한 칸 값이 주변국 아파트 세 채 값이니까 사실 그렇게 매정한 건 아니야. 전세가 아니고 내 소유였으니까. 그거 팔고 주변국에 나가 살았으면 아무 문제없이 떵떵거리며 잘살았겠지. 그런데 그때 내 나이가 스무 살밖에 안 돼서 세상 물정을 몰랐어요. 빈스토크에서 나고 자랐으니까 빈스토크 밖으로 나가면 큰일 나는 줄 알았지. 그래서 사는 게 막막했어. 나는 내가 찢어지게 가난한 줄 알았거든.

결정적이었던 게. 그해 겨울이 또 유난히 추웠어요. 500층대 고시원 구역이 안 그래도 겨울 되면 무지하게 춥거든. 근처에 커다란 환풍구가 지나가서 그렇다는 사람도 있고 아무튼 그래. 게다가 그해는 예년보다 기온이 훨씬 더 낮았으니까. 그 동네 사람들은 아주 죽을 맛이었을 거야.

나야 뭐 첫 달은 따뜻하게 지냈지. 난방 설비는 잘 돼 있었으니까. 그런데 다음 달에 관리비 고지서가 날아오는데, 이야, 내가 진짜 그거 보고 숨이 딱 멎었다니까. 난방비가 진짜, 어휴, 그거 내느라 아르바이트를 3개월이나 뛰었어. 그 동네가 말이 고시원이지 진짜로 고시 공부를 하는 건 나밖에 없었는데, 무려 3개월 동안 내가 글자 한 자를 못 봤다니까.

시험은 코앞에 닥쳐왔는데 책을 봐도 뭐가 뭔지 가물가물하지, 3개월 동안 난방을 안 했으니 집구석에 온기라고는 하나도 없지. 오들오들 떠느라 밤에는 잠도 못 잤어요. 그렇다고 낮에는 갈 데가 있나? 수중에 돈이 있어야 말이지.

그러던 어느 날이었어. 이불을 세 겹이나 덮어쓰고 책상 앞에 앉아서 손을 호호 불어가며 책장을 넘기는데 지나온 세월이 촥 떠오르면서 앞으로 살아갈 일이 막막해지는 거야. 대학 등록금은 고사하고 학원비도 못 낼 형편인데, 공부를 잠깐 접었다가는 그대로 영원히 공부하고는 이별일 것 같고, 그렇다고 내가 일을 잘하기를 해, 친척이 있어? 그때는 그냥 끝인 것만 같은 거야. 지금 생각하면 웃기지만, 그때는 진짜 그런 줄 알았어. 절망이라는 게 원래 그렇잖아. 객관적인 상황을 볼 수 없으니까 생각하면 할수록 더 절망적인 생각만 들고. 자살 생각이 들더라니까. 구체적으로 마음을 먹은 건 아니고 막연히 그런 생각이 들기 시작한 정도였지만. 그 3개월이 나한테는 너무 힘들었거든.

그러다 몸살이 났는데, 자살이고 뭐고 손 하나 까딱 못 하고 누워 있으려니까 이러다 진짜 죽겠구나 싶은 거 있지. 그 정도로 아프면 난방도 잠깐 하고 그래야 되는데 그지? 난방 하면 큰일 난다는 강박관념이 머리에 딱 박혀서 그 지경이 됐는데도 난방 할 생각을 못 한 거야. 전기장판도 오래 못 켰다니까.

캄캄한 방에 혼자 누워서 그렇게 조용히 죽어가는데, 어둠 속에서 어렴풋이 온기가 느껴졌어. 이렇게 자다가 죽는 건가 보다 하고 스르르 잠이 들었는데, 아침에 일어나보니까 아직 살아 있더라고. 잘 잤지 뭐. 푹 자고 났더니 몸도 한결 낫고.

그런데 그날 한파가 장난이 아니었거든. 그게 그해 마지막 한파였는데, 빈스토크 바깥에서는 실제로 죽은 사람도 몇이나 됐대. 여기서는 노숙이라 그래 봐야 직접 밤바람 쐴 일은 없지만 저 아래에서는 말 그대로 한데서 자야 되니까.

내가 그 밤을 어떻게 버틴 건지 알아? 옆집 때문이었어. 벽 너머 옆집 말이야.

새로 이사를 온 모양인데, 어찌나 난방을 화끈하게 했던지, 내 방까지 온기가 전해져왔다니까. 그 집 주인이야 나 때문에 일부러 난방을 한 건 아니겠지만 나는 그 온기만 가지고 한 해를 더 버텼으니까. 그 사람이 나한테는 생명의 은인이었지.

이듬해 겨울에 한 일주일 동안 옆집이 빈 적이 있었거든. 그때 내가 내 생명의 은인이 누군지 확실히 깨달았다는 거 아냐. 그 일주일 동안 진짜 추위 죽는 줄 알았거든. 그러다 딱 8일째 되던 날부터 그쪽 벽에서 온기가 살살 도는데, 그 온기가 진짜 얼마나 반갑던지. 그건 거의 사랑이었어. 그것도 지고지순하고 절대적인 사랑. 비웃어도 어쩔 수 없어. 그렇잖아. 얼굴도 모르는 사람을 무조건 그렇게 반가워하다니, 사랑의 원형이란 게 결국 그런 거 아니겠어?

그렇게 난방비를 아껴가면서, 생활비를 벌려고 수평노조에 들어갔어요. 전업으로 한 건 아니었지. 고시 공부도 꾸준히 해야 했으니까. 이삿짐이든, 마트 배달 일이든, 돈 되는 건 안 가리고 열심히 했지만. 그때 그 짓을 해서 그런가, 나는 수평 분자들이 만날 '신성한 근육' 운운하는 게 이해가 돼. 수직쟁이들은 그게 무슨 의미인지 모르니까 자꾸 비웃고 조롱하는 거야. 하지만 삶을 바꾸어나가는 노동의 가치는 헬스장에서 몸 만들면서 느끼는 보람하고는 비교가 안 될 만큼 크거든.

바로 그 느낌 때문에 다시 살아난 것 같아. 덕분에 공부를 재개했거든. 남들만큼 시간을 많이 쏟아붓지는 못했지만 남들보다 훨씬 집중해서 공부를 했어. 그때는 그것만으로도 충분히 행복했지. 더 이상 절망하지 않아도 됐으니까.

그렇게 자리를 잡고 나니까 문득 옆집 여자가 궁금해지더라고. 뭐 여자라는 건 알았지. 알아들을 수는 없어도 간간이 목소리가 들리곤 했으니까. 얼굴을 볼 수는 없었어. 그 벽 너머는 고시원 구역이 아니었으니까. 빈스토크 돌아다니다 보면 종종 느끼겠지만, 바로 옆에 붙어 있는 공간인데도 거기에 가려면 도대체 어느 길로 가야 되는지 알 수 없는 경우가 많잖아. 그 집이 딱 그랬어. 벽도 붙어 있고 가끔 소리도 들리는데 지도를 아무리 들여다봐도 도대체 이게 어느 골목에 붙어 있는 집인지 알 수가 없는 거야. 그렇다고 벽을 뚫을 수도 없고. 궁금해하다가 그만 포기하고 말았지.

결국 시험은 합격을 했어요. 합격 못 했으면 지금 이 자리에 앉아 있지도 않겠지. 그러고는 곧바로 빈스토크 경비대 교통과에 들어갔어. 그때부터 나도 수직쟁이가 된 거지.

그런데 나는 수직쟁이치고는 꽤 청렴했나 봐. 교통과 들어가고 한 2년쯤 됐나, 살던 집을 팔고 407층에 있는 멀쩡한 집으로 이사를 갔는데, 그러고 나니까 옛날 살던 고시촌 동네가 외곽 엘리베이터 재개발 지역에 들어간다는 기사가 나오는 거 있지. 그때부터 집값이 엄청나게 오르는데, 그 동네 살던 사람들이야 전부 세입자니까 집값 오른다고 좋을 건 하나도 없었지만, 나는 세입자가 아니라 집주인이었잖아. 그 이득을 하나도 못 챙긴 거지.

게다가 나는 말하자면 담당 공무원이었다고. 바보도 그런 바보가 없었을 거야. 그런데 과장 눈에는 그게 청렴해 보였나 봐. 그래서 딴 데로 보내버리더라고. 나중에 깨달은 거지만, 교통과는 청렴하면 안 되는 데였거든.

그래서 거기로 가게 된 거야. 그때는 우리 사무실 이름이 육군참모부 동원계획과였어. 지금은 전략계획과지만. 빈스토크에 예비군이 한 4만 명쯤 있는데, 건물 전체에 동원 예비군 집결 장소가 한 마흔 개쯤 돼요. 4만 명이 동시에 22층 국경 지대로 이동하려면 엘리베이터 수송 계획을 아주 잘 세워야 돼. 완전무장한 군인을 열다섯 명씩 싣는다고 치면 거의 2천 7백 대 분량을 전선으로 보내야 되니까.

게다가 전시라고 해서 다른 사람들이 전부 엘리베이터를 안 타는 게 아니잖아. 전시 엘리베이터 통제권이 육군참모부 소관인 건 맞는데, 경제 활동은 계속 유지해야 하니까 현실적으로 엘리베이터를 전부 징발할 수도 없거든.

동원계획과에서 만날 하는 일이 그거였어. 엘리베이터 시간표 짜는 거. 1차 대전 무렵에 독일군 총참모부에서 열차 시간표 짜느라 골머리 썩은 것처럼 말이야.

열차 시간표 짜는 건 그나마 2차원 공간만 생각하면 되니까 별로 어렵지도 않지. 우리는 3차원 공간을 두고 일해야 했거든. 게다가 동원 계획서란 게 말이야. 하나만 만들어가지고 되는 게 아니었어요. 그렇잖아. 전시 상황이 늘 똑같은 건 아니니까. 그리고 동원 자원 현황도 매년 바뀌고. 그때 우리가 작성한 동원 계획이 아마 스물세 개였던가 그럴 거야.

그걸로도 모자라서 나중에는 무계획실이라는 데를 만들었다니까. 말하자면 응급실 같은 데였지. 스물세 개나 되는 동원 계획을 가지고도 예측하지 못한 상황이 벌어졌을 때, 사전 계획이 전혀 없는 상태에서 몇 시간 안에 새 동원 계획을 뚝딱 만들어내야 하는 무시무시한 부서였어.

그런데 나는 또 거기로 차출이 됐지 뭐야. 청렴해 보였나 봐. 그때가 벌써 내가 3년 차였으니까, 뒷돈 챙기는 법도 좀 배우고 실제로 뭘 좀 받아보기도 하고 그랬는데도 위에서 보기에는 아직도 부족해 보였나 봐.

어쩔 수 없었지. 가라니까 갈 수밖에. 근데 진짜 죽겠더라고. 매년 두 번씩 기동 연습이라는 걸 하는데, 쉽게 말해서 매년 두 번씩 고시에 합격해야 한다고 생각하면 돼. 참모총장이 직접 문제를 내거든. 가상 전시 상황 같은 걸 던져주는 거야. 문제도 이상해.

"빈스토크 타워 327층 동쪽 ○ ○ 구역에 적기가 자폭 공격을
감행하여 충돌 발생. 건물 외벽이 손상을 입으면서 그 틈으로
경무장한 적 병력 5천 명이 침투……"

말이 안 되는 게, 327층에 구멍이 뚫린다고 거기로 적군 5천
명이 어떻게 기어 들어와? 아무튼 참모총장이 그렇게 상황을
던져주면 장군들이 상황 조치를 하는 거거든. 그러고 나면 이
제 우리가 죽어나는 거야. 장군들이야 "기동타격대를 신속 배
치하고 부상자를 이동 조치한 다음 ○군구(軍區) 예비군 2천
명 동원……" 하는 식으로 말로만 상황 조치를 하면 되지만, 우
리는 안 그렇잖아. 군인 2천 명 수송 계획을 17분 안에 짜려면,
아, 진짜.

그거 한 번 하려고 예습을 석 달씩 했어. 게다가 그 기동 연
습이라는 게, 계획만 짜고 끝나는 게 아니라 한 2백 명쯤 되는
소규모 병력을 이끌고 실제로 그 계획이 작동하는지 입증을 해
야 했어요. 당연히 고시보다 힘들지 않겠어? 실기 시험까지 연
달아서 봐야 하니까. 실제로 어떤 사람들은 직장을 그만두고
사법고시로 종목을 바꿔서 판사가 되기도 하더라고. 나야 뭐,
때를 놓치고 말았지만.

매년 그렇게 힘들었지만 3년 차 때 기동 연습이 아마 제일
힘들었을 거야. 서서히 손발이 맞아가던 때였는데 아직은 팀이
완벽하게 다듬어지기 전이었으니까. 그날 이후로는 위에서도

우리를 다르게 보기 시작했는데, 아무튼 그 전까지는 어려움이 많았어.

그해 기동 연습은 문제 자체가 유난히 희한했어. 그보다 더 황당할 수는 없었지. 빈스토크 육군참모부가 반란을 일으킨 상황이었는데, 현역 병력 중 절반 정도가 이미 육군참모총장 수중에 들어간 상황이었어. 가용 병력이 줄어든 거지. 그뿐 아니라 참모부 소속 장교들도 활용할 수가 없었고. 참모부 전체가 반란에 가담한 상황이었거든. 한마디로 동원 체계가 엉망이 된 거지.

그래도 어쩌겠어. 하는 데까지 해봐야지. 당시 야전사령관이 나중에 장관까지 지낸 반 장군이었는데, 일단 동원 가능한 군구에 총동원령을 내리고 경비대 병력으로 시간을 벌면서 반란군 쪽으로 병력을 이동시키라는 명령을 내리대. 꽤 그럴싸했지. 반란군을 450층 반경 5백 미터 공간에 몰아넣고 여덟 방향에서 동시에 포위해 들어가는 형태였으니까. 진압군 주력이 아래에서부터 밀고 올라가는 동안 예비군 병력이 반란군 퇴로를 차단하고 시간을 벌면서 말이야.

문제는, 그게 가능하려면 동원 예비군 집결 지점이 절묘해야 한다는 거였어. 반란군에 너무 가까이 접근하지도 않으면서, 집결이 완료되는 순간 적을 입체적으로 포위할 수 있도록 전장에서 너무 멀리 떨어져서도 안 됐거든. 그러다 보니 집결지가 무려 서른일곱 군데로 분산되는 거야.

"어쩌라고요?"

여기저기에서 불만이 터져 나왔어. 말이 쉽지, 실제로 계획 짜는 사람 입장에서는 일이 서른일곱 배로 커지는 거였으니까.

하여튼 그런 식이었어. 전혀 예상하지 못한 상황이었지만, 어차피 어떤 상황에든 대비할 수 있도록 예습을 했으니까 생각보다 크게 당황스럽지는 않았어. 일이 많아서 그렇지 어떻게 해야 할지 모르는 건 아니었으니까. 하지만 바로 그때 참모총장이 조건 몇 개를 추가해버린 거야. 그 조건이 뭐였는지 알아?

"육군참모부 동원계획과 인력 절반이 반란에 동참하면서 지휘소를 이탈했다."

그러고는 누가 반란에 동참했는지 명단까지 내려 보내는 거 있지. 절반만 가지고 하라는 뜻이었고, 우리 실장도 그 명단에 포함됐는데, 참 나, 그 양반, 나가면서 씩 웃는 거 있지. 남은 사람들은 죽어날 게 뻔했지만, 그쯤에서 빠진 사람들은 얼마나 좋았겠어. 반란군 쪽으로 넘어간 사람들은 반란군 쪽 동원 연습을 하면 되는 거 아니냐고? 안 되지. 반란 연습시키는 군대가 어디 있어? 반란군은 그냥 앉아서 놀았어.

결국 참모총장이 자살하면서 반란이 흐지부지 정리되는 이상한 시나리오였는데, 대승은 아니었지만 그럭저럭 반란을 진압은 했거든. 그때 우리 실장이 훈장을 받았어요. 그런 말도 안 되는 상황에서 되든 안 되든 일단 계획 비슷한 걸 만들어낸 것 자체가 위에서 볼 때 꽤 인상적이었나 봐. 덕분에 우리는 어떻

게 됐게? 인력 절반이 감축됐어요. 반만 있어도 임무 수행하는
데 별문제 없을 것 같다면서. 황당했지 뭐.

아무튼 그 일 하면서 엘리베이터 공부 하나는 제대로 했지.
의사들이 뼈 이름 암기하듯이 엘리베이터 노선을 하나하나 숙
지해야 했거든. 답사도 자주 다니고 말이야. 어지간한 교통과
직원보다 우리가 엘리베이터 노선을 더 잘 알았다니까. 엘리베
이터 노선만 공부한 게 아니었어. 도보로 이동할 구간까지 샅
샅이 파악해야 했으니까, 국토 지리 전문가만큼이나 뒷골목 사
정에 밝았다고.

하지만 열심히 일해봐야 인력만 감축된다는 사실을 깨닫고
나서는, 답사 간다는 핑계로 전부 놀러나 다녔어. 물론 아무도
죄책감을 못 느꼈고, 위에서도 별말 안 했던 것 같아. 무계획실
이 나서는 상황이라는 게 사실 그다지 있을 법한 경우는 아니
었으니까.

실제로 전쟁이 일어난다면, 상황은 거의 뻔하지 않겠어.
22층 국경에 방어선을 구축하면서 예비군 병력이나 적당히 충
원하게 되겠지. 그거라면 미리 짜놓은 수송 계획이 스물세 개
나 됐으니까 그 훈련만 열심히 해도 충분했을 거야.

다만 그런 건 우리 일이 아니었거든. 우리는 그냥 창의적이
기만 하면 됐어. 실력도 없는 것들이 놀러나 다닌다 그러면 위
에서도 별로 안 좋아했겠지만, 어쨌거나 우리는 한 번 인정을
받았으니까.

시간은 많고 할 일은 없는 기간이었지. 그 무렵의 우리로 말할 것 같으면 쌓여 있는 지리 지식이 장난이 아니었거든. 접근 가능한 정보도 어마어마했고. 잘만 하면 뭔가 재밌는 걸 할 수 있을 것 같더라고. 그때 문득 그 생각이 떠올랐어. 옆집 여자 말이야. 벽 너머에 사는 사람이 도대체 어떤 사람인지 7년 내내 궁금해서 견딜 수가 없었거든. 그래서 조사를 시작했어. 별로 어려운 일도 아니데.

수평주의자였어, 그 사람. 그냥 어설픈 수평주의자 말고 진짜 원리주의 수평주의자. 수평주의 경제학 교과서 집필에도 참여했고, 수평문화연대 활동가로도 일했더라고. 그 무렵에는 주로 강연을 다니는 것 같았어. "수평주의 사상의 철학적 지평"이나 "초고층 자본주의의 수평경제학적 기초" 같은 제목이었는데, 가끔은 나도 강연장에 찾아가서 열심히 강의 내용을 받아적기도 했지.

뭐랄까, 온정이 느껴지는 강연이었거든. 그 여자가 그렇게 강연을 한다고 해서 수평주의자가 전부 다 온화한 건 아니겠지만, 나한테는 그 온기가 남다르게 느껴졌어. 물론 그렇다고 내가 수평주의자가 된 건 아니야. 수평주의자는 아무나 하나? 나야 뭐 『수직자본론』 같은 기본서도 제대로 안 읽었으니까 어디가서 명함을 내밀 수준은 아니었어. 굳이 그런 걸 찾아 읽을 생각도 없었고.

그냥 그 사람이 좋았어. 그 사람이 그렇게 말하면 다 진짜인 것 같았지. 이듬해에 그 여자가 『520층 연구』라는 책을 냈는데, 그게 아마 30년 수평주의 역사상 제일 아름다운 책이 아니었을까. 7년간 520층에 살면서 관찰한 것들을 수평주의 이론은 전혀 사용하지 않고 오로지 자기 통찰력만으로 서술해낸 책이었는데, 말 그대로 딱 520층 이야기밖에 없는 책이었거든. 우와, 그런데 진짜, 520층만 가지고도 그렇게 감동적인 이야기가 나오다니. 빈스토크 전체로 놓고 보면 그런 게 6백 개가 더 있다는 거잖아. 그러니 수평주의자들 이야기가 자연히 수긍이 갈 수밖에.

그런데 거기에 보면 말이야, 나 살던 고시촌 이야기가 나와요. 외곽 엘리베이터 재개발 때문에 갈 곳을 잃은 세입자들 이야기나, 아니면 그 지역 수평노조 야유회 풍경 같은 시시콜콜한 이야기도 있었어. 모르는 사람들이 보면 이게 무슨 의미인가 싶지만 아는 사람들이 보면 눈이 번쩍 뜨이는 이야기 말이야.

어쩌면 우리는 그 전에도 이미 만난 적이 있지 않았을까. 그때는 서로를 못 알아봤겠지만, 내가 추위에 떨며 일자리를 구하러 나서던 시절에, 길모퉁이 어딘가에서 그 여자를 만났을지도 모르지. 결국 나는 그 여자를 찾아낸 거고 말이야.

그 여자는 아직 내가 누군지 몰랐어. 열심히 강연을 쫓아다니기는 했지만 그쪽에서 내 얼굴을 알아볼 정도는 아니었겠지.

내가 누군지 밝힌 적도 없었어. 그 여자하고 어떻게 해보겠다는 생각 같은 건 없었으니까. 그래도 언젠가는 고맙다는 인사 한마디쯤은 해주고 싶었어. 그렇게 어려운 일도 아니잖아. 어쨌거나 우리는 같은 건물에 살았으니까.

하지만 그 무렵에 참모총장이 바뀌는 바람에 계획이 틀어졌지. 동원계획과가 전략계획과로 바뀌면서 경비대 교통계획과 조직이 우리 쪽으로 통합이 됐거든. 조직이 커진 건 별로 문제가 안 됐는데, 근무평정권자가 교통과 출신 과장으로 바뀐 게 타격이었어. 그 말은, 살아남으려면 다시 근무 시간에 자리를 지켜야 한다는 뜻이었지. 정신없이 바쁜 날들이 시작됐고, 당분간은 그 사람을 볼 수가 없었어. 당분간은.

새 참모총장은 이상한 사람이었어. 기동 연습 문제부터가 지저분했어요. 도대체 장르를 알 수가 없었으니까. 특히 경비대 교통과가 합류하면서 구난구조 임무가 확 늘어나는 바람에 그때부터 방황이 시작됐지. 이걸 내가 왜 해야 되나 싶기도 하고, 교통과에서 해야 할 일을 우리 기술로 편하게 해결해보자는 속셈이 아닌가 싶기도 했지. 아마 실제로도 그랬을 거야. 참모총장은 그 핑계로 경비대 전투 병력에 대한 전시 작전 통수권을 얻어낼 생각이었겠지.

아무튼 우리는 전보다 훨씬 더 바빠졌어. 업무가 늘어난 것도 부담이었지만, 사실 교통과 출신들은 이 일을 전혀 할 줄 몰랐거든. 걔들 가르쳐가면서 일하는 게 더 곤혹이었다고.

그해 하반기 기동 연습 상황이 347층 화재 대피 상황이었거든. 안 그래도 내가 이 짓을 왜 해야 하나 회의에 빠져 있는데 어느 날은 과장이 나를 부르더니 뜬금없이 보고서 하나를 작성하라는 거야.

"무슨 보고서요?"

그렇게 물었더니, 시장 집무실에서 빈스토크 1층까지 직행으로 연결되는 시장 전용 엘리베이터 신설에 관한 검토 보고서를 만들어보래. 참모총장 지시라나.

일단 알겠다고 했지. 어쩌겠어. 그리고 보고서도 작성을 했어. 결론은 이랬지만.

"필요 없을 것 같은데요."

시장 집무실에서 1층까지 이어지는 엘리베이터면 그게 땅값만 해도 어마어마하잖아. 전투기 세 대 값은 되지 않나? 한마디로 비용 대비 효용이 대단히 의심스러운 프로젝트였어요. 그야말로 수직주의적인 사고방식이었지.

그래도 참모총장은 그 일을 끝내 강행하려는 분위기였어. 그 바람에 나는 또 한동안 한가해졌지. 빈스토크 육군 조직이라는 게 그래. 제일 일 못하고 제일 마음에 안 드는 사람을 제일 한가한 자리에 앉혀준단 말이야. 일단 신분보장은 확실하게 해주는 분위기였고, 덕분에 승진 욕심만 안 내면 정년퇴임할 때까지 서류상으로만 존재하는 공무원 행세도 할 수 있었어. 내심 잘됐다 싶었지.

그래서 다시 그 여자 강연을 찾아다녔어. 그런데 그 여자, 그 몇 달 사이에 활동이 눈에 띄게 뜸해진 거 있지. 무슨 일일까 궁금했는데, 수평주의자들 강연을 몇 군데 쫓아다니다 보니 알겠더군. 사람들이 과격해졌더라고. 잔뜩 예민해지고 날카로워진 거지. 뭐에 대해서? 수직주의자들 쪽 권력 카르텔이 점점 강해지던 시기였거든. 아마 거기에 대한 반발이었을 거야.

나도 예전에는 수평노조에 등록된 적이 있었으니까 수평주의자들 강연에 가면 더러 나를 알아보는 사람도 있었거든. 그전에는 그런 사람들 만나면 그냥 반갑게 인사하고 농담이나 한마디씩 건네는 게 다였는데, 그때는 달랐어. 경계하더라고. 심지어 어떤 사람은 대뜸 강연장에서 나가라고 그러는 거야. 감시하러 온 걸로 오해한 거지. 아무튼 나는 공무원이었으니까. 게다가 명색이 엘리베이터 전문가이기도 했고.

그래서 그쪽은 발길을 끊게 됐는데, 그래도 그 여자 강연만큼은 안 가볼 수가 없잖아. 어느 날은 글쎄 강연 주제가 '520층 연구'라는 거야. 게다가 사인회까지 한다는데 안 갈 수가 있어야지. 변장이라도 할까 생각해봤는데, 그게 더 수상할 것 같아서 그냥 평소 모습 그대로 당당하게 찾아갔어. 손에는 『520층 연구』를 들고 말이야.

강연이 끝나고 사인을 받으러 갔는데, 그 여자가 나를 알아보는 거 있지.

"또 오셨네요."

문득 뭐든 변명을 해야겠다는 생각이 들더라고.

"저기, 저는 그쪽에서 생각하시는 그런 사람이 아니거든요."

그 여자는 그냥 말없이 웃기만 했어. 나는 그만 무안해졌지. 사인한 책을 다시 돌려주면서 그 여자가 말했어.

"제가 주관하는 작은 토론 모임이 있는데요. 언제 한번 오셔서 강연 좀 해주시겠어요?"

"네?"

"강의료는 많이 못 드려요. 보시다시피 형편이 이래서요."

"강의료가 문제가 아니고……"

"아. 저희가요, 수직주의에는 좀 약하거든요. 이론도 그렇고 정책 쪽도 마찬가지고. 전문가분을 모시고 공부를 했으면 하는데, 생각해보시고 연락주세요."

책을 펼쳐보니까 그 여자 연락처가 적혀 있는 거야. 이게 웬일인가 싶었지. 어쨌냐고? 어쩌긴. 거절할 수도 없잖아. 생명의 은인이 부탁한 건데.

"화기애애한 토론은 아닐 거예요. 준비를 좀 해오시는 게 나을 것 같은데……"

닷새 뒤에 전화를 했더니 그 여자가 반가운 목소리로 그렇게 말하더라.

"걱정 마세요."

그 말대로 험악한 세미나였는데, 내가 욕을 했을 거야 아마. 그 사람들이야 다들 학자들이니까 쌍스러운 말을 안 하고도 욕을 할 줄 아는데 나는 전혀 그렇지가 않잖아. 한 시간 만에 결국 욕이 튀어나오더라고. 짐을 챙겨 들고 후다닥 밖으로 뛰쳐

나갔는데, 집에 도착할 때쯤 그 여자한테서 전화가 오지 뭐야.

"미안합니다."

먼저 사과를 했더니, 그 여자가 잔뜩 들뜬 목소리로 이렇게 말하는 거야.

"미안하긴요. 오늘 진짜 최고였어요!"

그렇게 친구가 됐지. 물론 몰래몰래 만나야 했지만.

왜 몰래 만났냐고? 시대가 그랬거든. 원래는 안 그랬는데, 사람들이 점점 양극단으로 치달아서 수직주의자나 수평주의자를 구분하는 게 굉장히 쉽고 명확한 일인 것처럼 돼버렸어요.

그게 진짜 그렇게 간단한 문제였을까? 나는 『520층 연구』가 너무너무 재미있었어. 그런데도 나 같은 사람은 당연히 수직주의자로 분류가 됐거든. 그리고 그 여자는 내가 엘리베이터 기동 연습 때문에 고생하는 이야기를 너무나 재미있어했어요. 그 둘 사이에 가로놓인 경계선이 내 눈에는 그렇게 선명해 보이지가 않았어. 내 눈에는 그저 점선일 뿐이었고, 중간에 걸친다고 큰일이 날 것 같아 보이지도 않았는데, 수직주의자라는 사람들은 『520층 연구』를 결국 군대 반입 금지 도서로 지정하더라고. 저쪽에서도 마찬가지였어. 수평주의자들도 나를 더 이상 강연장에 들여보내지 않았으니까.

"대각주의라도 하나 만들까요?"

"그럴까요?"

우리는 별로 신경을 안 썼던 것 같아. 저러다 말겠지 하고 각자 할 일을 했을 거야. 강연장에 못 들어가게 한다고 섭섭할 건 없었거든. 어차피 나는 그 여자만 만나면 그만이었으니까.

그 여자와는 한밤중에 가끔 만나서 커피를 마시며 이야기를 나누는 게 다였는데, 칵테일을 마실 때도 있었지만 취하도록 마시거나 하지는 않았지. 멀쩡한 정신으로도 충분히 즐거웠으니까.

"폭탄도 만들 줄 알아요?"

"당연하죠."

"폭탄주 말고 진짜 폭탄 말이에요."

"어떨 것 같아요?"

그런 여자였어요. 무작정 온화하고 부드럽기만 한 건 아니었다고. 어쩌면 위험한 사람일 수도 있었지. 물론 수직주의자들이 생각하는 식의 요주의 인물을 말하는 게 아니라, 어딘지 모르게 스릴이 느껴졌다는 뜻이야. 그렇잖아. 사실 빈스토크에 반입이 허용된 물품만 가지고 폭탄 만드는 법 같은 건 비밀도 아니었거든. 마음만 먹으면 누구나 할 수 있는 일이라.

그렇게 우리는 서로를 알아간 것 같아. 어느 날은 그 여자가 자기는 수평주의자치고는 꽤 유복한 집안에서 자랐다는 이야기를 하는데, 갑자기 피식 웃음이 나더라고. 그건 벌써 알고 있잖아. 그 시절에 난방비를 그렇게 써댄 걸 보면 가난한 형편은 아니었겠지.

8년 전 이야기를 끄집어내야 하나 한참을 망설이다가 그냥

154

혼자만의 비밀로 묻어두기로 했어. 왜긴 왜야? 없어 보이잖아. 그리고 그 이야기를 꺼내면 일부러 그 여자를 찾아간 이야기까지 나오게 되니까 괜히 스토커처럼 보이지나 않을까 걱정스럽기도 했거든.

로맨틱해 보이지만 사실 그게 다였지. 우리 사이라는 게 정말 아무것도 아니었는데, 그런데 말이야, 어느 날부터 이상한 소문이 돌기 시작하는 거야. 수평노조 간부인가 뭔가 하는 사람이 우리가 한밤중에 530층 창가 커피숍에서 이야기를 나누는 장면을 목격했다나. 열애설이었지. 직장 후배가 나한테 그 이야기를 하는데, 내가 오히려 그 친구한테 되물었거든.

"그래서 어쩌라고?"

"위에서 알면 난리가 날 텐데요."

"무슨 난리가 나? 그리고 당신도 아는데 위에서 모르겠어?"

그날 오후에 과장이 나를 부르더라고. 갔더니, 그 소문이 사실이냐고 묻는 거야.

"벌써 애가 있다며?"

"네?"

내 쪽에서 그 난리였으니 저쪽에서는 어땠겠어? 소문이 시작된 곳은 그쪽이었으니까. 물론 우리는 두 사람 다 그런 일에는 별로 신경을 안 쓰는 편이었는데, 살다 보니 은근히 신경이 쓰이더라고. 그 여자만 해도 수평주의 이론가들 중에서는 온건한 편에 속했는데, 그런 온건한 입장을 취할 때마다 왠지 나 때문에 한발 양보하는 걸로 비치더라는 거지. 나도 마찬가지고. 엘리베이터를 이용한 수직 기동만 가지고는 병력 배치가 제대로 될 리 없다는 게 내 입장이잖아. 그 여자를 만나기 훨씬 전부터. 빈스토크 내부 구조 때문에 수평 기동이 수직 기동보다 유용한 경우가 많았으니까. 그런데 그 여자에 관한 소문이 퍼지고 난 뒤에는 그 말이 전처럼 먹혀들지가 않는 거 있지.

시장 전용 엘리베이터만 해도 그래요. 나는 차라리 시장 집무실이 있는 층에다가 방호벽이 설치된 대피소를 여덟 개쯤 만드는 게 낫겠다고 건의했거든. 그렇잖아. 그러면 상황에 따라 여덟 군데 중에서 가장 적절한 곳으로 대피시키면 되니까. 그 편이 훨씬 안전하지 않겠어? 나머지는 다른 사람들을 대피시키는 데 쓸 수도 있고 말이야. 그리고 결정적으로, 그거 여덟 개 만드는 게 1층으로 내려가는 엘리베이터 하나 만드는 것보다 훨씬 돈이 덜 들어요. 그거 부동산 가격만 해도, 어휴.

아무튼 그런 식으로 그 여자와는 연락이 뜸해지게 됐지. 서로를 위한 선택이라고 생각했고. 일부러 뜸해져야겠다고 다짐한 건 아니지만, 조금씩 조금씩 멀어져갔나 봐. 뭐 기분이 썩 좋지는 않았어. 같은 건물에 살면서도 만날 수가 없다니, 8년 전과 비슷한 상황으로 돌아간 셈이잖아. 가까이 있었지만 서로에게 가려면 빈스토크라는 복잡한 미로를 헤쳐 나가야 한다는 점에서 말이야.

생업이 바쁘기도 했지. 본업으로 돌아가서 다시 기동 연습에 투입이 됐으니까. 그 전까지는 시장 전용 엘리베이터 건 때문에 제대로 찍힌 탓인지 반년이 지나도록 나한테만 유독 일을 안 시키더라고. 기술이 있어서 아예 다른 데로 보내지는 못하고 그렇다고 중요한 일을 맡기기는 싫고, 그런 눈치였어. 나야 좋지 뭐. 후배들이나 가르치고, 행정 일이나 하면 되니까. 그렇다고 행정 일이 재미있다는 건 아닌데, 그래도 기동 연습보다는 훨씬 나았으니까. 그런데 그 좋았던 시절이 다 간 거야.

그 무렵에 기동 연습이 두 가지 유형으로 갈라졌는데, 전반기에는 미리 짜놓은 방어 계획에 따라서 통상적인 병력 배치 중심으로 훈련을 했고, 후반기에는 돌발 상황 위주로 워게임 중심 훈련을 했거든. 그 말은 전반기에는 예습을 많이 안 해도 된다는 뜻이겠지? 그런데 유독 그해에만 전에 없던 상황이 들어가 있었어요. 시장 대피 훈련이 덜컥 추가되는 바람에. 시장 전용 엘리베이터가 완성이 된 게지.

일 자체가 어려웠던 건 아니야. 전용 엘리베이터로 내려가는 게 뭐가 그렇게 어렵겠어. 그냥 1층 버튼 누르고 문만 닫으면 그만인데. 문제는 의전 아니겠어? 어마어마한 국방 예산을 쏟아부었으니 첫선을 보이는 자리에서 뭔가 강한 인상을 심어주고 싶었겠지. 교통과 출신들이 또 그런 건 잘하더라.

하지만 비밀 유지는 영 시원찮대. 일반 시민들이야 잘 몰랐겠지만 우리 같은 전문가들은 딱 보면 답이 딱 나오거든. 장거리 엘리베이터가 다 그렇지만, 시장 전용 엘리베이터가 수직으로 똑바로 내려가는 엘리베이터는 아니고 매입 가능한 부지를 따라서 이리저리 심하게 비틀린 경로로 내려가는 엘리베이터였는데, 보안상으로도 그편이 훨씬 안전하기는 하지. 그런데 그런 비밀 엘리베이터를 만들 때는 공사 진행 과정을 안 들키는 게 중요해. 완공된 뒤에도 지도상에 아무런 흔적이 안 남아야 되고 말이야. 그러려면 기존 엘리베이터 노선 보수 공사인 것처럼 위장하는 게 제일 편하거든. 그래서 어떤 구간은 아예 기존 노선 일부를 매입하기도 했더라고. 공사 기간 단축하려면 그럴 수밖에 없었겠지. 다만 그 과정에서 일 처리가 매끄럽지 않은 게 흠이었달까. 한눈에 알아볼 만큼 빤했으니까.

교통과 출신 중에 꽤 친한 후배가 하나 있었거든. 내가 이 친구한테 마음의 빚이 좀 있었어요. 교통과 통합될 때, 어떻게 하면 우리 과 분위기에 빨리 적응할 수 있겠냐고 묻기에, 열심히 발로 뛰고 기획안도 스스로 내고 하면서 실장을 귀찮게 하는 직원이 돼야 한다고 말해준 적이 있어서. 그랬더니 두 달쯤 뒤에 실장이 술자리에서 나한테 이런 소리를 하는 거야.

"저 자식 때문에 내가 진짜 귀찮아죽겠어. 애가 좀 모자라는 것 같아."

그 바람에 이 친구도 나처럼 출세 라인에서 밀려나고 말았는데, 그 바람에 나하고는 자연스럽게 친해지게 됐지. 내가 미안해서 그런 거 맞아. 아무튼 평소에도 가끔 이런저런 충고를 해주곤 했는데, 그날도 마찬가지였어.

"야, 보안이 좀 허술하지 않냐? 나는 이 지도만 보고 있어도 시장이 어디로 지나가는지 훤히 다 보이는 것 같은데."

그 말이 화근이었어. 사실 별 이야기도 아니었는데, 그 사건이 일어나는 바람에 상황이 완전히 달라진 거야.

그 사건 알지? 폭발 사고. 그해 기동 연습이 끝날 무렵에 일어난 사고였는데, 133층 중심부에서 폭탄이 터진 거야. 훈련 중에 공격을 받다니, 참모부가 발칵 뒤집어졌지. 인명 피해는 없었지만 폭발 지점이 묘했거든. 시장 전용 엘리베이터 라인 바로 옆이었는데, 게다가 폭발 시점도 거의 아슬아슬했어요. 5분만 빨랐어도 시장이 엘리베이터에서 비명횡사할 뻔했으니까, 그 정도면 사고가 아니라 테러였지.

그 바람에 내 말이 문제가 된 거야. 경비대에서는 테러 배후 세력으로 수평분리주의자들을 지목했거든. 골수 수평주의 조직 몇 개가 용의 선상에 올랐는데 그중에는 그 여자가 소속된 단체도 포함돼 있었어요. 전에 내가 강의한 적 있는 토론 모임 말이야. 결국 내가 그 사람들에게 시장 전용 엘리베이터 위치를 알려준 것처럼 돼버린 거지.

"교통비밀법 위반 혐의로 긴급 체포합니다."

경비원이 여섯 명이나 나를 데리러 왔더라고.

물론 그 사람들은 혐의 사실을 입증하지 못했어. 내가 거기가서 강연한 건 죄가 아니었으니까. 그 여자와의 관계도 그렇고. 조사해봐야 맥 빠지는 이야기밖에 안 나왔거든. 우리가 뭐

한 게 있어야지. 손 한번 안 잡아본 플라토닉 러브였는데. 웃
긴 게, 빈스토크 법에는 그런 관계를 규정하는 조항이 단 하나
도 없었어요. 육체적으로 관계를 갖지 않으면 법적으로는 아무
사이도 아니더라고. 게다가 빈스토크 경비법이 원래 건물 관리
를 목적으로 만든 거라서, 섹스를 판단하는 기준도 방 중심이
지 뭐야. 일정 시간 동안 단둘이서 같은 공간을 점유해야 육체
적 관계의 요건이 성립하더라고. 그런데 우리는 그런 일을 한
적이 없거든. 단 한 번도.

"뭐야? 아무 관계도 아니잖아. 소문이 왜 이렇게 크게 난 거야."

"그렇다니까요."

그런 싱거운 결론을 얻을 때까지 꼬박 사흘간 조사를 받았
어. 고초라고 할 것까지는 아니었지만, 그래도 참 입장이 난처
했어. 간첩이라니.

그 여자를 의심해보지 않은 건 아니야. 진위 여부는 알 수 없
지만 경비원들이 그런 이야기를 했거든.

"그 여자 쪽에서 대충 자백했어. 잡아떼봐야 당신만 손해야."

"설마, 저더러 그 말을 믿으라고요?"

말은 그렇게 했지만, 확신에 차 있지는 않았어. 내가 이용당
했을 가능성은 충분했거든. 정확한 위치까지는 가르쳐주지 않
았지만 그 여자에게 시장 전용 엘리베이터에 관한 이야기를 해
준 건 분명 나였으니까. 그런데 경비대에서는 우리 관계에 관
한 소문이 너무나 터무니없는 과장이라는 사실을 알고는 더 수

사할 가치가 없다고 본 모양이야. 나 말고도 수사할 사람이 많았으니까.

싱겁게 풀려나서 사무실로 돌아갔더니 과장이 영 탐탁지 않아 하는 눈치더라고. 굳이 내부자가 누설하지 않았더라도 조금만 주의 깊게 지도를 연구하면 시장 전용 엘리베이터의 위치쯤은 누구나 쉽게 알아낼 수 있었을 거라는 게 경비대 조사팀의 결론이었거든. 그만큼 보안이 허술했다는 뜻이잖아. 과장으로서는 기분이 좋을 리가 없었던 게지.

우리 실장은 달랐지. 동원 계획과 무계획실 시절부터 쭉 봐왔으니까 내가 어떤 사람인지는 그 양반이 제일 잘 알았던 셈이지. 실장은 그 사건이 오히려 나를 핵심 업무에 복귀시킬 기회라고 생각했나 봐. 마음은 고맙지만 몸은 참 고단해지는 일이었는데, 어쩌겠어. 그냥 묻어가야지. 그래야 살아남을 수 있으니까.

슬슬 몸이 바빠지니까 마음은 안정이 됐어. 그렇지만 시간이 지나면서 다시 마음 한구석이 허전해지는 거 있지. 수사 과정에서 그런 게 나왔거든. 그 여자, 남자가 있더라. 애가 있더군. 그래서 그런 소문이 돌았던 거야. 그 애가 내 애라고.

정말 아무 관계도 아니었나 하는 생각도 들고, 진짜로 이용당한 게 아닌가 싶기도 하더라. 그렇잖아. 이제 나 스스로도 그 관계를 더 이상 신뢰할 수 없었거든.

그러는 와중에 엘리베이터 테러에 관한 수사가 본격적으로 진행이 됐어. 수평주의자들이 하나둘 소환되기 시작했지. 대체로 헛다리만 짚기 일쑤였는데, 경비대 쪽에서는 별로 개의치 않는 눈치였어. 사건 자체보다는 수평주의 진영을 압박하는 게 목적인 것 같았거든.

그러니 상대도 따라서 과격해질 수밖에. 수평주의 계열에서도 층 분리주의자들이 나타나기 시작하더라고. 원래 수평주의 이론의 핵심이 층 분리주의이기는 한데 전통적으로 이 사람들은 강경파가 아니에요. 그냥 층마다 자기 나름의 문화가 있으니까 그걸 인위적으로 엮지나 말았으면 좋겠다는 정도였지. 물론 72층 수평노조나 154층 일용노조처럼 처음부터 강성 노조로 출발한 데도 있지만 그 사람들끼리도 워낙 문화가 달라서 수직 방향으로는 통합이 불가능했다고. 수평주의자들의 태생적 한계라고 해야 되나. 수직 통합이 이루어지지 않으면 아무리 숫자가 많아도 정치적으로는 큰 힘을 발휘할 수가 없었으니까.

그런데 수평주의자들에 대한 압박이 점점 심해지면서 분리주의자들이 드디어 통합을 하기 시작한 거야. '분리주의연대'라니. 사실 말이 안 되는 건데 그때는 그런 일이 막 일어났어. 부끄러운 줄도 모르고 말이야. 520층 노조가 가세하면서 그 여자도 거기에 가담한 모양이야. 굉장히 비중 있는 이론가였으니까, 선택의 기로에 서기를 강요당하지 않았겠어? 애매한 태도를 보이지 마라, 할 거면 하고 아니면 떠나라, 뭐 이런 식이었겠지.

그리고 나는 그 사람들 때려잡는 일에 동원이 됐어요. 별로 거리낄 건 없었어. 아까도 말했지만 나는 무슨 '주의자' 같은 게 아니었으니까. 그냥 배운 기술이 엘리베이터일 뿐, 그게 무슨 의미인지는 처음부터 별로 신경 쓴 적이 없었지. 다른 사람들도 대부분 그렇지 않나? 수직으로 된 체로 거르면 평파가 되고, 수평으로 된 체로 거르면 직파가 되잖아. 사실은 양쪽으로 다 걸리는 건데.

하지만 일단은 직파의 탈을 쓰는 게 신상에 유리했고, 나도 별 거리낌 없이 그렇게 했지. 살아남기 위해서. 아마 그 여자도 그랬을 거야. 평파들 사이에서 그 사람 본연의 모습으로 살아남기 위해서 말이야. 그런데 그때 과연 우리가 옳은 선택을 했을까? 해답을 줄 수 있는 사람이 아무도 없었어. 아마 정답을 아는 사람이 아무도 없었겠지.

그렇게 해서 '계획24'가 만들어졌어요. 코스모마피아가 배후에 있다는 첩보가 있었거든. 외부 세력을 통해서 고성능 폭탄 제조법이 유입됐다는 거야. 전시 동원 계획이 스물세 개였으니까, 계획24라는 건 테러와의 전쟁을 전시 상황과 동일하게 간주하겠다는 의지의 표현이었어. 실제로는 육군이 아니라 경비대 병력을 동원하는 계획이었지만 사실 별 차이는 없었어.

계획의 핵심은 주로 시 외곽 지역에 새로 건설된 마흔네 개의 장거리 엘리베이터 노선을 비상시에 경비대가 징발할 수 있도록 하는 조치였어. 그러면 어떤 위치에서 상황이 발생하든

엘리베이터 기동 연습 163

대충 사방에서 상대를 포위해 들어갈 수 있거든.

개념은 참 단순하지? 하지만 장거리 엘리베이터라고 해봐야 빈스토크 전 층을 연결하는 건 아니었으니까 역시 갈아타는 문제가 있을 수밖에 없어. 그러다 보니 실제로는 그렇게 간단한 문제가 아니었다고. 그걸 해낼 수 있는 사람도 그렇게 많지가 않았고, 특히 엘리베이터 중앙통제실 임무 같은 건 맡을 만한 사람이 빠했어. 나 포함해서 한 세 명 정도? 결국 계획24는 내 손에 떨어진 거나 마찬가지였지. 무계획실장이 책임자이기는 했지만, 그 양반은 수직운송조합 쪽 업자들 상대하느라 엘리베이터 노선은 들여다볼 시간이 별로 없었거든.

시장 엘리베이터 폭파 기도 사건은 해결의 기미가 안 보였어. 누가 배후인지는 알아내지도 못한 거지. 하지만 시의회에서는 계획24를 위한 장거리 엘리베이터 조례 개정안을 통과시켜버렸어. 출처가 명확하게 밝혀지지는 않았지만 아무튼 폭탄이 등장했으니 신속 대응 기구가 없어서는 안 된다는 거였겠지. 그러니 그 주 주말에 분리주의연대 소속 지역 수평노조 70개가 일제히 파업에 들어간 것도 무리는 아니었다고 봐. 사태가 걷잡을 수 없이 커져버린 데에는 사실 그런 배경이 있었던 거야.

그러거나 말거나 나는 그냥 내 일만 열심히 하기로 했지. 위에서 명령이 떨어지면 시키는 대로 병력을 이동시켜주기만 하면 그만이잖아. 고민하고 말고 할 게 뭐가 있겠어.

계획24가 발동되고, 나는 계획대로 중앙 통제실로 자리를 옮겼어. 아직은 '상황'이 떨어지기 전이었고, 실장은 수직운송 업자들을 찾아다니며 엘리베이터를 빨리 비워달라고 다그치는 중이었어. 그 일이 참 만만치가 않은 게, 업자들이라는 게 그냥 마음씨 좋은 사장님들 모아놓은 집단이 아니잖아. 상황이 발생하기 전까지는 정상 영업을 하겠다는 게 그 사람들 생각이었거든. 그러니 미리 설득하는 게 쉽지만은 않았겠지. 그렇다고 업자들 주장이 정당했다는 건 아니야. 그 사람들 돈만 가지고 만든 엘리베이터가 아니었거든. 시 정부 지분이 상당했다고. 상황 발생 전에라도 징발할 권리는 충분한 셈이지. 애초에 그 조건으로 정부 자금이 들어간 거니까.

아무튼 실장이 업자들과 실랑이를 벌이는 사이 나는 경비대로부터 현재 병력 배치 상태를 전달받았어. 경비대 병력이라는 게 군 병력하고는 달라서 국경 근처에 우르르 몰려 있는 게 아니거든. 어차피 빈스토크 전 지역에 퍼져 있는 상태로 시작하는 거니까 한 방향으로 대규모 병력을 움직일 필요는 없어요. 상대도 마찬가지였어. 70개 지역 수평노조가 전부 한군데에 집결해 있는 건 아니었으니까. 병목 현상은 걱정할 필요가 없는 거지.

문제는 그때그때 상황에 따라 가장 필요한 곳에 적절한 규모의 병력을 배치하는 일이었어. 그리고 병력이 배치되는 순간 자동으로 상대를 포위할 수 있게끔 집결 지점을 세심하게 정할 필요도 있었지. 그런 측면에서 보면 계획24는 사실 사전 계획이 전혀 불가능한 계획이었어. 게다가 민간인 대피 계획까지 즉석에서 생각해내야 했으니까, 내가 보기에는 완전 '무계획24'였거든. 그런데도 예산이 어마어마하게 들어갔으니까, 그게 들통나는 순간 모가지가 달아날 사람이 한둘이 아니었어. 그러니 무계획을 계획처럼 보이게 하려면 그 사람들도 결국 내 손에 의지하는 수밖에 없었던 거야. 실력 발휘를 할 때가 온 거지.

그리고 드디어 상황이 발생했어. 수평노조들이 행진을 시작했다는 첩보가 들어온 거야. 물론 정세 판단은 내 몫이 아니었어. 경비대 종합상황실에서 할 일이었지. 나는 그냥 위에서 시키는 대로 병력을 신속히 이동시키기만 하면 그만이었어. 170층 F구역에 2개 중대, 319층 G구역에 4개 중대, 다시 489층 A구역에 1개 소대, 그런 식으로.

"1개 소대? 487층 A57에 집결시키라고? 거기 뭐가 있는데?"

실장은 가끔 알 수 없다는 표정으로 경비대 상황실 쪽에 지시 내용을 다시 한번 확인해줄 것을 요청했지만, 나는 전혀 그럴 필요를 못 느꼈어. 나는 그냥 잘 돌아가는 기계일 뿐이었으니까. 잘못 사용하면 사악한 무기가 될 수도 있다지만, 나는 내 일이 선이라고 믿었거든.

폭발물을 봤다는 제보가 속속 들어오면서 경비대 상황실 쪽이 바짝 긴장한 게 느껴졌어. 불안한 시기가 되면 사람들은 없던 폭탄도 목격하게 되거든. 그 당시가 그랬어요. 폭탄을 봤다는 제보는 늘 들어오고 있던 시절인 게지. 그런데도 위에서는 자꾸만 의미 없는 곳으로 병력을 움직이라는 명령이 내려오는 거야. 당황한 거지. 나는 토를 달지 않았어. 실장도 마찬가지였고. 무슨 사태가 벌어질지 모르는 상황이었으니까. 마음대로 행동했다가 그 조치가 인명 피해와 연결되면 괜히 책임 논란에 휩싸이게 되잖아.

520층 쪽으로 3개 중대를 이동시키라는 명령이 떨어졌는데, 드디어 올 게 왔구나 싶더군. 그 여자가 있는 데였으니까. 하지만 상관없잖아. 나와는 아무 상관도 없는 여잔데 뭐. 그렇게 엘리베이터 망을 재구성하고 있는데, 마침내 첫번째 폭발이 일어났어.

이건 뭐, 이때까지 겪어본 것 중에서 최악의 상황이었을 거야. 빈스토크는 폭발물 반입이 전혀 불가능하다고 봐도 무방할 정도로 국경 검색이 엄격하거든. 제대로 들여오는 폭발물에 한해서는 그랬다는 말이야. 불을 지르거나 폭발물을 사용하거나 해서 건물 구조에 손상을 주는 행위는 거의 반란에 가까운 중범죄로 취급이 돼요. 애초에 출발이 나라가 아니라 건물이어서 그래. 아무튼 국경을 통해서 반입이 안 된 거면 결국 사제 폭탄이라는 뜻인데, 그날 첫번째로 폭발한 폭탄이 사제 폭탄치고는 폭발력이 어마어마했던 거야. 코스모마피아 쪽에서 새 기술이 유입됐다는 게 그런 의미였던 거지. 문득 그 여자가 한 말이 생각이 났어.

"폭탄도 만들 줄 알아요?"

"당연하죠."

"폭탄주 말고 진짜 폭탄 말이에요."

"어떨 것 같아요?"

"나도 만들 줄은 아는데."

"만든다고 다가 아니죠. 잘 터져야지. 그것도 아주 잘."

오기가 생겼어. 그래, 한번 해보자 이거지, 그런 심정으로.

폭탄이 터지자 곧 군대가 동원되더라고. 미리 준비하고 있었던 것처럼 말이야. 수상한 타이밍이었지만 그냥 일을 잘한 거였을 수도 있어. 아무튼 동원된 건 좋은데, 문제는 전략계획과에서 엘리베이터를 징발하기 시작했다는 거였어. 그러니 내가 아주 미치는 거지. 조금 전에 올려 보내놓은 엘리베이터가 어느 순간 25층으로 내려가 있으니, 도대체 나더러 뭐 어쩌라는 건지.

업자들도 마찬가지였어. 전화가 빗발쳤지. "도대체 누구 지시에 따르라는 거요?" 실장도 아주 죽을 맛이었겠지. 무조건 자기 말만 들으라고 할 수도 없었어. 실장도 어차피 전략계획과 사람이었으니까.

순식간에 엘리베이터 노선이 완전 개판이 되더라고. 군 병력이 경비대와 섞여버린 데가 속출했지. 이래서 될 일이 아니다 싶었어. 지휘 체계부터 해결해야겠다면서 여기저기 전화를 돌려대는데, 뻥! 두번째 폭탄이 터진 거야.

"이 ○○들! 뭐 하는 ○○이야!"

딱 1분 뒤부터 위에서 전화가 걸려오기 시작하더라고. 그 사람들이 욕을 욕을 퍼부어대는데, 심지어 그 욕도 지휘 체계가 통일이 안 돼 있어서 똑같은 욕이 막 여기저기에서 쏟아지는 거 있지.

나는 개가 됐다가 부모 없는 자식이 됐다가 생식 능력이 없는 남자가 됐다. 심지어 나중에는 꼴뚜기가 되기도 했어. 그 모든 욕이 세 개의 전화 회선으로 유입되고 있었으니 통신망이 제 역할을 할 방법이 없었겠지.

우리 부친이 그때 궤도 투기만 안 했어도 내가 그런 수모는 안 겪었을 텐데! 난생처음 그런 생각이 드는 거 있지. 하지만 어쩌겠어. 다 지나간 일인데. 그리고 당장 발등에 떨어진 불부터 꺼야 하지 않겠어?

그때 누군가가 엘리베이터를 소방서 쪽으로 보내는 게 보였어. 순간 난감한 생각이 들었지만 그쪽은 건들지 말자 싶었지. 대신 실시간으로 엘리베이터 전체를 통제하는 건 무리다 싶어서 턴 방식으로 체계를 바꿨어. 일단 엘리베이터를 전부 정지시켜놓고, 이미 움직이고 있는 건 건들지 말고 멈춰 있는 것만 움직이자는 거였지. 그리 오랜 시간이 지나지 않아서 전략계획과 쪽에서도 내 의도를 알아챈 것 같았어. 실시간으로 움직이는 것보다 느리기는 했지만 지휘 체계가 완전히 꼬이는 것보다는 그편이 나았지.

뭐 그것도 잠깐 꼬이게 되는 단계가 있기는 했지. 갑자기 실시간으로 움직이는 엘리베이터들이 생겨났거든. 제3자가 개입한 건데, 나중에 알고 보니까 수직운송조합 쪽에서 민간인 대피용으로 엘리베이터 스무 개를 제공하면서 자체적으로 노선 통제에 나선 거였어. 하지만 당시에는 전략계획과도 그렇고 계획24 상황실도 그렇고 그 사실을 전혀 보고받지 못했거든. 그러니 제3자가 있는지 없는지 알 게 뭐야. 그냥 서로서로 상대가 합의를 깬 줄로만 알았지.

그래서 다시 노선이 꼬이기 시작했어. 아주 개판이 됐지. 그 난장판을 헤매고 있는데, 또다시 세번째 폭탄이 터진 거야. 위에서 전화가 걸려오고 또다시 욕이 쏟아졌어.

우리는 곧 성행위를 할 사람이 되었다가 이내 생식기 같은 자들이 되고 말았어.

명령어가 모조리 욕으로 대체되고 나니까 우리도 정신이 좀 들더라고. 실장이 수직운송조합 쪽에 전화를 걸어서 새 명령 체계로 명령을 퍼부었더니 그때서야 뭔가 체계가 잡혔어. 일단 엘리베이터를 모두 정지시킨다. 움직이는 엘리베이터는 건들지 않는다. 정지해 있는 엘리베이터는 지체 없이 이동시킨다.

그랬더니 사태가 순식간에 진정이 되는 거야. 마침내 엘리베이터들이 제 기능을 하게 된 거지. 폭탄이라는 게 물론 위험한 무기인 건 맞지만 그건 어디까지나 전술 무기잖아. 대량 살상 무기가 아닌 한, 무기가 전략을 압도하기는 쉽지 않거든. 그런

면에서 보면 엘리베이터는 폭탄보다도 강한 무기라고. 폭탄 따위, 사실 우습지.

파업에 가담한 70개 지역 수평노조 중에 폭탄을 사용할 만큼 과격한 집단은 많아야 열 개 정도 됐을까. 나머지는 그렇게 위험하지가 않았어요. 그 열 개를 진압하는 것도 그렇게 어려운 일은 아니었고. 병력이 한군데에 집중해 있는 게 아니었으니까. 적은 병력으로 각 구역을 포위해놓은 다음 대규모 주력 병력을 이동시켜가면서 한 구역씩 주동자만 연행해가면 그만이었지. 그렇게 다른 구역이 다 진압되고 나서야 나는 비로소 520층 쪽으로 병력을 이동시켰어. 그때는 그저 어서 일을 끝내야지 하는 생각밖에 없었던 것 같아.

진짜 위험한 일은 보통 그런 순간에 일어나는 법이잖아. 모두가 안심하고 있을 때 말이야. 그때 네번째 폭탄이 터졌어.

쿵!

소리가 굉장했지. 공기를 통해서 전해지는 게 아니라 건물을 통해 전해지는 소리였거든. 위아래 할 것 없이 말 그대로 모든 방향에서 쿵 소리가 들렸어. 지진이 난 것처럼 뭔가 무너지는 소리도 이어지고 말이야.

그날 터진 것 중 제일 강력한 폭탄이었는데, 건물 전체에 진동이 느껴질 정도였거든. 우리도 깜짝 놀라서 순간적으로 일을 멈출 정도였고, 엘리베이터들도 지진인 줄 알고 자동으로 그 자리에 멈춰 섰으니까.

전화통에 불이 날 줄 알았는데, 안 그러더라고. 사태가 생각보다 심각했던 거지. 욕이나 퍼부어댈 상황이 아니었다고. 예상보다 훨씬 강력한 폭발이었으니까. 사제 폭탄이 그렇게 강력할 줄은 아무도 생각을 못했을 거야. 그 정도면 빈스토크에서는 거의 전략 무기급이거든.

그런데 무엇보다 중요한 문제는 말이야, 폭발 지점이 하필 520층이었다는 거야. 『520층 연구』에 나오는 그 아름다운 520층 말이야. 자세한 첩보는 아직 안 들어왔지만 상황은 대충 파악할 수 있잖아. 아직 진압되지 않은 건 520층 노조밖에 없었으니까.

진동이 멈추고 건물 전체가 무너지지는 않겠다는 확신이 든 순간, 철렁, 가슴이 무너져 내렸어. 그 여자! 그 여자 생각이 나더라고. 520층 주민 중에 내가 아는 유일한 사람 말이야.

아, 이러면 안 되는데! 이게 아닌데!

기동 연습 때문이었어. 그런 걸 몇 년간이나 해오는 바람에 우리는 이게 장난인 줄 알았던 거야. 전쟁놀이로 착각한 거지. 입체로 된 장기판으로 두는 고차원 장기 정도로 생각했나 봐. 그걸 할 줄 안다는 게 그렇게 우쭐할 수가 없었어. 흔치 않은 기술이었으니까. 하지만 그 순간, 도대체 내가 무슨 짓을 한 건가 싶더라고. 더럭 겁도 나고.

물론 나야 아무 짓도 안 했지. 내가 판단해서 한 일이 아니잖아. 그냥 시키는 대로만 한 것뿐이었으니까. 그렇게 속으로 되뇌었어. 하지만 폭발로 인한 진동이 계획24 통제실을 훑고 지나가는 순간, 그런 건 전부 무의미한 일이 되고 말더군. 그런 걸 따질 상황이 아니었거든. 정말로 건물 전체가 흔들릴 정도로 큰 폭발이었으니까.

경비대 상황실 쪽에 전화를 걸었는데, 이번에는 그쪽이 불통인 거야. 반경 50미터에 해당하는 구역이 완전히 파괴되고 사상자가 수백 명에 달하는 대규모 폭발이었거든. 대참사였지. 그런데도 그건 당시에 우리 지휘부가 생각했던 것보다는 훨씬 작은 규모의 폭발이었어. 우리는 사실 더 큰 피해를 예상하고 있었거든. 그만큼 충격이 어마어마했으니까.

아니나 다를까. 10분 뒤에 긴급대피계획1호가 발동이 됐어요. 그게 뭐냐면, 빈스토크 전체를 비우는 계획이야. 50만 인구가 전부 주변국 영토로 탈출하는 계획. 글쎄, 그런 게 있었다니까. 실제로 명령도 하달됐고. 그때 우리는 진짜로 건물 전체가 무너질 줄 알았어. 도둑놈이 제 발 저린 꼴로 말이야.

비상도 그런 비상이 없었지. 50만 명을 또 무슨 수로 대피시켜? 하지만 명령이 떨어졌으니, 뭐든 하긴 해야 될 거 아냐. 전략계획과 쪽에서 먼저 움직이기 시작하더라고. 사이렌을 울리고 민간인들을 강제로 대피시키기 시작한 거지.

상황이 어땠냐고? 난리였지 뭐. 폭동이 일어날 태세였어. 엘리베이터는 한정돼 있고, 빠져나가야 할 사람은 수도 없이 많고, 전략계획과 생각으로는 아래층부터 순차적으로 비우는 게 합리적으로 보였나 봐. 그런데 당시에 아래층 사람들은 사실 마음이 급한 편이 아니었거든. 폭탄이 터진 지점이 520층이었잖아. 그러니 고층 구역 사람들이 더 다급할 수밖에.

밑에서는 미적거리지, 위에서는 내려가겠다고 난리지. 결국 200층대에서 난리가 났어요. 그러니 우리는 또 우리대로 난리였지. 경비대 병력을 모조리 200층대로 보내야 했으니까. 민간인들은 경비대 먼저 내려 보낸다고 또 난리지, 높은 양반들은 자기들부터 어떻게 빠져나갈 수 없을까 또 연락을 해대지. 난리도 난리도 그런 난리가 없는데, 어찌어찌해서 2만 명 정도를 밖으로 내보냈더니 밑에서 또 난리가 난 거야.

2만 명이 갑자기 국경을 넘었으니 주변국 사람들이 가만히 있었겠어? 사람이 끝도 없이 쏟아지니까 도로고 뭐고 주변 일대가 완전히 엉망이 됐는데, 그거 알지? 빈스토크 토박이들은 원체 도로가 뭔지 감이 없잖아. 그래서 도로로 그냥 쏟아져 나가는데, 결국 주변국 정부에서 빈스토크를 봉쇄했다고. 나오지 말라는 거지. 저쪽 입장에서는 당연한 거잖아. 남의 나라 국경을 그렇게 함부로 넘어갔으니. 그것도 검문이 까다롭기로 유명한 빈스토크 사람들이 말이야.

하지만 빈스토크 정부 입장에서는 어쩔 수가 없었어. 한번 밀려 내려오기 시작한 사람들을 다시 위로 밀어 올릴 재주가 없었으니까. 위에서는 쏟아져 내려오고 밑에서는 못 내려오게 틀어막고. 별수 있나. 힘으로 뚫어버리는 수밖에. 육군에 동원령이 내려졌어요. 주변국 경찰 바리케이드를 뚫으라는 거였는데, 생각해봐. 이게, 사실상 선제공격 명령 같은 거거든.

한 5만 명쯤 쏟아져 내려가니까 저쪽에서도 군대가 출동했나 봐. 숫자로는 빈스토크 육군이 열세니까, 이쪽에서는 또 예비군 부분 동원령까지 떨어지고, 전쟁 아닌 전쟁이 터지게 생긴 거지. 정말 일촉즉발의 상황이었는데, 다행히 교전 상황까지는 안 갔어. 어쩌다 보니 거기까지 간 거지 공격할 의도가 전혀 없다는 것쯤은 저쪽에서도 뻔히 알았으니까.

8만 명쯤 국경을 넘어갔을 때 주변국 정부에서 공식 발표가 나왔어. 인도주의적 차원에서 빈스토크 시민들의 난민 지위를 인정하겠다나. 방어선을 약간 뒤로 물리고 빈스토크 주변 지역을 난민촌으로 선포하더라고. 물론 맨입으로 그래준 건 아니었겠지.

그렇게 사람들이 쏟아져 내려갔어. 결국 45만7천 명이 22층 국경을 빠져나갔어요. 남은 건 인명 구조요원이나 경비대 병력 같은 필수 요원뿐이었어. 길 잃은 개가 487층을 뛰어다닌다는 소리를 들은 것 같기도 하고 아닌 것 같기도 하고 아무튼.

나도 새벽쯤에는 건물을 탈출했어. 날씨가 꽤 춥더라고. 초봄이었는데, 거의 한겨울 한파가 몰아쳤거든. 밑에 내려가보니까 진짜 가관이더구만. 난데없이 길바닥으로 쫓겨난 인간들의 무리가 끝도 없이 길 위에 펼쳐져 있는 광경이라니. 진짜 끝이 안 보였어. 그렇게 빽빽하게 들어차 있었는데도 말이야.

그때였어. 바람이 휙 부니까 사람들이 일제히 비명을 질러대는 거 있지. 추웠거든. 진짜 얼어 죽을 정도의 추위였어요. 그런데도 우리는 변변한 외투 하나 없이 도망 나온 사람이 대부분이었다고. 바깥이 그렇게 추운 줄도 몰랐고 말이야.

모두가 똑같은 높이에서, 똑같은 바람을 맞으며 달달 떤 거지. 밤새 그렇게 빈스토크만 바라본 거야. 바람이 불 때마다 모두가 한목소리로 비명을 질러대면서. 그때마다 주변국 경찰이 소리를 질러댔어. 조용히 하라는 거였지.

그 말이 그렇게 서러울 줄이야. 억울해서 눈물이 났어. 그런데 그게 나만 느끼는 감정이 아닌 거야. 우리는 빽빽하게 거리를 메우고 있었고, 서로의 생각을 직접 피부로 느낄 수가 있었어. 그 순간 어떤 깨달음이 생겨났어.

아, 이 사람들이 모두 나와 똑같은 생각을 하고 있구나!

이상한 깨달음이었지. 다른 사람들이 전부 그 사실을 깨달았다는 사실마저 깨닫게 되는 깨달음이었거든.

바람이 불었어. 꺄아아아아아악! 비명 소리가 울려 퍼졌어. 꺄아아아아아악! 저쪽에서 비명 소리가 메아리처럼 들려오더라고. 바람이 불어온 방향을 따라 꺄아아아악 소리가 거대한 파도처럼 밀려오는 거야. 꺄아아아악!

그 거대한 파도 한가운데에서 우리는 뜨겁게 눈물을 흘렸어. 그리고 모두가 빈스토크를 올려다봤지. 아! 저게 무너지면 절대 안 되겠구나! 깨달음이 일어났어. 내가 그 사실을 깨닫는 순간 45만 명이 일제히 똑같은 깨달음을 얻고 있다는 깨달음이 다시 한번 내 심장을 강하게 움켜쥐었어.

그리고 바로 그 순간 그 여자의 모습이 눈에 어른거리더라고. 자꾸 그 기억이 떠오르는 거 있지. 그 옛날, 추워서 얼어 죽을 뻔했던 시절에 옆방에서부터 전해져오던 따뜻한 기운, 벽을 타고 넘어온 생명의 흔적 같은 것들 말이야.

그건 사랑이었어. 지고지순하고 절대적인 사랑. 옆에서 나와 똑같은 비명을 내지르는 내 이웃, 내 옆집에 사는 사람들을 향한 무조건적인 사랑. 그 여자가 보고 싶었어.

나는 다시 빈스토크 쪽으로 달려갔어. 건물 안으로 뛰어 들어가는데, 앞에서 경비대가 막아서더라고.

"전략계획과 요원입니다!"

신분증을 보여주고 건물 안으로 들어갔어. 25층 국경을 지나 엘리베이터 터미널로 올라갔지.

"전략계획과 요원인데요!"

또다시 신분증을 내밀고 엘리베이터에 올라탔어.

"어디로 가시는 겁니까?"

"사고 현장에요."

나는 그때서야 내가 고향을 잃어버렸다는 생각이 들었어. 520층. 다른 어느 층과도 바꿀 수 없는 아름다운 그곳. 사고 현장은 아예 존재하지도 않았지. 대신 커다란 구멍 하나가 생겨났을 뿐. 블랙홀처럼 말이야.

다음 날이 돼서야 긴급 대피 명령이 해제가 됐어요. 민망한 아침이었지. 45만 명이 모여서 꽥꽥거렸으니, 아마 밤새 불륜을 저지르다 체크아웃 시간이 다 돼서야 모텔 밖으로 간신히 빠져나온 사람들이 맨눈으로 중천에 뜬 해를 올려다보는 심정이었을 거야.

나중에 밝혀진 거지만 그날 520층에서 터진 폭탄은 코스모 마피아에서 유입된 게 아니라 자체 제작한 폭탄이었다더군. 외부 세력이 개입한 게 아니라는 거야. 빈스토크 자체에서 발생한 문제고, 군사 문제가 아니라 사회 문제였다고. 여러모로 민망한 아침이었지.

그래서인지 45만 명이 건물 안으로 쏟아져 들어오는 과정은 전날 벌어진 난리에 비하면 너무나 평화로웠어. 최고의 기동 연습이었지. 잡음이 전혀 없었으니까.

그 여자는 결국 찾을 수 없었어. 아니, 아예 시도도 못 해봤다고 해야겠지. 520층이 통째로 날아갔으니까. 이틀 뒤에 나온 실종자 명단에 그 여자의 이름이 올라 있더군. 그게 다였어. 시신은 그 뒤로도 영영 못 찾았고.

실종자 명단에서 그 이름을 확인하는 순간이 그렇게 담담할 줄은 몰랐어. 그런 생각이 들더라고. 내 차례가 아니라는 생각. 나는 그 여자하고는 아무 관계도 아니었으니까. 내가 슬퍼할 차례가 돌아오려면 아직 한참이나 더 기다려야 할 거라는 자각 같은 거였겠지.

결국 내 차례가 오긴 왔는데, 그게 무려 20년이나 지난 뒤였지 뭐야. 어느 날 서점에서 누구를 좀 만나기로 하고 시간을 보내고 있는데 이상한 책 한 권이 눈에 띄었거든. 그 책을 보는 순간 심장이 막 조여오는데, 도저히 수습을 못하겠는 거야. 내 차례가 그렇게나 멀었나 싶어서 한편으로는 서운한 생각도 들고 말이야.

그 책 제목이 뭐였는지 알아? 『217층 연구』. 심장이 멎을 만큼 아름다운 책이었어. 그걸 보는 순간, 30년간 쌓아온 내 경력이 정말 바보 같은 짓거리로 보이는 거 있지. 『520층 연구』처럼 그 여자의 목소리를 꼭 닮은 책이기는 했지만, 정말로 그 여자가 빈스토크 어딘가에 숨어 살면서 직접 쓴 책인지 여부는 나도 몰라. 확인을 안 해봤으니까. 더는 파헤치고 싶지가 않았어. 그냥 그대로 내버려두고 싶었거든.

'노인네, 또 쓸데없이 잔소리네' 하는 눈들이구만. 그냥 자네들이 코스모마피아하고 전면전에 들어간다는 소리를 들으니까 갑자기 옛날 생각이 나서 한 이야기야. 진짜로 코스모마피아가 이 모든 문제의 원인인가 한번 생각해보라고. 뭐 위에서 이미 싸우기로 결정했다니 자네들도 사실 별수 없겠지. 경비대에서 도울 거 있으면 이야기해.

참고로 긴급대피계획1호는 지금은 실행이 불가능한 계획이니까 시도할 생각도 안 하는 게 좋을 거야. 주변국에서 가만히 안 있을 거거든. 무슨 일이 있어도 빈스토크에 장거리 미사일이 직접 떨어지는 일은 없도록 하는 게 좋을 거야. 그랬다간 꼼짝없이 다 죽을 거니까.

그나저나 이놈의 전쟁은 언제 끝나려나.

관자의
응_의
아미타불

처제.

노숙이라니, 말도 안 돼. 기차역에서 잔 적은 한 번도 없었어. 누구를 보고 한 소리인지는 모르겠지만 삶을 완전히 포기한 사람처럼 보였다니, 그게 나일 리가 없잖아.

사실 나 취직했어. 마침 빈스토크에 경비원 자리가 났거든. 미리 말을 못 한 건 들어줄 사람이 없어서였어. 언니가 그렇게 떠나듯이 출장을 가버렸으니까. 충격은 받았지만 좌절하지는 않았어. 대신 뭐든 해야겠더라. 얼른 뭐라도 하지 않으면 정말로 다시 일어설 수 없을 것 같았거든.

그다음은 쭉 훈련을 받느라 한참 연락을 못 한 거야. 당분간은 격리 생활을 해야 해서 여기 경비실에서 기병대를 새로 만들었는데 말이랑 기수를 같이 훈련시키고 있어. 완전 군대식으로.

물론 나처럼 사무직만 쭉 해온 사람한테 썩 잘 어울리는 직업은 아닌 것 같아. 나도 그것 때문에 많이 망설였는데, 직접해보니까 경비원 일이라는 게 그렇게 이상한 일은 아니더라고. 더구나 빈스토크 경비실은 이름만 경비실이지 사실 경찰 같은 거잖아.

아무튼 언니한테도 편지를 썼는데, 아무래도 언니는 답장을 보낼 생각이 없는 것 같아. 처제가 나서서 좀 거들어줬으면 좋겠어.

훈련 중이라 길게 못 쓰겠다. 그럼, 또 연락 주세요.

형부.

차도 한 대 안 다니는 674층짜리 빌딩에 기병대가 어디 있어요? 더구나 경비실에. 알아봤더니 광득이 형님인가 하는 사람 통해 들어간 거라면서요. 언니 그 사람 싫어하는 거 알면서 왜 하필 그 사람이에요? 사채도 그쪽 통해서 얻은 거예요? 우리, 가족이잖아요. 속 시원하게 설명해주세요. 도울 수 있는 게 있으면 돕게요.

언니는 요새 이쪽 집에 있어요. 형부 빚 때문에 그쪽 집은 좀 시끄럽거든요. 그쪽 집으로 편지 보냈으면 못 받았을 거예요. 제가 형부 편지 받았다고 알려줘도 별로 궁금해하지 않는 거

보니까, 아마 그쪽 집에 있었어도 안 읽어봤을 거예요.

말은 안 하지만 언니도 무지하게 걱정하고 있어요. 형부 들어간 데가 엄밀히 말하면 빈스토크 경비실이 아니고 무슨 사설 경비 업체라면서요. 언니가 그거 용역 아니냐고 묻는데, 아닐 거라고 했어요. 우리나라하고는 사정이 다를 거라고. 하지만 저도 자신 있게 대답하지는 못했어요.

전화 한번 주세요. 지금 사정이 어떤지는 모르겠지만, 그래도 직접 목소리를 듣고 설명을 들어야 우리도 마음이 놓일 것 같아요.

처제.

거짓말하는 건 아니야. 기병대에 있는 거 맞아. 경비견 전문 경비 업체고, 이번에 새로 기병대를 양성하고 있어. 솔직히 말은 열 마리밖에 없고 나머지는 전부 개지만 그래도 마구간에서 나는 냄새만큼은 진짜야. 확실해. 내 말이 거짓말이고 여기에 기병대가 없으면 내가 오늘 오전에 치운 그 어마어마한 오물은 뭐겠어. 다른 건 양보해도 그것만은 절대 양보할 수 없어.

코끼리가 한 마리 새로 들어왔는데, 아무래도 이 녀석은 내 차지가 될 것 같아. 여기에는 동물원이 없어서 코끼리를 본 적 있는 사람이 없대. 그래서 다들 이상하리만치 코끼리를 무서워해. 그렇다고 내가 여기 사람들보다 코끼리를 잘 다룰 리도 없는데, 그래도 내가 맡는 게 낫다고 생각하나 봐. 빈스토크 안에서 보는 코끼리는 덩치가 훨씬 커 보이거든. 복도가 꽉 차니까. 여기 사람들은 코끼리를 실외에서 본 적이 없어서 원래 크기를 짐작하지 못하나 봐. 보기만 해도 압도당하는 모양이야.

이상하게 들리겠지만 그렇게 됐어. 그러니까 당분간은 여기에 있을 생각이야. 전화는 하지 않는 게 좋을 것 같아. 빚쟁이들 눈도 있고. 이렇게 해야 언니나 처제한테 폐가 안 될 거라고 생각해. 자주 편지할 테니까 당분간만 참아주세요.

언니한테도 편지를 몇 번 썼는데 답이 안 와. 언니는 내 편지 보기는 보는 거야? 요금 고지서처럼 보내서 확인을 안 한 걸까. 아무튼 처제밖에 없다. 잘 좀 설명해주라.

형부.

기껏 마구간 치우는 거 하려고 빈스토크까지 갔어요? 손오공도 아니고. 형부, 그렇게 자학하는 척하지 마세요. 그러면 언니가 속이 시원해질 것 같아요? 보는 우리도 생각해주셔야죠.

기마경비대 이야기는 신문에서 봤어요. 시위 진압하려고 들여온 거라면서요. 잘은 모르겠지만 남의 나라 문제에 외국인 신분으로 끼어 있는 게 좋은 일은 아닌 것 같아요. 그 회사 작년에 시위 진압에 나섰다가 인명 사고도 냈다던데, 사고 나니까 빈스토크 경비실에서 자기네하고는 아무 상관없는 일이라고 발뺌했다면서요. 괜히 중간에서 형부만 다치는 거 아닌가 모르겠어요. 그때도 그 회사 직원만 사법 처리된 것 같던데. 부디 조심하세요. 아니다 싶으면 그만둬도 좋잖아요.

그런 게 아니라도 솔직히 시위 진압하려고 기병대를 푸는 건 너무 위험한 일 같아요. 형부 같은 사람이 할 수 있는 일도 아니고요. 형부는 그런 사람 아니잖아요. 괜히 마음의 상처라도 입는 거 아닐까 걱정이에요.

처제.

뭔가 오해가 있나 본데, 우리 말들은 착해. 시위 진압용으로 기마대를 키우는 건 맞는데 진짜로 사람들을 깔아뭉개려고 그러는 건 아니야. 알잖아. 미국 같은 데도 기마경찰 있는 거.

여기 경비 인력은 시위대에 비해서 숫자가 턱없이 부족하거든. 그래도 이쪽은 밀집방진(密集方陣)을 짤 수 있으니까 어느 정도 대응은 됐는데, 이제는 그렇지 않은가 봐. 밀집방진 알지? 네모난 플라스틱 방패 들고 다닥다닥 옆으로 붙어 서서 버티는 거 말이야. 제복 입고 헬멧 쓴 사람들이 나란히 줄을 서 있는 것만으로도 훈련 안 된 시민들은 위축이 돼야 정상인데, 요즘은 저쪽에서도 똑같이 팔랑크스를 만들어버린대. 밀집방진 말이야. 아무래도 외부에서 전문 시위꾼들이 유입된 거겠지. 그래 봐야 민간인들 규율이 경비대만큼 좋을 리는 없지만, 그래도 숫자 차이가 많이 나니까. 시위꾼들이 일부러 퇴로 없는 곳에 배수진이라도 치면 시위대가 경비대 방진을 뚫어버리는 일도 허다하다고. 그러다가 부상자도 나오는 거고.

기병대는 그래서 만든 거야. 웬만큼 규율이 세지 않으면 일반인이 기병 돌격 버텨내기는 어렵거든. 기병대가 다섯 기씩 두 줄로 밀착해서 시위대 쪽으로 달려가면 시정부 청사 앞 광장에 모인 5백 명 시위대가 한 번에 쫙 흩어져요. 그렇게만 돼도 서로 충돌할 일이 없어지는 거지. 물론 시위대가 밀집방진을 그대로 유지한 채로 기병 돌격을 받아내면 이야기가 달라지겠지만, 그럴 일은 없을 거라고 봐. 서양에서 중세가 천 년 넘게 간 이유가 뭐겠어? 그게 안 돼서잖아. 전문가들이 다 계산하고 하는 일이야. 훈련도 하고 있어. 마지막 순간까지 저쪽에서 안 피하면 결국 돌격하던 기병대가 제자리에 멈춰 서게 돼 있단 말이야. 그 순간이 오면 기병대는 쓸모가 없어지겠지만, 그런 일은 안 일어나. 전문적인 군사 훈련을 안 받은 인간이 기병 돌격을 정면에서 받아내려면 최소한 천 년은 걸릴 테니까.

그러니까 이건 나쁜 일이 아니야. 단지 불필요한 충돌을 막기 위한 일이지. 상처받을 일은 없을 거야.

나는 또 집합이네. 그럼 나중에 또 쓸게. 안녕.

형부.

천 년은 걸릴 거라면서요. 백 일도 안 걸렸네요. 거봐요. 전문 시위꾼은 무슨 전문 시위꾼이람. 기병대가 달려오는데도 안 물러섰다면서요. 신문에서도 그랬어요. 진짜로 돈 받고 하는 전문 시위꾼이면 그렇게 목숨 걸고 마지막 순간까지 버티고 서 있었겠냐고. 누가 봐도 그냥 반전 시위잖아요. 빈스토크랑 코스모마피아랑 전쟁 벌이고 있는 거, 세상 사람들이 다 아는데 형부만 모른 척한다고 되나요.

그러니까 형부. 그 일, 전쟁놀이라고 생각하지 마세요. 그 사람들은 그 사람들 나름대로 절박한 이유가 있을 거라고요. 장난으로 하는 일은 아닐 거예요. 그런 사람들이랑 정말로 충돌을 하게 되면 무슨 일이 벌어질지 모르잖아요. 그리고요, 형부네 회사 같은 데서 굳이 형부 같은 외국인을 고용한 건 다 그럴 만한 이유가 있어서라고요. 게다가 코끼리라니. 걱정이에요.

처제.

걱정해주는 마음은 고마워. 하지만 아무래도 당분간은 여기에 머물러야 할 것 같아. 결국 내가 그 코끼리를 맡게 됐거든. 그리고 훈련 일정이 좀더 길어졌어. 위에서는 코끼리를 빨리 실전에 투입하라고 난리야. 그것 말고는 대안이 없나 봐. 온통 실내라, 밖에서 하는 것처럼 최루탄을 쏠 수도 없고, 광장 천장에 설치된 진화용 스프링클러로 소나기를 쏴대는 것도 소방법에 걸린다 그래서 이제는 못 하고. 아무튼 저쪽 밀집방진을 뚫어야 진압을 하는데, 그렇다고 이런 데다 탱크를 들여올 수도 없고, 총도 못 쏘고.

우리 회사 요새 완전 카르타고 군대 같아. 2천 년 전 사람들이 하던 거랑 똑같이 하는 수밖에 없대. 방패랑 곤봉이랑, 그리고 코끼리. 빈스토크가 아니라 한니발 장군 밑에 들어온 것 같다니까. 기병대를 잃은 한니발 장군 말이야.

그런데 이놈의 코끼리, 똥은 또 얼마나 많이 생산하는지. 그놈 한 마리가 말 열 마리보다 똥을 더 많이 싸는 것 같아. 어떨 때 보면 내가 무슨 청소 업체에 와 있는 게 아닌가 싶다니까. 청소할 게 다 떨어질까 봐 위에서 특별히 코끼리를 들여온 거지.

코끼리라는 놈, 착하기는 한데 멍청해. 코끼리가 원래 말보다 더 똑똑해야 하는 거 아닌가? 엘리베이터에 실을 수가 없어서 건물 밖에 설치한 타워크레인으로 실어 왔는데, 그 통에 애가 엄청 놀란 모양이야. 중간에 마취가 풀려서 다시 마취총 쏘고 어쩌고 하느라 한바탕 난리가 났었거든. 어찌나 당황했던지 똥을 진짜 한 무더기씩 싸대는데, 어휴, 생각만 해도 밥맛이 뚝뚝 떨어진다.

아무튼 그렇게 걱정이 된다니 한 번쯤 만나기는 해야겠구나. 나는 당분간 못 나가니까 언제 한번 언니 데리고 이쪽으로 오는 게 낫지 않을까? 나 일하는 거 직접 보고 나면 마음이 좀 놓일 거야. 생각하는 것처럼 그렇게 험한 일은 아니거든.

언니한테도 그렇게 편지했는데, 언니는 여전히 감감무소식이네. 그러니까 잘 좀 설득해봐. 너네 언니 성깔은 잘 알지만, 요즘은 그게 참 새삼스럽다.

철없는 형부.

저야 남의 집안 행복 같은 걸 책임질 처지가 아니죠. 내 한 몸도 건사하기 힘든 마당에. 자기가 잘했어야지. 집안을 그 꼴로 만들어놓은 게 누군데.

내가 보기에 둘이 똑같아요. 언니도 그 소리 하던데요. 빈스토크에 한번 놀러가볼까 그러던데. 가든지 말든지 알아서 하라 그랬더니 저더러 같이 가자는 거 있죠. 갈 거면 만날 약속이나 제대로 해놓고 가자고 그랬더니 또 그러기는 싫은가 봐요. 결국 저더러 해달라는 건데, 아무튼 둘이 똑같아요. 일단 형부부터 괜찮은 날짜 불러보세요. 그거 보고 맞추게.

그리고요, 편지에 지저분한 이야기는 좀 안 쓰셨으면 좋겠어요. 제가 들은 빈스토크 이야기 중에 제일 지저분한 이야기가 형부 이야기 같아요. 빈스토크가 지저분한 건지 형부가 지저분한 건지.

코끼리는, 잘 모르겠어요. 그걸 꼭 그렇게까지 해야 하나. 형부, 차라리 동물원에 취직해보는 건 어때요?

깔끔한 처제.

날짜는 ○월 ○일쯤이 좋을 것 같아. 그 전주나 다음 주도 괜찮고. 나도 아직 일정이 확실하지는 않지만, 시간 맞춰보고 조정해주세요. 중간에서 귀찮겠지만 원래 처제의 본분이라는 게 그런 거야. 그렇게 태어난 걸 어떡해. 묵묵히 하다 보면 언젠가

복 받을 날이 있을 거야.

언니도 나 일하는 거 보면 다 이해하게 될 거야. 지저분한 소리를 하기는 했지만 사실 이게 꽤 전문직이거든. 코끼리 위에 딱 올라타고 시내 순찰 한번 나가면 사람들이 막 우러러본다고. 진짜야. 신기해서 보는 사람도 있겠지만, 분명 그 이상의 뭔가가 느껴져. 동경이랄까. 물론 아미타브 때문이겠지. 그게 우리 코끼리 이름이야.

아미타브는 착한 애야. 눈이 얼마나 선한데. 너무 순해서 큰일이지. 이건 뭐, 힘만 세고 덩치만 컸지 하는 짓은 완전 강아지 같은 거 있지. 사람도 잘 알아보고, 귀도 팔랑팔랑 아주 착해빠졌어요. 누가 그러는데 이 코끼리 말이야, 수행승들 따라다니다가 그 사람들이 만날 단식하고 그러느라 끼니를 잘 못 챙겨주니까 결국 동물원에 넘어간 건데, 성품이 무슨 보살 같았대.

그런데 문제는 겁이 너무 많다는 거야. 동물들이 원래 그렇긴 하지. 사람보다 말이 겁이 더 많아서 말로 시위대를 제압할 정도가 되려면 엄청나게 훈련을 많이 해야 한대. 코끼리도 그래. 코끼리를 키워본 건 아미타브가 처음이기는 하지만 말보다는 확실히 겁이 많은 것 같아. 그런데 그러면 안 되거든. 코끼리가 겁을 먹었다는 사실을 알면 현장에서 사람들이 코끼리를 일부러 더 자극할 수도 있으니까. 그런데 애는 휴대전화 벨 소리에도 깜짝깜짝 놀라. 그러면 우리는 그런 코끼리를 보고 또 깜짝깜짝 놀라고. 잘못하면 깔릴 수도 있으니까. 어때, 내 직업도 꽤 섬세한 직업 같지?

게다가 명색이 코끼리라 아무 데로나 다니지도 못해요. 무너질까 봐 바닥에 하중 분산 시공해놓은 데로만 다녀야 해. 시위라는 게 어차피 만날 321층 시정부 청사 앞 광장에서 하는 거니까 딱 거기만 다닐 수 있으면 되거든. 그래서 꽃길을 만들어놨어. 꽃길 따라 걸어 다니라고. 그래서 그런가. 처음에는 시위 진압하는 데 코끼리까지 동원한다고 여론이 안 좋았는데 이제는 보는 눈이 많이 달라졌어. 신기한가 봐. 일부러 구경 오는 사람도 있고 그래. 빈스토크에는 동물원이 없으니까 코끼리를 난생처음 보는 사람이 태반이거든. 청사 광장에 기동 훈련 나갈 때마다 젊은 부모들이 유모차를 끌고 와서 꽃길 옆에 진을 친다니까.

그러면 우리는 아주 불안해 죽지. 안정을 되찾은 건 좋지만 아미타브가 꽃냄새를 맡으면서 하중 분산 시공된 붉은 꽃길 위를 산만하게 걸어가는 모습을 보고 있노라면 아주 불안하기 짝이 없거든. 그런데도 아미타브를 데리고 산책을 나갔다가 돌아온 날에는 뭔가 마음이 편안해지는 것 같아. 꿈뻑꿈뻑 커다란 눈을 들여다보고 있으면 저놈 참 못생겼다 하는 생각이 들면서도 뭔가 마음 한구석이 따뜻해지는 거 있지. 여유가 생겨. 느릿느릿 걸어 다녀서 그런가. 보고만 있어도 정신이 멍해져.

다른 사람들도 그렇게 멍해지는 모양이야. 코끼리 위에서 내려다보면 사람들이 입을 헤벌리고 멍하게 내 쪽을 올려다보는 모습이 보이거든. 역시 여기 사람들 눈에는 코끼리가 우리 눈에 보이는 것보다 훨씬 커 보이나 봐. 그래도 덕분에 실제 상황에서는 도움이 많이 될 것 같아. 아미타브가 순한 코끼리라는 건 이제 누구나 다 아니까.

여기 시장은 아미타브한테 묻어갈 모양이야. 그 양반, 만날 뭐 좋은 것만 있으면 자기도 옛날에 그거 해봤다고 그러면서 생색내잖아. 이번에는 뭐, 자기가 무슨 15년째 아프리카 야생동물구조협회 후원 같은 걸 하고 있다면서 자기도 원래 골수 코끼리인이라나 뭐라나. 그런데 아미타브는 사실 인도코끼리거든.

아무튼 괜찮은 구경거리일 거야. 일부러 구경하러 오는 사람들도 많으니까. 구경하러 오는 사람들을 구경하러 온 사람들도 많고. 나도 꽤 유명인이야. 언니도 내가 이러고 있는 거 보면 생각이 좀 바뀌지 않을까. 이 남자가 어디 가서 그냥 놀고먹는 건 아니구나 하겠지.

일단 그즈음 주말에 한번 놀러 와. 언니한테 물어봐서 날짜 잘 골라보고.

형부, 참 뭐라고 말해야 할지.

인터넷에서 형부 사진 봤어요. 청사 광장인가 하는 데는 천장이 높아서 괜찮지만, 다른 데서 찍은 건 이상했어요. 천장도

낮은 데서 코끼리 위에 거의 짜부라질 듯이 매달려 있으니까 사람들이 불쌍해서 쳐다보잖아요. 제복은 또 그게 뭐예요? 무슨 서커스단도 아니고.

언니는요, 형부 거기서 이상한 짓 한다고 싫어해요. 코끼리 위에 올라가 있으면 알은척도 안 할 거래요. 그런 걸로 관심 끈다고 훌륭한 사람이 되는 건 아니잖아요. 사람들이 쳐다보는 게 형부가 부러워서는 아니거든요, 이상해서 쳐다보는 거지. 저도 형부가 자신감을 되찾은 건 좋지만, 이건 역시 좀 아닌 것 같아요. 그러니까 조련사처럼 등장할 생각은 하지 마세요.

하여튼 코끼리 구경하자고 거기까지 갈 건 아니고요. 언니가 그거 본다고 감동받을 것 같지도 않아요. 어림도 없는 소리라고 봐요. 형부가 어떤 식으로 포장하든 사실 그거 나쁜 일이잖아요. 어떻게 시위 진압하는 데 코끼리를 풀어놓을 생각을 해요? 아무튼 우리는 이해가 잘 안 가요. 형부가 그 일을 자랑스러워하는 것도 그렇고, 그 동네 사람들이 그거 보고 신기해하는 것도 그렇고요. 반전 여론을 그런 식으로 억누르는 것 자체가 마음에 안 들어요. 겉보기에만 번지르르했지 독재가 따로 없다니까.

그리고 형부 사고 친 건요. 결국 언니가 여기저기 아쉬운 소리 해가면서 대충 수습했어요. 언니 그러는 거 처음 봤어요. 알죠, 언니가 어떤 사람인지? 그러니까 형부 그런 식으로 가볍게 생각했다가는 나중에 화해하게 되더라도 예전으로 돌아가기는 쉽지 않을 거예요.

언니랑 저는 꼭 주말 일정에 맞추지는 않을 거예요. 평일에 휴가 받아서 리조트에나 가려고요. 거기 410층 남쪽 창가에 새로 생긴 데가 괜찮다면서요. 자세한 건 다시 연락 줄게요. 그때 봐요. 무슨 일 있으면 연락하세요.

그리고 형부, 전화할 수 있잖아요. 그냥 전화로 하죠. 서로 번거로운데.

처제.

사실 나 아직 밖에 못 나가. 그놈들이 지키고 있어서. 그냥 돈만 빌린 건 아니거든. 지금처럼 이렇게 격리돼 있는 편이 안전해. 전화도 좀 마음이 안 놓이고. 당분간은 이렇게 연락하자.

몇 달간 문명의 이기를 끊고 살았더니 이제 이게 더 편해. 그리고 나 알잖아. 입만 열었다 하면 만날 이상한 소리 하는 거. 이렇게 글로 써도 오해받을 일투성이겠지만 그래도 그나마 이게 나을 거야. 내가 또 언니한테 전화해봐라. 5분도 안 돼서 욕 튀어 나온다.

요즘은 만날 듣는 게 욕이라, 뭐가 말이고 뭐가 욕인지도 모르겠다. 말 반 욕 반이야. 이런 일 하는 사람들이라 그런가 봐. 그래서 가끔은 처제 말대로 내가 이런 데 와 있는 게 잘하는 짓인가 싶기도 해. 아미타브가 없었으면 벌써 예전에 때려치웠을지도 몰라.

우리 코끼리는 요새 아주 온순해졌어. 인도에서 아미타브 구매해 온 사람이 그러는데 원래부터 그렇게 온순한 애였대. 타워 크레인으로 321층까지 끌어 올렸다는 이야기를 하니까 그 양반 아주 기겁을 하더라. 컨테이너에라도 담아서 바깥이 안 보이게나 해주지 어떻게 그냥 몸뚱이에 로프 매달아서 끌어 올렸냐고. 그 짓을 당하고도 멀쩡할 코끼리가 어디 있냐고 말이야.

사실 안전 문제 때문에 그 방법을 택한 거기는 한데. 맞춤형으로 설계된 컨테이너가 있는 것도 아니고, 컨테이너에 실어 나르다가 심하게 기울기라도 하면 낭패잖아. 건물 외벽에 충돌할 수도 있고. 하지만 코끼리가 그걸 알 턱이 없지. 그리고 이동네 사람들, 그런 쪽으로는 개념이 없어. 높은 데를 별로 안무서워하거든. 600층 창문에 매달려서 저 아래를 막 내다보는데 애고 어른이고 무서워하는 인간이 하나도 없어. 그러니 코끼리도 별로 안 무서워할 줄 알았나 봐. 하지만 그럴 리가 없지. 아마 진짜 코끼리를 처음 봐서 마취 약을 얼마나 써야 얘가 마취가 되는지도 몰랐을 거야. 허공에 대롱대롱 매달린 채로 마취가 깨어버렸으니 애가 얼마나 놀랐겠어.

그래도 시간이 좀 지나니까 얘도 마음이 가라앉기는 하나 봐. 이제 혼자서도 잘 걸어 다녀. 요즘은 진짜 하루에도 몇 시간씩 아미타브 곁에서 지내는데, 가끔 그런 생각이 들어. 그냥 착하기만 한 게 아니라 어딘지 성스럽다고 해야 하나. 느릿느릿 같이 걷다 보면 마음이 그렇게 편할 수가 없어. 이러다가 어느 날 나 깨달음이라도 얻는 거 아닐까. 사람이 완전 달라진 것 같아. 좀 경건해졌다고 해야 하나.

만나보면 알겠지. 그럼 그때 봅시다. 9시 321층 청사 광장 분수대 앞으로 와. 코끼리 씻기고 그러면 약간 늦을지도 몰라. 기다려줘야 해.

형부, 정신 좀 차리세요.

깨닫는 건 아무나 하는 줄 아세요? 형부 같은 사람은 절대 못 깨달아요. 솔직히 현실도피하려고 그러는 거잖아요. 언니가 형부 잡아먹을 건 아니니까 미리부터 빠져나갈 구멍이나 찾지는 마세요. 깨달을 때 깨닫더라도 수습할 건 수습하고 깨달았으면 좋겠어요. 그 뒤에 부처가 되든지 달라이라마가 되든지 알아서 하시고요.

그런데 그날 있잖아요, 우리 만나기로 한 날. 무슨 집회 있다면서요. 괜찮을까요? 그냥 다른 날 갈까요? 웬만하면 전화로 연락 주세요. 날짜 얼마 안 남았으니까.

날짜 못 옮겨. 나 그날밖에 안 돼.

별일 없을 거야. 늘 하는 집회니까. 우리 코끼리 때문에 요새는 일이 아주 수월해. 아미타브만 떴다 하면 광장이 다 조용해지거든. 묘하단 말이야. 다들 넋을 잃고 쳐다보는 거 있지.

수요일에는 광장으로 산보를 나갔는데 스님 몇 사람이 다가

와서 아미타브를 빤히 쳐다보다가 갑자기 손을 모으고 넙죽 절을 하는 거야. 이게 뭔가 싶어서 어리둥절해 있는데 아미타브는 꼼짝도 안 하고 그 광경을 바라보고 있더라. 당연히 받을 절을 받는다는 듯이 말이야.

지나가던 사람들이 발걸음을 멈추고 그 광경을 지켜보는데, 아미타브가 느릿느릿 발걸음을 옮기더니 길가에 심어놓은 꽃을 향해서 코를 뻗었어.

'향긋해!'

그렇게 말하기라도 하는 듯이 말이야. 그러면서 콧속 가득 꽃향기를 들이마시더니, 꽃 한 송이를 꺾어서 스님들 쪽으로 휙 던지는 거 지. 깜짝 놀랐어. 나만 그런 게 아니라 다른 사람들도 다 그랬던 것 같아.

그런 식이야. 아미타브만 나타나면 광장이 아주 평화로워져. 사실 그렇잖아. 반전 시위 하러 와서 밀집방진이나 짜고 있으면 말이 안 되는 거잖아. 그래서 요새 여기는 비폭력 시위로 가닥이 잡힌 것 같아.

그런데 말이야, 회사 사람들은 별로 안 좋아해. 코끼리 데려오느라 돈이 많이 들었거든. 321층까지 실어 올리는 데만 해도 돈이 많이 깨졌을걸. 하중 분산 시공한다고 광장에다 그 난리를 친 것까지 계산하면 초기 투자 비용이 만만치 않겠지. 그렇게까지 투자를 했는데 전술에 보탬이 되는 건 고사하고 싸움 자체가 안 일어나게 해버리니, 이러다 일감 다 떨어져 나가는 거 아닌가 걱정이 되겠지.

위에서는 어떻게든 투자한 걸 뽑아내고 싶은 모양이야. 원래 용도대로 아미타브를 전술 무기로 활용하는 수밖에 없다고 생각하는 모양인데, 애가 워낙 순해서 말이지. 무슨 놈의 코끼리가 걷는데 소리도 안 나. 살금살금 참 곱게도 걸어. 이쪽에서 코끼리를 끌고 왔으니 저쪽에서는 화염병이라도 나와야 일감이 좀 늘 텐데. 애나 어른이나 아미타브 싫다는 사람은 하나도 없으니 원.

아무튼 그날도 별일 없을 거야. 예정대로 해도 상관없을 것 같아. 그 전에 미리 와서 구경이라도 하든지. 일부러 구경 나오는 사람도 많다고 여러 번 말했지? 어제도 그랬는데. 아미타브 앞에서 넙죽넙죽 절하는 사람들 때문에 광장이 아주 이상해졌어. 내가 무슨 교주님이라도 된 것 같아.

아, 이제 진짜 며칠 안 남았구나. 그럼 그때 봅시다.

형부.

한참이나 기다렸는데 결국 못 보고 오네요. 약속 시간까지 있지는 못했지만 진짜 한참 기다렸는데, 그 난리 통에.

언니는 별 상관없대요. 어차피 형부 보러 간 게 아니라 빈스토크에 놀러 간 거라나. 사흘 동안 잘 놀다 왔어요. 돈만 펑펑 쓰다 왔지만.

무지하게 비싸던데요. 언니가 다 낼 줄 알았는데 비싸서 그런지 제 돈도 꽤 들어갔어요. 그래도 410층 리조트는 좋았어요. 수영장 전망이 끝내주더라고요. 피부 검게 탄 사람들이 돈 많은 사람들이죠? 어차피 건물 안이라 돌아다녀보면 다 뽀얀 사람들밖에 없던데 거기 가니까 선탠한 사람들이 있더라고요.

언니는요, 좀 실망한 눈치예요. 근데 내색은 안 해요. 일 잘하고 밥 잘 먹고 사는데요, 그래도 내심 실망한 눈치인 건 분명해요.

아무튼 그날은 완전 난리였어요. 그 좁아터진 공터에 뭔 사람이 그렇게 많이 모였는지. 언니랑 같이 광장에 들어서자마자 아 뭔가 날짜를 잘못 잡았구나 하는 생각이 들기는 했는데, 형부랑은 통 연락이 안 되니 장소를 옮길 수도 없고 진짜. 우리가 좀 일찍 도착했거든요. 형부가 하도 코끼리 선전을 해놔서요. 뭐가 그렇게 대단한지 구경이나 해보자고요.

약속 장소까지 간다고 가기는 했는데 그날 시위대가 한 5천 명쯤 됐나, 분수대 앞에까지 사람들이 쭉 늘어서 있었잖아요. 분수대 앞에만 한 4백 명은 있었던 것 같은데. 그래서 거기 그러고 서 있기가 난감한 거예요.

"야, 이렇게 서 있으면 그 인간이 우리 알아볼 수 있나?"

언니가 그렇게 묻는데, 웃기잖아요.

"당연하지. 지도 사람인데 언니도 못 알아보겠냐?"

"일단 보면 알아보기야 하겠지. 근데 사람이 이렇게 많아서야 어디 보이기나 하겠냐고."

기분이 좀 묘했어요. 우리나라에서도 그런 시위는 안 나가봤는데 남의 나라 시위대 한가운데 서 있었으니까요. 괜히 구호도 좀 따라 해야 될 것 같고 그렇더라고요. 자리를 옮겨야 되나 고민하다가, 딴 데 갔다가 나중에 다시 오기도 뭐하고 그래서 그냥 그러고 있었어요.

"평화 협정 시작하라!"

"코스모마피아와 대화하라!"

"민간인 폭격 중단하라!"

몇 개 따라 해봤는데 운율이 안 맞더라고요. 시위대도 잘 조직된 것 같지도 않고. 형부가 이야기한 거랑은 완전 다르던데요. 평화 시위 이런 건 잘 모르겠고, 곧 무슨 일이라도 날 것 같은 분위기였어요.

한 30분쯤 지났나. 시정부 청사로 가는 통로 쪽에 컨테이너 박스 같은 게 쭉 늘어서 있어서, 처음에는 무슨 공사 중인가 싶었거든요. 그런데 좀 있다 보니까 거기에서 경비원들이 우르르 나오더라고요. 방패를 세워 들고 바짝바짝 붙어서 줄을 서는데, 그게 팔랑크스죠? 그때부터는 분위기가 영 험악해져서 오래 있기가 그렇더라고요. 언니한테 돌아가자고 그랬는데, 언니는 기껏 거기까지 갔는데 그렇게 돌아가면 안 된다고 좀더 기다려보자고 그러고요.

또 한 30분쯤 지났나, 형부가 보이던데. 형부는 우리 봤어요? 우리는 봤는데. 멀리서만. 사람들이 그러더라고요.

"아미타불 온다."

형부네 코끼리보고 아미타불이라 그러는 거 맞죠?

"나무아미타불. 나무아미타불."

사람들이 막 그랬어요. 진짜로 나무아미타불이라 외치더라구요. 기도를 했다는 게 아니라 무슨 연예인 이름 부르듯이 장난스럽게 합장을 하고 나무아미타불, 나무아미타불 그러는데, 듣다 보니까 그게 막 염불처럼 들리는 거 있죠.

신기하긴 했어요. 코끼리가 광장으로 나오니까 사람들이 갑자기 멍해져서 경비대고 시위대고 넋을 놓고 코끼리만 쳐다보는 거. 저는 솔직히 다른 게 등장했어도 그랬을 거라는 생각이 들긴 했어요. 모두가 쳐다볼 만한 게 있으면 꼭 그게 코끼리가 아니어도 똑같았을 것 같아요.

근데 뭐, 그나마도 오래 안 가던데요. 금방 과격해지던데. 여기저기서 오늘은 끝장내자는 이야기도 나오고, 험한 말도 막 들리고. 그날이 특히 더 심했는지 어땠는지는 모르겠지만, 안 되겠더라고요. 언니 생각도 그렇고. 좀 있다가 경비대가 광장으로 우르르 쏟아져 들어오는 거 보고 자리를 떴어요. 뭔 일이 나기는 나겠구나 싶었거든요.

우리는 할 만큼 했으니까 약속 시간에 안 나타났다고 뭐라 그러지는 마세요. 잘한 판단이었던 것 같아요. 나중에 신문 보고 깜짝 놀랐는데, 아마 형부도 그 난리 통에 거기까지 찾아올 여유는 없었을 거라고 짐작하고 있어요.

다음에 또 만날 일이 있겠죠. 당분간 우리가 그쪽으로 가기는 힘들 것 같지만. 돈이 진짜 엄청나게 깨졌거든요.

그리고 코끼리 일은 참 안됐어요. 너무 상심 마세요.

처제.

기다리다 갔구나. 무사히 빠져나갔다니 다행이네.

그날은 진짜로 그렇게 사람이 많을 줄 몰랐어. 여기에서 5천 명이면 우리나라로 따지면 한 40만 명쯤 되나. 시위대가 청사 광장을 가득 메웠다는 말을 듣고 경비실에 비상이 걸렸지 뭐야. 경비대는 당연히 총출동했고, 경비 업체들도 하나도 빠짐없이 다 동원령이 떨어졌거든. 나도 오후부터 내내 비상대기여서 제때 연락을 못 해줬어. 미련하게 버티고 있지는 않을 거라고 생각했는데 역시 잘했어.

아미타브는 그날따라 스트레스가 심한 것 같았어. 몸이 아프거나 그런 것 같지는 않았는데 움직임이 영 짜증스러워 보이는 거 있지. 위에서 자꾸 돌격 훈련을 시켜서 그랬던 것 같아. 회사에서는 이럴 때일수록 다른 업체가 못 하는 걸 보여줘야 된다면서 아미타브를 꼭 진압 작전에 투입하고 싶어 했는데, 사실 아미타브는 아직 준비가 안 돼 있었거든. 어쩌면 영영 그럴 생각이 없었을지도 몰라. 누구를 겁주려고 달려드는 애는 아니었으니까.

그냥 안전한 코끼리였어. 애들이 앞에 지나가도 걱정할 게 하나도 없었거든. 다른 사람들도 다 알고 있었지. 아미타브가 코로 애들을 툭툭 건드려도 아무도 겁먹는 사람이 없었으니까. 아, 하나 있었구나. 전에 어떤 개 한 마리가 아미타브 옆에서 얼쩡거리는 걸 보고 아미타브가 그 앞에서 코를 살랑살랑 흔들 었는데 갑자기 무슨 경호원 같은 사람들이 나타나서 우리 주위 를 둘러싸는 바람에 깜짝 놀란 적이 있었어. 근데 그때도 개가 놀란 게 아니라 사실은 얘가 더 놀랐던 것 같아. 그런 애를 데 리고 돌격 훈련을 하라니.

진도가 너무 안 나가서 전날 애를 좀 야단쳤거든. 야단친다 고 될 일은 아니었지. 돌격은커녕 뛰는 모습을 본 적도 한 번도 없었으니까. 전투 코끼리가 되려면 소리도 좀 지르고 땅도 쿵 쿵 울리고 그래야 되는데, 얘는 사람 있는 데는 실실 피해 다니 니까 답이 안 나오는 거지.

"서커스단 할 거야?"

전술 연구실장은 만날 그 소리였어. 코끼리가 무기라고 생각 하는 사람이었거든. 그 사람 말이, 옛날옛날에도 그랬대. 코끼 리를 처음 보는 사람들은 전선 맨 앞에서 다가오는 코끼리 부 대를 보는 순간 전설 속의 괴물이나 저승에서 온 악마가 눈앞 에 나타났다고 생각하고 겁을 집어먹는다고. 2천 년 전에 말이 야. 그게 안 먹히면 사실 밀집방진을 상대로 코끼리를 활용하 는 게 그다지 좋은 전술도 아니래. 코끼리라는 게 원래 통제하 기가 말만큼 쉽지가 않아서, 전장에 갖다 놓으면 혼란에 빠지기 쉽다나. 저쪽에서 창 같은 게 날아오면 아군 쪽으로 돌아서서 아군 밀집방진을 밟아버릴 수도 있다는 거지. 위에서 자꾸 아미타브를 돌격용으로 쓰겠다고 하는 것도 그래서였어. 얘는 날뛰지 않으니까 말만 잘 듣게 하면 꽤 쓸 만한 무기가 되겠다 이거지.

하지만 내가 보기에 아미타브는 무기가 절대로 아니었어. 성자였지. 어떤 때 보면 진짜 부처님 같을 때도 있어. '아미타불' 소리를 얼마나 좋아하는데. 자기 이름 부르는 줄 알고 그러는 건지도 모르겠지만, 광장에 산책 나갈 때 사람들이 모여들어서 아미타불, 아미타불, 그러면 귀를 팔랑거리면서 기분 좋은 표정으로 사람들을 빤히 쳐다보고 그래. 그러니까 자꾸 사람들이 아미타브한테 귀의한다고 그러지. 나무아미타불 나무아미타불 하고 말이야.

아무튼 아직 돌격은 상상도 못 할 상태였는데, 광장에 비상이 떨어지니까 위에서는 어떻게든 아미타브를 실전에 투입하겠다는 거야. 가기 싫어하는 애를 타일러서 꽃길을 따라 광장으로 나가는데, 광장으로 들어서자마자 발 디딜 틈 하나 없이 빽빽하게 들어선 사람들이 보이더라고.

아미타브도 그 광경을 보고 질렸는지 어딘가 불편해하는 눈치였어. 멀미 같기도 하고. 애가 좀 칭얼거렸는데, 그래도 사람들이 나무아미타불 하는 소리가 웅성웅성 들려오니까 서서히 마음이 가라앉는 것 같았어. 처제도 들었지? 처음에는 여기저기에서 웅성웅성 들리던 소리가 어느새 하나로 모이는 거. 나무아미타불 나무아미타불. 늘 듣던 소리이기는 했지만 그날은 워낙 사람이 많았잖아. 그 많은 사람들이 동시에 나무아미타불 나무아미타불 그러니까 마치 메아리가 치는 것처럼 사방이 온통 그 소리인 거 있지. 그게 계속 반복되니까 대충 뭔가 박자가 맞아가는 거야. 그냥 장난으로 하는 거 다 알고 있는데도 그쯤 가니까 진짜 염불 같더라고.

매미 소리도 그렇게 들리는 거 알지? 따로따로 내는 소리인데도 계속하다 보면 숲 전체가 합창이라도 하는 것처럼 곡조가 생기고 리듬이 만들어지는 거. 광장 전체에 자기 이름이 울려 퍼지는 것을 듣고 아미타브도 점점 마음을 가다듬는 것 같았어. 팔랑팔랑 흔들리던 귀가 서서히 움직임을 멈췄거든. 뭔가가 떠올랐던 거지. 그게 뭐였을까? 문득 그 생각이 드는 거야. 깨달음이라는 거. 얘가 지금 그 깨달음이라는 데 이르려는 게 아닌가 하고 말이야.

생각해보면 참 기구한 삶이잖아. 코끼리 주제에 수행승들 따라서 단식까지 해가며 정처 없이 인도 어딘가를 헤매다가, 어느 날 잠에서 깨어나보니 타워크레인에 대롱대롱 매달려서 허공에 네 다리를 휘휘 휘둘러대는 꼴이 되었다가, 또 어느 날은 붉은색 꽃길을 따라 좁아터진 광장으로 산보를 나갔다가, 그리고 또 어느 날은 광장을 가득 메운 사람들에 둘러싸여서 나무아미타불 나무아미타불. 이쯤 되면 뭐라도 하나 깨달아줘야 할 것 같잖아.

그 생각이 딱 드는 거야. 아, 뭔가 오는구나. 그래서 코끼리 등에서 내려서 옆자리에 가만히 섰어. 얼굴을 보니까 진짜 이상하더라고. 나만 그렇게 생각한 게 아니었나 봐. 주변이 갑자기 조용해지는 거 있지. 문득 고개를 들어보니까 가까이에 있던 사람들이 전부 멍하게 아미타브를 바라보고 있는 거야.

묘한 기분이었어. 뭐라 말로 설명할 수가 없는 기분이었지. 깨달음의 순간을 옆에서 지켜보다니. 그걸 뭐라고 하면 좋을까. 돌보던 코끼리가 부처가 되려는 순간을 어떻게 말로 풀어서 설명할 수 있을까. 그런데 나는 그걸 어떻게 알아챈 걸까. 내가 깨달은 것도 아닌데. 깨달은 건 아미타브였는데. 그게 어떻게 나한테 전해졌을까.

그런 순간이 올지도 모른다는 생각은 전부터 하고 있었지만, 아무 징후도 없이 그렇게 갑자기 그 순간이 닥칠 줄은 몰랐어. 마음의 준비를 할 시간이 전혀 없어서 뭘 어떻게 느껴야 할지, 어디를 유심히 바라보고 있어야 할지 하나도 알 수가 없는 거야.

그래서 아미타브의 눈을 들여다봤어. 어디를 보고 있는지 알 수 없는 눈이었는데, 분명 뭔가를 보고 있는 눈이었어. 그게 뭐였을까? 세상 건너편에 있는 무언가였을까, 아니면 자기 안에 들어 있던 무언가였을까?

갑자기 시간이 멈춘 것 같았어. 딱 한순간만 지나면, 그 한순간만 지나면 이 아이가 드디어 번뇌의 사슬을 끊고 부처가 되는구나. 아, 이 난리 통에 아미타불이 오시는구나.

그리고 그 한순간이 지나갔어. 아니, 그 순간이 지나가기 직전이었나 봐. 바로 그때, 무슨 소리가 났어. 딱, 하는 소리가.

깜짝 놀라서 돌아보니까 회사 전술 연구실장이 훈련할 때나 쓰던 기다란 작대기로 아미타브 등짝을 탁탁 때리는 거 있지. 그러면서 막 소리를 치더라고.

"전투 대기 위치로! 전투 대기!"

그 말에 아미타브가 발걸음을 떼고 말았어. 발걸음을. 이제 막 부처가 되려는 순간에 문득 정신을 차리고 전투 대기 위치로 걸어가는 코끼리라니. 그건 정신을 차린 게 아니라 잃은 거잖아. 이상한 기분이었어. 주위를 둘러봤는데, 조금 전의 그 아슬아슬하던 순간이 흔적도 없이 사라져버린 거야. 분명히 반경 5미터 안이 온통 후끈후끈 뜨거운 상태였는데, 그 애타는 순간의 흔적이 단 한 조각도 남지 않고 사라졌더라고. 아무도 아미타브를 안 쳐다보고 있었어. 마치 처음부터 쳐다본 적이 없었던 것처럼.

'나 혼자 착각한 건가?'

아미타브도 마찬가지였어. 아무 일도 없었던 것처럼, 그냥 인파에 질린 순해빠진 코끼리로 돌아가 있더라고. 착각이었던 거야. 웃음이 피식 나더라. 내가 도대체 무슨 생각을 한 거지? 코끼리가 깨달음을 얻다니, 말도 안 되잖아. 부처는 무슨.

아미타브는 스트레스 때문에 멀미를 하는 것 같았어. 나는 아미타브를 데리고 꽃길을 따라서 전투 대기 위치로 갔어. 기병대가 집결해 있는 데였는데, 동물들이 원래 사람 많은 데 있으면 스트레스를 잘 받거든. 그래서 보병 대열 바로 뒤에 넓은 공간을 미리 확보해놓고 애들이 지치면 하나씩 데려와서 긴장을 풀어주는 거야. 그러려고 만들어둔 공터였는데, 그날따라 거기도 숨 쉴 공간이 별로 안 남아 있는 거 있지. 시위 규모가 워낙 커서 진압에 동원된 인원이 엄청나게 많았거든. 무슨 창고 같더라. 진압 장비 모아놓은 곳 옆에 가서 코끼리를 달랬는데, 보나 마나 돌격은 무리였지.

그 와중에 광장 쪽은 사태가 심상치 않게 돌아가더라고. 처제도 봤지? 시위대가 팔랑크스를 짜면서 대치 상태가 됐거든. 그 좁은 공간에서 말이야. 그러니 위에서는 빨리 코끼리 투입하라고 난린데 우리는 전혀 그럴 형편이 아니었어. 안 그래도 애가 정신을 못 차리고 있는데, 시끄럽고 자극적인 소리가 좁은 공간에서 막 울려대니까 애가 덩달아 흥분이 되는지 코를 막 휘둘러. 허둥지둥 가만히 서 있지를 못하더라고. 이러다 큰일 나겠다 싶었지.

뭔가를 해줘야 했어. 진짜 나는 그 생각밖에 없었어. 옆에 보니까 살수용으로 쓰는 물탱크가 있더라고. 소방법 때문에 천장 스프링클러를 못 쓰게 하니까, 나중에 진압 들어갈 때 물대포처럼 쓰려고 갖다 놓은 물탱크였겠지. 그걸 보니까 물이라도

210

끼얹으면 아미타브 상태가 좀 나아지지 않을까 하는 생각이 드는 거야. 그래서 물탱크에 붙어 있는 배수용 수도꼭지를 열고 양동이에 물을 받았어. 그걸 아미타브한테 가지고 갔지. 내가 코 바로 아래에 양동이를 갖다 대니까 그제야 애가 정신을 차리는 거야. 그러더니 양동이에 코를 넣더라고. 그리고 물을 쭉 빨아들였어. 쭉쭉. 많이도 들어가더라. 바로 그 순간이었어. 아미타브가 미쳐 날뛰기 시작한 게.

정말 깜짝 놀랐어. 아미타브가 갑자기 경비대 팔랑크스 쪽으로 달려드는 거야. 앞발을 들고 코로 물을 뿜어대면서 고통에 겨운 비명을 질러대기까지 했어. 나도 처음 보는 광경이었어. 아미타브가, 그 순한 코끼리가 사람을 향해 달려들다니. 그것도 경비대를 향해서.

경비원들이 깜짝 놀라 뒤를 돌아보더니, 순식간에 대열을 무너뜨리고 양옆으로 흩어졌어. 별수 있나. 훈련이고 뭐고 그 상황에서는 생존이 우선이니까. 팔랑크스가 깨져버린 거지. 그 틈으로 시위대가 달려드는데, 그 지경까지 가니까 팔랑크스 같은 거 아무 소용도 없더라. 경비대 대열 전체가 와르르 무너지는 거 있지.

무슨 일인가 싶어 양동이에 들어 있던 물을 손가락으로 찍어서 맛을 봤는데, 아 젠장. 매운 거야! 물대포로 쓰려고 갖다 놓은 그 물탱크 말이야. 누가 벌써 거기에다 최루액을 타놓은 거야. 그걸 코로 그냥 쭉 들이켰으니, 미치지 않을 코끼리가 어

디 있겠어. 차라리 크레인에 매달아서 건물 밖에 걸어놓는 게
낫지.

아미타브는 그야말로 미쳐 날뛰었어. 물론 아미타브가 시위
대에게만 특별히 호의적이었던 건 아니야. 제정신이 아니었으
니까. 갑자기 난폭해져서 달려드는데, 시위대도 순식간에 절반
정도가 뿔뿔이 흩어졌거든. 그러면서 길이 보였어. 시위대가
서 있던 곳 뒤쪽으로, 서쪽 창문으로 통하는 길이 눈에 들어온
거지.

갑자기 아미타브가 그쪽으로 달리기 시작하는데, 홍해 갈라
지듯이 시위대가 양쪽으로 쫙 갈라지면서 광장 한가운데에 대
로가 열리더라고. 쿵쾅, 쿵쾅. 말 그대로 돌격이었지. 위에서
그렇게도 바라마지않던 코끼리 돌격 말이야.

나도 따라 뛰었어. 땅이 울리고 바닥 돌이 깨져 나가는데, 아
미타브는 멈출 생각이 없는 것 같았어. 아, 젠장. 너무 미안한
거 있지. 어떻게든 가서 달래주고 싶었어. 그렇게나 착한 코끼
리였는데, 빈스토크 사람들한테는 걔가 바로 아미타불이었는
데, 고작 나 때문에 그렇게 되다니.

장애물 하나 없이 뻥 뚫린 대로였어. 막아서는 사람도 당연
히 없었지. 아미타브는 달리고 달리고 또 달렸어. 나도 마찬가
지였어. 그렇게 얼마나 갔을까. 창문이 보였어. 밤이었는데, 거
울처럼 이쪽 복도가 그대로 반사되는 거야. 창문을 향해 달려
드는 코끼리가, 그리고 그 뒤를 쫓는 사람 하나가, 거울처럼 양

쪽에서부터 가까워지고 있었어.

안 돼!

소리를 질렀는데, 이미 늦었지 뭐. 웬만한 충격에는 깨지지 않는 강화유리였을 텐데, 아미타브에게는 그 유리 벽도 아무 소용이 없었나 봐.

쿵 하는 소리 대신 파직, 퍽, 뭐 그런 소리가 났어. 깨지고 관통당하는 소리 말이야. 그 소리를 뒤로하고 아미타브는 빈 스토크를 탈출하고 말았어. 로프도 없이, 타워크레인도 없이, 321층 창문 밖으로 마취되지 않은 코끼리 한 마리가 네발을 버둥거리며 뛰어 나간 거야. 아, 아미타브. 아, 나무아미타불.

나무아미타불 나무아미타불. 시위대는 아미타브의 이름을 부르면서 컨테이너 가건물같이 생긴 방어선을 뚫고 정부 청사 쪽으로 몰려갔어. 대승이었지. 하지만 그러면 뭐 해. 빈스토크에 그런 난리가 날 때마다 늘 그랬듯 시장은 그날 지구 반대편에 가 있는걸. 해외 순방 말이야. 전략적으로는 별 의미 없는 승리였어. 전술적으로는 완승이었지만. 시위대가 그 싸움을 통해서 얻어낼 수 있는 건 별로 없었거든.

아무튼 그래서 그랬던 거야. 그거 수습하느라 그날은 도저히 약속을 지킬 수 없었어. 나중에 가보긴 했는데, 아무도 없더라고.

텅 빈 분수대를 바라보고 있으니까 다시 그런 생각이 들더라. 부처가 될 수 있었을 텐데. 아미타브, 분명 깨달음을 얻기 직전이었는데. 그 순간이 다시 떠올랐어. 흔적도 없이 깨끗하게 사라진 줄만 알았던 그 아슬아슬했던 순간이 다시 한번 생생하게 떠오르는 거 있지. 착각이 아니었던 거야. 그건 진짜였어. 아미타브는 정말로 인연의 고리를 끊고 해탈에 이르려 하고 있었다고.

왜 착각이라고 생각했을까. 어떻게든 아미타브를 지켜냈다면 언젠가는 살아 있는 부처가 됐을 텐데. 나 때문에 다 엉망이 돼버린 거잖아. 불쌍한 아미타브.

아, 나는 왜 이렇게 한심한 걸까.

형부.

그 순간을 못 보다니! 하지만 어쩌면 안 보는 편이 나은 건지도 모르겠네요.

언니가 그러는데요, 코끼리는 아마 창문을 깨는 순간 깨달았을 거래요. 발밑에 자기 무게를 지탱해줄 바닥이 없다는 걸 안 순간에요. 그런데 깨달으면 안 아픈가? 깨달았어도 321층에서 떨어지면 아픈 거 아니에요? 그러면 깨달으나 마나 똑같은 거 아닌가. 해탈했다고 갑자기 어디로 휙 사라지는 것도 아니고. 깨닫고 말고가 무슨 상관이겠어요.

저는 물론 코끼리가 깨닫는다는 것 자체가 말도 안 되는 소리라고 생각해요. "코끼리 해탈하는 소리"라는 거, 완전 "개 풀 뜯어 먹는 소리"처럼 들리거든요. 언니나 형부가 그렇다는 뜻은 아니고요.

아무튼 빈스토크가 발칵 뒤집어졌던데, 그래서 그랬군요. 형부 때문에 그렇게 된 거 아직 아무도 모르나요? 그래도 그 코끼리 담당이 형부였으니까 뭐가 됐든 책임 문제가 있긴 할 텐데, 걱정이네요.

그래서 말인데요, 형부. 그만하면 이제 집으로 돌아와도 괜찮지 않을까요? 그렇게 하세요. 아무래도 형부는 그런 데 어울리는 사람 같지가 않아요. 다시 찾아가게 하지 말고 그만 돌아오세요. 언니가 기다려요. 와봐야 좋은 소리는 절대 못 듣겠지만, 그래도 여기에는 아직 형부 자리가 남아 있는 것 같아요. 그럼, 잘 생각해보세요.

시리아에
복하하는
부내이는

하느님은 이자의 폭리로부터 모든 축복을 앗아 가 자선의 행위에 더하시니 하느님께서 사악한 모든 불신자들을 사랑하지 않으시기 때문이니라.

— 코란 2:276

정보국 2급 행정관 최신학은 질문한 사람의 얼굴을 빤히 쳐다보았다.

"진짜로 몰라서 물으시는 겁니까?"

고 의원은 도무지 알 수 없다는 표정으로 최신학을 노려보면서 되물었다.

"알아야 합니까?"

그 말에 최신학은 자세를 고쳐 잡고 코스모마피아가 빈스토크 쪽으로 대륙간탄도미사일을 겨누는 이유를 다시 한번 설명했다. 그러자 고 의원을 비롯한 국방위원회 소속 의원들이 곧 만족스러운 표정으로 돌아갔다.

'저 표정은 뭐지? 생전 처음 듣는다는 표정이잖아.'

어렵게 빙빙 돌려서 설명을 하기는 했지만 빈스토크가 공격을 받는 이유는 간단했다. 선제공격을 했기 때문이다. 공식 집계 같은 것은 만들어본 적도 없지만 지난 10년간 빈스토크는 코스모마피아 주둔 의심 지역에 대한 공습으로 최소한 2만 명 이상의 민간인 사상자를 내고 80만 명 이상의 난민을 발생시켰다. 빈스토크 전체 인구보다 많은 숫자였다.

일반인 중에는 그 사실을 모르는 사람도 많았다. 정보를 통제했기 때문이 아니다. 단지 관심이 없었기 때문이다. 시에서 심각한 수준의 허위 정보를 흘린 적도 없었다. 생각이 있는 사람이라면 누구나 알 수 있을 정도의 뻔한 거짓말을 뉴스에 내보낸 적은 있었다. 물론 그런 경우에도 국방위 소속 시의원들에게 틀린 정보를 제공하지는 않았다. 그래서 될 일이 아니었다. 그들은 사태의 심각성을 잘 알고 있었다.

"그러니까 요지는, 우리 쪽에서 먼저 도발한 전쟁이라는 겁니다."

"아니, 정부 담당자라는 사람이 어떻게 국방위원회에서 그런 말을 입에 담을 수 있어요? 우리 쪽에서 먼저 도발을 하다니."

항공모함 두 척을 보내 20일 동안 밤낮을 가리지 않고 폭격을 했다. 열흘 뒤 야전 사령관이 더 이상 공격할 만한 목표가 남아 있지 않다는 보고를 해왔다. 그래도 빈스토크는 공격 명령을 거두지 않았다. 결정적인 승리를 얻을 때까지 작전을 계속하라는 명령이 전장으로 하달되었다. 부술 집이 없어지자 해군 전폭기들은 허름한 천막이나 산악 소로에도 값비싼 정밀유도폭탄을 퍼부었다. 그 지역 문명을 수레바퀴 이전 시대로 되돌릴 기세였다.

"도대체 누가 그런 명령을 내린 겁니까?"

고 의원이 물었다. 최신학은 침을 꼴딱 삼켰다.

"정말로 몰라서 물으시는 겁니까?"

환장할 노릇이었다. 5일 전, 빈스토크 해군은 항공모함 세 척 중 두 척을 잃었다. 적어도 2년 안에는 복구가 불가능할 만큼 만큼 심각한 피해였다.

"최 행정관님, 도대체 누가 최종 명령을 내렸죠?"

최신학은 아무 대답도 하지 못했다. 답을 몰라서가 아니었다. 최종 명령권자는 당연히 의회였다. 상대인 코스모마피아는 국가가 아니었다. 그런 이유로 의회에서 선전포고를 의결하거나 하지는 않았다. 늘 병력이 주둔해 있던 지역에서 벌어진 일이라 새로 파병 절차를 밟지도 않았다. 하지만 작전 개시 이면에는 분명히 정치권의 광범위한 승인 혹은 압력이 있었고, 보나 마나 그 뒤에는 인공위성 관련 기업들의 이권 문제가 개입

되어 있었을 것이다.

그랬는데, 항공모함 두 대를 잃자마자 의회는 적반하장으로 돌아서서 그에게 이런 질문을 던졌다.

"도대체 왜 그런 겁니까? 답변하십시오."

"왜냐고요?"

그는 말을 잇지 못했다. 수많은 생각들이 머릿속을 스쳐 지나갔다. 그중에는, 이번에야말로 빈스토크가 망하겠구나 하는 생각도 포함되어 있었다. 심판을 막을 의인 열 명이 없어서가 아니었다. 질문에 답해야 할 사람들이 질문을 던지는 위치에 몸을 숨기려 하기 때문이었다. 책임져야 할 사람들이 책임을 지지 않기로 한 날. 그렇게 심판의 날이 다가왔다.

"코스모마피아에 핵탄두가 유입되었을 가능성이 있습니까?"

"희박합니다."

그러나 건물 한 채를 무너뜨리는 데 반드시 핵탄두가 필요한 것은 아니었다. 다만.

"다만, 지상 목표물에 대한 정밀유도 기술은 신뢰할 만한 수준이 아닙니다. 아직은 지구 반대편에서 빈스토크를 정확하게 타격할 능력은 없는 것으로 파악됩니다. 하지만······"

어차피 시간문제였다. 상대에게는 이미 마하 25의 속도로 궤도를 도는 인공위성을 공격할 수 있는 기술이 있었다. 심판의 날이 당장 들이닥치지 않는다고 안심할 상황은 아니었다. 심판의 날과 빈스토크 사이에 놓인 것은 결코 넘지 못할 두터운 기술 장벽이 아니라, 단지 인공위성 파괴 무기를 지상 목표 타격용으로 전환하는 실용적인 문제에 불과했다.

"얼마나 걸리죠?"

"길어야 2년."

그 순간 회의장에 평화가 찾아왔다. 종이 한 장에 가려진 아슬아슬한 평화.

길어야 2년. 짧으면 6개월.

'이 분위기는 뭐지? 2년이 길다는 건가? 뭐 하자는 거지? 이번 시의회 임기 안에 처리할 필요는 없다 이건가. 그때까지 또 아무것도 안 할 거야?'

아무튼 평화가 찾아왔다.

그러나 시의원들이 정말로 아무것도 안 하고 시간만 보낸 것은 아니었다. 그날 이후 다량의 자금이 빈스토크를 서서히 빠져나가면서 최상층 부촌에서부터 부동산 가격 하락을 알리는 징후가 나타나기 시작했다. 17년 만이었다.

"빨리도 움직이는군. 매물이 아주 쏟아져 나오는구만. 그런데 집값이 왜 이렇게 천천히 떨어져?"

"사려는 사람이 많으니까요."

"누가 사? 자금이 해외로 다 빠져나가는 판에 그거 살 만한 투자자가 있어?"

"국내 자금으로 소화되는 모양입니다. 개인이……"

"개인이?"

"주거 목적으로 구매하는 모양입니다."

최신학은 그만 말문이 막혔다.

약 2주 뒤 모친이 그에게 전화를 걸어 610층에 있는 실내 정원이 딸린 집 한 채를 새로 계약했다는 이야기를 했을 때는 그만 소리를 버럭 지르고 말았다.

"지금 거기를 왜 들어가요? 물어보고나 하시지."

"됐다. 나는 자식들한테 손 벌릴 생각도 없고 이래라저래라 잔소리 들을 생각도 없다. 놔두면 더 떨어진다 그러는데, 그때 되면 그 집도 벌써 나가고 없을 것 같아서 얼른 계약했다. 손해 좀 보면 어떠냐. 욕심은 없어. 정원도 있고 얼마나 좋아. 키울 데 없어서 그때 그놈 보내버린 거 생각하면 진짜. 평생 그런 집에서 한번 살아보는 게 소원이었는데, 잘됐지? 돈 걱정은 마라. 그만한 능력은 되니까."

마지막 말은 전 재산을 쏟아부었다는 의미였다. 모친은 5년 전에 그 개를 지인에게 보내버린 것을 두고두고 아쉬워했다. 최신학 역시 마찬가지였다. 키울 데만 있었어도.

영리한 놈이었다. 빈스토크 토박이 개답게 3차원 공간을 인지하는 능력이 뛰어났다. 어디에 흘려놓아도 혼자서 엘리베이터를 얻어 타고 집으로 찾아올 만큼 영리한 짐승. 그냥 그런 줄로만 알았는데, 어느 날 그 개는 스타가 돼서 나타났다. 영화배우라니. 그 개는 유명한 마약 수사견 시리즈의 주인공으로 발탁되었다. 걔가 사는 집이 자기네 집보다 비싸다는 소식을 듣고 그는 말 그대로 참담한 기분이 되고 말았다. 젠장.

"잘하셨어요."

최신학은 더 이상 말을 잇지 못했다.

그 와중에도 정부는 금융시장 붕괴를 막기 위해 해외 자본 유치에 총력을 기울였다. 그중에는 이슬람 금융 유치를 위한 조치, 특히 무라바하나 이자라 방식을 이용한 부동산 거래와 관련한 인지세 이중과세를 방지하는 법안도 포함되어 있었다.

"뭐? 무슨 법안을 통과시켜? 이제 아주 별짓을 다하는구만. 빈스토크에 무슬림이 몇 명이나 된다고. 그 돈까지 싹싹 긁어서 있는 놈들 이주 자금이나 만들어주자는 거야 뭐야?"

최신학은 분통을 터뜨렸다. 진짜 문제가 생기면 제일 먼저 달아나버릴 인간들이 아무 일도 없을 때만 애국자인 척하는 게 싫어서였다. 그들은 빈스토크를 진정으로 사랑하지 않았다. 진정으로 빈스토크를 사랑하는 사람은 최신학 자신이었다. 그에게는 빈스토크에 대한 절대적인 사랑의 증거가 있었다. 저소공포증이었다.

520층 대폭발 사고가 일어났을 때 그는 겨우 열일곱 살이었다. 긴급대피계획1호가 발령되고 남녀노소 할 것 없이 모두가 국경을 넘어 주변국으로 슬슬 기어 나갔지만, 그는 빈스토크를 떠나지 않았다. 그럴 수가 없었다. 그 전에도, 그 후에도, 그는 50층 아래로 내려간 적이 단 한 번도 없었다. 무서웠지만 어쩔 수 없었다. 빈스토크가 붕괴되는 것보다 1층으로 내려가는 일이 더 무서웠기 때문이다.

물론 불편한 점도 많았다. 해외 출장을 갈 수 없는 정보국 요원이라니. 그러나 그는 저소공포증을 병으로 생각하지 않았다. 치료해보려고 시도한 적도 없었다. 그에게 저소공포증은 축복이었다. 빈스토크를 지키는 일은 성소(聖召), 신의 부름에 가까웠다. 그래서 그는 빈스토크를 떠나려는 사람들을 혐오하지 않을 수 없었다.

"빈스토크에 무슬림이 몇 명이나 된다고."

빈스토크 내에 상주하는 무슬림 인구는 대략 2천 7백 명 정도였다. 셰흐리반도 그중 하나였다. 벌써 7년째. 셰흐리반은 빈스토크 생활에 슬슬 적응해가고 있었다. 처음 1년은 긴장의 연속이었다. 위장 침투 임무라니, 무슨 일이 벌어질지, 언제 어디서 어떤 지령이 내려올지 모르는 일이었다. 물론 더 무서운 것은 언제 정체가 탄로 날지 모른다는 불안감이었다. 그러나 시간이 지나고 계절이 바뀌자 걱정도 어느새 눈 녹듯 사라지고 말았다. 세월이 흐른다는 것은 그런 일이었다.

'이게 뭐야? 왜 아무 지령도 안 떨어지는 거야?'

임시로 맡은 통역 일을 3년 넘게 이어가면서 셰흐리반은 슬슬 나이를 먹어갔다. 평화로운 나날이었다. 아무 일도 일어나지 않았다. 빈스토크 정보 당국은 생각보다 허술했다. 스파이

226

라는 흔적을 아예 길에다 뿌리고 다녀도 웬만하면 꽁무니를 밟히지 않을 지경이었다. 투지는 사그라지고 감각은 무뎌져갔다. 무기를 들 일은 단 한 번도 없었다. 자기만 홀로 내버려두고 몇 년이 지나도록 연락 한 번 없는 코스모마피아를 생각하면, 이게 아닌데 싶었던 적도 한두 번이 아니었다.

6년 차로 접어들면서 셰흐리반의 삶에도 변화가 일어났다. 전문 통역사로 명성이 점점 높아지면서 수입이 예전보다 크게 늘었다. 무슬림이기는 했지만 셰흐리반에게 율법은 글자 그대로 따라야 할 철칙은 아니었다. 그래서 셰흐리반은 검은 천으로 몸을 가리지도, 머리에 히잡을 두르지도 않았다.

6년째부터 셰흐리반은 가방을 사 모으기 시작했다. 처음에는 직업상의 필요 때문에 시작된 일이었다. 고객들 사이에서 주눅 들지 않기 위해 울며 겨자 먹기로 마련한 조그만 손가방 하나에 불과했다. 그러나 시간이 지나자 구색을 맞추기 위해서라기에는 너무 많은 가방들이 옷장 한구석을 채워가기 시작했다.

7년째에 접어들면서 셰흐리반은 단지 좀 좋은 가방을 드는 것만으로는 개성을 표현하기가 어렵다는 사실을 깨달았다. 고르고 또 골랐건만, 한 달이 지나면 그것과 똑같은 가방을 든 사람들이 거리에 넘쳐나기 일쑤였다. 사실 넘쳐난다는 표현은 과장이었지만, 셰흐리반의 눈에는 자기 것과 똑같은 가방을 든 사람이 빈스토크 안에만 적어도 3천 명은 되는 것 같았다. 빈스토크 내 무슬림 인구 전체만큼이나 많은 숫자였다.

"차라리 터번을 덮어쓰지, 저런 노인네들 거랑 완전 똑같이 생긴 빽을 끼고 다닐 수는 없잖아."

세흐리반이 그렇게 말할 때마다 친구가 반론을 제기했다.

"너무 특이한 거 들고 다니면 고객들이 못 알아봐. 그러려고 사는 거잖아. 알아볼 만큼 적당히 비슷한 거 들고 다녀야지."

"노인네들 알아보라고 일부러 이런 걸 들고 다닐 필요까지는 없지. 유니폼도 아니고."

그렇게 말하기는 했지만 가방을 모으는 일은 세흐리반이 감당하기에는 너무 비싼 취미였다. 세흐리반은 수입이 고르지가 않았다. 어떤 때는 감당할 수 없을 만큼 일이 많다가도 또 어떤 때는 몇 주 동안 아무 일도 없을 때도 있었다. 감당할 수 없을 만큼 바쁜 기간에 무리를 해서라도 그 일들을 맡아두지 않으면, 나중에 일이 줄어들 때 고객들을 붙들어두기가 그만큼 힘들었다. 그런데 세흐리반은 그 사실을 몰랐다. 그래서 불경기가 되자 일감이 하나둘 떨어져 나가면서 생계에 압박을 받을 만큼 수입이 줄고 말았다.

'모아놓은 돈도 없고, 그렇다고 제값도 못 받을 가방, 지금 와서 팔아치우기도 뭐하고.'

권태로웠다. 그런 삶을 살자고 빈스토크에 잠입한 게 아니었다. 아, 이게 뭐 하는 짓이지? 세흐리반은 길게 탄식했다. 그리고 명상에 잠겼다. 지나온 날들을 되돌아보았다. 가족들, 친구들, 고통스럽게 죽어간 이름 모를 영혼들, 그리고 동지들. 피맺힌 분노는 사막 한가운데 세워둔 비석처럼 풍화되고, 들끓는 용기는 잘못 발사된 화살처럼 목표를 잃고 표류했다. 무안한 나날들이었다. 맹세하지 말 것을. 맹세의 결과가 이런 것인 줄 알았더라면.

그러던 어느 날이었다. 드디어 셰흐리반에게도 지령이 떨어졌다. 결코 거부할 수 없는, 영혼에 직접 호소하는 지상명령.

절대 놓칠 수 없다!
Beanstalk ICBM(대륙간탄도미사일) 스페셜 에디션!

아, 스페셜 에디션! 빈스토크를 향해 날아오는 탄도미사일의 모습을 형상화한 세련된 지퍼 디자인, 누가 봐도 버섯구름을 연상시키는 커다란 실버 트리 장식, 우울한 세기말적 분위기를 유감없이 표현한 도시 감각의 로맨틱 레드, 내일 지구의 종말이 오더라도 마지막 순간까지 그녀의 가녀린 팔을 부드럽게 감싸줄 젠틀하고 보이시한 느낌의 가죽 손잡이, 게다가 열 개 한정 판매! 도저히 놓칠 수 없는 기념비적인 에디션이 틀림없었다.

셰흐리반은 마음이 동했다. 하지만 수중에 돈이 없었다. 난생처음으로 고객 관리라는 것을 해야겠다는 생각이 들었다. 안

부 인사를 할 때가 된 것 같았다. 저를 잊지 마세요! 셰흐리반은 가방 안에 아무렇게나 처박아둔 고객들의 명함을 하나하나 꼬집어냈다. 구겨진 명함을 펴서 바닥에 쭉 늘어놓은 다음, 제일 잘나가는 고객부터 한 사람씩 연락을 돌리기 시작했다.

'이게 뭐 하는 짓이람.'

그리고 바로 그다음 날이었다. 또 하나의 지령이 신문을 통해 셰흐리반에게 전달되었다.

무라바하, 이자라 인지세 이중과세 해소.

순간 셰흐리반은 온몸으로 퍼져나가는 전율을 느꼈다. 이번에는 진짜였다. 코스모마피아였다. 본격적으로 금융 지원에 나설 테니 즉시 임무에 착수하라는 신호였다. 셰흐리반은 성지를 향해 몸을 숙였다. 그리고 주먹을 불끈 쥐었다.

'드디어 때가 왔어. 7년 만에.'

일의 성격상 세세한 부분까지 지시가 하달되지는 않았지만 최신학은 자기가 해야 할 일이 무엇인지를 잘 알고 있었다. 정부는 서른일곱 개 주요 기관을 150층 정도씩 아래쪽으로 모두 이전할 계획이었다. 다시 말해서 빈스토크시 중심지 전체를 150층 정도 아래로 이동시켜야 한다는 뜻이었다. 그리고 상층 구역에는 미사일 공격에 대비한 충격 흡수 시설을 최소한 세

겹 이상 설치할 예정이었다.

"충분히 요격할 수 있습니다."

정부의 공식 입장이었다. 그러나 그 말은 진실이 아니었다. 빈스토크는 미사일을 몸으로 받아낼 준비를 하고 있었다. 물론 비밀이었다. 버틸 수 있다는 보장은 없었다. 그것 역시 비밀이었다.

그의 임무는 상층 구역에 위치한 정부 소유 부동산을 팔아서 하층 구역에 새 정부 부지를 마련하는 일이었다. 분명 좌천이었는데, 일의 성격만 따지자면 영전에 가까웠다.

최대한 비싸게 팔고 최대한 싸게 사야 한다는 원칙은 여기에서도 예외가 아니었다. 그러기 위해서는 이상한 소문이 돌아서 부동산 시장이 요동치기 전에 재빨리 일을 처리해야 했다. 그는 빈스토크 최고의 부동산 전문가들로 팀을 꾸렸다. 비싼 팀이었지만 돈 걱정은 할 필요가 없었다. 일 자체도 생각만큼 어렵지 않았다. 실제로는 시중 금융기관이나 로펌 같은 일 잘하는 민간 기관 인사들이 주축이었고 그는 그저 관리자 역할에만 충실하면 그만이었다.

"절대로 정보가 새 나가서는 안 됩니다."

"물론입니다. 걱정하지 마세요."

그렇게 반년이 지난 어느 날이었다. 본격적으로 일이 진행되기도 전에 150층에서 200층에 이르는 구간의 부동산 가격이 뛰기 시작했다. 최신학은 우선 해당 지역 부동산 거래 내역을 검토했다. 거래 내역 확인 결과 대부분 정치권 내부 관계자의 소행으로 드러났다. 욕이 튀어나왔다. 물론 어느 정도 예상은 했던 일이었다. 그러나 예상을 훨씬 뛰어넘을 만큼 많은 돈이 새 중심지 부지로 유입되고 있었다. 반년간 준비해온 계획을 처음부터 다시 수립해야 할 지경이었다.

그런데 자료를 정리하다 보니 한 가지 마음에 걸리는 부분이 있었다. 외국 은행 몇 개가 해당 지역 부동산을 일부 매입하기 시작했는데, 매입 가격이 시세보다 약간 높아서 그 일대 부동산 실거래가 상승을 주도하는 듯한 분위기였다.

"저거 저렇게 매입해대면 안 될 텐데. 그런데 언제부터 은행이 부동산을 매입할 수 있게 됐지?"

최신학이 물었다.

"은행이요? 그럴 리가 없는데. 어디 보자. 아, 동남아시아 쪽 은행이네요. 아마 이슬람 금융 자본 유치 때문에 그러는 걸 겁니다. 이자라 거래일걸요. 아니면 체감 무샤라카 형태로 들어온 돈이거나. 인지세 이중과세 문제는 해결이 됐는데 이자라 거래를 무슨 거래로 볼 것인가 하는 문제는 아직 금융 당국에서 정리가 안 됐거든요. 그래서……"

최신학은 고개를 끄덕였다. 그러면서 속으로 이런 생각을 했다.

'도대체 뭐라는 거야?'

아무튼 눈먼 돈이 들어오긴 들어오는 모양이었다. 덕분에 부동산 가격이 어느 정도 안정세를 유지하면서 재산을 빼돌리려는 사람들이 제값에 부동산을 처분할 수 있게 된 셈이었다. 돈만 있으면 남의 나라 땅바닥에 붙어살아도 상관없다는 인간들.

그는 며칠 전에 모친이 한 말을 떠올렸다.

"설마 미사일이 떨어지기야 하겠어? 그런 거 아니잖아. 그렇지?"

"예."

"그러니까. 무식한 사람들이나 이민 간다고 난리지. 사람들 대부분 안 그렇잖아. 미사일 날아오면 요격하면 된다며. 아들이 정보국 요원인데 내가 그런 헛소문에 휘말려서야 되겠어?"

그러나 모친은 빈스토크가 미사일 요격에 성공할 확률이 30퍼센트도 채 안 된다는 사실을 알지 못했다. 대부분의 시민들이 마찬가지였다. 실제로 그날이 오면, 긴급대피조치를 내려서 인명 피해야 최소화할 수 있겠지만 재산 피해는 어쩔 수가 없었다. 어느 보험도 전쟁으로 인한 재산상의 손해를 보상해주지는 않으니까.

하지만 최신학은 모친에게 그 사실을 알리지 않았다. 아니, 그 누구에게도 알릴 수가 없었다. 본인 재산을 처분하지도 않았다. 내부자 중에는 이미 그런 일에 나선 사람들도 꽤 있었지만 그는 아니었다.

그의 역할은 부동산을 직접 거래하는 일이 아니었다. 다만 팀을 꾸리고, 부지런히 정보를 수집할 따름이었다. 그런데 정보망을 움직이면 움직일수록 유독 한 가지가 눈에 걸렸다.

"쟤들 좀 이상하지 않아요? 왜 자꾸 부동산 가격을 올리는 거지? 저렇게 들쑤시고 다녀서 좋을 거 하나도 없는데."

물론 이슬람 금융, 특히 동남아시아에 근거를 둔 은행들이 빈스토크 전체에 해를 끼치는 방향으로만 일관되게 움직이는 것은 아니었다. 자금이 빠져나가는 500층에서 600층대 구역의 부동산 시장 붕괴를 막는 데에는 이슬람 금융을 비롯한 외국 자본의 유입이 큰 역할을 하고 있었다. 특히 그 구역에는 개인 이 감당할 수 없는 대규모 부동산이 많았기 때문에 오일머니를 등에 업은 기관 투자자의 등장은 시정부 입장에서도 반가운 소 식이 아닐 수 없었다.

하지만 아무도 관심을 갖지 않던 곳, 특히 150층대 구역에서 는 이야기가 달랐다. 분명 기관들이 시세보다 높은 가격에 무 리하게 부동산을 매입하는 모습이었다. 일각에서는 벌써 은행 들이 재개발 정보를 입수한 게 아니냐는 소문까지 돌았다. 그 러면서 이 지역에 대한 개인 투자자들의 관심이 서서히 높아지 는 상황이었다.

'고의로 저러는 건가? 뭐 하자는 거지?'

셰흐리반은 지령에 따라 임무를 수행하면서도 이따금 'ICBM 스페셜 에디션'을 떠올렸다. 시간이 꽤 지났는데도 워낙 고가 여서 그런지 아직도 물건이 남아 있는 모양이었다. 아니면 진정한 의미의 한정판이 아니었을지도 모른다. 그래도 상관없었다. 셰흐리반은 그 가방이야말로 자기를 위해 태어난 가방이라는 생각이 들었다.

셰흐리반은 먼 미래를 떠올렸다. 세월이 지나 이 혼란과 대격변의 시기에 자신이 수행한 임무에 대해 누군가에게 이야기할 때 테이블 위에 이 가방이 놓여 있다면 얼마나 좋을까.

셰흐리반은 자기도 모르게 흐뭇한 미소를 짓고 있다가 문득 정신을 차리고 고개를 들었다. 이자라 거래 담당자가 그녀의 얼굴을 빤히 쳐다보고 있었다. 심사가 끝난 모양이었다.

"정말 이걸로 된 건가요?"

"예, 다 처리됐습니다."

쉬웠다. 쉬워도 너무 쉬웠다. 은행 돈으로 집 한 채를 장만하는 일이 이렇게나 쉽고 간단하다니, 놀라울 따름이었다.

물론 그것은 코스모마피아에서 한 일이었다. 금융 문제는 무조건 해결할 테니 임무 수행에 차질이나 없게 하라는 코스모마피아의 호언장담은 허풍이 아니었다. 7년이 지났는데도 마찬가지였다. 코스모마피아는 약속을 저버리지 않았다.

그렇게 첫번째 임무를 완수하고 나자 셰흐리반은 자신감이 생겼다. 몇 달에 걸쳐 준비한 일이 별 차질 없이 진행되는 모습을 보니 마음이 놓였다. 그리고 그런 생각이 들었다. 이렇게 아무 조건 없이 돈을 내준다면, 혹시 그 일도 가능하지 않을까.

셰흐리반은 ICBM 스페셜 에디션이 "마지막으로 딱 하나 남은" 매장에 전화를 걸었다. 그리고 몇 시간 뒤 은행을 찾아가 무라바하 계약을 맺었다. 그러자 은행이 판매자 쪽에 대금을 지불하고 ICBM 스페셜 에디션을 구매한 다음 소유권은 은행이 보유한 채로 가방을 셰흐리반에게 인도했다. 셰흐리반은 1년 뒤에 원래 가격보다 7퍼센트 높은 가격에 은행에서 가방을 구입하기로 하고, 드디어 꿈에 그리던 물건을 넘겨받았다.

"정말 이걸로 된 건가요? 진짜 이런 것까지?"

"예, 다 처리됐습니다."

사실상 이자율 7퍼센트로 대출을 받아서 가방을 사는 것과 마찬가지였다. 그러나 형식상, 이자는 전혀 발생하지 않았다. 그렇게 해야만 하는 이유는 주님께서 이자를 금지하셨기 때문이었다.

'오, 주님!'

셰흐리반은 기쁜 마음으로 임무를 수행했다. 그녀는 새로 산 ICBM 스페셜 에디션 한정판을 어깨에 메고 우아한 걸음으로 부동산 중개업자를 찾아 다녔다. 그리고 7년 반 전에 이미 지시받은 대로 총 열일곱 군데의 부동산을 매입하기 시작했다. 그중 다섯 군데는 상층부 외곽 지역에 분포해 있었고, 나머지는 130층에서 165층 중심부에 집중되어 있었다.

머지않아 지역 부동산 업자들 사이에 오일머니를 마음대로 주무르는 큰손에 관한 소문이 퍼져나갔다. 거기에 셰흐리반의 외모에 대한 평가까지 더해지면서 소문은 곧 말도 안 되는 스토리로 변하고 말았다. 셰흐리반이 권력의 비호를 받고 있다는 소문이, 그것도 다른 나라 정부의 비호를 받고 있다는 소문이 퍼지고 나서는 너무 황당해서 최신학의 귀에까지는 들어가지도 않을 만큼 괴상한 이야기가 되고 말았다. 그래서 셰흐리반은 최신학에게 움직임이 노출되지 않은 채 석 달간 열일곱 개의 목표물 중 여덟 군데를 손에 넣을 수 있었다. 모두 이슬람 금융을 통해서였다.

그 무렵 최신학은 동남아시아계 은행들이 도대체 왜 150층 근처 부동산 가격을 올리려고 안달인지를 파헤치기 위해 은행들의 구매 내역을 들여다보고 있었다. 그리고 어느 순간, 그는 도저히 이해할 수 없는 문제에 봉착하고 말았다. 'ICBM 스페셜 에디션 한정판.' 아무리 봐도 좀 비싼 가방에 불과한 물건을 은행이 직접 구매한 기록이 발견됐기 때문이었다.

'기관이 백을 사? 그것도 달랑 하나를? 이게 뭐지?'

마침내 그는 팀에 소속된 로펌 출신 부동산 전문가를 불러다 앉혀놓고, 본격적으로 이슬람 금융에 관한 공부를 시작했다.

"그렇군요. 그러면, 이자라는 또 뭡니까?"

"아, 이자라는요, 리스 같은 건데요. 은행이 집이든 차든, 고객이 구매하려는 물건을 대신 사요. 그리고 그걸 고객한테 넘겨준 다음에 정기적으로 사용료를 받아요. 사용료 총액은 물론 은행이 그 집을 사는 데 드는 비용보다 커야 되겠죠. 딱 이자에 해당하는 만큼. 형식상 이자는 어디에도 발생하지 않겠지만."

"그냥 장기 임대하고 똑같은 거잖아요."

"다르죠. 부동산 소유권이 은행에 있으니까요."

"소유권이라면?"

"실물거래 없이 돈과 돈 사이에서만 거래가 이루어지는 걸 죄악시하는 거거든요. 그러니까 실물 소유권이 반드시 움직여야 해요. 무라바하도 그렇고 이 경우에도 실물 소유권은 일단 은행으로 넘어가요. 그래서 금융 위기 때도 이슬람 금융을 주로 취급하는 은행들은 상대적으로 영향을 덜 받았어요. 실물을 가지고 있으니까."

"그러니까, 형식상 은행이 사는 거지만, 실제로는 은행이 사는 게 아니라……"

"사실상 그냥 대출을 한 거죠. 돈만 내주고 이자를 받아먹으면 샤리아에 어긋나니까, 중간에 실물이 이동하게 한 거예요. 은행이 구매한 것처럼 보이지만 사실상 구매를 한 사람은 은행이 아니라, 은행에서 대출을 받은 고객이겠죠. 아니면 채권 투자자이거나. 물론 그걸 채권이라고는 안 부르겠지만. 아무튼 예전에는 실물 소유권이 은행에 넘어갔다가 개인에게 다시 넘어가는 두 단계 모두에 대해 세금을 부과했는데요, 그걸 사실상 한 건의 거래로 보자는 게 인지세 이중과세 방지법이고요. 사실상 한 건이 맞으니까요. 그런데 금융 당국에서는 아직 이 부분이 정리가 안 돼서, 은행이 구매한 걸로 처리한 거예요. 은행 자체를 일종의 투자회사 개념으로 본 거죠."

"그럼 150층대 부동산 가격을 올리는 게 동남아계 기관 투자자들이 아니라 개인일 수도 있다는 소리잖아요."

"네."

"아니, 그 소리를 왜 이제?"

"아니, 수도 없이 설명해드렸을 텐데요."

최신학이 드디어 꼬리를 물었을 때, 셰흐리반은 이미 열두번째 목표를 손에 넣은 뒤였다. 최신학은 셰흐리반의 구매 내역을 찬찬히 들여다보았다. 수상하기 이를 데 없었다. 꽤 유명한 전문 통역사라고는 하지만, 그 일만 가지고 빈스토크 부동산계의 큰손이 될 수 있을 리 없었다.

'그렇다면 역시 후원자가 있는 건가……?'

그는 항간에 떠도는 소문의 진위를 파악하기 위해 정보망을 가동했다. 물론 해외에 나가 있는 현지 요원들의 불만이 만만치 않았다.

"뭘 조사해달라고? 이쪽 사정이 어떤지 알기나 알아? 뭐, 국왕 내연 관계 뒷조사?"

그러나 사흘이 지나자, 그렇게나 많은 불만이 제기됐던 것 치고는 꽤 자세한 보고서가 그에게로 전달되었다. 아무튼 흥미를 끄는 소재임에는 틀림이 없는 듯했다. 결과는 물론 재미있지가 않았다. 모두 허위라는 결론이었다.

그는 셰흐리반이 구매한 부동산에 대한 실사에 나섰다. 단

세 군데를 돌았을 뿐인데, 누가 봐도 이상한 점 하나가 눈에 들어왔다. 세 군데 모두 빈스토크치고는 역사가 너무 길다는 것이었다. 그냥 오래된 정도가 아니라 빈스토크와 나이가 같을 만큼 오래된 곳들이었다. 내부 공사 한 번 없이, 업태도 한 번 안 바꿀 정도로.

"이런 데만 골라서 인수한 이유가 뭘까?"

"글쎄요. 관광 상품으로 개발할 생각이라거나."

"그런 거라면 꼭 나쁜 건 아닌데. 그런데 가게 주인들 말이야. 수십 년 동안이나 안 팔던 가게를 이제 와서 내놓는 이유가 뭘까?"

"그거야 웃돈을 얹어주니까요. 행정관님도 잘 아시다시피 언제 폭락장이 될지 모르니까, 나름대로 합리적인 선택이죠."

"그렇다 쳐도 뭔가 이상하지 않아?"

그는 생각에 잠겼다. 왜일까? 어째서 은행들이 담보 하나 없이 무라바하니 이자라니 하는 것들을 모조리 승인해버린 것일까? 도대체 뭐 하는 여자일까. 도대체 무슨 영화를 보겠다고 종말을 앞둔 빈스토크에서 저렇게 화려한 돈 잔치를 벌이는 것일까?

물론 자금이 유입되는 것 자체는 나쁘지 않았다. 그러나 그 돈이 빈스토크를 좀더 나은 곳으로 만들기 위해서 들어오는 게 아닌 것만은 분명했다. 단지 이윤이 남는 동안만 머물다 떠나갈 자금일 뿐. 그는 빈스토크가 이미 공격받고 있다고 생각했다. 빈스토크를 사람 사는 곳으로 생각하지 않고 그저 부동산 시장으로만 이해하려는 사람들로부터 시작된 공격. 사실 공격의 선봉에 선 사람들은 외부인도 아니었다. 공격을 막아내야 할 내부인들이 오히려 먼저 공격에 나선 셈이었다.

'하긴 나도 지금 그 짓 하다 온 거였지.'

최신학은 자신의 임무를 떠올렸다. 집값. 집값을 잡아야 했다.

문득 그런 생각이 들었다. 누군가가 중심지 이전 계획을 미리 입수하고 150층을 중심으로 한 새 중심지 일대의 부동산 가격을 일부러 올리려고 한다면? 그럴 이유가 있을까?

있을 것 같았다. 발사 징후만 포착해낸다면 하루나 이틀 전에 미리 대피 명령을 내릴 수 있으니 인명 피해는 생각보다 크지 않을 것이다. '심판의 날' 수준의 어마어마한 인명 피해는 발생하지 않을 가능성이 높다는 뜻이다. 하지만 시설에 대한 피해까지 모면할 수는 없었다.

정부가 이전 계획을 세운 것도 똑같은 이유에서였다. 미사일 공격을 당하면 300층 이상 구역은 거의 복구할 수 없는 심각한 손해를 입게 되리라는 것이 정부의 계산이었다. 그러니까 그전에 아래로 도망쳐야 했다. 사람이 아니라 재산에 대한 이야기였다.

'내가 코스모마피아라면, 정부를 최대한 현재 위치에 붙잡아놓고 공격을 시도하려고 하겠지. 그렇다면 그 여자는……'

그는 자리에서 벌떡 일어났다. 왜 그 생각을 못했을까. 비로소 머릿속에 큰 그림이 그려졌다. 코스모마피아였다.

웃어넘길 일이 아니었다. 은행들이 움직이다니. 그뿐만이 아니었다. 적절한 순간에 인지세 이중과세 방지법이 통과된 것을 보면 시의회 쪽에서도 같이 움직여준 셈이었다. 그게 그들이 할 수 있는 전부일지도 모르지만 그것만으로도 작은 일은 아니었다.

적어도 셰흐리반에게는 그 정도면 충분했다. 셰흐리반은 이미 열네번째 지점을 손에 넣은 뒤였다. 남은 것은 이제 세 군데. 심판의 날이 가까이에 다가와 있었다.

열네번째 부동산은 빈스토크에서 제일 큰 헬스장이었다. 다른 곳과 마찬가지로 빈스토크가 완공된 날부터 계속 한자리에서 영업을 해온 곳이었다.

"샤리아에 부합하는 곳은 아니군요."

셰흐리반이 묻자 주인이 대답했다.

"그렇습니다. 샤워 시설은 분리되어 있지만, 운동 시설은."

"비난하려는 건 전혀 아니에요. 우리 중 누구도 그런 생각은 안 해요. 그보다, 그동안 잘 지켜내셨습니다. 이제 이렇게 온전하게 보존해온 시설을 저희에게 넘기셨으니, 곧 주님께서 뜻에 맞게 쓰실 거예요."

"주님의 평화를."

"주님의 평화를. 한 달 안에 빈스토크를 빠져나가세요. 아시죠? 나가실 때 무슨 소리가 들리더라도 뒤돌아보시면 안 되는 거."

물론 농담이었다. 셰흐리반은 웃으면서 자리에서 일어났다. 그리고 생각에 잠겼다. 주님의 평화. 주님이 원하시는 게 과연 그런 평화였을까. 샤리아에 어긋났다고? 샤리아대로만 살아야 했다면 셰흐리반 자신도 이미 이 세상 사람이 아니었을 것이다. 마찬가지였다. 피의 보복으로 얻어낸 평화가 신께서 바라신 평화일 리는 없었다.

빈스토크에 멸망을 막을 착한 사람 열 명이 없다고 자신 있게 말할 수 있는 사람이 있을까. 빈스토크에도 착한 사람은 많았다. 적어도 인구의 반은 그런 사람들 같았다. 비록 그들의 나라가 피로 얼룩진 문명이라고 할지라도, 빈스토크 안에서 바라보는 빈스토크 사람들은 밖에 있을 때 생각하던 사악한 인종이 아니었다. 오히려 대부분은 선량한 사람들이라고 불러도 좋을 사람들이었다.

집으로 돌아가는 길에 미행이 따라붙었다. 따돌릴 생각은 별로 없었다. 다만 일이 이렇게 된 이상 심판의 날에 빈스토크를 빠져나갈 수 없게 될 가능성이 높았다.

기우가 아니었다. 최신학은 셰흐리반을 출국 금지시켰다. 그리고 코스모마피아와 이슬람 금융권의 연결 고리를 입증하는 데 총력을 기울였다. 사실 둘 사이의 연결은 그다지 자연스럽지 않았다. 코스모마피아는 옛 소련 쪽에서 갈라져 나왔기 때문에 이슬람계 테러 단체와는 성격이 완전히 달랐다. 게다가 이슬람 금융이라니.

물론 이슬람 금융이 무슬림만을 상대하는 것은 아니었다. 친환경 펀드가 반드시 환경주의 단체만을 상대하지 않는 것과 같았다. 무슬림도 일반 금융을 이용할 수 있고 무슬림이 아닌 사람도 이슬람 금융을 이용할 수 있다. 이자를 금지하는 신의 뜻에 따르려는 사람은 사회참여 성격의 다른 금융 상품과 마찬가지로 누구나 이슬람 금융을 이용할 수 있다. 물론 무슬림들이 좀더 많이 이용하겠지만.

은행은 해당 상품이 신의 뜻에 부합한다는 점을 확신시키기 위해 샤리아 학자 등으로 구성된 샤리아 위원회의 검증 절차를 거친다. 바로 이 부분이 문제였다. 샤리아에 부합하는 금융 상품이 되기 위해서는 술, 도박, 돼지, 무기 관련 사업에 대한 투자는 피해야 했다. 그런데도 코스모마피아와 손을 잡다니. 이상한 일이었다.

그는 코스모마피아의 자금줄에 관한 첩보를 열람했다. 얼른 납득이 안 되는 부분이 있었다. 지상 목표물 타격을 위한 정밀 유도 기술에 관한 부분이었다. 코스모마피아가 그런 기술을 본격적으로 개발하기 시작한 정황은 분명했다. 그런데 생각보다 자금 흐름이 원활하지 않아 보였다. 물론 포착되지 않은 자금이 흘러 들어갔을 가능성을 배제할 수는 없었지만 현재까지의 결론은 그랬다. 자금이 턱없이 모자란다는 의미였다. 그래서 정보 당국은 밝혀지지 않은 자금줄을 찾아서 차단하는 데 혈안이 되어 있었다. 하지만 최신학은 조금 다른 생각을 떠올렸다.

'미사일을 쏠 생각이 없는 게 아닐까.'

그러자 다시 이해가 안 가는 부분이 생겨났다. 미사일을 쏠 생각이 없다면 땅 투기는 뭐 하러 하는 거지? 그냥 부동산 투기로 부자가 되려는 건가? 이대로 가면 진짜 큰돈을 벌기는 하겠지만. 그런데 미사일이 발사되지 않는다면 정부도 이전을 강행할 필요가 없고 그러면 다시 부동산 가격이 떨어질 텐데.

그는 셰흐리반이 매입한 열네 군데의 부동산 목록을 들여다보았다. 아무래도 그냥 땅값이나 올리자고 하는 짓은 아니었다. 공통점이 너무나 분명했다. 빈스토크에서 가장 오래된 시설들. 내부 공사 한 번 없이 처음 지었을 때 모습 그대로 무려 65년 동안이나 한자리를 지켜온 곳들.

그는 사람을 시켜 아직 팔리지 않은 곳 중에 또 그런 곳이 있는지 확인했다. 다섯 군데가 더 있었다. 그중 정부 이전 계획과 관련이 있는 150층 인근 부지는 모두 세 군데였다.

'일단 손에 넣어야겠군.'

최신학이 드디어 돈을 풀기 시작했다.

그리고 며칠 지나지 않아서 코스모마피아가 마침내 빈스토크에 최후통첩을 보냈다. 조건이 열네 개나 붙은 최후통첩이었다. 물론 빈스토크 정부는 받아들일 생각이 없었다. 애초에 상대는 국가가 아니므로 그런 식의 협박은 접수조차 할 수 없다는 입장이었다. 하지만 비공식적으로는 그렇지 않았다. 그렇게 태연하게만 있을 상황이 아니었다.

동원 가능한 모든 첩보 위성이 가동되었고, 분석가들이 바쁘게 움직였다. 해군 전력이 크게 약화되기는 했지만 정보력까지 손상을 입은 것은 아니었다. 의심 가는 모든 지역에 폭격기를 보낼 수는 없다 해도, 위치만 정확히 파악할 수 있다면 선제공격에 성공할 가능성이 못해도 20퍼센트는 됐다. 위치만 정확히 파악할 수 있다면.

문제는 아무리 열심히 찾아도 코스모마피아의 흔적을 발견할 수가 없다는 점이었다. 운반 체계가 미사일이 아닐지도 모른다는 주장이 제기되자 빈스토크 긴급보안회의는 국경 검색을 강화하라는 지시를 내렸다.

자금이 빠른 속도로 빈스토크를 빠져나가기 시작했다. 주식시장도 마찬가지였다. 인구도 그랬다. 주변국에서는 빈스토크가 다시 한번 일방적으로 긴급대피계획1호를 발동할 경우 침략 행위로 간주하겠다는 성명을 발표했다. 그러자 상황이 좀더 급박해지기 전에 미리 빈스토크를 떠나겠다는 사람들이 생겨났다.

최신학은 시세보다 50퍼센트 높은 가격에 식당 하나를 사들일 생각이었다. 그런데 곧바로 문제가 발생했다. 팔지 않겠다는 것이었다. 다른 두 군데도 마찬가지였다. 값을 올려 불렀지만 그래도 마찬가지였다. 그런데 그다음 날 오전에 식당 한 군데가 시세의 두 배에 해당하는 가격에 팔렸다는 소식이 들려왔다. 구매자는 물론 셰흐리반이었다.

코스모마피아에서 이슬람 금융권, 그리고 셰흐리반으로 이어지는 연결 고리는 아직 발견되지 않았지만, 최신학은 빈스토크에서 도대체 무슨 일이 벌어지고 있는지 거의 확신할 수 있었다.

미사일이 날아오고 있었다. 과거로부터. 폭탄은 이미 빈스토크에 들어와 있었다.

최신학은 하나 마나 한 수도 이전 계획에서 완전히 손을 떼고 나머지 두 군데를 매입하는 일에 집중했다. 증거를 찾아야 했다. 증거를 찾으려면 최소한 남은 두 군데 중 한 군데는 확보해야 했다. 집값이 뛰었다. 정부가 나섰다는 소문이 퍼지자 자금이 그쪽으로 몰리기 시작했다. 소문 중에는 정부가 수도를 아래쪽으로 이전할 계획이라는 소문도 포함되어 있었다. 사실이었지만, 이미 사실이 아니기도 했다. 벌써 부동산 가격이 너무 뛰어서 정부가 인위적으로 시장에 개입하지 않는 한 부지 확보는 거의 불가능한 상황이었다.

"최 팀장. 뭐 하는 짓이야? 자네 임무가 뭔지 이해가 잘 안 가나 본데."

그제야 그는 셰흐리반에 대한 조사 결과를 보고했다. 어차피

500층에서 600층대에 이르는 부유층 거주 지역에서부터 유입된 자금 규모가 너무 커서 수도 이전은 이미 불가능한 상태라는 내용도 함께였다.

"제가 옛날에 키우던 개도 이쪽으로 이사했답니다. 그러니 말 다 했죠."

"뭔 소리야, 그건? 아무튼 폭탄이 이미 들어와 있단 말이지. 증거는 확보했어?"

"아직 증거는 없지만, 정황은 그렇습니다."

"증거가 없어?"

"곧 확보할 생각입니다."

"어떻게?"

"수색영장을 받아야죠."

"뒤져서 아무것도 안 나오면 우리 전부 다 바보 된다."

그는 셰흐리반이 손에 넣은 열다섯 군데의 부동산에 대한 수색영장을 받아냈다. 그리고 바보가 됐다.

아무것도 없었다. 폭탄 비슷하게 생긴 거라고는. 폭발물은 커녕 폭탄주 한 잔도 발견하지 못했다. 식당이 몇 군데 있었지만 반 이상이 술을 전혀 취급하지 않는 할랄 식당이었기 때문이다.

낭패였다. 여론이 들끓었다. 드디어 빈스토크가 배타적 국수주의로 돌아서는 게 아니냐는 비난이 쏟아졌다. 여기저기에서 '저소공포증적 민족주의'라는 해묵은 빈스토크 비판론이 고개

248

를 들었다. 그런 건 아무래도 상관없었다. 최신학에게 중요한 것은 아무것도 발견해내지 못했다는 사실뿐이었다. 그리고 현장에서 잠깐 마주친 셰흐리반의 모습.

'진짜로 그냥 투기꾼인가?'

코스모마피아가 예고한 공격 날짜가 일주일 앞으로 다가왔지만, 미사일 발사 기지는 여전히 포착되지 않았다. 최신학은 발견되지 않는 게 당연하다고 생각했다. 문제는 그가 예상한 곳에서도 역시 아무것도 발견되지 않았다는 사실이었다.

셰흐리반은 기도실에 혼자 앉아 폭탄 조립 절차를 머릿속으로 떠올렸다. 만져본 지가 워낙 오래돼서 자신이 기억하는 내용이 실제 폭탄에도 그대로 적용이 될지 장담할 수 없었다. 솔직히 폭탄이 제대로 작동이나 할지에 대해서도 확신이 서지 않았다. 수십 년이나 사람 손이 닿지 않는 곳에 방치되어 있던 물건이니까.

폭탄은 모두 여덟 개였다. 거기에, 각기 다른 곳에 보관되어 있는 기폭 장치 여덟 개를 각각 연결한 다음 옛날식으로 기계를 직접 조작해서 폭발 시간을 정확하게 맞춰야 했다. 쉽지 않은 작업이었다. 폭탄 여덟 개에 기폭 장치 아홉 개. 기폭 장치는 하나가 남았다. 사라진 폭탄 하나는 언젠가 520층 대폭발 사고를 일으킨 바로 그 폭탄이었다.

폭탄은 6일 뒤에 조립할 생각이었다. 워낙 오래전에 만든 폭탄이라, 빈스토크 전체를 파괴할 만한 폭발력을 얻기 위해서는 크기가 어마어마하게 커야 했다. 미리 꺼내놨다가는 다시 숨길 곳을 찾을 수가 없을 게 분명했다.

폭탄 두 개는 그냥 포기하기로 했다. 그 두 군데만큼은 셰흐리반으로서도 도저히 손에 넣을 수 없을 만큼 부동산 가격이 치솟아버린 탓이었다.

'이상한 나라야. 그나저나 그놈의 개는 부동산이 왜 필요한 거야? 돈은 또 왜 그렇게 많아?'

'이상한 놈들이야.'

최신학은 생각에 잠겼다. 예고된 심판의 날 이틀 전이었다. 도대체 어디에 있을까? 분명 어마어마한 크기일 것이 분명했다. 빈스토크가 만들어질 때부터 들어와 있던 폭탄이라면, 빈스토크 완공 당시부터 있던 시설에 숨겨놓을 만한 폭탄이라면 작은 크기는 아닐 것이다.

어디에 숨겨둔 걸까. 벽 속에?

그게 가능할 리가 없었다. 벽을 뚫으면 바로 옆집일 텐데. 바닥을 뚫을 수도 없고. 하지만, 설마!

그는 열일곱 군데 공간 주변 평면도를 꺼냈다. 물론 빈 공간 같은 것은 전혀 없었다. 하지만 실제로 존재하는 공간이 평면도에는 나와 있지 않은 경우가 전혀 없는 것도 아니었다. 시장 집무실에서 지하 벙커로 연결되는 전용 엘리베이터만 해도 평면도상에서는 전혀 흔적을 찾아볼 수가 없었다. 평면도에 장난을 쳐두었기 때문이다. 주변 공간을 실제보다 조금씩 크게 그려서 엄연히 존재하는 공간 하나를 지우는 작업.

최신학은 다음 날 오전에 정보국에 들러 GPS 수신기 몇 개를 챙긴 다음 147층으로 내려갔다. 밀리미터 단위까지 표시되는 정밀 위치 측정 장치였다. 그가 찾아간 곳은 셰흐리반이 네 번째로 매입한 병원 근처였다. 수색영장은 없었다. 그런 게 필요한 상황도 아니었다. 그는 GPS 수신기를 병원 바깥쪽 벽 여기저기에 부착했다. 그리고 위치 신호를 읽었다.

역시!

위치가 달랐다. 병원은 도면에 나와 있는 것보다 12센티미터 북쪽으로 밀려나 있었다. 그리고 벽면의 길이가 도면에 나와 있는 것보다 조금 짧았다. 주위의 다른 건물들도 마찬가지였다. 모두 도면보다 조금씩 짧았다.

그리고 심판의 날이 다가왔다. 미사일 발사 예정일이 하루 앞으로 다가오자 코스모마피아는 미사일 발사 시설 여섯 군데를 동시에 밖으로 노출시켰다. 빈스토크에서는 긴급대피계획 1호가 발령되기 직전이었다.

셰흐리반은 커다란 망치를 골프 가방에 넣어 메고 다니면서, 자신이 매입한 건물의 벽을 부수고 폭탄을 꺼냈다. 그리고 기폭 장치를 폭탄에 연결한 다음 손으로 직접 시간을 맞췄다. 진땀이 났다. 이게 제대로 작동하기나 하는 걸까. 반대로 갑자기 폭발해버리는 것은 아닐까. 셰흐리반은 520층 대폭발 사고를 떠올렸다. 낡은 폭탄이 멋대로 폭발할 가능성은 언제나 남아 있었다.

최신학은 영장을 발부받기 위해 긴급보안회의 사무국을 찾아갔으나 그의 말을 귀담아듣는 사람은 아무도 없었다. 그들의 관심사는 오로지 긴급대피계획 1호를 발령할 것인가 말 것인가에 집중되어 있었다. 절대 그럴 수 없다는 주장과 무조건 감행해야 한다는 주장이 팽팽하게 대립했다. 중간은 없었다.

관건은 코스모마피아가 실제로 수천 킬로미터 떨어진 거리에서 빈스토크를 정확히 타격할 수 있는 능력을 보유했는가 하는 점이었다. 그 점에 관해서는 회의 참석자 대부분이 회의적이었다. 그러나 성공 확률이 10퍼센트에 불과하더라도 일단 대피는 하고 보는 게 옳다는 것이 대피 찬성론자들의 생각이었다. 반대론자들의 입장은, 위협이 있을 때마다 매번 그런 식으로 대응했다가는 미사일을 맞지 않고도 빈스토크 경제가 스스로 붕괴되고 말 것이라는 의견이었다. 양쪽 모두 일리가 있었다.

다만 최신학의 눈에는 긴급대피계획 운운하는 것 자체가 일종의 배신으로 보였다. 빈스토크를 버리다니, 있을 수 없는 일이었다. 적어도 공무원들은, 그리고 시의원은, 최소한 시장 한 사람만큼은 무조건 최후의 순간까지 빈스토크와 운명을 같이

해야 했다.

하지만 민간인들은 어쩔 수 없었다. 그 순간 최신학의 입장은 긴급대피계획을 실행하는 편이 옳다는 쪽으로 기울었다. 그는 실재하는 위협을 인지하고 있었다. 또한 자신의 가설을 반쯤은 증명해낸 상태였다. 나머지 반도 어렵지 않게 증명해낼 수 있었다. 확신이 있었다. 아무도 그의 말을 들어주지 않았을 뿐.

"그래서 증거는?"

"영장만 주시면 두 시간 안에 갖다드리죠."

"전에 줬잖아. 그때 못 찾은 게 지금 찾으면 나와? 저쪽은 바보야? 그때 찾았어야지. 지금쯤이면 있던 것도 숨겼겠지."

"못 찾았을 뿐입니다. 폭탄은 지금도 그때 그 위치에 있습니다."

"그때 못 본 걸 지금은 볼 수 있어? 뭘로?"

"이걸로요."

그는 GPS 수신기와 위치 측정 기록을 내밀었다.

"도면상의 위치와 실제 위치가 다르더군요. 이런 식으로 길이를 조금씩 줄여서 공간 하나를 숨겼습니다. 꽤 커다란 폭발물이 들어갈 만한 공간을요."

이번에야말로 확신이 있었다. 그러나 그들은 그의 말을 믿지 않았다.

"자네 눈에는 지금이 숨바꼭질이나 하고 있을 상황으로 보이나? 우리가 지금 그런 장난이나 받아줄 만큼 한가한 것 같아?"

"장난이라니요!"

"미사일이 여섯 개야. 하나만 제대로 떨어져도 끝장이야."

"조사만 한번 해보면 됩니다. 미사일을 무시하라는 게 아니잖아요."

"코스모마피아가 만들어진 게 언제야? 15년도 안 됐어. 빈스토크는? 65년째야. 걔들이 어떻게 빈스토크에 폭탄을 묻어?"

"빈스토크 건설 당시에 반입된 거라니까요. 코스모마피아가 묻어둔 건 아니지만 누가 사용하든 폭탄은 폭탄입니다."

"그걸 어떻게 증명할 거야? 그 망신을 줘놓고 나더러 똑같은 영장을 하나 더 받아 오라고? 그것도 지금 이 판국에? 내가 무슨 영장 자판기인 줄 아나? 자네 또 사고 치면 이번에는 진짜로 재미없어."

그들은 오히려 최신학을 감금해버렸다.

셰흐리반은 폭탄을 모두 설치한 다음 집으로 돌아가 일찍 잠자리에 들었다. 원래는 탈출을 해야 했지만 이제는 그럴 수가 없었다. 잠이 오지 않았다. 당연한 일이었다. 셰흐리반은 자신이 무슨 짓을 저질렀는지에 대해 깊이 반성하지는 않았다. 그저 긴급대피계획1호가 실행되기를 기다렸을 뿐이었다.

'그러면 안 죽어도 될 텐데.'

멍하게 누워서 천장을 바라보고 있자니 쓸데없는 생각들이 머릿속을 가득 채웠다. 심판의 날이라. 사람이 사람을 심판할수 있을까. 덧없이 죽어간 가족들, 그리고 친구들을 떠올렸다.그런 다음 곧바로 그들을 머릿속에서 지워버렸다. 희생자들의도움은 필요 없었다. 그들이 없어도 그 정도 판단은 내릴 수 있어야 했다.

10년도 전에 이미 끝낸 고민이었다. 아니, 어떤 사람들은65년 전에 이미 끝내놓은 고민이었다. 빈스토크가 건설될 무렵에 이미.

한 층 한 층 올라가는 빈스토크를 바라보면서 사람들은 자연스럽게 바벨탑을 떠올렸다. 저건 무조건 바벨탑이 될 거야. 저것 봐. 저렇게 거대한 모양이라니. 인간의 허영이 딱 드러나 보이잖아. 그러니까 저건 무조건 바벨탑이 될 거야.

그래서 그 안에 폭탄을 심어두었다. 건물이 완공된 뒤에는불가능한 일이었다. 하지만 그때는 충분히 가능했다. 공사 현장은 엉망이었다. 어마어마한 돈이 필요했기 때문에 자금줄이끊어질 때마다 공사가 중단되었다. 설계도 마찬가지였다. 공사는 무려 스물세 번이나 중단되었다가 재개되었는데 그때마다최소한 한 번씩 설계가 변경됐다. 지구 저편에서 경쟁 중인 또다른 바벨탑 때문이었다. 두 탑은 서로 최고가 되기 위해 끊임없이 설계를 변경했다. 높이가 점점 높아지고, 면적도 점점 넓어졌다. 하나가 완전히 망할 때까지 경쟁은 계속되었다. 그 와중에 폭탄 몇 개 반입하는 것쯤은 사실 그렇게 어려운 일도 아니었다.

신의 이름으로 들여온 폭탄이었다. 때가 오면 누군가가 사용하리라 생각하고 묻어놓은 예언 같은 폭탄이었다. 폭탄을 사용하는 사람이 누가 될지는 아무도 몰랐다. 다만 누군가가 반드시 그 일을 하게 되리라는 확신은 있었다. 65년이나 걸릴 줄은 미처 몰랐겠지만.

그런데 빈스토크는 진짜로 바벨탑이 된 걸까. 셰흐리반은 반대쪽으로 돌아누웠다.

수십 년간 폭탄을 안고 살아온 사람들을 떠올렸다. 누군가 거금을 들고 찾아오거나, 혹은 견딜 수 없을 만큼 가혹한 압력을 행사하는 경우도 있었을 것이다. 그래도 그들은 65년간이나 그 자리에 그대로 머물러주었다. 수십 년 묵은 약속을 지켜준 셈이다. 언제 터져버릴지 모르는 폭탄을 안고.

부동산을 넘겨받으면서 셰흐리반은 그들의 표정을 유심히 살폈다. 진짜로 빈스토크는 바벨탑이 됐던가요? 셰흐리반이 눈빛만으로 그렇게 물었다. 그들은 아무 대답도 하지 않았다.

셰흐리반은 도무지 잠을 이룰 수가 없었다. 그냥 제거해버릴까, 저놈의 폭탄.

감금이라고는 했지만 그다지 감시가 철저하지는 않았다. 심판의 날 아침에 최신학은 갇혀 있던 곳을 빠져나와 연장을 챙겨 들고 폭탄이 설치된 식당 중 한 군데로 달려갔다. 혼자였다.

지원 병력은 없었다. 그는 지나가는 사람들의 시선에도 아랑 곳하지 않고 통로에 접해 있는 커다란 통유리를 묵직한 망치로 사정없이 두드렸다. 강화유리라 생각만큼 쉽게 깨지지는 않았 다. 망치가 튕겨 나오면서 손이 텅텅 울렸다.

'이게 뭐 하는 짓이람.'

하지만 그렇게라도 해야 했다. 유리를 깨고 안으로 침입하는 데 성공하기만 한다면 최소한 신고를 받고 달려온 경비대원이 없어진 물건이 없는지 내부를 들여다보기라도 할 테니까.

그러나 미처 경비대가 도착하기도 전에 섬뜩한 칼날이 목 아래로 파고들었다.

"점잖은 양반이 왜 이러시나. 말로 합시다."

코스모마피아였다. 날카로운 살기를 품은 선량한 얼굴의 암 살자.

그는 최신학을 셰흐리반의 집으로 끌고 갔다. 셰흐리반에게 도 전혀 생소한 인물이었다. 암살자가 있었구나 하는 생각이 들자 셰흐리반은 머리카락이 쭈뼛 곤두섰다.

'나를 제거하려고 보낸 암살자겠지? 일을 제대로 못 하거나 일을 마무리하기 전에 발각되기라도 했으면 저 칼이 내 목에 들어왔을 테지.'

그러자 문득 그런 생각이 들었다.

'나 스스로 원해서 한 일인 줄 알았는데, 사실은 그것조차 아 니었구나.'

긴급대피계획1호는 끝내 발령되지 않았다. 예정된 시각이 되자 코스모마피아가 미사일 몇 발을 쏘아 올렸다. 빈스토크 전체에 잠시 긴장이 흘렀지만 아무리 기다려도 근처로 날아오는 미사일은 없었다. 다시 평화가 찾아왔다. 물론 진짜 평화는 아니었다.

셰흐리반은 멀뚱멀뚱 최신학을 바라보았다.

"정보국분이시죠? 알아내셨군요?"

최신학은 대답 대신 고개를 끄덕였다. 셰흐리반은 말없이 고개를 숙이고 있다가 한참 뒤에 다시 이렇게 물었다.

"그럼 저는 실패한 건가요?"

최신학은 고개를 저으면서 말했다.

"아니요. 아무도 안 믿더군요."

"그럼?"

"못 막았어요."

"그렇군요. 그쪽에서도 못 막았군요."

"네, 이쪽에서도."

모처럼 만에 찾아온 평화를 주님께서 다시 거두어 가셨다. 그리고 그 자리를 침묵으로 대신 채우셨다. 다시 심판의 날이었다.

최신학은 왜 그런 짓을 저질렀느냐고 따져 묻지 않았다. 그러고 싶지도 않았다. 그는 빈스토크가 공격당하는 이유를 모를 만큼 뻔뻔스럽지는 않았다. 셰흐리반도 마찬가지였다. 그들은 서로의 입장을 이해했다.

한참 뒤에 최신학이 입을 열었다.

"얼마나 남았어요?"

셰흐리반은 손가락 두 개를 펼쳐 보였다.

"두 시간쯤."

되돌리기에는 이미 늦은 시간이었다. 다시 멀뚱멀뚱 시간이
갔다. 셰흐리반이 말했다.

"저기요. 이왕이면 좀 경치 좋은 데서 기다리는 게 낫지 않
을까요? 상황은 지금이랑 똑같겠지만. 아시죠? 그쪽은 포로고
저는 감시자고."

두 사람은 670층 전망대로 올라갔다. 그리고 창가에 서서 아
래를 내려다보았다. 최신학은 저항할 생각이 전혀 없었다. 이
제 와서 셰흐리반의 시야를 벗어난들, 폭발을 막을 방법은 없
었다. 그의 말을 믿는 사람은 아무도 없었다. 그렇다고 건물 밖
으로 탈출할 마음이 생긴 것도 아니었다.

그는 전망대 아래에 펼쳐진 광경을 내려다보았다. 까마득했
다. 그리고 한없이 고요했다. 그렇게 말없이 아래를 내려다보
고 있자니 마음이 한없이 평화로워졌다. 그것이야말로 빈스토
크가 그에게 베푸는 최고의 축복이 틀림없었다. 그곳에서만큼
은 지표면을 두 눈으로 똑바로 바라보는 일마저도 두렵지가 않
았다. 그 높이에서만큼은 저 아래에 펼쳐진 2차원 공간을 구역

질 걱정 없이 내려다볼 수가 있었다.

빈스토크가 좀더 높았으면 어땠을까? 그러면 좀더 편안했을까? 죽는 게 두렵지 않을 만큼. 그는 저승이 2차원일 것이라고 믿었다. 저소공포증이 있는 사람들은 누구나 마찬가지였다. 모든 건물이 무너지고 인류가 모조리 세로축이 존재하지 않는 평면 공간으로 떨어지는 일. 그것이 바로 그가 생각하는 최후의 심판이었다. 그리고 그 끔찍한 순간이 실제로 눈앞에 다가와 있었다. 그는 아래를 빤히 내려다보았다. 2차원 공간에 사는 사람들이 마지막 순간에 넋을 놓고 하늘을 올려다보듯 초점 없는 눈으로 땅을 내려다보았다.

'아, 젠장.'

셰흐리반은 눈을 들어 하늘을 올려다보았다. 하늘 한가운데에 서 있는 느낌이었다. 실제로 그렇기도 했다. 신의 마음을 알 것 같았다. 그래서 빈스토크가 잘못됐다는 건가? 신의 마음을 알 수 있어서? 하지만 이건 별로 나쁘지 않은데.

이제 누구든 이런 건 다시 경험하기 힘들겠지. 움직이지 않는 바닥을 딛고 가만히 멈춰 서서 신의 눈높이에서 세상을 내려다보는 일 따위. 이제 한동안은 일어나지 않겠지. 그게 가능한 곳은 여기밖에 없으니까.

낮은 구름이 가까이 다가와서 유리 벽에 부딪쳤다. 습기가 느껴지는 듯했다. 이내 바람이 불어 습기를 모두 날려버렸다. 전망대 유리 벽은 금세 눈물을 거두고 메마른 눈으로 하늘을 향해 고개를 빳빳이 세웠다. 주님의 평화란 저 메마른 유리창 너머로 보이는 거대한 하늘과 땅 같은 게 아닐까.

셰흐리반은 옆을 돌아보았다. 최신학이 유리 벽에 바짝 붙어서 아래를 내려다보는 모습이 보였다. 670층에서 내려다보는 아득한 대지를 마주하고도 그는 전혀 두려움을 느끼지 않는 모양이었다.

셰흐리반은 유리 벽으로부터 세 걸음이나 뒤로 물러나 있었다. 아래를 내려다보면 어쩐지 죽음이 훨씬 더 생생하게 다가올 것만 같았다. 그리고 그 순간 죽는 게 두렵다는 생각이 들었다. 7년 전에 이미 끝난 고민인 줄 알았는데, 7년 전에 내린 결론이 지금까지 유효하지는 않는 모양이었다.

생각해보면 당연한 일이었다. 그로부터 7년을 더 살았으니까. 그래, 빈스토크가 어때서. 바벨탑이면 또 어때. 한 번도 진지하게 생각해본 적은 없었지만, 이제 와서 생각해보니 셰흐리반은 빈스토크가 싫지만은 않았다.

폭격으로 희생된 동지들을 떠올렸다. 그때도 그들을 위해 눈물을 흘리지는 않았다. 대신 메마른 눈을 하고 빈스토크로 왔다. 반드시 없애버리겠다고 다짐했다. 주님의 평화가 이 땅에 가득하기를 바란다고 굳게 맹세했다. 언제가 될지 모를 심판의 날에 반드시 그 현장에 서 있겠노라고. 그런데 그때는, 현장이 이렇게 뜨거울 줄은 미처 몰랐다. 심판의 날, 신의 눈높이에서 바라보는 세상은 메마른 눈으로 보기에는 너무나 눈부셨다.

그러자 신께서 눈물을 허락하셨다. 셰흐리반은 받아들이지 않았다. 눈을 감고 깊게 숨을 들이쉬었다. 문득 옆을 돌아보니 최신학이 그를 멀뚱멀뚱 바라보고 있었다. 뭐라고 말을 건네는 것 같았다. 하지만 아무 소리도 들리지 않았다. 폭탄이 터질 때까지 아무 소리도 듣지 않을 생각이었다. 쾅! 쾅! 쾅! 빈스토크 전체가 온몸으로 신의 판결을 받아낼 그 순간까지.

시간이 거의 다 돼갔다. 셰흐리반은 자기도 모르게 눈물을 흘렸다. 그렇게 눈을 감고 서서 한참을 기다렸다. 아무 소리도 들리지 않았다. 아무것도 느껴지지 않았다. 중력도, 존재도, 발을 디디고 선 바닥도.

도대체 얼마나 그러고 있었던 걸까. 셰흐리반은 문득 정신이 들었다. 배가 고팠다. 얼마나 지난 거야? 시계가 있는 쪽을 돌아보았다. 이미 시간이 한참이나 지난 뒤였다. 셰흐리반은 주위를 둘러보았다.

"시간이 다 된 것 같은데, 조용하네요."

"네?"

"아무 일도 안 일어났다고요. 시간이 한참 지났는데. 여기 온 지 벌써 두 시간이 다 돼가요."

최신학이 말했다. 아까부터 그 소리를 하고 있었던 모양이었다.

"예정 시간이 벌써 30분이나 지났는데, 혹시 시간을 잘못 맞췄다거나……?"

"네? 아닐걸요. 시키는 대로 잘했는데…… 제대로 했어요."

셰흐리반이 자신 없는 목소리로 대답했다. 멀뚱멀뚱, 평화가
찾아왔다.

"그럼 혹시? 설마 그건 아닐 거고. 아무튼 내려가래요. 전망
대 폐장한다고."

"네? 네."

멀뚱멀뚱. 아무 일도 일어나지 않았다. 심판의 날에.

'이상하다. 이게 아닌데. 분명히 연습한 대로 잘했는데.'

코스모마피아의 암살자는 폭발 예정 시간 전에 이미 빈스토
크를 빠져나간 모양이었다. 셰흐리반은 최신학을 뒤쫓지 않았
다. 최신학도 마찬가지였다.

타이머는 제대로 작동한 게 확실했다. 그런데 여섯 개 모두
가 불발이었다. 그래도 최소한 네 개는, 아니 최소한 두 개는
터져야 맞는 건데.

셰흐리반은 65년간 폭탄을 지켜온 가게 주인들을 찾아갔다.
그들은 대부분 빈스토크에 그대로 머무르고 있었다. 셰흐리반
의 모습을 보자 그들은 하나같이 흠칫 놀라며 어떻게 말을 꺼
내야 할지 몰라 난감해했다.

"보복하러 온 거 아니니까 걱정 마세요."

셰흐리반이 말했다.

"불발이었지? 미안해."

"그럴 줄 미리 알고 계셨어요?"

"그렇지. 말하자면."

"그럼 직접 그러신 거예요? 그러니까, 직접 손을 댄 거예요?"

"그것도, 말하자면 그렇지."

"왜요?"

"왜냐면……"

셰흐리반은 어떤 대답이 나올지 알 것 같았다.

"60년을 살면서 지켜봐왔지만, 바벨탑이 아니었거든. 우리끼리 서로 짜거나 한 건 아니었어. 물론 한두 사람은 나처럼 할지도 모르겠다고 생각은 했어. 그래도 하나도 안 터진 건 미안해. 정말로 예상 못 한 일이었어. 아무튼 미안하게 됐어. 하지만 정말이지 그러고 싶지가 않았어. 다른 사람들은 예정대로 할 거라고 생각했지만, 내 손으로 여기를 없앨 수가 있어야 말이지. 여기 이 동네 말이야. 이 나라 전체에 대해서는 나도 잘 모르겠지만, 이 동네만큼은 어쩔 수가 없었어요. 어차피 결과는 똑같을 거라고 생각했지만, 우리 집에 있는 놈만은 불발이었으면 좋겠다고 생각했어. 왜냐하면, 여기는 바벨탑이 아니거든."

15 대 0, 만장일치였다. 더 이상 할 말이 없었다. 폭탄이며 기폭 장치며, 어느 것 하나 제대로 된 게 없었다. 도저히 터질 수가 없는 폭탄이었다. 심판의 날에, 주님께서는 당신의 배심원들을 통해 그렇게 판결을 내리셨다. 집행유예.

신께서 빈스토크를 멀뚱멀뚱 내려다보셨다. 그러자 평화가 찾아왔다. 당분간은 지속될 진짜 평화였다.

1년 뒤에 셰흐리반은 계약대로 원금보다 약간 높은 가격에 부동산 열다섯 군데를 모두 은행으로부터 사들였다. 그리고 그렇게 사들인 부동산들을 몽땅 팔아서 어마어마한 부자가 되었다. 셰흐리반의 집은 가방으로 넘쳐났다.

최신학의 재산에는 그다지 큰 변동이 없었다. 다만 모친의 재산이 크게 늘었을 뿐이었다. 은퇴 후에 최신학은 모친의 재산을 함께 까먹으며 살았다. 아주 잘살았다. 못해도 키우던 개와 비슷한 정도의 생활 수준은 된 모양이었다.

그리고 셰흐리반과 최신학은 평생 서로 마주치지 않았다.

부록

작가 K의 『곰신의 오후』 중에서

한번 뜬 해는 좀처럼 질 줄을 몰랐다. 하루가 1년인 곰신의 영토에는 1년 내내 눈이 쌓여 있었다. 곰신은 사악한 밤의 지배자였다. 반년이나 되는 기나긴 밤이 찾아오면, 우주 저편에서부터 끊임없이 쏟아져 들어오는 무한한 허무와 어둠 사이로 곰신이 언뜻언뜻 모습을 드러내곤 했다. 곰신은 언제나 싸늘한 눈보라를 몰고 다녔다. 저승사자의 덧없는 숨소리 같은 매서운 바람 소리가 귀를 찢고 심장에까지 가 닿으면 착한 곰들은 모두 동굴 속으로 들어가 영원처럼 긴 잠에 빠져들어야만 했다.

그러나 부지런하고 예민한 곰들 중에는 밤의 지루함을 견디지 못하고 몇 번이나 잠에서 깨어나 이리저리 몸을 뒤척이는 곰도 있었다. 흰곰도 그랬다. 그는 열 살이었다. 그러니까 벌써 열흘 밤이나 곰신의 영토에서 보내는 셈이었다. 곰신의 눈보라도, 곰신을 불러오는 끝을 알 수 없는 우주의 심연도 예전만큼 무섭지는 않은 나이였다. 하지만 그 열흘째 밤에 흰곰은 도무지 잠을 이룰 수가 없었다.

왜 그럴까 고민하지는 않았다. 그는 그냥 곰이었으니까. 대신 그는 자리에서 일어나 동굴 입구 쪽으로 걸어갔다. 밖에 먹을 게 남아 있을까? 눈을 파내고 고개를 내밀자 차가운 바람이 얼굴을 때렸다. 두근두근, 밤새 느려져 있던 심장이 서서히 속도를 내기 시작했다. 그러면 안 될 것 같다는 생각이 들었다. 하지만 그는 계속해서 눈을 팠다. 뭔가 먹을 만한 게 없을까. 심심했다. 그러면 안 되는 줄은 잘 알고 있었지만 그래도 심심해서 견딜 수가 없었다.

얼굴을 내밀어도 될 만큼 큰 구멍이 뚫렸다. 그는 그곳으로 고개를 들이밀었다. 차가운 눈이 얼굴에 닿았다. 온몸에 전율이 일었다. 흰곰은 하늘을 올려다보았다. 아무것도 없었다. 칠흑 같은 어둠뿐이었다. 허망한 우주였다. 새하얀 얼음 위에 붉은 피를 흘리며 뜨겁게 죽어간 사냥감들의 눈처럼 끝을 알 수 없는 허망한 어둠이었다. 그는 그 눈들을 떠올렸다. 어디를 바라보고 있는지 알 수 없는 눈. 흠칫 놀라 그들이 바라보는 곳을 돌아본 적도 있었다. 그러나 그의 눈에는 아무것도 보이지 않았다. 아홉째 날 아침에 흰곰은 그들의 눈에 비친 곳이 자기 눈에는 보이지 않는 세상 저편 머나먼 어딘가라는 사실을 직감했다. 그 눈을 통해 흰곰은 그런 곳이 존재한다는 사실을 깨달았다. 그곳은 아마도 곰신의 고향.

바로 그런 하늘이었다. 흰곰은 갑자기 슬퍼졌다. 심장이 조금 더 빨리 두근거렸다. 슬픔이 심장을 뛰게 하던가. 그는 눈앞에 펼쳐진 심연을 빤히 들여다보았다. 심연도 그를 들여다보았다. 흰곰은 눈을 떼지 못한 채 그 광경을 빤히 쳐다보았다. 심연이 고개를 드는 모습이었다.

심연이 갑자기 눈앞에서부터 멀어져갔다. 그러자 눈보라가 흰곰의 얼굴을 때렸다. 동굴 입구를 막고 있던 무언가가 사라지기라도 한 것처럼.

저게 뭐지!

심연 주위로 거대한 얼굴이 나타났다. 거대한 얼굴에는 거대한 입과 코와 귀가 붙어 있었다. 심장이 점점 빠르게 뛰었다. 온몸에 피가 도는 것이 느껴졌다.

얼굴이었다. 창백하고 거대한 곰의 얼굴이었다. 곰신이었다. 흰곰은 깜짝 놀라 구멍에서 얼굴을 뺐다. 그러자 곰신이 다시 한번 구멍에 얼굴을 갖다 댔다. 심연이 눈앞에 들이닥쳤다. 그의 눈에는 보이지 않는 세상 저편 어딘가를 바라보는 눈. 흰곰은 그 눈을 들여다보았다. 도저히 눈길을 피할 수가 없었다. 흰곰은 그 눈을 통해 자기가 직접 볼 수 없는 것을 대신 볼 수 있었다. 그리고 그 초점 없는 시선이 향하는 곳, 세상 저편 머나먼 어딘가에는 그가 전혀 예상하지 못한 그 무언가가 놓여 있었다.

저게 뭐지? 그리고 저게 왜 저기에 가 있는 거지?

곰신은 분명 그를 응시하고 있었다. 그의 존재를. 보통 곰의 눈으로는 절대 볼 수 없는, 흰곰 자신의 내면에 자리한 진짜 존재를. 공포가 밀려왔다. 안쪽에서 바깥쪽으로 전율이 흘렀다.

그는 동굴 깊숙한 곳으로 달려가 몸을 잔뜩 웅크렸다. 달아나야 했다. 밤은 길고, 동굴 밖에는 곰신이 지키고 서 있었다. 달아날 길은 아무 데도 없었다. 영원히 깨지 않을 것 같은 깊은 겨울잠만이 흰곰의 놀란 육신을 구해낼 수 있었다. 천천히, 아주 천천히, 흰곰은 다시 겨울잠 속으로 돌아갔다.

잠에서 깨어난 아침에, 굴 밖에는 눈이 내리고 있었다. 흰곰은 한참 만에 정신이 들었다. 기지개를 켜고 동굴 밖으로 나가 눈밭에 엉덩이를 깔고 털썩 주저앉았다.

바람이 잠잠한 아침이었다. 가벼운 눈발이 거의 수직에 가깝게 내리고 있었다. 그것 말고는 아무 일도 일어나지 않는 시간. 지루한 시간이 대지 위에 내려앉았다.

흰곰은 앞발 위에 내린 눈송이를 가만히 들여다보았다. 여섯 개의 팔이 보였다. 또 다른 눈송이가 앞발 위에 내렸다. 또 여섯 개의 팔, 똑같이 생긴 팔이었다. 그런데 똑같은 팔을 가진 눈송이는 단 하나도 없었다. 꼼짝도 하지 않고 한참을 더 기다렸다. 수십 개, 아니 수백 개. 눈송이들이 끊임없이 앞발 위

272

에 내려앉았다. 얼마나 더 기다려야 똑같은 게 내려올까? 그는 눈을 깜빡이며 생각에 잠겼다. 어째서 이건 모양이 다 다른 거지? 도대체 이걸 누가 다 만들어낸 거지? 왜 이걸 만들어야만 하는 거지? 의미가 있을까? 하나하나가 다 다른 의미일까.

그는 앞발 위에 놓인 눈송이들을 바라보았다. 무슨 의미인지 알 수 있는 눈송이는 하나도 없었다. 그는 고개를 들어 눈앞에 펼쳐진 눈밭을 바라보았다. 설마 저 많은 게 다 다르게 생긴 걸까? 그리고 하늘을 올려다보았다. 하늘 가득 눈송이들이 흩날리고 있었다. 설마 저 많은 것들 중에 똑같이 생긴 게 하나도 없다고? 앞발을 들고 두 발로 섰다. 먼 곳까지, 곰신의 영토가 눈에 들어왔다. 조그만 언덕 말고는 아무것도 없는 땅이었다. 온통 흰색 하나밖에 없는 단조로운 세계였다. 저게 다 의미가 있다고? 의미를 알 수 없는 의미로 가득 찬 곰신의 영토. 곰신의 눈에는 보이는 걸까. 저 눈송이 하나하나가 무슨 뜻인지 곰신은 알아볼 수 있는 걸까.

1년이 하루인 곰신의 영토에서는 신기한 일이 자주 일어나지 않았다. 사람들이 여름이라고 부르는 대낮에도 눈에 띄는 변화는 찾아보기 어려웠다. 좀처럼 해가 지지 않는 기나긴 오후였다. 눈은 그쳤지만 의미 없는 의미들이 온 땅에 가득했다. 흰곰은 눈을 밟고 걷기가 꺼려졌다. 하지만 마냥 누워 있을 수만은 없었다. 날이 갈수록, 그러니까 해가 갈수록 사냥할 수 있는 곳이 점점 좁아져갔다. 기회가 생기면 무조건 자리에서 일어나 사냥을 떠나야 했다. 그리고 지금이 바로 그때였다.

냄새가 났다. 의미를 알 수 있는 존재의 흔적이었다. 돌고래였다. 빙판이 녹으면서 뚫린 구멍으로 돌고래가 숨을 쉬기 위해 고개를 내민 정황이 바람을 타고 멀리까지 전해졌다. 흰곰은 자리에서 일어나 냄새가 시작된 쪽을 향해 달려갔다. 축복받은 거대한 엉덩이가 세차게 흔들렸다.

서두를 필요까지는 없었다. 돌고래는 아마 미리부터 도망치지는 않을 것이다. 빙판 아래 바다가 아무리 넓다 한들 그게 다 돌고래의 영토는 아니었다. 숨 쉴 수 있는 하늘과 맞닿아 있지 않은 곳은 먹이가 아무리 많아도 돌고래에게는 죽음의 땅에 지나지 않는다. 빙판에 숨구멍이 뚫리고 난 다음에야 비로소 돌고래들은 빙판 아래에 숨겨진 풍요로운 바다로 진출한다. 그리고 그곳에서 덫에 갇힌다. 흰곰이 도착해서 근처를 맴도는 순간 돌고래의 숨구멍은 덫으로 변한다. 근처에 또 다른 숨구멍이 존재하지 않는다면.

바로 그 점이 문제였다. 숨구멍이 너무 많다는 것. 맨 처음 닷새만 해도 그렇지 않았다. 하지만 엿새째부터는 날이 너무 따뜻했다. 숨구멍의 수도 그만큼 많아졌다. 그래 가지고는 아무것도 할 수가 없었다. 먹잇감들이 어느 구멍으로 나올지 어떻게 안단 말인가.

꽤 먼 거리를 달려가자 멀리서부터 숨구멍이 눈에 들어왔다.

하나밖에 없었다. 꽤 두꺼운 빙판 같았다. 운이 좋았다. 그보다 더 좋을 수는 없었다. 그쪽으로 다가가 쪼그리고 앉았다. 돌고래가 모습을 드러낼 때쯤 가까이 다가가 앞발로 한 번 위협을 가했다. 그런 다음 다시 제자리로 돌아가 가만히 돌고래를 기다렸다.

돌고래는 한참 동안이나 소식이 없었다. 다른 구멍으로 가 버렸나? 그래도 흰곰은 한참을 더 기다렸다. 그러자 잠시 후에 가쁜 숨을 몰아쉬며 돌고래가 물가에 모습을 드러냈다. 그러고는 순식간에 물속으로 사라졌다.

걸려들었구나!

충분히 숨을 들이마시지 못한 게 분명했다. 근처에 다른 구멍이 없나 찾아봤지만 결국 적당한 구멍을 찾아내지 못한 게 분명했다. 그렇다면 섣불리 달려들 필요가 없었다. 어차피 시간이 가면 곰에게 유리한 싸움이었다. 당분간 돌고래는 충분한 시간 동안 물 밖으로 머리를 내밀지 못할 것이다. 가쁜 숨을 쉴 수밖에 없다는 뜻이다. 하늘을 충분히 들이마시지 못한 돌고래는 언젠가는 지치게 마련이었다. 그때가 되면 돌고래도 좀더 필사적인 모험을 감행할 것이다. 아무튼 그때까지는 근처를 어슬렁거리는 것 말고는 달리 할 일이 없었다.

흰곰은 다시 생각에 잠겼다. 돌고래 냄새가 주위에 가득했다. 물론 잘 아는 냄새였다. 돌고래 냄새. 빨간 냄새. 의미도 분명했다. 먹이라는 뜻이었다. 하지만 문득 그런 생각이 들었다.

저 하얀 게 다 똑같은 게 아니듯 이 빨간 냄새 또한 저마다 다 다른 것일 수도 있지 않을까.

돌고래가 물 밖으로 고개를 내밀었다가 재빨리 물속으로 헤엄쳐 들어갔다. 수백 번도 더 본 장면이었다. 물론 최근 며칠간 이렇게 완벽한 덫을 본 적은 없었지만, 아무튼 곰신의 영토에서 살아온 지난 열흘 동안 수십 번도 더 해본 사냥이었다. 하지만 이 사냥이 다른 사냥과 똑같은 사냥일까. 내가 잡아먹은 수십 마리의 돌고래가 과연 모두 똑같은 돌고래였을까? 아닐 것 같았다. 그럴 리가 없었다. 그는 자신이 다른 곰들과는 다른 곰이라는 사실을 잘 알고 있었다. 곰들이 그렇다면 돌고래들도 그럴 것이다. 그렇다면 이 돌고래는 도대체 어떤 의미를 지닌 돌고래일까? 나는 도대체 어떤 의미를 지닌 곰일까? 마지막 질문에 대한 답은 어렵지 않았다. 나는 결국 나라는 의미를 가진 곰이기 때문이다. 그것만은 따로 표시가 되어 있지 않아도 분명히 알 수 있었다. 그렇다면 저 돌고래는 도대체 무슨 의미일까?

돌고래는 절박한 사투를 벌이고 있었다. 하지만 흰곰은 그렇지가 않았다. 흰곰은 기다리고 또 기다렸다. 아직은 여유가 있었다. 그러나 돌고래는 그렇지 않았다.

돌고래는 얼음 구멍 주위를 빙빙 맴돌았다. 숨이 가빠 보였다. 벌써 한참 동안이나 흰곰의 눈치를 봐가며 수면 위로 올라왔다 내려가기를 반복한 뒤여서, 그냥 보기에도 지쳐 보이는 움직임이었다. 그다지 깊은 곳에 있지도 않았다. 앞발을 들어 한 번 후려치기만 하면 그만일 것 같았다. 물론 한 번은 물속으로 뛰어들어야겠지만 모처럼 만난 사냥감인데 그게 두려워서 놓친다는 것은 말이 안 됐다. 다만 마음이 내키지 않았을 뿐.

흰곰은 구멍 안을 가만히 들여다보았다. 돌고래가 물속 깊은 곳으로 내려가는 모습이 보였다. 그리고 잠시 뒤에 조금 떨어진 곳에서 바닥이 쿵 하고 울렸다. 얼음을 깰 작정인 듯했다. 흰곰은 자리에서 벌떡 일어났다. 이제 더는 뇌둘 수가 없었다. 빙판이 깨지면 절대 사냥에 성공할 수 없었다. 다시 한 번 돌고래가 모습을 드러내는 순간에 무조건 물속으로 뛰어들어야 했다.

그러고 싶지는 않았다. 그래도 해야만 했다. 그런데 그러지 않았다. 돌고래의 눈을 보았기 때문이다.

흰곰은 결국 사냥을 포기했다. 배가 고팠다. 하지만 어쩔 수 없었다. 그는 몸을 웅크리고 누워서 조용히 고뇌에 잠겼다.

사흘 밤낮이었다. 곰신의 영토에서는 밤낮이 그렇게 자주 바뀌지 않았지만, 시간으로 따지면 그 정도 길이였다. 해가 하늘을 크게 한 바퀴 돌아오는 돌아오는 시간. 흰곰은 꼬박 사흘 동안이나 고뇌에 잠겼다. 한번 뜬 해는 반년이 지나도록 지지 않는 낮, 한번 진 해는 반년이 지나도록 뜨지 않는 밤. 여전히 차가운 세상이었지만, 얇아진 빙판을 다시 두껍게 만들 만큼 충분히 매섭지는 않은 오후였다. 곰신이 서서히 힘을 잃어가는 나날의 오후.

흰곰은 아침이 되면 굴 밖으로 나가 맨 먼저 곰신의 영토를 돌아보곤 했다. 영토가 눈에 띄게 줄어든 것이 한눈에 들어왔다. 어떤 곳은 빙판이 육지까지 밀려났다. 바다 위를 덮지 못한 빙판은 아무 소용이 없었다. 그런 곳은 결코 사냥터가 되지 못했다.

흰곰은 얼음이 녹은 대지에 떠밀려 온 해초를 뜯어 먹었다. 먹잇감 냄새가 코를 어지럽힐 때도 있었다. 그러나 이제는 달려가봐도 소용이 없었다. 달려가본들, 그곳은 얼음 구멍이 아니라 그냥 바다 위였다. 얼음 구멍이었대도 마찬가지였다. 흰곰의 축복받은 거대한 엉덩이를 지탱할 만큼 두텁지 않다면, 그곳은 흰곰에게도 사지(死地)나 마찬가지였다.

다른 곰들처럼 흰곰도 점점 야위어갔다. 그리고 사흘 동안 이어온 고뇌를 계속해서 이어갔다. 육중했던 몸이 점점 가벼워지는 만큼 추위를 참아내기가 점점 더 힘들어졌지만, 마음만은 하루가 다르게 편안해지는 느낌이었다.

흰곰은 돌고래들을 따라다녔다. 수많은 돌고래들이 바다를 헤엄쳐 다녔지만 흰곰은 사흘 전에 만난 그 돌고래를 기억하고 있었다. 그는 돌고래들을 자세히 들여다보았다. 다 비슷해 보였지만 조금씩은 달랐다. 그 돌고래와는 다른 냄새가 났다. 모습도 달라 보였다. 왜 다를까? 그게 무슨 의미일까?

가끔은 덫에 걸린 돌고래를 만나기도 했다. 얇아질 대로 얇아진 빙판에 뚫려 있는 구멍 아래였다. 흰곰은 이미 기력이 쇠할 대로 쇠했다. 물에 뛰어들어 사냥을 시도할 수는 있었지만 그것도 이제 단 한 번뿐이었다. 실패한다면 더 이상은 얼음 위로 올라설 기력조차 없을 것 같았다. 시간이 지나면 무조건 흰곰이 이기는 싸움인 줄 알았는데 그렇지가 않았다. 사냥을 하지 못한 채 시간이 지나면 무조건 흰곰이 지게 되어 있는 싸움이었다.

마지막 기회가 눈앞을 지나가고 있었지만 흰곰은 사냥을 할 마음이 전혀 없었다. 아니, 전혀 없는 것은 아니었다. 다만 사냥하고자 하는 대상이 예전과는 달랐을 뿐이다. 그는 먹이를 구하려 하지 않았다. 먹이 대신 다른 것을 구하고 싶었다. 배가 고픈 것은 마찬가지였지만, 그 허기를 채우기 위해 죽은 돌고래의 육신을 먹고 싶지는 않았다. 대신 다른 것을 먹고 싶었다. 그게 뭘까? 그리고 그걸 잡아먹으려면 도대체 뭘 어떻게 해야 하는 걸까.

그는 얇은 빙판 위에 간신히 올라섰다. 아래를 내려다보았다. 돌고래 한 마리가 얼음 구멍 위로 머리를 내밀었다. 도망쳐도 그만이고 다른 구멍으로 옮겨 가도 그만이었다. 그런데 돌고래는 그렇게 하지 않았다. 아마도 흰곰이 얼마나 허약한 상태인지를 잘 알기 때문인 듯했다. 그 모습을 보고 흰곰은 죽음을 직감했다. 상대의 눈에 비친 자신의 모습이 얼마나 초라한

지를 깨달았기 때문이다.

하지만 죽음에 대한 두려움보다는 사흘 내내 머릿속을 맴돌던 의문이 먼저 머릿속에 떠올랐다. 너는 도대체 누구지? 아무 표시가 없어도 내가 다른 곰들과는 다른 특별한 곰이라는 건 알겠는데, 너는 도대체 누구지? 네가 그렇다는 건 어떻게 알수 있지? 나는 지금 도대체 누구한테 묻고 있는 거지?

그리고 그 순간, 그가 딛고 서 있던 빙판이 쩍 하고 갈라졌다. 그는 그대로 물에 빠지고 말았다. 허약해진 다리를 허우적거리며 빙판 위에 올라서려고 안간힘을 다 썼다. 그러나 그가 앞발로 내리누르는 곳마다 빙판에 쩍쩍 금이 갈 뿐이었다. 이제는 도저히 올라설 수 없을 것 같았다.

포기해야겠다.

그는 힘을 빼고 가만히 물 위에 떠 있었다. 체온이 점점 낮아졌다. 심장이 서서히 느려지는 듯했다. 그래봐야 잠드는 건데 뭘. 무서울 게 뭐 있어. 하지만 얼마나 긴 잠을 자야 할까? 곰들은 밤의 길이가 낮과 똑같다는 사실을 알지 못했다. 밤이 얼마나 긴지 알아내려면 뜬눈으로 밤을 새워야 하지만, 그럴 수있는 곰은 어디에도 없었다. 흰곰은 겨울잠이 들 때마다 다시 깨어나지 못할지도 모른다는 생각을 하곤 했다. 잠든 사이 곰신의 영토가 몽땅 녹아내려 곰신이 자기를 발견하게 될지도 모른다는 두려움도 함께였다.

힘이 하나도 없었다. 힘을 빼고 물 위에 떠 있자니 자연스레 하늘이 눈에 들어왔다. 눈이 내리고 있었다. 눈송이 하나가 코끝에 내려앉았다. 차가웠다. 아무 느낌도 없어야 맞을 텐데, 차가운 느낌에 네 다리를 푸르르 떨었다.

그리고 그 순간 그는 눈이 되었다. 물 위에 닿자마자 사라지는 눈. 몸이 서서히 녹아 없어지는 듯했다. 착각인가. 그는 곧 눈이 되어 곰신의 영토를 가득 채웠다. 팔이 네 개밖에 안 달린 눈송이였다. 팔 네 개에 머리 하나. 하지만 그 많은 눈송이 중에 똑같이 생긴 눈송이는 단 하나도 없었다. 그가 차곡차곡 쌓여 빙판을 만들면 돌고래들이 아래에서부터 그를 두드려댔다. 쿵. 쿵. 두근두근.

문득 정신을 차렸다. 아직 물속이었다. 두근두근, 심장이 아직은 잠들지 않은 모양이었다. 정신없이 날리는 눈보라를 바라보면서 존재가 서서히 지워져갔다. 돌고래들이 주위를 맴돌았다. 커다란 고래신이 곰신의 대지를 텅텅 두드리는 소리가 바다를 타고 그의 심장에 전해졌다. 흰곰은 그 소리가 고래신이 내는 소리인지 자기 심장이 다시 뛰는 소리인지 구별할 수가 없었다.

두근두근. 뭔가가 소리를 냈다. 심장 소리는 아닐 거라고 생각했는데, 가만히 들어보니 꽤 규칙적인 소리였다. 그는 그 소리에 귀를 기울였다. 눈꺼풀이 닫혔다. 어두웠다. 칠흑같이 어두운 밤. 어디선가 끝없는 암흑이 쏟아져 내리는 소리가 들렸다.

픽픽픽. 뭔가 조그만 것이 바닥을 긁는 소리가 났다. 눈송이
만큼 작은 것이 내는 소리였다. 흰곰은 그쪽으로 다가가 아래
를 내려다보았다. 조그만 구멍이 생겨났다. 너무 작아서 거의
보이지 않을 정도였다. 그쪽으로 얼굴을 바짝 갖다 댔다. 조금
더 가까이, 조금 더 가까이. 구멍을 완전히 가릴 만큼 가까이
다가가 한쪽 눈을 그 위에 바짝 갖다 댔다. 그러자 구멍을 파고
나온 생명체가 보였다. 눈, 코, 입, 귀. 길쭉한 얼굴을 한 흰색
곰이었다. 작은 곰이 놀란 얼굴로 그를 올려다보았다.

너는!

흰곰은 깜짝 놀라 고개를 들었다. 그러자 작은 곰도 깜짝 놀
라며 구멍에서 얼굴을 뺐다. 칠흑 같은 어둠 속이었지만 흰곰
은 그 작은 곰을 알아볼 수 있었다. 네가 누군지 알아. 다리 네
개에 머리 하나. 다른 어떤 곰과도 다른 곰, 다른 어떤 눈송이
와도 다르게 생긴 눈송이, 아무리 조그맣고 아무리 조용해도
절대 못 알아보고 지나칠 리 없는 단 하나뿐인 존재.

너는!

나잖아!

눈을 떴다. 또다시 하늘을 올려다보는 자세였다. 눈송이들이
그의 얼굴로 날아들고 있었다.

'저 많은 눈송이들 하나하나가 무슨 뜻을 갖고 있는지 곰신
은 과연 알아볼 수 있을까.'

그는 사흘 전에 품었던 생의 의문에, 그리고 누군지도 모를 누군가에게 그 질문을 던졌던 자기 자신에게, 고개를 끄덕이며 이렇게 대답했다.

'그래, 알아볼 수 있어.'

'그래? 그런데 너는 도대체 누구지? 누군데 나한테 대답하는 거야?'

'나? 뜬눈으로 밤을 새우는 유일한 곰이지.'

그가 물었다.

'그래? 그게 누군데?'

그러자 그가 대답했다.

'누구긴. 곰신이지.'

그날 오후에 곰신이 열반에 들었다. 여간해서는 해가 지지 않는 거대한 곰신의 오후에.

카페 빈스토킹 Cafe Beans Talking
——『520층 연구』서문 중에서

'평면 선거구 입체화 방안'은 수평 방향으로 퍼져 있는 선거구를 정방형에 가까운 3차원 선거구로 재편하는 계획이다. 빈스토크 미세권력연구소의 실험에서도 입증된 것처럼, 대면 관계를 통한 입소문은 다른 층으로 전파되는 속도보다 같은 층 안에서 퍼져나가는 속도가 압도적으로 빠르다. 전달된 메시지의 영향력 또한 수직 방향으로 전달되었을 때보다 수평 방향으로 전달되었을 때 훨씬 강력한 것으로 나타났다.

이 발견은 선거와 관련해서 특히 주목을 받았다. 신문과 방송을 비롯한 주요 언론 매체를 완전히 장악했음에도 수직주의자들이 시의원 선거에서 한 번도 압도적인 승리를 거두지 못한 것은 빈스토크 의회의 규모와 깊은 관련이 있다. 빈스토크 시의회 의원 수는 모두 199명으로, 의원 한 명이 대표하는 시민의 숫자는 겨우 2652.47명에 불과하다. 평균 1,327표를 얻은 후보는 유권자 인구 구성이나 투표율에 관계없이 무조건 당선을 확정지을 수 있으며, 투표율이 대략 60퍼센트인 선거에서는 평균 557표를 획득하면 다른 후보자의 숫자와 무관하게 당선이 가능하다. 실제로 12대 의회 의원들의 평균 득표수는 겨우 472.2표에 불과했다.

빈스토크에서도 매스미디어는 대중의 마음을 움직이는 가장 중요한 수단이다. 이 점은 다른 나라와 다를 바가 없다. 문제는 473이라는 숫자다. 대중이라고 부르기에는 너무 적은 숫자인 탓이다. 473명의 마음을 사로잡는 데에는 매스미디어보다 입소문이 효과적인 경우가 많다.

수직주의자들이 전체 의원 숫자를 줄이려는 시도를 끊임없이 하는 것도 이와 무관하지 않다. 의원 한 명당 평균 득표수가 늘어날수록 선거에 미치는 매스미디어의 영향력도 커질 것이기 때문이다. 선거구를 수직으로 늘리는 것 역시 그와 같은 효과를 낳는다. 한 선거구가 하나의 입소문 영역과 일치하는 것보다, 한 선거구에 복수의 분절된 입소문 영역이 존재하는 편이 매스미디어에 유리하기 때문이다. 그러나 수직주의자들이 압도적인 차이로 의회를 장악하지 않는 이상 그런 일이 일어날 가능성은 희박한 것도 사실이었다.

'이두 언니'가 520층으로 파견된 것도 바로 그런 이유에서였다. 그 시절 내가 살던 동네는 가로세로의 길이가 수백 미터인데 비해 높이는 겨우 3층밖에 되지 않는 전형적인 평면 선거구였다. 따라서 520층의 입소문 구조를 파악하면 빈스토크 전체의 비공식 네트워크를 이해할 실마리를 찾아낼 수 있으리라는 것이 수직주의자들의 가설이었다.

"웃기지 않냐? 그래서 나한테 그러는 거야. 한 여섯 달쯤 여기에 살면서 520층 입소문 네트워크에 들어가라는 거지. '방세는 어쩌고요. 연구비 지원이 되나요?' 하고 물었더니 그냥 자기 집 세입자 나갈 때 됐으니까 거기 들어가서 살래. 공짜로 주는 것도 아니야. 좀 싼 값에 준다 그래서 왔는데 와서 보니까 별로 싸지도 않은 거 있지. 그래도 별수 없지 뭐. 시키는 대로 하거나 아니면 회사를 그만두거나 둘 중 하나였으니까. 그래서 일단 오기는 왔는데 말이야."

'이두 언니'는 빈스토크 미세권력연구소 연구원으로, 본명은 진경희. 당시 나이 36세의 미혼 여성이었다. 사실 이두 언니는 본인도 모르는 사이 520층 입소문 네트워크에 진입해 있었다. 주체가 아닌 객체 자격이었다. 언니가 520층으로 이사한 지 2주도 안 됐을 무렵, 수상한 여자가 나타났다는 소문이 내 귀에도 들려왔는데, 그게 바로 이두 언니였던 것이다. 소문의 진원지는 동네 입주민 센터 헬스장이었다.

"저 사람 뭔가 이상하지 않아? 그냥 이상한 게 아니라 어딘지 수상해. 멀쩡하게 생긴 사람이 저기는 왜 따라다니는 거지?

뭐 하던 애야? 옷도 이상하게 입고."

연수 언니(여, 당시 나이 36세)의 말이었다. 나는 이두 언니를 유심히 지켜보았다. 이두 언니는 520층 헬스장 생태계를 전혀 이해하지 못했다. 예를 들어 그 시절 520층 여자들은 헬스장에서 반바지를 입는 일이 거의 없었다. 긴 운동복 바지에 밝은 단색 반팔 티셔츠가 표준 복장이었고, 무거운 것을 드는 운동보다는 달리기나 요가 같은 운동을 선호했다. 단발머리인 경우 헤어밴드를 하는 게 일반적이었으며 양말은 흰색 혹은 노란색을 선호했고 운동 전에는 늘 블랙커피를 마셨다. 별다른 이유는 없고 단지 그게 유행이었을 뿐이다. 언니는 그중 단 하나도 우리와 비슷하지 않았다. 누가 봐도 외지인이 분명했던 셈이다.

진짜로 이상했던 점은, 언니가 중년 남자들이 중심인 헬스장 정기 모임에 회원으로 가입했다는 사실이었다. 물론 헬스장을 찾는 이삼십대 회원들은 중년 남성들과는 절대 어울리지 않았다. 말을 하거나 인사를 나누지 않았을 뿐만 아니라 운동기구까지도 완전히 분리해서 사용하려는 경향이 있었다. 남녀가 완전히 분리된 헬스장이 있었다면 모두가 그쪽으로 몰려갔을지도 모른다.

"왜 피하냐고? 글쎄, 일단 무섭잖아. 색깔 이상한 반바지 같은 거 입고 우르르 몰려와서 막 어후어후 소리 내면서 운동하고. 자기들끼리 이 사장, 박 사장, 그러면서 으하하하 떠들고.

그렇게 어후어후 운동하는 티 꽉꽉 내놓고는 끝나면 모여서 고 기 먹으러 가고."

이웃에 사는 대학생 지현 씨(여, 22)는 헬스장을 찾는 중년 남성들에 대해 그렇게 반말로 증언했다. 다른 사람들의 의견도 크게 다르지 않았다. 그랬기 때문에 어느 날 이두 언니가 어후 어후 하는 무리를 따라 고기를 먹으러 가는 모습을 보고 나를 포함한 또래 회원들은 경악을 금치 못했다.

"왜 따라갔냐고? 일이니까 어쩔 수 없지. 그런 데서 입소문 이 유통되는 거니까. 그거 하려고 여기로 이사 왔는데 선택의 여지가 어딨어. 젊은 애들 따라다녀봐야 나올 것도 없고. 그렇 잖아. 자기 것만 딱 하고 집에 가버리는 사람들이랑 어울려서 뭐 해."

이두 언니의 말이었다. 중년 남성을 제외한 모든 계층의 회 원들은 헬스장에 같이 다닌다는 이유로 모임을 만드는 경우가 전혀 없었다. 같은 시간에 운동을 끝마쳤다고 샤워를 같이하는 일은 상상도 할 수 없었다. 샤워장에서 마주쳤을 때 서로 말을 건네는 법도 없었다. 물론 언니는 예외였다.

이두 언니가 이두 언니가 된 것은 언니가 다른 여자 회원들 은 거의 하지 않는 웨이트 트레이닝에 열을 올렸기 때문이다.

"쟤 저러다 이두근만 이만해진다. 삼두도 좀 하지. 어떻게 맨 날 똑같은 것만 하냐. 저거 나중에 팔만 이따만해져서, 타이트 한 거 입으면 벗을 때 팔도 안 빠지겠다."

연수 언니는 이두 언니를 경계하는 눈치였지만 나중에는 결국 절친한 사이가 되었다. 물론 그렇게 된 뒤에도 두 사람이 샤워 시간을 맞추거나 하는 일은 일어나지 않았다. 이두 언니는 그게 불만인 모양이었다.

"아 좀 도와주지. 나 뭐라도 건져가야 되는데."

"번지수를 좀 잘못 짚어야 말이지. 내가 여기 5년 다니면서 누가 정치 이야기하는 건 본 적도 없다. 도대체 무슨 상상을 하는 거야? 다른 동네는 헬스장 샤워실에서 서로 막 대화하고 그래?"

"나야 모르지. 안 다녀봤으니까."

그래서 연수 언니는 이두 언니를 빈스토킹에 데려갔다. 카페 빈스토킹은 표준 층수 521층 화물 엘리베이터 터미널 바로 근처에 있는 커피 전문점이었는데, 그 앞에 펼쳐진 조그만 공터가 520층 입소문 네트워크의 실질적인 중심으로 여겨지는 곳이었다. 물론 연구자의 표현일 뿐이고, 주민들의 표현으로는 '소문의 근원지'쯤 되는 장소였다.

카페 빈스토킹은 평범한 커피 전문점이 아니었다. 원래 그곳은 지역 수평노조에서 공동으로 사용하는 화물 집하장이었다. 사장인 장삼남(남, 57) 씨는 그 지역 수평노조 조합원이었는데, 어느 날 왼쪽 다리에 큰 부상을 당한 후 노조에 양해를 얻어 그 근처에서 커피를 팔기 시작했다.

"절망적이었지. 배달 일 말고는 할 줄 아는 게 하나도 없었으니까. 점포도 없고 아무것도 없이 커피 장사를 시작했어. 그때만 해도 요새 같은 커피는 별로 없었거든. 다방 커피였지 뭐. 자판기 커피보다 나을 게 하나도 없었으니까. 아마 맛은 더 없었을걸. 그런데도 장사가 됐어. 아주 잘됐지. 한두 해 하다 보니 원래 하던 일보다 수입이 많은 거 있지. 왜는 무슨. 조합원들이 다 사준 거지. 아무 이유 없었어. 그냥 오다가다 한 잔씩 사준 거야."

장삼남 씨는 늘어난 수입으로 가게를 열고 기계를 들여놓았다. 그래도 여전히 그의 커피는 맛이 없었다. 맛이 너무 묽어서 진짜로 커피를 좋아하는 사람들은 별로 찾지도 않았다. 대신 가격은 다른 곳보다 저렴했다. 장삼남 씨는 자신을 먹여 살리는 것이 누구인지 잘 알고 있었다. 커피를 팔아서 큰돈을 벌 욕심도 없었다. 그때부터 빈스토킹은 조합원 모두의 공간이 되었다.

"그냥 심심하면 거기 들러. 하루에 두 번은 꼭 올 걸. 일 마치고 와서 앉아 있다 가기도 하고, 주말에 들르기도 하고. 커피 안 마신다고 뭐라 그러는 사람도 아무도 없고, 그 시간에 술 퍼마시는 것보다는 나은 것 같아서 자주 와. 사람들도 만나고."

이상은(여, 42) 씨의 말처럼 빈스토킹은 조합원 모두의 사교 공간이자 여가 생활의 중심지였다. 그리고 시간이 지나면서 자연스럽게 520층 주민 모두의 안식처가 되었다.

"소문? 그렇지. 여기 오면 제일 잘 들을 수 있지. 우리야 뭐, 하루에도 몇 번씩 520층 구석구석을 오가니까. 하루 종일 여기에 죽치고 앉아만 있어도 520층에서 무슨 일이 일어나는지 다 알 수 있지."

또 다른 조합원 황종재(남, 39) 씨도 그렇게 말했다. 그 말에 이두 언니는 해답을 찾은 듯 표정이 밝아졌다. 그리고 헬스장에 나타나는 일이 점점 드물어졌다. 나를 포함한 헬스장 무리들은 몇 달이 가도록 그 일의 의미를 깨닫지 못했다.

그러던 어느 날이었다. 시의원 선거를 1년 앞둔 어느 날, 빈스토크 최대의 테이크아웃 커피 체인인 퀸즈 테라스 지점 세 개가 519층에서 521층까지 층마다 한 군데씩 들어섰다. 퀸즈 테라스의 커피 가격은 카페 빈스토킹에 비해 50퍼센트나 비쌌지만, 오픈 기념 프로모션 기간에는 카페 빈스토킹보다 약간 저렴한 가격에 커피를 팔았다. 그런데 그 기간이 무려 6개월이나 됐다. 빈스토킹이 문을 닫을 때까지 가격 경쟁을 하겠다는 의도였다.

물론 우리는 퀸즈 테라스에 열광했다. 그 사람들이 왜 6개월 동안이나 출혈 경쟁을 벌이기로 했는지 전혀 이해하지 못했다. 이해하려고 애써본 적도 없었다. 퀸즈 테라스 커피는 카페 빈스토킹 커피보다 훨씬 깊고 진했다. 원두의 종류도 비교할 수 없을 만큼 다양했다. 젊은 층이 먼저 빈스토킹을 떠났고, 다른 세대가 곧 그 뒤를 따랐다. 그러자 퀸즈 테라스는 521층에 지점을 하나 더 개설했다. 사실 지점의 수는 문제가 아니었다. 어차피 퀸즈 테라스는 테이크아웃에 특화되어 있었기 때문에 네 개 점포를 다 합친 부동산 가격이 카페 빈스토킹 하나에도 못 미쳤다. 단지 커피가 좀더 싸고 맛있었을 뿐, 여유 있게 즐길 공간은 전혀 없었다는 뜻이다.

우리는 퀸즈 테라스에서 커피를 사 들고 각자의 공간으로 흩어졌다. 그 커피를 들고 빈스토킹에 가서 떠들고 놀 수는 없었다. 물론 커피 맛을 전혀 구분하지 못하는 사람들은 헬스장에 모여 후아후아 하고 거칠게 운동을 한 다음 여럿이 동시에 샤워장에 들어가 샤워를 마치고 한 주에 두 번씩은 단체로 고기를 먹었으며, 뭐가 달라졌는지 눈치도 채지 못한 채 늘 하던 대로 카페 빈스토킹을 찾았다. 그러나 다른 부류의 사람들은 그러지 못했다.

우리는 각자 점유한 부동산 속으로 뿔뿔이 흩어졌고, 그 속에서 매스미디어의 달콤하고 짜릿한 맛에 새삼 길들여졌다. 카페 빈스토킹은 결국 문을 닫았고, 520층 입소문 네트워크는 너무나도 쉽게 사라져버렸다. 겨우 1년 만에 우리는 520층 사람이 아닌 빈스토크 사람이 되고 말았다.

우리는 그렇게 시의원 선거를 맞이했다. 520층 선거구에서는 사상 최초로 수평주의 후보가 수직주의 후보에 389 대 422로 패배했다. 나는 그 일의 의미를 전혀 깨닫지 못했다. 그해 선거에서 수직주의자들은 유례없는 대승을 거두었다. 그런데 나는 그 일의 의미 또한 전혀 깨닫지 못했다.

깨달음을 얻기까지는 1년이 더 걸렸다. 카페 빈스토킹이 사라지면서 520층 사람들의 삶 또한 어딘지 모르게 각박해졌다. 어느 날 갑자기 이웃 주민 모두가 도시 사람이 되어버리기라도 한 듯, 뻔히 아는 사람을 보고도 눈을 피하는 경우가 생겨났다. 이제 우리는 서로의 개인사에 관심이 없었다. '모두가 아는 소문'도 자취를 감추었다. 심지어 연수 언니는 이두 언니의 존재를 기억조차 하지 못했다. 이두 언니가 사라진 지 딱 1년 뒤였다.

그 모든 것이 카페 빈스토킹이 사라졌기 때문에 일어난 일이었다. 이두 언니가 찾아낸 선거 전략이 적중한 셈이다. 면대면 네트워크가 영향력을 상실하면서 매스미디어가 그 자리를 대신한 것, 그것이 곧 520층을 각박한 곳으로 변화시킨 원인이었다.

그리고 이 문제는 520층에만 국한된 것이 아니었다. 딱 그 무렵에 그와 유사한 일들이 빈스토크 곳곳에서 동시에 일어났다. 층별 지역 공동체에는 저마다 자연발생적인 생활 중심지가 형성되기 마련이었다. 그리고 사라지기 마련이었다. 사람들은 이 일을 당연히 받아들였다. 자연적으로 발생했다가 자연히 사라졌다는 식이었다. 그러나 이는 사실이 아니다. 빈스토크의 수평 지역 공동체들은 거의 동시에 사라졌다. 그 많은 지역 공동체들이 카페 빈스토킹 폐점과 거의 비슷한 시기에 일제히 중심지를 상실하면서 일어난 일이다.

하지만 이들 수평 지역 공동체에 속한 사람들은 그 사실을 전혀 깨닫지 못했다. 각각의 지역 공동체 사이에는 네트워크가 전혀 없었기 때문이다. 수평주의 연합은 바로 이 같은 깨달음을 토대로 만들어졌고, 경우에 따라 '지역분리주의연대' 같은 모순적인 입장으로 발전하기도 했다. 이 모든 일이 결국 우리가 카페 빈스토킹을 지켜내지 못했기 때문에 일어난 일이었다.

이 책을 쓰는 동기도 이와 비슷하다. 우리가 520층을 지켜내지 못하면 520층 역시 영영 사라질지도 모른다. 물론 520이라는 숫자는 지워지지 않을 것이다. 그러나 빈스토크라는 3차원 공간의 어느 지점을 나타내는 수직 좌표가 아닌 우리 생활의 터전이었던 520층은, 모두의 기억에서 영원히 사라지게 될 날이 올지도 모른다. 누군가가 이렇게 기록해두지 않으면. 그러므로 이 글은 나와 내 동료들이 배워 익힌 지식이나 이념에 대한 기록이 아니라, 520층 공간에 수평으로 퍼져 있던 우리의 소중한 삶과 일상에 대한 기록이다.

그 삶이 오래오래 기억되기를 바라며, 1장에서는……

(이하 생략)

내면을 아는 배우 P와의 '미친 인터뷰'

이번에 상을 받았다.

그렇다. 특별한 상이었다. 인간이 아닌 배우에게는 처음으로 주어지는 상이다.

'인간이 아닌 배우'에게 주어진 상이라는 데 큰 의미를 부여하는 듯한 말투다.

물론이다. 인간 배우들과 같은 자격으로 경쟁을 벌이는 것도 훌륭하다고 생각하지만 그게 다가 아니다. 결국 그들의 영화에 등장하는 소품으로 남는 일이기 때문이다. 이번에 내가 받은 상은 그것과는 다른 의미였다. 인간 배우들과는 완전히 다른 연기 영역을 개척한 배우라는 의미가 포함되어 있다.

경쟁 부문에서는 수상을 못 했는데, 화가 나지 않나.

그렇지 않다. 주연상 대신 특별상을 수상했다는 것은 말하자면 내 연기가 인간 영화제의 척도로는 평가할 수 없는 영역이라는 것을 그들이 인정했다는 의미다. 동물들을 대상으로 하는 영화제가 있다면 거기에서 평가받는 것이 옳다는 뜻이다. 하지만 알다시피 그런 영화제는 없다. 그 상황에서 그들은 나에 대한 최상의 예우를 보인 셈이다. 자신들이 평가할 수 있는 영역은 아니지만, 그래도 찬사를 보내지 않을 수 없다는 취지였고, 나는 그 취지에 공감한다.

수상 소감이 인상적이었는데.

그런가. 특별상이라 전혀 준비를 못 했다. 신인상이나 주연상 같은 경쟁 부문에서도 수상한 적이 없기 때문에 마음의 준비가 전혀 안 돼 있었다. 이번 영화제를 위해서 준비한 것은 아니지만 언젠가 그런 자리에 오르게 된다면 이렇게 해야지 하고 준비한 말은 있었다. 그런데 막상 그 자리에 서니까 아무 생각도 안 났다.

어떤 말이었나.

멍멍멍.

실제로는 뭐라고 말했나.

멍멍.

부족하지 않나. 그동안 도와준 분들도 많았을 텐데. 상투적인 수상 소감이 반드시 좋은 거라고는 말할 수 없지만 그래도 서운해하는 분들이 있었을 것 같다.

물론 그렇다. 감사드리고 싶은 분들이 많았다. 하지만 어쩔 수 없었다. 알다시피 나는 사람 말을 못한다. 이 인터뷰도 미친 짓이라고 생각한다. 매니저가 이 인터뷰에 관해서 이야기했을 때 솔직히 장난인 줄 알았다. 그래서 알았다고 했다. 그랬더니 이렇게 됐다. 진짜로 인터뷰를 하게 될 줄은 몰랐다.

매니저가 대신 대답하고 있는데, 마음에 드는가? 본인 생각과 다른 부분은 없는가?

마음에 든다. 나는 그를 신뢰한다. 그는 나를 잘 안다. 데뷔 때부터 줄곧 같이 일했다. 그가 없었으면 상당히 불편했을 것이다. 이 일을 계속하기는 했겠지만, 말 그대로 상당히 불편했을 것이다. 배우에게, 특히 나 같은 배우에게 감독이나 다른 스태프와 의사소통을 하는 문제는 대단히 중요하다. 작품에 대한 공감도 문제가 되겠지만 아주 사소한 것부터 걸리는 경우가 많다. 특히 인간들은 후각이 예민하지 못하기 때문에, 나로서는 거의 작업을 할 수 없을 만큼 절망적인 환경에서 나에게 고도

내면을 아는 배우 P와의 '미친 인터뷰' 297

의 내면 연기를 요구하는 경우도 있다. 이게 해결되지 않으면 대단히 불편하다.

데뷔 당시에는 여건이 더 열악했다던데.

그때는 대본도 콘티도 없었다. 다른 배우들은 다 아는데 나만 무슨 장면을 찍는지 모르는 채로 촬영에 들어갔다. 당시 연출부는 고무공이나 개껌 같은 것을 사용해서 연기 지도를 했다. 이를테면 모두가 결정적인 범행 증거를 찾기 위해 동분서주하는 상황에서 나만 장난감 고무공을 찾는 데 몰두해야 하는 상황이었다. 도저히 몰입할 수 없는 환경이었다. 〈후각의 발견〉 3시즌에 마약반 오자영 형사가 마약 조직의 습격을 당해 죽음을 맞이하는데, 자세히 보면 그 장면에서 내가 꼬리를 살랑살랑 흔드는 모습을 볼 수 있다. 나로서는 대단히 치욕적인 장면이지만 내 잘못은 아니다.

그럼에도 불구하고 그 작품을 통해 연기자로서 확고한 입지를 굳혔다. 첫 출연작이라고는 믿기 힘든 연기였다.

그렇지도 않다. 사실 그때만 해도 액션이 전부였다. 인간 감독들은 동물 배우들에게 복잡한 내면 연기를 요구하지 않았다. 꼬리를 흔들고 귀를 세우고 눈을 깜빡거리는 것만으로 감정 표현이 충분히 가능하다고 믿었던 것 같다. 그래서 초창기에는 표정이 딱 네 개나 다섯 개밖에 없는 배우들이 최고의 내면 연기를 보여줬다는 찬사를 받기도 했다. 그런 여건이었기 때문에 연기가 그렇게 어렵지는 않았다. 액션만 잘 소화하면 됐는데 내 적성에 잘 맞았던 것 같다.

그렇게 겸손하지 않아도 된다. 최고의 액션 연기였다는 찬사가 쏟아졌고, 모두가 그때의 연기를 기억하고 있다. 특별한 비결이 있었나.

특별한 비결은 없었다. 다만 남들보다 유리한 조건에서 시작했을 뿐이다. 원래 〈후각의 발견〉 주연으로 캐스팅된 배우가 빈스토크 출신이 아니었다. 나와는 비교가 안 될 정도로 뛰어난 연기력을 보여준 배우였는데 액션에 약간 문제가 있었다. 주변국에서 연기 트레이닝을 받은 배우여서 3차원 공간에 적응하지 못했던 것 같다. 사실 심각한 결함은 아니었다. 나 또한 너무 광활한 2차원 공간에는 적응하기가 힘들다.

당시 액션은 추격 신이 대세였고, 영화 내내 빈스토크 구석구석을 뛰어다니기가 일쑤였다. 나는 빈스토크에서 나고 자랐기 때문에 3차원 공간을 파악하는 데 전혀 문제가 없었다. 그래서 원래 캐스팅된 배우가 혼란스러워하던 찰나에 감독님 눈에 띄었다. 운이 좋았던 셈이다. 현장에서 달리기 오디션을 봤고, 그대로 캐스팅이 됐다. 그 순간 내 인생이 완전히 바뀌었다.

후회한 적도 있나?

거의 없다. 하지만 전혀 없는 것은 아니다.

어떤 점에서?

아무도 나를 못 알아본다는 게 어떤 느낌인지 잊어버렸다. 평범한 평일 오후에 혼자서 광장을 걷고 싶다는 생각이 들 때가 많다. 주말이나 일요일이어도 좋다. 그런데 그럴 기회가 전혀 없다. 앞으로도 영영 없을 것 같다. 그 생각을 하면 서글프다.

애정 문제도 같은 맥락인가.

물론 같은 맥락이다. 그런데 그렇지 않은 면도 있다. 우리는 인간 배우들보다 스캔들에 훨씬 민감하다. 역설적인데, 스캔들이 터지면 우리는 재기할 수 없을 만큼 이미지에 큰 타격을 입는다. 빈스토크 때문이다. 빈스토크 사람들은 자기네 나라가 바벨에 비유되는 것을 끔찍이도 싫어하지만 종종 그렇게 비유되는 게 사실이다. 어떤 사람들은 아예 소돔이나 고모라 같은 고대 도시에 비유하기도 하는데 그런 비유가 우리를 힘들게 한다. 동물 배우들의 경우 사랑은 곧 타락의 이미지와 연결되는 경우가 많다. 소돔 이야기를 꺼낸 것도 그런 맥락에서. 너무나 불공정한 경우지만 현실이 그렇다. 그리고 그런 이미지를 얻은 배우는 결국 도태되고 만다. 그러니 순수하지 않을 도리가 없다. 이건 전략의 문제가 아니라 생존의 문제다.

그래도 사랑은 보편적인 가치 아닌가. 오해를 받는 줄 뻔히 알면서도 절대 포기 못 하는 사랑이라는 것도 있는데. 사랑이 찾아온 적

은 없었나?

말할 수 없다.

근작들을 보면 내면의 깊이가 부쩍 깊어진 것 같다. 조금 전에 보여준 것과 똑같은 눈빛이다. 삶이, 당신의 연기 생활에 훌륭한 조언자가 되고 있는 듯한데.

당연하다. 연기자가 어느 정도 궤도에 오르고 나면 일반적인 삶의 궤적과는 다른 식의 삶을 살게 되는데, 나는 그게 연기자 본인에게 어마어마한 손실이라고 생각한다. 스타가 되고 많은 돈을 벌어서 좋은 집에 사는 게 꼭 나쁜 일은 아니다. 그러나 모든 배우가 그렇게 살아서는 안 된다. 모든 배우가 삶에서 유리된 채 오직 영화 속에서만 거리의 비루한 삶을 '체험'한다면 영상 산업 전체가 결국 생명력을 잃고 말 것이다. 그런데 나역시 그와 똑같은 덫에 걸려 있다. 나는 슬픔을 연기하지만, 오직 촬영 기간 몇 달간만 그 상황을 체험할 뿐이다. 나머지는 즐겁다. 그런 결함을 극복하기 위해 과도하게 슬픔에 몰입하기도 한다. 그런데 그렇게 억지로 짜낸 슬픔은 진짜 슬픔과는 거리가 멀다. 그게 아쉽다. 그런 아쉬움이 세월의 무게처럼 차곡차곡 쌓여가면서 내면을 비추는 거울이 된 것 같다. 지금의 나는 신인일 때의 건강한 나보다 훨씬 아름답다고 생각한다.

동의한다. 당신을 최고의 스타로 만든 것은 〈후각의 발견〉에서 보

여준 현란한 액션 연기였을지 몰라도, 당신을 최고의 배우로 만든 것은 역시 〈낮은 코〉에서 보여준 정적인 내면 연기인 것 같다.

나에게 〈낮은 코〉는 축복 같은 작품이다. 그 작품을 촬영하는 동안 나는 내가 아닌 것 같았다. 나 스스로의 모습에 깜짝깜짝 놀랐다. 다시 하라고 하면 그만한 연기는 못 해낼 것 같다. 시간이 많이 주어진다고 해서 반드시 더 잘할 수 있는 것은 아니다. 그 사실을 확인시켜준 작품이었고, 내가 아직도 변화할 여지가 있다는 사실을 여실히 드러낸 작품이었다.

가장 인상적인 장면은 어느 부분이었나.

물론 마지막 장면이었다. 그 장면이 마지막 촬영이기도 했는데, 마지막 대사를 연기하는 순간 내 안에 있던 그 무언가가 몸 밖으로 빠져나가는 듯한 기분이 들었다. 잊을 수 없는 순간이다.

어떤 대사였나? 다시 한번 재연을 부탁해도 될까.

"멍." 간결한 대사였다. 조금 전에 말한 것처럼 재연은 불가능하다. 앞으로도 영원히 그럴 것이다.

최고의 자리에 올랐는데, 앞으로도 계속 도전하고 싶은 영역이 있나?

새로운 일을 시도할 생각은 없다. 지금 내가 하는 일에 만족한다. 아무나 할 수 없는 경험이었고, 이 일을 하는 동안 충분히 즐거웠다. 이게 작별 인사가 아닌 게 얼마나 다행스러운지 모를 거다. 아직도 연기할 수 있는 날들이 남아 있다는 게 나에게는 무한한 축복이다.

끝으로 독자들에게 하고 싶은 말이 있다면.
멍멍! 멍멍!

개	① 빈스토크 생태계에서 가장 대표적인 네발 짐승. 일부 개체는 빈스토크 내 권력 핵심부에 서식하며 '국민'이라고 짖기도 하여 언어 구사 가능성 논쟁을 불러일으켰다. ② 인간의 다양한 존재 양태 중 하나로, 일정 정도 이상 알코올을 섭취한 경우에 발현되는 인간 내면의 극단적 외면화 현상을 일컬음.
권력장	권력이 작용하는 공간. 권력 핵심부를 향해 만곡 곡선의 형태로 일그러진 3차원 공간으로 지표가 되는 재화나 용역의 흐름을 관측하여 재구성할 수 있다. 개인이 자기 의지와 관계없이 권력관계에 놓인 개체로 행동하게 하는 권력 기제로, 인간도 아닌 것들이 인간인 것처럼 권력을 행사하는 사태가 발생하게 만드는 원인임.
긴급대피 계획1호	모든 입주자가 빈스토크를 완전히 비우도록 하는 비상 조치.
먼지	현대 도시인이라면 누구나 갖고 있는 존재의 흔적. 초고층 문명의 사회계약은 누구든 털면 먼지가 나기 때문에 서로 털지 않는 게 합리적이라는 암묵적 합의 위에 이루어졌음. 그러나 이 사회계약이 법률상 책임까지 면제해주지는 못함. 예) 그러자 시 정부에서는 비판하는 사람들을 불러다가 먼지를 털었다. (「자연 예찬」)

무계획실	스물세 개 동원계획으로도 사전 대비할 수 없는 특이한 상황에 대응하기 위한 육군 내 특수 창의력 조직. 절반의 인원이 반란에 참여해 가용 인원이 절반밖에 안 되는 가상 상황에서 완벽하게 임무를 수행했으며, 그 결과 인력 절반이 감축됨.
바보	현대 도시인들 사이에 합의된 최소한의 사악함을 습득하지 못하여 타인이 전혀 예상하지 못한 상황에서 인간의 도리를 행함으로써 사회를 혼란에 빠뜨리는 사람. 예) "저 때문에 그런 건 아니라고 믿고 싶지만, 그 사람 워낙 바보여서" '거기서 뭐 하니 바보야.' (「타클라마칸 배달 사고」)
빈통	빈스토크 토박이들이 빈스토크를 부를 때 쓰는 약칭. 빈통 작가조합 등이 있음.
사랑	존재 간의 결합과 분리 과정에서 느껴지는 근원적 충족감, 혹은 박탈의 감정. 난방비를 부담할 수 없는 극빈층의 경우 단지 벽을 넘어 전해지는 옆방의 온기만으로도 극단적인 신뢰와 호의, 온정, 그리움 등의 감정을 느끼기도 함. 예) 그건 거의 사랑이었어. (「엘리베이터 기동 연습」)
샤리아에 부합하는 Shariah Compliant	이슬람 율법에 합당한 제도, 기구, 편의시설 등을 표시하는 데 사용되는 수식어. 은행, 식당, 호텔 등에서 사용되어 무슬림들이 이용해도 종교적 신념에 저촉되지 않는다는 보증의 의미로 사용됨.
수평주의와 수직주의	수평운송노조와 수직운송조합의 입장 차이에서 비롯된 빈스토크의 양대 이념 체계.

아미타브 Amitabh	질서 유지, 시위 진압용으로 빈스토크에 들여온 인도코끼리. 아미타불로 불리기도 했다. 아미타불은 아미타브와 동일한 이름이며 불교에서는 무량수불, 힌두교에서는 비슈누의 현신 중 하나에 해당한다. 반입 목적과는 달리 빈스토크로 오기 전 오랜 기간 동안 수행승들을 따라다니며 단식과 고행을 한 성스러운 코끼리.
엘리베이터	빈스토크의 대표적인 교통수단으로서 30층 이내 구간을 오가는 단거리 엘리베이터, 50층에서 100층 사이를 오가는 중거리 엘리베이터, 그리고 장거리 엘리베이터로 구분됨. 대부분 민간 사업자들이 운영하며 운임은 유료.
역군은이샷다	통치자의 은덕을 찬양하는 고전 가사의 종결구. '이 또한 임금님의 은혜다!'라는 뜻.
욕	축적된 감정적 유대를 희생하여 업무의 효율성 제고를 꾀하는 의사소통 방식. 예) 곧 성행위를 할 사람, 생식기 같은 자들. (『엘리베이터 기동 연습』)
이앤케이E&K 스타일	세계 제일의 위성 디자인 업체 이앤케이의 직원들이 커피를 타는 방식. 이것만 배워도 보람 있는 인턴 생활을 했다고 평가할 수 있을 만큼 이앤케이의 명성은 절대적임.
자연	빈스토크 외부 세계 어딘가에 있는 것으로 알려진 다종(多種) 생태계와 천연 지형지물의 복합체. 정치적 환경 변화에 따라 대자연의 아름다움을 예찬하는 문예사조가 꽃을 피우기도 하지만 직접 보고 쓰는 저술가는 극히 드물며, 심지어 저소공포증을 호소하는 작가가 자연예찬론자에 포함된 경우도 있음.

저소공포증　① 빈스토크 토착민들에게서 나타나는 공포증. 사람에 따라 차이가 있으나 대체로 50층 이하 높이에서 호흡곤란, 정신착란, 환각 등의 증상을 동반하며 결국 건물 밖으로 나갈 수 없게 됨. ② 빈스토크 민족주의를 비유하여 지칭하는 말. 예) 그에게는 빈스토크에 대한 절대적인 사랑의 증거가 있었다. 저소공포증이었다. (「샤리아에 부합하는」)

조그만 정성　대가성 혐의를 희석시키기 위해 주로 사적인 대인관계망을 따라 전달되는 재화나 용역을 가리키는 말. 여기에 전자 태그를 부착할 경우 권력장을 측정하는 데 활용될 수 있음. 예) 연구진 사이에서도 불만이 없지 않았지만, 도대체 어떻게 줄이 닿았는지 핵심 권력 근처 광범위한 영역에 '조그만 정성'을 뿌려대는 정 교수의 능력만큼은 누구든 인정하지 않을 수 없었다. (「동원 박사 세 사람: 개를 포함한 경우」)

코스모마피아　위성 요격 미사일 기술을 보유한 구공산당 계통의 무장 세력. 빈스토크의 주력 사업인 위성 서비스 산업에 심각한 위협을 가함.

팔랑크스 Phalanx　밀집방진. 빈스토크 경비대가 건물 내 질서 유지를 위해 채택한 고전적 중보병 전술.

하중 분산 시공　바닥에 가해지는 하중을 고르게 분산시켜 코끼리가 걸어 다녀도 무너지지 않도록 한 임시 조치. 주로 321층 시청사 앞 광장 바닥에 적용되었음.

**ICBM 스페셜
에디션**

코스모마피아의 대륙간탄도미사일 공격에 직면한 빈스토
크의 세기말적 분위기를 기념하는 여성용 명품 가방. "탄
도미사일의 모습을 형상화한 세련된 지퍼 디자인. 누가 봐
도 버섯구름을 연상시키는 커다란 실버 트리 장식. 우울한
세기말적 분위기를 유감없이 표현한 도시 감각의 로맨틱
레드, 내일 지구의 종말이 오더라도 마지막 순간까지 그녀
의 가녀린 팔을 부드럽게 감싸줄 젠틀하고 보이시한 느낌
의 가죽 손잡이"라는 홍보 문구로 센세이션을 불러일으켰
음. 한정 판매. (「샤리아에 부합하는」)

쓸 말은 다 썼다고 생각했는데 작가의 말이 남았다는 사실을
깨달았다. 원고를 마무리하자마자 서술자는 서둘러 퇴근해버
렸고 이제 아무리 써도 반성문 비슷한 글밖에 안 나올 텐데, 그
래서 이 순간에 작가의 말을 써야 하나 보다.

예전에 어느 선생님께서 성격 좋은 사람은 작가가 못 된다고
말씀하신 적이 있다. 그때그때 말로 풀어내지 못하고 꽁하게
마음에 담아두었다가 나중에 아무도 안 보는 데 가서 글로 쓰
는 사람이 작가가 된다는 말씀이셨다.

이 책을 쓰면서 나는 세 마디의 말을 마음에 담았다. 첫번째
는 "이런 웃기지도 않은 개그 따위 별로 읽고 싶지도 않다"라는
취지의 혹평이었다. 이게 개그로 보이다니, 그날 내내 기분이

나빴는데, 그냥 꽁하게 마음에 담아두었다.

두번째는 "이 글 때문에 떠나려던 발길을 멈추고 좀더 기다리기로 했다"라는 말이었다. 나에게 이 말은, "세상을 떠나려다 잠시 결정을 미루기로 했다"는 말로 들렸다. 얼마나 진지하게 한 이야기인지는 모르겠지만 아무래도 내가 작가이다 보니 일단은 마음에 담아야 했다.

나머지 하나는 이 책의 편집자들이 한 말이다. 어느 순간부터 이 사람들이 이 책을 "우리 책"이라고 부르기 시작했는데 그 말이 또 마음에 남았다. 그들은 그렇게 불러도 좋을 만큼 열심히 일했고 때로는 나 이상으로 영감에 가득 차 있기도 했다.

이 글을 쓰는 동안 나를 긴장하게 했던 말들이다. 이렇게 말로 풀어낸다고 그 긴장이 다 덜어지는 건지는 잘 모르겠으나, 마음에 담아둘 새 말들을 찾을 때까지 당분간은 꽁하지 말아야겠다.

도와주신 많은 분들에게 감사하며, 무한한 영감의 원천이신 L씨의 건강을 기원한다. 특히 오랜 친구이자 후원자인 주희에게 말로 다할 수 없는 고마운 마음을 전한다.

2009년 5월
배명훈

2009년에 출간된 저의 첫 단행본 『타워』는, 당시 출판계에 꽤 큰 화제를 불러일으켰다고 합니다! 안타깝게도 저는 그 사실을 까맣게 모르고 지내다가 몇 년 뒤에 소문으로 전해 들었습니다. 화제가 된 줄 몰랐고 이 책으로 인해 제 삶이 윤택해지지도 않았으며 책 자체도 관리가 잘 안 돼서, 2009년판 『타워』는 몇 년 후 절판되는 지경에 이르고 말았습니다.

저에게 『타워』는 도착점도 반환점도 아닌 출발점이었습니다. 그 후로 10년이 넘도록 매년 한두 권씩 책을 내며 달려가느라 출발점을 되돌아볼 여유가 없다 보니 이 책의 절판 상태가 오래 유지되고 말았습니다. 그런데 P턴 하듯 크게 한 바퀴를 돌아 출발점 근처를 지나게 되면서, 이 책을 재출간할 기회를 얻었습니다. 후진해서 여기에 이르지는 않았고요, 늘 그랬듯 저는 지금도 열심히 어디론가 달려가고 있습니다.

작가에게 예전 작품을 업데이트할 기회가 주어지는 것은 행운입니다. 책은 생명력이 긴 매체여서 자랑스럽지 않은 부분까지도 오래 보존하거든요. 이 드문 기회를 놓치지 않기 위해 대규모 수정 작업을 거친 결과, 어디를 고쳤는지 알 수 없는 글이 되었습니다. 11년 전에 쓴 글에 다시 완전히 몰입해서 처음 집필했을 때와 비슷한 정도의 시간을 들인 작업의 결과물이 '뭐가 바뀌었는지 알 수 없는 글'이라니! 허망하게 들리는 말이지만 저에게는 그 몇 달이 소중했습니다. 제가 어디에서 왔고 어디를 향해 달려가고 있는지 알 수 있게 되었거든요. 또한, 작품을 대하는 세상의 눈이 어떻게 성장해왔고, 작가가 그 흐름을 따라잡으려면 어떤 노력을 기울여야 하는지를 새삼 깨닫는 시간이기도 했습니다.

그런데 10년 전의 저는 어쩌다 이런 이상한 이야기를 쓰게 됐을까요? 수정 작업을 위해 한 편 한 편 이야기에 몰입하면서 저는 이 책을 다시 사랑하게 되었습니다. 다른 곳에서도 여러 번 밝혔지만, 저는 제가 쓴 글을 좋아하는 편이니까요.

되도록 뒤를 돌아보지 않고 달려가느라 제가 이 책을 다시 내놓는 일에 큰 관심이 없었던 기간에도, 수많은 독자가 『타워』를 기억하고 애정을 표현해주었습니다. 그 말이 차곡차곡 쌓여 어느 날 제 발걸음을 돌려놓았습니다. 그중에서도 특별히 여러 국어 선생님들이 학생들에게 「타클라마칸 배달 사고」를 소개한 사실을 마음에 새기고 있습니다.

"이 책은 꼭 다시 내셔야 해요!"

마음을 바꾸게 한 마지막 한마디를 해준 독자에게 감사의 말씀을 드립니다. 누군지 밝히지 않을 테니, 모두 '내 이야기잖아!' 하고 기뻐해주셨으면 좋겠습니다.

또한 "5백 층짜리 건물 이야기를 써보면 좋겠다"라는 혼잣말 같은 아이디어를 놓치지 않고 책으로 완성될 때까지 불을 지펴준 11년 전의 편집자 두 사람과, 이 책을 다시 내놓고 싶다는 뜻을 전했을 때 진심으로 반기며 나머지 과정을 모두 챙겨준 지금의 편집자에게도 감사합니다. 생각을 실물로 바꾸는 일은 2020년에도 여전히 놀라운 업적입니다.

아울러, 「초판 작가의 말」에서 언급한 "무한한 영감의 원천 이신 L씨"는 2020년 현재 가택 연금 상태인 전직 대통령이었음을 밝힙니다. 일부 독자가 상상한 로맨틱한 뒷이야기는 아니지만, 10년 전의 제가 이런 이상한 이야기를 쓰게 된 배경을 오해 없이 밝히기 위해 기록해둡니다.

저는 민족주의자가 되기는 힘든 사람이지만, 한국 사람들에 대해 진심으로 훌륭하다고 여기는 점이 한 가지 있습니다. 제가 "스스로 민주주의를 쟁취해낸 사람들의 품격"이라고 부르는

성품입니다. 세계의 다른 많은 나라 사람들이 그랬듯, 일시적
으로 만들어졌다가 금방 휘발하고 마는 기질이겠지요. 그래도
한국인들은 "'몇 번이고' 스스로 민주주의를 쟁취해낸 사람들
의 품격"을 보여주기도 하니까, 이 믿음을 섣불리 철회하지는
않겠습니다. 지난 10년 동안, 우리는 참 많은 일을 겪어왔네요.

불가능해 보이는 싸움을 이어가는 이 행성의 수많은 인류에
게 이 책에 담긴 이야기가 위안이 되기를 바랍니다. 예, 압니
다. 그 많은 사람이 이 책을 사 보지는 않겠죠. 그래도 혼자 조
용히 외쳐봅니다. 쉽지 않은 싸움일 거고, 승리의 순간에 이 모
든 시련이 끝나지도 않겠죠. "그렇지만 우리는, 결국 이겨낼 수
있을 거예요!"

추천의 말

　배명훈은 한국 SF계의 핵심 부품이다. 열과 압력과 마모를 견디며 연결과 확장을 담당하고 있다. 수많은 작가들이 배명훈을 읽으며 작품을 쓰기 시작했고, 한국 SF 고유의 개성 큰 부분을 그에게 빚졌다. 잠시 절판되었던 대표작 『타워』의 귀환은 그래서 소중하다. 우리의 세계를 닮지 않은 듯 닮은, 완벽하지 않고 일그러진 구석이 있는 이 모형이 시대의 흐름을 반사하며 끝없이 의미를 생산해내리라 예측한다. 674층에 인구 50만의 빈스토크 구석구석을 재방문하여 헤매어보니, 문득 이곳에 잠시 살지 않았었나 하는 착각이 들 정도다. 이 책을 읽고 난 사람들과 서로의 호수를 묻고 싶다. 불완전한 세계에서 선의가 기능하듯이 우리 사이에 파란 우편함이 기능하기를 바라면서.

정세랑(소설가)

674층의 마천루, 상주인구 50만 명, 수직/수평으로 촘촘하게 축조된 빈스토크는 이미 실현되고 있을 우리의 빗장도시이고 매트릭스다. 하지만 인간의 탐욕이 빚은 바벨탑이나, 일사불란한 컨트롤타워, 빅브라더의 이미지는 잊자. 이곳은 선악이나 패턴이나 함수의 세계가 아니다. 어떤 조밀한 시스템에도 예외와 변수가 있듯, 여기에도 동료, 연인, 로봇, 코끼리, 이방인, 난민 등 이른바 행위자들이 있고 사건은 매 순간 발생한다.

어디에든 서로 다른 힘들의 암투나 부조리가 없을 리 없다. 배타적인 시민권의 경계들은 여기에서도 견고하다. 하지만 빈스토크의 설계자는 이 배타적 경계들을 다중적 블록의 위상학으로 바꾼다. 스위치로 꺼졌다 켜지는 로봇에게도, 크레인으로 끌어 올려진 코끼리에게도 안부를 묻는다. 무엇보다 이 명석하고 유머러스한 설계자는, 늦더라도 안부가 배달되고야 마는 파란 우편함을 곳곳에 설치해두었다.

이지와 감성을 종횡무진 건드리는 필법, 정교하면서 탄력적인 축조술이 매력적인 세계. 혹은 SF, 알레고리, 판타지, 리얼리즘, 추리물 모두이면서 어느 하나로 환원될 수 없는 이 이야기들을 무어라 부를 수 있을까. 꼭 무언가로 분류해야만 할까. 이것은 그저 빈스토크라는 평행우주로부터 배달된 이야기, 사람과 사람 아닌 존재 모두가 연루되어 살아가는 가상이자 현실인, 배명훈의 연작소설집 『타워』이다.

김미정(문학평론가)

엄마도
아시다시피

천운영은 2000년 『동아일보』 신춘문예에 단편 「바늘」이 당선되며 작품활동을 시작했다. 소설집 『바늘』 『명랑』 『그녀의 눈물 사용법』과 장편소설 『잘 가라, 서커스』 『생강』이 있다. 신동엽창작상, 올해의 예술상 등을 수상했다.

천운영 소설집
엄마도 아시다시피

초판 1쇄 발행 2013년 6월 24일
초판 2쇄 발행 2013년 9월 6일

지은이 천운영
펴낸이 주일우
펴낸곳 (주)문학과지성사
등록번호 제1993-000098호
주소 121-840 서울 마포구 서교동 395-2
전화 02) 338-7224
팩스 02) 323-4180(편집), 02) 338-7221(영업)
전자우편 moonji@moonji.com
홈페이지 www.moonji.com

ⓒ 천운영, 2013. Printed in Seoul, Korea
ISBN 978-89-320-2415-8

천운영 소설집

엄마도
아시다시피

문학과지성사
2013

차례

엄마도
아시다시피

고요했다.

밤사이 뭔가 살짝 다녀간 느낌이었다.

그는 노모의 얼굴을 내려다보며 최근에 무슨 기미가 있었는지 헤아려보았다. 노인만의 예감으로 어떤 차비를 하지는 않았는지. 특이할 만한 행동이나 언급은 없었는지. 없었다. 여느 날과 다르지 않았다. 그가 숨을 쉬는 공기와도 같이. 숨 쉴 때마다 조바심을 내며 산소의 함량을 측정할 필요가 없는 바와 같이. 어떤 의심도 불안도 끼어들지 않는 밤이었다. 바람결에 라일락 향기가 묻어오는 봄밤이었다는 것뿐.

밤의 기운이 채 가시지 않아 방 안이 서늘했다. 그는 노모의 이마에 손을 얹었다. 그리고 자신의 이마에도 손을 얹었다. 이마를 짚어 체온을 재려는 사람처럼 자신의 이마와 노모의 이마를 번갈아 짚었다. 그의 눈에 핏발이 서면서 턱이 움찔거렸다. 그는 얼른 손을 내려 노모의 눈을 가렸다. 아이에게 몹쓸 짓을 보이지 않으려는 아버지의 손길과도 같았다. 그는 천천히 길게 숨을 내뱉은 다음, 두 손을 공손히 거두어 무릎 위에 얹었다.

그의 어머니가 향년 팔십오 세로 생을 마감했다.

평온하게 잠든 모습으로.

지나칠 정도로 단정한, 그녀다운 죽음이었다.

시곗바늘은 다섯 시 사십 분을 가리키고 있었다. 그는 어머니의 방을 나와 아내가 자고 있는 방으로 들어갔다. 침대에 걸터앉아 아내가 깨어날 때까지 기다렸다가 어머니의 사망 소식을 알렸다. 그의 아내는 그가 잠꼬대를 하고 있다고 생각했으므로 스탠드를 켜고 그의 얼굴을 살펴보았다. 그는 무표정했다. 그의 아내는 미심쩍은 얼굴을 하고 방에서 나갔다. 잠시 후 어머니의 방에서 비명에 가까운 울음소리가 터져 나왔다. 그는 아내가 빠져나간 이부자리만 물끄러미 쳐다보았다.

그는 형제들에게 어머니의 죽음을 전했다. 퀼른과 코네티컷에서 공부하고 있는 두 자식에게도 각각 전화를 걸었다. 둘 다 할머니의 장례에 참석하길 원했으나 그들이 도착할 때면 모든 장례절차가 끝나 있을 터이므로 방학 때 들어오는 편이 낫겠다고 그는 충고했다. 자식들은 그의 충고를 받아들였다.

부하 직원에게는 이른 아침부터 사적인 전화를 하게 된 것에 대해 양해를 구한 다음 모친상을 알리고 업무와 관련해 몇 가지 지시사항을 내렸다.

그는 문갑에서 어머니의 사진을 찾아 꺼냈다. 그의 어머니가 칠십이 되던 해 본인의 뜻에 따라 준비해둔 영정사진이었다. 이마에 검버섯이 없는 것 말고는 그가 조금 전 보고 나온 어머니의 얼굴과 다르지 않았다. 입가에 작은 점도 그대로였다.

사진 속 어머니가 그를 향해 입만 빙그레 웃고 있었다.

그의 어머니는 생전에 특별한 유언을 남기지 않았으므로 전통적이면서도 전형적인 방식의 장례절차를 따랐다. 그는 위엄과 예의를 갖추어 상주자리를 지켰다. 조문객들은 삼가 애도를 표하면서 하나같이 호상이라는 말을 덧붙였다. 자식에게 누를 끼치지 않고 죽는 죽음. 그것은 모두 그의 복과 덕으로 돌려졌다.

장례식은 적당히 엄숙했고 적당히 번잡했다. 회사 상조회에서 사소한 부분까지 세심히 챙겼으므로 그가 신경 쓸 일은 거의 없었다. 장례식과 관련하여서 어떤 분란이나 어긋남도 일어나지 않았다. 장례식 일체의 비용은 장남인 그가 부담했고, 조의금은 유명무실하지만 합리적으로 국가가 정한 법에 따라 형제들이 똑같이 나눴다. 그의 형제들은 장남의 말에 순종하며 자라왔으므로, 조의금은 대부분 그와 연관된 사람들에게서 나온 것이었으므로, 토를 달 이유도 없었다.

어머니의 유품은 그의 아내가 정리했다. 삼우제를 지낸 다음 날이었다. 어머니는 검박하고 깔끔한 생활을 해온 터라 손댈 것은 많지 않았다. 가구나 보료 등은 그대로 놔두었다. 어머니의 유품은 상자 두 개로 충분했다. 하지만 그의 아내는 노모의 물건들을 하나하나 쓰다듬고 끌어안고 매만지느라, 그것들을 종이에 쌌다가 풀었다가 다시 싸기를 반복하느라, 상자 두 개를 채워 넣기까지 꼬박 하루를 소비했다. 그의 아내는 상자 두 개를 버리지 않고 그대로 장롱 속에 넣어두었다. 유품 정리를 마친 그의 아내는 장롱 문에 기대앉아 소리 없이 눈물을 흘렸다. 울고 싶은 일이 생길 때면 달려가 기대던 어머니의 어깨 대신, 딱딱한 장롱 문이 아내의 눈물을 받아내고 있었다.

그는 아무것도 손대지 않았다. 아내가 들어앉은 방 안을 슬쩍 쳐다보고는 그가 관여할 일이 아니라는 듯 가만히 돌아섰다. 그의 눈에는 아내가 부엌에서 냉장고나 싱크대를 정리하고 있는 것처럼 보였다. 아내가 유품을 정리하는 동안 그는 심사숙고해서 조문답례문을 작성했다. 방명록과 조의금 봉투를 확인한 후 직접 쓴 답례편지를 보냈다. 전화를 걸어야 할 곳은 따로 챙겼다. 그 일을 하는 데 꼬박 사흘을 할애했다. 어머니의 죽음과 관련된 각종 서류 절차와 은행 업무들을 마치고 나자 그가 낸 열흘간의 휴가가 마침맞게 끝났다. 어머니의 죽음과 관련하여 그가 해야 할 일은 더 이상 없었다.

마당에 라일락이 지고 담장에 넝쿨장미가 피었다.

그는 지난 삼십여 년간 그래 왔던 것처럼 새벽 다섯 시에 일어나 머리맡에 놓인 물을 한 잔 마시면서 하루를 시작했다. 어머니의 방으로 들어가 잠시 앉아 있다가 나와서 출근 준비를 하고, 구두주걱을 사용해 구두를 신은 다음 집을 나섰다. 잘 정돈된 주택가 골목을 산책하듯 걸어 내려가, 버스를 타고 회사에 도착하면 일곱 시 반. 차 한 잔을 타서 책상 앞에 앉아 전날 책갈피를 끼워둔 책을 펼치면, 업무 시간이 시작되기 오 분 전까지 그 자세를 유지했다.

지나치게 단정한, 그다운 일상이었다.

하지만 그는 왜 늘 그 자리에 있던 구두주걱이 어느 날 갑자기 보이지 않는지, 그것이 어떻게 버스정류장까지 가서 쓰레기통에 처박혀 있는지 알 수가 없었다. 그가 읽고 있는 문장이 왜 전에 읽었던 것도 같고 전혀 아닌 것도 같은지, 봄이 가고 여름이 오도록 왜 한 권의 책을 다 끝내지 못하고 있는지, 이해할 수가 없었다. 그는 책장을 덮고 그가 검토해야 할 매일매일의 서류에 코를 박은 채, 석연치 않은 점을 지적하고 오류를 잡아내는 데 온 힘을 기울였다.

그는 시장기를 느끼며 시계를 올려다보았다. 점심시간에서 십 분이 지나 있었다. 그는 일정표를 펼치고 혹시 놓친 약속이 없는지 확인했다. 실내화를 벗고 구두로 갈아 신은 다음 외투를 걸쳐 입고 사무실을 나섰다. 엘리베이터를 타고 십구 층을 내려가 회전문을 통과해 건물 밖으로 나왔다. 왕복 십이 차선 도로 횡단보도에 서서 신호를 기다렸다. 햇빛이 강렬했다. 겨드랑이와 목덜미에 금세 땀이 배었다. 양복 윗도리를 벗어 들려고 팔을 빼내려는 순간 신호가 바뀌었고, 그는 사람들에 밀려 연석에서 내려섰다. 다시 옷을 단정히 하고 걸음을 옮겼다. 그는 자신의 의지로 걷고 있는 것이 아니라 사람들의 속도에 밀려 옮겨지고 있는 듯했다.

그는 세 군데 식당에서 허탕을 치고 난 다음, 뼈다귀해장국 집에서 합석을 조건으로 자리를 잡을 수 있었다. 외투를 벗어 얌전히 두 번 접어 무릎 위에 올려놓고 넥타이를 느슨히 풀었다. 잠시 후 뜨겁게 달군 뚝배기에 뼈다귀해장국이 나왔다. 첫술을 뜨자 참고 있던 허기가 솟구쳤다. 그는 국을 후후 불어가며 허겁지겁 수저질을 했고, 한번에 너무 많은 국을 퍼올려 우거지 한 줄기가 숟가락에서 빠져나왔고, 그것은 그의 와이셔츠를 스치듯 지나간 다음 벗어놓은 외투에 떨어졌다. 그는 재빨리 바지 뒷주머니에 손을 넣었다.

— 손수건이 없어.

그는 주머니에 손을 넣은 채 조용히 읊조렸다. 동석했던 남자들이 식사를 마치고 자리에서 일어났다. 그는 우거지를 집어 식탁 위에 올려놓고 물끄러미 쳐다보았다. 빈 그릇을 치우러 온 식당여자가 식탁 위를 살피며 조심스럽게 물었다.

— 왜요? 국이 뭐 잘못됐어요? 머리카락이라도 들었나?

— 없어요. 이걸 닦아야 하는데…… 손수건이 없어요.

식당여자는 그의 와이셔츠에 묻은 국물 자국을 보고 안심했다. 뭔가 흘린 티가 나긴 했지만 시뻘건 국물은 아니어서 아주 흉할 정도는 아니었다.

— 뭐가 문제랍니까?

식당여자는 쟁반을 내려놓고 손에 들고 있던 물행주로 그의 와이셔츠를 비볐다.

— 자, 자, 자, 봐요. 이제 깨끗해졌죠?

— 손수건을 잊지 말라고 그랬는데.

그는 가슴팍을 내려다보며 낮게 읊조렸다. 와이셔츠에는 물자국이 넓게 번져 있었다. 그는 다시 주머니에 손을 넣고 손수건을 찾아보았다. 손수건은 역시나 없었다. 식당여자는 빈 그릇과 함께 행주를 쟁반에 받쳐 들고 주방 쪽으로 들어갔다.

— 손수건은 항상 엄마가 챙겨줬는데. 손수건은……

손수건은 매일 아침 어머니가 그의 양복 뒷주머니에 넣어주었다. 서랍장에서 하나 꺼내 주는 것이 아니라, 저녁에 빨아 새벽에 다린 따끈따끈한 손수건이었다. 그것은 그가 가슴에 손수건을 매달고 초등학교에 입학한 순간부터 계속되어온 어머니의 배웅 방식이었다. 포옹처럼 따끈한 손수건은.

— 없어.

그는 다시 주머니에 손을 넣었다. 손수건이 그곳에 없다는
걸 알면서도 자꾸 뒤졌다.

　—자, 또 흘리지 말고, 이거 하고 드세요.

　식당여자가 천뭉치를 의자 위에 툭 던졌다. 소주회사 로고
가 새겨진 빨간색 앞치마였다. 그는 앞치마를 빤히 쳐다보았
다. 앞치마는 손수건처럼 반듯하게 접혀 있었다.

　—다들 하는 거니까 괜찮아요. 둘러요.

　옆 테이블의 빈 그릇을 치우던 식당여자가 앞치마로 눈길
을 주며 말했다. 그는 앞치마를 펼치고 목에 둘렀다. 식당여
자가 한 발짝 물러서서 매우 흡족한 듯 고개를 끄덕이며 빙긋
이 웃었다. 그는 식당여자의 미소에 측은함이 담겨 있는 것
같다고 생각했다. 식당여자는 처음부터 알고 있었는지도 몰
랐다. 그가 어머니를 잃은 남자라는 사실을. 그래서 다른 손
님들에게 양해까지 구해가며 자리를 만들어주었을 것이었다.
그래서 어머니의 손수건 대신 식당여자의 행주를, 그리고 앞
치마를, 그에게 주었을 것이다. 그는 확인하듯 식당여자에게
물었다.

　—저 불쌍해 보여요?

　—앞치마 갖고 뭘요? 편하게 먹으면 좋지. 맘 놓고 드셔.

　식당여자는 뚝배기를 그쪽으로 슬쩍 밀어주었다. 어머니를
잃은 남자를 위한 식당여자의 배려였다. 그는 주위를 둘러보
았다. 건너편에 앉은 은행원 복장의 젊은 여자가 그를 향해

안쓰러운 표정을 지어 보이고는 옆에 앉은 여자에게 귓속말을 했다.

　어머니를 잃은 사람의 몸에서는 특별한 체취가 풍겨져 나오는지도 몰랐다. 어머니를 잃은 사람의 얼굴 어딘가에 특별한 표식 같은 게 생기는 것인지도. 모두들 알고 있었다. 그가 어머니를 잃은 사람이라는 사실을. 그만 모르고 있었다.

　— 엄마가 없어…… 난……

　그는 고개를 끄덕끄덕 흔들었다. 그리고 말했다.

　— 고아야.

　그는 해서는 안 될 말을 한 사람처럼 깜짝 놀랐다. 그래서 그 말을 꿀꺽 삼켰다. 읍. 그는 풍선을 삼킨 듯했다. 그는 삼킨 풍선이 다시 입 밖으로 떠오르지 않도록 손으로 입을 틀어막았다. 그것은 복부 아래쪽까지 쑥 내려갔다. 그리고 펑 터졌다. 터지면서 부서졌다. 수많은 고아 알갱이들이 목구멍을 향해 치솟아 올라왔다. 그는 이를 악물고 목젖을 닫았다. 입을 막고 막은 손을 다른 손으로 한 번 더 막아 세웠다. 그가 버티면 버틸수록 그것은 더 광포한 힘으로 들썩거리며 그를 몰아세웠다.

　그 말이 그의 목젖을 후려쳤다. 그 말이 그의 입술을 벌렸다. 그 말이 그의 두 손을 밀쳐냈다. 그리고 용암처럼 분출했다. 파핫 폭죽을 쏘아 올렸다. 삼킨 그 말이 울음을 터뜨렸다.

　고아가 터뜨린 폭죽.

푸어헝 으허헝 으허헝.

식당 안에 있던 사람들의 시선이 일제히 한곳으로 모였다. 빨간 앞치마를 두른 채 뼈다귀해장국 앞에서 울음폭죽을 터뜨린 남자에게로. 사람들은 불안한 눈빛으로 그를 쳐다보았다. 식당여자는 그가 잃어버린 손수건이 꽤나 값나가는 물건이었거나 특별한 추억이 있는 물건이었나 보다고 주방여자에게 아는 체를 했다. 그렇다고 목 놓아 울 것까지는 없을 텐데. 식당여자는 혀를 끌끌 차며 고개를 돌렸다.

뚝배기 안으로 콧물이 뚝뚝 떨어졌다. 그는 빨간 앞치마를 수건처럼 얼굴에 덮어썼다. 그가 숨을 들이마실 때마다 빨간 앞치마가 들썩거리며 물기를 머금었다. 식사를 마친 사람들이 하나둘 식당을 빠져나가기 시작했다. 점심시간이 지난 조용한 식당 안에 그의 울음소리만 기괴하게 흘렀다. 그는 잠시 눈물을 멈추고 자리에서 일어났다. 지갑에서 만 원짜리 지폐 한 장을 꺼내 식당여자에게 두 손으로 건네주었다. 그러고는 허리를 굽혀 인사를 했다.

— 고맙습니다. 이렇게 신경을 써주셔서. 정말 감사합니다.

그는 거스름돈도 받지 않고 연신 고개를 주억거리며 식당 문을 나섰다. 식당여자는 그에게 앞치마는 벗고 가라고 말하려다가 그만두었다. 오후의 강렬한 햇살이 그의 정수리에 내리꽂혔다. 그는 빨간 앞치마를 두른 채 길을 걸었다. 턱받이를 한 아이처럼, 식당여자가 그에게 준 빨간 앞치마를 무릎으로 툭툭 치면서 걸었다. 어머니를 잃은 자식의 표식을 매달고. 그는 후미진 골목 끝으로 들어가 몸을 숨겼다.

그리고 울었다.

울고, 울고, 또 울었다.

한번 터진 고아의 폭죽은 쉬지 않고 펑펑, 불꽃을 쏘아 올리고 있었다. 그는 주먹으로 눈을 훔치다가 가슴을 치다가 벽을 치며 울었다. 어미를 잃은 늑대 새끼처럼 고개를 쳐들고 우우우우 울었다. 그러다가 갑자기 울음을 멈추었다. 그는 붉게 충혈된 눈으로 주위를 둘러보았다. 유령을 본 듯 황망한 표정이었다.

그는 무슨 소리를 들은 것 같았다.

목소리. 어떤 목소리.

그는 고개를 가로저었다. 그리고 더 크게 울었다. 목젖을 찢어버릴 것처럼 울었다. 그러자 그 어떤 목소리가 그의 귀에 더 크게 들렸다. 그는 환청이라고 생각했다. 하지만 환청이라기에는 그 어떤 목소리가 너무나 생생했다. 그는 울음을 뚝 그쳤다. 그리고 주변 소리에 귀를 기울였다. 소음만 무성했다. 그가 들었던 그 어떤 목소리는 더 이상 들리지 않았다. 소리의 미세한 여운도 남아 있지 않았다. 환청일 뿐이었다. 그는 절망적으로 얼굴을 일그러뜨렸고, 다시 시작된 그의 울음소리는 더욱 절망적으로 뒤틀렸다. 그는 목구멍이 타들어 갈 것 같았다. 그랬더니 그 목소리가 다시 들리기 시작했다.

약간의 쉿소리를 품은 걸걸한 목소리.

그것은 분명 어머니의 목소리였다.

그는 울음을 멈추었다. 그리고 다시 울었다. 마치 뒤따라오는 사람의 존재를 알아보기 위해 걸음을 멈추고 휙 돌아봤다가 다시 걸어가길 반복하는 사람처럼. 그는 울음소리를 냈다가 멈추기를 반복해보았다. 울었다가 그쳤다가, 걷다가 뒤돌아봤다가. 그가 울면 어머니도 울었다. 그가 울음을 멈추면 어머니도 울음을 멈추었다.

그는 깨달았다. 뒤따라오는 것이 자신의 그림자였다는 것을. 환청처럼 들리던 어머니 목소리가 바로 자신의 울음소리였다는 것을. 울어서 쉰 목소리가 생전의 어머니 목소리를 닮게 되었다는 것을.

그녀의 걸걸한 목소리는 병으로 얻은 것이 아니었다. 늙어서 변한 것도 아니었다. 그녀의 목소리는 타고난 것이었다. 그녀의 첫 울음소리는 우렁차다기보다 시끄러웠다. 그녀의 울음소리를 두고, 그녀의 조부는 곧 숨이 넘어갈 노인의 목소리라고 했고, 그녀의 조모는 금이 간 무쇠 솥뚜껑으로 시멘트 바닥을 긁는 소리라고 했다. 경운기 시동 거는 소리라고 말한 사람은 그녀의 아버지였다. 사람들의 표현은 각기 달랐지만 그녀의 목소리에 눈살을 찌푸리는 반응은 한결같았다.

그녀는 타고난 명석함으로 누구보다 빨리 언어를 습득했으나, 그만큼 빨리 말을 아끼는 법도 배워야 했다. 그녀는 나이를 한 살 더 먹을 때마다, 말을 한 마디 더 줄이면서 더 많은 말을 할 수 있는 법을 터득해갔다. 소리 내어 웃지 않지만 환한 얼굴로 기뻐하는 법. 소리 내어 화내지 않지만 눈빛으로 엄중하게 경고하는 법. 노인의 음성에다 생생한 아이의 눈빛을 담는 법을 배웠다.

그녀는 말을 해야 할 순간에 대해 신중을 기했으며, 안에서 충분히 정제되어 나온 말을 최대한 천천히 내뱉었다. 그렇게 내뱉은 말은 무쇠 솥뚜껑을 얹어 뜸을 들인 밥처럼 찰지고 윤기가 흘렀다. 그녀의 말 한 마디 한 마디는 그래서 충분히 효과적이었고 절대적이었다. 그녀는 그렇게 단단해져갔다. 그녀가 가진 단단함이 목소리처럼 타고난 것이었는지, 아니면 목소리의 결점 때문에 생긴 훈련의 결과였는지는 알 수 없었다. 어쨌든 그렇게 안으로 쌓인 단단함은 목소리의 결점까지도 지울 수 있을 만큼 강력했다. 그리하여 그녀의 걸걸한 목소리가 들려주는 말들이, 옹기에서 잘 익은 국간장 맛이 난다고 말한 사람은, 그녀의 목소리를 두고 경운기 시동 거는 소리라고 했던, 그녀의 아버지였다. 독은 거칠고 질박했지만 그 독에 든 장맛은 깊고 은근하게 달았다.

그는 그녀의 목소리가 가르쳐주는 단어를 들으면서 세상의 사물을 익혔다. 그가 처음 발음한 단어는 대부분의 아이가 그렇듯이 '엄마'였다. 그녀의 목소리가 가르쳐준 '엄마'는 보드

라우면서도 단단했다. 그의 입에 엄마 젖꼭지 대신 약숟가락
이 들어왔을 때, 그는 그 섬뜩하게 차갑고 쓴 쇠가 그녀의 입
을 거치고 나면 풀 냄새를 갖게 된다는 것을 알았다.

침묵 역시 그녀가 내는 목소리의 한 방식이었다. 그는 그녀
의 침묵을 헤아리면서 해야 할 것과 하지 말아야 할 것을 배
웠다. 그녀는 그에게 말을 하라고 다그치거나 보채는 법이 없
었으므로, 언제나 그가 먼저 그녀에게 모든 말을 털어놓게 되
었다. 어디서 한 대 맞고 돌아와 그녀에게 매달려 울고 불고
횡설수설하다 보면, 그녀는 한마디도 하지 않고 그가 울음을
그칠 때까지 기다렸고, 결국 그는 혓바닥을 내밀어 약을 올린
일도 설명해야 했다.

침묵 속에도 소리가 있었다. 그가 잘못을 저질렀을 때, 생
각해낼 수 있는 모든 변명을 늘어놓고 있다 보면, 그녀는 그
가 하는 변명에 어떤 토도 달지 않고 가만히 기다렸다. 그러
나 그는 그녀의 숨소리에서 조금씩 날카로워지는 쇳소리를
감지했다. 그것은 그녀의 인내가 한도에 다다르고 있다는 것
을 의미했다. 그것이 침묵을 뚫고 나오는 순간, 그리하여 그
녀의 입에서 됐다, 라는 말이 쇳소리를 품고 나오는 순간, 잘
못을 용서받을 수 있는 기회가 영원히 사라진다는 것도 알았
다. 그는 고개를 숙이고 자신이 저지른 잘못을 조목조목 인정
했다. 그러면 그녀는 맑은 쇳소리로 괜찮다, 말하며 머리를
쓰다듬어주었다.

실망의 묵직한 쇳소리와 위로의 청아한 쇳소리는 그렇게 달랐다.

죽음을 자연스럽게 받아들이라고 가르친 것도 그녀의 쉰 목소리였다. 그가 열 살이 되던 해, 그녀는 갑작스러운 사고로 남편을 잃었고, 그는 아버지를 잃었다. 그녀는 도움의 손길을 정중히 거절하면서도, 허둥대거나 서두르는 법 없이, 예를 갖춰 혼자 힘으로, 남편의 장례를 치렀다. 장례를 모두 마치고 집으로 돌아오는 길에 그녀가 그에게 물었다.

엄마 죽으면 어떻게 할래?

그 물음에 그는 겁부터 집어먹었다. 당장이라도 그녀가 그의 눈앞에서 사라질 것 같았다. 그리고 심각했다. 그녀는 그에게 무언가를 먼저 묻는 적이 없었으므로. 그녀의 물음에는 언제나 답이 내포되어 있었으므로. 그는 그녀의 물음에서 답을 찾아내야 했다. 하지만 대답은커녕 오줌을 지릴 것 같아 엉덩이를 조이느라 전전긍긍했다. 결국 그녀가 그의 머리를 쓰다듬으며 답을 가르쳐주었다.

괜찮아.

그는 뭐가 괜찮다는 건지 헷갈렸다. 죽는다는 게 괜찮은 건지. 엄마가 괜찮다는 건지. 아니면 아버지가 죽은 게 괜찮은 건지. 그녀가 힌트 하나를 더 주었다.

엄만 금방 안 죽어. 그게 엄마야.

그 말을 하는 그녀의 목소리는 조금 더 쉬어 있었다. 그는 그녀가 준 힌트들을 모두 모아 조합을 하고 해석을 한 다음 결론을 내렸다. 아버지의 죽음은 괜찮은 거다. 엄마는 안 죽는다. 그는 아버지가 죽은 것을 자연스럽게 받아들일 만큼만, 딱 그만큼만 이해했다. 그리고 엄마는 금방 안 죽는 사람이라는 믿음을 가질 만큼만, 딱 그만큼만 이해했다. 그리고 그는 언젠가 엄마가 죽게 된다면, 그녀가 그랬던 것처럼 의연하게 장례를 치러야 한다는 것을 배웠다.

그는 그녀의 가르침을 떠올리며 주먹을 꽉 쥐었다. 그리고 다짐했다. 다시는 고아라는 말을 입에 담지 않겠다고. 그녀가 남편을 잃은 후 단 한 번도 과부라는 말을 하지 않았던 것처럼. 그녀가 과부인 것은 사실이었지만 과부로 살지 않았던 것처럼. 그 또한 고아가 분명했지만 고아로 살지 않을 것이라고.

그리고 그는 그녀의 죽음으로부터 새로운 것을 배우게 되었다. 어떤 죽음은 절대로 자연스럽지 않다는 것을. 극진한 울음이 어떤 목소리를 불러올 수도 있다는 것을. 그것은 살아 있는 그녀의 목소리로는 가르쳐줄 수 없는 것이었다. 그가 울음을 터뜨렸을 때, 그 울음소리가 쉬고 갈라져서 그녀의 목소리를 닮기 시작했을 때, 그제야 비로소 알 수 있는 것이었다. 그는 그녀가 살아서 그에게 해주었던 말의 의미를, 그녀가 죽고 난 후에야 이해했다.

괜찮다. 엄마는 죽지 않는다. 그게 엄마다.

어머니는 죽었다. 죽었지만 아주 죽지는 않았다. 그의 목구멍 속에 엄마가 살아 있었다. 그의 목숨이 붙어 있는 한 그의 엄마도 살아 있을 것이었다. 그는 후회했다. 왜 진즉에 울지 못했는지. 울어서 엄마 목소리를 들을 수 있다면 사흘 밤낮을, 또 사흘 밤낮을, 영원한 사흘 밤낮을, 울 수도 있었을 텐데. 그는 가슴을 치며 울었다. 울면서 웃었다. 엄마 목소리가 점점 더 생생해져서 웃었다. 웃음이 나서 또 울었다. 그는 웃다가 울기를 반복하며 추임새처럼 엄마를 불렀다. 엄마를 닮은 목소리가 엄마를 찾았다.

— 엄마 엄마 엄마.

집으로 돌아왔을 때 그는 약간의 피로감을 느꼈다. 그는 현관에서 구두를 벗어 바깥쪽으로 향하게 돌려놓은 다음 손을 씻고 어머니의 방으로 들어갔다. 어머니가 쓰던 보료는 그 자리 그대로 펼쳐져 있었다. 그는 보료를 처음 본 듯 손바닥으로 쓸어보았다. 보료 가장자리는 두툼했고 안쪽은 얄팍했다. 오랜 세월 어머니의 체중을 받아 길게 움푹 눌린 자국. 한낱 보료도 어머니의 몸을 그대로 간직하고 있는데, 그는 아무것도 간직한 게 없었다.

그는 어머니의 몸을 만지듯 보료의 굴곡을 쓰다듬었다. 어머니의 몸에 그의 몸을 맞추듯 보료의 굴곡 위로 제 몸을 갖

엄마도 아시다시피 25

다 댔다. 입맞춤을 하듯 이마에 이마를 맞대고 볼과 볼을 맞
대었다. 두 팔로 꽉 끌어안듯 어깨에 어깨를 포개고 배에 배
를 맞추었다. 그가 완전히 엎어져 온몸을 맞추고 나자, 그의
발이 보료 바깥으로 삐죽이 나왔다.

— 엄마는 이만큼이나 작았구나.

언제 마지막으로 어머니의 키를 재보았는지, 어머니의 등
에 그의 등을 대고 키를 재보던 때가 언제였는지. 어머니가
죽고 난 후에야 비로소 엄마의 키를 짐작할 수 있다니. 그는
보료에 얼굴을 묻고 눈물을 흘렸다. 어머니의 뒤통수에 눌리
고 눌려서 둥글납작하게 단단해진 솜이 그의 눈물을 소리 없
이 빨아들이고 있었다. 그는 두 다리를 개구리처럼 벌려 발을
보료 안쪽으로 집어넣었다. 그렇게 자신의 키를 어머니의 키
에 맞추었다.

불행히도 그의 쉰 목소리는 금세 회복되었다. 그래서 그는
자신의 목을 혹사하기로 했다. 그는 기침과 함께 눈을 뜨고
가래를 끓어 올리면서 하루를 시작했다. 방문을 열고 닫을 때
마다 크르륵 칵, 한 번씩 목젖을 긁어주는 습관을 들였다. 버
스정류장에 도착하면 입을 크게 벌리고 배기가스를 들이마셔
물기를 모두 말린 다음, 뱃속에서부터 올려낸 마른가래를 뱉
어냈다. 지금까지 살면서 길바닥에 가래를 뱉어본 적이 없었
던 그는 처음에는 걸음을 멈추고 쓰레기통을 찾아 두리번거

26

리곤 했지만, 점차 걸으면서도 능숙하게 침과 가래를 뱉어낼 수 있는 사람이 되었다.

그는 그의 목구멍에만 집중하고, 그의 목구멍만을 위해 온 힘을 쏟기 시작했다. 오로지 자신의 목구멍에서 올라오는 소리만이 그의 관심사였다. 톤과 강도를 달리 해가며 소리를 가늠하면서 엄마 목소리를 되살리려 애를 썼다. 그러다 보니 엄마 목소리가 헷갈리기 시작했다. 쇳소리에 더 가까웠는지 천둥소리에 더 가까웠는지. 묵직했는지 둔탁했는지 날카로웠는지. 머릿속에서는 분명히 기억하고 있다고 생각했는데, 그의 목에서 꺼내볼라치면 그릉그릉 가래 끓는 소리만 흘러나왔다. 답답하고 신경질적인 걸걸함. 그것은 결코 엄마 목소리가 아니었다.

그는 마음이 급했다. 귓가에 쟁쟁했던 엄마 목소리를 어서 그의 목구멍으로 옮겨와야 했다. 그는 목소리를 흉사하는 것만으로는 엄마 목소리를 닮을 수 없다는 사실을 깨달았다. 그에게는 울 곳이 필요했다. 누구의 눈치도 보지 않고 마음껏 울 수 있는 곳. 울어서 쉰 목소리를 만들 수 있는 곳.

그는 바로 그곳을 찾아냈다.

그가 지하노래연습장 문을 열고 들어갔을 때, 카운터에서 뻥튀기옥수수를 먹고 있던 주인여자는 오랜 경험으로 그에게 필요한 것이 무엇인지 단번에 알아차렸다. 주인여자는 옥수

수 껍질을 입술에 붙인 채 그에게 물었다.

— 도우미 필요하세요?

그는 말없이 고개를 가로저었다. 주인여자는 알아 모시겠다는 투로 입을 삐죽거리며 한 시간에 만오천 원, 선불이요, 라고 싸늘하게 말했다. 그리고 그를 카운터에서 가장 가까운 방으로 안내했다. 뭔가 수상쩍은 짓을 하면 바로 망신을 주리라 생각하면서, 문 옆에 몸을 숨기고 유리창 틈을 통해 안쪽을 살폈다.

그는 두 손을 무릎 위에 얌전히 올려놓고 꾸부정하게 앉아 있었다. 그 자세는 보통 실연을 당한 나이 든 여자들이 취하는 자세였다. 그렇게 좀 앉아 있다가 울음을 터뜨리고, 눈물 콧물 다 흘리며 미친 듯이 노래를 부르고, 그렇게 독기를 다 빼내고 난 다음에 다시 그 자세로 멍하니 앉기까지, 그에게는 한 시간으로 모자랄 듯했다. 그런데 멀쩡하게 생겨가지고는, 마누라가 바람이 나서 도망을 갔나, 젊은 애인이 홀딱 벗겨먹고 내뺐나. 주인여자는 쯧쯧 혀를 차며 카운터로 돌아왔다.

— 운다고 떠난 여자가 돌아오겠냐?

주인여자는 뻥튀기옥수수 하나를 입안에 톡 던져 넣으며 누구에게랄 것도 없이 말했다. 그때 새로운 손님들이 문을 열고 들어왔고, 주인여자는 그에 대한 관심을 접었다.

그는 울 준비가 되어 있었다. 그런데 이상하게도 눈물이 나오지 않았다. 그는 눈물을 재촉했다. 울어야 해. 울어야 해.

극진하게 울어야 해. 그는 심장을 압박했다. 슬퍼야 해. 어머니가 돌아가셨잖아. 엄마 목소리가 사라지기 전에 다시 살려내야 해. 그는 기억을 쥐어짰다. 엄마 목소리가 들렸을 때 어떻게 울고 있었지? 으엉으엉이었나. 으헝으헝이었나. 아이고 아이고였나? 그는 이토록 빨리 눈물이 마를 수 있다는 사실이 놀라웠다. 그래서 슬펐다. 슬퍼서 눈물이 찔끔 났다.

노래방 주인여자가 문을 열고 고개를 내밀었다.

— 아저씨! 노래방 와서 노래는 안 부르고 뭐해요? 시간 다 됐는데. 삼십 분 서비스 줄 테니 노래하세요, 네?

울려고 왔는데 노래를 부르라니. 어머니를 잃은 사람에게 노래를 부르라 하다니. 어머니를 잃은 자식의 슬픈 표식이 벌써 사라진 걸까. 그는 눈물 한 방울을 매달고 노래방 주인여자를 쳐다보았다. 노래방 주인여자가 그를 향해 피식 웃었다. 그는 여자의 입가에 콩알만 한 점이 있는 것을 보았다. 크기는 좀 컸지만 어머니의 점과 똑같은 위치였다.

그는 그것이 무슨 신호인 듯 여겨졌다. 저세상에 있는 엄마는 혹시 그에게 하고 싶은 말이 있어서 이 세상의 여자들을 통해 어떤 신호를 보내고 있는 것은 아닐까? 울지 말고 노래하라. 노래할 시간이 되었다. 눈물을 멈추고 노래를 시작하라. 그는 자리에서 벌떡 일어나 노래방 주인여자의 손을 덥석 잡아 쥐었다.

— 고맙습니다. 노래할게요. 네, 이제부터 노래할게요.

어머니가 좋아하는 노래를 알게 된 것은 그가 고등학생 때였다. 그는 길에서 우연히 그녀를 보았다. 그녀를 불러세우려고 했지만 그의 목소리를 듣지 못한 그녀가 길을 계속 가는 바람에 얼떨결에 그녀의 뒤를 밟는 셈이 되었다. 그녀는 안이 환히 보이는 빵집으로 들어가 자리를 잡고 앉았다. 그는 빵집 바깥에서 안쪽을 기웃거리며 그녀를 기다렸다. 그녀는 여자 둘과 마주 보고 앉아 서류를 작성하고 있었다. 그것이 무언지 보려고 가까이 갔다가 그녀 눈에 띄었다. 그녀가 그를 보고 들어오라는 손짓을 했다. 그는 쭈뼛거리며 안으로 들어갔다. 그리고 보았다. 그녀가 어떻게 가족의 생계를 유지하고 있었는지. 그가 먹고 입고 공부하는 돈이 어디서 나오는지. 아버지가 죽었는데도 어떻게 그의 생활에는 아무 어려움이 없었는지.

　그녀는 보험설계사였다. 그녀는 그 일과 관련된 서류를 집안에 흐트러뜨리거나 하는 법이 없었으므로, 아이 셋 딸린 과부라는 사실을 앞세워 집안사람들을 닦달하며 실적을 채우려하지도 않았으므로, 그를 포함한 가족 어느 누구도 눈치챌 수 없었다. 그녀는 그녀가 무슨 일을 하고 있는지 아이들에게 들키지 않을 정도로만, 경제적인 타격으로 아이들이 아버지의 부재를 인식하게 되지 않을 정도로만, 딱 그만큼의 일을 했다.

　그는 뒤를 밟으려던 것이 아니었음을 설명하려 했으나 말이 나오지 않았다. 여자들이 먼저 자리를 뜨고 그는 고개를 숙인 채 그녀가 시켜준 빵과 주스를 먹었다.

슬픔을 간직한다는 게 뭔지 아는 사람의 목소리로구나.

그녀가 말했다. 그는 고개를 들어 그녀를 보았다. 그녀는 눈을 지그시 감고 있었다. 그제야 그의 귀에 음악소리가 들렸다. 슬픔을 간직한, 목소리. 여자의 음성이 분명한데 노인 같기도 하고 변성기 남자애 같기도 한 이상야릇한 목소리였다. 슬픔을 간직한다는 게 뭔지는 알 수 없으나, 노래 가사는 하나도 알아들을 수 없는 샹송이었으나, 목소리만으로도 슬픔이 짐작되는 노래였다.

그는 그녀가 무슨 말이라도 더 해주길 바랐지만, 그녀는 눈을 지그시 감은 채 노래에 몸을 맡기고 있을 뿐이었다. 그녀는 노래가 끝나고 나서야 눈을 떴다. 그는 그녀와 눈을 맞추며 의미심장하게 말했다.

훌륭한 사람이 될게요. 어머니.

그녀는 알 듯 말 듯한 미소를 지어 보였다. 그러고는 그 가수의 노래를 구해달라고 부탁했다. 그는 일주일간의 수소문 끝에 앨범을 구해 그녀에게 선물해주었다. 그녀가 그 앨범을 즐겨 들었는지 어쨌는지 그는 알지 못했다. 다만 그때부터 그는 자신이 한 말을 지키기 위해 부단히 노력했다는 것뿐. 그래서 그는 외국계 보험회사에 평사원으로 입사해 차곡차곡 계단을 밟아 부사장 자리까지 오르게 되었다는 것뿐. 그의 성공 역시 그녀의 목소리 덕분이었다는 것뿐.

콩알만 한 점을 가진 노래방 주인여자가 엄마를 대신해 그에게 그 노래를 상기시켜주었다. 새카맣게 잊고 있던 그 노래. 슬픔을 간직한 목소리의 그 노래.

울음을 그치고 그 노래를 불러라.

그는 엄마의 전언을 감사히 받았다.

그는 어렵지 않게 앨범을 구할 수 있었다. 그 노래를 부른 늙은 여가수의 일대기가 마침 영화로 상영되었고, 영화와 함께 사운드트랙도 발매되었기 때문이었다. 모든 것이 징조고 전갈이었다. 그는 사무실에 들어서자마자 음악부터 튼 다음 차를 내리고 책상에 앉았다. 책을 펼치지는 않았다. 업무시간이 시작되기 전까지 눈을 감고 그 노래만 집중해서 들었다. 그는 서류를 들여다보다가도 눈을 지그시 감고 슬픈 목소리에 몸을 맡기곤 했다.

그리고 그는 하루도 빼놓지 않고 노래방으로 가서 그 노래를 따라 불렀다. 처음에는 한 소절도 따라 하지 못했던 그는 노래를 부르기 시작한 지 두 달 만에 가사를 외우게 되었다. 한 달이 더 지난 다음에는 음정 박자까지 완벽히 따라 부를 수 있게 되었다. 두 달이 더 지난 다음에 그의 목소리는 늙은 여가수처럼 걸걸하게 쉬어 있었다.

그는 엄마가 생각날 때마다 그 노래를 불렀다. 길을 걷다가도 세수를 하다가도 밥을 먹다가도, 언제 어디서든 흥얼흥얼 그 노래를 불렀다. 늙은 여가수의 목소리에 그리움을 담아 조용히 불렀다. 그는 보료 위에 누워 노래를 부르는 때가 가장 좋았다. 무릎을 세워 다른 쪽 발을 그 무릎 위에 얹은 자세로, 발을 까딱까딱하며 콧소리를 냈다.

그는 노래를 부르면서 생각했다. 울음을 참고 노래를 부르는 일은, 목소리에 슬픔을 간직하는 일과 같은 것이라고. 슬픔을 간직한 목소리와, 슬픔을 간직한다는 게 뭔지 아는 사람의 목소리의 차이는 알지 못했지만, 노래를 부르는 동안 그는 엄마와 함께 있었다. 엄마와 함께 있으면 노래를 부르는 그의 목소리는 서서히 엄마 목소리를 닮아갔다. 그래서 그는 노래를 부르면서 동시에 귀를 활짝 열었다. 그러고 있으면 엄마가 그에게 불러주는 엄마의 노래를 듣고 있는 것 같았다.

그의 목소리로 부르는 엄마의 노래.

이 세상과 저 세상에서 각자 슬픔을 간직한 채 부르는.

모자의 노래.

그는 앨범 재킷을 들여다보며 사진 속의 늙은 여가수처럼 허공에 손을 띄워보았다. 후렴구에서는 특히 묵직한 쇳소리에 애처로움을 얹어 음정을 높여야 했는데, 늙은 여가수의 손짓을 따라 하는 것은 확실히 도움이 되었다. 가장 높은 음조의 마지막 노래 구절에 다다랐을 때, 아내가 방문을 열고 들어왔다. 그는 노래를 딱 멈추고 보료 밑으로 손을 감추었다. 아내는 그를 슬쩍 보고는 장롱문을 열었다.

— 작은집 둘째, 대학 합격했대요. 당신도 축하전화 한번 넣어줘요.

— 당신 지금, 뭐 해?

— 어머니 유품 하나도 안 버렸잖아요. 나중에 애들 들어오면 보여주려고. 막내네 애들 것까지 미리 다 준비해놓으셨더라구요.

그는 몸을 일으켜 세웠다. 보료 바깥으로는 나가지 않고 고개만 빼꼼히 빼고 아내가 하는 양을 지켜보았다. 그의 아내는 상자 뚜껑을 열고 종이로 싸인 뭉치 몇 개를 꺼내 바닥에 내려놓더니 봉투 한 장을 손에 들었다.

— 선물 같잖아요. 하늘에서 내려주신 선물.

아내가 그를 향해 봉투를 흔들어 보이며 말했다. 그리고 빙긋이 웃었다. 하늘에서 내려주신 어머니의 선물이 팔락팔락 소리를 냈다. 아이들의 대학 입학금만큼은 그의 어머니가 챙겼었다. 한지에 곱게 싼 돈을 봉투에 넣어서 직접 전해 주었었다. 그는 봉투를 보고, 종이뭉치를 보고, 상자를 보았다. 아내는 봉투만 챙기고 뭉치들은 다시 상자에 담아 뚜껑을 덮었다. 상자는 도로 장롱 속으로 들어갔다.

아내는 작은집에서 저녁을 먹고 오겠다는 말을 남기고 방을 나갔다. 그는 아내가 외출 준비를 마치고 나갈 때까지 꿈

쩍도 하지 않았다. 현관문 닫히는 소리가 들리고 나서도 가만히 있었다. 잠시 더 앉아 있다가 현관으로 달려가 보조키까지 잠그고 다시 방으로 돌아왔다. 그러고 나서도 한참을 장롱문만 쏘아보며 서 있었다. 그의 숨소리가 조금씩 거칠어지고 있었다. 그는 입을 다물고 숨만 겨우 쉬었다. 그런데도 그의 목에서는 쌕쌕 쇳소리가 나왔다.

장롱문을 열었다. 그는 문짝을 붙든 채 입을 쩍 벌렸다. 그는 바보가 된 기분이었다. 금맥을 엉덩이에 깔고 앉아서는 허공에다 맥없는 삽질을 하고 있었다니. 어머니의 물건들이 거기 다 있었다.

옷걸이에 걸린 한복은 그의 어머니가 칠순잔치 때 입었던 옷이었다. 그는 금덩이를 잡아 올리듯 자주 고름을 바싹 끌어당겨 코로 가져왔다. 나프탈렌 냄새가 어렴풋했다. 그는 저고리 소매 안으로 손가락을 넣어보았다. 잠시 멈추었다가 팔을 쑥 밀어 넣었다. 소매끝이 그의 팔꿈치를 꽉 잡았다. 팔은 더이상 들어가지 않았다. 그는 그 상태로 팔을 이리저리 움직여보았다. 저고리 안쪽 어딘가에 어머니의 살비듬 한 조각이 남아 있어 그의 팔뚝으로 옮겨올 것 같았다. 차갑게 닿았다가 뜨겁게 녹아내리는 눈송이처럼. 하늘에서 내려온 선물이었다. 그는 몸을 바르르 떨었다.

엄마가 하늘에서 내려 보내준 선물.

팔뚝에 내려앉은 첫 눈송이가 폭설을 예고하고 있었다.

그는 어머니의 한복을 꺼내 입었다. 밑자락으로 발목이 드러나 보이긴 했지만 그런대로 괜찮았다. 어깨끈에 두 팔을 꿰어 넣고 치마끈을 동여맨 다음, 저고리 앞섶을 잘 끌어당겨 입고 옷고름을 단정히 묶었다. 그는 오랜 연습으로 어머니의 작은 옷을 망가뜨리지 않고 그의 몸에 맞게 입을 줄 알게 되었다. 그는 겨드랑이를 죄어오는 저고리의 감촉을 맘껏 즐겼다. 그것은 엄마가 두 팔로 그의 몸을 바싹 들어 올리는 느낌과도 같았다. 치맛자락 스치는 소리를 내며 걸으면 엄마 품에 안겨 따뜻한 욕조 안으로 함께 들어가는 기분이 들었다. 그때마다 그는 엄마 젖꼭지를 만지작거리며 물장난 치는 아이가 되었다.

한복을 다 입고 나면, 그는 어머니가 그랬던 것처럼, 한쪽 무릎을 세우고 팔꿈치를 얹은 자세로 보료 위에 앉았다. 그는 상자 하나를 바싹 끌어왔다. 뚜껑을 열고 종이로 싸인 뭉치 하나를 꺼냈다. 종이를 펼치자 어머니의 돋보기가 나왔다. 그 다음은 거울이 나왔다. 뭉치에서 종이를 한 겹 펼칠 때마다 그의 몸에서 바스락바스락 소리가 났다. 어머니 머리칼을 빗어내리던 나무빗. 어머니 손길에 입을 여는 동전지갑. 바스락바스락 어머니 손목에 감겨 있던 낡은 세이코 손목시계. 어머니의 몸을 기억하고 있는 그 모든 물건들.

그는 어머니의 돋보기를 코에 걸치고 거울에 비춰 보았다.

거울 속에 그의 얼굴이 흐릿했다. 돋보기는 어머니의 눈을 밝게 한 만큼 그의 눈을 어둡게 만들었다. 그는 어머니의 돋보기를 걸친 채 흥얼흥얼 노래를 불렀다. 노래를 부르는 그의 눈은 게슴츠레했다.

상자 맨 안쪽에 있던 뭉치에서는 검정색 플라스틱 팔레트가 나왔다. 그것은 그가 스위스 본사에 출장을 다녀오면서 사온 것이었다. 무슨 선물을 사야 할지 몰라 다른 사람이 하는 양을 보고 아내 것과 어머니 것 두 개를 샀던 것을 그는 기억했다. 열 가지 색의 아이섀도와 네 가지 색의 립스틱, 몽당연필만 한 펜슬에 마스카라까지. 팔레트를 열어보던 어머니의 얼굴이 화사했던 것도 기억이 났다. 그는 돋보기를 벗어 놓고 팔레트를 들여다보았다. 팔레트는 흠집 하나 없이 새것인 상태 그대로였다. 분홍색 립스틱 가장자리로 조심스러운 붓자국이 남아 있을 뿐이었다. 어머니는 딱 한 번 립스틱을 발라보았던 모양이었다.

그는 붓자국이 난 부분을 약지로 살짝 찍어보았다. 전류가 흐르듯 손가락 끝이 저릿저릿했다. 그는 손가락을 자신의 입술로 가져갔다. 전류는 그의 입술에도 전달되었다. 그는 그것을 어떤 신호로 받아들였다. 어머니의 입술을 간직하고 있던 분홍색 립스틱이 그에게 보내는 신호. 엄마가 미리 알고 준비해놓은 어떤 전갈. 그의 입술이 그 신호를 받아들였다.

그는 립스틱을 바르는 엄마를 상상했다. 에 하고 입을 벌리고, 조심스럽게 붓질을 하고, 입술을 부벼 넓게 펴 바르고, 다시 에 하고 거울을 들여다보고. 목구멍이 간질간질했다. 공기방울 같은 것이 목구멍을 뚫고 나올 것만 같았다. 그의 입에서 쉿소리를 품은 웃음소리가 흘러나왔다.

거울 속에서 분홍 입술의 엄마가 흐릿한 얼굴로 입만 빙그레 웃고 있었다.

바람결에 라일락 냄새가 풍겼다.

어머니의 기일이 다가오고 있었다. 그는 출산을 앞둔 산모처럼 차곡차곡 준비했다. 아내와 함께 수산시장에 가서 어머니가 즐겨 먹던 민어를 일찌감치 사다 말렸고, 제기도 꺼내 미리미리 닦아두었다. 코네티컷과 퀸즈에 있는 두 자식에게는 할머니의 기일에 맞춰 올 수 있도록 비행기표를 보냈다. 형제들과 형제들의 자식들까지 모두 어머니의 첫 제사에 빠지지 말고 참석할 것을 당부했다.

그가 원했던 대로 모든 식구들이 그의 집에 다 모였다. 집 안에는 전 부치는 기름 냄새와 온갖 음식 냄새가 넘쳐났고, 오랜만에 모인 사촌들은 서로의 근황을 들려주며 즐거워했다. 가끔 어머니의 영정사진을 보며 코를 훌쩍이는 이도 있었으나 분위기는 대체로 화기애애했다. 음식 준비가 모두 끝나고 그의 동생들이 여자들에게 음식을 받아 나르기 시작했다.

— 과일이 왼쪽이에요, 오른쪽이에요?

— 어머니가 안 계시니까 어디가 어딘지 헷갈리네.

— 할머니 사진 우리도 하나씩 가지면 안 돼요?

— 이따 제사 지내고 줄게. 그렇잖아도 이따 어머니 유품들 보여주려고 했어.

— 저건 다 언제 사다 말리셨대요. 어머니 민어 진짜 좋아 하셨는데.

— 저도 대학 입학하면 할머니 봉투 받을 수 있어요?

— 공부나 열심히 하셔. 봉투 받을 생각만 하지 말고.

식구들은 거실에 마련된 제사상을 둥그렇게 둘러싸고 저마다 한마디씩 하며 웃고 떠들었다. 그는 제사상 위에 나란히 놓인 두 개의 영정사진을 묵묵히 바라보고 있었다. 하나는 오래전에 죽은 아버지의 것이고 또 하나는 여전히 살아 있는 엄마의 것이었다. 그는 그것이 한없이 낯설게 느껴졌다. 그 둘은 나란히 놓여서는 안 될 성질의 것 같았다. 그는 목이 메어왔다. 조용히 엄마의 방으로 들어가 문을 잠갔다.

불은 켜지 않았다. 그는 어둠 속에 숨어 울음을 삼켰다. 슬픔을 모으고 눈물을 가뒀다. 그는 슬픔을 간직한 사람의 목소리를 생각했고, 그 목소리를 가르쳐준 그의 어머니를 생각했다. 그의 몸속 깊은 곳에서 슬픔이 출렁였다. 그는 목이 잠겨오는 것 같아 큼큼 소리를 내 목을 가다듬었다. 장롱문을 열었다 닫고, 상자를 내렸다가 올리고, 보료 위에 앉았다가 일어나고. 그는 어둠 속에서 조용히 움직였다.

— 형님 어디 계세요? 준비 다 됐어요.

문밖에서 그의 동생이 그를 부르는 소리가 들려왔다. 그는 더 이상 엄마의 방에 숨어 있을 수 없다는 것을 알았다. 때가 되었다. 그는 옷매무새를 단정히 하고 목을 가다듬었다. 그는 방을 나설 모든 준비를 마쳤다. 방문을 활짝 열었다. 그는 세상의 불빛을 처음 본 양 눈을 질끈 감았다가 떴다. 그리고 문밖으로 머리부터 내밀었다. 잠시 멈추어 섰다가 문지방을 넘었다. 미끄러지듯 한번에 어머니의 제사상 앞으로 걸어갔다. 돋보기를 쓴 그의 눈에는 모든 것이 흐릿해 보였다. 그는 초점이 맞지 않는 눈으로 영정사진 속의 엄마와 잠깐 눈을 맞추었다. 그리고 돌아섰다. 어머니를 잃은 모든 자식들을 향해. 할머니의 임종도 보지 못한 손주들을 향해. 그는 주먹을 쥐고 노래를 부르기 시작했다. 외롭고 외로운 목소리로 우렁차게 불렀다.

어미를 잃은 자식들아 들어라.

그의 목이 잉태한 엄마의 목소리를 들어라.

그의 목소리로 부르는 엄마의 노래를 들어라.

그의 목구멍에서 엄마가 태어나고 있었다. 고고지성을 우렁차게 울리며 세상 밖으로. 그는 온 힘을 다해 목구멍에서 엄마를 끌어올렸다. 구원을 구하는 사람처럼 고개를 쳐들고 손을 모았다가 위로 올리면서. 치맛자락을 살짝 들었다가 놓기도 하면서. 분홍 립스틱을 덕지덕지 바른 입술을 부르르 떨기도 하면서. 그와 엄마의 슬픈 노래를 완성해가고 있었다.

그의 목구멍. 엄마의 목소리. 슬픔을 간직한 모자의 노래.

—지금 뭐 하시는 거예요, 형님.

막내동생의 외침. 그는 지금 부르는 소절이 아주 중요한 부분이라는 듯 손짓으로 동생을 진정시키고 숨을 한껏 들이마셨다. 쇳소리에 가까운 괴이한 목소리가 솟아올랐다. 그는 노래를 멈추지 않았다. 슬프고도 자랑스럽게 불렀다.

—왜 그래요…… 여보.

아내가 그의 소맷자락을 잡아당기며 울먹였다. 그의 슬픈 목소리가 아내를 울게 만들었다고 그는 생각했다. 어느 순간부터 그의 귀에는 엄마의 슬픈 노래를 제외하고는 다른 어떤 소리도 들리지 않았다.

—그만해요, 아빠.

—제발 그만둬요, 형님. 어머니 제사에 도대체 이게 무슨.

극적인 후렴구가 지나고 노래가 끝났다. 그는 두 손을 가슴에 X자로 얹은 채 고개를 숙였다. 그 상태로 조금 더 있다가 천천히 고개를 들어 주위를 둘러보았다. 흐릿한 돋보기 너머 슬픔으로 가득 찬 눈빛들이 그를 향해 있었다. 무언가를 애도하는, 간곡한 눈빛들이었다. 그의 동생은 얼굴을 일그러뜨리고 먼 곳을 보았고, 그의 아내는 자리에 풀썩 주저앉았다.

—지금 이러려구 우리 다 불러 모은 거예요?

—형님이 어머니를 그리워한다는 건 알겠지만 그래도 이

건 아니잖아요.

　— 제발 그 가발이라도 좀 벗어욧!

그는 감동의 무대를 마치고 난 늙은 여가수처럼 약간 휘청거렸다. 사진 속의 어머니는 뒤늦게 할 말이 있다는 듯 입만 빙그레 웃고 있었다. 그는 방을 나올 때처럼 미끄러지듯 방으로 들어갔다. 등 뒤에서 문고리를 돌려 엄마의 방문을 닫았다. 출산을 마친 그는 기진맥진이었다. 그는 보료 위로 쓰러지듯 누웠다. 일 년 전보다 조금 더 넓게 굴곡진 엄마의 보료가 그를 폭 감싸 안았다. 둘러썼던 가발이 그의 머리통에서 벗겨져 보료 위로 흘러내렸다. 엄마의 방은 어둡고 따뜻했다.

누군가 살짝 다녀간 것 같은 밤이었다.

고요했다.

남은 교육

1

너는 정말 단호해 보인다. 싱크대 문짝에 고정된 두 눈은 타협의 여지가 없음을 강변하고 있다. 꽃무늬 접시 세트를 사이에 두고 앞에 앉은 여자는 너와 달리 무덤덤하다. 두 손을 무릎 위에 얌전히 올려놓고 숨만 폭폭 내쉬는 폼이, 처분을 기다리는 무력한 노인의 자세와도 같다. 하지만 그것이 바로 함정. 너는 여자의 함정에 발을 들이지 않을 자신이 있다. 언제까지 그 자세 그 시선으로 버틸 수 있다고 믿고 있다. 초인종 소리가 울리지 않았다면 그랬을 것이다.

익숙한 벨 소리에 너는 흔들렸다. 크게 흔들린 것은 아니었다. 단지 눈길뿐이었다. 싱크대에 붙박여 있던 눈길이 반사적으로 슬쩍, 현관 쪽으로 향했다가 돌아오는 그 잠깐의 흔들림 사이로, 여자의 서글픈 목소리가 비집고 들어왔다.

"이게 어떤 그릇인데."

긴 한숨으로 사이를 둔 다음 여자가 덧붙인다.

"생전 처음 만져본 본차이나야. 본, 차이나."

"본차이나가 안 되면 다른 걸 버려."

너는 냉랭하게 응대한다. 처음부터 시선의 흔들림 따위는 없었다는 듯, 눈길을 다시 싱크대 문짝에 고정한 채다. 네 말에 여자가 허리를 곧추세우며 묻는다.

"다른 거 뭐?"

"미국산이든, 안 깨지는 거든, 뭐든. 세트만 벌써 여섯."

"여섯이건 일곱이건 눈 있으면 좀 봐봐라. 어디 하나 긁힌 데가 있나, 이 나간 데가."

"엄마도 눈 있으면 봐봐. 저 많은 살림을 다 어디다 두려고."

"내가 살림 잘하는 여자니까 망정이지 다른 사람 같으면 진작에."

"다른 사람 같았으면 진작에 버렸어. 내가 다 양보했잖아, 이번만큼은 엄마가 양보."

"이번만큼은, 이라니? 네가 양보한 게 뭐 있다고?"

흐린 눈동자에 언뜻 스치는 섬광. 먹잇감을 발견한 고양이의 눈빛이다. 여자는 주위를 휙 둘러보고는 빠르게 말을 잇는다.

"양보는, 이렇게 코딱지만 한 집으로 들어온 내가, 내가 골백번도 더 양보한 거지, 난 그 좋은 농이랑 다 버리고 왔는데,

네가 뭘 버렸다고 양보야, 양보는?"

"그 좋은 농은 버렸으면서 저 오래된 그릇은 왜 못 버려? 안방도 차지했고, 옷장도 다 비워줬어. 이렇게 코딱지만 한 집에 그릇만 잔뜩 쌓아놓고."

"그릇 하나 맘대로 못 부려놓는 집을 어디 집이라고 디밀어 디밀긴! 나이가 몇인데 여태 뭐하고 겨우 이따위 구질구질한 집에서 살고 있어! 옛날 같으면 턱도 없는 집."

"옛날 같은 집을 내가 날려먹었어? 옛날 같은 집은 엄마가 날려먹고, 왜 이따위 구질구질한 집에 와서 이래? 내가 디밀 었어? 디밀고 들어온 건 엄마잖."

"야 이, 인정머리 없는 년아!"

여자의 목소리가 진저리를 친다. 말허리를 자르던 칼날 같은 말들은 여자의 고함 소리로 끝이 난다. 정적이 흐르는 잠깐의 시간 동안 여자는 만반의 준비를 마친다. 주먹을 불끈 쥐고, 허리를 굽혀 허벅지에 붙인 다음, 온 힘을 목으로 끌어 모아, 바락바락 악을 쓴다.

"이 매정한 년아! 인정머리라곤 털끝만큼도 없는 년아아!"

너는 기어이 함정에 발을 들이게 되었다. 너는 절망적으로 눈을 감는다. 초인종 소리는 다시 들리지 않는다. 처음부터 초인종 소리 따위는 없었는지도 모른다. 네가 눈을 감자 여자 는 기다렸다는 듯이 더 많은 말을 더 빠르고 더 기세등등하게 퍼붓는다.

"매정한 년! 인정머리 없는 년! 엉? 이 천하에 싹퉁머리 없는 년! 저밖에 모르는 이기적인 년! 내가 널 어떻게 키웠는데, 엉? 내가 너 피아노다 발레다, 뭐 하나 안 가르쳐준 거 있어? 그으래, 그 집 내가 날려먹었다, 내가 날려먹었어. 그러는 네년은! 내가 날려먹는 동안 네년은 뭘 해줬냐, 뭘 해줬어! 니가 능력이 있었으면, 그 집을 그렇게 가게 놔두냐, 놔둬? 그 집이 어떤 집인데, 어떤 집인데. 자식새끼 키워봐 봐야, 키워봐……"

여자의 목소리는 리드미컬한 노랫소리 같다. 쉴 새 없이 움직이는 입술과 입술 사이로 허연 입술버캐가 부글부글 박자를 맞춘다. 인정머리 없는 년, 냉정한 년, 은혜를 원수로 갚는 년의 반복.

"맘대로 해요. 맘대로."

네 목소리는 손아귀에서 빠져나가는 모래처럼 매가리가 없다. 네가 물러선 것이 명백한데도, 여자는 비난을 멈추지 않는다. 그것만으로는 모자란 것이다. 너는 최선을 다해 잘못을 빌어야 한다. 무릎을 꿇고 너의 패배를 완벽하게 고해야 한다. 확실하고 분명한 선언만이 여자의 입을 다물게 할 수 있다.

"엄마 맘대로 하라구! 본차이나든 뭐든!"

너는 여자가 그랬던 것처럼 주먹을 꽉 쥔 채 목에 힘을 끌어모아 바락바락 소리를 지른다.

"잘못했다구! 알았으니까 이제, 그만. 잘못했다구."

"그래 그으래, 생각 잘했다. 너 일곱 살 때 이 그릇을 얼마나 좋아했는데. 기억 안 나니? 여기다만 먹겠다고 아주 그냥. 그래서 내가 여태 안 버리고 놔둔 거 아니겠니. 고것도 모르고서 계집애가 고집을 피우긴. 네가 정 싫으면, 그래, 정 싫으면 어쩔 수 없다만. 엄마 말 들어서 나쁠 거 하나도 없다아."

원하는 것을 얻은 여자의 변화는 놀라울 정도로 재빠르다. 여자의 목소리는 나긋나긋하다 못해 사랑스럽기까지 하다. 여자는 꽃무늬 접시 세트를 원한 것이 아니다. 비난과 질타를 퍼부을 수 있는 기회. 그 뒤에 저절로 따라오는 승리. 그리고 승리한 자만이 베풀 수 있는 배려의 순간. 여자가 진정으로 원한 것은 그 일련의 과정이다. 너는 지금이라도 여자의 배려를 받아 꽃무늬 접시 세트가 싫다고 말할 수도 있다. 하지만 너도 스스로 함정을 파고 들어갈 만큼 어리석지는 않다.

그녀는 네가 대적할 만한 상대가 아니다. 너는 지금까지 단 한 번도 여자를 이겨본 적이 없다. 그러면서도 뻔히 보이는 함정에 번번이 발을 들인다. 너는 여자를 비난해서는 안 되었다. 비난을 무기로 삼는 자들은 자기 자신에게 가해지는 비난만큼은 참지 못하는 법이니까. 그것은 더 강도 높고 허무맹랑한 비난을 유도할 뿐이니까. 승패는 이미 정해져 있었다. 너는 패배와 동시에 가해자가 되고, 그녀는 승리와 동시에 피해자가 된다. 너는 죄책감을 느껴야 하고, 위로받아야 할 사람은 바로 그녀다. 함정에서 나온 네 몸에는 여지없이 새로운 규정이 따라붙는다. 오늘의 속성은 매정하고 인정머리 없는 딸년. 덤으로 건진 건 일곱 살 때 꽃무늬 그릇을 좋아했다는 기억. 네가 정말로 그 그릇을 좋아했는지 아니었는지는 중요한 것이 아니다.

"이런, 서둘러야겠다. 약속 있는데 늦겠잖아."

여자가 치맛자락을 모아 쥐며 자리에서 일어선다. 일체의 서두름도 없이, 양손을 허리에 살포시 얹고, 눈을 내리깔아 한동안 네 정수리를 내려다본 다음, 쐐기를 박듯 말한다.

"네가 괜한 고집만 안 피웠으면 벌써 준비하고 나갔을 거 아니니. 젊은 애가 그렇게 욕심이 많아서야. 아무튼 예나 지금이나 쓸데없는 고집 부리는 건……"

여자는 쯧쯧쯧, 혀 차는 소리를 내며 돌아선다.

너를 규정하는 새로운 속성. 욕심쟁이. 고집쟁이.

너는 욕심쟁이다. 욕심쟁이인 네가 꽃무늬 접시 세트를 집요하게 바라본다. 그러곤 한순간 품었던 욕망에 대해 생각한다. 좋아하는 음식을 좋아하는 그릇에 담아 먹고 싶다는 소박한 욕망. 그 욕망이 너를 망쳤다. 너에게 익숙한 물건을 익숙한 장소에 계속 두고 싶은 지극한 욕망. 욕망하는 마음은 분명 여자가 가르친 것이지만, 여자 앞에서만은 그 어떤 욕망도 추구해서는 안 되었다. 너는 정말 괜한 고집을 피웠다. 고집쟁이.

여자가 화장을 하기 시작한다. 여자는 지금 한때 너의 방, 너의 화장대였던 곳을 차지하고 앉아 화장을 하고 있다. 하얀 분가루를 날리며 분첩을 두들긴다. 두들기고 또 두들긴다. 여자의 얼굴이 가부키 배우처럼 새하얘진다. 너는 문지방을 밟고 서서 발부리만 내려다보고 있다.

"여자란 말이다아……?"

여자가 아이펜슬을 손에 쥐면서 운을 뗀다. 화장을 하는 동안 너를 옆에 세워놓고 사랑이란 말이다, 행복이란 말이다,로 시작되는 훈계를 하는 것은 여자의 오래된 습관이다. 오랜 습관은 피할 수 없는 강제력을 가졌다. 너는 문가에 서서, 거울 속에 비친 늙은 여자의 얼굴을 비껴 보며, 가르침을 받는다.

여자란, 한시라도 꾸미는 걸 게을리해서는 안 되는 법이다. 아이펜슬은 짙은 회색. 툭 꺾여 길게 늘어진 눈썹은 고집부리다 부러져버린 더듬이 같다. 사랑이란, 사랑하는 사람이 사랑하는 걸 사랑하는 게 사랑이다. 여자의 두툼한 눈꺼풀에 물드는 핑크빛 아이섀도. 검정 리퀴드 아이라이너가 여자의 눈가장자리를 스치듯 지나간다. 여자가 사랑을 받으려면 말이다. 엇나간 아이라이너를 지우고 다시 칠하고. 여자가 마스카라를 바르기 위해 입을 헤벌리는 동안 잠시, 사랑을 받는 여자의 조건이 멈춘다. 여자는 짧은 속눈썹을 추켜올리기 위해 몇 번이고 마스카라를 덧바른다.

여자는 화장을 해도 아름답지가 않다. 그것이 너를 안심하게 한다. 맨얼굴의 여자는 전형적인 노인네다. 회한에 젖은 눈동자와 침울한 입매. 동정심과 죄책감을 유발하는 주름살. 순종하고 배려하고 보살펴야 한다는 의무감을 강요하는 늙어 빠진 얼굴. 하지만 그것은 세월이 만들어준 가면일 뿐이다. 여자가 화장을 하는 것은 세월의 가면을 벗고 본질과 똑같은 가면을 쓰는 일이다. 그래서 너는 맨얼굴의 여자를 정면으로 보지 못하고, 여자가 화장을 마치고 난 후에야 비로소 여자 앞에 당당히 설 수 있다. 화장을 한 여자는 주체할 수 없는 노여움과 심술과 억지로 가득 찬 노인네이므로. 그것이 바로 여자의 본질이므로. 화장은 여자의 본질을 여지없이 드러내 주므로. 이제 너는 문지방을 넘어 안으로 들어갈 수 있다.

너는 여자의 등 뒤로 바짝 붙어 선다. 머리손질을 담당하는 미용사처럼 여자의 어깨 위에 두 손을 올려놓는다. 여자가 거울을 통해 너를 보며 승자의 미소를 지어 보인다. 너는 왼쪽 손바닥으로 여자의 어깨를 지그시 누르며 오른손을 뻗어 서랍을 연다. 서랍에서 립스틱을 꺼내 화장대 위에 올려놓는다. 한 번도 사용한 적 없는, 언제부터 그곳에 있었는지 기억도 나지 않는, 사은품으로 받았던 진분홍색 립스틱이다. 여자가 립스틱을 손에 쥐는 걸 보고 너는 여자에게서 한 발짝 물러선다. 두 손을 앞으로 모아 쥐고 거울을 보는 너는, 음모를 꾸며놓고 결과를 기다리는 못돼먹은 시녀처럼 보인다. 여자가 뚜껑을 열고 색을 확인한다. 너는 거울 속의 여자를 향해 다감하게 웃는다. 여자는 분명 그 립스틱을 좋아할 것이다. 그리고 그것이 그녀를 추접한 노인네로 완성시켜줄 것이다. 너는 뒷걸음질로 조용히 방을 빠져나온다.

거실에는 온갖 식기와 그것들을 쌌던 종이로 발 디딜 틈이 없다. 양식기 세트가 두 벌에 찜 그릇만 여섯. 금박이 둘러진 찻잔 세트는 삼십 년이 넘도록 한 번도 사용하지 않는 것이다. 네가 앉았던 자리와 여자가 앉았던 자리만 빈 공간으로 남아 있다. 여자의 자리가 네 자리보다 조금 더 넓고 둥글다. 너는 여자가 앉았던 자리에 발을 들여놓는다. 그리고 장밋빛 꽃무늬 접시를 본다. 너는 꽃무늬가 그려진 모든 물건을 싫어한다. 발등으로 접시를 밀쳐버린다. 여자가 앉았던 동그란 자리가 일그러지고, 여자와 너의 경계도 사라진다.

여자가 들어앉은 방에서 헤어드라이어 돌아가는 소리가 들려오기 시작한다. 그 소리가 호루라기처럼 네가 할 일을 지시한다. 비워라. 너의 것을 비우고 여자의 것을 채워 넣어라. 호루라기 소리는 너의 팔다리를 고분고분하게 만들 만큼 강력하다. 너는 뭐에 끌린 사람처럼 의자를 갖다 놓고 올라서서 찬장 위 칸부터 차례차례 비우기 시작한다. 네가 이국의 여행지에서 사 모은 접시들을 치우고 그 자리에 여자의 미국산 양식기 세트를 집어넣는다. 단순하지만 색이 깊은 도기들을 꺼내 바닥에 내려놓고, 절대 깨지지 않는다는 여자의 접시들을 올려놓는다. 꽃무늬 접시 세트를 가슴에 품고 의자에 올라선다.

네가 한때 좋아했을지도 모를 꽃무늬 접시가 너에게 말하고 있다. 이곳은 이미 너의 장소가 아니라고. 좁은 방에서는 숨이 막혀 못 잔다는 여자에게 안방을, 새로 장만한 보료를 깔기 위해 침대 자리를, 옷장과 신발장과 화장대를, 그것들을 다 내주었으면서 그깟 찬장 몇 칸 못 비워 화를 불렀느냐고. 그나마 침대 매트리스를 건진 걸 다행으로 알라고. 방문이 반쯤만 열린다 해도 남아 있지는 않느냐고. 매트리스는 남아 있어도 여자와 함께 사는 한, 너는 너의 사랑스런 연인과 그 매트리스 위에 다시 눕지는 못할 것이라고.

너는 입술을 앙다물고 접시를 쏘아본다. 어느 순간 네 몸에 힘이 풀린다. 의도적인 것도 같고 아닌 것도 같다. 네 손에서 벗어난 접시가 네 발등을 찍고 바닥으로 쏟아진다. 너는 외마디 비명을 지르며 넘어진다. 흩날리는 장밋빛 파편들. 너는 깨진 접시 위로, 그 옆으로 의자가 나동그라진다. 너는 넘어진 모습 그대로 움직이지 않는다. 네 손바닥에는 깨진 접시 파편이 박혀 있다. 손바닥을 들어 삼각형 모양의 유리 조각을 빼낸다. 손바닥에서 왈칵 피가 새어 나온다.

헤어드라이어 소리가 멈춘다. 잠깐의 정적. 정적의 한가운데로 여자가 성큼성큼 걸어 나온다. 한 손에 롤빗을 든 채 쿵쿵 발뒤꿈치 소리를 내며 너에게로 온다. 너는 얼결에 일어나 그녀를 맞는다. 노여움에 가득 찬 얼굴을 하고 네 앞에 다다른 여자. 다짜고짜 따귀를 올려붙인다. 연거푸 두 번, 매섭게 뺨을 갈긴 여자가 손에 쥐고 있던 빗을 네 이마를 향해 던진다.

"지금, 니 맘대로 못 했다고, 나한테 복수하는 거얏? 도대체 어디서 배워먹은 버릇이야, 이게!"

"괜찮냐고, 물어보는 게, 먼저, 아니야?"

"그건 네 문제지!"

너의 물음에 여자의 대답은 너무나 즉각적이다. 준비된 대답을 위한 맞춤형 질문처럼. 어김이 없는 문답. 네가 다치거나 아프거나 고통스러운 것은 너 스스로 해결해야 할 문제다. 그것은 오래전부터 여자가 너에게 주입시켜온 삶의 방식이다. 네가 맹장염인지도 모르고 배를 움켜쥔 채 사흘을 자취방에서 뒹굴다 여자에게 전화를 했을 때도 그녀는 지금과 똑같이 말했다. '너 아프지 마라, 지금 내 문제도 정신 없어 머리가 깨진다, 네 몸은 네가 지켜라!'

"접시들을 이렇게 해놓고 그런 말이 나와? 이걸 다 어쩔 거냐고옷!"

여자가 발을 동동 구르며 소리친다. 그러고 나서도 분을 삭이지 못하겠는지 씩씩 콧바람 소리를 내며 눈알을 굴린다. 너는 머리를 쓸어 올리며 천천히 고개를 든다. 두 손을 쫙 펴서 마른세수를 한다. 네 뺨에 피가 묻어난다. 관자놀이와 이마와 입술에도 붉은 피. 피를 본 여자의 얼굴이 순간적으로 굳는다. 너는 두 팔을 아래로 늘어뜨린 채 여자의 얼굴을 무연히 본다. 여자의 진분홍 입술이 살 오른 벌레처럼 꿈틀거린다.

여자는 그 입술을 꼭 여미고 시선을 돌려버린다. 갑자기 숨이 가빠오는 듯 가슴을 움켜쥔다. 천식 환자처럼 숨을 몰아쉬며 바닥에 주저앉는다. 너에게는 이미 익숙해져버린 여자의 발작적인 연기 능력. 자신의 잘못을 깨달았을 때 입을 막아버리는 드라마틱한 발작 증상에, 너는 속지 않는다. 네 앞에 주저앉은 여자는 완벽한 화장을 마친 사람이므로. 본성을 감추지 못하고 속살을 그대로 드러낸 여자이므로. 심술 맞고 천박하고 탐욕스럽고 억지를 부리는 노인네일 뿐이므로.

"이 집에서 나가줘. 저것들 다 가지고. 당장."

너의 목소리는 차갑고 건조하다. 너는 피 묻은 턱을 위로 치켜 올리며 짓이기듯 말을 잇는다.

"엄마 숨 막히는 건 엄마 문제니까, 엄마가 알아서 해. 나 약속 있어서 나가봐야 해."

매정한 년! 인정머리 없는 년! 저밖에 모르는 이기적인 년!

익숙한 후렴구처럼 어떤 목소리가 너의 머릿속에 울려 퍼진다. 너는 매정하고 이기적인 사람. 여자가 했던 말들은 근거 없는 비난이 아니다. 너는 그런 사람이다. 매정한 년, 인정머리 없는 년. 욕심쟁이, 고집쟁이.

너는 욕실 문 앞에 서서 보란 듯이 옷을 벗는다. 속옷을 훌훌 벗어 멀찍이 던진다. 두 팔을 위로 올려 기지개를 켠다. 발뒤꿈치를 들고 발끝으로 사뿐히 걸어 욕실 안으로 들어간다. 집 안에 거치적거릴 사람은 아무도 없다는 것을 온몸으로 증명하려는 듯 나른한 움직임이다. 잠시 후 현관문 닫히는 소리가 난다. 다시는 돌아오지 않을 사람이 빠져나간 요란하고도 신경질적인 소리다. 어김이 없는 문답처럼 어김이 없는 반응. 너의 봉곳한 볼기짝에 소름이 돋았다가 사라진다. 너는 천천히 오래 몸을 씻는다. 달콤한 꽃 냄새가 나는 목욕제를 사용해 몸 구석구석 정성스럽게 거품을 내 닦아낸다. 물기를 닦지 않은 몸에 오일을 듬뿍 바른다. 오일을 바른 네 몸에서 윤기가 흐른다.

거실에는 깨진 그릇들이 흩어져 있다. 점점이 흐트러진 핏방울이 장밋빛 꽃무늬 색과 같다. 파편들에서 피와 꽃무늬를 골라내기란 쉽지 않다. 함정과 음모가, 승리와 패배가, 서로의 몸을 찢어발기고 뒤섞인 현장. 그 위로 기괴한 정적이 흐른다. 너는 유리 파편들을 용케 피해 방으로 간다. 너는 여자가 화장을 하던 화장대 콘솔에 수건을 깔고 앉는다. 몸에 남은 물기를 공기 중에 서서히 말려가며 화장을 하는 것은 너의 즐거운 습관이다. 즐거운 습관은 고수되어야 한다. 너는 화장대 위에 널려 있는 여자의 화장품들을 팔꿈치로 밀어내버리고 서랍 속의 네 화장품들을 꺼내 늘어놓는다. 그러고 나서 정성스럽게 천천히 화장을 한다.

여자란 한시도 꾸미는 걸 게을리해서는 안 되는 법이니까.

2

　너는 허리를 꼿꼿이 세우고 걷는다. 또각또각 구두굽 소리
를 내며 당당하게 걸어간다. 너는 립 네크라인의 붉은색 니트
를 입었다. 그런 옷은 어깨가 살짝 드러날 때 예쁘다던 남자
의 말을, 너는 기억한다. 붉은 니트 자락을 아래로 잡아당기
던 손길도. 둥근 어깨뼈를 손바닥으로 감싸면서 뒷목줄기에
불어넣던 따뜻한 입김도. 남자가 아니었다면 결코 손도 대지
않았을 옷이었다는 건 기억하지 않는다. 기억할 필요도 없다.
너는 남자를 만나기 전에 즐겨 입던 옷들을 새까맣게 잊어버
렸다. 도도해 보이면서 감각적인 은회색 셔츠라든가, 특별한
디자인의 검은색 니트들에 대해. 사랑하는 사람이 사랑하는
것을 사랑하게 되는 것. 사랑하는 사람의 취향이 자신의 취향
이 되는 것. 그것이 네가 배운 사랑이다.

　네가 갑자기 걸음을 멈춘 곳, 속옷 매장 앞이다. 쇼윈도에
비친 모습을 물끄러미 쳐다보가가 문득, 가방을 고쳐 메고 매
장 안으로 들어간다. 점원에게 마네킹이 입은 속옷 세트를 가
리킨다. 사이즈를 알려주고 신부를 위한 선물이니 특별히 포
장에 신경 써달라고 당부한다. 너는 신부의 속옷이 담긴 자그
마한 상자를 들고 매장을 나온다.

　너에게서는 아카시아 향이 난다. 서른일곱 살의 여자와는

어울리지 않는 냄새다. 성숙한 여자에게서 풍기는 소녀 취향의 냄새는 원조교제 맛을 알아버린 여고생 냄새와 닮았다. 미성숙하면서도 도발적인, 순결하면서도 음란한, 차가우면서도 불타오르는 어떤 유혹의 냄새. 그 표현은 네게 붉은 니트를 권하던 남자의 언급이었다. 달콤한 불일치가 주는 매혹. 신부의 속옷이 그것을 완성시켜줄 것이다.

너는 매장 근처 카페로 들어간다. 에스프레소 한 잔을 시키고 곧장 화장실로 향한다. 선 채로 바지를 벗고 속옷을 벗는다. 아랫도리를 훤히 드러낸 채 잠깐 숨을 고른다. 신부의 속옷이 담긴 선물상자가 거침없이 뜯겨진다. 봉제선이 없는 짧은 사각 팬티. 가무잡잡한 살결을 돋보이게 하는 흰색 레이스. 그 사이로 가지런히 결을 모은 음모가 비친다. 원래 입었던 팬티는 쓰레기통에 버리고 화장실을 나온다. 에스프레소 잔이 놓인 탁자 앞으로 가 자리에 앉지도 않고 단번에 잔을 비운다. 카페를 나서는 너의 걸음은 더 꼿꼿하고 더 당당해져 있다.

너는 한 건물 안으로 들어간다. 익숙한 걸음으로 계단을 오르고 방향을 잡는다. 복도의 벽면을 가득 채운 영화 포스터들. 그중에는 너에게 각본상을 안겨다 준 영화도 있다. 한 신인감독과 작업을 했던 작품 포스터도 있다. 각본 박훈, 박진. 그냥 한번 내본 공모에 덜컥 당선되지만 않았더라면 진즉에 바꿨을, 흔하고 개성 없는 이름이라고 너는 생각한다.

복도 끝 마지막 문에 다다른다. 스무 평 남짓의 사무실에는 행사 뒤끝의 어수선함과 쓸쓸함이 뒤섞여 있다. 청년 둘이 탁자를 나눠 들고 한쪽으로 옮기며 너를 쳐다본다. 너는 안으로 더 들어가야 할지 되돌아가야 할지 결정을 내리지 못한 채 어정쩡하게 서 있다.

"박 작가님?"

등 뒤에서 들리는 여자 목소리. 너는 눈을 가늘게 뜨고 신경을 모은다. 등 뒤에서 들리는 목소리의 주인을 가늠한다. 잔뜩 골이 난 사람처럼 입술을 깨물고 핸드백을 쥔다. 네 입가에 안도와 조소가 섞인 미소가 교차한다.

"이랑, 씨?"

너는 순식간에 표정을 바꾸며 돌아선다.

"아, 박 작가님 맞구나."

여자가 환히 웃으며 너를 반긴다. 너도 환하게 웃으며 인사를 건넨다.

"안 보는 사이 더 예뻐졌네?"

"정말요, 언니? 아 참, 저번에 언니라고 불러도 된다고. 기억나시죠?"

"그럼. 박 작가님, 그러면 이상하게 늙은 느낌이 들거든."

"늙긴요, 갈수록 젊어지시는 거 같은데. 이 와인색 니트 너무 잘 받으세요. 그런데 왜 이렇게 늦으셨어요?"

"뭘 늦어?"

"고사 땜에 오신 거 아녜요? 따로 연락 못 받으셨어요? 박
감독님이 돼지머리 올리고 그런 거 싫다고, 다 취소했다가 김
대표님이 그러는 거 아니라고 또 한다 그랬다가, 앞당겼다가
미뤘다가, 암튼 왔다 갔다 그러다가 그냥 간단하게, 몇 번이
나 바뀌었는지 제가 정신이 없어서, 따로 연락하라는 명단에
없었던 거 같은데, 제가 실수했나 봐요. 죄송해요."

"아냐. 그냥 지나가는 길에 생각나서, 겸사겸사, 들른 거야."

"겸사겸사 얼굴 보고 가세요. 지금 뒤풀이 하러 갔어요. 그
랑그루요. 아시죠? 김대표님 단골."

"글쎄, 나는 그냥 잠깐……"

"잠깐이 어딨어요, 여기까지 나오셨는데. 그냥 가신 거 알면
다들 섭섭해한단 말예요. 저도 지금 막 나가려던 참이었거든
요. 제 차 타고 가시면 돼요. 제가 안전하게 모셔다 드릴게요."

여자가 네 팔에 자신의 팔을 끼워 넣으며 콧소리를 낸다.
여자의 격의 없는 말투에는 상대방을 무장해제시키는 친밀함
이 있다. 그것이 너에게 알 수 없는 경계심을 가져다준다. 여
자가 무람없이 감싸 안는 것도 너에게는 낯선 감촉이다. 여자
는 너보다 한 뼘쯤 크고 골격이 좋다. 너는 여자에게 연행을
당하는 사람처럼 자꾸 몸을 빼며 어정쩡하게 끌려간다. 차에
올라타자마자 창을 내리고 숨을 깊게 들이마신다. 여자는 운
전을 하는 동안에도 네 쪽을 쳐다보며 근황을 묻거나 자신의
말에 응대해주기를 요구한다. 너는 건성으로 고개만 끄덕이

며 차창 밖만 본다. 먼 데서부터 불어오는 바람에 아카시아 향기가 묻어 있다.

　스무 명 남짓의 사람들이 테이블을 나눠 차지하고 앉은 지하 카페. 어수선한 인사가 오가고, 너와 여자에게 자리를 내어주느라 테이블을 옮기고 붙이고, 뻔한 농담들을 주고받고, 미적지근한 침묵이 돌다가 다시 왁자한 웃음소리가 이어지고. 어느새 대화의 내용은 곧 촬영이 시작될 영화에 대한 축복과 근심 섞인 전망과 응원과 의기투합의 내용으로 모아진다. 대화에서 유일하게 벗어나 있는 사람은 너뿐이다. 너는 그것에 괘념치 않는다. 허리를 꼿꼿이 세우고 앉아 술잔에 입술을 대는 둥 마는 둥하며 주위를 살핀다. 주위를 둘러보다가도 너의 눈길은 자주 한곳으로 향한다. 너를 그곳으로 이끌고 왔던 여자.
　여자는 상냥하면서도 쾌활하다. 무엇에건 적극적으로 관여를 하지만 억압적이지는 않다. 눈을 말똥말똥 뜨고 대화에 귀를 기울이다가 불쑥 끼어들어 엉뚱한 화제로 돌려버리는 솜씨가 제법이다. 그러면서도 여자는 한시도 손을 가만히 두질 못한다. 여자는 길고 보드라운 손가락을 가졌다. 그 손으로 안줏거리들을 조물닥거리며 해찰을 부린다. 과일접시에서 거봉 알을 떼어내 껍질을 벗기고 말간 포도알을 남자들의 접시에 올려놓는다. 손끝에서 흘러내린 과즙이 손목을 타고 팔뚝까지 흘러내린다.

"뭐 그런 수고까지 해? 껍질째 먹는 과일을……"

너는 여자를 향해 툭 내뱉듯 말한다. 여자의 해찰을 지적해 그만두게 하려는 의도였지만, 오히려 그 말이 사람들의 시선을 한데 모으는 결정적인 계기가 된다.

"이렇게 해주니까 좋기만 하구먼……"

"전 과일 깎는 여자가 그렇게 섹시해 보이더라구요, 복숭아 같은 거, 단물 줄줄 흘리면서……"

"그래요? 저 섹시해요?"

여자는 보란 듯이 포도 껍질을 까고 또 깐다. 남자들은 단물이 흘러내리는 여자의 손끝을 보고, 너는 입맛을 다시는 남자들의 표정을 읽는다.

"근데 이랑 씨 요즘 연애하지? 뭔가 분위기가 달라. 화색이 돈달까?"

"저 예뻐진 거 같아요? 제가 연애를 하고 있을까요, 아닐까요?"

여자는 포도 한 알을 제 입에 넣으며 너를 향해 묻는다. 너는 대답하지 않는다. 여자의 입술에 말간 물이 흐른다. 여자는 입술을 오므려 단물을 핥는다. 너는 마른침을 삼키며 시선을 돌린다.

"연애를 왜 안 하겠어, 딱 보니까 하는구먼. 여자들은 피부만 봐도 다 알아요. 연애를 하는지 안 하는지. 그게 다 음양의 기운이라는 건데……"

"권 실장님 또 시작이에요. 그놈의 음양의 조화."

"내가 뭘? 틀린 말도 아닌걸. 이게 다 과학적으로…… 그런데 말야, 이랑 씨. 여자들은 이런 걸 알아야 해, 사랑에 빠진 수컷들은 모두 아첨꾼이라는 거. 별도 달도 다 따주지. 왜 아니야, 나도 그랬는데. 하지만 아첨은 잠깐. 일단 넘어오면 아첨도 끝. 여자들은 그 잠깐의 아첨 때문에 사랑에 빠지는데 말야……"

"아첨이 끝나면 사랑도 식죠."

네가 남자의 말을 끊으며 끼어든다. 잠시 쉬었다가 빠르게 말을 잇는다.

"사랑이 식으면 아첨꾼이 아니라 협잡꾼이 되지요. 품위 같은 건 사라지고 비겁한 짓도 서슴지 않는 게 수컷이죠. 안 그래요, 박 감독님?"

너는 다소 공격적인 목소리로 한 남자를 지목한다. 네 자리에서 사선으로 한 자리 떨어져 앉은 남자. 순간적으로 천장을 올려다보며 눈살을 찌푸린다. 일순 차가운 공기가 테이블 위를 휘감아 돈다.

"왜 가만있는 박 감독은 잡고 그래? 분위기 싸하게?"

"박 감독님이랑 박 작가님이랑은 오누이잖아요. 너무 친해서 그런 거지 딴 뜻은 없어요, 그죠 언니?"

여자가 호들갑스럽게 끼어든다. 여자의 말이 너와 남자의 관계를 규정한다. 여자는 순진한 소녀 애처럼 두 손을 모으고 덧붙인다.

"그래두 난 아첨하는 남자가 좋더라."

여자의 말에 누군가의 웃음소리가 들리고 냉랭했던 공기가 누그러진다. 여자가 네게 팔짱을 끼며 말한다.

"언니, 우리 일단 받아주자구요. 아첨하는 남자들. 재밌잖아요. 안 그래요?"

너는 슬그머니 팔을 빼고 자리에서 일어난다. 붉은 니트 자락이 테이블 가장자리에 뜯겨져나가는 것을 너는 보지 못한다. 태연한 걸음으로 화장실로 향한다. 너는 세면대를 두 손으로 짚고 서서 눈을 지릅뜬다. 거울을 쏘아본다. 거울 속에 화장을 짙게 한 나이 든 여자가 너를 노려보고 있다. 노기인지 부끄러움인지 모를 안면의 홍조. 거울 속에서 네가 맞서려고 하는 것은 너를 지겨워하는 너의 나이 든 얼굴이다. 무언가 뜻대로 되지 않아 잔뜩 부아가 난 노인네의 얼굴. 너의 양어깨에 올라타고 네 목줄을 거머쥘 노인네.

너는 세면대 물을 틀고 손을 갖다 댄다. 살 표면에 응고되어 있던 피딱지가 물에 녹으면서 피가 새어 나온다. 너는 어깨를 움츠리며 눈살을 찌푸린다. 손바닥을 들어 입술에 갖다 붙인다. 혀를 살짝 내밀고 눈을 감는다. 너는 피의 맛을 음미하고 있는 듯 보인다. 달고도 시린 고통의 맛. 너는 거울 속의 노인을 향해 미소를 지어 보인다. 무언가 우기고 싶어 하는 인위적이고 어색한 미소다. 심호흡을 하고, 옷매무새를 가

다듬고, 화장을 고친다.

화장실 문을 나서자 남자가 앞에 기다리고 서 있다. 남자를 본 네 표정이 갑자기 환해진다. 너는 여태 그 순간만을 기다리고 있던 사람 같다. 하지만 남자는 웃지 않는다. 네 앞에 바싹 붙어 서서 귀에 입을 붙이고 말한다.

"꼭, 여기까지 와서, 사람, 숨통을 조여야겠어?"

짓이겨지는 듯한 남자의 목소리. 네 얼굴에 웃음기가 싹 가신다. 너는 도대체 무슨 말인지 알아들을 수 없다는 얼굴이다. 그 목소리가 다시 일침을 놓는다.

"내 앞에서 얼쩡거리지 좀 마."

너는 얼음물을 뒤집어쓴 사람처럼 얼어붙는다. 창백한 얼굴로 이를 딱딱 부딪치며 몸서리를 친다. 네게서는 더 이상 달콤한 꽃 냄새가 풍기지 않는다. 네 몸에서는 달콤함 대신 담배 연기와 술 냄새, 지하 술집의 퀴퀴함만 남아 있다. 달콤함은 언제나 그렇게 쉽게 사라지는 법이다.

3

너는 안락한 피난처를 원했다. 너의 집. 너의 공간. 너의 시간. 불 하나 켜져 있지 않은 어두운 집. 동공의 움직임을 느끼며 어둠을 응시하는 시간. 서서히 모습을 드러내는 집 안의 사물들에 안도하며 고양이처럼 살금살금 발을 내딛는 시간. 신을 벗으면서 옷을 홀홀 벗어버리고 이불 속으로 몸을 던지던 따스한 시간. 그것이 지금 네가 바라는 유일한 것이다. 하지만 너를 기다리고 있는 것은 대낮처럼 환히 불 밝힌 공간과 그곳에서 흐르는 생선 비린내다. 너는 너의 익숙한 공간에서 낯선 냄새가 흘러나오는 이유를 알 수 없다.

"이제 오니? 요즘같이 수상한 세상에 이렇게 늦게 다니면 못쓴다아. 집에서 걱정하는 사람 생각도 해야지?"

여자의 목소리가 너에게 현실감을 가져다준다. 발등까지 오는 홈드레스를 입고 개수대 앞에 서 있는 여자가 네 눈에 들어온다. 이곳은 부인할 수 없는 여자의 점령지. 여자의 공간에서는 여자의 시간이 흐른다. 여자의 소리가 넘치고 여자의 냄새가 풍긴다. 거실 가득 널브러져 있던 그릇들과 깨진 접시들은 말끔하게 치워진 상태다. 그릇들 대신 이번엔 스티로폼 박스들이 한가득 쌓여 있다. 여자가 네 쪽으로 얼굴을 돌린다. 여자가 웃는다. 여자의 늘어진 볼따구니에는 두꺼운 생선 비늘이 붙어 있다.

"수산시장 갔는데 가자미가 싸더라구. 너 가자미식해 좋아하잖니. 그래서 넉넉히 샀다. 조기도 한 박스 샀는데 비늘 치고 내장 발라서 새끼줄로 엮어서 널어놨다."

여자가 제 돈을 들여 그 많은 생선을 사 온 것은 네가 가자미를 좋아해서도 터무니없이 싸서도 아니다. 앞으로 얼마간 여자는 가자미와 조기를 끼니마다 들이밀며 자신의 존재를 확인시킬 것이다. 생선 가시를 발라내며 제 속에 도사린 가시를 숨길 것이다. 발라낸 생선 살을 네 밥그릇 위에 얹으며 수고와 인내의 달짝지근한 맛을 강조할 것이다.

너는 네가 가자미를 좋아하는지 아닌지 기억해낼 힘이 없다. 너는 그저 쉬고 싶은 생각뿐이다. 네 몸에 남은 퀴퀴한 냄새를 지우고 싶을 뿐이다. 네가 어떻게 카페를 나와 택시를 잡아타고 왔는지 기억해내고 싶지도 않다. 너의 안락한 매트리스를 찾아가 몸을 누일 힘도 없다. 너는 네 집에서 길을 잃고 허둥거린다. 가까스로 벽에 등을 대고 앉는다. 네 눈앞에 여자의 펑퍼짐한 엉덩이가 왔다 갔다 한다. 너는 무릎을 세워 끌어안고 무릎 위에 머리를 모로 얹는다.

"이게 비늘 치는 게 일이야. 이렇게 손 가고 번거로운 걸 나 아니면 누가 하겠니. 엿기름 쒀야지, 말려서 썰어야지, 무절여 꽉 짜야지. 물기 좀 짜달라고 하면 그냥 내빼버리곤 했지…… 그놈의 인간. 무능하면 집안일이라도 돕든가, 바람이라도 피우지 말든가. 인정머리라곤 하나도 없는……"

"없는 사람 그렇게 몰아붙여서 뭐해."

너는 눈을 감으며 웅얼거린다. 여자를 향해서가 아니라 제속에 대고 속삭이는 듯 조그만 목소리다.

"죽어자빠진 게 죄 중의 죄지."

여자는 네가 뭐라고 말할지 다 알고 있는 듯하다. 여자는 들리지 않아도 듣고, 묻지 않아도 대답한다. 네가 무슨 말을 하든 여자는 여자가 하고 싶은 말을 한다. 너는 감은 눈을 한 번 더 질끈 감는다. 그렇게 하면 소리도 들리지 않을 거라고 믿는 사람처럼.

"남겨준 재산이 있어 뭐가 있어. 평생 무능하기 짝이 없더 만. 나중에 호강시켜준다고 큰소리치더니…… 나중은 얼어 죽을 나중. 지는 지 하고 싶은 대로 다 하고 살다 갔지. 허우 대만 멀쩡해가지고는. 그 허우대에 넘어간 내가 바보지. 내가 머리끄덩이 잡은 기집만 해도 넷이야. 노름만 안 했지 수컷들 하는 지랄염병은 다 했어. 하긴 되도 않는 사업 벌인 것도 노 름이지. 그 잘난 직장은 뭐하러 관둬. 능력도 없는 주제에 사 업은 무슨…… 그 인간이 벌였다가 엎어먹은 게 어디 한둘이 야? 한량도 아주 그런 한량이 없어. 그나마 내가 보험이라도 하고 주식이라도 하고 살았으니까 망정이지, 느이들 대학이 다 뭐냐. 썩어자빠질 인간."

여자의 두툼한 입술이 움직일 때마다 입술에 붙은 생선 비 늘이 반짝 빛이 난다. 너는 보지 않아도 안다. 여자가 그 인 간을 말할 때의 입술이 어떻게 움직이는지. 너는 듣지 않아도 안다. 그다음에 이어질 말이 무엇인지. 너는 기억을 더듬어 그 인간을 떠올려본다. 그 인간을 떠올리는 일은 너에게 집중 력을 요구하는 일이다. 그 인간의 모습은 언제부턴가 여자의 목소리로만 존재했다. 여자의 목소리가 들려주는 그 인간은 세월이 지날수록 더 추잡하고 더 형편없는 남자가 되어갔다. 무능하기만 했던 그 인간은 바람둥이에 협잡꾼에 가족도 돌보지 않는 냉혈한이 되었고, 한 번이었던 바람은 세 번에서 네 번으로 늘어났다.

가까스로 여자의 그 인간이 아닌, 너만의 한 인간을 기억해 낸다. 힘자랑을 하는 뽀빠이처럼 두 팔을 들어 보이는 거구의 남자. 그 팔에 매달린 너를 빙글빙글 돌리다가 사뿐히 내려놓던 남자. 어렴풋이 맡아지던 상큼한 스킨 냄새와 땀 냄새. 거기까지. 여자의 목소리에 의해 변질되지 않은 기억은 더 이상 진전되지 않는다. 변질된 기억에서는 언제나 시큼한 비린내가 난다. 그런데 그 인간은 언제부터 그런 인간이 되기 시작한 걸까. 너는 그때가 언제인지 정확히 기억할 수가 없다.

"밥 안 먹었지? 감자 깔고 갈치 조려났다. 큼직한 걸루다가. 너 오면 같이 먹으려고 손도 안 댔어. 잠깐 기다려, 금방 차려줄게."

여자는 버무린 가자미식해를 병에 담아 싱크대 위에 나란히 늘어놓고는 치맛자락을 펄럭이며 상을 차리기 시작한다. 냄비에서 갈치조림을 퍼 금박 테두리 접시에 담고, 행주로 가장자리를 싹싹 닦아 상 위에 올려놓는다. 지금 막 버무린 가자미식해와 조기구이와 젓갈과 새우젓국도 상에 오른다. 온통 생선 비린내.

"어서 와 먹어."

여자가 의기양양하게 웃는다. 여자가 차린 밥상이 네 옆에
놓여 있다. 너는 무릎에서 머리를 떼어내고 여자가 차린 상을
본다. 먼 데 가는 자식을 위해 차리는 어미의 여느 밥상과 다
르지 않다. 여자는 발라낸 갈치 살을 숟가락에 가득 올려 너
에게 내민다.

"이것 좀 봐라. 갈치가 이렇게나 실하다."

4

어둠 속으로 몸을 숨기는 너는 한 마리 고양이 같다. 비굴
해져서라도 살아남는 법을 배운 새끼 고양이. 배운 것을 복습
하러 나선 착한 고양이. 새끼 고양이가 도착한 곳, 아카시아
꽃 냄새가 자욱하다. 산에서부터 불어오는 바람에 달콤함이
가득 배어 있다. 너는 산 가까이 자리한 아파트 놀이터 그네
에 앉아 있다. 잔뜩 움츠러든 어깨가 가출 소녀처럼 흔들린
다. 치그렁처그렁. 그네가 움직일 때마다 음산한 쇳소리가 울
린다.

머리를 늘어뜨리고 그네를 밀던 네가 갑자기 자리를 박차
고 일어난다. 풀숲에 숨어서 기회를 노리고 있던 고양이처럼
날렵하게 달려간다. 아파트 입구로 들어오던 남자 앞까지 단
숨에 도달한다. 너를 본 남자는 반사적으로 뒷걸음질 치다 멈

춰 선다.

"에이 씨발 진짜."

남자가 입술을 일그러뜨리며 짓이기듯 말한다.

"내가 무슨 실수라도, 한 거야?"

너는 남자 앞으로 바싹 붙어선다.

"꼭 그렇게 분위기를 깨야 해? 그런 식으로 내 목줄을 쥐어야겠냐고!"

"내가, 언제?"

"사람을 왜 잡냐며 권 실장이 한 말은 뭐야. 그게 나 혼자만의 착각이야? 그럼 다른 사람들은? 너 땜에 분위기 이상했다는 다른 사람들은? 거기까지 와서 왜 사람을 잡아, 잡긴!"

"다른 사람들 누구?"

"제발 그만 좀 하자. 우리 끝났다구. 모르겠어? 이런 식으로 사람을 끝 간 데로 몰아붙여서 뭘 하겠다는 거야."

"그래 알아. 네가 끝내자고 한 거. 알아. 그래서 너랑 있었던 기억들. 나쁜 기억을 떠올려보려 했어. 그런데 나쁜 기억은 안 떠오르,"

"그만 좀 하자!"

"그래, 그만할게. 어쨌든 아까 일은 미안해. 뭘 미안해해야 하는지 잘 모르겠지만 아무튼 널 곤란하게 할 생각은,"

"앞으로 안 하면 돼."

"부탁이 있어."

"뭐?"

"내가 이별할 수 있는 기회를 줘. 이렇게 일방적으로 피해 다닌다고 헤어질 수 있는 건 아니잖아. 어차피 아주 안 보고 살 수 있는 관계도 아니고 좋게 끝내는 게 좋."

"원하는 게 뭔지나 말해!"

너는 머뭇거린다. 네가 머뭇거리는 사이 남자가 등을 돌린 다. 너는 부리나케 남자의 등에 손을 갖다 댄다.

"오늘 나랑 있어. 마지막이야. 네가 그랬잖아 나는 잊어도 내 몸은 못 잊을 것 같다고. 선물이라고 생각해."

"선물은 무슨, 넌 자존심도 없냐? 끝난 건 끝난 거야. 왜 이렇게 구질구질하게."

"이랑이…… 그 아이지?"

"갑자기 그 이름이 왜."

"네가 이렇게 발버둥치는 이유가, 그 아이 맞."

"걔한테 허튼짓 할 생각은 하지도."

"그래서. 그래서 지금까지 그 애랑 뒹굴다가 이제야 집으 로 기어들어오는 거야? 새 여자 앞에서 너 품위 못 지켜줘서, 그래서 그렇게 악악대는 거야? 넌 지금 내가 그 애한테 어떻 게 할까 봐, 그게 걱정인 거야? 내가 그 애한테 우리 사이 까 발릴까 봐? 이런 식으로 나오면, 나도 어떻게 할지."

남자의 주먹이 네 얼굴에 날아든다. 고개가 휙 젖혀지며 중 심을 잃고 쓰러진다.

"입 닥쳐! 내가 핫바지로 보여? 지금도 너 뒤치다꺼리하는 옛날 박훈으로 보여? 이래서 네가 싫어. 너란 년은 처음부터 나를 좆밥으로 알았어. 넌덜머리 나. 지긋지긋하고 소름 끼친 다구. 넌 첨부터 그랬어. 남자들 피나 빨아먹고 살면서 어따 덤탱이야? 네가 잘나서 여태 옆에 있었던 건 줄 알아? 이제 그만 좀 하셔! 서로 빼먹을 거 다 빼먹었으면 각자 알아서 살자구. 엉?"

"안경. 네 안경."

네가 소리를 지른다. 남자는 입을 다물고 안경을 추어올린다.

"며칠 전에 가구를 옮기다가 침대 틈에서 찾았어. 안경도 없이 집을 나서다니. 그날 넌 내 얼굴을 감싸며 말했지. 마지막 선물이야, 라고. 선물? 무슨 선물을 줬고 무슨 바쁜 일이 있어서."

"정말 지긋지긋해. 너란 년. 연기하지 마. 무섭고 소름끼쳐!"

남자가 등을 돌린다. 네게서 멀어진 남자는 허공에 발길질을 한번 하고는 성큼성큼 사라진다. 너는 머리를 늘어뜨린 채 등을 옴츠린다. 어깨를 떨며 혼잣말을 한다.

"무슨 바쁜 일이 있어서 그렇게 재빨리 나가버렸지? 어제는, 그래 어제는, 서랍 정리를 하다가 콘돔을 발견했어. 난 그런 물건을 거기 놔둔 적이 없는데. 사본 적도 없는데. 두 개가 붙어 있었는데 하나는 빈 껍데기였어. 그걸 사용한 건 아마도 2주 전이었을 거야. 불과 2주 전. 언제부터지? 네가 꼭 창녀한테 동정을 뺏긴 소년처럼 전전긍긍하게 된 게? 안경을 두고 간 다음이야 그 전이야? 언제부터 나는 소름 끼치는 여자가 된 거지? 처음부터? 처음부터 소름 끼치는 여자를, 넌 왜 만난 거지?"

5

너는 나쁜 여자다. 길모퉁이 그림자 뒤에 몸을 숨긴 너는 나쁜 여자다. 피 묻은 입가를 훔치는 파리한 손은 방금 전까지 남자의 목줄을 쥐고 있던 나쁜 손이다. 핏발 선 눈동자와 하얗게 질린 낯빛으로 사내 피를 빨아먹고 등골을 빼먹고 살던 너는 나쁜 여자. 붉은 입술과 달콤한 목소리로 사내들을 꾀어내고 마지막 거죽까지 찢어발겨야 직성이 풀리는 나쁜 여자. 네가 건 주술에 걸려 제 등에 비수를 꽂아버린 저주받은 여자. 고통을 사랑하고, 비극을 연출하고, 통증을 음미하는 너는, 너는 나쁜 여자다. 몸을 앞뒤로 흔들며 울부짖는 너는, 너는 나쁜 여자다.

너는 네 몸속에 스며들어온 짐승의 목소리를 듣는다. 너를 신병 들게 하고 몸서리치게 하는 거친 짐승. 젖꼭지를 물어뜯고 머리끄덩이를 잡아끌고 다닐 무서운 짐승. 그 짐승의 목소리를 몸종처럼 받들어라. 너는 나쁜 여자다. 너를 죽여야 네가 산다.

"엄마를 죽였어야 했어. 젖은 달고 달았지. 그 달콤한 젖을 쪽쪽 잘도 빨아먹었지. 그 젖을 먹지 말았어야 했어. 무럭무럭 자라지 말았어야 했어. 새롭게 태어난 동생에게 먹던 젖을 내주었어야 했어. 동생이 나오기 전에 엄마를 죽였어야 했어. 달콤한 젖을 물리고 살을 찌우고 교육을 시킨 엄마. 엄마를 죽였어야 했어."

네 얼굴에 말간 해가 비치기 시작한다. 너는 옷을 툭툭 털고 일어난다. 허리를 꼿꼿이 펴고 또각또각 구두굽 소리를 내며 걷는다. 환한 햇살을 가르며 신부의 속옷을 입은 네가 걸어간다. 너는 새로운 짐승과 혼인하러 가는 신부. 따뜻한 젖이 흐르는 새로운 어머니를 찾아, 길 떠나는 어린 고양이. 너는 다시 생선 비린내로 가득 찬 집으로 돌아간다. 어미 고양이가 있는 곳. 새끼 고양이에게 줄 싱싱한 물고기를 잔뜩 숨겨놓은 곳. 너의 유일한 안식처.

부엌에는 너를 위한 밥상이 그대로 있다. 여자는 밥상을 지키는 파수꾼처럼 상 옆에 웅크린 채 잠을 잔다. 너는 무서운 얼굴로 여자를 내려다본다. 여자의 입술에 붙은 생선 비늘을 본다. 엄마를 죽였어야 했어. 밥상 위에 덮인 색색의 밥상보를 본다. 젖은 달고 달았지. 밥상보를 들친다. 그 젖을 먹지 말았어야 했어. 한 그릇의 밥. 달콤한 젖. 너는 입맛을 다시며 숟가락을 든다. 하얀 쌀밥. 엄마 젖처럼 다디단 쌀밥.

너는 밥 한 그릇을 순식간에 다 비운다. 밥풀 하나를 입술에 붙인 채 여자 옆에 몸을 누인다. 너는 어미 고양이 품을 파고드는 한 마리 새끼 고양이 같다. 길을 헤매다 돌아온 새끼 고양이. 늙은 어미 고양이의 늘어진 젖가슴을 물고 늘어지는 너는 나쁜 여자. 너는 네 목덜미를 핥는 꺼끌꺼끌한 혓바닥을 느낀다. 그리고 귓불을 간질이며 속삭이는 목소리를 듣는다.

"그 인간은 나쁜 놈이었단다."

"그 인간은 나쁜 놈이었어요."

"무능한 데다 인정머리도 없는 놈이었단다."

"무능한 데다 인정머리도 없는 놈이었죠. 분수도 모르고 날뛰는 치졸한 협잡꾼이었어요. 은혜를 원수로 갚는 배은망덕한 놈."

너는 구구단을 외는 아이처럼 또랑또랑 발음한다. 그리고 묻는다.

"다 외웠어요, 엄마. 이제 또 뭘 가르쳐주실 거죠?"

젓가락여자

제가 부탁해볼게요. 어떻게는요. 직접 만나서 물어보죠 뭐. 우리 독서토론회에 와줄 수 있냐고. 왜 못 만나요? 약속도 되어 있는데. 내일이요. 저녁 먹기로 했어요. 저 서진 작가 잘 알아요. 학교 후배예요. 그냥 좀 아는 게 아니구. 친했어요. 자취도 같이 했는걸. 친했으니까 방도 같이 썼죠. 왜 여태 말 안 했느냐고요? 누가 물어봤어야 말을 하죠. 물어보지도 않은 걸 굳이 말할 필요도 없는 거고. 누구 좀 아네, 하는 거 유치하잖아요. 유명한 사람 이름 들먹이면서 자기도 대단한 사람이라고 착각하는, 그걸 뭐라 그러더라? 퍼스트네임클럽? 저 그런 사람 아니거든요? 어쨌든 이달의 작가 독서토론 다 끝내고, 마지막 주에 작가초청강연 듣는 거, 정말 좋은 아이디어예요. 이번 기회에 아예 정례화해도 좋겠어요. 초청강연이 너무 거창하면 그냥 작가와의 만남 정도로. 우리 발표한 거 정리해서 자료집도 만들고. 기념으로 작가한테 선물도 하고.

아이 참, 진짜라니까요. 금방 들통 날 거짓말을 왜 해요. 뭐 얻어먹을 게 있다구. 글쎄요. 아마 단칼에 자르지는 못할 거예요. 저한테 빚진 게 좀 있거든요. 금전적으로 그렇다는 게 아니라, 아무튼 그런 게 있어요. 다른 사람은 몰라도 제 부탁은 거절 못할 거예요. 나쁜 일도 아니고. 독자와의 만남인데. 언니 일정이 어떨지 몰라서 장담은 못하겠지만. 그래도 일단 말은 건네볼게요. 학교 다닐 때요? 단정적으로 뭐라 말하긴 어렵지만…… 그럼 언니 처음 만났을 때 얘기 해드릴까요? 얘기가 길 텐데. 이따가 독회 끝나고 하면 안 되나? 알았어요, 지금 할게요. 아, 진짜 오래전 일이다. 그런데 어쩌면 이렇게 생생하게 다 기억나지?

그러니까 거기가 학교 앞 술집이었어요. 지하민속주점. 환기시설이 좋지 않았죠. 그 자욱한 담배 연기. 누구 생일파티 겸 개강총회 뒤풀이였는데. 돌아가며 한 가락씩 노래도 부르고, 흩어졌다가 모였다가, 한쪽에서는 울고 또 한쪽에서는 싸우고. 난 뭐 술도 잘 못하고 그런 게 다 시시하기도 하고. 그래서 그냥 술이나 홀짝이면서 사람들 지켜봤지. 내 옆에 앉은 동기 애는 뒤늦게 과가 어쩌니 적성이 어쩌니 미래가 어쩌니 늘어놓고 있고. 나는 고개만 끄덕끄덕하면서 언제 빠져나가 나 하고 둘러보는데, 그때 내 앞에 한 여자가 눈에 딱 들어오 는 거야. 머리를 길게 늘어뜨리고 앉아 있는데, 가만히 보니 까 젓가락 끝으로 김칫국물을 찍어가지고 식탁 위에다가 뭔 가 열심히 그리고 있어요. 김칫국 놀이가 자기에게 주어진 임 무인 것처럼. 그 일을 묵묵히 수행하고 있는 사람처럼. 그런 데 이 여자가 갑자기 고개를 쳐들고 젓가락으로 식탁을 탁 치 면서 외치는 거야.

깃발을 꽂아, 깃발을!

딱 이 목소리였어요. 약간 보이시한, 늙은 여가수 같은, 그 릉그릉한 목소리. 한 백 년쯤 줄창 담배만 피우고 나면 그런 목소리가 나올까? 아무튼 이게 은근 사람 휘어잡는 목소린 데. 그 목소리로 깃발을 꽂으라는 거야. 갑자기 웬 깃발? 뭔 말인가 싶어서 내가 이렇게 쳐다보는데, 이 여자가 젓가락을 입술로 쭉 한번 빨고는 뭉개진 케이크 조각에 푹 꽂아 넣는 거야. 신기하게도 이 젓가락이 안 넘어지고 그대로 서 있어. 다 뭉개진 케이큰데. 그래서 젓가락이 쓰러지나 안 쓰러지나 보고 있는데, 이 여자가 또 그 그릉그릉한 목소리로 말하는 거야.

지금으로부터 십 년 후에다가. 깃대를. 세우란 말야.

그래서 내가 물어봤지.

목표를 가지라구요? 얘는 지금 그게 없어서 문제라는 건데요?

그 여자가 나를 히뜩 올려봐요. 넌 뭐냐, 하는 표정인데 눈빛이 아주 형형해. 그래서 좀 주눅이 들긴 했지만 그래도 눈 똑바로 쳐들고 봤지. 옆에 동기애는 어느새 김치찌개에 머리 칼을 담그고 졸고 앉았고.

맞아요. 그 여자가 바로 영은 언니예요. 영은 언니요. 아, 맞다. 서진 작가요. 왜 이렇게 서진이라는 이름이 입에 안 붙지? 그게 본명이에요. 양, 영, 은. 왜요? 난 더 정감 있고 좋은데. 이보다 이응이 많이 들어간 이름은 들어본 적이 없어. 그런데 성까지 바꿔버릴 줄은 몰랐지. 어쨌거나. 영은 언니가 학교 다닐 때 목소리로 한 카리스마 했죠. 어디 목소리뿐이겠어요? 그 위풍당당한 체격하며. 번득이는 눈빛하며. 옛날엔 지금보다 살집이 좀더 있었거든. 좀이 아니라 꽤 있었지.

아무튼 이 언니가 나를 보고는 씩 웃는 거야. 그러곤 나한테 몸을 바싹 기대고 은근한 목소리로 말하는 거예요.

목표는 없어도 돼. 이 깃발에는 아무것도 씌어져 있지 않거든. 목표 없는 깃발이란 말이지. 십 년 동안은 유예기간이야. 아직 아무것도 쓰지 않아도 되는 기간. 맘껏 즐기고 맘껏 실패하고 맘껏 궁리해도 되는 기간. 어차피 유예기간이니까 상관없잖아. 내가 뭘 하고 싶은지 그때까지만 알아내면 되는 거야. 알아냈으면 그때 가서 깃발에다 쓰는 거지. 나는 가수가 되고 싶다, 엄마가 되고 싶다, 소주가 되고 싶다.

여기까지 말한 언니가 어디서 병뚜껑 하나를 찾아 오더니 젓가락 끝에 올려놔요. 깃발을 매다는 것처럼. 그리고 병뚜껑을 올린 젓가락을 조심스럽게 뽑아서 빈 소주병으로 옮겨놓는 거야. 그리고 또 말을 하죠.

자, 이제 이 깃발을, 여기, 십 년 후에다가 옮겨놨어. 여기서부터는 하고 싶은 걸 되게 만드는 유예기간이야. 십 년 잘 놀았으니 또 십 년 아무 생각 없이 달려보는 것도 괜찮잖아? 얼마나 재밌겠어. 하고 싶은 걸 하는데. 열나 노래하고 열나 섹스하고 열나 취하고. 그러다 보면 가수도 되고 엄마도 되고……

그때 가서 이게 아니다 싶으면요? 되고 싶은 게 안 되면요?

내가 끼어들며 물었죠. 그랬더니 언니가 또 픽 웃으며 말해요.

뭐가 걱정이야? 다시 꽂으면 되지? 이번엔 진짜진짜 하고 싶은 게 뭔지 알아내면 되잖아. 뭔가 안 되더라도 하고 싶은 걸 했으니 후회는 없을 거 아냐. 안 그래? 깃발이 여기 있어. 그리고 너는 지금 빈 깃발의 십 년 중 여기 서 있는 거구. 나는 여기쯤? 어이구 나보다 이만큼이나 더 놀 수 있겠네? 좋겠네?

언니는 팔짱을 낀 채 병을 내려다봐요. 그래서 나도 병을 가만히 내려다보았지요. 탁자 저쪽 끝에는 젓가락을 꽂은 소주병이, 탁자 이쪽 끝에는 초록색 라이터가, 그리고 그 사이에는 술이 반쯤 찬 잔이 있어요. 라이터와 술잔의 거리는 반

뺨. 언니와 내 거리가 딱 그만큼이었어요. 나는 언니 병뚜껑에 뭐가 씌어져 있는지 궁금했죠. 그래서 물어봤죠. 언니 깃발에는 뭔가 그려져 있냐고. 그랬더니 아직 아무것도 못 그렸다고 하는 거야. 좀 쓸쓸한 목소리로. 그래서 내가 라이터를 술잔 옆에 나란히 놓으면서 말했죠.

그럼 내 깃발은 여기다가 옮길래요. 난 육 년만 유예기간을 가져야지? 육 년만 알아보고, 되게 만드는 기간을 이만큼 더 늘려야지? 그럼 내가 언니보다 덜 놀게 되네? 좋겠네요? 나보다 더 많이 노는 거니까? 그런데 열나 취하면 진짜 소주가 될까요?

그때 내 나이 스무 살, 이제 막 대학에 들어온 신입생이었죠. 언니는 스물세 살, 졸업을 앞둔 관록의 여전사였구. 사 년의 사이. 지금이야 같이 늙어가는 처지에 사 년 뭐 대단해요? 하지만 대학에서의 사 년은 정말 아득하잖아요. 군대에서 이등병하고 말년 병장 사이처럼. 언니는 그야말로 저기 먼 하늘에서 힘차게 펄럭이는 깃발이었던 거지. 그런데 여기 땅바닥으로 이제 막 기어 올라온 내가, 겁도 없이, 그 아득한 깃발을, 붙잡고 늘어졌으니. 간이 배 밖으로 나온 거지. 그런데 언니는 오히려 그게 맘에 들었나 봐. 그때부터 나 무지하게 챙겨줬잖아. 어디든지 데리고 다니고.

그러니까 그날 그 술집에서 우리는 서로 뭔가 통하고 있다는 걸 느꼈던 거지. 선수가 선수를 알아보는 것처럼. 언니는 나를 찍고, 나는 언니를 찍고. 그런 거 알죠? 전기가 통하는 거. 정말 전기가 짜릿하게 올라오는 기분이었다니까요. 우리는 그렇게 서로를 바라보고 있었죠.

한참 동안을.

그래요. 그때 우린, 뭔가 통했죠. 그래요. 통했어요.

그런데 진짜 중요한 건 바로 지금부터예요. 어느 순간 언니가 허리를 쭉 펴고 기지개를 켜더니, 라이터 옆에 있는 술잔을 집어서 내 앞에 턱하고 내려놓는 거야. 이제부터 술 좀 마셔볼까? 내가 술이 되나 술이 내가 되나. 너랑 나랑 중에 누가 먼저 술이 되나 한번 보자. 그러더니 순식간에 젓가락을 뽑아 드는 거예요. 칼을 뽑는 사람처럼 쉭. 네, 아까 술병에 꽂아놓았던 그 젓가락이요. 그걸 이렇게 입에 물고는 양손으로 머리를 틀어 올리고, 다시 젓가락을 빼서 머리다발 사이에 푹 꽂는 거야. 이렇게요. 보세요오. 젓가락을 입에 문 다음, 아, 젓가락이 있어야 실감이 나는데 일단 연필로, 머리를 싹쓸어 모아서, 왼손으로 머리다발 고리를 만들어놓고, 젓가락을 빼서 고리에 집어넣고, 빼고, 이렇게 마무리를 하면! 어때요? 비녀 같지요? X 자로 하나 더 꽂을 수도 있어요. 이 과정이 정말 순식간에 이뤄졌다니까요. 휘리릭.

맞아요, 그게 영은 언니 술버릇이에요. 언니 말마따나 술좀 먹자 싶으면 머리에 젓가락부터 꽂는다니까? 꼭 젓가락이 아니어도 상관없어요. 볼펜이든 칫솔이든 아무튼 뭐든 꽂아서 머리를 틀어 올리고 봐요. 술이요? 진짜 말술이죠. 해 뜨기 전에 끝내질 않아요. 저렇게 마시다가 진짜 술이 되겠다 싶을 정도로. 지금도 그렇게 마시려나? 나이가 있어서 안 될 거야. 그땐 젊었으니까. 아무튼 농활 갔을 때 거기 농촌 총각들이 뭣도 모르고 덤벼들었다가 다들 기어서 돌아갔다니까요. 그래서 알 만한 사람들은 언니가 젓가락을 머리에 꽂는다 싶으면 그냥 내빼기 바빠. 기회를 놓친 사람들은 이렇게 말하죠. 오늘, 집에, 다 갔다.

아휴, 이 사람들은 어째 이런 얘기에 더 신 나 해. 꼭 교생 첫사랑 얘기 듣는 여고생 표정이잖아. 우리 독회 안 해요? 거봐, 내가 독회 끝나고 얘기한다니까. 그날 술자리요? 당연히 제가 졌죠. 게임이 되어야 말이죠. 나 그날 언니 자취방으로 실려갔잖아. 아마 언니가 업고 갔을걸? 힘도 어찌나 좋은지 여자애들 정도는 그냥 번쩍번쩍 들어. 나중에 선배들이 혀를 차요. 어디 감히 영은 언니랑 대작을 하냐고. 언니가 그런 사람인 줄 내가 어떻게 알았겠어.

멋있다구요? 멋있죠? 그래요 멋있었어. 나도 완전 반했잖아. 언니가 묘하게 사람 끌어당긴다니까. 남의 기운을 자기 쪽으로 싸악 끌어모으면서 단번에 잡아채. 알고 보면 무서운 사람이지. 그러니까 매력이랄지 마력이랄지, 암튼 빠져들게 만드는 힘이 있어요. 연애요? 학교 다닐 때? 진짜 여고생들처럼 왜 그래요? 몰라요. 알아도 그걸 제가 어떻게 말해요. 사람이 의리가 있지. 정 궁금하면 작가와의 만남 때 물어봐요. 하긴, 작가 불러놓고 그런 거 물어보면 실례겠지? 물어본다고 답해줄 것도 아니고. 작품세계를 중심으로 물어봐야지. 그게 예의지.

잘은 모르지만, 학교에서 언니 좋아하는 사람 많았을 거야. 그땐 연애하는 것도 눈치 보던 시절이니까. 꽁꽁 숨어서들 했지. 그러니 난 잘 모르지. 어쨌든 언니랑 자취 같이하는 동안 둘만 조용히 밥 먹어본 적이 없어요. 사람들이 어찌나 많이 드나드는지. 자취방이 꼭 주막 같애. 아 그러니까 그 비빔국수 생각나네. 그거 진짜 맛있었는데. 언니가 해준 비빔국수. 언니가 요리하는 걸 좋아해요. 잘하기도 하고. 뭐 해 먹이는 거 진짜 좋아해. 한 명이고 열 명이고, 오는 족족 다 해먹이고. 한 손으로는 국수 삶으면서, 또 한 손으로는 양념장 만들고. 그 많은 면을 양재기에 휙휙 비벼서 뚝딱! 자취방 양념 가지고 어쩜 그렇게 입에 짝짝 붙게 만들어내는지. 골뱅이통조림이라도 하나 넣어봐요, 아주 양재기에 달라붙어가지고는 그냥. 아우 생각만 해도 군침 돈다.

그러고 보니 얼마 전에 언니 산문집도 나왔네. 음식 산문집. 근데 거기 비빔국수 얘긴 안 나오더라. 하긴 그게 스페인에 머물면서 먹었던 음식들 위주로 쓴 거니까 나올 리가 없지. 언니는 비빔국수나 청국장, 홍어무침 뭐 이런 게 더 어울리는데. 구수하게 사람 냄새 나는. 난 작가들이 와인이니 커피니 아스파라거스 곁들인 어쩌구저쩌구하는 거 좀 닭살 돋더라. 그야말로 옛날 여류작가 필이야. 맞죠? 아무리 생각해봐도 언니는 비빔국수 이런 거 더 어울리는데. 내가 언니한테 붙여준 별명이 있거든요.

고물상주인. 네, 고물상이요. 고민고물상이라고나 할까? 고민을 가지고 언니한테 가면, 언니는 그 고민을 들여다본 다음에 뭐든 줘요. 해결책을 주거나 방향을 제시해주거나 위안을 주거나. 그러니까 이런 거죠. 찌그러진 깡통을 들고 갔더니 설탕을 주네? 깨진 병을 들고 갔더니 뻥튀기를 주네? 그게 참 달고 맛있네? 뭔가 바꿔 먹는 재미가 있네? 또 가고 싶네? 없던 고민도 만들고 싶네? 딱 고물상이지 뭐야. 그죠? 내 말이 맞죠?

왜 아니겠어요. 나도 그 고물상 뻔질나게 들락거렸지. 그래서 자취도 같이하게 된 거구. 제가 집이 인천이라 학교까지 버스 타고 전철 갈아타고 두 시간 넘게 걸렸어요. 너무 힘들어하니까 그럼 방을 같이 쓰재요. 또 내가 등록금 때문에 방학 때 아르바이트를 구해야겠다고 하니까 그러지 말고 자기 밑으로 들어오래요. 아, 총여학생회요. 언니가 편집부장이었거든. 영은 언니는 총여학생회 편집부장, 나는 편집부원. 그리고 학생회 간부 장학금까지. 원래 편집부원한테는 안 주는 건데, 언니가 어떻게 해가지고 되게 만들었어요.

그러니까 우리는 안 친하려야 안 친할 수가 없었지. 방도 같이 쓰죠, 학교 가면 같이 앉아서 회지 만들죠, 또 세미나도 같이하죠. 언니 동생 같다고 할까, 엄마 딸 같다고 할까. 암튼 딱 붙어 다녔다니까. 농활도 같이 가고 기지촌 여성 봉사활동도 가고. 진짜 많이 다녔다. 받기도 많이 받고. 음…… 그렇다고 받기만 한 건 아녜요. 왜요, 나도 많이 줬죠. 이를테면…… 왜 그 소설 있잖아요. 할머니랑 손녀랑 닭 잡아먹는 얘기. 노래하는 꽃마차. 맞아요. 그거 제가 해준 얘기거든요? 거기 나온 손녀가 바로 저예요. 자취방에서 둘이 닭 시켜먹다가, 내가 시골에서 할머니랑 닭 잡아먹던 얘기 해줬거든. 영은 언니는 닭 먹을 때 다른 거 다 놔두고 모가지 먼저 집어요. 먹잘 것도 없는 거 왜 좋아하냐니까 야들야들해서 좋대. 난 모가지 절대 안 먹는데. 그래서 그 얘기를 해줬지.

나 어릴 때 할머니랑 둘이 살았거든요. 우리 할머니가 촌부여도 되게 고운 양반이었어요. 섬세하고 예쁜 거 좋아하고. 그래서 닭은 키우는데 정작 잡아먹지를 못하는 거야. 알은 자꾸만 까고 닭은 점점 늘어가고, 한 스무 마리 되었을걸? 하루는 내가 닭고기가 너무 먹고 싶어서 막 졸랐어. 어쩔 수 있나. 잡아야지. 근데 할머니는 닭 뒤만 졸졸 쫓아다니면서 잡지를 못해. 그래서 내가 나섰잖아. 열 살 땐가? 그냥 닭 목을 콱 잡

고 비틀었어요. 그 어린애가. 그러게요. 진짜 닭고기가 좋았
나 봐. 아님 뭘 모르는 어린애니까 그랬겠지? 지금 잡으라면
그걸 어떻게 잡아. 아무튼 그렇게 해서 닭을 잡아먹기는 먹었
는데요, 털 벗기면서 보니까 이 닭 모가지가 다 으스러져 있
어. 손에 얼마나 힘을 줬는지. 그런데 보통은 그런 일 있으면
닭고기 안 먹게 되잖아요? 그래도 난 닭고기가 너무 맛있어.
아직도 좋아해요. 단, 모가지는 안 먹어. 이 얘기 해주니까
영은 언니가 진짜 재밌어하는 거예요. 모가지를 쭉쭉 빨면서.
뼈 마디마디를 다 해체해보면서, 몇 번이나 물어보더라구.

　아깝기는요, 내 추억이 맛있는 소설로 되살아났는데. 나더
러 쓰라면 그렇게 못 쓰죠. 언니니까 쓰지. 그리고 소설가가
어떻게 자기 경험한 것만 골라서 써요. 듣고서 꼭 경험한 것
처럼 쓰기도 하는 거지. 소설이 뭐 별거야? 세상에 떠도는 얘
기를 수집해서 그럴싸하게 재구성하는 거지. 그것도 능력이
지. 안 그래요? 그리고 고물상 주인이 물 퍼다 장사해요? 돈
이 되니까 고물도 수집하는 거지. 병이든 깡통이든 다 쓸모가
없으면 그걸 왜 받겠어. 어머나 내가 미쳤나 봐. 혼자 떠들고
있었네. 이러려고 한 게 아닌데. 기억이라는 게, 이게 고구마
처럼, 한번 뽑아 올리면 줄줄이 따라오게 돼 있잖아요. 아이
고 죄송해요. 시간 가는 줄도 모르고.

　아, 언니 이력? 그게 참 특이하죠? 사 년제 대학 나와서
소설 공부하겠다고 다시 전문대 들어가고, 그래서 소설가가

되기까지, 그냥 소설이 나를 이끌었다. 정말 드라마 같지 않아요? 내가 잘 알죠. 그때, 언니가 그 결정 내릴 때. 언니가 학교에서 매정하게 등 돌리던 순간. 다들 배신자라고 언니한테 뭐라고 하고.

그러니까 그게, 그때 학교에요. 학생회 활동 이런 거 말구, 좀 비밀스러운 조직이 있었어요. 운동권이요? 에이 뭐, 운동권이라기보다는, 그냥 철학 공부 좀 하고 세미나도 하고 학교 걱정도 나누고. 아무튼 난 사실 왕년에 운동권이었네 하는 사람들 말 하나도 안 믿어요. 돌 몇 번 던진 거 가지고서는 운동권입네. 그러면 뭔가 좀 의식 있어 보이나? 뭐가 자랑스럽다고. 사실 옛날 운동권들 하는 게 꼭 피라미드 장사 같지 않아요? 사람 장사. 황홀한 미래가 있는 것처럼 꼬드겨서 사람들 모으고, 그 사람들이 또 사람들 모으고. 사람이 힘이다, 라는 게 결국 사람이 돈이다, 라는 거지. 또 진짜로 그 운동권 떨거지들이 피라미드 많이 했어요. 운동한답시고 성적도 안 좋고 취직도 안 되니까 방법이 있나. 시스템 비슷하기도 하고. 아무튼 그게 중요한 건 아니구.

어느 날, 언니가 나더러 자정까지 어디로 오래. 어디로 가니까 누가 나와서 또 어디로 데려가요. 그래서 어디에 도착했는데 사람들이 주르르 앉아 있어. 아는 사람도 있고 모르는 사람도 있고, 같이 세미나 하던 동기 얼굴도 보이고. 뭐랄까

엄숙하면서 약간 으스대는 분위기? 진짜 놀란 거는요, 졸업도 못 하고 애들한테 빌붙어서 밥이나 얻어먹던 껄렁껄렁한 선배 하나가 있었는데, 바로 그 사람이 조직의 좌장이라는 거야. 거기다가 외부에 더 큰 조직과 연결되어 있다 하고. 그게 북이라고 믿는 애들도 있고. 지금 생각하면 순진했던 거지. 멍청했던 건가? 그땐 나도 뭐 그런가 부다 했지. 어쨌든 그날 나까지 포함해서 여섯 명이 그 조직에 합류하게 된 거예요. 환영식이라고 해야 할지 서약식이라고 해야 할지, 암튼 그런 것도 하고. 거기 한가운데서 언니는 흐뭇하게 웃고 있고. 그때 뭐랄까, 내가 완전히 언니 사람이 되었다는 느낌? 그러면서도 내가 언니에 대해 모르는 게 많았구나 싶으면서 섭섭한 느낌? 아무튼 좀 복잡했어요.

환영식 끝나고 다음 해 학생회 선거 얘기를 하기 시작하는데, 문제는 거기서 발생한 거예요. 조직에서는 언니가 당연히 5학년으로 남아서 총여학생회장으로 출마할 거라고 생각하고 있었대요. 그 전해부터 계획된 일이었대요. 피디 진영조차 언니를 상대로 염두에 두고 후보를 물색하고 있었다니까. 그땐 5학년 6학년 남아서 학생운동 하는 거 흔했거든. 아니면 학교나가 현장으로 투입되든가. 그런데 언니가 졸업을 한다는 거야. 졸업도 졸업인데 글쎄 현장도 아니고 전혀 다른 일을 하겠다는 거야. 그래요. 소설. 소설을 쓰겠다고. 다른 방식의 운동이라나 뭐라나. 학교는 후배들이 잘 알아서 할 거라고.

누군가 물었죠. 그런데 졸업이 돼? 언니는 고개만 끄덕끄덕. 그동안 언니가 계절학기를 들어가며 학점을 채우고 있었던 걸 아무도 몰랐던 거야. 난리가 났잖아요. 기회주의자에 배신자라고. 언니가 등을 돌린 건 사실이니까. 아무 대책도 마련해놓지 않고. 뒤도 안 돌아보고 가겠다는 거잖아. 책임도 안 지고. 조직 입장에서 당연히 배신이지. 나한테도 배신이고. 타이밍 한번 절묘했잖아? 나를 조직 안으로 들여놓은 때, 언니는 밖으로 나가겠다고 선언을 하고. 그걸 그냥 공교롭다고만 볼 수도 없고.

아, 물론 저도 그걸 배신이라고 생각지는 않아요. 다른 사람이 그렇게 생각했다는 거지. 그럼요, 그게 어떻게 배신이야. 나는 무조건 지지했지요. 사람이 한번 믿으면 끝까지 믿어줘야지. 내가 나서서 조직 사람들 다 설득하고 그랬으니까 됐지. 나 아니었으면 언니 완전 매장당했을 거야. 사실 언니 선택이 뭐가 문제겠어요. 그 시절이 이상했던 거지. 희생이 절대가치구 정의가 나침반이구 대의에서 벗어난 작은 목소리는 개인주의구 어쩌구저쩌구. 그러니까 언니 선택은 배신이라기보다는 그 이상한 시절로부터의 탈출이지. 맞아요, 탈출. 그게 어떻게 배신이야. 탈출을 했으니까 소설가도 된 거지. 그럼요, 당연히 배신이, 아니, 죠. 그런데 언니가 무슨 빚을 졌냐구요? 그 배신을 말하는 거냐구요? 아니에요. 그런 게 뭐가 빚이에요. 학교 다닐 때 일 가지고. 그런 거 말구……
있어요. 아무튼. 그런 게. 옛날얘기는 이제 그만하죠.

　와주겠죠. 언니가 그렇게 매정한 사람도 아니고, 제가 부탁
하는데, 들어주겠죠. 아무리 바빠도. 와줄 거예요. 그런데 너
무 기대는 마세요. 아니요. 안 된다는 게 아니라, 기대가 크
면 실망도 그만큼 크니까, 기대는 하지 말고. 아무튼 내일 영
은 언니 만나면 잘 부탁해볼게요. 그런데 만약에 언니가, 아
니 서진 작가가 온다고 하면, 강연료는 줘야겠죠? 그야말로
거마비라도? 아님 선물 같은 거 준비할까요? 무슨 선물이 좋
을까요?

*

　우리 몇 년 만이에요? 언니 하나도 안 변했네. 지면으로 자
주 봐서 그런가? 어제 헤어지고 다시 만나는 거 같아. 그런데
언니가 먼저 연락을 다 해주시고. 좀 놀랐어요. 반갑지 않다
는 게 아니라, 맨날 내가 먼저 전화했는데 언니가 이렇게 먼
저 전화해서 만나자고 해주니까. 놀라기도 하고 무슨 일 있나
걱정도 되고. 원래 나이 들어서 오랜만에 걸려온 전화 나가보
면, 정수기 사라느니 보험 들라느니, 그런 거잖아. 청첩장 보
낸다는 나이는 지나도 벌써 지났구. 물론 언니 전화가 그렇다
는 게 아니라. 나야 너무너무 고맙지. 언니 책 따라 읽고 기

사로도 보니까 대략 잘 지내고 계시는구나 하면서도, 정작 연락은 못 하겠더라구요. 애 키우느라 정신도 없었구요. 참 우리 애, 학교 들어갔어요. 나 학부형이야. 안 믿어지죠? 세월 참 빨라요. 그쵸?

그런데 왜 만나자고 하셨어요? 무슨 특별한 일이 있으신 거예요? 요즘에요? 글쎄 뭐 요즘이라고 별다를 건 없지만, 뭐 좀 변화가 있었다면, 저 대학원 들어갔어요. 우리 신랑이 하고 싶은 거 다 하고 살라구 밀어줘서. 뒤늦게 학위 받으러 간 건 아니구요. 그냥 뭐, 학교 다닐 때 공부 안 하고 딴짓만 해서. 공부 좀 해볼까 하구. 왜 언니도 학교 졸업하고 전문대 다시 들어갔잖아요.

아 참, 말이 나와서 말인데요? 저 언니한테 부탁이 있어요. 꼭 들어주셔야 돼요. 들어주신다고 해주세요, 네? 실은요, 제가 몇몇 사람들하고 독서토론회를 하거든요. 별건 아니지만, 제가 거기 회장이에요. 국어교사도 있고, 미술 하는 사람도 있고, 다양해요. 그런데 이번에 언니 작품 가지고 토론회 했거든요. 우리 회원들이 언니 소설 진짜 좋아해. 완전 광팬들이야. 언니 얼굴 한번 꼭 보고 싶대. 그래서 언니가 초청강연을 해줬으면 하는데. 그냥 한 시간 정도, 언니 작품 얘기 해주시고, 뭐 작가로 살아가는 얘기. 부담 가지실 필요는 없구요. 많지는 않지만 강연료도 있어요. 나, 언니랑 친하다고 막 자랑했단 말야. 친하다고 하니까 사람들이 안 믿잖아. 언

니가 안 오면 거짓말했다고 생각할 거 아냐. 회장 체면 말이
아니지. 맨날 자랑하는 것두 아니구. 마침 언니한테 전화도
오고 그래서 처음 자랑한 거예요. 진짜예요. 여태 한 마디도
안 했어. 언니한테 누 될까 봐. 그러니까 언니, 부탁해요,
네? 시간은 언니한테 맞출게. 꼭 이번 달이 아니어도 돼요.
올해 안에만. 그래 올해 안에. 딱 한 시간만. 네? 언니, 우리
친한 거 맞잖아. 아니에요? 나만 그렇게 생각하고 있었던 건
가? 제발요, 네? 네? 네, 그래요. 일단 한번 생각해보세요.

이 집 스파게티 정말 맛있다. 언니가 미각이 뛰어나니까 맛
집도 잘 아는구나. 다음엔 제가 모실게요. 우리 신랑이랑 언
제 밥 한번 같이 먹어요. 우리 신랑두 언니 왕팬이잖아. 맨날
나한테 물어봐. 언니작가 잘 있냐고. 우리 신랑이 잘 가는 스
시 집이 있는데, 거기 진짜 최고거든? 유명한 작가랑 가면 더
잘해주겠지. 꼭 한번 같이 가요. 그런데 언니 다음 책은 언제
나와요? 장편소설이에요? 그러니까 세번째 장편인 거죠? 너
무 기대된다. 무슨 얘기예요? 언니는 연애소설 같은 거 안 써
요? 연애소설 쓰면 진짜 대박 날 거야.

언니 첫 책 나왔을 때 생각나요. 나 괜히 서점 기웃기웃하
면서 사람들이 좀 사가나 살펴보고, 언니 책 잘 보이는 데다
얹어놓고 막 그랬는데. 선물할 곳 있으면 다 언니 책으로 했
잖아. 열 권도 넘게 샀을걸? 열 권이 뭐야. 학교 사람들한테

일일이 전화해서 언니 책 나왔다고 알려주고. 내가 책을 냈어도 그렇게 못 하지. 인터뷰 기사 오려서 스크랩도 해놨는데. 그거 찾아보면 어디 있을 테니까 혹시 필요하면 말씀하세요. 선물로 드릴게요. 원래 자기 기사 스크랩하고 이런 거 본인은 못 할 거 아냐. 민망해서.

그때는 언니한테 연락하고 싶은 걸 꾹 참았잖아요. 책에 사인도 받고 그러고 싶었는데. 언니한테 연락했을 때가, 아마 언니 두번째 책 나온 직후였을 거야. 전화하면서 은근 걱정했잖아요. 언니가 나 기억 못 하면 어떻게 처신해야 하나. 왜 그런 사람들 있잖아. 좀 유명해졌다 싶으면 옛날 지인들 무시하고. 좀 걱정은 됐지만 설마 영은 언니가 그러겠어? 하면서 전화를 걸었죠. 그리고 물었죠. 언니, 저 기억하세요? 미경이에요. 그랬더니 언니는 곧바로 김미경? 하고 되물었어. 막 반가워하면서. 언니가 아는 사람만 해도 열 명이 넘는다던 그 흔한 미경이들 중에서, 내가 어떤 설명도 하지 않았는데, 단박에, 이 김미경이를, 알아내주다니. 내 목소리에 김미경이를 연상시키는 특별한 게 있나? 아니면 언니가 목소리랑 사람을 연결시키는 특별한 재주가 있나? 어쨌거나 언니는 내 기대를 배반하지 않았지요. 그래서 만났죠, 우리. 시내에서 밥 먹고 거기 덕수궁 안에 있는 미술관도 가고. 무슨 남미 작가 작품 전시하고 있었는데. 정말 옛날로 다시 돌아간 거 같았어. 그 때 나 소설 쓰고 싶다고 언니한테 처음 말했지. 문화센터에서 소설공부 하고 있다고. 그랬더니 언니가 수첩도 줬잖아요. 몇 장 안 쓴 거라고, 가방에서 바로 꺼내서 줬어. 그 뭐야, 몰스킨인가, 헤밍웨이가 썼다는 그거. 요즘에야 개나 소나 다 쓰지만, 그땐 참 대단해 보였는데. 그거 나 지금도 간직하고 있어요. 정말이에요.

네? 블로그요? 글쎄요. 요즘 그런 거 많이 하대요? 카메라들 하나씩 갖고 다니면서 자기 먹은 거 찍고 놀러간 거 찍고 아줌마들 집 꾸미는 거 냉장고 정리하는 거 별거별거 다 올리잖아. 전 뭐 집안 살림에 워낙 소질이 없어서. 아시잖아요. 음식 맛도 잘 모르고 만드는 건 더 못하고. 그런데 왜들 그렇게 보여주고 싶어서 안달인지 몰라. 그냥 혼자 즐기면 되는 거지. 아 참, 언니 얼마 전에 파리 다녀오셨다면서요? 기사 봤어요. 프랑스어로 출판되었다구. 정말 축하해요. 이제 세계적인 작가가 되시려나 봐요. 너무 멋지고도 아름다운 일이에요. 그렇게 유명해지면 사람들이 막 알아보고 그러지 않아요? 사인도 해달라구 하구. 아무 데나 못 다닐 거 같애. 연예인들처럼. 맘 놓고 연애도 못 하구. 그런데 언니 결혼은 안 해요? 사귀는 사람 없어요? 왜 없겠어. 남자들이 줄을 섰겠지. 그런데 언니 아직 거기 살아요? 녹번동인가? 그쪽 언저리 지나갈 때마다 언니 생각했는데. 혹시 언니가 장이라도 봐서 지나가지는 않을까 하면서.

그런 블로그 말고 뭐요? 아, 책 읽어주는 여자? 알아요.

그쪽에선 꽤 유명할걸요? 가차 없잖아. 재밌기도 하고. 기발하기도 하고. 누군지 모르지만 참 센스 있어. 얼굴 없는 블로거라고 다들 궁금해하고. 뭐 몇 명이 분야별로 나눠서 쓴다는 소문도 있고. 왜요? 언니 블로그 시작하게요? 언니 그런 거 안 하잖아요. 하긴 독자들이 좋아하긴 할 거야. 뭔가 속살 들여다보는 것 같구. 혹시 그것 땜에 저 만나자고 하신 거예요? 내가 도움이 되려나? 내가 뭘 알아야지. 에이, 언니는 그냥 지금처럼 해요. 뒤늦게 뭐 그런 거 뛰어들려구. 그래도 하고 싶으시면, 글쎄, 누구 소개시켜줄 만한 사람이 없을까? 음……글쎄요. 그 블로그 주인이 누군지 그걸 제가 어떻게 알겠어요.

나요? 내가 그 블로그 운영자라고요? 그럴리가요. 누가 그래요? 인터넷 서점에서요? 내가? 그쪽에서 정말 그렇게 말했어요? 아이 참. 비밀을 지켜달라고 했더니, 그걸 말하네. 신비주의로 가려고 했는데, 소문이 좀 났나? 그래요. 저 맞아요. 제가 그 블로그 주인이에요. 뭘 그런 걸 언니한테 일일이 얘기를 해요. 그간 연락도 없었잖아. 또 그깟 블로그 가지고 뭐 자랑할 게 있다구.

그런데요, 이게 제 자랑이 아니라요, 제 블로그가 인기가 좀 많아요. 그쪽 바닥에서는 이름도 좀 있고. 나도 그렇게까지 인기가 있을지 몰랐지. 그냥 열심히 읽고 감상평 써서 올리다 보니까 사람들이 자꾸 들어와 보대? 그러다 보니 언제부턴가 블로그 앞에 파워가 붙대? 파워가 붙으니까 대접이 달라지대? 출판사들도 이제 신간 나오면 거의 다 보내줘요. 신문에 광고하는 것보다 내 리뷰 파급 효과가 더 좋다면서. 문학 담당 기자들도 내 리뷰 인용하고 그래. 어떨 땐 그냥 막 갖다 쓰더라구. 출처도 안 밝히고. 기회 잡아서 뭐라 해야 할까 봐. 소송을 걸든가. 아무튼 인터넷 서점에는 내 리뷰 올리는 고정 코너도 있어요. 원고료도 줘요. 돈이 중요한 건 아니구. 그깟 원고료 얼마나 된다구. 푼돈이지. 행사 때마다 초대도 하고 그러는데, 난 얼굴 잘 안 내밀어요. 그냥 글로만 보여주지. 글 쓰는 사람이 글로만 존재해야지, 자꾸 행사에 의존하면 안 되잖아.

아무튼 이게 다 언니 덕분이에요. 소설은 못 쓰지만, 그래도 책 읽고 뭔가 끄적이는 습관이 생겨서. 언니가 준 그 수첩에다 열심히 적고. 언니가 무조건 글로 남기라고 충고해줬잖아. 그래서 블로그 만들어가지고 올리기 시작한 거야. 진짜진짜, 언니 덕분이에요. 언니 세번째 책 나온 거 리뷰 올린 게 컸죠. 그걸로 무슨 리뷰 대회 우수상도 받았어요. 그러고 보니까 그때부터 유명해지기 시작했나 보다. 내가 다시 읽어봐도 그 리뷰 정말 좋아. 언니 소설은 내가 다 따라 읽었으니까, 어디 소설뿐이겠어요? 인터뷰 기사랑 평론이랑 어디 강연 나가서 한 말까지 다 알고 있죠. 또 개인적으로도 취향이랑 성격이랑 이력이랑 다 잘 알고. 언니 말대로 잘 아니까 잘 써지더라구. 대상을 장악하고 쓰면 좋은 글이 나온다고 언니가 그랬잖아요. 언니를 잘 알고 쓴 리뷰라 그런지, 글에 진정성이 있더라구. 진정성이 있으니까 읽는 사람들이 또 좋아하구. 그때 알았어요. 진정성이 이렇게 중요한 거로구나. 언니가 맨날 진정성 진정성 그랬잖아. 그게 도대체 뭔가 했는데, 언니 소설 리뷰 쓰면서 알게 되었다니까요.

소설 쓰는 거보다 재밌어요. 하고 싶은 일을 하면서 산다는 것이 이렇게 신명나는 일인지 처음 알았어요. 진짜진짜 좋아하는 일을 찾았으니까. 앞으로도 한 십 년 주먹 꽉 쥐고 달려보려구.

왜요, 그만 드시게요? 많이 못 드시네요? 언니 그렇게 안 먹어서 살 뺐나보구나. 옛날보다 한 십 킬로? 아니 더 되려나? 아무튼 지금 보기 딱 좋아요. 애를 안 나서 그런가, 몸도 꼭 처녀 같아요. 아, 같은 게 아니라 처녀지? 시집을 안 갔으니 당연히 처녀지. 그럼 저 이제 담배 피울게요. 언니는요? 끊었어요? 어머 끊었구나. 난 진짜 못 끊겠던데. 애 가졌을 때 딱 일 년. 그땐 저절로 끊어지더라구. 영은 언니, 그거 알아요? 나 담배, 언니한테 배운 거. 맞아요, 언니가 가르쳐줬어, 맞다니까? 내가 뻐끔뻐끔 흉내만 내고 앉았으니까, 그렇게 피우려면 피우지 말라고, 담배 아깝다고, 그러면서 가르쳐줬잖아요. 나는 그때 언니가 지었던 표정도 기억나는데. 이거 들으면 언니도 기억날걸?

자, 여기 못돼먹은 애가 하나 있어. 떼쟁이 말썽쟁이 빌어먹을 놈이지. 이놈이 바닥에 주저앉아서 과자 내놓으라고 우네? 이 빌어먹을 놈 혼 좀 내줘야겠어. 쓰읍~ 너 안 일어나면 한 대 맞는다! 그때처럼 하는 거야. 쓰읍, 하고 숨을 들이마시고 후우. 쓰읍, 후우. 기억나죠? 정말 누구 한 대 때리고 난 것처럼 핑 돌더라구. 어쩜 그렇게 쉽게 가르쳐주는지. 알아듣기 쉽게 말하는 것도 능력이야 그죠? 지금도 난, 담배 피울 때마다, 빌어먹을 놈들 등짝을 한 대씩 후려쳐요.

쓰읍. 언니 졸업하고 총여학생회실에서 혼자 담배 많이 피웠는데. 후우. 나 졸업할 때쯤엔 학교가 진짜 어려웠거든. 학생회 간부라면 무슨 병자 취급이었지. 요즘에 흡연자들 대하는 거랑 똑같아. 건강에도 나쁜 걸 왜 그리 피우나? 남한테까지 피해주지 말고 저기 짱박혀서 혼자 피우지?

쓰읍. 언니랑 학교 다닐 때는 시절 좋았는데. 다들 미안해하면서 배려하고. 뭔가 대신 나서주는 사람에 대한 고마움 같은 것도 있고. 그런데 이 식당 담배도 피울 수 있고 괜찮네. 후우. 언니는 그 좋은 시절 보내고, 나 막차 태우고 도망가고. 나 배신하구 가서 언니는 소설가 되구 나는 인생 꼬이구. 뭐 특별히 꼬인 건 없지만.

언니가 배신이 아니라면 아닌 거죠. 물론 저도 언니가 배신했다고 생각 안 해요. 다른 사람들이 그런 시선으로 봤다는 거지. 언니 졸졸 따라다니더니 배신당해서 안쓰럽다고. 나더러 언니 추종자래. 추종자가 배신을 당했으니 그야말로 끈 떨어진 연이지. 아니지, 연도 없는 끈을 붙들고 있는 거지. 그게 멍충이지 뭐야. 언제 적 일인데요. 저, 다 잊었어요.

쓰읍. 근데 언니 요즘에도 젓가락 꽂고 술 마셔요? 하긴 다 젊었을 때 얘기다 그쵸? 후우. 언니 생각날 때 나도 언니처럼 젓가락으로 머리 틀어 올리고 술 마셔봤다? 그러면 술맛이 참 좋아. 왜 좋은 걸까? 젓가락 하나 꽂았을 뿐인데? 가끔 깃발 얘기도 애들한테 해주고 그랬는데, 그걸 제대로 이해하는 후배들이 없어. 다들 뭔 소리냐 하는 얼굴로 쳐다봐. 하긴 요즘 애들이 인생의 유예라는 말을 어떻게 이해하겠어요. 내가 언니처럼 하니까 애들이 뭐라는 줄 알아요? 허세작렬이래요. 내가 소주가 되고 싶은지 소주가 내가 되고 싶은지, 그게 뭔 말이냐고요. 요새 말로 허세가 쩐대요. 그러니까 언니 때는 시절이 좋았던 거지. 젓가락을 이해하는 나 같은 후배도 있구.

이건 뭐예요? 제 블로그에 실린 글이요? 읽어봤냐구요? 어디 보자. 아…… 네, 읽어본 것 같네요. 맞아요, 읽어봤어요. 회지에 실린 내 글하고 언니 글하고 비교해놓은 글. 그 글 처음 실렸을 때 나도 깜짝 놀랐잖아요. 아, 이런 게 있었지, 하고. 그 회지 만들 때 원고 모자라서 고생했잖아요. 기억 나죠? 그래서 언니가 나한테 그 얘기 써보라고 해서 쓴 건데. 물론 그때 언니가 손 좀 봐주긴 했지. 글 다 다듬어주고. 그래서 그런가, 비교해놓은 거 보니까 어떤 문장은 토씨 하나 안 틀리고 똑같더라? 혹시 그 회지에 있는 글 그대로 옮긴 거 아니에요? 물론 그럴 리는 없겠지.

제가요? 제가 왜요? 제가 올린 거 아니에요.

제가 왜 그런 일을 하겠어요?

그거 자유게시판에 올라온 글이에요. 아무나 다 들어와서 올려요. 사람들 하도 많이 오고 그러니까 댓글로만 안 돼서, 자유롭게 리뷰들 올리라고 방명록 개조해서 만든 거야. 그런데 그걸 제가 썼다고 생각하시면 안 되죠. 제가 그랬으면 그냥 책 읽어주는 여자 이름으로 올리죠. 왜 자유게시판으로 갔겠어요. 혹시 그 사람 누군지 알려달라고 연락하신 거예요? 가만있어보자, 그걸 어떻게 알아낼 수 있을까? 일단 IP 주소를 알아내야 하는데…… 아니라니까요. 물론 그 얘긴 언니랑 나랑만 아는 거니까 그렇게 생각했을 수도 있겠다. 하지만 그 회지를 본 사람이 어디 저뿐이겠어요? 전교생이 다 보는 건데. 어디 우리 학교뿐인가? 전국 대학에 다 돌렸잖아. 그 많은 사람들 중에 하나겠지. 그 많은 사람들 중에 언니 책 읽은 사람이 어디 한두 사람이겠어? 인기 작간데?

그런데 왜 꼭 저라고만 생각하세요?

언니도 참.

누가 갖고 있다가 어디서 본 거 같아서 찾아봤나 보지. 그

오래전 회지가 다 남아 있고. 참 놀라운 일이야. 그리고 뭐 없는 얘기 지어낸 건 아니더만. 거기 날짜도 명확히 쓰여 있고, 그러니 언니 소설보다 먼저 쓰인 것도 확실하고. 그것 땜에 문제가 되었어요? 하긴 그랬겠네. 겨우 학교 회지에 실린 학생 글 베껴 쓴 셈이 되었으니. 왜 아니겠어요? 블로그가 파워가 좀 있다 보니 그만큼 파급력도 있었나 보다. 삭제할걸 그랬네.

나는 그냥 블로그에다 재미로 올려본 건데.

네? 지금 내가 올렸다고 그랬다구요? 제가 언제요?

내가 재미로 올렸다고? 언제요?

아니에요. 잘못 들으신 거예요. 제가 쓴 게 아니라니까 그러시네요. 그게 다 언니가 신경이 예민해져서 그래. 제 추억을 소설로 쓴 게 미안해서 자꾸 그렇게 생각하시나 본데. 너무 신경 쓰지 마세요. 언니가 그 글을 베껴 쓴 것두 아니구. 나한테 들은 얘기 소설로 쓴 건데. 언니가 진정성 이런 거에 너무 집착하다 보니까, 내가 원망하고 있다고 생각해서, 그렇게 들린 거야. 그럴 필요 없어요. 사람이 적당히 타협할 줄도 알아야지. 그러다가 언니만 다쳐요. 물론 언니가 그거 쓰겠다고 나한테 허락을 받은 건 아니지만. 내 추억을 누구도 쓰면 안 된다고 상표등록 해놓은 것도 아니고. 내가 소유권 주장하겠다고 나설 사람도 아니고. 그런데 뭐가 걱정이에요. 그냥 유명세 치른다 생각하세요. 언니가 잘못 들은 거예요. 난 그렇게 말한 적 없어요.

 저, 소설 쓰냐고요? 소설을요? 에이 저 일찌감치 포기했어
요. 잠깐, 그때 잠깐 써보려고 했죠. 그냥 언니 멋있어 보여
서. 딱 한 편, 따라 해본 거죠. 그때 언니도 읽어보셨잖아요.
제가 그거 보여드렸더니 언니가 그랬잖아요. 아줌마 글쓰기
하지 말라고. 문화센터 글쓰기 경멸한다고. 그래서 포기했어
요. 아줌마가 쓸 수 있는 게 아줌마 글인데, 아줌마 글쓰기를
하지 말라고 하시니까. 어쩔 수 있나요? 쓰지 말아야지. 아줌
마가 다시 처녀로 돌아갈 수 있는 것도 아니고. 소설은 언니
같은 사람이 쓰는 거지. 나 같은 사람은 안 돼요.

 그런데 최근에 학교 가보셨어요? 학교 진짜 많이 변했더
라? 어디가 어딘지 도통 모르겠던걸? 전철역에서 학교로 바
로 들어가는 출구도 생겼어요. 가보셨어요? 안 가보셨나 보
네. 총여학생회실도 많이 변했더라구요.

 그리고 나…… 언니네 집에 간 적 있어요. 언니는 모르겠
지만.

 그게 언제더라? 녹번동 그 집. 전복 한 바구니 들고. 왜 얘
기 안 했냐고요? 얘기할 상황이 아니었지. 맞아요. 그럴 상황
이 아니었어.

 그게 그러니까 전복 때문에. 전복이요. 어느 날 신랑 거래
처에서 전복을 선물 보내온 거야. 근데 그게 큼직큼직한 게
꽤 먹잘 것이 있겠더라고. 너무 많기도 하고 언니 생각도 나

고. 그래서 전화를 했지. 전복 얘기는 안 하구 그냥 언니네 집에 놀러 가면 안 되겠냐고. 서재 구경하고 싶다고. 그랬더니 언니가 마감 중이라 안 되겠다는 거야. 밥 먹을 시간도 없이 바쁘다고. 그래 알겠다고 했지. 가만 생각하니 너무 안쓰럽잖아. 소설이 뭐라고 밥도 못 먹고 써? 그래서 일단 싸 들고 집을 나섰어. 전복만 얼른 전해주고 오려구. 괜찮으면 조용히 전복죽이나 끓여줄까 하고. 그런데 막상 언니 집 앞에 도착하니까 괜한 방해가 되려나 걱정이 되더라구. 원래 우리, 글 쓰는 사람들, 중간에 흐름이 흐트러지면 신경질 나잖아요. 내가 잘 알지. 어쩌나 싶어서 그냥 차 안에 앉아 있는데, 언니가 딱 오는 거야. 양손에 뭐 잔뜩 사가지고. 어떤 머리 허연 남자 팔짱을 끼고서.

사이가 좋아 보이더라? 밥 먹을 시간도 없다는 사람이?

기분 참 이상하더라. 이게 뭔가 싶고. 아무튼 그래서 그냥 집으로 왔어요. 대신 신랑이랑 둘이 앉아서 전복구이에다 맥주 한잔했지. 그런데 이 사람이 분위기 파악도 못 하고 언니 소설 칭찬을 막 하는 거야. 내가 읽어보라고 줬었거든. 뭐 소름이 돋을 정도로 좋았다나. 그런 소설 본 적이 없다면서. 아주 침이 튀어. 난 기분 나빠 죽겠는데. 그런데 또 뜬금없이 이러는 거야.

늙으면 거기 털도 하얘지나 봐?

그게 뭔소리야? 그랬더니. 왜 언니 소설에서 어떤 늙은 남자가 자기 거기 들여다보면서 새치 뽑는 장면이 나오잖아요? 그 얘기하는 거였더라구. 진짜 재밌었다구. 나는 재미도 없더만. 어쨌든 마침 맥주도 떨어지고 그래서 일어나 부엌으로 가려는데, 신랑이 허리를 확 끌어안으면서 나한테 물어. 아주 끈적한 목소리로.

그런데 그 언니작가는 그걸 어떻게 알았을까? 늙으면 거기 털도 하얘지는 거. 늙은이랑 자봤나? 아니면 어떻게 알았겠어? 젊은 여자가. 여류작가들은 다 그러고 사나 보지? 거기 새치도 서로 뽑아주고 그러나? 여보, 나도 한번 봐줘. 거기 털 하얘졌나 안 하얘졌나.

이러면서 막 웃어. 드럽고 불쾌한 기분이 드는데, 이게 또 아귀가 맞는 것두 같구, 아닌 것두 같구. 아무튼 그날 우리 신랑 진짜 끝내줬지. 전복 때문인지 뭐 때문인지, 밤새도록 아주우! 어머나 나 좀 봐. 결혼도 안 한 언니한테 이게 무슨 짓이야. 그렇게 인상 쓸 거 없어요. 아줌마들이 원래 이렇게 창피한 걸 모른다니까. 사우나 가 봐요. 아줌마들 수건 둘러 쓰고 벌거벗고 앉아서 이런 얘기 막 해. 땀 줄줄 흘리면서.

사람들은 소설과 현실을 구분을 못 해서 문제야. 소설가가 어떻게 경험한 것만 쓰겠어요? 그쵸? 꼭 묻는 사람들 있어. 이거 직접 경험해보셨어요? 어떻게 이렇게 생생하게 쓸 수가 있죠? 참 바보들이라니까. 언니는 정말 그런 이상한 질문 많이 받았을 거 같아. 그런 거 일일이 응대하지 마세요. 괜히 언니 맘만 상하지. 나도 그날 신랑한테 엄청 뭐라 그랬다니까? 우리 신랑이 공대 출신이라 뭘 좀 몰라서 그래요. 신랑 대신 내가 사과할게.

이건 뭐예요? 블로그 글이요? 뭘 보라구요? 예, 봤어요. 읽어보라구요? 네, 읽었어요. 소리내서요? 초등학생도 아니구. 이걸 왜, 읽어요? 지금요? 그럼 어디 한번 읽어볼까요?
　당신은 내게 깃발을 꽂으라고 하셨죠. 당신 깃발을 따라갔죠. 뭔가 나올 줄 알았죠. 그건 내 깃발이 아니었죠.
　이 글을 제가 왜 읽어야 해요? 계속이요? 왜요? 읽어보라니까 읽기는 읽겠지만……
　깃발을 뽑아 던졌지요. 깃발은 창이 되고 활이 되었지요. 사슴의 머리에. 곰의 심장에. 깃발은 나의 활 깃발은 나의 창. 당신의 깃발을 버리고 내 깃발을 꽂았어요. 사냥꾼이 되고 싶어요. 당신은 당신의 깃발. 나는 나의 깃발. 깃발을 꽂으세요. 그리고 펄럭이세요. 하늘 높이 하늘 높이. 펄럭이세요. 내 깃발은 당신의 심장을 향해 있어요.
　제가 쓴 거냐고요? 음…… 그런가 보네요. 제가 쓴 거라고 쓰여 있는 거 보니. 이건 제가 쓴 글이 맞네요. 맞아요. 블로그 대문에 붙여놨던 글인 거 같네? 언니의 젓가락 깃발을 좀 변형해봤어요. 그런데 왜요? 언니 생각을 훔쳐 써서요? 기분 나쁘셨어요? 하지만 이 깃발은 언니 깃발하고는 완전 다른 거잖아요? 언니 젓가락은 십 년 인생 유예 기간에 관한 거구.
내 젓가락은 활에 관한 거예요. 활. 이건 훔쳐 쓴 게 아니라
발전한 거죠. 이 글 멋지지 않아요? 운율을 맞추느라 얼마나
힘들었는데.

　당신,이요? 혹시 그 당신이 언니라고 생각하시는 건 아니
죠? 소설가가 그런 질문을 하시면 안 되죠. 여기서 당신이 꼭
특정인물을 지칭하는 건 아니지. 그건 소설에서 그린 이야기
를 직접 경험했냐고 물어보는 거하고 똑같은 거잖아. 잘 아시
는 양반이 왜 그러세요. 언니한테서 깃발을 가져온 건 좀 미
안하게 되었어요. 하지만 언니도 내 거 가져가셨잖아요.

　내 닭 모가지.

　그거 내 거 맞잖아요? 그래서 제가 뭐라 한 적이 있나요?
저 그런 사람 아니잖아요. 그냥 닭 모가지 받고 깃발 주셨다
고 생각하세요. 고물상처럼. 언니는 부러진 닭 모가지 받고.
나는 뻥튀기 받고. 언니는 닭 모가지 받아서 소설 쓰고. 나는
뻥튀기 받아서 손가락에 끼고 놀고. 뻥튀기. 뻥튀기.

　또 있어요? 지금 거기 가지고 계신 거 다 제 블로그에서 인
쇄해 오신 거예요? 언니 내 블로그 탐구하셨나 보다. 일개 블
로거의 글을 뭐 그렇게 열심히 따라 읽으세요? 부끄럽게. 글
쎄 이건 어디 썼던 글이더라? 이건 내가 쓴 게 아닌 거 같은
데? 댓글로 달렸던 건가?

　항상 추종자들을 조심하세요. 추종자들이 추격에 나서면

진짜 무서운 사냥꾼이 되는 법이거든요. 왜냐, 너무 잘 아니까. 그럼 추종자가 무서운 사냥꾼이 되지 않게 하려면 어떻게 해야 할까요? 추종이 아니라 함께 가고 있다고 믿게 해줘야 한답니다. 가끔씩 자리를 내주기도 하세요. 정 자리를 내주기 싫으면, 그냥 엉덩이를 살짝 들었다 내리는 시늉이라도 해주세요. 명심하세요. 추종자들을 조심하라. 추종자들은 잠재적인 사냥꾼이다.

글쎄? 이건 잘 기억이 안 나네? 명심하라, 추종자들을 조심하라. 글쎄요. 잘 모르겠어요. 댓글인 게 분명해요. 엉덩이를 살짝 들었다 내리는 시늉이라도 해라. 댓글이네요. 누가 단 댓글인지는 모르겠지만 참 잘 썼네. 추종자들을 조심하라. 당연한 말씀. 추종자가 사냥꾼이 되는 순간. 무서운 거지. 어쩌면 이렇게 다 맞는 말일까?

그런데, 언니, 제가 꿈 얘기 하나 해드릴까요? 오랜만에 언니 만난다니까 어제 꿈에 언니가 나왔지 뭐야. 문학 하는 사람들이랑 무슨 공연장 같은 데 간 거야. 나무들이 둘러쳐져 있는 거 보면 산속인 것도 같구 해변인 것두 같구. 암튼 한판 축제가 벌어졌어. 공연도 하고 춤도 추고 낭독도 하고. 다들 즐거워 보이더라? 거기 한가운데 언니가 서 있는 거야. 꽃다발도 막 받구. 언니 무슨 상 같은 거 받을 건가 봐요? 언니도 이제 잘 팔리는 작가 말고 문학적으로도 인정받는 작가 되셔야죠. 그쵸? 암튼 나도 덩달아 좋은 구경하고 왔네? 꿈속인데도 진짜 신나더라. 내가 상 받는 것처럼. 이런 거 태몽이라고 하나? 태몽도 누가 대신 꿔주고 그런다던데. 언니 좋은 일 생기면 내 꿈 덕분이라고 생각해줘요, 네?

어쨌거나 언니는 제 인생에서 정말 중요한 분이세요. 언니 덕분에 제가 있을 수 있었어요. 그야말로 나의 깃발, 이시죠. 정말이에요. 늘 고마워하고 있어요. 그러니까 언니, 제 부탁 들어주실 거죠? 작가와의 만남. 꼭 와주셔야 해요. 제가 차 가지고 모시러 갈게요. 와주세요. 와주실 거죠? 와주실 거라고 믿어요. 이번엔 제 믿음을 배신하지 마세요. 제가 언제 뭐 부탁한 적 없잖아요. 제가 부탁할 때 들으세요. 네?

유리입술

1

그는 팔을 버둥거리며 일어났다. 결박에서 벗어나려고 안간힘을 쓰다가 깨어난 듯 주먹을 꽉 쥔 채였다. 주먹 쥔 손으로 눈두덩을 비벼대자 꿰맨 상처가 터지듯 눈꺼풀이 쩍 벌어졌다. 눈이 뜨이는 것과 동시에 명치끝으로 벼락이 내리꽂혔다. 그는 복부를 강타당한 사람처럼 배를 감싸 안고 등을 웅크렸다. 후벼파고 짓이기고 쥐어뜯고. 꿈속의 고통이 위로 전이되어 위통을 일으킨 것인지. 아니면 만성적인 위통이 고통스러운 꿈을 꾸게 만든 것인지. 어느 쪽이 현실이고 어느 쪽이 꿈인지. 그는 눈을 뜰 수도 감을 수도 없었다.

그는 눈을 반쯤 뜬 상태로 손바닥을 활짝 펴서 자신의 배를 쓰다듬기 시작했다. 할아버지가 어린 손자에게 해주듯 둥글게 원을 그리며 주문을 외웠다. 내 손은 약손이다, 약손. 내 손은 약손, 약손. 그렇게 읊조리며 배를 쓰다듬다 보면, 쓰다듬는 손은 분명 메마른 늙은이의 것이었으나, 노인의 손에 안긴 배는 착한 어린애처럼 고분고분해졌다. 그러다가 어느 순간 놀랍게도 배 속의 통증이 감쪽같이 사라지기도 하는 것이었다. 그는 계속해서 주문을 외우며 배를 어루만졌다. 내 손은 약손이다, 약손.

배가 서서히 안정적인 리듬을 찾아가고 있었다. 꿈에 재갈 물린 몸의 경직도 풀려갔다. 그는 둥글게 말았던 몸을 풀고 바르게 누워 배를 쓰다듬었다. 날이 밝나 싶더니 천장 위에서 고양이 울음소리가 들렸다. 신경질적이고 날카로운 울음소리였다. 그것이 어떤 신호라도 되듯 잠잠했던 배 속의 통증이 다시 날을 세웠다. 그는 눈을 부릅뜨고 천장을 노려보았다. 넉 달째 월세가 밀려 있는 주제에 고양이까지. 밀린 월세는 보증금으로 제한다 쳐도 살아서 소리 내는 짐승이 머리 위에 있다는 것을 그는 참을 수가 없었다. 흉몽과 위통이 모두 천장 위의 고양이 울음소리 때문인 것 같았다. 그는 자리를 박차고 일어났다.

침대 위로 올라가 손을 뻗어보았지만 천장까지 닿지 않았다. 그는 창문 밖으로 고개를 내밀고 소리를 질렀다. 그놈의 고양이 입 좀 틀어막아! 안 그러면 다 내쫓아버릴 테니까. 그놈 모가지를 비틀어버리기 전에 당장. 당장 껍질을 벗겨서 박제를 해버리겠어. 고양이 울음소리는 멈추지 않았다. 울음소리에 장단을 맞추며 강도를 더하는 위통. 그는 배에 힘을 줘서 소리를 높였다. 다 내쫓기 전에 당장. 그는 당장 무슨 말을 더 해야 할지 떠오르지 않았다. 당장, 당장. 그는 다시 배를 감싸 안고 침대에 풀썩 주저앉으며 기운 없는 목소리로 중얼거렸다. 성대수술을 시키든가 하란 말야. 성대수술을!

식도가 헐었네요. 역류성 식도염 때문에 그런 것 같은데. 일단 한번 내려가보죠. 힘 빼시구요. 네 좋습니다. 궤양 전력이 있으시다구요. 이 붉은 자국이 그거 같고. 그런데 이게 좀 울퉁불퉁한 게 이상하네. 일단 조직검사를 해보는 게 좋겠어요. 그것 말고는 별 이상은 없어 보이는데. 깨끗해요. 색깔도 좋구요. 점액도 좋아 보이고. 자, 이 부분과 이 부분 보이시죠? 아까 말한 궤양 자국입니다. 지금 새로 들어가는 건 조직을 떼어내는 기구예요. 찌릿할 겁니다. 나중에 피가 나올 수도 있으니 놀라지 마시구요. 거의 다 왔습니다. 네, 어르신 지금 잘하고 계시구요. 트림 하지 마세요.

의사의 말이 끝나기도 전에 그의 목구멍에서 트림이 새어나왔다. 말을 안 들으려고 작정한 어린애처럼 얄궂게도 커억. 하지만 일부러 그런 것은 아니었다. 그의 자세는 이보다 더 고분고분할 수 없었다. 묶이지는 않았지만 묶인 것과 다름없었다. 간호사가 고정해준 자세에서 발가락 하나 까딱하지 않왔다. 의료용 마우스피스를 물고 있어 입도 뻥끗할 수 없었다. 그는 포박당한 얌전한 늙은이일 뿐이었다. 그가 할 수 있는 일이라고는 두 팔을 허벅지에 얌전히 붙이고 옆으로 누워 병신처럼 침을 질질 흘리면서 모니터를 보는 것뿐이었다.

그는 모니터에 집중했다. 딸깍딸깍. 위벽이 컴퓨터에 저장되는 소리를 들으며 한때 궤양을 앓았다는 어디쯤을 보았다. 그의 눈에 그것은 아름다운 동굴처럼 보였다. 선홍빛 천장에 매달린 종유석. 종유석에서 떨어지는 물방울. 물방울들이 만들어낸 작은 웅덩이. 그리고 그는 동굴 탐사선에 몸을 실은 소년 탐험가였다. 배가 요동칠 때마다 소년 탐험가는 두려우면서도 애가 탔다. 어느 순간 살이 뜯기는 감촉이 선명하게 느껴졌다. 배꼽이 찌릿하면서 눈물이 찔끔 나왔다.

이제 다 됐습니다. 잘 참으셨어요. 일주일 뒤에 결과 보고 다시 얘기하죠.

그는 허벅지에 붙어 있던 손을 들어 공중을 휘휘 저으며 신음 소리를 냈다. 그는 아쉬웠다. 아름다운 동굴 속에서 조금 더 머물 수 있다면. 천장에 매달린 종유석이어도 좋고, 작은 틈새에 기생하는 미생물이어도 상관없는데. 그의 바람과는 상관없이 동굴 탐사선은 그의 목구멍을 후려치며 빠져나갔다. 모니터에 있던 궤양 자국도 사라졌다. 그는 자신의 위를 향해 아쉬운 작별인사를 했다. 끄윽 긴 트림으로, 잘 있거라. 내 곧 올 터이니 너무 아쉬워 말고, 끄윽.

그는 위가 찍힌 사진을 손에 쥐었다. 염증이 생긴 식도와, 언젠가 궤양을 앓았던 위벽과, 매끈하고 보드라운 위벽의 어느 부분들. 안 된다는 의사 앞에 입을 꾹 다물고 고집스럽게 버티고 서서 받아낸 사진이었다. 그는 병원 입구에서 사진을 골몰히 들여다보다가 길을 나섰다. 하지만 그는 거리로 나와 다섯 걸음 만에 가로등을 붙들고 멈춰 서야만 했다. 이른 아침이었지만 습기를 머금은 강력한 햇살이 기승을 부리고 있었다. 그는 호흡을 가다듬으며 어지럼증이 가라앉기를 기다렸다.

몸의 기관들이 각기 따로 놀고 있는 기분이었다. 마취가 풀리지 않은 혀는 뻣뻣하게 뒤틀려 있었고, 내시경 기구가 들고 났던 목구멍은 얼얼한 통증을 되새김질하고 있었다. 내시경 직후의 억눌린 공허. 그가 정기적으로 내시경 검사를 하는 것은 이 순간 때문인지도 몰랐다. 위에서는 연신 신트림을 올려보내며 뒤늦은 항의를 하기 시작했다. 그는 위가 보내는 신호를 받아들였다. 불편한 침입자를 견뎌준 위에게 선물을 줄 시간. 그는 허리를 쭉 펴고 주위를 살폈다. 횡단보도를 건너는 그의 등은 다시 구부정하게 움츠러들었지만 보폭만은 시원시원했다.

그는 편의점으로 들어가 진열된 상품을 꼼꼼히 살폈다. 냉동고 문을 열고 안쪽 깊숙한 곳에서 원뿔형의 아이스크림콘을 꺼냈다. 그리고 하나 더. 잠시 고민하다가 하나 더. 그는 각기 다른 맛의 아이스크림콘 세 개를 골라 계산을 하고 편의점 앞 파라솔 그늘에 자리를 잡고 앉았다. 조금 뜸을 들인 다음 아이스크림을 한 입 크게 베어 물었다.

그는 눈을 지그시 감고 아이스크림의 움직임에 집중했다. 식도를 지나 아래로 내려가는 느린 움직임을 집요하게 쫓았다. 배꼽 부근까지 내려간 덩어리가 질척하게 퍼져가는 뭉근한 느낌. 위에도 맛의 돌기들이 있어 아이스크림과 함께 너울너울 춤추고 있는 것 같았다. 달고 부드럽고 차가웠다.

내시경 직후에 먹는 아이스크림은 면도 후 바르는 화장수나 상처에 뿌리는 소독약과도 같았다. 소독약이 상처를 명백히 드러내주듯, 차가운 아이스크림이 위의 모습을 확실히 그려주었다. 배를 가르지 않아도 내시경을 집어넣지 않아도 위를 꺼내 볼 수 있게 하는 일. 모든 감각기관의 촉수를 위로 집중시키는 일. 지금 이 순간 위는 몸의 일부가 아니라 몸의 중심, 하나의 단일한 세계였다.

소화를 목적으로 하는 위는 얼마나 지고지순한가. 입이 거짓말을 일삼고 눈이 으름장을 놓는 동안 내장들은 묵묵히 일을 해야 하는 법. 간사하지도 폭력적이지도 않은 내장기관들. 핏줄은 피를 날라야 하고 쓸개는 담즙을 만들어야 하고. 심장이 위를 넘보지 않고 위가 심장을 대체할 수 없는. 무언가를 속일 수도 없고 나태해질 수도 없는. 이 절대적이고 맹목적인 움직임.

그는 짐짓 거드름을 피우며 아이스크림을 베어 물었다. 위장이 지고지순한 기관임에는 틀림없으나, 그의 위장은 그에게 유난히 민감하게 굴었다. 음식을 빨리 받아들이지 못할 뿐 아니라, 차고 맵고 짠 음식은 소화시키지 못하고, 때를 넘기면 살을 잡아당기며 아우성을 치고, 조금만 과식을 하면 쓴 위산을 내뿜으며 음식을 되올리고. 분명 그의 것인 위장들은 그의 의지와는 상관없이 독자적으로 사고하고 움직이는 존재 같았다. 조금만 소홀하거나 함부로 대하면 곧바로 토라져버리는 변덕스럽고 인정머리 없는 애인처럼. 그는 애인의 마음에 들기 위해 전전긍긍하며 끌려다니는 노예나 다름없었다.

하지만 이 순간, 지금 이 순간만큼 그는, 노예가 아니라 군주였다. 절대적으로 군림하고 지배하는, 그가 왕이었다. 그는 연이어서 아이스크림을 밀어넣었다. 위가 돌기들을 활짝 펴고 너울너울 움직이는 모습을 상상하면서 한 입 더. 춤추는 가오리처럼. 춤추는 가오리. 그래 가오리가 좋겠다.

그는 아이스크림을 삼키며 오래전부터 구상해두었던 해양 엑스포 전시장 조감도를 떠올렸다. 전시장은 전체적으로 고래 배 속이 연상되는 늑골 모양의 빔을 설치하고, 그 중심에 고래상어와 홍상어 떼를 한 방향으로 몰려가도록 놓고, 관람객들이 지나가는 머리 위로 날아가는 새처럼 가오리 떼를 매달고, 상어는 출구에서 안쪽으로, 오색 네온 빛으로 박자를 맞추며 춤을 추는 해파리를…… 웅장하고 아름다운 전시장이 될 것이 분명한, 그가 아니라면 그 누구도 생각해낼 수 없는, 훌륭한 조감도였다.

그는 한 마리 거대한 해파리가 된 듯 흐느적거렸다. 그는 해파리가 되었다가, 은멸치가 되었다가, 붉은 산호초가 되었다. 그리고 그는 고래상어가 되었다. 입을 한껏 크게 벌리고 헤엄을 쳤다. 플랑크톤이 입 안 가득 몰려들어왔다.

갑자기 싸한 통증이 배를 휘감더니 등을 타고 올라왔다. 순식간에 머리꼭지까지 도착한 싸늘한 충격. 위에 대한 그의 지배력은 이걸로 끝이었다. 그는 주위를 둘러보았다. 병원이 가장 안전해 보였다. 횡단보도 하나 건너면 되는 거리였지만, 그에게는 빛이 닿지 않는 심해만큼 멀게 느껴졌다. 팔뚝에 소름이 돋고 귀밑으로 식은땀이 흘렀다. 그는 남은 아이스크림을 미련 없이 버리고 몸을 일으켜 세웠다. 조심스럽게 한 발짝 떼면서 몸의 상태를 확인한 다음, 병원 입구를 향해 냅다 뛰기 시작했다.

2

아이는 궁금했다. 눈물은 어디서 샘솟는지. 트림은 왜 나오는지. 심장에서 나온 피가 다시 심장으로 돌아가는 데 얼마만

큼의 시간이 걸리는지. 어떤 사람은 빵 한 쪽만 먹어도 배가
부른데 어떤 사람은 마흔 개의 핫도그를 먹어도 끄떡없는지.
마흔 개의 핫도그 중 어떤 것은 살이 되고 어떤 것은 똥이 되
는지. 아이에게 몸 안쪽 세상은 머나먼 우주의 내력보다 더
풀기 어려운 수수께끼였다. 수수께끼를 던진 사람은 아이의
엄마였다.

　그녀는 위대한 위의 능력으로 먹고살았다. 그녀가 자신의
능력을 알게 된 것은 해안가 어느 작은 도시에서였다. 그들이
그곳에 도착했을 때는 마침 축제가 열리고 있었고, 축제의 가
장 중요한 행사인 핫도그 먹기 대회가 시작하려던 참이었다.
대회 참가비를 따로 지불할 필요가 없었으므로 떠돌이에 무
일푼인 그들은 끼니를 해결할 수 있는 좋은 기회를 얻었다고
생각했다.

　그녀는 얼른 배를 채우고 나서 남은 음식을 아이에게 줄
심산으로 경기에 임했다. 하지만 어찌 된 일인지 아무리 먹
어도 배가 부르지 않았다. 전에 없던 경쟁심까지 솟구쳐 옆
자리에 앉은 여자가 토하는 모습을 본 후에야 먹기를 그만두
었다. 그녀는 그 대회에서 세번째로 많이 먹은 여자가 되었
고, 그 대가로 그들 모자가 반년을 버틸 수 있는 생활비와 핫
도그트로피를 받았다. 그녀의 위대한 위의 능력을 알게 된
순간이었다.

　그때부터 그들은 미국 전역을 돌아다녔다. 먹기 대회가 열

리는 곳이면 어디든지 갔다. 일 년에 삼 분의 일은 먹기 대회
장에 나머지 삼 분의 이는 다음 대회장으로 이동하는 도로 위
에 있었다. 가다 멈춰 선 길 위가 집이었고 각 도시의 상징물
이 인쇄된 기념 티셔츠가 옷이었다. 물론 먹을거리는 차고 넘
쳤다. 엉덩이가 디룩디룩한 여자들 사이에 끼인 듯 앉아 있는
왜소한 체격의 여자를 보고 관중들은 코웃음을 쳤다. 하지만
일단 경기가 시작되고 나면 모두들 입을 벌리고 그녀를 응원
하기 마련이었다.

그녀는 핫도그를 정확히 네 번에 나눠 먹었다. 빨리 먹기의
관건은 위의 크기가 아니라고 아이에게 말하곤 했다. 중요한
것은 식도의 크기에 맞게 음식물을 잘라내는 일이라고. 넘기
기 딱 좋을 정도로 잘라야 시간을 허비하지 않을 수 있다고.
그렇게 잘린 음식물을 먹는 것이 아니라 넘기는 것, 그것이
빨리 많이 먹기의 가장 중요한 기술이라고 그녀는 강조했다.
그녀의 위는 언제든지 늘어날 준비가 되어 있었고, 식도는 충
분히 넓었다.

엄마가 돼지 같은 사람들과 나란히 앉아 핫도그를 허겁지
겁 먹어치우는 걸 보고 나면, 아이는 아무것도 먹을 수가 없
었다. 핫도그 같은 건 그래도 나았다. 치즈 케이크나 호박 파
이나 추수감사절 칠면조 따위는 보기만 해도 넌덜머리가 났
다. 엄마가 먹은 만큼 아이도 따라 배가 불렀다. 엄마가 뜨거
운 콩을 먹으면 아이의 목구멍도 화끈거렸다. 아이와 엄마 사

이에는 보이지 않는 탯줄 같은 것이 여전히 연결되어 있어서 먹은 음식을 서로 공유하는 것 같았다.

그렇다고 해서 그들의 위가 똑같은 것은 아니었다. 그녀의 위가 고무로 만든 거대한 주머니라면, 아이의 위는 유리로 만들어진 조그만 병이었다. 그래서 아이는 늘 배가 불렀고, 그래서 늘 배가 고팠다.

3

바지를 내리는 것과 동시에 벌어진 공격. 팔뚝에 소름이 화르륵 솟아올랐다가 순식간에 사그라졌다. 검사 때문에 장을 비워놓은 터라 바지 밑으로 흐를 정도의 참사는 아니었다. 길 한복판에서 난처한 일을 겪지 않은 것만으로도 그는 감사하게 생각했다. 목구멍으로 되올라온 아이스크림은 차가운 듯 뜨거웠다. 이것은 복수의 시작을 알리는 신호에 불과했다. 이왕에 시작된 내장들의 응징은 앞으로도 얼마간, 그리고 여러 방식으로 이어질 것이었다.

그는 팬티를 벗어 엉덩이 주변을 닦아냈다. 더러워진 팬티는 쓰레기통에 버렸다. 조심스럽게 지퍼를 올려 바지를 추슬렀다. 속을 다 비워버린 데다 바지가 흘러내리지 않도록 꽉 조여 맨 탓에 허리띠 구멍을 두 칸이나 조절해야 했다. 화장실을 나와 손을 씻고 내친김에 세수까지 했다. 거울 속에 낯선 남자가 그를 물끄러미 쳐다보고 있었다. 눈은 퀭하니 들어가고 광대뼈는 툭 튀어나온 시커먼 낯빛의 늙은이. 왕은 어디로 모습을 감추고 잔뜩 주눅이 든 늙은이 하나가 거울 속에 있었다. 그는 거울을 쳐다보며 훈계를 하듯 혀를 끌끌 찼다.

순식간에 십 년은 늙어버린 것 같군그래. 그러게 하나만 먹었어야지. 아무리 좋은 것도 과용하면 못쓰는 법인데 한꺼번에 세 개씩이나. 그걸 저 변덕쟁이가 참아줄 거라고 생각했나? 오늘 하루 몸조심하게. 꿈자리도 사나운데. 연구실에 불이 났을때도 오토바이에 치여 허리를 다쳤을 때도 모두 그 꿈을 꾸었잖은가. 그는 거울 속의 노인에게 새벽의 흉몽을 재차 상기시키고 화장실을 나왔다.

그는 조심스럽게 차를 몰았다. 되도록 브레이크를 밟지 않게 저속으로 달렸다. 다른 차들이 그의 차를 추월하며 클랙슨을 울리기도 했지만 개의치 않았다. 시내 중심부를 벗어나 한적한 도로에 접어들었을 때에도 두 손으로 운전대를 꽉 쥔 채 끊임없이 주위를 살폈다. 화훼단지가 밀집해 있는 사거리에 다다랐을 때, 평소라면 기회를 봐 불법유턴으로 방향을 틀었겠지만 차분하게 신호를 기다렸다가 뒤늦게 달려오는 차가 없는지 재차 확인하고 난 후 움직였다.

지금 그에게 필요한 것은 휴식과 잠이었다. 흉몽과 새벽 위통에 설사까지. 지난한 시간이었다. 그는 얼른 옷을 갈아입고 지친 몸을 누이고 싶었다. 그가 아무 방해도 받지 않고 잠을 잘 수 있는 곳은 해양동물연구소가 유일했다. 짐승들의 가죽 냄새와 방부제 냄새가 그에게 안정을 가져다줄 것이었다. 불에 반쯤 그슬린 바다사자와 가시를 세운 복어들과 등껍질이 벗겨진 바다거북. 그가 직접 배를 가르고 껍질을 벗기고 방제 처리를 해서 영원한 죽음을 부여한 것들. 그것들이 그의 지친 몸뚱이를 쓰다듬어줄 것이었다.

그는 한때 최고의 박제기술사라고 자부했었다. 그와 경쟁할 사람은 아무도 없었다. 열두 개의 발명특허와 최다 어류 박제표본을 보유한 어류 전문 박제사이면서 최고의 해양전시 기획전문가이자 해양동물연구소 소장. 그 많던 직함과 희귀 생물 표본들은 화재와 함께 사라졌다. 한낮에 일어난 불로 두 사람이 죽었고, 화재에 대한 모든 책임은 그가 졌다. 그를 안쓰러워하거나 붙드는 사람은 없었다. 모두들 까다롭고 냉혹한 감독관에게서 벗어날 수 있어 다행스러워하는 얼굴들이었다. 그는 개의치 않았다.

불길에서 살아남은 작품들을 챙겨 국도변의 낡은 건물로 숨어든 후 얼마나 긴 세월이 흘렀는지 그는 헤아리지 못했다. 하지만 언젠가는 과거의 직함들을 되찾으리라 확신했다. 고래상어 박제만 완성하면 충분히 가능한 일이었다. 고래상어 박제를 그보다 더 완벽하게 해낼 사람은 이 세상에 없었다. 그의 아름다운 조감도와 고래상어 박제표본이면 해양엑스포 전시장 공모는 충분히 통과되고도 남을 것이었다. 우선은 고래상어를 해결해야 했다.

심해에 사는 고래상어가 해변으로 떠밀려 온 것은 일 년 전 일이었다. 길이가 십사 미터나 되는 진짜 대형 고래상어였다. 그렇게 큰 고래상어는 살아 있는 것으로도 박제품으로도 보기 드물었다. 발견 당시에는 살아 있었으나 다시 바다로 돌려보낼 방법을 마련하지 못해 방치되다가 이틀 만에 죽었다. 고래상어의 죽음은 어류학자들에게는 서식지와 생식방법을 알아낼 절호의 기회였다. 학자들이 원한 것은 위장과 생식기뿐이었다. 삼백 줄의 이빨이나 바둑판 무늬의 껍데기는 필요하지 않았다. 그는 수중에 있는 모든 돈을 털어 내장과 생식기를 제거한 고래상어를 확보했다. 껍데기에서 살을 분리하는 과정만 꼬박 이틀이 걸렸다. 살을 분리한 고래상어 껍데기는 대형 밍크이불 같았다. 거기까지였다. 길이 십사 미터 고래상어를 박제하기 위해서는 크레인을 갖춘 작업실과 건조기와 그 밖에 엄청난 양의 포르말린과 염화나트륨, 초산칼륨 등의 방부제도 필요했다. 그에게는 그걸 갖출 여력이 없었다. 대형 밍크이불은 지금 냉동창고에 보관 중이었다. 창고 계약은 한 달 뒤에 만료된다.

아랫배가 사르르 당겨왔다. 배꼽 부근에서 쿨럭쿨럭 소리를 내며 이 차 공격의 신호를 보내왔다. 다행히 연구소까지는 백 미터도 채 남지 않았다. 그는 엑셀을 세게 밟아 경계석을 넘어 인도로 올라탔다. 그의 눈에 연구소 간판이 들어왔다. 간판을 달아놓기는 했지만, 흠집이 난 박제품들이 쌓여 있는 정체 모를 연구소를 찾는 사람은 거의 없었다. 그는 누군가를 맞으려고 문을 여는 것이 아니라, 누구도 들여놓지 않으려고 문을 열었다. 그는 문을 활짝 열고 그의 박제품들 속에 숨어 지냈다.

은신처가 바로 눈앞에 보이는 순간, 그는 급하게 브레이크를 밟아야만 했다. 상체가 앞으로 쏠렸다가 되돌아왔다. 마음을 놓은 순간 일어난 일이라 몸의 충격이 심했다. 브레이크를 밟은 것은 거의 무의식적이고 반사적인 반응이었다. 그의 차 앞을 지나간 것이 고양이인 줄 알았다면, 그리고 그것이 위층의 고양이라는 걸 알아차렸다면, 그는 브레이크를 밟는 대신 엑셀을 밟았을 것이었다.

검은 고양이. 그것은 저격병처럼 빠르고 정확했다. 마치 그가 오기만을 기다리며 매복하고 있다가 뛰쳐나온 것 같았다. 고양이는 아슬아슬하게 그의 차를 지나, 건물 안쪽으로 유유히 사라졌다.

조금만 더 속력을 냈더라면 죽여버릴 수도 있었는데. 그는 고양이가 숨어들어간 곳을 쳐다보며 아쉬워했다. 그러면 더 이상 고양이 울음소리에 새벽 단잠을 방해받는 일도 없을 텐데. 그러면서 그는 새벽의 위통이 고양이 울음 탓이었다고 명백히 규정지었다. 좋은 기회를 놓쳐버렸어. 머리를 박살낼 수도 있었는데. 그는 운전대 위로 두 손을 거칠게 내리쳤다.

그는 전에도 새벽 국도변에서 고양이를 친 적이 있었다. 무언가 툭, 차체에 부딪치는 느낌이었다. 길을 걷다가 벌레 같은 걸 밟았을 때 정도의 미미한 감촉. 그러나 검은 물체가 튀어올랐다가 툭 떨어지는 것만은 분명히 보았다. 그는 계속해서 차를 몰았다. 그러다 문득 궁금해졌다. 그가 친 것이 갠지 고양인지, 다른 어떤 개체인지, 정말로 죽기는 한 건지. 차를 돌려 사고현장으로 돌아갔다. 고양이였고, 죽어 있었다. 머리만 깨졌지 다른 부위는 멀쩡했다. 너무나 멀쩡해서 그냥 올이 터진 봉제인형이라고 생각될 정도였다. 한 이 분쯤, 그는 머리가 깨진 고양이 옆에 쭈그리고 앉아 있었다. 고양이의 죽음을 슬퍼한다거나, 사체를 길가로 옮겨줘야겠다는 생각은 들지 않았다. 갈색 얼룩무늬 털이 제법 쓸 만하다는 판단을 잠깐 했을 뿐이었다. 다음 날 그 길을 지나갈 때 보니, 봉제인형은 사라지고 납작하게 눌린 털뭉치들만 조각조각 남아 있었다.

그는 시동을 끄고 차에서 내렸다. 엉덩이께가 흥건하게 젖어 있다는 것을 뒤늦게 깨달았다. 찝찝하면서도 시원했다. 그는 비틀거리며 겨우겨우 걸었다. 그는 연구실 셔터를 올리려고 몸을 굽히다가 손을 딱 멈추었다.

검은 고양이. 분명히 살아서 건물 입구로 멀쩡하게 걸어갔던 그 고양이가, 사지를 가지런히 모으고 나자빠져 있었다.

보란 듯이 처연하게. 그 고양이가 도대체 왜 그곳에 죽어 나자빠져 있는지 알다가도 모를 노릇이었다. 하지만 그가 그런 것이 아니라는 것만은 분명했다. 벌레를 밟을 때의 감촉조차 없었다. 그는 발끝으로 고양이를 밀어버리고 셔터를 올렸다. 그와는 상관없는 죽음이었다.

4

그녀의 먹기 대회 최고 기록은 십오 분에 핫도그 마흔세 개였다. 그날 그녀는 처음으로 일 등을 했다. 이 등과의 차이는 무려 여덟 개나 되었다. 핫도그가 그녀의 전문 분야이기는 했지만 그렇게까지 많이 먹을 줄은 몰랐다. 그렇게까지 먹을 필요도 없었다. 승리는 확정된 거나 다름없었다. 이미 많은 사람들이 경기를 포기했고, 그녀와 속도를 맞추던 경쟁자도 고통스러운 표정으로 겨우겨우 입을 놀리고 있었다.

그녀는 어느 때보다 정갈하고 품위가 있었다. 꼿꼿이 세운 허리를 굽히지 않았을뿐더러, 속도를 줄이거나 고통스러운 표정을 짓지도 않았다. 그녀는 거의 기계처럼 먹었다. 그녀는 핫도그 먹는 로봇 같았다. 경기 종료를 알리는 종이 울렸음에도 불구하고 그녀는 반추동물처럼 입을 움직였다. 맛있게도 씹어서 남김없이 삼켰다. 시간 제한이 없었다면 얼마든지 더 먹을 수 있을 것 같은 표정이었다.

그녀가 처음으로 일 등을 하게 된 그 순간, 아이에게도 처음으로 바라는 것이 생겼다. 움직이지 않는 집에서 살고 싶다는 바람. 맛있는 음식을 천천히 오래오래 음미하면서 먹고 싶다는 바람. 아이는 승리자를 향해 성큼성큼 걸어갔다. 발뒤꿈치를 들고 고개를 치켜 올려 승리자와 눈을 맞추었다. 그리고 말했다. 학교 가고 싶어요, 친구도 사귀구요, 이젠 먹기 대회 같은 건 안 나갔으면 좋겠어요. 아이는 자신의 단호함이 마음에 들었다.

그녀는 무표정하게 아이를 내려다보았다. 그러곤 핏기 없는 손을 들어 아이의 머리를 쓱쓱 두 번 쓰다듬었다. 아이는 진심으로 엄마의 승리를 축하했다. 엄마의 승리가 자신의 승리인 것 같았다. 그들은 그렇게 한참을 마주 보고 서서 승리의 눈빛을 교환했다.

아이의 어깨에 그녀의 두 손이 올려졌다. 아이는 엄마가 승리의 포옹이라도 해주는 줄 알았다. 아니면 감격의 입맞춤이라도. 하지만 그녀가 아이에게 해준 것은 포옹과 입맞춤이 아니었다. 뜨끈한 핫도그 세례였다. 그녀의 입에서 조각난 핫도그들이 쏟아져 나와 아이의 얼굴을 덮쳤다. 그녀가 토해내는 핫도그의 양은 어마어마했다. 마흔세 개가 아니라, 그녀가 평생 먹은 핫도그들이 한꺼번에 쏟아져 나오는 듯했다. 그녀는 용암을 뿜어 올리는 화산 같았다.

아이는 꼼짝도 할 수 없었다. 도망을 치려 해도 어깨를 붙든 무지막지한 악력이 아이의 몸을 놓아주지 않았다. 그녀가 컥컥 숨을 몰아쉬는가 싶더니 아이를 안은 채 그대로 고꾸라졌다. 그러곤 더 이상 움직이지 않았다. 질식사였다. 그녀의 기도를 막은 것은 반의 반 쪽의 소화되지 않은 소시지였다. 마흔세 개의 핫도그. 그것은 그녀의 먹기 대회 역사에서 최고의 기록이자 마지막 기록이 되었다. 그 기록은 그해 세계 신기록이었으며 기네스북에도 올랐다. 그 후 삼 년 동안 그 기록은 깨지지 않았다.

5

그의 작품 중에서 최고를 꼽으라면 단연 긴팔원숭이였다. 트리폴리국립자연동물원에서 파견 근무를 할 때, 태어난 지 얼마 되지 않은 새끼가 버려져 있는 것을 발견하고 데려다 키운 놈이었다. 원칙대로라면 조난동물센터에 보내야만 했지만 파면을 무릅쓰고 방에서 몰래 키웠다. 새끼원숭이는 그의 팔을 베고 그와 한 이불을 덮고 잤다. 파견근무를 마치고 돌아가야 할 시기가 되었을 때, 다른 원숭이들 서식지 근처에 놓아주었다. 나름대로 적응 훈련도 시켰다. 하지만 원숭이는 사흘 후 숙소 앞에서 죽은 채로 발견되었다.

그는 죽은 원숭이의 내장을 제거하고 박제를 했다. 박제는 완벽했다. 완벽한 방부 처리는 물론이고 몸통 모양이나 털의 결, 자칫 엉성해질 수도 있는 입술 선이나 눈동자도 완벽했다. 팔에 착착 감기던 손길까지 그대로 전해질 것만 같았다. 그는 창조자가 된 기분이었다. 껍데기만으로 죽은 창조물에게 영원한 생명을 준 그는, 창조자보다 위대했다. 그런데 그걸로 끝이었다. 그는 박제된 원숭이를 쳐다보고 싶지가 않았다. 쳐다볼수록 기분이 나빴다. 그래서 버렸다. 그냥 버릴 수는 없어서 처음에 돌려보냈던 원숭이 서식지 근처 나무에 매달아놓았다.

그 원숭이는 지금 어떻게 되었을까. 그 정도 방부제라면 백년은 썩지 않을 텐데. 그 모습 그대로 나무에 매달려 있을까? 그는 트리폴리 긴팔원숭이를 생각하며 몸을 부르르 떨었다. 그것은 감정의 떨림이 아니라, 과거 속으로 거슬러 올라가려는 기억에 대한 경계의 몸짓이었다. 언뜻 원숭이에게 지어준 이름이 생각나는 듯도 했지만, 그는 서둘러 그 이름을 지웠다.

그에게는 집중할 무언가가 필요했다. 털과 가죽과 껍데기들 속으로 파묻힐 필요가 있었다. 그는 냉동실에서 청설모 한 마리를 꺼내왔다. 육지동물 박제는 거의 하지 않았지만 소일거리로 그만한 게 없었다. 꼬리털이 반지르르하고 색도 고른 것이 영양 상태가 제법 좋은 놈이었다. 화훼단지 비닐하우스에 갇혀 있던 놈을 생포해온 것이라, 덫에 의한 가죽 손상도 없고 쥐약 따위로 인한 털 변색도 없었다. 상태가 좋은 만큼 최소한의 절개로 껍질을 해치지 않고 홀랑 뒤집어줘야지. 머리통부터 발끝까지 단 한 번에. 쓸모없는 살과 뼈와 내장 들은 길고양이들이 처리하도록 풀숲에 던져줘야지. 그는 작업에 대한 생각만으로도 벌써 기분이 좋아졌다.

그는 따뜻한 물에 청설모를 담가 해동이 되기를 기다렸다. 기다리는 동안 그도 따뜻한 물을 조금씩 넘기며 몸을 덥혔다. 성이 난 장에 냉방기 바람은 좋지가 않았지만 연구실은 어쩔 수 없이 서늘함을 유지해야만 했다. 그는 문을 열고 밖으로 나갔다. 눅눅하고 후덥지근한 바람이 오히려 신선하게 느껴졌다. 부패하기 가장 좋은 날씨. 적당한 습도와 적당한 온도. 이런 날에는 살과 가죽을 분리하는 동안에도 부패가 진행된다. 작업을 하기에는 좋은 날씨가 아니었다. 살덩이들도 파리가 꼬이지 않도록 땅에 묻어버려야 할지 모르겠다고 그는 생각했다. 그는 검은 고양이가 있는 쪽으로 슬쩍 시선을 돌렸다.

그는 관여하고 싶지 않았다. 그렇다고 자신의 성스러운 연구실 앞에 고양이 시체가 썩도록 내버려두기도 마뜩잖았다. 어디 묻어버릴까도 생각해보았지만 괜한 힘을 쓰는 것도 아까웠다. 하지만 또 죄를 덮어쓸 수 있다는 것도 염두에 두어야 했다. 목을 분질러버리겠다고 소리친 것도 있으니, 위층 청년이 제일 먼저 그를 의심할 것이었다. 그랬다가는 밀린 월세고 뭐고 주저앉으려 들 테고. 위층을 내보내고 새 입주자를 들이면 창고 임대료 정도는 나올 텐데. 머릿속이 복잡했다.

그는 건물을 빙 돌아가며 이 층 살림집을 살펴보다가 측면 화장실 쪽 창문이 활짝 열려 있는 것을 발견했다. 벽면에 붙은 가스배관과 전봇대 등을 보아 그곳으로 고양이가 빠져나온 게 분명했다. 그는 고양이를 집어 들고 건물 옥상으로 올라갔다. 화장실 창문이 열려 있는 것을 다시 한 번 확인한 다음, 화장실 창문과 전봇대 사이에 정확히 서서, 들고 있던 고양이를 떨어뜨렸다. 외출을 감행한 고양이의 추락사. 과연 그럴 듯했다. 그곳에서 죽어 나자빠져 있든 썩어 뭉개지든 그와는 상관없는 일이었다. 그가 죽인 것도 아니고, 죽은 것을 떨어뜨린 것이 죄가 되지는 않을 터. 고양이는 이제 그의 영역에서 완전히 제거되었다. 그는 손을 툭툭 두 번 털고는 자리를 떴다. 모든 것이 그가 원하는 대로였다.

6

1916년부터 시작된 코니아일랜드의 먹기 대회에서 세계 신기록을 세우고 질식사로 죽은 여자와, 그녀의 남겨진 어린 아들에 대한 이야기는 뉴욕까지 전해졌다. 그리고 아이에게는 집이 생겼다. 움직이지 않을뿐더러 방이 열 개나 되는 집이었다. 아이는 기념 티셔츠를 입는 대신 반듯한 교복을 입고 최고의 사립학교에 다니게 되었다. 이제 아이는 더 이상 헛배가 부르지도 않았고, 배가 고프지도 않았다. 관심을 끌기 위해 상처받은 아이의 얼굴을 해야 하는 다른 입양아들과 아이는 차원이 달랐다. 소원을 이루었으니, 아이가 진정한 승리자였다. 그래서 행복했는지는 아이도 알 수 없었다. 하지만 행복 같은 건 아무래도 상관없었다. 소원을 비는 순간, 소원이 이루어졌다는 것, 그것이 더 중요했다.

아이는 엄마를 지웠다. 소원을 들어준 노부부를 위해서라면 먹기 대회 승리자 엄마 정도는 깨끗하게 잊을 수 있었다. 아이를 입양한 노부부는 자상했고 부유했다. 아이는 원하는 것은 뭐든 가질 수 있었고 되고 싶은 것은 뭐든 될 수 있었다. 하지만 아이는 가지고 싶은 것도 되고 싶은 것도 없었다. 더 이상 소원이 생기지도 않았다. 바라는 것이 없자 울 일도 화낼 일도 웃을 일도 없어졌다. 나이를 한 살 먹을 때마다 아이의 얼굴에서는 그만큼 표정이 사라졌다. 아이가 어른이 되었을 때 그 얼굴에는 아무런 표정도 남아 있지 않았다. 유리가 면을 쓴 것 같았다.

아이는 바라는 것은 없었지만 궁금한 것은 여전히 남아 있었다. 몸 안쪽의 세상. 아이의 엄마가 던진 수수께끼. 아이는 마침 수수께끼를 풀 방법을 발견했다. 미술해부학 실습. 근육과 살을 스케치하는 성인 대상 미술 교실의 한 과정이었다. 아이는 처음으로 노부부에게 해부학 실습에 참가할 수 있도록 도와달라고 부탁했다. 노부부는 칼을 들고 동물의 껍질 벗기는 일이 아이에게 어울리지 않는다고 생각했으나, 아이가 그들에게 무언가를 부탁한 일은 처음이었으므로, 아이에게 특별한 예술적 감각이 있는 것이라 믿으며 적극 나서주었다.

아이의 첫번째 해부학 실습 재료는 다람쥐였다. 아이는 생물의 안쪽 세상을 보게 된다는 생각에 들떠 있었다. 뒷다리 사이 외음부 위쪽에 작은 구멍을 뚫고 가위를 넣어 배의 정중앙선을 따라. 피부와 근육을 살짝 들어올리면서. 내장을 건드리지 않도록 조심조심. 가위 끝에 모든 신경을 모으고. 아이는 시키는 대로 잘 따라 했다. 드디어 아이의 눈앞에 내장 덩어리가 드러났다. 다른 참가자들이 스케치를 하느라 여념이 없는 동안 아이는 핀셋을 든 채 멍하니 앉아 있었다.

아이가 원한 것은 위와 심장이 어디에 박혀 있는지가 아니었다. 수축과 팽창을 반복하는 심장의 핵심, 음식물을 주무르고 소화시키는 위의 움직임. 시계를 분해했을 때처럼 톱니와 나사와 쇳조각 들이 맞물려 작동하는 현장. 하지만 아이의 눈앞에 나타난 세계는 얇은 막과 근육으로 속살을 감춘 덩어리들의 집합체일 뿐이었다. 한 겹의 바깥세상을 열고 안쪽 세상을 들여다보니 또 한 겹의 바깥세상이 안쪽을 둘러싸고 있는 상황. 아이는 더 깊은 곳으로 들어가고 싶었다. 그래서 가위를 집어 들고 심장을 향해 푹 쑤셔 넣었다. 피가 솟구쳤다. 그리고 팔딱이던 움직임이 멈췄다. 심장이 멈추고 나서 몇 초가 지난 후 허벅지 근육이 바르르 떨리는 것이 보였다. 그리고 끝이었다. 그것들은 다른 살덩이와 다르지 않았다. 물과 지방과 근육으로 이루어진 피투성이 살덩이. 아이는 몸 안쪽 세상은 영원한 수수께끼로 남겨두기로 했다.

수수께끼는 새로운 수수께끼를 만들었다. 고무로 만든 거대한 주머니는 왜 갑자기 터져버렸을까. 엄마의 위대한 위는 왜 그 순간 제 기능을 발휘하지 않은 걸까. 아이가 소원을 비는 바로 그 순간. 엄마는 혹시 아이 때문에 죽은 것은 아닐까. 아이의 소원을 들어주려고 엄마가 자살을 한 건 아닐까. 아이의 바람이 엄마로 하여금 죽음을 선택하게 만든 건 아닐까. 엄마의 마지막 눈빛이 그렇게 말하고 있었다. 체념과 원망을 동시에 품은 눈빛으로. 네 소원을 들어주마, 너를 위해 내가 죽는다.

7

당신은 죽었잖아요. 죽어서도 먹는 타령이에요? 내 살까지 원한다면, 좋아요, 기꺼이 줄게요. 목덜미를 무세요. 단 한 번에 숨통을 끊어줘요. 마지막 경련이 멈추기 전에 내장부터 드세요. 그러고 나서 따끈따끈한 살을 드세요. 피 한 방울 흘리지 마세요. 죽어도 죽지 않는 당신. 어떻게 해야 당신을 온전히 죽일 수 있을까요? 어떻게 해야 당신 배 속에 든 식귀를 죽이고, 이 아귀다툼을 끝낼까요? 자라도 자라지 않는 나는, 언제쯤 열 살짜리 병약한 소년에서 벗어날까요? 다가오지 마요. 정말 내 목을 물어뜯을 건가요? 무서워요, 저리 가요. 복부를 관통하고 지나간 이건 뭐지? 대포라도 맞은 거 같아요. 구멍이 났어요. 이 시커먼 구멍 좀 봐요. 아파요. 그렇게 쳐다보지만 말고 어떻게 좀 해봐요. 잘못했어요. 나 좀 안아줘요, 엄마. 아프다구요. 정말 아파요.

8

연구실 문기둥에 등을 기대고 선 청년을 보았을 때, 그는 올 것이 왔다고 생각했다. 그는 청년의 발치에 놓인 상자를 보고 그것이 무언지 단박에 알아차렸다. 아무 무늬도 없는 그리 크지 않은 나무 상자였다.

잠깐 들어가도 될까요?

청년이 기둥에서 몸을 떼며 물었다. 그는 대답 없이 등을 돌리고 연구실 안으로 들어갔다. 청년은 잠시 멈칫거리다가 상자를 들고 안으로 발을 들였다.

얘는 어쩌다 이렇게 된 거예요?

청년이 바다사자를 가리키며 물었다. 그는 말없이 소파에 앉았다. 청년은 정중하면서도 두려운 태도로 박제품들 하나하나에 시선을 주고 있었다.

제가 여기 오게 될 줄은 몰랐어요.

청년이 말했다. 그건 그 또한 마찬가지였다. 그의 연구실에 누군가 들어오게 될 줄은 그도 몰랐다. 죽은 박제품들로 가득 찬 공간에 살아 숨 쉬는 생명체의 움직임은 이물스러웠다.

부탁이 있어서요.

청년이 두 손을 가지런히 모으고 그 앞에 섰다. 상자는 출입문 앞에 놓아둔 상태였다. 그는 눈짓으로 맞은편 자리를 가리켰다. 청년이 그의 눈짓을 따라 앉았다. 청년은 여전히 두 손을 모은 채 말이 없었다. 그는 일어날 수 있는 모든 상황들을 떠올리며 방어할 준비를 마쳤다.

우리 준이가 죽었어요. 아시죠? 우리 준이.

청년이 그를 쳐다보며 물었다. 그는 팔짱을 끼며 소파 등받이에 몸을 깊숙이 넣었다. 그는 청년의 준이가 무엇인지 전혀 아는 바가 없었다. 그것이 검은고양이라 하더라도 그것이 죽었는지 살았는지는 모르는 일이라고 되뇌었다.

우리 준이도, 저렇게, 저렇게 만들어주시면 안 될까요? 사례는 하겠습니다. 부탁, 드릴게요.

그가 예상한 말이 아니었다. 그는 몸을 곧추세우고 청년의 표정을 살폈다. 시험하려는 사람의 얼굴은 아니었다. 그깟 고양이에게 우리 준이라니. 박제라는 말도 제대로 입에 담지 못

하고. 한심한 데다 나약하기까지. 그는 청년을 비껴보며 대답
했다.

돈 있으면 밀린 월세나 내지.

죄송해요, 제가 일이 좀 많아서, 잊었습니다. 죄송합니다.

청년은 예상했다는 듯 호주머니에서 봉투를 꺼내 탁자 위
에 올려놓으며 머리를 조아렸다. 너무나 순종적인 머리통이
었다. 그는 봉투를 집어와 지폐를 꺼내 세어보았다. 딱 넉 달
치만큼의 금액이었다.

도대체 무슨 일이 일어난 건지 모르겠어요. 지방에 갔다가
사흘 만에 집에 왔는데, 집에 없어서 보니까, 그러니까 저기
시멘트 바닥에, 머리가 깨져서, 왜 거기 그러고 있는 건지,
도대체.

청년이 손가락을 머리카락에 쑤셔넣으며 울먹였다. 그는
청년에게 머리가 깨진 건 아무것도 아니라고 말해주려다 말
았다. 머리가 깨져 죽은 다음에도 수많은 차바퀴에 조각조각
붙어 사라지는 고양이도 있다고. 어차피 죽은 고양이일 뿐이
라고.

바깥바람이 쐬고 싶었나 보지.

칠 년 동안 같이 살면서 한 번도 그런 적 없어요. 아무리
문을 활짝 열어놔도 안 나갔는걸요. 밖에 나가는 걸 얼마나
싫어했는데요. 현관문만 나서려고 해도 바닥에 딱 붙어서는
꼼짝도 안 했어요.

그럼 발정이 났든가.

어릴 때 수술시켜줬는걸요.

죽을 때가 돼서 죽을 자리를 찾으러 갔거나.

그랬다면 흔적도 없이 사라졌겠죠. 고양이들은 아무리 높은 데서 떨어져도 유연하게 착지를 하는 법이잖아요. 이 층에서 떨어진 고양이가 머리가 깨져서 죽었다는 게 믿어져요?

너무 늙어서 그럴 수도 있고.

준이는 발정이 난 것도 아니고, 늙어서 실수를 한 것도 아니에요!

남자는 단호했다.

아무래도 저 때문에 죽은 거 같아요. 나한테 화가 나서. 화난 걸 보여주려고, 그렇지 않고서야 그렇게 죽을 리가 없어요. 준이는, 그러니까 준이는, 자살을 한 거예요. 동물들도 자살을 하잖아요. 그렇죠? 내가 너무 오래 집을 비워서, 너무 쓸쓸해서, 우울해져서, 그래서 그렇게 죽어버린 거 같아요. 다 제 잘못이에요.

물론 동물들도 자살을 한다. 어떤 쥐들은 다른 쥐들에게 전염병을 퍼뜨리지 않으려고 굶어죽는다. 개체 수를 조절하기 위해서 단체로 목숨을 끊는 고래들도 있다고 한다. 위험에 처한 어떤 곤충들은 스스로 내장을 터뜨려 위험을 알리는 호르몬을 분비하기도 한다고. 우울해서 굶어죽는 원숭이도 있다고. 학계에서 말들은 많지만 확실히 밝혀진 바는 없었다. 그것은 동물들의 불가해한 죽음에 대한 인간들의 낭만적인 해석에 지나지 않았다. 동물에게 인간적인 감정을 이입하는 것은 위험했다. 죽은 동물에게 그러한 감정을 갖는 것은 더욱더 위험했다. 감정을 이입하는 것보다 더 위험한 것은 무언가의 죽음에 죄책감을 갖는 일이었다.

다 제 잘못이에요.

청년은 고개를 숙인 채 제 잘못이라는 말을 반복했다. 그는 뒷목이 뻣뻣해지며 온몸이 경직되는 것을 느꼈다. 그리고 그는 왜 갑자기 자신의 얼굴이 홧홧하게 달아오르는지 그 이유를 알 수 없었다.

청년이 자리에서 일어나 출입문 옆에 두었던 상자를 가지고 왔다. 무슨 큰 죄를 저지르기라도 한 사람처럼 고개를 꺾은 채, 상자의 나뭇결을 따라 손가락을 움직였다. 기다란 손가락이었다. 마디 사이에 결을 모은 솜털과 땀구멍이 보였다. 손톱은 바싹 깎여 있었고, 손톱 반달 모양도 선명했다. 전체적으로 기다랗고 창백하지만 건강해 보이는 싱싱한 손이었다.

그래서, 박제라도 해주고 싶어요. 준이도 그걸 원할 거 같아요. 내 옆에 있고 싶을 테니까. 그러니까 부탁드릴게요. 네?

스스로 박제되기를 원하는 동물이 과연 있을까? 동물들도 진정한 휴식을 원하지 않을까? 죽은 육체에 영혼 같은 건 남아 있지 않다. 그것은 벗어 던진 옷가지 같은 것이다. 옷을 걸쳤던 사람의 냄새나 몸의 형상을 잠깐은 기억하겠지만, 그것이 그 사람의 영혼이 묻은 거라고는 할 수는 없다. 옷가지에 남은 체취라도 보존하겠다고 그대로 두면 퀴퀴한 냄새가 나거나 곰팡이가 슬게 되어 있다. 모든 죽은 것은 죽은 것일 뿐이다. 그는 처음으로 청년에게 변명이 아닌 조언을 해주고 싶어졌다.

내가 장담하는데, 후회할 거야.

후회 안 해요. 그 방법밖에 없어요.

묻어줘.

땅속에서 썩어가게 둘 수는 없어요.

화장을 시키든가.

너무 뜨겁잖아요. 난 준이가 내 옆에 살았으면 좋겠어요.

그는 지겨워지기 시작했다. 어린애 같은 징징거림이 듣기 싫었다. 아무리 말해봐야 이 어린애는 그의 말을 알아들을 것 같지도 않고, 칭얼거림을 멈출 것 같지도 않았다. 그는 이쯤에서 벗어나고 싶었다. 그가 죽인 것도 아닌 고양이를 위해, 고양이를 잃은 어린애를 위해, 그가 해줄 일은 더 이상 없었다.

그럼 먹어버려. 푹 고아서. 그럼 자네 몸속에 살아 있을 테니.

청년은 곧장 고개를 떨구었다. 그의 눈에 땀방울이 맺힌 흰 이마가 보였다. 숱이 많은 눈썹과 유난히 길고 새카만 속눈썹도 보였다. 눈을 깜빡일 때마다 기다란 속눈썹이 와잠 부분에 살짝 닿았다가 올라갔다. 그 순간 청년의 눈에서 눈물이 툭 떨어졌다. 흐른 것이 아니라 그냥 아래로 툭 떨어졌다. 그는 청년의 기다란 눈썹에 계속해서 눈물이 맺히는 걸 보았다. 금방이라도 투두둑 떨어질 것처럼 동그란 눈물방울이었다. 그의 가슴속에서 무언가 뜨거운 것이 올라오는 것 같았다. 얼음을 꿀떡 삼켰을 때처럼 뜨겁고도 차가운 이상한 느낌.

청년이 갑자기 고개를 쳐들었다. 미처 피할 겨를도 없이 그와 청년의 눈길이 정면으로 마주쳤다. 흑요석처럼 새카맣고 말간 눈동자였다. 완벽한 돌고래 박제를 원할 때면 플라스틱 대신 흑요석을 넣는다. 언제나 촉촉한 물기에 싸여 있는 돌고래의 눈. 청년의 눈은 돌고래 눈처럼 촉촉하고, 낙타 눈처럼 커다랬다.

나 좀, 안아주면 안 돼요?

그는 배에 묵직한 통증을 느꼈다. 지금까지 그를 괴롭혀왔던 위통과는 분명히 다른, 낯선 통증이었다. 그는 자리에서 벌떡 일어났다가 중심을 잃고 그대로 주저앉았다. 그 틈에 청년이 무릎걸음으로 다가와 그의 종아리를 끌어안았다. 잘못을 저지르고 온 아이가 아버지 품에 안기듯이, 자신의 얼굴을 그의 무릎에 얹었다. 그의 바지에 뜨끈한 물기가 번졌다. 그는 꼼짝도 할 수가 없었다. 아무 잘못 없는 아이가 어쩌면 잘못이 있을지도 모를 노인에게 무릎을 꿇고 죄를 고하고 있었다.

그의 귀에서 쩍, 얼음 갈라지는 소리가 들렸다. 컵에 갑자기 뜨거운 물을 부었을 때처럼, 그의 몸에 한 줄기 금이 가는 소리. 그것은 채찍처럼 강하고 뜨거웠다. 나 좀 안아주면 안

148

돼요? 청년의 그 말이 그의 몸 깊숙한 곳에 한 줄기 균열을 만들었다. 손끝만 대도 그의 몸이 쩍하고 갈라져버릴 것 같았다. 유리 파편처럼 조각조각 깨져버릴 것만 같았다. 산산이 부서진 살갗들은 몸 안쪽으로 숨어들고, 온갖 내장기관들이 몸 바깥으로 솟아오르고. 그의 몸이 침식과 융기를 반복하며 지각변동을 하고 있는 듯했다.

그는 얼결에 두 손을 청년의 등에 갖다 댔다.

그러자 청년이 웅얼거렸다.

고마워요.

고마워.

그는 청년이 했던 말을 입 밖으로 따라 해보았다. 고마워, 라는 말을 하는 순간 배가 고파졌다. 동시에 그는, 그 말을 단 한 번도 입에 담아본 적이 없다는 사실을 깨달았다. 그리고 청년과 함께 밥을 먹고 싶다는 생각이 들었다. 누군가와 함께 밥을 먹는다는 생각만으로도 입안에 군침이 돌았다. 밥알갱이가 식도를 부드럽게 넘어가 위를 채우고 내려가는 것이 느껴졌다. 발가락 끝까지 닿았다가 되돌아오는 피의 움직임도 느껴졌다. 배꼽이 저릿저릿했다.

칠 년을 함께 살았어요. 유일한 가족이었어요. 내 말에 진심으로 귀를 기울여준 건 준이밖에 없었어요. 내가 말을 끝낼 때까지 눈길 한번 돌리지 않았어요. 내 눈물을 핥아준 것도 준이에요. 그냥 내 주변을 배회하다가 슬그머니 다가와서 몸을 살짝 기댈 뿐인데, 보드라운 발을 내 발에다 얹을 뿐인데.
나는 준이가 고마웠어요.

청년은 끊임없이 말을 했다. 청년의 말을 들으며 그도 뒤늦
게 청년의 물음에 대답해주고 싶었다. 바다사자의 오랜 역사
에 대해. 알래스카에서 살다 죽은 놈이 어떻게 그의 손을 거쳐
아름다운 작품이 되었었는지. 또 그것이 어쩌다 불구덩이 속
에서 지느러미를 잃게 되었는지 천천히 다 말해주고 싶었다.

청년의 목소리가 아득했다. 청년의 말은 귀가 아니라 입을
통해서 그의 몸 어딘가로 들어오는 것 같았다. 목소리만으로
도 배가 부른 걸 보면 위인 것도 같고, 심장이 울리는 걸 보
면 심장인 것도 같고, 정신이 아득해지는 걸 보면 뇌의 어느
부분인 것도 같았다.

둥둥둥둥. 먼 산에서 울리는 천둥 소리 같기도 하고, 전력
질주 후의 심장 박동 소리 같기도 한 울림이 들렸다. 어쩌면
그것은 청년의 심장에서 그의 심장으로 건너온 박동 소리인
지도 몰랐다.

그는 두 손을 활짝 펴고 조용히 원을 그리며 청년의 등을
쓰다듬었다. 내 손은 약손이다, 약손. 내 손은 약손.

그는 처음으로 마음은 몸의 어느 기관에서 지배하는지 궁
금해졌다.

스물세 개의
눈동자

옆에 앉아도 되겠습니까? 비켜달라는 게 아니고 잠시 쉬었다 가겠다는 건데. 이 끄트머리 여기, 여기에 엉덩이만 살짝 걸치겠습니다. 별말씀을 안 하시니 허락하신 걸로 알고. 그럼 앉겠습니다.

참 좋은 자리 차지하셨습니다. 꽃잎 떨어지니 아주 꽃방석입니다. 여름 오면 그늘 드리워 좋겠고 단풍 들면 단풍 들어 좋겠고. 돈 한 푼 안 들이고 꽃방석에 단풍이불이라니. 이런 호사를 어디 가서 또 누리겠습니까. 그러니 이 자리 가을까지 쭉 지키십시오.

그런데 그거 아십니까? 저 아랫동네가 나환자촌이었는데. 그래서 정류장 이름도 희망촌앞인데. 아주 오래전 얘기죠. 고

릿적 얘기예요. 지금은 공장들이 차고앉았죠. 금형공장 염색 공장 주물공장. 구질구질한 공장들만 다 모아놨지. 그나마 한 집 걸러 두 집 도산한 상태라 대낮에도 으스스. 전기톱 소리 에 썩은 염료 냄새에 밤 되면 유령 도시가 따로 없어. 원래 터가 구질구질해서 그런가. 아무튼지 사람 꼴이라고는 동남 안지 아프리칸지 거무죽죽한. 그런 낯짝을 뭐라 그래? 며칠 굶은 시궁쥐 낯판? 딱 노예 얼굴이란 말이지. 노예 얼굴이 뭐 냐. 비굴한데 오기가 있어. 궁상스러운데 섬뜩해. 틈만 생기 면 주인 물어뜯을. 그러니까 저는 그저. 저 아래가 그런 동네 라는 거. 알고서 앉아 계시나 하고. 어쨌든 이 자리 잘 지키 시라고요.

하기는 여기 이런 곳에 이렇게 좋은 자리가 있다는 걸 누가 알겠어요. 등산로가 있는 것도 아니고. 쓰레기나 몰래 버리러 오면 모를까. 안다고 여까지 꽃 보러 와요? 온다고 또 다 봐 요? 꽃이야말로 한철 아닙니까. 한철이죠. 꽃은 피우라고 있 는 게 아니라 지라고 있는 거니까. 꽃이 져야 열매도 맺고, 열매가 열려야 번식도 하고, 번식을 해야 또 그러니까, 벚꽃 참 곱죠? 꽃놀이는 역시 벚꽃이죠.

가만있자. 꽃놀이라. 꽃놀이. 해마다 안 빼먹고 갔었는데. 남산도 가고 여의도도 가고 포항도 가고. 해군사관학교 있는 거기 어디야? 그래 진해. 아무튼 안 가본 데가 없어요. 제 아 내랑요. 제 아내가 꽃을 좋아하거든요. 아주 좋아해요. 꽃놀이는 더 좋아하죠. 이마가 예쁜 여자예요. 아주 이뻐요. 꽃보다 더 이뻐요. 동그랗고 널찍하고 맨질맨질한 게. 관음보살 이마라고나 할까. 세상 빛은 죄다 거기 든 것 같아. 제가 그 이마에 반해서 결혼했잖아요. 그런 걸 어떻게 설명해야 하나. 이마가 최면을 거는 느낌? 제 이마 한번 봐보세요. 딱 쫌팽이 이마죠? 속 좁은 쫌팽이 원숭이 이마. 쫌팽이 원숭이가 관음보살에 홀려서 그만. 그런데 아주머니는 어느 쪽이신가. 관음보살이겠지요? 잘 보이지는 않지만. 어쩐지 그러실 것 같네요.

여긴 뭐가 들었습니까? 유모찬지 리어칸지 참 크고 좋습니다. 뭘 많이도 매달아놨네요? 봉다리들은 그렇다 치고 양파그물 안에 토끼 인형이라니. 손주새끼 주려고 숨겨두셨나. 손주새끼 볼 나이까지는 아니신 거 같은데. 이 봉다리에는 닭고기인가. 족발 비슷한 것도 보이고. 이건 메주콩이고. 근데 어째 모양새가 좀. 썩고 곰팡 나고 벌레 구멍도 보이고. 된장은 커녕 메주도 못 쑤겠습니다. 하긴 썩은 콩으로 메주를 쑤든 콩국을 끓이든 제가 상관할 바는 아니죠. 뭐 대단한 거나 들었나 했더니. 별거 없군요.

요즘 노인들 유모차 많이 밀고 다닙디다. 지팡이 대신. 의지도 되고 장 본 것도 담아 오고. 처음에 아주머니 봤을 땐 풍 걸린 노인네인가 싶었는데. 왜 있잖아요. 팔꿈치를 옆구리에 딱 붙이고서는. 한 발 끌어 갖다 놓고 한 박자 쉬고. 또 한 발 끌어다 놓고 한 박자 쉬고. 한 발 한 발 흔들흔들. 아주 기를 쓰고. 그래 봐야 풍이 나갈 것도 아닌데. 얼마나 더 살겠다고 그렇게 아득바득. 죽을 때가 되면 그냥 죽나 보다 하고 받아들여야 되는데. 아주머니가 그랬다는 게 아니라. 그냥 뒤에서 봤을 때 그런가 싶었다는 겁니다. 물론 풍 같은 건 안 걸리셨겠죠. 자세도 좋으시고 혈색도 좋으시고. 이렇게 허리를 꼿꼿이 세우고 앉아 계신 거 보면 웬만한 젊은이 뺨도 치시겠습니다.

담배 태우시게요? 폐도 튼튼하신가 봅니다. 전에도 보니까 십 분에 한 대씩은 피우시던데. 작정하고 따라온 건 아니고. 그러니까 그게 한 달 전인가. 희망촌 앞에서 아주머니 봤거든요. 유모차를 밀면서 느릿느릿. 풍도 안 걸린 아주머니가 왜 유모차를 끌고 다니시나. 어디 좋은 데 가시나. 뭐 좋은 일 있으시나. 유모차엔 뭐가 들었나. 궁금하기도 하고. 마침 나도 산책이나 갈까 하던 참이었고. 그래서 한번 따라와봤죠. 그런데 여기 가만 앉아서 담배만 태우시더라구. 몇 시간이고 줄창 담배만. 산바람 한번 참 이상하게 쐬신다 그랬네.

전 담배 안 피웁니다. 끊은 지 한 오 년 됐어요. 아내가 담배 냄새 싫어해서. 전 아내가 싫어하는 건 안 하는 사람이에요. 그리고 아내 말을 잘 따르는 남자죠. 기분 맞춰주려고 그러는 게 아니라 아내 말을 잘 들으면 제가 기분이 좋아져요. 아내 말이라면 무조건 무조건이죠. 아내 말 들어서 나쁠 게 하나도 없어요. 엄마 말 들어서 나쁠 거 없는 것처럼. 워낙에 현명하고 인자하고 마음씨 곱고. 아무튼지 간에 관음보살예요. 저는 아내 말을 잘 따르는 것뿐 아니라, 아내가 원하는게 뭔지 기가 막히게 잘 알아맞히죠. 정말입니다.

아내가 어디서 개 한 마리를 주워 왔는데요. 물어보기도 전에 제가 먼저 키우자고 그랬어요. 말도 안 꺼냈는데. 제가 딱보고 알아차렸어요. 하긴 그걸 말해야 압니까? 눈만 봐도 알지. 싹 씻겨서 리본까지 묶어놨는데. 그게 아내 말대로 밥만먹여서 보내겠다는 뜻이겠습니까? 키우자는 거지. 그래서 키울까? 슬쩍 떠봤더니 역시나 좋아가지고. 그 반질반질한 이마를 내 이마에 비비면서 목을 끌어안고 아주 그냥. 그래서저도 기분이 좋아졌죠.

사실 썩 내키는 일은 아니었어요. 저 개 싫어해요. 개털 알레르기도 좀 있고. 심한 건 아니고 좀 근질근질한 게. 떠돌이개는 더 싫어요. 사람이나 개나 아무튼 길거리 헤매는 것들은다 구역질 나요. 집 나온 불량청소년들. 평생 빌어먹을 줄만아는 비렁뱅이들. 모두 같은 놈들입니다. 개가 아니라 승냥이들이죠. 비실비실 몸 숨기고 있다가 기회를 봐서, 왁, 이빨을박아 넣죠. 그런 기사 보셨어요? 들개가 갓난아기 머리통을물었다는. 떠돌이 십대들이 어린 여자애를 집단으로 강간했다는. 문화재고 뭐고 저 알 바 아니라고 그냥 불을 싸지른 놈도 거렁뱅이였죠.

나는 말이죠. 직업도 없이 대강대강 빌어먹고 살려는 놈들을 제일 혐오해요. 아버지가 말씀하셨어요. 기술을 가져라.
사내는 기술이 있어야 식솔을 이끄는 법이다. 식솔을 거느려
야 진짜 사내가 된다. 저 이래 봬도 자격증만 열두 개인 사람
입니다. 열관리 자격증, 소방기사 자격증, 산업위생관리 자격
증. 그걸 일일이 말할 필요는 없고. 어쨌든 그 덕분에 지금은
자격증만 빌려주고도 먹고살아요. 먹고살 만한 게 아니라 제
법 벌어요. 저, 집도 두 채나 있어요. 하나는 내 명의로 또 하
나는 아내 명의로. 땅도 조금 있고. 얼마 전에 마당 있는 집
으로 옮겼죠. 아내가 그러자고 해서. 마당 한쪽에 푸성귀도
심고 그러죠. 아내 말 들어서 나쁠 거 없다니까요. 가끔 도가
지나칠 때가 있는 게 문제긴 하지만.

　제 아내는요, 비렁뱅이들만 보면 그냥 지나치지를 못 해요.
전철 타고 어디 갔다 오면 주머니 속에 별게 다 들어 있어. 껌
바늘 때타월 순간접착제. 사라는 대로 다 사. 사기만 해? 장
보러 나가서는 장 본 거 다 내주고 자기는 빈손으로 와. 그뿐
인가. 동네 비렁뱅이들을 단체로 끌고 와서는, 밥에 술에 목
욕물까지. 아주 잔치를 벌였지. 아무리 그래도 집 안까지 들
이는 건 좀 그렇잖아요? 그래서 제가 뭐라고 했죠. 집 안에까
지는 들이지 말라고. 적당히 표시만 좀 하고 그러라고. 베푸
는 것도 적당히 해야지. 병 같은 거 옮으면 어떻게 해. 잘 알
아듣게 말했어요. 식솔을 거느리는 가장은 당연히 그렇게 해
야 하는 겁니다. 어느 순간 결단을 내려줘야 하는 거지. 안 그

래요?

　지금 생각해보면, 그냥 거지새끼들이 나을 뻔했어요. 사람새끼야 여기저기 얻어먹을 곳도 많으니 밥 한 끼 줘 보내면 그만인데. 개 고양이 이런 짐승새끼들은 아예 눌러앉아. 안방까지 꿰차지. 항상 짐승들이 문제야. 그중에서도 '애완' 자 붙은 놈들. 그러니까 사람 손 탄 것들. 아주 사악한 놈들이지. 꼬리를 살랑살랑 흔들면서. 온갖 불쌍한 표정은 다 지으면서, 밥 줘라, 안아줘라, 쓰다듬어줘라, 목욕 시켜줘라, 꼬리 흔들고 아양 부리면 뭐라도 나온다는 걸 아는 거지. 아내 같은 착한 사람들은 또 깜빡 넘어가지. 그래서 그 개새끼를 집에 데리고 온 거지. 처음부터 밥만 먹여 보낼 생각은 아니었던 거지. 그걸 또 내가 알아차리고 키우자고 한 거지. 아이도 없는 집에 개 한 마리 정도야 활력소가 될 테니까 그런 거지. 아이도 없는 집. 그게 문제였던 거지. 문제가 나한테 있다는 게 문제라는 건데.

　그러니까 내 씨가 문제라는 얘긴데요. 씨가 아주 없는 놈은 아니고요. 그냥 남들보다 쪼끔, 아주 쪼끔 모자란다는 건데. 그러니까 그게 보통은 한 방울에 1억 개 정도 있는 건데. 어째 나한테는 3천 개도 안 된다는 건데. 그러니까 그게 1억 개에서 한두 개 살아남아 수정이 될까 말까 한다는 그 치열하고도 처절한 싸움에서 3천 개 가지고는 어림도 없다는 얘긴데. 그러니까 그건 문제가 있는 거지 하자가 있다는 건 아니라는 건데. 그럼요 하자가 아니지요. 부부생활하고는 아무, 아무 문제가 없어요. 전혀요. 그런데 뭐가 어떻게 생겨먹었기에 한 방울에 1억 개씩이나 들어가 있어그래? 여기 날리는 이 꽃잎들. 이거 다 쓸어 모아봐요. 1억 개가 되나 안 되나. 턱도 없지. 그런데 벚꽃 지면 버찌가 열리는 거 맞죠? 버찌 맛이야 뭐 별거 있나. 시금털털하니. 먹잘 것도 없고. 이거 다 버찌 되면 지랄 맞겠네. 끈적거리고 시커멓고 지저분하고. 쓰잘 데 없이 열매는 뭐하러 그렇게 많이.

물론 방법이 아주 없는 건 아니랍니다. 하지만 전 생각 없어요. 확률도 없는 게임에 뭐하러 덤벼듭니까? 돈은 돈대로 들고. 몸은 몸대로 축나고. 시간은 시간대로 쓰고. 그렇게 해서 아이가 나와봐요. 그럼 내 아내는 누구 차지가 돼요? 아무리 갓난쟁이라도 내 아내 젖 물고 있는 걸 생각하면. 끔찍해요. 정말 끔찍하죠. 애들이 앞에서 얼쩡거리는 건 더 짜증 나요. 올라타고, 부둥켜안고, 징징거리고 떼쓰고, 오줌 싸고 똥 싸고. 같이 놀아줘야죠, 학교 보내야죠, 누구한테 맞고 들어올까 봐 걱정해야죠. 대학 보내 결혼시켜 손자새끼 뒷바라지까지. 내 씨에 문제가 있어서 하는 얘기가 아니라. 처음부터 애 생각 없었어요. 새끼, 핏줄, 민족, 이런 거 진짜 문제거든. 이 사회가 이 모양 이 꼴인 게 다 지 새끼만 최고 만들려고 하다 보니. 집값 올라 물가 올라. 학원폭력이다 뭐다. 남의 자식을 자기 자식처럼 아끼고 보살피고. 서로서로. 그런 마음을

160

가져야 세상이 아름다워지는 거지. 그게 인류애고 정의고 사랑인 거지. 안 그래요?

이거 한번 봐보세요. 장기기증증섭니다. 그러니까 내가 죽으면 내 몸뚱이를 사회에 기증한다는 서약서 같은 겁니다. 내가 뇌사상태가 되면 괜히 뭉개면서 가족들 고생 안 시키고, 필요한 사람들한테 다 나눠준다는 얘기지. 내 눈알 떼다가 장님 눈 뜨게 하고. 내 장기 떼어다가 못 먹던 놈 밥도 먹게 하고. 그러고도 남은 건 의사들이 가져가서 연구하게 하고. 내 몸뚱이가 인류 발전에 이바지한다. 근사하죠? 여기 헌혈증서도 있어요. 일 년에 한 번 정기적으로다가 아내랑 손잡고 가서 해요. 너무 자주 하면 안 좋고 그 정도가 딱 좋아요. 그런데 어째 아주머니는 헌혈 같은 거 해보셨나? 이왕이면 혈소판 이런 게 더 좋은데. 안 해보셨으면 한번 해보세요. 그거 그렇게 힘들지도 않아요. 한 번씩 뽑아줘야 새 피도 생기고. 그래야 피가 깨끗해지고. 혹시라도 무슨 일 생기면 보증도 된답니다. 나중에 나한테 피가 필요한 순간이 오면 이런 헌혈증 가진 사람이 우선순위를 갖는다는 거지. 그러니 저축한다 생각하고 한번 해보세요. 보험 든다 생각하고.

새끼 안 낳고도 세상에 남기고 갈 게 이렇게나 많은 거예요. 왜 그렇게 애를 못 낳아서 안달인지. 아무렇게나 임신하고, 아무렇게나 낳고, 아무렇게나 버리는, 아주 몹쓸 인간들도 많거든요. 우리나라에서 해외로 입양되는 애들 숫자가 얼마나 되는 줄 아십니까? 재작년에는 천이백삼십 명이었답니다. 공식적인 통계예요. 실은 그보다 더 많죠. 아내가 얘기해줘서 알아요. 지금이 전쟁통도 아니고. 어떻게 지가 난 애를 팔아먹어그래. 아무튼 아내가 그 얘기 해주면서 우리가 입양을 해보면 어떻겠느냐고 그러는 거야. 불쌍한 애들 데려다가 키우자고. 우리나라 앤데 우리나라에서 키워야지 하면서. 그런데 애 입장에서 생각해보면, 이왕 입양될 거면 미국이 낫잖아요? 다들 미국 유학 못 보내서 안달인데. 일찌감치 돈 안 들이고 유학 가고. 낳아준 부모한테 그렇게라도 효도하는 거지. 요즘엔 영어 못하면 취직도 못한다면서요.

그리고 난 입양 싫어요. 싫다기보다 위험해서 안 돼요. 오죽하면 지 새끼를 버렸겠어요. 또 그런 부모한테 나온 새끼는 오죽하겠어요. 태어나자마자 길에 버려질 운명인 거면 자라서는 길에서 헤맬 운명인 거지. 핏줄이 어디 가? 원체 피가 그런데. 피는 못 속이는 겁니다. 나중에 제 부모 찾아가겠다고 울고 불고 말썽 피우고 가출하고. 그걸 다 어떻게 감당해. 좋은 데 입양 간 애들도 지 엄마 찾겠다고 한국에 오고들 그러잖아요. 다 돌아가게 돼 있어. 그걸 무슨 수로 막아. 아휴 입양 그런 거 함부로 하면 안 돼요.

그런 와중에 아내가 개새끼를 데리고 왔으니 얼마나 다행이야. 부랑자 피 가진 애보다야 개새끼가 백만 번 낫지. 내 아내 젖 먹고 자랄 것도 아니고. 한 몇 년 살다 죽을 거고. 그

162

놈 죽으면 또 새로 한 놈. 족보 있는 놈으로다가. 골라 올 수
도 있고. 그래서 넙죽 받은 거죠. 넙죽 받아안긴 했는데, 이
놈이 어디서 굴러먹다 왔는지, 병이란 병은 다 걸려 있는 거
지. 병원 치료비만 해도 제법 들었잖아요. 무슨 접종은 그리
도 많아. 사료에 간식에 칼슘제에 옷에 침대에. 그래도 받은
건 있어가지고 보은은 해요. 그냥 부비고 졸졸 쫓아다니면서
애교를 부리고 촐랑촐랑 새살을 부리는데. 아내 이마에 꽃이
피었어요. 환하게. 웃음꽃이 지질 않아. 얼마나 애지중지하는
지. 아주 눈물겨워. 제 몸으로 난 애도 그렇게 못 할 거야. 엄
마하고 산책 가자. 엄마가 밥 줄게. 엄마한테 와. 아빠한테
가. 엄마 아빠. 내 새끼 이쁜 새끼.

내가 개를 키우자고 했지, 개 아빠가 되겠다고 그랬나? 개
는 개고, 사람은 사람이지. 개를 키우면 개 주인이지. 엄마
아빠가 다 뭐야. 그게 대체 어느 족속 언어야? 개족보도 아니
고. 개 아빠가 다 뭐야. 그렇다고 뭐라 하지도 못 하고. 또 뭐
라고 해. 나를 개 아빠라고 부르지 마. 당신이나 개 엄마 해.
이렇게 말해? 한창 엄마놀이에 열중하고 있는 아내한테? 그
럴 순 없잖아요. 얼마나 엄마가 되고 싶었으면. 내 탓할 만도
한데 싫은 내색 한번 없이. 참 착한 여자지. 아내가 좋아하는
데 그냥 아빠 소리 듣자 그랬어요. 나도 가끔은, 아빠한테 와
라, 그러기도 하고. 정말 그랬어요. 아빠한테 와라. 아내가
좋아라 하니 어쩔 수 있나.

그런데 이놈의 불쌍병이 문제야. 관음보살 이마가 시도 때도 없이 불쌍 타령을 하는 거지. 한 마리 데려올 때마다 이래서 불쌍하고 저래서 불쌍하고. 물론 불쌍하기도 불쌍했지. 아내가 데리고 온 놈들은 하나같이 병신들이었으니까. 다리 없는 놈 피부병 걸린 놈 털이 홀라당 빠진 놈. 아주 병신새끼들은 다 모아놨단 말입니다. 어디서 그런 놈들만 나타나 아내 눈에 띄는지 알다가도 모를 일이에요. 나는 암만 눈 씻고 찾아봐도 안 보이더만. 그렇게 한 마리 두 마리. 여섯 마리가 됐어요.

지옥이 따로 없지. 똥이며 오줌이며 개털이며. 암캐들이 번갈아 흘려대는 멘스는 역겨워 못 봐줄 지경이죠. 침대에 올라와 떡하니 가운데 자리를 차지하질 않나. 밖으로 내쫓으면 문 열 때까지 긁고 짖고. 그 좋은 가죽소파 아작을 내놓고. 아주 빌어먹을 놈들이야. 이런 얘기까지 하긴 뭐하지만, 그러니까 그날이 우리 결혼기념일이었어요. 오랜만에 외식도 하고 어디 좋은 데 가서 분위기도 내자 그랬지. 아내가 갈비 먹고 싶다고 해서 갈빗집에 갔는데. 옆 테이블 갈비 뼈다구까지 챙기는 건 그렇다 쳐. 애들 밥 줘야 한다면서 빨리 들어가자는 것도 참았어. 집에 가서 술 한잔하자 했던 것도 개들 성화에 유야무야. 문 닫아걸고 분위기 좀 내자 하는데. 뭔가 기분이 이상한 거지. 그날따라 아내가 유난히 몸을 꼬고 숨소리가 거칠다 싶었는데.

글쎄 이 빌어먹을 놈의 개새끼가 아내 발바닥을 핥고 있는 거야. 쩝쩝 소리를 내가면서 발가락 사이사이 아주 맛있게도 핥아. 나도 안 핥아봤는데. 아내가 좋아하는 게 나 때문인지, 아니면 개새끼 혓바닥 때문인지, 이런 생각을 하니까 기분이 탁 잡치는 게. 그렇다고 내가 할 거니 저리 비키라고 할 수도 없고. 누가 더 맛있게 핥아 먹나 경쟁할 일도 아니고. 개새끼랑. 그것도 열두 마리가 되는 개새끼들이랑 어떻게 경쟁을 해. 예 여섯 마리가 아니라 열두 마리요. 열두 마리. 그게 말이 됩니까?

물론 열두 마리까지 키우려고 한 건 아니었어요. 설마 그랬겠어요? 방심한 거죠. 내 앞에 개똥 치우느라 배 속에 든 개똥을 못 본 거지. 개똥밭에 구르게 될 줄도 모르고. 암캐 한 년이 새끼를 낳아버렸지 뭐야. 워낙 쪼끄매가지고서는 임신한 줄도 몰랐잖아. 이년이 들키면 어떻게 될까 싶었는지 거짓말처럼 숨기고 있다가. 저 혼자 새끼 낳고 닦고 태반까지 싹 먹어치우고서는. 어떻게 그 쪼끄만 몸속에 다섯 마리나. 아무튼지 그 다섯 마리를 일일이 물어다 던져놓고는. 보란 듯이 나자빠져 자. 지가 무슨 대단한 일이라도 해냈다고. 혀를 쭉 빼고는 아내 겨드랑이 사이로 쑤시고 들어오는데. 유세도 유세도, 그런 유세가 또 없어.

그런데 아내가 더 가관이에요. 완전 반해버린 표정으로 새끼들을 보는데. 차마 손도 못 대고서는. 눈물까지 흘리면서.

그때 아내 표정. 잊혀지지가 않아요. 아 그런 표정. 그건 사랑에 빠진 사람. 그래요 그건 사랑에 빠진 여자 얼굴이었어요. 나도 그런 눈길 받아본 적 없는데. 나랑 연애할 때도 안그랬어. 새초롬하니. 남 애간장이나 태우고. 좋아도 그냥 배시시. 뭘 비싼 걸 사줘도 배시시. 그런데 울어. 울면서 웃어. 그깟 개새끼들이 뭐라고. 내가 보기엔 딱 쥐새끼더만. 그래서 내가 쥐새끼 같다 그랬더니, 글쎄 아내가 내 입을 탁 치면서, 그런 말 하지 말라고 눈을 흘기잖아. 어미가 들으면 물어 죽인다고. 지 새끼들 흉보는 거 다 안다고. 쥐새끼처럼 보이는 걸 쥐새끼 같다고 한 건데. 어떻게 내 입을 틀어막아? 남편입을? 가장의 입을? 손바닥으로 내 입술을 이렇게 찰싹. 어떻게 그래? 남 눈치 안 보고 개새끼들 키우자고 그 좋은 아파트 놔두고 마당 있는 집으로 옮기기까지 했는데. 내가 자기애기라면 다 들어줬는데. 섭섭하지. 안 섭섭하게 됐어요?

그래서 내내 부루퉁해 있었어요. 밥맛도 좀 없고. 개 침 냄새도 구역질 나고. 입덧하는 사람처럼 울렁울렁. 무슨 조치를 취하지 않으면 개 사육장이 되어버릴 판이니. 중성화 수술을 시키기로 했죠. 그런데 어찌된 일인지, 아내가 수캐들만 싹 데리고 병원에 가는 거야. 수술을 할 거면 때마다 피를 질질 흘려대는 암캐들을 시켜야지. 안 그래요? 암캐들은 비용도 더 많이 들고, 시기가 지나면 수술하기 힘들다나 뭐라나. 수캐 두 마리로 끝내면 되는데 뭐하러 다 데리고 가냐고. 물론 틀린 말은 아니죠. 경제적으로다가야 당연히 그렇죠. 그렇긴 하지만 기분이 영 찜찜한 게. 그게 이런 거잖아요? 생식 능력 있는 암컷과 생식 능력 없는 수컷의 동거. 아니면 뭐야.

아내가 일부러 그러나 싶기도 하고. 물론 그럴 사람이 아니란 건 알지만. 자꾸 의심만 들고. 기운 없어 죽겠는데. 아내는 그것도 모르고 개새끼들 산책 좀 시키라고 성화고. 그 와중에 한 놈을 더 데리고 와. 마지막이라면서. 그런데 이놈이 병신 중에 상병신이야. 화상 입은 애꾸눈 개 본 적 있어요? 보다 보다 그런 놈은 또 첨 봤네. 주인이 젓가락을 불에 달궈서 한쪽 눈알을 지지고 시너를 뿌려서 불을 질렀답니다. 주인이란 놈도 참 상스러운 놈이지만, 그러고도 살아남은 개새끼는 더 징그러운 놈이야. 시춘가 뭔가. 원래도 눈이 툭 튀어나온 종인데. 그야말로 눈 뜨고 봐줄 수가 없어. 나머지 한쪽도 확 파버리고 싶더라니까. 털은 다 빠져가지고서는, 에휴.

암튼 그래서 구국의 결단을 내렸죠. 내가 예수도 아니고. 열두 제자 모아 세상 구원하겠다는 것도 아니고. 열두 마리 개 아빠 노릇을 하라니. 그래서 개 사료통 한번 뒤집어엎고. 문짝 제대로 걷어차고. 그대로 집을 나왔지 뭐. 그러니까 일종의 반란. 아니 혁명. 그렇지. 혁명을 일으킨 거지. 내 왕국을 더 이상 개판으로 만들 수 없다는. 구국의 결단을, 내린 거지.

그때 내가 나오면서 아내한테 뭐라 그랬냐면. 정확히는 기

억이 잘 안 나기는 하지만. 여기가 무슨 병신 개새끼들 보호
손 줄 아느냐. 애가 그렇게 갖고 싶으냐. 정 그러면 어디 가
서 씨도둑이라도 해 와라. 내가 다 받아준다. 개새끼들이라면
지겹다. 저 병신 개새끼가 안 나가면 내가 나간다. 뭐 이런
비슷한 얘기를. 제 말 틀린 거 하나 없죠? 안 그래요?

갈 데가 어디 있나. 찜질방으로 갔지. 개 짖는 소리 안 들
으니까 세상 편하더만. 오줌 지린내도 안 나고. 저녁마다 개
새끼들 산책 시키러 나가지 않아도 되고. 얼마나 좋아. 이틀
을 잘 쉬었지. 냉탕과 온탕을 오가면서. 부글부글 끓었다가
푸르르 식었다가. 그런데 이틀 정도 지나니까 슬슬 답답하기
도 하고 식당 미역국도 질리고. 그래서 나왔지. 나오고 보니
또 딱히 갈 데가 없어. 집으로 들어갈 수도 없고. 어디 가서
하소연할 수도 없고. 내 집 놔두고 이게 무슨 생고생인가 싶
고. 바람이 휙 부는데. 왜 그렇게 슬프고 쓸쓸한지. 뛰쳐나온
건 난데. 버림받은 기분은 왜 드는지. 갑자기 눈물이 핑 도는
데. 하염없이 걸어다녔어요. 길거리를 배회하는 개처럼. 코를
킁킁거리면서. 질질 짜면서 비실비실. 딱 버려진 개새끼더라
구. 왜 버려졌는지 영문도 모르고서 언젠가 주인이 나타나겠
지 믿고 있는 유기견. 혁명이고 구국의 결단이고 그런 게 다
뭐야. 명분 없는 쿠데타지. 무슨 부귀영화를 누리겠다고. 차
라리 개새끼였으면 싶더라구. 아내 옆에 있을 수 있다면. 꼬
리도 흔들고 발바닥도 핥을 수 있을 텐데.

그런데 진짜로 나타난 거예요. 내 앞에. 아내가. 거짓말처럼. 내가 어디 있을지 뻔히 알고 있었던 것처럼. 내 눈앞에 떡하니 나타난 거지. 아내가 내 손을 쥐어요. 그리고 말없이 나를 봐요. 아내 눈이 이렇게 말해요. 불쌍한 사람. 그래서 나는 아내 이마에 내 이마를 대고 울어요. 어린애처럼 코를 훌쩍이면서. 그때 난 깨달은 게 있어요. 아내 없이는 하루도 못 산다는 거. 젖도 못 뗀 갓난아이지. 엄마 없으면 죽어버리게 생긴 아이지.

아내는 그렇게 또 한 마리 유기견을 끌고 집으로 돌아갔죠. 그런데 왜 아내 눈에는 불쌍한 개새끼들만 보이는 걸까요. 제 얘기 듣고 계세요?

아, 주, 머, 니. 귀머거리신가? 아님 벙어리신가? 여기요, 여기 좀 봐보세요. 장님이신가? 눈도 끔쩍 안 하시네. 장님에 귀머거리에 벙어리라고 깝죽대는데. 말씀 참 없으시네. 눈길 한번 안 주시고. 개가 짖어도 안 그러겠다. 정말 돌부처가 따로 없으십니다.

머리는 어디서 자르세요? 깔끔하니 좋아 보여서요. 나이 든 여자들 머리 길게 늘어뜨리고 다니는 거, 그거 참 보기 흉해요. 옛날 냥반들처럼 머리통에 짝 붙여서 쪽 찌고 다니면 좋겠어. 염색은 안 하시나 봅니다? 생각 잘하신 거예요. 한번 시작하면 진짜 번거롭거든요. 저처럼 숱 많은 사람은 더 그래

요. 그래도 저는 아내가 집에서 해주니까. 요즘엔 염색약도
잘 나오고. 보자기 둘러쓰고 앉아 있으면 기분 참 좋은데. 염
색할 때가 지났나 어쩌나. 워낙에 머리가 잘 안 세는 집안인
데. 아무래도 이게 신경성 새치이지 싶어요. 신경을 많이 쓰
면 하룻밤새 백발이 되기도 한다던데. 아주머니는 백발이어
도 잘 어울릴 것 같습니다. 하긴 신경 쓸 일이 뭐가 있겠어.
아주머니가. 지금 반백 머리도 나쁘지 않아요.

　제 얘기 듣고 계세요? 워낙 반응이 없으시니까. 어째 말을
하는 게 아니라 짖고 있는 것 같아서. 제가 워낙에 말하는 걸
좋아해서 말이죠. 뭘 마음에 두질 않아요. 괜히 꽁하니 품고
있는 거. 그거 참 안 좋은 겁니다. 서로서로 의사소통이 잘
돼야 오해도 없고 편견도 안 생기고 그러는 건데. 그래야 서
로서로 행복한 사회가 되고 그러는 건데. 그러니까 이제 슬슬
말도 좀 섞어주시고. 그러면 좋겠는데. 혹시 저랑 대결 같은
거 하시는 거라면. 그러지 마세요. 저, 아주머니 못 이겨요.
돌부처를 어떻게 이겨요. 또 제가 이겨봐야 뭘 하겠어요. 처
음엔 아주머니 한번 이겨먹어보려고 했지. 누가 더 오래 버티
나. 그런데 그냥 앉아만 있는 사람 지켜보는 거, 그거 진짜
힘든 일이대? 난 그렇게 오래 앉아 있을 수가 없더라구요. 말
없이 조용히 앉아 있는 건 더 못하겠구.

　저기, 저기 보이시죠? 저 풀숲 뒤에 숨어 있었어요. 쪼그
리고 앉아서 기다렸죠. 뭘 기다리느냐. 그러니까 뭔가 구린

냄새가 나는데. 그게 이상하게 범죄 냄새 같아. 왜 얼마 전에
되놈 하나가 여자 하나 죽여서는 그걸 칼로 토막토막 썰어서
여기저기 그냥 쓰레기처럼. 그 동네가 여기서 안 멀거든. 그
놈 생긴 것도 딱 되놈이더만. 주위 사람들이 잘 살펴보고 신
고를 하고 그래야 하는데. 어째 요즘 사람들 경계심이 없어.
애초부터 외국인들 잘 가려서 들여야 하는데. 앞으로 큰 문제
생길 거예요. 지들 나라가 못 사니까 남의 나라 와가지고 일
자리 뺏는 것도 문제지만. 무시 좀 당했다고 복수심으로 뭐
훔치고 누구 죽이고. 그렇다고 아주머니가 되놈처럼 생겼다
는 건 아니고. 그러니까 이 유모차 때문에. 담요로 꽁꽁 싸맨
게 수상하잖아. 고물 실어 나르는 건 아닌 것 같고. 그래서
제가 지켜봤죠. 제가 원래 의협심이 강한 사람이라. 그런데
정말 아무것도 안 하시대? 줄창 담배만 피우시고. 기다려보
자. 조금만 더 조금만 더. 참고 기다리는데. 가만 생각해보니
이게 뭐하는 짓인가 싶어. 유모차나 끄는 아주머니가 뭘 얼마
나 이상한 짓을 하겠다고. 범죄라고 해봐야 뭐 그리 대단한
범죄겠어. 그게 또 나랑 무슨 상관이야. 잘못하다가 내 몸만
다치지. 괜히 이리 불려가고 저리 불려가고 정신만 사납지.
흥미도 사라지고. 다리도 저리고. 배도 고프고. 몸도 으실거
리고. 그래서 그냥 일어났어요.
　얼마나 쭈그려 앉아 있었던지. 무릎에서 우드드득 소리가
다 나. 근데 그때, 바로 그때였어요. 아시죠, 뭔지? 저는 몰

랐죠. 알 턱이 있나. 아무튼 저기 산 쪽에서 반짝. 안광 같은 걸 본 거죠. 아주 잠깐이었는데. 온몸에 소름이 돋으면서 솜털이 쏴악. 보세요, 지금 생각만으로도 이렇게 다시 서잖아요? 그 빛이 얼마나 생생하고 섬뜩한지. 그래서 이렇게 엉거주춤한 자세로, 이렇게, 이렇게 꾸부정하게, 딱 얼어붙었지 뭡니까.

아주 커다란, 커다란 짐승 같았어요. 몸집이 아주아주 큰. 눈빛이 장난 아니었거든. 멧돼지나 고라니나. 사실 멧돼지가 포악하거든요. 그냥 들이받거든. 겨울철에는 더하지. 먹을 게 없으니까. 아무튼 도망을 쳐야 하나. 소리를 질러야 하나. 그 와중에도 아주머니 걱정을 다 하고. 유모차 끌고 어떻게 도망을 치려나. 정신이 없는데. 그러니까 그게. 고양이더라구. 비쩍 마른 줄무늬 고양이. 길거리에서 흔히 볼 수 있는 그저 그런. 고양이. 별것도 아닌 것 가지고 조무래기처럼. 한심해서 피식 웃음이 나는데. 저쪽에서 하나 또. 그리고 저기 저쪽에서 또 저쪽에서. 순식간에 수십 개의 눈빛이. 작정한 듯이 한꺼번에 그냥.

오십 평생 그런 건 또 첨 보네. 그렇게 많은 고양이가 떼로. 떼거지로 모여드는데. 어디 고양이뿐인가? 그다음에 까마귀들이 한 마리 두 마리 날아오는데. 시커머니 그냥. 멧돼지보다 더 무서워. 와, 아주머니는 표정 하나 안 변하대요? 아주 태연하게 담배를 피워 물어. 예 지금처럼요. 고양이에

까마귀에 유모차에 노파에. 하루이틀 일이 아니었던 거지. 풍
경이 딱 떨어지더라구. 뭔가 구질구질하면서 으스스하면서.
구질구질한 것들끼리 끼리끼리.

그런데 저도 그 담배 한 대만 주시면 안 되려나? 하도 맛있
게도 피우셔서. 어떻게 딱 한 대만. 싫으신가 보네. 하긴 아
내가 냄새는 또 귀신같이 잘 맡으니. 한 대 피운 것도 금세
눈치챌 거예요. 아주머니 피우는 연기나 마시고 말지 뭐. 냄
새 좋습니다. 꽃바람까지 곁들이니 기가 막히네.

아까 그 닭고긴지 족발인지 그게 다 고양이들 거죠? 그날
은 빵이었던 것 같던데. 포장도 안 뜯은 빵을. 그걸 다 돈 주
고 사 오신 건가? 설마 그랬겠어? 유통기한 지난 거 뭐 그런
거겠지? 아무튼 그걸 조각내서 여기저기 올려놓는데. 어느
한 놈, 앞으로 나서는 법이 없어. 까마귀들도 저만치 앉아 있
는데. 보채지도 않고 서두르지도 않고. 그거 참 신기하대요?
어떻게 먹을 게 있는데 가만있지? 짐승새끼가? 먼저 먹겠다
고 싸우고 난리를 부려야지. 짐승새낀데. 아주머니가 다시 여
기 앉고 나니까, 또 담뱃불을 한 대 붙이고 나니까, 그때서야
슬슬 움직이기 시작하는데. 한 놈 한 놈. 빵 한 쪽씩 차지하
고는. 한편에서는 고양이가 또 한편에서는 까마귀가. 풀 뜯어
먹는 양이랑 염소처럼. 그게 말이 돼? 짐승새끼들이? 굶주렸
을 거 아냐.

아무튼지간에 까마귀 날갯짓 소리만 푸득푸득. 적막하니

긴장감이 싹 감도는데. 아주머니는 표정 하나 안 변하고 꼿꼿이 앉아서 담배 연기만 폭폭. 그때부터 아주머니가 좀 달라 보이더라구요. 뭔가 강력한 힘이 뿜어져 나온달까. 극도로 절제된 어떤 힘 같은 게. 이상한 최면 같은 게. 어떤 광채 같은 게. 그런 게 막 뿜어져 나오는데. 우두머리랄까. 심판관이랄까. 그걸 뭐라 해야 할까. 표현력이 이렇게나 짧아서야. 아무튼 존경합니다. 아주머니. 존경하고말고요.

지금쯤이면 나타날 때가 됐는데. 이렇게 해가 뉘엿뉘엿 질 때쯤이었는데. 아닌가? 벌써 도착했는데 나 때문에 못 나오고 있는 건가? 오호라 간을 보고 있겠구나. 옆에 앉은 저놈은 도대체 뭐하는 놈인가. 안전한 놈인가 위험한 놈인가. 먹이를 줄 놈인가 가로채갈 놈인가. 눈치나 슬슬 보고 있겠지. 오기 싫으면 오지 마라? 지들 손해지 내 손해야? 오늘은 고기도 있는데. 짜식들. 이놈들아, 여기 닭고기 있다. 냉큼 와서 먹어라. 이놈들이 다 귀머거리가 됐나. 벙어리가 됐나. 아무 기척이 없네.

저도 뭐, 광채까진 아니어도, 가장의 위엄은 좀 있죠. 가장의 위엄이라는 게 그래요. 중심을 딱 잡고 기강을 세워야지. 그냥 허허실실 놔두면 안 서거든. 아내 손 붙들고 집으로 돌아오면서 생각했어요. 어차피 개 아빠로 살아야 할 거면 제대로 살자. 진짜 아버지로 거듭나자. 그놈들 사료값이 어디서 나오냐. 다 내 자격증에서 나오는 거지. 그러니 가장이 누구냐. 바로 나지. 내 나라 법을. 내가 세우고 내가 다스려야 했는데. 일단 아내와 합의를 봤어요. 새끼들은 젖 떼는 즉시 다른 데 보낸다. 더 이상 개는 안 들인다. 밥은 사람이 먼저 먹고 개는 그다음에 먹는다. 이런 사소한 것들까지 다. 진즉에 그랬어야 했는데. 생각이 짧았지 뭐야. 뒤늦게라도 정신을 차린 게 다행이지. 아내도 좋아해요. 내가 적극적으로 나서니까. 원래 자식 교육은 엄마가 옆에서 끼어들면 힘들거든요. 일관성이 있어야 되는데. 마음 약한 아내가 그게 되나. 치료와 보살핌은 엄마가. 질서와 규율은 아빠가. 역할 분담을 확실히.

사실 아내가 좀 바쁘기도 했죠. 나랑 합의를 봤으니 새끼들 보낼 곳도 찾아봐야 되고. 다른 병신 개새끼들도 처리해야 되고. 인터넷에 카페도 만들고. 수사대를 만든다, 뭘 조직한다. 그 와중에 어미 개 산후조리 시키느라 북어대가리를 고고. 얼마나 바쁜지 나도 얼굴 보기가 힘들어. 아침부터 저녁까지. 집에는 애들하고 나하고만 있어. 내가 밥 챙겨주고 똥오줌 치우고 그래야 해. 예전 같으면 섭섭하고 그럴 텐데. 나도 개들 훈련시키는 데 재미를 붙여가지고. 너그러이. 훈련이라는 게 뭐 따로 있나. 채찍과 당근. 특별보상으로다가 통조림 간식 정도.

개들이 원래 늑대새끼라 서열 이런 거에 민감해요. 잘 아시죠? 고양이도 그럴걸요? 집안에서 서열이 누가 제일 높은지 기가 막히게 잘 알아. 그때까지는 아내가 제일 높은 줄 알았

던 거지. 내가 아내 말이라면 무조건 무조건이니까. 내가 낮
아서 그런 줄 알았던 거지. 사랑하는 마음으로다가 배려하고
아끼고 그런다는 걸 짐승새끼들이 알 턱이 있나. 그래서 제대
로 가르쳐주기로 했지. 내가 이 집의 가장이라는 걸. 어떻게
해. 맞장 떠야지. 누구랑? 아내랑? 아니지. 애들하고. 그러
니까 젤로 센 놈. 애들로 치면 장남.

딱 보니까 알겠더라고. 이놈이 원체 못돼먹은 놈이라 뭘 하
나 물으면 놓지를 않아. 개껌이다 뭐다 다 지 차지야. 다른
놈들이 갖고 노는 것도 일단 뺏고 봐. 하는 꼴이 얄밉기도 하
고 눈꼴 시기도 해서. 내가 요놈을 족쳤지. 아주 작신작신.
밥그릇부터 뺏고. 틈나는 대로 벌도 좀 세우고. 한 일주일 하
니까 바짝 엎어져. 내가 큰 소리만 내도 그냥 발랑 뒤집어지
지. 그럼 내가 발바닥으로 배를 이렇게 싹싹 쓰다듬어주지.
그럼 또 오줌을 질질 싸. 일단 장남 하나 잡으니까 그다음 놈
들은 그냥 따라와. 내가 그놈들 한 줄로 쫘악 세울 수도 있어
요. 먹이를 앞에 놓고 기다리는 법도 가르쳤죠. 손, 발, 이런
것도 잘하고. 똥오줌도 잘 가리고. 군기가 바짝 잡혀가지고.
진짜예요, 제가 다 가르친 거예요.

그런데 딱 한 마리. 적응을 못 하는 놈이 하나 있는데. 맨
나중에 온 그 시추놈. 그렇지 않아도 눈꼬라지가 마음에 안
드는데. 구석에 한번 처박히면 나오질 않아. 오질 않으니 훈
련을 시킬 수가 있나. 밥을 안 주면 그냥 굶어. 굶는 건 아주

이력이 난 놈이야. 하긴 주인이 눈깔까지 파버렸는데. 어디 하루이틀 굶어봤겠어? 지 엄마나 와야 슬그머니 나와서 밥만 먹고 들어가고. 몰래 나와서는 문지방에 오줌 찍 갈기고 도망가고. 게릴라처럼. 이놈 버릇을 잡아야 하는데 벼르고 있었죠. 어쨌든 그놈 말고는 완전히 다 잡았어요. 집안에 평화가 온 거지.

그런데 이상하대요? 훈련을 멈출 수가 없는 거야. 하루라도 쉬면 뭔가 허전해. 그래서 계속했지. 맨날 똑같은 훈련만 할 수 있나. 강도도 높여가면서 약간의 체벌도 좀 하고. 손, 발. 이런 거 다음엔 굴러, 엎어져, 이런 것도 가르치고. 그래야 내가 가장이라는 사실을 잊지 않지. 그런데 이놈들이 어째지 엄마한테 하는 거랑 나한테 하는 게 달라. 지 엄마한테는 가서 그냥 부비고 꼬리치고 뭉개는데. 나한테는 멀찍이서 빙빙 돌고. 마음을 주지를 않아. 기긴 하는데 곁을 안 줘. 먹이나 받아 처먹고. 얻어먹었으면 고맙다는 표시는 해야지. 안 그래요? 아주머니 고양이들처럼. 그렇게 해야지.

아, 진짜 그거 볼만하대요? 그러니까 그놈에 고양이들이 조용히 먹이를 먹고서는. 아주머니 다리에 몸을 쓱쓱 비비고서는. 그것도 한 마리씩 줄을 서서 한 바퀴 휙 돌고서는. 그 옆에 철푸덕 누워서는. 털도 핥고 잠도 자고. 배부르고 좋다 이거지. 그런데 그 풍경이 어쩐지 애들 그림책에나 나올 법한. 요상하게 묘한 느낌이대요? 기껏 유통기한 지난 빵이나 얻어먹으면서. 먹다 버린 닭 쪼가리나 곰팡 난 메주콩이나 주워먹으면서. 나는 유기농 사료에, 깡통 하나에 천 원씩이나 하는 간식에, 좋은 건 다 갖다 바치는데.

근데 그거 진짜 어떻게 한 거래요? 빵에다 뭐 약이라도 넣으시나? 고양이들은 언제부터 길들이신 건가? 항상 그렇게 고양이가 먼저 먹고 까마귀가 먹나? 그냥 계속 앉아만 있어도 되나? 원래 긴장 균형 이런 게 유리판 같잖아? 자칫 발을 헛디디면 혼란의 도가니로 그냥. 그러는 법인데. 짐승새끼들은 더 그런 건데. 안 그래요? 지금 고양이들 와 있죠? 그렇죠? 저기 풀숲에 고양이 눈빛 맞죠? 고양이들이 당황하긴 했나 보네. 기척도 없이 나타나던 놈들이 나한테까지 들킨 걸 보면. 까마귀들은 아예 코빼기도 뵈지 않네. 빨리들 와야 내가 자세히 보고 좀 배울 텐데. 아주머니가 어떻게 하나. 내가 그걸 좀 보고 배우려고 지금까지 이러고 있는 건데. 아무리 짖어봐야 반응도 없는 돌부처 옆에서. 개무시당하면서. 아니 뭐 아주머니가 저를 무시했다는 게 아니라, 그냥 제 기분이 좀.

하긴 마음이 없으면 어때요. 서열을 확실히 했는데. 존경심이 없으면 어때. 질서가 잡혔는데. 그런데 그 질서란 게 또 석연치가 않아. 분명히 낮게 엎드려 있기는 한데. 이상하게 비웃는 느낌이 든단 말이지. 그게 또 아니라면 아닐 수도 있는데.

그거 아세요? 수캐들이 중성화 수술을 받으면요. 아무리 발정 난 암캐가 앞에서 알짱거려도 아무 반응이 없어요. 수캐라면 그냥 올라타야 하는 건데 그러질 못해. 지가 수캔지 암캔지도 모르는 거지. 성에 대한 정체성이 없어. 그런데 또 그놈의 자지란 물건은 옛날에 해봤던 기억이 있어서 저절로 부풀어. 벌겋게. 어떻게 할 것도 아니면서 요망한 게 부풀긴 부풀어. 그런데 그게 또 기분이 이상한가 봐. 그냥 지 자지를 멀거니 쳐다보고 있어. 남자 구실도 못 하는데 남자 구실을 했던 기억은 나고. 참 불쌍하고 안됐더라구. 그러게 비용이 좀 들더라도 암캐들을 시켰어야 했는데. 괜히 아내 말 들었다가. 아무튼지 간에.

아내는 아침부터 일찌감치 어디 나가고. 집안이 조용하니 평화로운 게. 나도 아침 먹고 졸음도 오고 그래서 신문이나 뒤적뒤적하고 있는데. 기분이 좀 이상해. 내가 족친 그 수캐가 슬그머니 신문 위로 올라와 비스듬히 누워. 어쭈 지가 먼저 와서 아양도 부리고. 그래 기분이 좋아지려고 하는데. 그놈의 자지가 딱 보이는 거지. 암캐한테 보여주는 게 아니고 나한테 보여줘. 왜? 왜 나를 따라다니지? 왜 나를 쫓아다니면서 지 자지를 보여주지? 그러고 있는데 이놈이 씩 웃어. 진짜 씩 웃었다니까요. 씨익. 혀를 옆으로 살짝 빼고서는.

이런 후레자식이 있나. 그러니까 나더러 그러는 거 아냐. 너도 씨 없는 놈 아니냐. 너도 길바닥에서 주워 온 놈 아니냐. 같은 처지면서 뭘 그리 유세냐. 이런 개자식이 어디 감히. 그

래서 내가 이 녀석 목덜미를 잡아서 집어던졌지. 멱따는 소리
를 내면서 나동그라지는데. 자지는 줄어들지도 않고 벌건 것
이. 화를 더 돋우네. 그러고 보니까 다른 놈들 눈빛도 똑같은
거야. 불쌍한 놈아. 우리랑 같은 놈 주제에 뭘 그리 힘을 주
냐. 딱 그런 눈빛. 그래서 이것들을 전부 다 혼쭐을 내야겠다
싶어서. 그냥 보이는 대로 발로 차고 집어던졌지. 짖고 으르
렁거리고 지랄발광들을 하는데. 어느 순간 종아리가 욱씬. 이
것 좀 봐봐요. 여기. 아직 피딱지도 제대로 안 앉았어요. 그
러니까 외눈박이 시추놈이. 소파 뒤에 숨어만 있던 놈이 언제
튀어나왔는지. 그냥 종아리를 물고는 놓지를 않아. 합죽이 주
제에 턱 힘은 또 얼마나 센지. 그걸 겨우겨우 떼어내서는 그
대로 벽에 던졌는데.

　그게 퍽. 제대로 퍽. 소리가 난 거죠. 대가리가 벽에 부딪
치면서. 퍽. 툭 튀어나온 눈깔이 더 튀어나와서 나를 노려보
고 있는데. 그렇지 않아도 기분 나쁜 눈깔이었는데. 벽에서부
터 피가 줄줄 흘러내리는데. 그 짖고 까불던 개새끼들도 순식
간에 조용해지는데. 그 순간에 아내 얼굴이 확 지나가는데.
정신이 확. 죽었나? 살았나? 이 피는 다 어쩌나? 아내한테는
뭐라고 하나? 모른 척하나? 지들끼리 장난치고 까불다가 그
렇게 된 거라고 하나? 사실대로 말하나? 사실대로 뭐. 개새
끼가 나를 졸졸 따라다니면서 자지를 보여줬다고. 내가 씨 없
는 놈이라고 비웃었다고. 일러바쳐? 그래서 혼 좀 내줬다고.

엄마 치마폭에 숨어 징징거리는 애처럼? 일단 증거부터 없애자. 시체부터 치우고 그다음에 생각하자. 마당에 묻을까 어디가서 태워버릴까. 그러면서 한 발짝 발을 떼는데. 글쎄 이 개새끼들이 내 앞을 떡하니 가로막아. 갓난쟁이들까지 다 몰려나와가지고는 캥캥. 내가 한 발만 더 나가면 모두 달려들 기세더라구. 이빨을 있는 대로 드러내고서는. 눈을 부라리고 그냥. 어떻게 해. 개들이 반란을 일으켰는데. 일단 몸부터 피하고 보자. 어디로 가나 하다가. 나도 모르게 여기로 발걸음이. 그러니까 아주머니 생각이. 아주머니라면 다 들어주실 것 같고. 고양이도 받아주는데.

아주머니 듣고 계시죠? 못 들은 척하지 마시고, 어디 얘기 좀 해보세요. 내가 뭐, 잘못했어요? 여태 먹여주고 재워주고 보살펴줬는데. 나 아니었으면 뒈졌어도 벌써 뒈졌을 목숨인데. 난 잘못한 거 없어요. 안 그래요? 그깟 개새끼 한 마리 죽은 거 갖고 뭐. 뭐가 대수야. 처음부터 그 병신 개새끼를 들이는 게 아니었는데. 그 병신 개새끼들 때문에. 다 그놈들 잘못이지.

아내가 식물을 키웠으면 어땠을까요? 살아 움직이는 동물 말고. 가지 뻗고. 잎 넓히고. 꽃 피우는. 식물들. 아내가 키운 것이 식물이었다면. 집 안은 오줌 냄새 털 냄새가 아니라 꽃 향기로 가득했을 텐데. 불쌍한 식물들도 많잖아요. 병든 꽃도 있고. 부러진 소나무도 있고. 그것들 가져다가 보살피고 물주고 그랬으면. 그랬으면 이런 일은 없었을 텐데. 꽃놀이 좋아하는 사람이 언제부턴가 꽃타령도 안 하고. 한 해도 안 빠지고 갔었는데. 꽃놀이. 여기가 이렇게 다 꽃방석인데.

집으로 돌아가긴 가야 하는데. 발길이 안 떨어져요. 실은 겁이 나서 못 가겠어요. 아내 얼굴을 어떻게 봐야 할지. 저는요. 아내 없이는 못 살아요. 죽은 거나 다름없어요. 제가 그랬잖아요. 젖도 안 뗀 갓난쟁이라고. 그래서 말인데요. 저한테 좀 가르쳐주세요. 어떻게 하면 돼죠? 아주머니? 어떻게 하면 개들을 다스리죠? 집에 돌아가야 하는데. 돌아가서 다시 가장의 위엄을 세워야 하는데.

아주머니. 아직도 눈에 선해요. 나를 쳐다보던 개새끼들의 눈길이요. 그 눈은 뭘 보고 있었던 걸까요. 그러니까 그게 둘 넷 여섯 여덟 열 스물. 스물넷. 아니 스물셋.

감은 눈 뜬 눈

1

나를 뭐라고 해야 할까. 그냥 짐승이라 해둘까? 그래 짐승이라 하자. 나는 나무둥치를 휘감아 오르는 뱀일 수도 있고, 뱀 앞에서 옴짝달싹 못하는 두꺼비일 수도 있다. 나는 먹잇감을 향해 돌진하는 표범의 발소리인가 하면, 왕좌를 빼앗긴 늙은 수사자의 숨소리이기도 하다. 나는 다람쥐 몸통을 거머쥔 독수리의 갈고리 발톱, 독수리 발톱에 붙잡혀 날아오르는 다람쥐의 콩닥대는 심장, 그 모든 짐승, 한갓 짐승의 그 모든 것이다.

나는 여자들을 좋아한다. 여자의 기질이 아니라 여자의 몸을 사랑한다. 야들야들한 젖가슴과 쫀득쫀득한 입술과 매끄러운 허벅지에 열광한다. 고추냉이 냄새가 나는 겨웃의 알큰한 맛과, 날옥수수 냄새가 나는 발가락의 비린 맛을 즐긴다. 찝찌레한 땀 냄새조차 상큼한 해초 냄새를 닮은 여자들. 여자들의 기다란 손톱과 가느다란 목과 하늘하늘한 머리카락에 가슴이 설레고, 여자들의 통통한 불두덩과 봉긋한 아랫배와 동그란 무르팍에 피가 뜨거워진다. 위태로운 것은 위태로워서 좋고, 둥근 것은 둥글어서 좋다. 여자들의 몸속엔 발이 푹푹 빠지는 개흙이 있는가 하면, 은빛으로 빛나는 모래사장도 있다. 내가 만난 여자들 중에는 손가락이 섬세한 조각가도 있었고, 아름답지만 성마르고 냉정한 산부인과 의사도 있었다. 그녀들은 단 한 번의 눈길만으로도 다리를 벌리고 나를 받아들였다. 내 말에 순종하는 그녀들이 너무나 시시해서 하품이 날 지경이었다. 내가 지나가고 나면 나와 닮은 녀석들이 시시때때로 그녀들을 겁탈하리라는 것도 알았다. 그녀들은 아무에게나 몸을 내주는 늙은 창녀나 다름없었다.

나는 너를 선택했다. 너를 택했다고 해서 내가 늘 너와 함께였던 것은 아니었다. 나는 종종 밤 사냥을 나가는 박쥐처럼 네 몸을 빠져나가곤 했다. 너라는 감옥에서 갇혀 지낼 수만은 없었으므로, 내 본능이 그걸 허락하지 않았으므로, 그리하지 않으면 나라는 존재를 아주 잊어버릴 것 같았으므로, 나는 한갓 짐승일 뿐이었으므로, 어쩔 수 없었다. 하지만 나는 매번 너에게로 돌아왔다. 너의 몸은 변함없이 부드러웠고, 너는 그 보드라운 몸으로 오직 나만을 받아들였다. 나는 자궁 속 태아처럼 몸을 웅크린 채 네 심장에 귀를 기울였고, 평온한 심장 박동 소리를 들으며 안식을 얻었다. 너는 그 어떤 짐승도 침범할 수 없는 성녀였고, 나는 창녀와 성녀를 오가며 구원을 얻는 이중 첩자였다.

2

너를 선택한 것은 검은 눈 때문이었다. 거울처럼, 나를 비추던 너의 검은 눈동자. 그리고 네 눈 밑에 그어진 붉은 손톱 자국.

눈깔을 뽑아버리겠어. 그녀는 고함 소리와 함께 손톱을 세워 너의 조그만 광대뼈를 움켜쥐었다. 열 개의 뾰족한 손톱이 네 뺨을 후벼 팠다. 눈두덩을 쑤시고 입을 찢어대면서도 그녀의 검지 손톱만은 끊임없이 네 눈알을 노렸다. 네가 순간적으로 눈을 감지 않았더라면, 그러면서 고개를 약간 틀지 않았더라면, 네 크고 짙은 눈동자는 온전히 남아 있지 못했을 것이다.

여자들은 종종 손톱을 세운다. 길고 매끄럽게 잘 다듬어진 손톱일수록 더 날카롭게 세운다. 여자들이 손톱을 세울 때, 그 끝에 내가 매달려 있다. 손톱을 세우고 싶은 마음이 내게 신호를 보내면, 나는 기꺼이 그곳으로 달려가 매달린다. 손톱 끝에 매달려, 손톱만큼의 마음에 칼을 쥐여주고, 용기를 북돋아 기어이 감행하게 만든다. 그러므로 네 얼굴에 상처를 낸 것은 그 여자가 아니라 바로 나다. 그녀의 손을 빌려 내가 그렇게 한 것이다.

죄책감 때문에 널 선택한 것은 아니었다. 나는 죄의식이나 책임감 때문에 움직이는 존재가 아니다. 나는 네가 신호를 보내주기를 기다렸다. 내 힘이 필요하다는 눈짓, 단 한 번의 고갯짓이라도. 그러나 너는 내게 작은 틈도 보이지 않았다. 몸에 밴 정결함과 신중함이 나를 거부하고 있었다. 해방군처럼 무작정 밀고 들어갈 수도 있었지만 너에게만큼은 그렇게 하고 싶지 않았다. 손톱만큼의 자리라도 네 허락을 받고 싶었다. 그래야만 네 안에서 온전히 살아갈 수 있을 것 같았다. 허락이 떨어져야만 집 안으로 들어갈 수 있는 뱀파이어처럼, 나는 초조하게 문밖을 서성였다.

네 검은 눈동자가 반짝 빛을 내던 그 순간. 스치듯 짧은 순간. 그 찰나의 허락. 거기 히뜩 비친 내 얼굴.

한 줄기 피가 혜성처럼 꼬리를 늘이며 흘러내렸다. 그것은 내게 범죄 현장에 둘러쳐진 경고줄 같았다. 접근하지 말라는 엄중한 경고. 그 금지의 선이 나를 자극했다. 그 금지의 선 뒤에서 네 검은 눈동자가 말하고 있었다. 줄을 끊고 네 몸 깊숙이 들어오라고. 허락을 품은 경고는 더욱 매혹적이었다. 입안에 신맛이 돌며 침이 가득 고였다. 나는 조용하고 은밀하게 네 손목을 움켜쥐었다. 그리고 네 몸속으로 들어갔다. 그렇게 나는 너라는 감옥을 선택했다.

3

내가 그녀에게 속해 있던 시절. 그녀의 눈으로 내가 너를 노려보던 시절. 그리하여 네 눈 밑에 붉은 상처를 내고야 말았던 바로 그 시절. 그녀는 매일 아침 쌀점을 치는 것으로 하루를 시작했다. 쌀을 한 움큼 쥐고 상 위에 흩뿌린 다음 숫자를 세고 모양을 살폈다. 쌀이 열여덟 알이면 이별할 일이 생기고, 스무 알이면 오랜 기원이 이루어진다고 그녀는 믿었다. 그날의 점괘는 하루의 기분을 좌우했고, 그녀의 기분은 네 안위를 결정했다. 그녀가 쌀점을 칠 때면 너는 문지방 너머에서서 그녀를 살폈다. 그녀의 입가에 미소가 드리워지고 나서야 너는 문지방을 넘어 그녀에게로 한 발 다가설 수 있었다.

"뭐라고 나와요?"
네가 그녀 앞에 무릎을 꿇고 앉으며 물었다.
"네 아버지가 오겠구나."
그녀는 눈을 내리깔며 대답했다.

너는 그녀의 말을 이해하지 못했다. 그날 저녁 낯선 남자가
방문했을 때에도 그랬다. 키가 훤칠하게 크고 머리카락이 희
끗희끗한 남자였다. 그는 한동안 신도 벗지 않고 현관에 멀뚱
히 서 있었다. "우리 진이 많이 컸구나." 그가 말했다. 나직
하지만 힘 있는 목소리였다. 그가 말을 하는 순간, 너는 비로
소 그녀의 말을 이해했다. 너는 그 목소리를 분명히 기억했
다. '엄마를 잘 보살펴야 한다.' 오래전 그 목소리가 네 머리
를 쓰다듬으며 말했었다.

네게 그는 목소리로 존재하는 사람이었다. 목소리는 네 삶
에 영향력을 행사했다. 그것은 일종의 법과도 같았다. 네가
반드시 지켜야만 하는 의무와 책임. '엄마를 잘 보살펴야 한
다.' 하지만 목소리는 안개처럼 덧없는 것이기도 했다. 한줄
기 바람에도 흔들리고 숯아오른 햇살에도 풀이 죽는 안개. 그
의 목소리가 안개라면 그녀의 상태는 공기 그 자체였다. 그녀

의 숨결과 옅은 한숨 소리, 흔들리는 눈동자, 걸음걸이. 그것이 바로 네가 호흡하고 살아가는 현실이었다. 그녀가 뒤꿈치로 쿵쿵 소리를 내며 걸으면 너는 발끝으로 사뿐히 걸어야 했고, 그녀의 숨결이 거칠어지면 너는 숨을 죽였다. 그녀가 침묵 속에서 문득 고개를 치켜들 때 너는 명령을 받드는 사람처럼 옆구리에 양팔을 바짝 붙였다. 그녀의 눈동자가 흔들릴 때 너는 그 눈동자 바깥으로 몸을 피해야 한다는 걸 알았다. 책임을 지운 것은 그의 목소리였지만, 목소리보다도 먼저 너의 움직임을 지배하는 것은 바로 그녀의 상태였다.

그는 아무것도 들고 오지 않았다. 가방이나 짐은 물론이고 너를 위해 과자봉지조차 준비해오지 않았다. 그는 잠깐 들른 사람처럼 보였다. 그가 구두를 벗고 성큼성큼 걸어 들어왔다. 네 앞에까지 오는 데에는 세 걸음밖에 걸리지 않았다. 너는 허리를 꼬고 벽에 기대서서 그를 올려다보았다. 많이 커버린 너의 머리를 만지기 위해 그는 허리를 깊숙이 숙여야만 했다. 그가 너의 머리를 쓰다듬고 뺨을 감싸 쥐었다. 너는 고개를 외로 꺾었다. 네 뺨에 와 닿은 그의 손바닥은 살과 피와 뼈로 이루어진 산 사람의 것이었지만, 네겐 얼음장보다 차갑고 칼날보다 섬뜩하게 느껴졌다. 그는 목소리로만 존재하는 사람이었다. 목소리가 아니라 육체로 존재하는 그를, 너는 느껴본 적이 없었다.

문을 열어주고 셨던 그녀가 치맛자락을 감아쥐고 휙 돌아섰다. 그녀는 너와 그를 스쳐 지나 방으로 들어갔다. 그는 네 머리를 한 번 더 쓰다듬고는 그녀의 뒤를 따랐다. 문이 닫히고 잠금장치 돌아가는 소리가 들렸다. 너는 뒷걸음질로 물러섰다. 방에서 눈을 떼지 않은 채 그들에게서 조금씩 조금씩 멀어졌다. 현관문이 등에 닿을 때까지 한 발 한 발. 더 이상 물러설 곳이 없자 그대로 바닥에 주저앉았다. 그가 벗어놓은 구두가 네 눈에 들어왔다. 그의 구두는 커다란 군함 같았다. 너는 그의 구두에 손을 넣어보았다. 코를 갖다 대고 냄새를 맡았다. 마치 구두에 남은 체취와 온기로 그를 가늠해보려는 듯했다. 목소리가 아니라 육체로 존재하는 그를, 너는 구두에서 찾고 있었다. 방에서 울음소리가 새어 나왔다. 웃음소리인 듯도 했다. 너는 구두코를 현관문 쪽으로 향하게 가지런히 정리했다.

금방 떠날 줄 알았던 그는 사흘이 지나도 집을 나설 생각을 하지 않았다. 아무 짐도 가지고 오지 않았지만 생활하는 데 불편은 없었다. 장롱 한구석에는 그에게 꼭 맞는 체크무늬 파자마가 있었고, 한 번도 입지 않은 새 속옷과 양말도 있었다. 그가 있는 동안 너는 최대한 몸을 숨겼다. 그녀가 한숨을 내쉬지도 않았고 쿵쿵 소리를 내며 걷지도 않았는데, 너는 더 깊게 숨을 죽이고 더 높이 발꿈치를 들었다. 그녀의 눈동자가 허공에 흔들릴 때처럼 너는 자꾸만 구석진 곳으로 숨어들었다. 네가 숨지 않았어도 그들에게 너는 없는 존재나 다름없었다.

나흘째 되던 날. 집 안에만 있던 그녀가 장을 보러 나간 사이. 그 역시 기다렸다는 듯 집을 나섰다. 들고 온 것이 없었으니 나갈 때도 빈손이었다. 집을 나서기 전 그가 너를 돌아보며 말했다. "엄마를 잘 보살펴야 한다." 네가 고개를 끄덕이기도 전에 현관문이 닫혔다. 너는 닫힌 문을 쳐다보며 그의 얼굴을 떠올려보았다. 그의 얼굴은 금세 잊혀졌다. 엄마를 보살펴야 한다는 나지막한 목소리만이 네 귀에 맴돌았다. 그는 다시 목소리로 남았다.

그녀는 양손에 커다란 봉지를 나눠 들고 돌아왔다. 한달음에 달려온 듯 거친 숨을 몰아쉬고 있었다. 그녀는 현관에 서서 그의 구두가 있었던 자리를 쏘아보았다. 그녀의 손에 들려 있던 쇼핑 봉투가 힘없이 떨어졌다. 봉지에는 소꼬리 한 벌과 각종 채소와 해산물이 들어 있었다. 그녀는 아무 말도 하지 않았다. 하지만 그녀의 표정을 본 순간, 너는 무언가 중요한 잘못을 저질렀음을 깨달았다. 그녀가 침묵할 때는 누군가의 실수를 알아차렸을 때였다. 그가 가도록 내버려둔 것은 분명

네 잘못이었다. 너는 그의 구두를 가지런히 정리할 것이 아니라 꼭꼭 숨겼어야 했다. 그의 구두를 개처럼 물어뜯어서 못쓰게 만들었어야 했다. 그녀가 올 때까지 그의 바짓가랑이를 붙들고 있었어야 했다. 그것이 그녀가 네게 맡기고 간 의무와 책임이었다. 말하지 않아도 알아먹었어야 할 말귀였다. 의무와 책임을 다하지 못한 것은 분명 너의 잘못이었다.

침묵의 날들이 이어졌다. 그녀는 조용히 밥을 먹고 방으로 들어가 다시 밥때가 될 때까지 나오지 않았다. 너와 그녀는 들통으로 하나 가득 끓인 소꼬리 곰탕을 먹어치웠다. 한 벌의 소꼬리를 다 먹고 나자, 돼지 등뼈를 사 와 삶았고, 돼지 등뼈를 다 먹고 난 후에는 살아 있는 미꾸라지와 장어를 고았다. 장어를 다 먹고 나자 그녀는 더 이상 아무것도 입에 대지 않으려 했다. '엄마를 잘 보살펴야 한다.' 네 귀에 그의 목소리가 들렸다. 엄마를 잘 보살펴야 한다는 것은 엄마의 엄마가 되어야 한다는 뜻이었다. 너는 그녀를 위해 조막손을 부지런히 움직여 마죽을 쑤고 과일을 갈았다. 하지만 그녀는 네가 공들여 만든 음식에 입을 대지 못했다. 일부러 그러려는 것이 아니라 먹으려고 해도 먹을 수가 없었다. 설탕물이나 과즙 같은 걸 숟가락으로 떠 먹이면 겨우 입술을 축이다가 곧바로 말간 물을 토해내곤 했다.

너는 네게 보살펴야 할 사람이 하나 더 생겼다는 것을 알지 못했다. 그녀의 배가 서서히 불러오는 동안에도 그게 무얼 의미하는지 너는 몰랐다. 다만 그녀가 평상시보다 훨씬 더 많은 음식을 먹게 된 것을 다행이라고 생각할 뿐이었다. 그녀의 배가 곧 터져버릴 풍선처럼 빵빵해졌을 때, 그녀가 선언하듯 말했다.

"네 동생이 나올 거다."
너는 풍선을 어루만지며 물었다.
"그 애 이름이 뭐예요?"
그녀는 다시 침묵했다.

입술이 유난히 붉은 아이였다. 그녀는 아이를 싼 포대기를 던지듯 내려놓았다. 그러고 다시는 거들떠보지 않았다. 아이의 몸에는 손끝 하나 대려 하지 않았다. 퉁퉁 불은 젖 때문에 젖몸살을 앓고 젖이 흘러넘쳐 옷을 적셔도, 아이가 그것을 빨아들여 자연스럽게 해결하는 것을 허락지 않았다. 유축기로 짠 젖을 그냥 버리지 않고 젖병에 담는 것만으로도 선심을 쓴다는 듯 젖병을 네 손에 픽 던지곤 했다. 너는 그걸 공손히 받아 아이에게 가져갔다. 하지만 아이 역시 그녀의 젖을 거부했다. 네가 젖병을 물리면 아이는 혀를 내밀어 플라스틱 젖꼭지를 입에서 밀어냈다. 아무리 다독이고 추어올리며 입에 넣어주어도 아이는 젖꼭지를 빨지 않았다. 그녀에게 했던 것처럼 설탕물이나 과즙을 넣어줘도 마찬가지였다. 너는 무릎을 세워 아이를 끌어안고 얼렀다. 그러다가 문득 셔츠를 들어 올려 아이의 입에 가슴팍을 갖다 대보았다. 아이가 입맛을 다시며 네 가슴팍을 핥았다. 아무리 혀를 모으고 쪽쪽 소리를 내보아도 젖이 나올 리는 없었다. 그래도 아이는 집요하게 젖꼭지를 찾아 물었다. 얼마나 악착스럽게 무는지 네 젖꼭지에서 피가 날 지경이었다. 아이는 한참을 그렇게 빈 젖을 빤 다음에야 젖병을 두 손으로 잡고 플라스틱 젖꼭지에 혀를 감았다.

아이가 젖을 다 먹고 나면 아이의 등을 두들겨 트림을 시켰다. 그런 다음 기저귀를 갈았다. 기저귀를 갈고 난 다음에는 아이의 엉덩이를 찰싹찰싹 때리는 시늉을 했다. "똥이 참 노랗구나, 어휴 냄새야, 뭘 먹고 이런 냄새가 나니이." 네가 아이의 엉덩이를 때리며 짐짓 투정을 부리면 아이는 까르르 웃음으로 화답했다. 너는 입에 바람을 담아 엉덩이에 대고 불어서 요란한 소리를 내 아이의 웃음소리를 키웠다. 그렇게 한바탕 웃고 난 아이는 입가에 미소를 매단 채 잠이 들었다. 너는 아이 옆에 웅크린 채 쪽잠을 잤다. 자면서도 너는 아이의 가슴을 도닥이는 손을 멈추지 않았다. 누가 가르쳐준 것도 아닌데, 보고 배운 것도 아닌데, 너는 원래부터 엄마로 태어난 사람처럼, 그 모든 것을 자연스럽게 해냈다.

그녀는 폭발하듯 울음을 터뜨렸다. 그녀의 울음소리에 아이도 따라 울었다. 아이가 울면 그녀는 비명을 지르며 진저리를 쳤다. 너는 그녀와 아이를 부산히 오가며 두 울음을 달래야만 했다. 너는 여자가 되기도 전에 그렇게 두 아이의 엄마가 되어버렸다.

한밤중이었다. 어둠 속에서 아이의 울음소리가 들렸다. 울음소리는 끊어졌다 이어지고 있었다. 너는 이불을 젖히고 일어나 주위를 둘러보았다. 열린 문틈으로 빛이 새어 들어오고 있었다. 아이가 누워 있던 자리에 아이는 보이지 않았다. 너는 눈을 비비며 밖으로 나갔다. 부엌 쪽 식탁 앞에 등을 돌리고 선 그녀가 보였다. 아이는 포대기도 없이 식탁 위에 올려져 있었다. 너는 뭐에 홀린 사람처럼 그녀를 향해 다가갔다. 그녀가 아이의 머리칼을 쓰다듬는 것을 신기하게 쳐다보며 조용히 걸었다. 그녀는 두 손가락으로 아이의 귓불을 살짝 잡았다 놓았다. 네가 그녀의 등 뒤에 섰을 때, 그녀는 손을 쫙펴서 아이의 얼굴에 갖다 대고 있었다. 아이의 코와 입을 빈틈없이 막을 만큼 큰 손이었다. 그녀의 팔뚝에 힘이 들어갔다.

"그 애 이름은 선이에요!"
너는 주먹을 꽉 쥔 채 소리쳤다. 그녀가 휙 돌아보았다.

너는 그녀의 눈을 쏘아보며 또박또박 말을 이었다.

"내가 그렇게 부르기로 했어요. 그러니까 그 앤 내 거예요."

그것은 도전장이었다. 캐묻거나 대들 엄두도 못 내던 네가
감히 그녀에게. 그녀의 손은 여전히 아이의 얼굴 위에 올려져
있었다. 그녀는 무슨 영문인지 모르겠다는 표정이었다. 아이
는 뒤늦게 두 팔과 두 다리를 버둥거리며 그녀의 손아귀에서
벗어나려고 안간힘을 쓰고 있었다. 너는 어깨로 그녀의 팔을
밀쳐내며 아이에게서 그녀를 떼어냈다.

너는 두려웠다. 두렵기는 그녀도 마찬가지였다. 두려움이
너에게는 용기를 주었고 그녀에게는 죄의식을 일깨웠다. 그
녀는 네 검은 눈동자에서 의심의 눈초리를 감지했다. 의심은
의심을 불렀다. 그녀는 네가 그를 쫓아 보냈고, 네가 그녀의
행복을 앗아가고 있으며, 네가 그녀의 앞날을 망쳐버릴 것이
라고 의심했다. 너의 의심은 사실이었지만 그녀의 의심은 터
무니없었다. 터무니없는 의심이 명백한 의심을 공격했다. 너
의 의심은 그녀를 분노하게 했고, 그녀의 의심은 너를 궁지로
몰아넣었다. 그 모든 의심이 너를 향해 죄를 덮어씌웠다. 너
는 죗값을 치러야만 했다. 너는 보지 말아야 할 것을 보았고,
해서는 안 되는 말을 했다. 그것이 네가 처벌받아야 하는 이
유였다.

"눈깔을 뽑아버리고 말겠어."

　그녀는 으르렁거리며 네게 달려들었다. 손톱을 세워 거침없이 휘둘렀다. 손톱이 지나간 자리마다 피가 배어나왔다. 그녀는 너를 갈가리 찢어놓아야만 그만둘 태세였다. 내가 손톱 끝에 매달려 네 얼굴을 공격하기 시작한 그 순간부터 그녀는 이미 내 소관이 아니었다. 내 동족의 울음소리를 조금만 더 일찍 들었다면, 그래서 내가 잠에서 덜 깬 상태가 아니었더라면, 그래서 내가 그녀의 손톱 끝이 아니라 온몸에 매달려 있었더라면, 너는 살아남지 못했을 것이었다.

　네 얼굴을 어지럽게 가로지르던 붉은 선들.

　그녀는 집요하게 네 눈알을 노렸다. 그녀의 손톱이 네 얼굴을 후벼 파는 동안 너는 최대한 식탁에서 멀리 떨어지려 애를 썼다. 본능적으로 그러했다. 그녀의 손톱 끝에 매달린 내 귀에 새로운 소리가 들렸다. 네 심장 소리. 지극히 안정적인 맥박이었다. 어떤 동요도 흔들림도 없었다. 어느 순간 네가 슬쩍 내 쪽으로 시선을 돌렸다. 그때 나는 그녀가 왜 그토록 집요하게 네 눈알을 노렸었는지 이해했다.

최후의 일격을 마치고 난 후, 그녀는 줄 끊긴 인형처럼 주저앉아버렸다. 뭉텅뭉텅 뽑혀나간 머리카락이 그녀의 발끝에 닿아 있었다. 그녀는 자신의 두 손을 가만히 들여다보았다. 피 묻은 손을, 잘 다듬어진 길고 뾰족한 손톱을, 손톱 사이사이마다 끼어 있는 살점과 머리카락을 보았다. 부러진 손톱 조각 하나가 손가락 끝에서 덜렁거리다가 툭 떨어졌다. 그녀의 등이 가녀리게 떨렸다. 떨림이 채 멈추기도 전에 그녀가 자리에서 일어났다. 그리고 제 방으로 재빨리 몸을 감추었다. 나 대신 들어앉힌 음울한 짐승녀석과 함께.

　인간들은 나에게 매혹을 느끼는 동시에 혐오한다. 내 발밑에 무릎을 꿇고 사랑을 고백하다가 갑자기 침을 뱉고 손가락질을 한다. 그들은 나를 통해 행복을 얻고 고통을 경험한다. 한없이 고마워하면서 터무니없이 증오한다. 믿다가 의심하고 추종하다가 내팽개친다. 그리고 부정한다. 우리들 때문에 산만해지는 것을 원하지 않기 때문이다. 이빨을 드러내고 미쳐 날뛰는 짐승이 제 속에서 잠자고 있던 그 온순한 짐승이었다는 사실을 인정하지 않으려 한다. 그녀는 나를 부정했다. 나에게 어떤 미련도 남아 있지 않았다. 그것은 나 또한 마찬가지였다. 그녀가 나를 부정하기 전에 이미 나는 그녀에게서 가차 없이 등을 돌렸으니까. 나는 이미 너에게 가기로 마음먹었으니까.

그녀가 사라지고 나서 너는 식탁 위의 아이를 안아 들었다. 피를 뚝뚝 흘리며 방으로 들어갔다. 아이를 안전하게 눕히고 가슴을 도닥였다. 퉁퉁 부운 얼굴에서 연신 피가 새어 나오고 있었다. 볼을 타고 흘러내린 피가 턱 끝에서 떨어졌다. 피는 정확히 아이의 붉은 입술 위에 떨어졌다. 아이가 울음을 그치고 입맛을 다셨다. 아이는 네 피를 젖인 양 핥아 먹었다. 아이의 붉은 입술이 더욱 붉어졌다. 너는 손가락으로 아이의 입술을 어루만졌다. 아이가 너의 손가락을 잡아 쥐었다. 너는 아이 옆에 가만히 누웠다. 아이는 붙잡은 손가락을 놓지 않았다. 너는 아이의 얼굴에 네 얼굴을 갖다 댔다. 아이의 볼에 네 피가 묻었다. 그 피가 접착제라도 된 듯 너와 아이의 두 볼이 딱 붙었다. 너는 아이를 향해 조용히 말했다.

"네 이름은 선이야. 내가 그렇게 말했으니 넌 그런 거야. 넌 이제부터 장님이 되어야 해. 벙어리가 되어야 해. 아무것도 보지 말고 아무것도 묻지 마. 내가 눈이 되고 입이 되어줄게. 넌 내가 보는 것만 보고 내가 들려주는 것만 들어. 그래야 우리 모두 안전할 수 있어. 넌 나랑 같고, 난 너랑 같아. 우리는 하나야."

4

네 눈 밑에는 포물선 모양의 흉터가 남았다. 관자놀이에서부터 콧방울까지 이어지는 완만한 곡선. 거기선 어쩐지 동물적인 냄새가 났다. 뽕잎을 갉아먹는 누에벌레의 느린 움직임이 보이는가 하면, 꼬리를 치켜들고 등을 휜 고양이의 위협이 보이기도 하고, 경계의 눈빛으로 주위를 살피는 미어캣의 불안한 고갯짓도 보였다. 그것은 짐승들이 남겨놓은 이빨자국 같은 것. 한때 눈물을 흘렸었다는 피의 흔적이었다. 거기서 나는 울음소리를 들었다. 울지 못하는 네게서 나오는 속울음 소리. 피에로의 눈물자국.

피에로의 눈물자국이 그녀에게는 불편한 침입자와도 같았다. 흉터가 그녀 눈에 들어오는 순간 그녀는 편두통에 시달리는 사람처럼 눈살을 찌푸린 채 너를 노려보았다. 근엄하게 책망하는 듯한 눈빛. 그녀에게서 관대함이나 애정 어린 눈빛은 기대할 수는 없었다. 너는 그녀의 심기를 건드릴까 봐 숨소리조차 크게 내지 못했다. 눈빛만으로도 오금이 저려 얼른 눈을 감아 그녀의 눈빛을 피했다. 그러면 네 눈 밑의 흉터가 꿈틀꿈틀 움직이며 그녀의 심기를 더 사납게 만드는 것이었다. 그녀는 얼음장 같은 목소리로 읊조렸다.

"빌어먹을 계집애, 무얼 잘못했기에 내 눈을 피해, 더러운 계집애, 나 몰래 무슨 짓을 하고 있는 거야. 내 피를 빨아먹을 년, 은혜도 모르는 배은망덕한 계집애, 네가 감히 나한테, 안 돼, 하지 마, 네가 생각하는 건 뭐든 하지 마, 꺼져버려, 내 눈앞에서 당장 꺼져버려, 꼴도 보기 싫어, 빌어먹을 계집애."

그녀의 눈길을 피해 숨을 수는 있어도, 그녀가 던지는 비난의 목소리에서는 벗어날 수 없었다. 감정의 일렁임도 없이, 지극히 차분한 목소리로, 입가에 미소를 띤 채 던지는 비난들. 그것은 채찍질보다 더 날카롭고 가혹했다. 너는 그것을 온몸으로 받아들였다. 그것은 네 살갗을 벗기고 네 살점을 뜯어내고 네 고막을 터뜨렸다. 네 숨통을 틀어막고 네 피를 얼어붙게 했다. 근육 하나하나가 그녀의 비난에 터질 것처럼 부풀었다. 너의 몸 전체가 하나의 상처가 되어가고 있었다.

아이는 너의 안식처이자 요양소였다. 아이 옆에만 가면 너는 이제 막 말을 배운 애처럼 수다스러워지곤 했다. 너는 네가 아는 모든 이야기들을 아이에게 들려주었다. 나쁜 어른들을 혼내주는 이빨 요정과 춤추는 빨간 구두 소녀, 수수두꺼비 등에 붙어사는 왕자 이야기도 해주었다. 아이가 제일 좋아하는 것은 숲 속에서 길을 잃은 두 자매 이야기였다. 네가 아이에게 들려줄 수 있는 이야기는 무궁무진했다. 길 잃은 자매는 때때로 빨간 구두를 신고 춤을 추었고, 수수두꺼비 등에는 왕자 대신 엄지손톱만 한 공주가 살기도 했다. 주인공과 배경은 매번 바뀌었지만, 이야기의 결말은 언제나 행복했다. 행복한 이야기가 끝날 즈음이면, 아이는 집게손가락을 세워 네 눈 밑에 난 흉터를 쓰다듬었다. 그러곤 흉터의 내력을 다 알고 있다는 듯 슬픈 얼굴이 되어 네 목을 끌어당겼다. 너와 아이는 그렇게 꼭 끌어안고 한 덩어리가 되어서야 단잠에 들었다.

학교에서 너는 세상과의 접촉을 피하기 위해 안간힘을 쓰는 사람처럼 행동했다. 누구와도 말을 섞으려 하지 않았고, 친절을 가장하고 다가오는 모든 것들을 경계했다. 너는 굳이 다른 애들을 네 세계 속으로 끌어들일 필요를 느끼지 못했고, 그러한 태도는 너를 더 외톨이로 만들었다. 그리고 너를 어린 짐승들의 표적이 되게 했다. 너는 누군가의 발에 걸려 넘어지는 일이 잦았다. 네가 잠깐 자리를 비운 사이 서랍 속에 낯선 물건이 들어와 도둑으로 몰리기도 하고, 과제 노트가 찢겨져 체벌을 받기도 했다. 쓰레기통을 뒤집어쓰지 않으면 화장실에 갇혔다. 네가 실수를 하거나 잘못을 한 것은 아니었다. 어린 짐승들의 표적이 너였을 따름이었다.

학교는 종종 어린 짐승들의 소굴이 되곤 한다. 뽀송뽀송한

솜털 속에 날카로운 유치를 숨긴 어린 짐승들. 그것들은 고삐 풀린 망아지처럼 날뛰기를 좋아한다. 무자비하진 않지만 은밀하게 고통을 주는 법도 안다. 그런데 너는 아무리 궁지에 몰려도 나를 깨울 생각은 하지 않았다. 나는 그냥 네 안에서 느슨하게 팔짱을 끼고 앉아 어린 짐승들의 작태를 지켜보아야만 했다.

수업을 마친 후 너는 아이가 있는 어린이집으로 한달음에 달려갔다. 정해진 시간에 모두 함께 낮잠을 자야 하는 엄격한 곳이었다. 아이는 너 없이 잠을 잘 수가 없었지만, 눈을 꼭 감고 자는 척은 할 수 있었다. 어린이집에서 아이는 입을 다문 채 네가 오기만을 기다렸다. 지시를 잘 따르는 착한 아이였으므로 아이의 침묵은 수줍음으로 용인되었다. 네가 어린이집에 도착해 숨을 고를 때쯤이면 아이는 기가 막히게도 알고 달려 나와 다시는 헤어지지 않을 사람처럼 너를 꽉 끌어안았다.

"이젠 안전해, 걱정하지 마, 내가 지켜준다고 했잖아."
너는 아이의 머리를 쓰다듬으며 속삭였다.
아이도 네 등을 도닥이며 따라 말했다.
"이젠 안전해, 걱정하지 마. 내가 지켜줄게."

아이는 커갈수록 너를 닮아갔다. 무럭무럭 자라는 아이에 비해 네 발육 속도는 지나치게 느려서, 네가 아이와 함께 다니면 쌍둥이가 아닌가 여겨질 정도였다. 새카맣고 커다란 눈동자도 너와 다르지 않았다. 너와 아이는 서로를 비추는 빛과 그림자 같았다. 서로를 비추어 그림자를 만들고 서로의 그림자를 섞어 새로운 빛이 되었다. 너희는 샴쌍둥이처럼 하나였다. 그래서 나는 너와 아이 모두에게 속해 있을 수 있었다.

무능력의 시간들이 지나갔다. 눈길조차 주지 않는 너는 나를 가두는 감옥이었다. 감옥이어도 괜찮았다. 거기 들어가 살기를 원한 것은 나였으니까. 내 손으로 직접 감옥 문을 닫았으니까. 여러 여자들을 전전하느라 지쳐 있기도 했으니까. 네가 나를 불러내진 않아도 네 몸은 언제나 따뜻하고 안온했으니까. 거기서 나는 안식을 얻었으니까. 나는 그 감옥 문이 영원히 열리지 않기를 바랐다. 다시 짐승으로 태어나고 싶지 않았다. 그래서 나는 내 주변을 서성이는 짐승들을 보지 않기 위해 눈을 감아버렸다. 나를 부르는 내 동족의 울음소리를 듣지 않기 위해 귀를 틀어막았다. 장님이 되어도 좋고 귀머거리가 되어도 좋았다. 네 속에서 영원히 머물 수만 있다면. 나도 아이처럼 네가 보는 것만 보고 네가 들려주는 것만 듣고 살 것이었다. 하지만 그건 희망사항일 뿐이었다. 한갓 짐승이 누릴 수 없는 헛된 희망.

짐승은 짐승일 수밖에 없는 짐승의 운명이 있었다.

5

"마법의 수프를 만들자."

"마법의 수프?"

"원하는 건 뭐든지 들어주는 마법의 수프를 만드는 거야."

"원하는 건 뭐든지?"

"어서 서둘러, 올빼미 날개를 구해 와야 해."

"커다란 솥에 두꺼비 창자를 넣고?"

"용의 비늘과 늑대의 이빨을 넣고 마법의 수프를 만들자."

네가 아이의 이마에서 손을 떼며 외쳤다. 땀을 뻘뻘 흘리며 누워 있던 아이가 네 말에 환호성을 지르며 일어났다. 연신 기침을 하면서도 입가에는 웃음이 가득했다. 너와 아이는 엉덩이를 흔들며 부엌으로 달려 나갔다. 가스레인지 위에 솥을 올리고 머리를 모았다. 아이는 아픈 것쯤은 벌써 다 잊어버린 듯했다.

"마법의 수프를 만들자. 올빼미 날개를 넣고, 늑대 이빨을 넣어."

네가 도라지를 한 움큼 쥐어 솥에 넣으며 노래하듯 말했다.
아이도 손을 번쩍 치켜들며 따라 했다.

"늑대 이빨을 넣어라, 마법의 수프를 만들자."

"밤중에 캐낸 만드라고라를 넣어라."

"밤중에 캐낸 만드라고라를 넣어라."

"붉은 흙을 넣어라, 도룡뇽 알을……"

"언니, 언니…… 그런데 만드라고라가 뭐야?"

"나도 몰라. 어쨌든 중요한 걸 거야. 책에 그렇게 돼 있어."

"배 좀 더 넣을까?"

"그래 다 넣어."

"그다음은 뭐야?"

"늪지대에 사는 뱀의 비늘과 개천에서 목 졸린 개의 혓바
닥."

"웩, 언니 그건 너무 역겹다."

"그래, 그건 좀 그렇다. 그럼 거기 생강 좀 넣어줄래?"

"여기 생강."

"마법의 수프를 만들자. 상어 밥통을 넣고……"

"그런데 언니, 생강을 그렇게나 많이 넣으면 맵지 않을까?"

"꿀을 더 넣으면 되니까 걱정하지 마. 너 목 아프다며. 요
콧물 좀 봐봐. 생강이 많이 들어가야 금방 낫지. 달고 맛있는
마법의 수프가 될 거야."

"냄새가 좋아, 언니."

"좋지? 다 됐어. 이제 뚜껑 덮고 기다리기만 하면 끝."

"얼마나?"

"조금만 더."

"빨리 먹고 싶다, 언니야. 어떻게 기다리지?"

아이가 검은 눈을 반짝이며 발을 동동 굴렀다. 너는 그녀의
방문 쪽을 보았다. 아이를 향해 의미심장한 미소를 지어 보였
다. 아이의 손을 잡고 그녀의 방으로 이끌었다. 조심스러우면
서도 신중한 움직임이었다. 아이는 코를 훌쩍이며 네 뒤에 바
싹 붙었다. 방문을 열었다. 그녀의 방은 정갈했고 향긋한 냄
새가 났다. 네가 아이의 손을 꼭 쥐었다 놓았다. 그러자 아이
가 먼저 방으로 뛰어들어갔다.

너와 아이는 화장대 의자에 나란히 앉아 번갈아가며 분첩
을 두들기고 립스틱을 발라주었다. 붉은 립스틱은 입술을 벗
어나 귀밑까지 넓게 번졌다. 마스카라는 눈 밑에 눈썹 모양의
선을 남겼다. 너와 아이는 마주 보고 웃다가 거울을 통해 서
로를 확인하며 웃었다. 웃음이 화사하게 흩어졌지만 모든 물
건들은 있어야 할 자리에서 흐트러지지 않았다. 그녀가 없을
때면 너와 아이가 종종 하는 놀이였지만, 놀이가 끝난 다음
모든 것을 완벽하게 원상복귀시킬 줄도 알았다. 너와 아이는

그녀에게 단 한 번도 들켜본 적이 없었다. 얼굴에 분칠을 한 네가 옷장으로 달려가 원피스를 하나 꺼내 들었다.

"엄마, 오늘은 원피스를 입으세요. 이거 입고 한번 돌아보세요, 나비처럼 사뿐."

"하지만 언니, 옷이 너무 커서 발에 밟힐 텐데. 어떻게 사뿐하게 돌아?"

"지금부터 진이야, 하고 불러. 이제 네가 엄마야, 알겠지?"

"지금부터 시작하는 거야? 진이야, 이렇게?"

"그래, 그렇게."

"진이야."

"네, 엄마, 왜요? 원피스가 마음에 안 드세요?"

"오늘은 흰색 치마를 입을 거다."

"흰 치마 여깄어요. 입어보세요."

"도대체 정신을 어디다 팔고 다니는 거니. 내 말은 하나도 안 듣지. 노란 치마를 달라고 했지 흰 치마를 달랬니? 귓구멍을 아주 막아버렸어."

"노란 치마를 드릴게요. 모자는 쓰지 않는 게 좋겠죠? 긴 머리가 잘 보이도록 해야잖아요. 나도 머리를 기르면 안 될까요? 엄마처럼요."

"머리카락은 길러서 뭐하려고! 사방에다 머리카락을 질질 흘리고 다니려고?"

"잘못했어요. 대신 제가 머리를 빗겨드릴게요."

"눈깔은 어디다 달고 다니는 거야. 집이 이렇게 지저분한 게 안 보이는 거야? 온통 네 머리카락이잖니."

"이제 다 주웠어요. 주머니에 꽁꽁 넣었어요."

"뭘 그렇게 빤히 쳐다보는 거니. 눈깔을 파버리겠다."

"보세요. 제가 엄마 치마를 입었어요."

"너 때문에 머리가 깨질 것 같다."

"엄마를 위해 약을 준비했어요. 잠깐만 기다려보세요."

"빌어먹을 계집애. 나 몰래 숨어서 무슨 짓을 꾸미고 있는 거야!"

"따뜻하고 달콤한 마법의 수프를 끓였어요."

"내 피를 빨아먹을 계집애!"

"어서 침대에 누우세요. 제가 먹여드릴게요."

"네가 날 죽이고 말 거야."

"자, 봐요. 제가 먼저 먹었는데 아무렇지도 않잖아요."

"생강 냄새 싫다."

"꿀을 듬뿍 넣어서 달아요. 일단 한번 드셔보세요."

"언니 정말 달아? 안 써?"

"네, 하나도 안 써요. 어때요?"

"정말 하나도 안 쓰네? 온몸이 따뜻해졌어. 정말 마법의 수프잖아?"

"말씀만 하세요. 언제든지 끓여드릴게요."

"근데 언니, 나 졸려."

"제가 재워드릴게요, 엄마."

"언니도 자라. 이 옆에 같이 누워, 응?"

"그럴까요? 그럼 잠깐만. 눈만 감고 있을게요."

6

아이가 먼저 곯아떨어졌다. 그리고 그 옆에서 잠들지 않으려고 안쓰러운 노력을 하던 네가 까무룩 잠 속으로 따라 들어갔다. 네가 잠의 영역으로 넘어갈 때 네 입에서는 어린 새의 날갯짓 소리 같은 것이 들렸다. 푸르르 푸르르. 박자를 맞추는 두 숨결에 달콤한 향이 풍겨져 나왔다. 깨끗하고 포근한 이불 위에 너와 아이는 아무렇게나 버둥거리며 잠을 자고 있었다.

잠든 아이들은 최면술사다. 그것은 달콤하면서도 치명적이다. 놀이의 즐거움을 고스란히 얼굴에 담은 채 혼곤히 잠든 아이들은 더욱 그러하다. 그것은 기이하게 아름다워서 모든 짐승들을 몽롱하게 만든다. 한낱 벌레들조차 움직임을 멈추고 숨을 죽인다. 그러나 너무 오래 들여다보면 짐승들의 뼈마디가 녹아 사라질 수도 있다. 무방비 상태로 벌어진 팔들과 서로 포개고 뒤엉킨 다리들. 자면서도 꼼지락거리는 손가락 발가락. 잔잔하고도 달콤한 숨결들. 숨결에 따라 결을 고르는 뽀얀 솜털들. 잠자는 아이들은 온몸으로 최면을 건다. 나는 기꺼이 그 최면에 빠져들었다.

아마도 너는 꿈을 꾸고 있었을 것이다. 꿈속에서도 너는 아이와 함께였을 것이다. 어쩌면 빨간 구두를 신었을 것이다. 안개 자욱한 아침 숲이었을 것이다. 안개 입자에서 묻어 나오는 달콤한 꿀 냄새를 따라가고 있었을 것이다. 젖과 꿀이 넘치는 호숫가에 도착했을 것이다. 입가에 꿀을 잔뜩 묻힌 채 꽃밭을 날아다녔을 것이다. 아니면 멀리서부터 들려오는 거인의 발소리를 피해 도망을 치고 있었는지도.

너를 깨운 것은 그칠 줄 모르고 울려대는 인터폰 소리였다. 눈을 떴지만 너는 여전히 안개 숲 속을 헤매는 듯 정신을 차리지 못했다. 얼결에 방문을 열었다. 들큰한 냄새와 함께 연기가 밀려들어왔다. 집 안은 온통 연기로 가득 차 있었다. 연기를 뚫고 인터폰 소리와 함께 현관문 두들기는 소리가 났다. 너는 소스라치게 놀라 현관문을 열었다.

한 여자가 눈살을 찌푸린 채 서 있었다. 여자는 신경질적으로 손을 휘휘 저으며 너를 밀치고 들어왔다. "도대체 무슨 일

이라니, 이게 다? 세상에나 아파트를 다 태워먹을 생각이
야?" 여자는 부산히 움직이며 불을 끄고 솥단지에 물을 붓고
문이란 문은 모두 열어 환기를 시켰다. 너는 그제야 무슨 일
이 벌어졌는지 알아차렸지만, 분명 껐다고 생각한 가스불이
여전히 살아 있었다는 것을 받아들일 수는 없었다. 마법의 수
프는 새카맣게 눌어붙어 있었다. 뒤늦게 아이가 잠에서 깨 밖
으로 나와 네 옆에 섰다. 아이는 잔뜩 주눅이 든 채 몸을 떨
었다. 여자가 아이를 내려다보며 비아냥거렸다.

"참 내, 얼굴은 그게 뭐니. 그 짓거리 하고 노느라고 이 지
경을 만들어놓은 거니? 아파트 홀랑 태우고 나면, 느이가 책
임질 거야? 내가 아주 놀라 기절하는 줄 알았잖아. 이러다 진
짜 불이라도 나면 누구 손해야. 도대체 애들만 남겨두고 어딜
싸돌아다니는 건지. 남편도 없이 앨 둘씩이나. 암튼 내가 알
아봤어. 동네 창피해서, 어디? 하긴 느이들이 무슨 죄겠니.
다 니들 엄마 잘못이지. 야, 니네 엄마 어딨어? 응? 가서 네
엄마 오라 그래. 응?"

온갖 비난이 여자의 입에서 벌레처럼 쏟아져 나왔다. 비난
을 퍼붓는 여자의 표정은 잔인하고도 황홀했다. 여자가 잠시
말을 멈추고 너와 아이를 번갈아 보았다. 연민과 조롱이 뒤섞
인 추잡한 눈빛이었다. 여자의 얼굴에 가증스러운 승리감이

214

지나갔다. 여자가 입술을 일그러뜨리며 일침을 박듯 말했다.

"쓰레기 같은 것들."

7

나는 짐승인가. 그렇다. 나는 짐승이다. 나는 무언가 짓밟고 싶은 마음, 죄를 덮어씌우고 싶은 마음, 능욕하고 싶은 마음, 그 모든 마음이 낳고 키운 짐승이다. 나는 딸꾹질처럼 발작적으로 격렬하게 튀어나오기도 하고, 습관이나 취향처럼 일정한 방향으로 존재하기도 한다. 나는 치밀하고 계획적인가 하면, 때때로 무계획적인 파괴를 이끌기도 한다. 하지만 나 혼자서는 힘이 없다. 털 속에 숨겨진 발톱을 누군가가 일으켜 세워줘야 한다.

짐승을 깨우는 것은 짐승이다. 짐승의 울음소리가 짐승을 흔든다. 우리에 갇힌 짐승의 냄새를 맡고 먼 길을 달려온 무리들. 그들은 낯선 짐승이 아니다. 나와 같은 피가 흐르는 내 동족, 나와 한배에서 나고 자란 내 형제다. 나는 감은 눈을 홉뜨고 거울을 보듯 그들의 얼굴을 본다. 우리가 하는 일은 사람들 속에 숨은 짐승을 되살리고 거울을 들이미는 일. 우리들의 궁극이 무언지는 우리도 모른다. 우리는 그저 서로에게 거울을 보여줄 뿐이다.

어디선가 짐승의 울음소리가 들렸다. 나는 잠이 덜 깬 충혈된 눈을 굴리며 그 짐승의 울음소리를 들었다. 낯설고도 익숙한 부르짖음이었다. 그것은 어디선가 나를 깨우는 동족의 울음소리였다. 그리고 그것에 화답하는 내 울음소리였다.

나는 정말이지 너를 떠나고 싶지 않았다. 네 몸속에서 영원히 숨어 지내고 싶었다. 하지만 나와 같은 짐승들이 나를 가만두지 않았다. 나는 여자의 얼굴 뒤에 숨은 내 동족의 미소를 보았다. 그자가 내게 거울을 내밀었다. 거기 거울 속에 추잡하고 음흉한 미소를 짓는 내 얼굴이 있었다. 내 눈과 귀를 막았던 봉인이 떨어져나가면서 나를 가두고 있던 감옥 문이 흔들리는 소리가 들렸다. 나는 내 몸이 서서히 부풀어 오르는 것을 느꼈다. 나는 감옥을 뛰쳐나가 내 동족의 손을 잡았다. 성난 두 짐승의 울음소리가 합쳐지면서 짐승의 목덜미 털을 세우듯 너의 손톱을 세워 올렸다. 나도 어쩔 수 없는 일이었다. 그것이 우리들 짐승의 본능이다.

8

나는 한 발짝 떨어져서 참극의 현장을 바라보았다. 이제는
맥이 빠져버린 정경을 보았다. 절박한 숨소리도 절규의 몸짓
도 사라졌다. 너와 아이는 벽에 등을 기대고 앉아 있었다. 너
와 아이의 손에는 조금 전까지만 해도 여자 몸의 일부였던 살
덩이가 들려 있었다. 그것은 하얗고 커다란 유리구슬 같았다.
눈알이 있던 검은 구멍에서 피가 뿜어져 나오고 있었다. 빨아
들이고 방출하는 피의 움직임. 여자에게서 흘러내린 피가 아
이의 발 쪽으로 이동하고 있었다. 아이는 무릎을 세워 발을
안쪽으로 오므렸다. 너도 아이처럼 무릎을 끌어당겨 피의 길
을 터주었다. 네 어깨에 아이의 이마가 올려졌다. 너는 의무
감에서 해방된 듯 한결 가벼운 얼굴이었다.

너는 아이의 머리를 쓰다듬으며 조용히 읊조렸다.
"됐어. 이제 됐어. 우린 안전해. 내가 지켜준다고 했잖아."
아이가 네 어깨에 머리를 바싹 붙이며 대답했다.
"우린 안전해. 내가 지켜줄게."

여자의 벌어진 눈구멍으로 무언가 연기 같은 것이 빠져나
오는 것이 보였다. 거기서 한 짐승이 몸을 흔들어 털을 고르

고는 유유히 사라졌다. 나도 이제 네 몸을 떠나 먼 길을 가야 할 것이다. 나는 마지막으로 한 번만 더 보고 싶었다. 네 새 까맣고 커다란 눈동자를. 딱 한 번만. 하지만 너는 감은 눈을 뜨지 않았다.

눈 밑에 자리 잡은 누에벌레 한 마리가 움찔, 몸을 폈을 뿐이었다.

내 가혹하고
슬픈 아이들

1

죽은 여자의 눈은 텅 비어 있었다. 눈이 있어야 할 자리를 채운 것은 검붉은 핏덩이였다. 눈이 없는 얼굴은 참혹하다기보다는 쓸쓸해 보였다. 그가 사체를 보고 쓸쓸하다는 느낌이 든 것은 처음 있는 일이었다. 사체 때문은 아니었다. 현장에서 풍기는 냄새 때문이었다. 그의 코에 처음 와 닿은 냄새는 달콤한 탄내였다. 피비린내는 그다음에 왔다. 달콤한 공기에 도사린 날선 비명. 기이한 조합이었다.

그가 현장에 도착해 가장 먼저 하는 일은 냄새의 입자들을 분석하는 것이었다. 그것은 일종의 놀이와도 같았다. 각을 맞추고 면을 짐작하고 위치를 바꿔가며 하나의 형상을 완성시키는 칠교놀이처럼, 공기의 입자들을 한데 모았다가 흐트러뜨리기를 반복하다 보면 하나의 이야기가 만들어졌다. 살인자와 피해자의 숨결이 만들어낸 고유한 기운. 그는 살인자의 호흡으로 숨을 들이마시고, 피해자의 호흡으로 숨을 내쉬면서 놀이에 빠져들었다.

첫 느낌이 중요했다. 길어야 2, 3분. 코는 예민하지만 순응적이기도 해서 금세 무감각해지기 마련이었다. 달콤한 냄새 때문인지 그의 귓가에 아이들의 웃음소리가 들렸다. 하지만 이곳은 명백한 범죄현장이었다. 누군가 한 사람의 목숨을 빼앗고 육체를 훼손시킨 범죄의 현장. 그는 숨을 최대한 깊게 들이마셨다. 안에 가둔 공기에 온 신경을 집중하는 순간, 문이 호들갑스럽게 손바닥을 비비며 들어와 그 옆에 바싹 붙어 섰다.

"엇 춰. 코 떨어져나가겠어요."

참고 있던 숨이 맥없이 새어버렸다. 이 순간 문은 그의 후배 형사가 아니라 귀찮은 방해꾼일 뿐이었다. 현장의 공기를 변질시키는 오염 물질. 알싸한 양가죽 냄새가 났다. 뒤이어 감식반원도 냉기를 휘날리며 들어왔다. 새로 유입된 공기를 막아내는 것은 그의 코가 할 수 있는 일이 아니었다. 그는 놀이를 멈추었다.

"이렇게 추운데 누굴 죽일 마음이 들었을까 몰라."

"이렇게 추운데 옷이나 제대로 입고 다니지."

"뽀대나잖아요? 이래 봬도 이게 우리 디자이너 여친께서 사준, 아니 직접 골라주신 따끈따끈한 신상. 소매 끝에 이 지퍼가 포인트래요. 어때요, 쫌 근사하지 않아요?"

"신고자는?"

"여경 붙여놨어요. 어찌나 발악을 해대던지. 왜 저 여자가 자기 집에서 죽어 있냐고, 난리도 난리도. 지금은 얼빠진 사람처럼 앉아 있어요. 그런데 어떻게 얼굴을 저 지경까지 만들어놓죠?"

문이 사체를 내려다보며 말했다. 사체 위에 카메라 플래시가 내리꽂히고 있었다. 각도를 달리하며 셔터를 눌러대는 감식반원의 모습은 최선의 구도를 잡기 위해 애를 쓰는 예술가처럼 보였다. 사체에 빛이 휘감길 때마다, 문은 무언가 짐작이 간다는 듯 연신 고개를 끄덕이며 팔짱을 끼었다가 풀기를 반복했다.

여자는 맨발에 실내복 차림이었다. 영하로 뚝 떨어진 바깥 기온을 생각한다면 먼 데서 온 방문객은 아니었다. 얼굴을 제외하고는 눈에 띄는 상처는 없었다. 말려 올라간 치마 사이로 드러난 허벅지는 희고 매끈했다. 참혹한 얼굴과는 대조적이었다. 머리통은 퉁퉁 부은 붉은 덩어리에 불과했지만 코가 뭉개지고 목뼈가 부러졌다는 것만은 확실히 보여주고 있었다.

"아주 아작을 내놨네. 범인은 여잘 거예요. 남자라면 저렇게 안 하죠. 그냥 쑤시고 말지. 안 그래요? 뭔지는 몰라도 범인 심기를 꽤나 건드렸나 봐. 이 집 남자랑 바람이라도 피우다 걸렸나? 그럼 아까 그 여자가? 에이 설마. 어떤 거 같아요?"

문이 감식반원에게 얼굴을 들이대며 물었다. 감식반원은 뷰파인더에서 눈을 떼고 맨눈으로 피사체를 내려다보았다. 둘 다 말이 없었다. 그들은 내기장기판이라도 구경하는 사람들 같았다. 사뭇 진지하게 판을 읽고 나름의 수를 궁리하고 있지만 승패와는 무관한 구경꾼들. 더 이상의 수는 없었다. 내기는 끝났다. 저것은 하나의 훼손된 물체, 죽음의 원인을 복기해줄 조각난 증거자료일 뿐이었다. 문이 뭔가 할 일이 떠오른 사람처럼 퍼뜩 고개를 들었다. 감식반원도 카메라를 만지작거리며 자리를 옮겼다.

30평 남짓의 아파트 내부는 단출했다. 흔한 아파트 구조를 따르고 있었지만 가정집이라기보다는 사무실 같은 느낌이었다. 강박에 가까운 질서와 청결이 집 안 전체를 장악하고 있는 삭막함. 그 흔한 텔레비전이나 음향기기 따위는 보이지 않았다. 오래되었지만 길이 잘 든 소파와 낡은 탁자가 한쪽 벽면을 차지하고 있을 뿐, 장식품이나 가족사진도 없었다. 탁자 한가운데 동그마니 놓인 성경책은 그래서 더 이물스러웠다. 금박 테두리가 거의 다 닳고 모서리가 안쪽으로 휜 상태로 보아 꽤 오래 손을 탄 듯 보였다.

"선배님, 이리 좀 와보세요."

그가 성경책을 집으려고 막 손을 뻗는 순간, 문의 다급한 목소리가 그의 움직임을 막아 세웠다. 그는 황급히 손을 거두고 뒤를 돌아보았다.

"애들이 있어요, 애들. 어서요."

애들. 그 말이 냄새를 풍겼다. 달큰한 탄내. 사방으로 흩어져 있던 조각들이 한꺼번에 머릿속으로 밀려들어왔다. 조각들이 아귀를 맞추면서 하나의 예감이 만들어졌다. 그것은 아주 기이하고 혐오스러운 모습을 하고 있었다. 그는 되도록 천천히 몸을 움직였다.

부엌 옆에 딸린 작은 방은 어수선했다. 거실의 정갈함을 유지하기 위해 온갖 살림살이들을 그곳으로 다 쓸어 모아놓은 듯했다. 벽 한 면을 온전히 차지한 붙박이장과 층층이 쌓아놓은 상자들과 식기들, 청소도구와 각종 생필품들, 방이라기보다는 창고에 가까웠다. 원래부터 창이 없는 쪽방인지 아니면 장과 상자들이 창을 막은 것인지 빛도 들지 않았다.

문은 옷장 앞에 서 있었다. 장 안쪽도 옷가지들과 상자들이 함부로 뒤엉켜 있어 방의 처지와 다를 바가 없었다. 그래서 그는 문이 무엇을 가리키고 있는지 금방 알아차리지 못했다. 한참 만에 옷가지 사이로 얼굴이 보였다. 서로 닮은 어린 두 얼굴. 아이들.

그는 그대로 멈춰 섰다. 그는 어찌 할 바를 몰랐다. 그에게 아이들은 유리조각이었다. 살짝 스치기만 해도 베일 유리조각. 눈물을 흘리고 떼를 써서라도 원하는 것을 얻고야 마는 사악한 존재. 자신이 아버지가 될 수도 있다는 가능성만으로

내 가혹하고 슬픈 아이들 225

도 멀미를 일으키는 존재. 그는 결코 풀 수 없는 수수께끼를 건네받은 느낌이었다. 자칫 잘못 대답했다가 목숨을 잃어버릴 수도 있는 위험한 질문. 그가 되물었다.

"누구냐, 너희들!"

그는 옷장 문을 붙든 채 소리를 질렀다. 어디서 나왔는지 모를 무례한 목소리였다. 목소리는 멀리 가지 못하고 그의 내부로 메아리쳐 들어왔다. 자신의 목소리를 들으며 그는 침입자가 된 기분이었다. 평화로운 마을에 들어와 총을 겨누고 무장해제를 명령하는 점령군의 목소리. 침범해서는 안 될 성역에 두 발을 딛고 서서 오만하게 웃는 불한당의 목소리.

얼굴들이 옷가지 속으로 더 깊숙이 숨어들었다. 이제 보이는 것은 검은 눈동자뿐이었다. 검은 눈동자에 어두운 빛이 뿜어져 나왔다. 그것은 어떻게 저항해야 할지도 모른 채 그저 살아야겠다는 의지만 불태우고 있는 어린 짐승의 눈빛이었다. 침입자를 향한 최소한의 경고였다. 그는 뒤로 물러섰다. 한 발 두 발. 그가 물러선 것은 아이들의 눈빛 때문이 아니라 그의 바짓자락을 잡아끈 문의 손길 때문이라고 그는 생각했다. 문이 그를 밀쳐내고 옷장 앞에 쭈그려 앉았다.

"애들아, 여기가 너희 집이니?"

문의 목소리는 부드러웠다. 아이들은 반응이 없었다. 뒤로 물러앉지도 앞으로 뛰쳐나오지도 않았다. 그렇게 가만있으면 들키지 않을 거라고 믿는 어리석은 짐승 새끼들처럼 꼼짝도 않은 채 눈만 껌뻑이고 있었다. 그는 호흡을 가다듬으며 문과 아이들을 지켜보았다.

"아저씨들 나쁜 사람들 아닌데."

침묵.

"도와주려고 온 건데."

침묵.

"그런데 왜 거기 들어가 있는 거야?"

침묵.

"지금 숨바꼭질 하고 있는 거야?"

문과 아이들 사이에 팽팽한 침묵이 이어졌다. 그는 아이들의 침묵이 거슬렸다. 그를 신경 쓰이게 만드는 것이 아이들인지, 아이들의 침묵인지, 침묵 앞에 무방비로 앉은 문 형사인지 알 수 없었다. 이윽고 문 형사가 침묵을 깨고 아이들에게 물었다.

"네가 언닌가 보구나, 네가 동생이고, 맞지?"

언니라고 지목받은 아이의 눈동자가 흔들렸다. 호기심과 두려움 사이에서 저항과 포기를 반복하는 부산한 움직임.

"둘 다 참 예쁘게 생겼네. 눈이 정말 예쁘다."

언니라고 지목받은 아이가 보일 듯 말 듯 미소를 지었다. 그리고 뒤늦게 고개를 약간 끄덕였다. 옆에 앉은 아이도 따라서 고개를 끄덕였다. 아주 근소한 간격으로 이어진 행동이었다.

"거기 안 답답해? 이제 그만 놀고 나와볼래?"

문의 목소리에 자신감이 붙었다. 아이들이 고개를 저었다.

"아저씨가 도와줄게, 응?"

아이들은 더 세차게 고개를 저었다.

"여긴 안전해. 정말 안전하다니까?"

문의 말이 떨어진 순간, 아이들의 침묵에서 여태까지와는 다른 어떤 감정의 변화가 느껴졌다. 아이들은 서로 얼굴을 마주 보고 눈빛을 교환했다. 무엇이 아이들을 움직였는지는 알 수 없었다. 하지만 그 무언가가 아이들을 자극한 것만은 분명했다.

큰애가 발을 살짝 내밀었다. 그러자 작은애도 따라 발을 내밀었다. 역시 아주 근소한 간격으로 이어진 움직임. 둘 사이에는 서로의 감정과 행동을 감지하는 내밀한 촉수 같은 것이 존재하는 듯했다. 문은 여전히 쭈그려 앉은 채 아이들에게 길을 터주고는 그를 향해 미소를 지어 보였다. 뭔가 해냈다고 우쭐해하는 어린애처럼. 그는 한 발 더 물러섰다.

밖으로 나온 아이들은 어깨를 나란히 하고 부동자세로 서 있었다. 두려워하는 기색보다는 어리둥절한 표정이었다. 잠에서 막 깨어나 여기가 어딘지 모르겠다는 순진한 얼굴. 폭행을 당한 흔적 같은 건 없었다. 옷차림은 단정하고 깨끗했다. 그 말끔한 차림에서 석연치 않은 냄새가 났다. 라벤더 향의 샴푸 냄새. 젖은 머리칼. 그의 시선을 느꼈는지 큰아이가 슬그머니 손을 뒤로 감췄다. 작은애도 곧장 따라했다. 아이들이 뭔가 쥐고 있어. 결정적인 단서 같은 것. 그는 조용히 문 형사를 불렀다. 턱짓으로 아이들 손을 가리켰다.

"뒤에 감춘 거 뭐야? 아저씨 좀 보여줄래?"

아이들은 몸을 꼬며 서로의 얼굴을 보았다. 분명히 무언가 숨기는 것이 있었다. 너무나 소중해 남에게 보여주기 싫으면서도, 한편으로는 자랑하고 싶기도 한 어떤 것.

"에이, 그러지 말고, 아저씨도 한번 보자, 응응응?"

문이 아이들 쪽으로 손을 내밀었다. 만면에 미소를 띠고서. 두 손바닥을 큰애와 작은애 앞에 각각 펼쳤다. 아이들과 시선을 맞추며 엉덩이를 들썩거리기까지 했다. 이윽고 아이들의 주먹이 문의 손바닥 위에 놓였다. 큰애는 오른손에 작은애는 왼손에 각각. 아이들은 동시에 손을 펴고 동시에 손을 거두었다. 매운 연기가 그의 눈을 찔렀다.

2

아이들이 사람을 죽였다. 사람을 죽이고 눈알을 뽑았다. 그것도 맨손으로. 일곱 살, 열네 살 자매였다. 죽은 사람은 앞집 여자였다. 일을 마친 아이들은 목욕탕으로 들어가 몸을 씻고 옷을 갈아입었다. 눈알은 깨끗이 닦아 하나씩 나눠 가졌다. 여자가 죽은 것이 먼저인지 눈알이 뽑힌 것이 먼저인지는 모르겠다고 했다. 목욕을 한 것은 그저 몸이 더러워져서 그랬을 뿐이었다고 했다.

아이들은 그 모든 걸 조곤조곤 말해주었다. 잘못을 고백하는 것도 무용담을 떠벌리는 것도 아니었다. 퇴근한 아버지 무릎에 앉은 계집애들이 하루 일과를 들려주는 것처럼 지극히 일상적이었다. 주저함이나 격앙됨은 없었다. 큰애가 먼저 말을 했고, 작은애가 그 말을 따라 하는 식이었다. 번갈아 말을 하던 아이들은 아무렇지도 않게 발장난을 치며 마주 보고 웃다가, 뒤늦게 생각난 듯 제 몫으로 주어진 우유를 마셨다. 우유를 마시고 나면 손을 얌전히 무릎에 얹어놓고 다음 질문을 기다렸다. 아이들은 뭐든 대답할 준비가 되어 있었으나 질문자는 선뜻 질문을 잇지 못했다.

왜. 모두들 궁금했다. 왜. 가장 궁금했던 그 질문은 가장 나중에 나왔고 더 많은 질문들을 유발했지만 결국 마지막 질문이 되었다. 그 여자 입에서 벌레들이 나왔으니까요. 벌레들이 나오는 건 마녀라는 뜻이니까요. 마녀는 눈깔을 파버려야 사라지니까요. 눈깔이요. 눈깔이라는 단어를 발음할 때 아이들의 눈이 번득 빛을 뿜었다. 조사실 안에 있던 사람들은 눈에 뭐가 들어간 듯 연신 눈을 껌뻑였다. 그는 탁자 아래에서 아이들의 열 손가락이 달걀을 움켜쥐듯 모였다 펴지는 것을 보았다.

그는 아이들의 통통한 손가락을 쏘아보며 아내를 떠올렸다.

그는 아내를 만나 얘기해주고 싶었다. 아이들의 야들야들한 손가락이 무슨 짓을 했는지, 순진무구한 눈동자가 어떤 살의를 품고 있는지, 다 말해주고 싶었다. 그러면 아내도 깨달을 텐데. 아이들이란 얼마나 무서운 존재인지.

그가 아이를 원하지 않는다고 말했을 때 아내는 그의 말을 이해하지 못했다. 언제까지요? 아내가 물었을 때 그는 영원히,라고 못 박았다. 그는 유괴며 왕따며 입시전쟁 같은 단어들을 들먹이면서 이 세상은 아이들이 살기에 적합하지 않으며 그런 세상에 아이를 살게 하는 것은 범죄나 다름없다고 단언했다. 아내는 그의 말을 경청했다. 고개를 끄덕이긴 했지만 그의 말에 동의한 것은 아니었다. 직업 때문에 생긴 지나친 걱정이라고 대수롭지 않게 여겼다. 그래서 아내는 모든 가능성을 열어둔 채 기다렸다. 그녀는 믿고 있었다. 그녀에 대한 사랑이 깊으면 그녀를 닮은 아이를 갖고 싶어질 거라고. 어느 날 우연인 듯 선물인 듯 아이가 생길 거라고. 그래서 그녀는 여자로서 매력을 잃지 않기 위해 애를 썼고, 그가 눈치채지 않는 범위에서 틈틈이 임신을 위한 계책을 세우기도 했다.

하지만 아내의 생각처럼 그가 아직 태어나지도 않은 아이들을 지나치게 걱정해서 내린 결정이 아니었다. 그는 책임을 지고 싶지 않았을 뿐이었다. 그는 아버지가 될 자신이 없었다. 아버지란 존재가 어떤 일을 해야 하는지 그는 알지 못했다. 살을 부비고 머리를 쓰다듬어주고 자전거를 가르쳐주고 썰매를 만들어주거나 놀이공원에 데려가는 일을 그는 상상할 수가 없었다. 그에게 아버지가 된다는 것은 범죄자가 되는 것을 의미했다. 범죄자들의 배후에는 아버지들이 있었다. 아버지들은 일찌감치 폭력을 가르치고 거짓말과 학대를 가르친다. 학대에서 살아남은 아이들은 커서 또 그런 아버지가 되어 새끼 범죄자들을 까질러댄다. 아버지들의 가난은 대부분 대물림되며 가난은 범죄의 중요한 잠재적 지표가 된다. 그는 범죄자의 아버지가 되고 싶지 않았다. 그래서 그는 아내에게 고백했다. 오래전에 이미 수술을 받아버렸다고. 그녀가 노력해도 소용없다고. 그가 아버지가 되는 일은 결코 없을 거라고.

아내는 그에게 결별을 선언했다. 눈길조차 주지 않는 1년의 시간이 지난 어느 날이었다. 결별의 이유는 간단했다. 엄마가 되고 싶어. 그 말을 들었을 때 그는 아내의 배 속에 다른 남자의 아이가 자라고 있을 거라 단정지었다. 그 순간 아내는 사랑스럽고 정숙한 여자에서 간통죄를 저지른 범죄자가 되었다. 그것이 그의 마음을 편하게 만들었다. 그는 죄가 없었다. 죄 없는 그가 죄를 진 아내를 직접 심판하고 사형집행을 했다. 그리고 묻었다. 땅속 깊숙이.

아이들의 진술보다 잔혹했던 것은 엄마라는 사람의 태도였다. 내가 악마를 키웠지. 악마를 키웠어. 여자는 손가락으로 아이들을 지목하며 울부짖었다. 광기 어린 울부짖음이 멈춘 후에도 여자는 지목한 손가락을 거두지 않았다. 아이들은 당황했다. 처음 여자가 나타났을 때 아이들은 뼈다귀를 물고 온 개처럼 의기양양했다. 이번만큼은 틀림없다는 태도. 손가락질이 아니라 칭찬을 듬뿍 받을 거라는 기대. 하지만 아이들은 여자의 눈빛만으로도 잘못을 알아차렸다. 여자가 노려보자 아이들은 서로가 서로를 숨겨주려는 듯 조막손을 마주 잡고 몸을 웅숭그렸다. 잘못을 저지른 아이들이라도 엄마 치마폭에 달라붙어 채근하고 칭얼거리는 것은 어린애들만의 특권이었지만, 아이들은 그런 것을 누려본 적이 전혀 없는 듯 보였다.

여자가 손가락질을 하는 것을 보고서야 그는 아이들의 말을 이해했다. 마녀는 눈깔을 파버려야 죽거든요. 여자의 손가락은 아이들의 눈을 노리고 있었다. 하지만 그 손가락이 자기 자신을 향해 있다는 것을 여자는 알지 못했다. 내가 악마를 키웠지. 악마를 키운 엄마. 여자는 손가락을 거둔 후에야 자신에게 아이가 있었다는 것을 인정했다. 여자에게 아이들은 악마가 아니라 유령이었는지도 몰랐다. 아예 없는 것. 없다고 믿고 싶은 것. 어쩌다 우연한 계기로 있을지도 모르겠다고 한 번쯤 생각해보는 것. 있다 해도 자신과는 전혀 상관없는 존재라고 발뺌하고 싶은 것.

그는 소스라치게 놀라 주위를 둘러보았다. 내가 악마를 키웠지. 악마를 키웠어. 아내는 그때 무엇을 낳았을까. 악마를 낳았을까. 유령을 낳았을까. 꼬물거리는 새끼 범죄자를 낳았을까. 그가 직접 처형하고 묻은 아내의 망령이 다른 유령들을 몰고 그에게로 왔다. 범죄자의 유령들이 그를 에워싸고 있었다.

3

문은 고개를 떨군 채 간이침대에 걸터앉아 있었다. 불도 켜지 않은 채였다. 그는 당직실로 들어가 조용히 문을 닫았다.

"일곱 살이라면서요."

문이 낮게 읊조리듯 물었다. 그는 대답하지 않았다.

"열일곱도 아니고. 일곱 살. 어떻게 그 손으로."

문은 두 손으로 머리칼을 움켜쥐었다가 급히 손을 풀었다. 문의 손이 허공에 멈춰 있었다. 그러다 툭 떨어졌다. 주먹의 무게를 감당할 수 없다는 듯, 그것이 육체의 일부가 아니라 타인의 물건이라는 듯, 문은 자신의 손을 내팽개쳤다.

문은 자기 손에 남겨진 것이 무언지 알아차리지 못했다. 그것을 손바닥으로 살짝 쥐었다 놓기까지 했다. 눈 가까이 손을 가져갔던 문은 돌처럼 굳어버렸다. 비명은커녕 숨소리도 제대로 못 냈다. 넋이 빠진 사람처럼 입을 헤벌리고 앉아 있었다. 그러다가 미친 듯이 손을 털어내더니 아이들을 향해 주먹을 날렸다. 그가 때마침 붙들지 않았더라면, 문은 아이들의 얼굴을 부숴버렸을지도 몰랐다.

"정말 개들이 그랬대요?"

문은 아이들을 믿고 싶어 했다. 관심을 끌고 싶은 애들이 지어낸 허무맹랑한 이야기라고, 잠에서 덜 깬 아이들의 잠꼬대라고, 진짜 살해범이 그렇게 말하라고 아이들을 협박했을 거라고. 하지만 아이들의 손톱 사이에 남겨진 피와 살점은 환상이 아니었다. 세탁기 속에서 발견된 피 묻은 옷가지는 범행 당시에 아이들이 얼마나 치열했는지 보여주는 확실한 증거물이었다. 아이들이 여자를 죽였다는 것은 부정할 수 없는 사실이었다.

"아이들. 아이들은 어떻게 돼요?"

"작은애는 형사미성년자이니까 곧 풀려날 거고. 큰애는 나이가 애매하긴 하지만, 형사 처벌 되겠지. 보호처분 되든가."

피해자가 있고 가해자의 자백과 증거를 확보했으니 그가 할 일은 끝난 셈이었다. 정신 감정을 해서 거기에 맞는 기관에 수용되거나 형사 처분을 결정하는 것은 그의 영역이 아니었다.

"다 끝난 일이야. 잊어버려."

그는, 눈알 같은 건, 이라고 덧붙이려다 말았다. 그는 누군가를 어르고 달래는 일에 미숙한 사람이었다. 직면한 현실을 말해주는 것 말고는 다른 방법을 몰랐다. 그렇다고 굳이 눈알을 상기시켜줄 필요도 없었다.

"그게 자네 정신건강에 좋아. 형사생활 하다 보면 그보다 더한 일들도 많아. 그러니까……"

문이 주먹을 꽉 쥐며 그의 말을 잘랐다.

"씨발년."

문의 목소리에서 증오와 함께 살기가 느껴졌다. 문이 아니라 문 안에 있는 다른 존재가 목소리를 내고 있는 듯했다. 누군가의 눈알이라도 뽑아야 직성이 풀리겠다는 맹목적인 증오. 그가 미처 무슨 말을 하기도 전에 문이 자리를 박차고 일어났다. 그의 어깨를 스치며 당직실을 빠져나갈 때, 그는 문이 낮게 읊조리는 소리를 들은 것 같았다.

죽여버려 혹은 죽어버려.

4

문은 이틀째 모습을 보이지 않았다. 그는 모른 척하기로 했다. 시간이 해결해줄 일이었다. 문의 마지막 말이 마음에 걸리기는 했지만 문이 진짜 그런 말을 했는지도 확실치 않았다. 아이들을 옹호하지 않고 욕을 하는 것은 좋은 징조였다. 씨발년. 그는 그 말을 나지막이 발음해보았다. 씨발년. 시원했다. 문은 곧 돌아올 것이다.

보호자 동의서만 작성하면 자매들 사건은 그의 손을 완전히 떠날 것이었다. 하지만 그날 이후 여자와 연락이 닿지 않았다. 일단 여자를 찾는 일이 우선이었다. 여자가 일하는 곳은 국제아동돕기후원선교단으로 기재되어 있었다. 이름만으로도 많은 게 설명되는 곳이었다. 사무실은 한 증권회사 건물 지하에 있었다. 크고 작은 상가들 사이에 제법 넓게 자리를 잡은 사무실이었다.

문을 열고 들어서자 제일 먼저 아이들 사진이 눈에 들어왔다. 검은 피부의 아이들. 커다란 머리통을 가느다란 목으로 받치고 선 아이들. 갓난아이를 들쳐 업고 빈 밥그릇을 내민 아이들. 아이들은 하나같이 허기진 눈빛을 하고 있었다. 눈 둘 곳이 마땅치 않았다. 그는 사무실을 지키고 앉은 남자에게 시선을 고정했다.

남자는 목덜미까지 여드름이 난 데다 두꺼운 안경을 쓰고 있어 우둔해 보이는 인상이었다. 여자를 찾는 그의 물음에 단장님은 오후에나 출근할 것이며 2주 후에 떠날 해외선교단 일로 준비할 것이 많아서라고 대답해주었다. 그의 신분이나 용무도 확인하지 않은 상태에서 지나치게 친절한 답변이었다. 청년은 미리 준비해둔 것이 분명한 서류뭉치를 가슴에 품고 자리에서 일어났다.

"단장님 대신 제가 자세히 설명해드릴게요. 일단 앉으세요."

청년이 응접 테이블을 가리켰다. 그는 청년이 시키는 대로 했다.

"이번 콩고는 한국에서 처음 진출하는 거예요. 베트남이나 캄보디아는 다른 데서도 많이 하잖아요. 그러니까 이건 정말

선구적인 일이라고 할 수 있죠."

"무얼 하는데요?"

"학교를 짓죠? 한글도 가르치고 성경 공부도 하고."

"그럼 단장님은 무슨 일을……"

"거의 모든 일을 하시죠."

"모든 일이라면……"

"후원자들은 거의 단장님이 관리하세요. 활동가들도 그렇
구요. 기업체 후원은 단장님 아니면 못 해낼 일이죠."

청년은 숨도 쉬지 않고 말을 이었다. 세계 기아 아동들을
위한 어머니, 고난을 뚫고 신의 말씀을 전파하는 활동가. 청
년의 입에서 나온 단장님이라는 여자의 모습은 봉사와 헌신,
믿음과 절제라는 말로 점철되어 있었다. 여자를 향한 남자의
맹목적인 신뢰와 추앙. 그것이 너무 상투적이어서 불쾌할 지
경이었다. 그는 습관적으로 고개를 끄덕이며 청년의 말이 끝
나기를 기다렸다.

"결혼도 안 하시고 이렇게 주님의 일에만……"

"결혼을 안 했다구요?"

"그럼요. 결혼이라면 세계의 불쌍한 아이들과 한 거죠."

청년은 자신이 한 말이 마음에 든 모양인지 환하게 웃으며
고개를 끄덕끄덕했다. 함께 고개를 끄덕여주어야만 할 것 같
았다. 그때 사무실 문이 열리고 카메라 가방을 멘 남자가 들
어왔다. 언론사 이름을 대며 신분을 밝히고 뒤이어 한 남자가

더 들어왔다. 청년의 얼굴에서 미소가 사라졌다.

"기자분 아니셨어요? 오늘 오전에 단장님 만나기로 하신…… 단장님이 대신 좀 하라고 하셔서, 저는 그러니까, 그런데 여긴 무슨 일로, 누구신지."

그는 뒤늦게 고개를 끄덕끄덕했다. 그는 말해주고 싶었다. 청년이 우러러마지않는 단장에 대한 얘기를. 기아 난민들과 결혼하느라 결혼도 못 한 여자가 아이를 둘이나 낳아 키우고 있었으며 그녀의 아이들이 한 여자를 무참히 살해했다고. 당신이 존경해마지않는 단장님께서 그 범죄자들을 키운 당사자이시라고. 그는 탁자 옆에 쌓인 후원용지를 집어 들었다.

"후원이나 좀 해볼까 하고."

"아……"

청년은 아, 하고 입을 벌린 채 멍청하게 앉아 있었다. 그는 후원용지를 호주머니에 넣으며 자리에서 일어섰다.

"다시 오죠. 단장님 계실 때. 그런데 오후에 나오는 건 확실합니까?"

청년은 침을 꿀꺽 삼키며 고개만 끄덕끄덕했다. 그는 청년을 향해 주머니를 툭툭 쳐 보였다. 그는 사무실을 나와 맞은편 음식점에 들어가 늦은 점심을 먹었다. 뚝배기에 나온 북엇국을 먹으면서 후원용지를 펼쳐보았다. 후원서에는 5천 원이면 20명의 아이들 하루 급식비를 책임진다고 써 있었다. 그는 볼펜을 꺼내 금액란에 만 원이라고 적었다. 매달 40명의 하루치 식사를 책임지겠다는 책임. 40명이라 봐야. 그는 천을 더 붙였다. 그러자 그가 책임질 아이들이 4만 명으로 늘었다. 이 러다가는 세계 기아들의 아버지가 되고 말 것이었다. 그는 선 서를 하듯 서명란에 이름을 적어 넣었다.

청년이 사무실 문을 잠그고 나올 때까지 그는 건물 지하상 가 주변을 배회했다. 오후에는 나올 거라던 여자는 나타나지 않았다. 그는 포기하지 않았다. 힌트는 후원용지에 있었다. 선교단과 연관된 교회. 그의 예상은 빗나가지 않았다. 교회 앞에서 기다린 지 한 시간 만에 여자가 나왔다. 그의 얼굴을 확인한 여자는 입술을 깨물고 곧장 등을 돌렸다. 다시 교회 안으로 들어가는 여자를 그가 막아 세웠다.

"전 잘못한 거 없어요."

여자가 고개를 모로 꺾으며 말했다.

"서류를 작성해주셔야 합니다."

그는 사무적인 목소리로 말했다.

여자는 무슨 말인지 모르겠다는 얼굴이었다.

"정신병원에 보내든 감옥에 보내든."

"주님이 먼저 심판하실 거예요."

"보호자가 동의를 해주셔야 한다는 뜻입니다."

"나와 상관없는 애들이에요."

"법적으로 맞습니다."

"내가 원한 애들이 아니라구요."

"내일 아침에 서로 나와 사인하십시오."

그는 돌아섰다. 그가 할 일은 끝났다. 더 이상 여자와 얼굴을 맞대고 있고 싶지가 않았다. 그는 천천히 걸음을 옮겼다.

"내가 원해서 낳은 애들이 아냐."

여자가 소리쳤다. 그는 걸음을 멈추었다.

"지들이 멋대로 나와서는……"

그는 돌아보지 않았다. 다시 발을 떼려는 순간 여자의 떨리는 목소리가 그를 붙들었다.

"무서웠어요."

그는 여자에게 등을 진 채 가만히 기다렸다.

"무서웠다구요. 그 애들이 날 죽일까 봐. 그래서 내가 그 애들을 죽여버릴까 봐…… 죽이고 싶도록 무서웠어요."

그는 무서웠다. 여자의 입에서 나온 말은 그의 머릿속에 있던 말이었다. 그는 여자의 말을 모두 이해했다. 다른 사람의 말을 이토록 온몸으로 이해했던 적이 그는 없었다. 그것은 같은 공포를 겪은 사람들만이 공유할 수 있는 일종의 동질감이었다. 한겨울 눈밭 위에다 시원하게 오줌을 갈기고 난 후 등줄기를 훑고 지나가는 서늘한 떨림 같은 것이 그의 몸을 감쌌다.

5

문은 사흘 만에 모습을 보였다. 하지만 예전의 문이 아니었다. 눈빛부터가 달랐다. 의심에 찬 눈동자를 쉴 새 없이 굴리며 주위를 훑었다. 그러면서도 그와 눈이 마주치면 황급히 시선을 돌리거나 자리를 피했다. 전화통을 붙잡고 골똘히 생각에 빠지는가 하면 잔뜩 성이 나 밖으로 뛰쳐나가기도 했다. 그러곤 며칠 동안 잠을 못 잔 사람처럼 눈에 핏발을 세우고 까칠한 얼굴이 되어 나타나곤 했다.

자매 사건은 비밀리에 진행되고 있었다. 사회적 파장을 고려한 조처였다. 썩은 고기일수록 파리가 많이 꼬이는 법. 자매 사건은 그야말로 온갖 파리들이 엉겨붙을 썩은 고깃덩어리였다. 살인자가 된 어린 자매의 이야기는 연쇄살인이나 유괴사건보다도 훨씬 더 쉬슬기가 좋았다. 비밀에 붙여졌음에도 불구하고 일찌감치 냄새를 맡은 파리들이 경찰서를 들쑤시고 다니는 게 보였다.

밑밥을 흘린 사람은 문이었다. 문은 경찰서 출입 기자들이 드나드는 곳에 사건 파일 중 일부를 흘렸다. 그것은 문이 할 수 있는 최대한의 복수였다. 온갖 파리들이 그것들의 몸에 알을 까고, 까놓은 알이 구더기가 되고, 그 구더기들이 살을 파먹으며 자라는 동안에도 새로운 파리들이 들러붙기를, 문은 바라고 있었다. 아직까지는 본격적인 습격이 시작되지는 않았지만 조만간 문이 상상한 대로 될 것이었다. 문은 자신이 한 짓을 부인하지 않았고 그도 문의 행동을 질타하지 않았다. 복수를 완성하고 나면 문도 어린애 같은 징징거림을 그만두고 다시 일상으로 돌아올 터였다. 그리고 그것은 그가 바라는 바이기도 했다.

하지만 그의 예상은 다른 방향으로 나아가고 있었다. 문이 말한 씨발년의 대상이 당연히 자매들일 거라고 생각한 것이 잘못이었다. 씨발년들이 아니라 씨발년이었다. 둘이 아니라 하나. 다른 누군가가 있었다. 사이버 전담반에서 온 서류를 통해 그것을 알았다. 문이 요청한 자료였다. 거기에는 누군가의 한 달 동안 통화 내역과 문자 내역이 기재되어 있었다. 문이 처리해야 할 일 중에 그가 알지 못하는 사건은 없었다. 그는 자료를 대강 훑어본 다음 문의 자리에 올려놓았다. 문은 뒤늦게 자료를 확인했다. 종이를 넘기는 문의 손이 미세하게 떨리는 것을 그는 목격했다. 어느 순간 문의 눈이 사납게 살기를 띠는 것도 보았다.

문은 두 다리를 책상 위에 올린 채 눈을 감고 있었다.

"혹시 나한테 뭔가 말하고 싶은 거 없나?"

그는 문의 책상에 엉덩이를 걸치며 물었다. 문이 눈을 홉뜨고 몸을 곧추세웠다. 그는 괜히 주위를 둘러보며 덧붙였다.

"상담하고 싶은 거나."

"왜 그러시는데요?"

문의 목소리는 냉랭했다.

"왜 요즘엔 여친 자랑도 안 하고……"

"원래대로 하세요. 애쓰지 마시고."

"뭐가?"

"워낙 차가운 분이잖아요."

"내가?"

"차갑다기보다는 미지근하잖아요. 차갑지도 뜨겁지도 않죠. 냉혹하지도 다정하지도 않구요. 그래서 더 무서운 거죠. 눈알 같은 건 잊었어요. 그까짓 눈알. 괜한 걱정 마세요. 형사생활 하다 보면 그보다 더 심한 일들도 있잖아요. 전 어린애가 아니라구요."

그를 우상처럼 떠받들던 문이었다. 덜렁거리는 데다가 의욕이 앞서 실수를 범할 때가 많지만, 다감하고 순종적이어서 마냥 미워할 수만은 없는 녀석이었다. 그는 문이 낯설었다. 어쩌면 누군가를 걱정한 자신이 낯선 것인지도 몰랐다.

"그래, 그렇군. 그렇지, 그래. 그렇고말고."

그는 고개를 주억거리며 혼잣말을 했다. 무엇이 그렇다고 말한 것인지 그도 알 수 없었다. 그가 미지근하다는 것인지, 문이 어린애가 아니라는 것인지, 형사생활 하다 보니 별말을 다 듣게 된다는 것인지.

6

문의 차는 3시간째 같은 자리에 서 있었다. 두 동짜리 작은 아파트 단지가 있고 주변으로 고만고만한 상점들이 늘어선 곳이었다. 가끔 차창이 열리고 담배 연기가 새어 나올 뿐 문은 모습을 드러내지는 않았다. 평소의 문이라면 기지개를 켜고 먹을거리를 사러 간다고 몇 번을 들락거리고도 남을 시간이었다. 그런 문이 지금 으슥한 곳에 몸을 숨기고 꼼짝도 않은 채 세 시간을 버티고 있는 것이었다. 문이 피워댄 담배꽁초가 차 옆 길바닥에 소복이 쌓여가고 있었다.

그는 거기서 뒤로 50미터쯤 떨어진 곳에 자리를 잡고 무작정 기다렸다. 기다리는 일은 그가 가장 잘하는 일이지만 전에 없이 조바심이 일었다. 왜 문의 뒤를 밟게 되었는지, 무엇을 기다리고 있는지, 기다린다고 달라질 일이 있는지, 알 수 없었다. 단지 문의 리볼버가 제자리에 없었기 때문이라고 말하기에는 자신의 행동이 석연치 않았다. 다만 그가 무언가를 기다리듯, 문도 무언가를 기다리고 있다는 것만 알았다.

대략 15분 간격으로 운행되는 마을버스가 설 때마다 뒤이어 오는 차들도 꼼짝없이 섰다가 출발하곤 했다. 그는 마을버스에서 내리는 사람들을 무심히 쳐다보며 차 안을 지키고 있었다. 시동을 켜지 않아 차 안에는 한기가 돌았다.

그는 궁금했다. 사람이 살아가는 데는 어느 정도의 온도가 필요한 것인지. 차갑지도 뜨겁지도 않은 피가 문제가 되는 것인지. 그는 처음으로 자신의 온도를 생각했다. 미지근하다. 문의 말이 맞는지도 몰랐다. 그는 미지근해지기를 원했다. 그의 심장에서 뛰는 피는 누구보다도 뜨거웠을 것이다. 하지만 그의 온몸을 휘돌고 심장으로 되돌아온 피는 언제나 미지근해져 있었다. 머릿속으로 살인을 저질러서 살의를 잠재우는 사람들처럼. 체온을 조절하는 일은 그가 이 세상에서 살아남기 위한 가장 훌륭한 방법이었다.

그는 시동을 켜고 히터를 켰다. 퀴퀴한 냄새가 났다. 창을 내려 환기를 시켰다. 나무 우듬지 위로 가로등이 십자가처럼 우뚝 서 있었다. 그는 거기서 여자의 모습을 본 듯했다. 십자가를 등 뒤에 꽂고 마이크를 든 여자. 흥겨운 노래를 부르며 자멸해가고 있는 여자. 아이들에게 젖을 먹이며 비애를 길들이는 여자. 아이들의 머리채를 휘어잡고 옷을 벗기는 여자. 윽박지르고 추궁하고 질책하는 여자. 범죄자를 키운 범죄자의 어머니. 그는 눈을 질끈 감아버렸다.

차 안이 조금씩 따뜻해지고 있었다. 그는 팔짱을 낀 채 잠이 들었다. 그가 눈을 떴을 때 밖에는 눈이 내리고 있었다. 서리처럼 차창에 살짝 앉은 정도였다. 그는 창을 내리고 가래를 끌어 모아 밖으로 내뱉었다. 가로등 불빛을 머금은 눈발이 춤을 추듯 올라갔다가 하늘하늘 떨어져 내렸다. 볼에 와 닿는 눈송이가 뜨거웠다. 그리고 섬뜩했다. 그는 순간적으로 문의 차가 있는 쪽을 보았다. 문이 보이질 않았다. 그는 차에서 내려 문의 차로 달려갔다. 문은 없었다. 시간이 얼마나 흘렀는지 가늠되지 않았다. 잠깐 눈을 감았을 뿐이었다고, 누가 책망이라도 한 것처럼 그는 지레 변명을 했다.

문이 보였다. 비틀거리며 그가 있는 쪽으로 걸어오고 있었다. 어쩌면 문도 그가 문의 뒤를 밟고 있다는 것을 알았는지도 몰랐다. 문이 그 앞에 섰다. 문은 다짜고짜 그의 가슴팍에 얼굴을 묻었다. 그는 당황했다. 문은 울고 있었다. 콧물이 그의 어깨를 적셨다. 콧물은 뜨거웠다. 문의 어깨가 격렬하게 흔들렸다. 그러고는 어린애처럼 엉엉 소리를 내며 울었다. 그는 주먹을 쥐었다. 그리고 문의 어깨에 가만히 올렸다. 얼결에 이루어진 행동이었다. 하지만 어깨를 두들기거나 등을 만져주지는 않았다. 그냥 그 상태로 가만히 서 있었다.

문이 울음을 멈추고 얼굴을 떼었다. 그는 문의 등을 밀어 그의 차로 이끌었다. 차 안에는 아직 따뜻한 공기가 남아 있었다. 그는 차에 시동을 걸고 히터를 올렸다. 그는 아무것도 묻지 않았다. 그저 기다릴 뿐이었다. 이번에는 그가 무엇을 기다려야 하는지 알았다. 문이 먼저 말을 할 때까지 가만히 있는 것.

"그날이요."

문이 코를 훌쩍이며 운을 뗐다.

"감촉이, 지워지지가 않았어요."

"그래."

"끔찍했어요. 딱 한 가지만 생각이 났어요."

"무슨 생각."

"젖이요."

"젖?"

"네, 젖이요. 젖 물고 자고 싶었어요. 그럼 좀 편안해지거든요. 매번 그랬어요. 처음에 살인사건을 담당했을 때도 그랬고. 증거물 훼손했다가 선배한테 된통 까였을 때도 그랬고. 아무튼. 젖이 좀 크거든요. 그년이."

문이 배시시 웃었다. 그의 입에서도 피식 웃음이 새어 나왔다.

"정신없이 달려왔어요. 아무 생각도 안 나고. 그냥 왔어요. 아파트 입구에 도착했는데, 일이 그렇게 될라고 그랬는지, 그때 마침, 하필이면 그때 그년이 택시에서 내리는 거예요. 어떤 남자 허리를 감싸고서. 그렇게 수줍게 웃는 그녀를 본 적이 없었어요. 그때 내가 왜 숨었을까요? 누군지도 모르면서. 그 정신없는 와중에도 저절로 숨겨졌어요."

"형사의 직감이지."

"그냥 잊어버리려고 했어요. 헛것을 봤다고 생각하려고. 아니 헛것이 아니어도 그냥 덮으려고 했어요. 지금은 내가 너무 힘들어서. 뭐든 상관없어서. 그런데 내가 형사라서 싫대

248

요. 구질구질하다고. 언제는 내가 형사라서 좋다더니. 씨발년. 젖 물려줄 때는 언제고."

"그래서?"

"둘 다 죽여버리려고."

"그래서 일련번호 찍힌 총을 들고 나갔나?"

"네, 상관없었어요. 다 죽이고 나도 죽으려고. 진짜 죽일수도 있었어요. 근데, 총을 겨누고 섰는데, 갑자기 눈물이 나는 거예요. 그 쌍년은 그놈 끌어안고 울고 있고. 그놈은 병신같이 바들바들 떨고 앉았고. 그걸 보고 있으니까 무언가 속에서 커다란 덩어리가 빠져나간 기분이 들었어요."

그는 손을 뻗어 문의 허벅지를 두들겨주었다. 그러면서 그는 가볍게 몸을 떨었다. 누군가의 허벅지를 두들겨주는 행동이 누군가를 책임지는 행동처럼 느껴졌다. 차 안에 문과 그가 내뱉은 입김이 서렸다.

"그래, 잘했어. 잘한 거야. 가끔은 그렇게 체온 조절이 필요하지."

그는 혼잣말인 듯 조용히 읊조렸다.

"선배님도 누군가 죽이고 싶었던 적 있어요?"

문이 물었다. 그는 고개를 끄덕였다.

"물론이지. 그런데 내가 죽이기엔 너무 힘이 세서 시도도 못 해봤어."

"그래서요?"

"화장실 벽에 이름을 적었어. 박봉재 개새끼."

"그게 다예요?"

"그 밑에 그림도 그렸어."

"무슨 그림이요?"

"그러니까, 화장실 어디서나 볼 수 있는, 뭐 그런 그림이지."

"예를 들면 자지나 보지 같은 거요?"

"응, 털이 북실북실 난."

문이 웃음을 터뜨렸다. 얼마나 크게 웃는지 그도 따라 웃을 뻔했다. 어쩐지 문의 웃음소리가 듣기 좋았다. 문은 웃음을 멈추지 못한 채 킬킬대며 그의 옆구리를 쳤다.

"그래서 좋았어요?"

"짜릿했지. 은밀하고. 그런데 찝찝했어. 구질구질하고."

"잘했어요. 가끔은 그렇게 체온 조절이 필요하죠. 화장실에서라도 해야지. 오줌 갈기듯이. 그런데 박봉재가 누구예요?"

"아버지."

250

엄마가 되지 않은 여자들

조연정

1

이미 십 년도 더 지난 작품이지만 천운영의 「바늘」(『바늘』, 창비, 2001)만큼 강렬했던 등단작을 우리는 알지 못한다. 그리고 천운영처럼 길지 않은 시간 동안 그 강렬함을 폭발적으로 이어나간 작가 역시 우리는 많이 보지 못했다. "그녀의 소설에는 예쁜 여자가 나오지 않는다"[1]라든가 "『명랑』은 그다지 명랑하지 않다"[2]라는 작품집 해설의 첫 문장들이 단적으로 말해주듯, 『바늘』과 『명랑』으로 이어지는 천운영의 초기 소설들은 날것 그대로의 인간 욕망을 집요하게 재현하는 그

---

1) 이광호, 「그녀들, 우주를 빨아들이는 틈새」, 『바늘』 해설, 창비, 2001, p. 248.
2) 김동식, 「숨쉬기의 무의식에 관하여」, 『명랑』 해설, 문학과지성사, 2004, p. 259.

로테스크 미학의 한 정점을 보여주었다. 그녀가 그린 욕망의
서사가 "욕망의 사회학이 아니라 욕망의 물리학"[3]에 가깝다
는 지적은 꽤 정확한 판단으로 보인다. 물론, 천운영의 못생
기고 약한 인물들이 드러내는 공격적 본능이 결국 일종의 자
기방어 본능과 관련된다는 사실은 그녀가 그려내는 '욕망의
물리학'이 모든 인간의 보편적 욕망보다도 인간 사이의 특정
한 관계와 더 깊이 관련된다는 사실을 암시하기도 한다. 천운
영의 초기작에 대해 우리가 극사실적이라는 수사를 붙일 수
있다면, 성실한 취재를 바탕으로 한 세밀한 묘사나 육체적 욕
망에 대한 직접적 묘사 때문만은 아닐 것이다. 천운영 소설의
극사실적 투명함은 서로가 서로에게 상처 입히고 상처 입는
인간관계의 사실성에서 기인하기 때문이다.

　『바늘』과 『명랑』의 천운영이 강렬하고도 집요했다면 『그녀
의 눈물 사용법』으로부터 『엄마도 아시다시피』로 이어지는
천운영은 깊고도 단단하다. 『바늘』과 『명랑』만큼이나 이 두
소설집에 실린 소설들은 강한 친연성을 지닌다. 늙어가는 육
체에 대한 자의식이 그려지는 「소년 J의 말끔한 허벅지」와
「남은 교육」이, 소설 쓰기에 대한 자의식이 그려지는 「내가
쓴 것」과 「젓가락여자」가, 보호자 없는 아이들의 순진한 잔혹
함이 그려지는 「후에」와 「내 가혹하고 슬픈 아이들」이 뚜렷한

3) 신형철, 「욕망에서 사랑으로」, 『그녀의 눈물 사용법』 해설, 창비, 2008, p. 252.

짝패를 이룬다. 뿐만 아니라 이 두 소설집은 '죽음'에 대한 죄책감을 인간이 지닌 가장 근원적인 감정인 듯 그려낸다는 공통점을 지니고 있기도 하다. 부모에게 버림받은 자가 자라서 부모 되기를 두려워하는 것이나, 자신이 받은 상처를 누군가에게 똑같이 돌려줄 수밖에 없는 허약하고도 강력한 인간의 자기방어 본능도 천운영이 즐겨 그리는 주제이다. 첫 두 권의 소설집으로부터 세번째, 네번째 소설집으로 이동하는 동안 천운영의 소설이 욕망 그 자체의 직접성을 드러내는 것으로부터, 관계 안에서 형성되고 표출되는 욕망의 사실성을 보여주는 것으로 그 무게중심을 옮겨 간 것만은 분명해 보인다. 하지만 이러한 눈에 띄는 변화에도 불구하고 네 권의 소설집을 출간하는 동안 변하지 않고 더 강화된 그녀만의 철칙을 『엄마도 아시다시피』에서 확인할 수 있는데 그것은 '투명한 직접성'이라고 할 만한 것이다.

  루소의 다양한 텍스트를 '투명성'이라는 관점으로 설명한 스타로뱅스키의 유명한 논평을 참조해보자. 가라타니 고진의 소개에 따르면 스타로뱅스키가 지적한 루소의 '투명함'은 결국 그의 '자의식'과 관련된다. 루소에게는 자의식만이 투명하고 이는 결국 "자신에게 직접적으로 현전presence하는 것만이 투명"[4]하다는 것이 된다. '투명성'이라는 말을 천운영의

---

4) 가라타니 고진, 『일본근대문학의 기원』, 박유하 옮김, 도서출판b, 2010, p. 78.

초기 소설에 적용할 때 우리는 성실한 취재를 바탕으로 한 욕
망의 집요한 묘사를 언급해야 할 것이다. 세번째 소설집 이후
의 천운영은 '욕망의 실재에 대한 세밀한 보여주기'보다는 '욕
망의 심리에 대한 집요한 말하기'의 방식을 더 즐긴다고 해야
할 것 같은데, 그런 점에서 그녀의 최근 소설들은 이전의 소
설들에 비해 훨씬 더 투명해졌다고 말할 수 있다. 왜냐, 자신
이 만들어낸 특정한 상황에 스스로 보거나 느낀 욕망의 실체
를 덧씌우는 방식으로 소설을 만들기보다, 이제 그녀는 더 깊
고 큰 내면의 목소리에 집중하며 소설을 쓰고 있기 때문이다.
비유컨대, 이전의 그녀가 외부에 펼쳐진 욕망의 풍경을 바라
보며 그로부터 풍겨오는 '냄새'의 직접성을 실감나게 재현하
기 위해 애썼다면, 이제 그녀는 자기 내부로부터 들려오는
'목소리'에 온전히 귀 기울이는 듯하다. 『바늘』과 『명랑』에서
그토록 자주 반복되던 '냄새'에의 묘사가 세계를 직접 호흡하
고 있다는 사실에 대한 증명처럼 읽혔다면,[5] 유독 '목소리'에
대한 언급이 두드러지는 『엄마도 아시다시피』의 작품들은 욕
망 그 자체의 물리적 직접성보다는 관계의 직접성을, 그리고
그 관계 안에서의 투명한 자의식을 환기하는 면이 크다. 냄새
는 목소리보다 더 직접적인 감각일 수 있지만, 나와 세계의
관계를 더 명확하게 감지할 수 있는 감각은 냄새가 아닌 소리

---

5) 김동식, 앞의 글, p. 268.

254

이다. 대부분의 인간은 자신의 목소리는 들을 수 있지만 자신의 고유한 냄새를 구별해내기는 쉽지 않다는 점을 참조해보자. 어쩌면 『엄마도 아시다시피』의 천운영은 지금 그 누구보다도 스스로에게 온전히 집중하고 있는지도 모른다.

천운영의 소설에는 이제 더 이상 못생기고 추한 여자들이 등장하지는 않는다. 천운영의 그녀들은 자연스럽게 늙어간다. 늙은 육체를 지녔다는 사실 그 자체로 미의 영역에서 추의 영역으로 추방되고 있으며, 그 예기치 못한 추방에 쉽게 적응하지 못해 혼란스러워하고 있다. 문신을 새겨주는 특이한 일을 하는 여자들의 자리는 시나리오나 소설을 쓰는 여자들이 대체하고 있으며, 끔찍한 공격성을 통해 자신의 결핍을 보상받으려는 불행한 여자들의 자리는 자식 대신 유기견을 보살피며 결핍을 메우려는 여자들이 이어받기도 한다. 천운영의 소설에서 자의식의 비중이 커지는 만큼 작위성의 강도가 흐려지고 있음을 알 수 있다. 이러한 사실은 화법의 자유로움으로 설명될 수도 있다. 천운영의 소설에는 언제나 일인칭이 우세종이었지만 『엄마도 아시다시피』에서는 일인칭 시점이 다양한 형태로 변주되면서 작가의 목소리를 좀더 섬세하게 드러낸다. 욕망의 육체성에서 욕망의 심리로, 냄새에서 목소리로, 강렬함에서 투명함으로, 이러한 변화들을 염두에 두며 천운영의 네번째 소설집을 읽어보자. 그 어느 때보다 투명한 작가의 맨얼굴을 볼 수 있을지도 모른다. 그리고 그것은 소설을 읽는 우리 중 누군가에게 완벽한 거울이 되기도 할 것이다.

2

엄마는 딸들의 거울이다. 자식을 낳아보아야 비로소 엄마의 삶을 온몸으로 이해할 수 있게 된다는 흔한 속설도 있기는 하지만, 자식이 있건 없건 어린 내가 처음으로 인지했던 엄마의 나이를 내 나이가 초월해가면서, 비로소 딸들은 '여자'로서의 엄마를 생각하게 된다. 이 나이에 엄마는 나를 낳았구나, 내가 이제껏 무심히 보아온 그녀의 삶을, 그러니까 점차 늙어가는 여자의 삶을 이제 나도 따르게 되겠구나, 이런 생각을 하며 딸들은 조금씩 쓸쓸해지는 것이다. 부모는 어린 자식을 보며 기억에서 사라진 자신의 어린 시절을 다시 사는 경험을 하겠지만, 자식은 나이 들어가는 부모를 보며 자신의 미래를 미리 산다. 미래를 미리 사는 경험은 여자들에게 어쩌면 더 큰 상실감을 안겨줄지 모른다. 젊음이 늙음에 비해 절대적으로 아름다울 수밖에 없는 것은 명백한 사실이라 하더라도, 이 세계는 유독 늙어가는 여자에게 관대하지 못하기 때문이다. 여자들의 세상에서라면 젊음이라는 절대적 아름다움에 대한 상실감을 대체할 만한 것이 많지 않다. 사라진 여성성을 위대한 모성으로 보상받을 수 있다는 믿음도 허상에 가깝다. 그것은 엄마가 된 여자에게도, 되지 못한 여자에게도 똑같은 폭력이다.

허술하나마 엄마가 되었다는 자기위안도 없이 그저 늙어가고 있는 여자의 상실감은 어떻게 해결될 수 있을까. 이러한 상실감과 처음 마주하여 당황해하는 삼십대 독신 여자의 이야기를 그린 것이 『그녀의 눈물 사용법』에 묶인 「백조의 호수」다. 직업적 명성이 높고 서른이 넘는 나이에도 자기관리에 철저해 자신감이 넘치는 여자가, 화장실에서 만난 천박한 차림의 어린 여자애들에게 아줌마 소리를 들어가며 치욕스러운 구타를 당하는 장면은 이 여자가 처한 곤경을 단적으로 보여준다. 결혼하고 아이를 낳아 "볼품없는 여자"(p. 198)로 늙어 가느니 차라리 개를 키우겠다며 이 여자가 분신처럼 가꿔왔던 "혈통 좋은"(p. 209) 개가 잡종개와 교미하는 장면도 여자에게는 엄청난 수치로 느껴진다. 나이듦에 대한 알 수 없는 상실감은 세련된 겉모습으로 아무리 포장한다 한들, 무서울 것 없는 젊음의 힘 앞에서 속수무책인 것이다. 적당한 나이에 이르러 여자에서 엄마로 자연스럽게 탈바꿈하지 못한 여자들은 과연 "방패막이며 장식이며 위안"(p. 198)이 될 만한 것을 어디에서 찾아야 하나. 나이가 들수록 더 커지기만 할 젊음 앞에서의 굴욕에 그저 익숙해질 수밖에는 없는 것일까. '엄마'가 된 여자들이라고 해서 달랐을까.

『엄마는 아시다시피』의 「남은 교육」에서는 젊은 여자와 늙어가는 여자 사이의 대결 구도가 전면적이다. 대결은 모녀 사이에서 펼쳐진다. 혼자 살고 있는 서른일곱 살 여자의 집에 불청객이 찾아든다. 살고 있던 집을 날리고 딸의 집에 얹혀살게 된 여자의 엄마이다. 소설의 첫 장면부터 모녀는 꽃무늬 접시 세트를 두고 한 치의 양보도 없이 싸우고 있다. 능력 없는 남편에게 제대로 사랑받지 못한 채 자식들을 홀로 건사하며 극악스럽게 살아온 엄마는 딸에게 신세를 지게 된 처지이지만 조금의 미안함이나 무람함의 기색 없이 오래된 접시 하나도 버릴 수 없다며 딸과 맞선다. 어려서부터 따뜻한 엄마 품보다는 "네 몸은 네가 지켜라!"(p. 55)라는 엄마의 매정한 목소리에만 익숙했던 딸 역시 "이번만큼은"(p. 46) 양보할 수 없다며 대들고 있다. 엄마의 당당함은 부끄러운 자신의 처지를 감추기 위한 과장과 거리가 멀고, 딸의 매정함 역시 엄마의 부끄러움을 감춰주기 위한 배려와 무관하다. 급기야 물리적 폭력까지 동원되는 모녀의 공격성은 자신의 공간을 지키기 위한 동물적 본능에 가까워 보이기까지 한다.

"비난을 무기로 삼는"(p. 49) 늙은 여자의 공격성은 물론 사랑받지 못했다는 결핍의 경험에서 기인한다. 나이가 들어갈수록 사랑받을 기회는 점점 줄어들었을 테니 여자의 공격성은 갈수록 독해졌을 것이다. "사랑이란, 사랑하는 사람이 사랑하는 걸 사랑하는 게 사랑이다"(p. 51)라며 사랑의 관대한 힘을 말해보기도 하지만, 사실 늙은 여자는 딸에게 "여자가 사랑을 받으려면 말이다"(p. 51)라고 습관적으로 말하며 '사랑받는' 여자가 갖출 조건에 대한 '교육'을 게을리하지 않았다. 하지만 아빠에 대한 비난의 말을 귀에 못이 박히도록 들어온 딸이 엄마로부터 물려받은 것은 '사랑받는' 여자의 조건이 아니라 '사랑받지 못하는' 여자의 모욕감뿐이다. 엄마의 모욕감이 상대를 향한 끊임없는 비난의 말로 표출된다면, 딸은 엄마로부터 물려받은 모욕감을 자기모욕으로 강조하는 방법까지 터득했다. 헤어진 남자친구에게 매달려 의심과 애원과 협박의 말을 정신없이 내뱉고 있는 딸은 급기야 남자에게 소름 끼친다는 말까지 이끌어내고야 만다. "언제부터 나는 소름 끼치는 여자가 된 거지? 처음부터? 처음부터 소름 끼치는 여자를, 넌 왜 만난 거지?"(p. 75)라며 딸은 스스로를 맹렬히 모욕하고 있다. 딸은 '사랑받는 여자'이기는커녕 스스로를 사랑하지도 못하는 불행한 사람이 되어 있다.

이 모녀 사이에서 이루어지는 '교육'은 결핍의 물려받음이라는 점에서 특별히 불행한 사태일 수 있겠지만, 엄마의 얼굴 속에서 미래의 내 얼굴을 보며 여자로서의 상실을 미리 경험해보는 딸들에게, 결핍의 되물림은 그저 모든 딸들이 겪는 일반적인 사태라 할 수 있을지도 모른다. 늙음이 젊음 앞에서 언제나 패자의 모욕감을 느낄 수밖에 없다는 사실, 그리고 여자들의 세상에서라면 이러한 모욕감을 보상받을 방법이 많지 않다는 사실은, 늙음이 완료되기 전까지 지속되는 말하자면 언제나 '남은 교육'의 내용일 것이다. 이미 젊음을 상실해가기 시작한 나이이지만 서른일곱 살 딸이 엄마 앞에서 벗은 몸을 드러내며 은근한 승리감을 맛보는 장면이나, 거꾸로 자기보다 더 젊은 여자 앞에서 알 수 없는 경계심과 위축감을 느끼는 장면은, 이 여자에게 '남은 교육'이 무엇인지를 보여준다. 그것은 늙어가는 자신의 얼굴을 매일매일 마주해야 한다는 사실이다. "추접한 노인네"(p. 53)의 얼굴이 결국 언젠가 거울 앞에서 내가 보게 될 얼굴이라는 사실을 받아들여야 한다는 사실이다.

여자는 화장을 해도 아름답지가 않다. 그것이 너를 안심하게 한다. 맨얼굴의 여자는 전형적인 노인네다. 회한에 젖은 눈동자와 침울한 입매. 동정심과 죄책감을 유발하는 주름살. 순종하고 배려하고 보살펴야 한다는 의무감을 강요하는 늙어빠진 얼굴. 하지만 그것은 세월이 만들어준 가면일 뿐이다. 여자가 화장을 하는 것은 세월의 가면을 벗고 본질과 똑같은 가면을 쓰는 일이다. 그래서 너는 맨얼굴의 여자를 정면을 보지 못하고, 여자가 화장을 마치고 난 후에야 비로소 여자 앞에 당당히 설 수 있다. 화장을 한 여자는 주체할 수 없는 노여움과 심술과 억지로 가득 찬 노인네이므로. 그것이 바로 여자의 본질이므로. 화장은 여자의 본질을 여지없이 드러내주므로. (pp. 51~52)

거울을 쏘아본다. 거울 속에 화장을 짙게 한 나이 든 여자가 너를 노려보고 있다. 노기인지 부끄러움인지 모를 안면의 홍조. 거울 속에서 네가 맞서려고 하는 것은 너를 지겨워하는 너의 나이 든 얼굴이다. 무언가 뜻대로 되지 않아 잔뜩 부아가 난 노인네의 얼굴. 너의 양 어깨에 올라타고 네 목줄을 거머쥘 노인네. (p. 65)

앞의 인용문은 화장을 하고 있는 엄마의 모습을 거울을 통해 딸이 지켜보는 장면이며 뒤의 인용문은 딸이 거울을 통해 자신의 얼굴을 보는 장면이다. 거울 속에 등장하는 두 얼굴은 분명 다른 얼굴이지만, 두 인용문을 연달아 읽으면 그 얼굴이 하나의 얼굴인 듯 느껴진다. 그 하나의 얼굴은 화장을 한 나이 든 여자의 얼굴이다. 여자의 얼굴에는 노여움과 심술이 가득하고 어디를 봐도 아름답지가 않다. 거울 밖의 '너'는 동정심을 유발하는 늙어빠진 맨얼굴의 거울 속 여자가 버겁다. 나이에 맞게 늙어버린 여자의 맨얼굴보다 무언가 불만으로 가득 찬 화장한 여자의 얼굴이 오히려 더 편하다고 생각해본다. 딸이 엄마의 맨얼굴이 버거운 것은 거울을 통해 비껴보았던 늙은 얼굴에서 아마도 자신의 얼굴을 보았기 때문일 것이다. 「남은 교육」은 서른일곱 살 딸의 시점으로 서술되고 있지만 그녀는 스스로를 "너"라는 이인칭으로 지칭하고 있다. 그리고 자신의 엄마는 "여자"라는 호칭으로 부른다. 사실 소설의 서술 방식이 일인칭 시점의 소설과 크게 다르지 않음에도 불구하고 딸이 자신을 이인칭으로 호명한다는 점은 흥미롭다. 이는 일종의 '거리 두기'일 텐데, 서른일곱 살의 여자에게 늙어가는 여자로서의 자의식이 명확해졌다는 것을 의미하는 장치로 읽힌다. 물론 역설적으로 이 '너'라는 호칭은 자신의 늙어가는 맨얼굴을 마주할 수 없기에 스스로를 멀리서 보고 싶은 말 그대로 '거리 두기'의 안간힘일 수도 있다.

"사랑하는 사람이 사랑하는 것을 사랑하게 되는 게 사랑"이라는 엄마의 교훈은 '사랑하는 사람'의 자리에 사랑의 대상을 넣지 않고 사랑을 하고 있는 '나'를 넣으면 온전히 자족적인 사랑을 의미하는 문장으로 읽힐 수 있다. 사랑하는 사람의 취향에 맞춰가는 것이 아니라 사랑하고 있는 상태를 스스로 사랑하는 것이 사랑의 본질이라고, 늙은 여자인 엄마는 젊은 여자인 딸에게 말하고 싶었을지도 모른다. 「남은 교육」은 여자들은 왜 그런 사랑을 할 수 없는지 묻는다. 받는 사랑이 아니라 하는 사랑의 만족을 알 수 있다면, '사랑받는 여자'의 자리를 두고 여자들끼리 무모하게 대결할 필요도 없을 것이며 점점 늙어가는 여자들이 영원한 패배자로 남지 않을 수도 있을 것이다. 먼저 늙어가고 있는 선배 여자들의 '남은 교육'은 바로 이런 것이 되어야 한다. 사랑받는 사랑이 아니라 사랑하는 사랑이 우리를 병들지 않게 할 수 있다는 것 말이다.

3

『엄마도 아시다시피』가 천운영이라는 작가의 맨얼굴을 투명하게 보여주는 소설집일지 모른다고 했거니와, 그런 점에서 작가와 비슷한 또래의 소설가가 등장하는 「젓가락여자」는 유난히 눈이 가는 작품일 수밖에 없다. 이 소설에서도 선배 언니와 후배 사이에 여자들의 대결 구도가 펼쳐진다. 천운영이 그리는 여자들의 대결 양상은 비단 늙음과 젊음 사이에서만 발생하지는 않는다. 소설가로 성공한 대학 선배 언니와 평범한 주부가 되었지만 익명의 파워 블로거로 활동하는 후배 사이의 오래된 사연들이 소개되는 이 소설은 믿고 따랐던 선배의 배신과 후배의 복수 이야기라고 정리될 수 있다. 물고 물리는 두 여자의 관계 안에서 천운영은 90년대적 "진정성" (p. 103)과 2000년대적 "허세작렬"(p. 105) 사이의 시대 격차를, 소설이 처한 조건을, 나아가 여성 작가의 존재에 대해서까지 매우 신랄하게 말하고 있다. 그런 점에서 이 소설의 서술 방식 역시 예사롭지 않다. 선배를 지칭하는 "젓가락여자"를 제목으로 삼고 있지만 이 소설은 후배의 목소리만을 전달한다. 상대 인물(주로 선배 언니)의 목소리를 소거한 채 후배의 대사만을 들려주는 방식으로 소설이 채워진다. 독자는 한쪽의 목소리를 통해서만 다른 쪽의 목소리와 상황을 추측하게 된다. 실제 작가를 연상케 하는 소설가가 작중인물로 등장하지만 그 소설가의 과거와 현재는 오로지 '나'라는 필터를 통해서만 보이게 되는 것이다. 타인의 눈에 비친 소설가가 그려진다는 점에서 「젓가락여자」에 등장하는 소설가에 대한 묘사는 그 어느 때보다도 적나라한 것이 된다. 그녀들 사이에는 어떤 사연이 있는가.

독서토론회의 회장으로 활동하고 있는 '나'는 "서진"이라는 이름의 유명작가 "영은" 언니와 대학 시절 둘도 없는 사이였다. "보이시한 목소리"(p. 83)와 "위풍당당한 체격"(p. 84), 그리고 "번득이는 눈빛"(p. 84)을 지녔으며 엄청난 주당으로 그야말로 "졸업을 앞둔 관록의 여전사"(p. 86) 이미지였던 언니에게 신입생이었던 '나'는 한눈에 반했고, 언니 역시 그런 '나'를 "언니 사람"(p. 94)으로 받아주었다. 그러나 그 관계는 오래가지 못했는데, 언니가 '나'를 비밀조직에 가입시킨 날, 자신은 졸업과 동시에 그 조직을 떠나겠다고 선언을 한 것이다. 언니는 소설을 통해 "다른 방식의 운동"(p. 94)을 도모할 것이라고 선언했고 모두들 그녀를 "기회주의자에 배신자"(p. 95)라고 비난했다. 언니는 졸업 후 전문대에 다시 입학해 소설 공부를 했고 결국 유명한 작가가 되었다. '나'는 추종자에게 배신당한 안쓰러운 후배가 되었고, 몇 년 사이 "학생회 간부라면 무슨 병자 취급"(p. 104)을 받게 된 급격한 시대 변화 속에서 학교를 다녔으며, 지금은 평범한 주부가 되었다.

언니가 4학년이고 '내'가 신입생이던 시절까지만 해도 어느 정도 건재하던 학생회 조직이 불과 몇 년 사이에 조롱당하는 상황에 놓이게 되었다면, 아마도 이 소설이 그려내는 대학가의 전형적인 풍경들은 90년대 초중반의 시기를 배경으로 한다고 보아야 할 것이다. 그렇다면 80년대 후반에서 90년대 초반 학번쯤으로 추정되는 선배 언니는 작가와 자연스럽게 오버랩된다. 언니와의 대학 시절을 회상하는 '나'는 그 진지했던 시절을 약간 우스꽝스럽게 회상한다. '나'와의 첫 만남에서 언니가 소주잔을 앞에 두고 담배를 피우며 멋들어지게 외친 말들은 이제 와 생각해보니 소위 "허세작렬"의 멘트에 불과했고, 그녀들이 진지하게 몸담았던 운동권 조직은 번지르르한 말들로 사람을 꼬드기는 "피라미드"의 "사람 장사"(p. 93)와 다를 게 없었다고 말이다. 차기 학생회장직을 버리고 남몰래 학점까지 관리하며 졸업을 감행한 언니의 선택은 "배신이라기보다는 그 이상한 시절로부터의 탈출"(p. 95)이었을 것이라고 이해할 수 있을 만큼, 시대는 변했고 지금의 '나'도 철이 들었다. "다른 방식의 운동"을 선언한 언니는 시대의 변화에 빠르게 적응한 그야말로 인생의 선배였던 것일지 모른다.

언니가 '나'를 배신한 것이 철없던 대학 시절 때만은 아니었다. 언니는 '내'가 들려준 이야기를 마음대로 소설에 써먹었다. 그리고 대학 시절 '내'가 학교 회지에 실었던 글을 교묘하게 고쳐 자신의 이름으로 발표하기까지 했다. 지금 선배 언니보다 더 많은 독자를 거느렸을지 모르는 "책 읽어주는 여자"(p. 100)라는 블로그의 운영자인 '나'는 자신이 썼던 글과 언니의 글을 나란히 익명게시판에 올려 언니의 명성에 흠집을 내는 복수를 감행한다. 의심을 품고 항의하러 찾아온 언니에게 '나'는 "언니가 진정성 이런 거에 너무 집착하다 보니까, 내가 원망하고 있다고 생각해서, 그렇게 들린 거야"(p. 107)라며 세련된 방식으로 그녀를 조롱하기까지 한다. 이 소설을 읽어나가는 독자는 자연스럽게 '나'에게 감정이입을 하게 되는데 이 선후배 사이의 대결 구도가 뒤바뀜에 따라 '나'의 교묘한 복수로 인해 곤경에 처한 소설가에 대해 어쩐지 안쓰러운 생각마저 들게 된다. '나'는 왜 이렇게까지 하는 것일까.

배신이 상대에게 모욕감을 주는 것이라면 '내'가 결정적으로 언니에게 배신감을 느낀 사건은 따로 있었다. 소설을 쓰고 싶다고 용기 내어 언니를 찾아간 '나'에게 "서진" 작가로 변한 선배는 "아줌마 글쓰기 하지 말라고. 문화센터 글쓰기 경멸한다고"(p. 108) 매정하게 말했다. 그때의 모욕을 되갚아주기라도 하려는 듯 자신을 찾아온 언니에게 '나'는 줄곧 "아줌마"로서의 자신을 비하하는 듯한 제스처를 취하며 오히려 자신처럼 '정상적인' 삶의 궤도에 오르지 못한 선배 언니의 삶을 은근히 폄하하고 있다.

아줌마가 쓸 수 있는 게 아줌마 글인데, 아줌마 글쓰기를 하지 말라고 하시니까. 어쩔 수 있나요? 쓰지 말아야지. 아줌마가 다시 처녀로 돌아갈 수 있는 것도 아니고. 소설은 언니 같은 사람이 쓰는 거지. 나 같은 사람은 안 돼요. (p. 108)

사람들은 소설과 현실을 구분을 못 해서 문제야. 소설가가 어떻게 경험한 것만 쓰겠어요? 그죠? 꼭 묻는 사람들 있어. 이거 직접 경험해보셨어요? 어떻게 이렇게 생생하게 쓸 수가 있죠? 참 바보들이라니까. 언니는 정말 그런 이상한 질문 많이 받았을 거 같아. 그런 거 일일이 응대하지 마세요. 괜히 언니 맘만 상하지.(pp. 110~11)

소설은 "언니 같은 사람"이 쓰는 거라고 말할 때의 '나'에게는 한 줌의 동경의 감정도 없어 보인다. 오히려 "나 같은 사람"이라는 겸양의 말 속에 어떤 안도감과 자신감을 드러내려는 듯하다. 실제로 '내'가 스스로의 삶에 얼마나 만족하고 있는지는 알 수 없지만, '나'는 은근한 방식으로 언니에게 모욕을 주려고 작정한 듯 보인다. 언니의 소설 속 민망한 장면에 대한 남편의 호기심을 농담처럼 전하며 더 큰 불쾌를 안겨주는 '나'는 지금 선배보다 훨씬 더 유리한 삶의 고지를 점령했다고 자부하고 있는지도 모른다. 대학 신입생이었던 철없던

'나'에게 십 년의 인생 유예 기간을 가지라며 여전사처럼 말했던 선배는, 그리고 곧바로 제 갈 길을 찾아나서 배신감을 안겨주었던 선배는, 지금 후배에게 철저히 추월당한 셈이다. 작가로서의 명성에도 흠집이 났고 여성 작가로서의 삶에 대해서도 수치를 느끼고 있다. "아줌마"의 길이 아닌 다른 길에서 나름대로의 삶을 살아온 그녀는 지금 "아줌마" 후배 앞에서 철저히 무시당하는 늦된 "처녀" 작가가 되어 있다.

「젓가락여자」는 단순한 배신과 복수의 이야기가 아니다. 소설가라는 존재에 대해, 더 정확히 말해 결혼을 하지도 않고 엄마가 되지도 않은 채 나이 들고 있는 여성 작가라는 존재에 대해, 더 나아가 소설 쓰기라는 행위 자체에 대해 작가가 자기모독을 감행하는 소설로 읽힌다. 변해가는 시대에 명민하게 발맞춰 나간 듯 보이는 이십대의 "영은"은 지금, 조금의 유예 기간을 주지도 않고 재빠르게 변해버린 시대로부터 배신당하고 있는 셈이다. 소설책은 파워 블로거의 리뷰가 팔아주는 시대가 되었으며, 소설의 세계가 현실과 무관한 자신만의 성채에서 안락하게 보호받는 것이 불가능한 시대가 되었다. 「남은 교육」과 더불어 「젓가락여자」는 이번 소설집에서 작가의 내면을 가장 투명하게 보여주는 작품이라고 할 수 있다. 이 두 편의 소설이 다루는 것은 결국 내 안의 시계의 흐름과 외부의 시계의 흐름이 맞지 않아 생긴 어떤 황망함에 관한 것이다. 늙음이라는 사태와 무관한 줄로만 알았던 내가 어느새 더 이상 젊지 않은 나이가 되어가고 있다. 역설적으로 시대는 경쾌하게 변하고 있는데 나는 여전히 그대로다. 내 엄마처럼 여자에서 엄마로 변하지도 않았고 여전히 느릿느릿 소설을 쓰고 있다. 왠지 모를 상실감은 짙어진다. 무엇이 잘못된 것일까. 작가는 묻고 싶은 것인지도 모른다.

4

『엄마도 아시다시피』에 묶인 대부분의 이야기들에서는 엄마라는 존재가 중요하다. 하지만 우리가 흔히 생각하는 엄마로서의 엄마의 모습은 별로 찾아볼 수가 없다. 천운영 소설의 엄마들은 자식에 대한 애정이나 책임감이 별로 없어 보인다. 오히려 자신이 낳은 아이들을 두려워하는 편이다. 그리고 그 두려움은 무관심으로, 증오로, 더 나아가 끔찍한 공격성으로 표출되기도 한다. 「내 가혹하고 슬픈 아이들」에서 무정한 표정으로 끔찍한 살인을 저지른 어린 소녀들에게 엄마는 "내가 악마를 키웠지. 악마를 키웠어"(p. 233)라며 진저리를 친다. 앞집 여자를 무참히 죽이고 죽은 여자의 눈알을 뽑아 하나씩 나누어 가진 그 무시무시한 소녀들은 노려보는 엄마의 눈빛에 "서로가 서로를 숨겨주려는 듯 조막손을 마주 잡고 몸을 옹송그"(p. 233)린다. 엄마는 딸들이 두렵고 딸들 역시 엄마가 무섭다. 『엄마도 아시다시피』의 중요한 고민이 늙어가는 여자들의 어떤 상실감과 관련된다고 했던 것을 기억해보자. 천운영은 무서운 모녀 관계를 통해, 즉 서로가 서로를 두려워하며 공격하는 그 관계를 통해, 여자들의 상실감이 '엄마-되기'의 방식을 통해 보상받기를 강요당해온 여자들의 세계에 대해 매서운 질문을 던지는 듯하다.

「감은 눈 뜬 눈」은 무서운 모녀 관계가, 아니 무서운 여자들의 관계가 한 편의 잔혹 동화처럼 그려지는 소설이다. 이 소설은 「내 가혹하고 슬픈 아이들」과 연작처럼 읽힌다. 어린 자매가 앞집 여자의 눈알을 뽑는 잔인한 범죄를 무심히 저지르기까지 이들에게 과연 어떤 일이 있었는지를 보여주는 소설이라고 보아도 좋다. 엄마와 단둘이 살고 있는 소녀가 있다. "엄마를 잘 보살펴야 한다"(p. 190)라는 목소리로만 기억되던 남자가 어느 날 엄마를 찾아왔다. 그는 사흘을 머물다 다시 떠났고 그날 이후 엄마에게는 침묵의 나날이 지속되었다. 그리고 소녀에게는 동생이 생겼다. 엄마가 폭발하듯 울면 아이가 따라 울었고 아이가 울면 엄마는 비명을 질러댔다. 히스테리컬한 엄마와 전적인 보호가 필요한 동생 사이를 오가며 소녀는 고군분투한다. 그러던 어느 날 보지 말아야 할 장면을 보아버렸다. 동생을 죽이려는 엄마를 보았고 그 대가로 눈 밑에 지워지지 않은 붉은 흉터를 얻었다. "눈깔을 뽑아버리고 말겠어"(p. 199)라며 짐승같이 달려든 엄마의 손톱자국이 소녀의 얼굴에 남았다. 이 소설은 이처럼 전도된 모녀 관계를 그린다. 자신이 낳은 아이에게 엄마는 강한 증오를 드러내고, 소녀는 엄마로부터 동생을 지켜내기 위해 온몸을 바치고 있다.

"빌어먹을 계집애, 무얼 잘못했기에 내 눈을 피해, 더러운 계집애, 나 몰래 무슨 짓을 하고 있는 거야. 내 피를 빨아먹을 년, 은혜도 모르는 배은망덕한 계집애, 네가 감히 나한테, 안 돼, 하지 마, 네가 생각하는 건 뭐든 하지 마, 꺼져버려, 내 눈앞에서 당장 꺼져버려, 꼴도 보기 싫어, 빌어먹을 계집애."
(p. 203)

어린 소녀는 포근하고 따뜻한 냄새와 촉감이 아닌 무서운 눈길과 가혹한 비난의 목소리로 엄마와 마주한다. 그러나 엄마의 저 끊이지 않는 비난의 목소리는 어떤 불안과 공포의 울부짖음처럼 들리기도 한다. 엄마는 자신의 "죄의식"(p. 198)을 아이에게 덧씌우고 있는 것이다. 그녀는 무엇이 불안하고 무엇이 두려운 것일까. 자신이 낳은 아이들이 오히려 그녀의 어떤 상실감을 되비추고 있다는 점이 그녀를 히스테리컬하게 만든 것일지도 모른다. 아이에 대한 적대감은 죄의식을 불러일으키고 그 죄의식은 더 큰 증오로 이어지고 있는 것이다. 「감은 눈 뜬 눈」은 모성이 왜 본능이어야 하는가라는 오래된 질문과 관련하여 많은 점을 생각하게 하는 소설이다. 원한 적 없는 아이더라도 언제나 사후적으로는 원했던 아이가 되어야 만 하는 것은 왜일까. 아이에 대한 모성적 보호본능은 과연 언제나 여자들의 몸속 깊은 곳에 흐르고 있어서 언제라도 꺼내 쓸 수 있게 되어 있는 것일까. 왜 젊음을 잃어가는 여자들은 자신의 여성을 모성에게 양도해야만 하는가. 실제로 자식이 있건 없건, 여자에서 엄마로의 변신이 자연스럽지 않은 여자들은 왜 두렵고 불안해야만 하는가.

이 소설은 「남은 교육」과 서술 방식이 유사하다. 소녀인 딸은 '너'라는 이인칭으로, 엄마는 '그녀'라고 호명된다. 그러나 이 소설에는 「남은 교육」에서와 달리 '나'라는 일인칭 존재가 등장한다. '나'는 스스로를 "한갓 짐승의 그 모든 것"(p. 185)이라고 소개한다. 이 짐승은 엄마의 몸에 속해 있던 시절에 아이에게 붉은 흉터를 만들어준 장본인이다. "그녀의 손을 빌려 내가 그렇게 한 것이다"(p. 188)라고 '나'는 고백하고 있다. 그리고 이제 그 짐승은 '너'의 몸으로 옮아가 있다. 두 자매가 홀로 남겨져 있던 집을 찾아와 "연민과 조롱이 뒤섞인 추잡한 눈빛"(p. 214)을 보낸 이웃집 여자를 향해 아이들은 짐승의 힘을 빌려 공격한다. 이웃집 여자의 눈알을 뽑아버림으로써 자신들의 눈알이 뽑힐지 모른다는 무시무시한 공포를 해결하고, 더불어 서로 엄마가 되어주는 자신들만의 역할 놀이를 중지시킨 여자에게 복수한다. 아이들에게 눈알이 뽑힌 여자가 이웃집 여자인지 그녀들의 엄마인지는 불분명하게 제시되는데 사실 크게 중요한 문제가 아닐 수도 있다. 지금 저 소녀들은 엄마가 되어주지 않는 세상 전체를 향해 짐승을 힘을 빌려 복수를 감행하고 있기 때문이다. 짐승은 천천히 말한다. "우리가 하는 일은 사람들 속에 숨은 짐승을 되살리고 거울을 들이미는 일"(p. 215)일 뿐이라고. 모녀 사이를 오가며 끔찍한 공격성을 실행한 저 짐승은 불안과 상실과 공포와 죄의식의 복합체이다. 엄마가 되건 되지 않건 여자들의 삶은 '엄마'라는 자리와 관련하여 이처럼 오묘한 감정에 휘둘릴 수밖에 없다. 아마도 오랫동안 그래왔을 것이다. 그리고 늙어가는 여자의 몸과 마음은 자신의 모든 "짐승"들을 모성이라는 하나의 본능 안에 희석시키기를 강요받아왔을 것이다. 천운영의 위태로운 모녀 관계는 여자들의 삶에 강요된 감정의 정체가 무엇인지 투명하게 들여다볼 것을 제안한다.

이제 마지막으로 표제작 「엄마도 아시다시피」를 읽어보자. 이 소설집에서 엄마들은 대체로 엄마가 아닌 '여자'라는 호칭을 부여받고 있다고 했지만, 유일하게 엄마의 자리를 굳건히 지키는 엄마가 있다. 그리고 이 엄마를 그야말로 목 놓아 부르고 있는 자식은 흥미롭게도 딸이 아닌 아들이다. 「유리입술」에서 어린 시절 죽은 엄마에 대한 죄책감을 노인이 되기까지 떨쳐내지 못하는 아들도 그렇거니와 이 소설집에서 엄마에게 순수한 애착을 느끼는 것은 딸들이 아닌 아들들이다.

「엄마도 아시다시피」에서 그 애착은 엄마의 죽음 앞에서 노년의 아들이 희한한 방식의 애도를 행하는 것으로 나타난다. 남편이 죽고 어린 아들과 홀로 남겨진 여자는 "엄만 금방 안 죽어. 그게 엄마야"(p. 23)라고 아들을 안심시키며 집안을 훌륭히 건사했다. 그리고 팔십오 세의 나이로 단정한 죽음을 맞았다. 그 옛날 남편의 죽음 앞에서 엄마가 그랬던 것처럼 아들은 담담하고 정갈하게 장례절차를 마친다. "지나칠 정도로 단정한, 그녀다운 죽음"(p. 10)이었고 "지나치게 단정한, 그다운 일상"(p. 13)이 다시 시작되었다. 어느 날 혼자 식당에서 밥을 먹던 그 노년의 아들은 흘린 국물을 닦기 위해 바지 뒷주머니에 손을 넣었다가 손수건이 없다는 사실을 깨닫고 어린아이처럼 울음을 터뜨리기 시작한다. 어렸을 때부터 엄마가 손수 다려 챙겨주던 따끈한 손수건이 없다는 사실이 마침내 엄마의 부재를 실감하게 만든 것이다. 그는 "고아"라는 단어를 떠올림과 동시에 다시 삼켜버리지만 "고아가 터뜨린 폭죽"(p. 17)은 마침내 울음이 되어 터져 나온다. 울다 쉰 자신의 목소리는 "쇳소리"(p. 22) 같았던 엄마의 목소리를 떠올리게 했고, 아들은 엄마의 목소리를 되살리기 위해 울며 노래하며 목을 혹사한다. 그리고 엄마의 1주기가 되는 날, 엄마의 옷을 입고 엄마가 쓰던 화장품으로 화장으로 하고 가족들 앞에 엄마가 되어 나타난 그는 노래를 부르기 시작한다. "그의 목소리로 부르는 엄마의 노래"(p. 33)를 말이다.

부모를 잃은 아이를 가리키는 말이 고아다. 늙은 자식이 부모를 잃는 것은 자연스러운 일이므로 그들을 따로 지칭할 말이 필요하지는 않은 것이다. 그들은 그저 누군가의 아빠이거나 엄마일 테니까. 자식이 없이 늙어가는 사람들을 부를 말로 적당한 것이 없는 것도 당연해 보인다. 하지만 예외 없이 확실한 사실은 모든 인간이 누군가의 부모로 늙어간다는 것이 아니라 누군가의 자식으로 태어난다는 것이 아닌가. 그렇다면 「엄마도 아시다시피」에서 "고아"라는 말의 어색함은, 그리고 엄마의 호상 앞에서 "고아"가 되었다면 아이처럼 울음을 터뜨리는 늙은 자식의 모습은, 더 나아가 자신의 목소리에서 엄마의 목소리를 되살리려 애를 쓰며 엄마와의 분리를 온몸으로 슬퍼하는 아들의 모습은, 모든 인간이 부모로서 늙어가는 것이 아니라 결국은 자식으로 태어나 자식으로 죽어간다는 명백한 사실을 환기한다. 「엄마도 아시다시피」는 엄마에 대한 늙은 아들의 강한 애착을 통해 자식의 자리를 강조함으로써 엄마라는 자리가 모든 여자들에게 자연스럽고 익숙한 것이 아닐 수 있다는 사실을 은연중 보여준다.
　천운영의 네번째 소설집 『엄마도 아시다시피』는 이처럼 다양한 형태로 '엄마가 되지 않은 여자들'의 세계를 펼쳐 보인다. 늙어가는 여자의 화장을 걷어내면 그 맨얼굴에는 그저 여자가 있을 뿐이라고 작가는 말하고 싶었는지도 모른다. 그 여자를 온전히 사랑하는 방법을 이제 우리가 찾아야 할 것이다.

작가의 말

   어릴 적에 나는 세상에서 엄마가 제일 예쁘다고 생각했다. 지금도 나는 나의 늙은 엄마가 참 예쁘다. 장차 커서 뭐가 되고 싶으냐는 질문에 매번 엄마가 되고 싶다고 말했었다. 하지만 마흔이 훌쩍 넘은 지금까지 나는 아이를 낳지 못했다. 아마 앞으로도 그럴 것이다. 그래서 가끔 조카애들을 데리고 엄마놀이를 한다. 친구 같은 엄마고모라고 자칭하며 여행을 함께 가기도 했는데, 여행지에서 나는 어린애처럼 먼저 토라지거나 흥청망청 먹고 마시다가 조카애가 배탈이 나게 만들곤 했다. 친구 같은 엄마는커녕, 내가 엄마가 되었다면 나쁜 엄마였을 거라는 생각이 들었다. 그리고 내 어린 시절이 어땠을지 날 닮은 조카애를 보고 알게 되었다. 그 애들이 바로 내게 거울을 보여주고 가르치는 엄마였다.

　욕망과 결핍은 창작의 좋은 씨앗이다. 하지만 그것이 자만
과 만나면 기형아를 낳는다. 그 기형아를 나는 내가 쓴 글들
에서 확인했다. 소설에서만큼은 내 맘대로 휘두를 수 있다는,
내겐 없는 실체감을 글로써 만들어낼 능력이 있다는, 터무
니없는 자만. 내 속에서 나온 기형아를 부둥켜안고 적잖이 속
을 썩였다. 숨기고 변명하고 부정하고 타박하고. 너 죽고 나
죽자는 심정으로 절벽 끝에 서기도 했다. 그런데 절벽 끝에서
본 그 기형아들의 얼굴이 모두 내 얼굴이었다. 나를 닮은 것
이 아니라 바로 나였다. 내가 낳은 기형아들을 꽉 끌어안고
뛰어내린 후에야, 내가 어떤 사람인지를 알게 되었다. 내가
그들의 창조자라고 생각했었는데, 그들이 바로 나를 가르치
는 엄마였다.

　다행이었다. 참으로 다행이었다.
　엄마가 있어서.

　조금이나마, 손톱만큼이나마, 내가 어떤 사람인지를 알게
되어서. 내 몸에 도는 피와 살과 뼈를 들여다볼 수 있어서.
기형인 나를 원망하지 않고 겸손하게 인정할 수 있게 되어서.
이렇게 조금씩 더 알아가고 더 겸손해지면, 언젠가는 조금 더

나은 사람이 될 수도 있겠다는 희망이 생겨서. 그것이 소설 쓰는 일로부터 비롯된 것이어서. 그리고 그것이 앞으로도 계속 소설을 써야 하는 명백한 한 가지 이유가 되어서. 계속 써도 된다는 허락을 받은 것 같아서. 미안하다는 말보다 고맙다는 말을 더 많이 하게 되어서. 다행이었다. 그리고 행복했다.

나를 가르친 모든 어머니들에게 감사를. 어머니의 건강한 가르침이 내게 건강을 되찾아주었다. 닫힌 내 몸을 열고 숨을 쉬게 만들어준 당신. 비난의 손가락질 대신 고개를 끄덕여준 당신. 내게 이 부듯한 행복을 맛보게 해준 당신. 고맙고 고맙다. 그리고 지금도 엄마를 만나러 가는 중인 당신을 응원한다. 나는 나의 엄마, 나의 자식으로, 당신의 엄마, 당신의 자식으로. 나의 장래 희망은 여전히 엄마다. 장차 커서 좋은 엄마가 되고 싶다.

천운영

수록 작품 발표 지면

엄마도 아시다시피   『문학동네』 2012년 가을호

남은 교육   『문학동네』 2008년 여름호

젓가락여자   『본질과 현상』 2012년 봄호

유리입술   『현대문학』 2008년 9월호

스물세 개의 눈동자   『문학수첩』 2007년 여름호(발표 당시 「스물세 개의 눈」)

감은 눈 뜬 눈   『자음과모음』 2009년 여름호

내 가혹하고 슬픈 아이들   『문학과사회』 2009년 겨울호